달빛조각사

달빛 조각사 20

발행일 2024년 10월 1일 | **발행인** 김명국 | **발행처** 주식회사 인타임 | **출판 등록** 107-88-06434 (2013년 11월 11일) | **주소** 서울시 구로구 디지털로31길 38-21 이앤씨벤처드림타워 3차 507호 | **전화** 070-7732-2790 | **팩스** 02-855-4572 | **이메일** in-time@nate.com | **ISBN** 979-11-03-89940-0 (04810) 979-11-03-32686-9 (세트) | 이 책은 주식회사 인타임이 저작권자와의 계약에 따라 발행한 것이므로 내용의 전부 또는 일부를 사용하려면 반드시 양측의 동의를 받으셔야 합니다. 잘못된 책은 구매처에서 바꿔 드립니다.

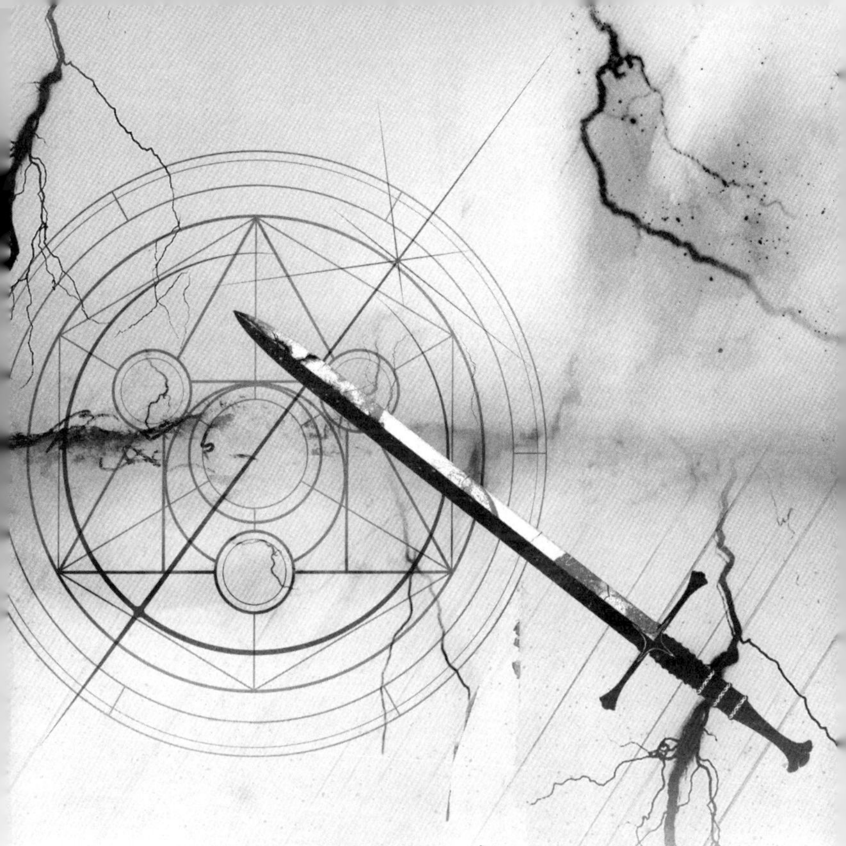

달빛조각사 20

남희성 게임 판타지 소설

The Legendary Moonlight Sculptor

INTIME

contents

흔들리는 민심

아렌 성의 중앙 접견실.

헤르메스 길드 유저들이 대거 모인 자리에 패잔병의 신세로 돌아온 다리우스가 불려 나왔다.

"더러운 일들을 잘 처리해 내더니 이번에는 제대로 물렸어."

"실력에 비해 운이 좋았던 거지. 결국 밑천이 드러났을 뿐."

"그래도 다리우스는 수뇌부의 총애를 받아 왔는데 처벌을 하게 될까?"

접견실에 모인 유저들은 낮은 목소리로 대화를 나누었다.

〈로열 로드〉 최고의 엘리트 집단인 헤르메스 길드에는 오로지 승리뿐!

패배를 겪은 군 지휘관들은 공개적으로 처벌받게 된다. 심하면 영토나 병력의 회수, 길드에서의 축출까지도 이루어졌다.

"1,000여 명의 몰살. 아무 책임을 지지 않고는 넘어갈 수 없는 문제야. 다리우스도 마찬가지지."

"하긴. 드라카 님도 그날 이후로 나오지 못했으니깐."

하벤 제국의 북부 총사령관으로, 서열 10위 안에 들던 강자 드라카.

아르펜 왕국에서의 큰 전투에서 패배하고 세력을 잃은 후 근신에 가까운 처분을 받고 있었다.

"다리우스도 이젠 끝났다고 봐야 해."

"든든한 배경이 있는 것도 아니고 세력이 강하지도 못하지. 사냥에 실패한 사냥개를 그냥 내버려두면 길드의 규율 자체가 망가지게 될걸."

"로자임 왕국 출신 주제에 거만한 폼으로 돌아다니는 광경을 안 봐도 되니 좋겠군."

이윽고 라페이와 길드의 수뇌부가 모인 자리에서 다리우스에 대한 공식적인 문책이 이루어졌다.

"몰스 던전에서의 참패. 생존자 전무. 지휘를 맡았으면서 아무도 살아오지 못했고 목표를 제거하는 데도 실패했습니다. 오히려 위드만 본인이 겪은 일이니 잘 알고 있겠지요?"

"예, 그렇습니다."

다리우스는 고개를 숙이고 어깨를 축 늘어뜨렸다.

속마음은 달랐지만 반성하고 비굴한 모습을 보이면서 책임을 덜려고 했다.

"하지만 위드를 사냥하는 것에만 집중해서 함정이라거나 습격을 미리 알아차리지 못했습니다."

길드의 중역 중 1명인 란탄이 날카로운 목소리로 추궁했다.

"전투 결과가 아군 1,054명 전원 사망입니다. 그에 비해 북부 유저들은 고작 34명이 죽은 것으로 확인됩니다. 전력상으로도 북부 유저들이 오히려 더 적었던 것으로 방송으로 확인되었죠. 이 결과에 대해서도 할 말이 있습니까?"

"그거야 몰랐으니까요. 모르고 당한 겁니다."

다리우스는 전투에서 지고 돌아오기는 했지만 변명거리는 있었다.

"전혀 사전 정보가 없이 갑자기 싸우는데 적이 500명인지 1,000명인지 어떻게 알았겠습니까."

"도망치기 바빴다는 거 아닙니까."

"쫓기는 입장에서도 임무를 완수하기 위해 노력했습니다."

"노력? 결과를 못 냈으면서 무슨 노력입니까."

"저와 같이 작전에 참여한 유저들을 다 바보로 봅니까? 그런 상황에 처했다면 여기에 있는 누구든 결과가 다르지 않았을 텐데요?"

다리우스가 란탄의 추궁을 반박하면서 아렌 성의 중앙 접견실에 차가운 기운이 흘렀다.

"곤란하군요."

"정말 이번에야말로 위드를 제거할 수 있을 줄 알았는데 말입니다."

그 광경을 지켜보던 라페이와 수뇌부는 씁쓸하게 대화를 나눴다.

다리우스에 대한 처분이야 그들 입장에서 큰 문제는 아니다. 다만 수뇌부의 의견도 둘로 갈린 상태였다.

"작전의 실패는 확실합니다. 형평성을 고려해서라도 패장을 대우해 줄 수는 없습니다. 그러니 이 자리에서 확실한 처벌을 공식적으로 건의합니다."

"헤르메스 길드가 무적이 아닌 것도 오래되었죠. 위드가 함정을 파 놓았는데 실패한 걸 가지고……."

"문제는 방송으로 다 퍼지게 되었다는 겁니다. 시청률 16%. 최소 2억 명 이상이 또 우리 헤르메스 길드가 죽을 쒀 먹었다는 사실을 알게 됐죠."

"죽 얘기는 그만 좀 합시다. 죽 소리만 들어도 토할 거 같으니까."

"져도 너무 무력하게 졌습니다. 게다가 네크로맨서에게 유저의 시체를 던져 주다니… 빨리 성장하라고 영양제까지 투입한 꼴이 아닙니까."

"던전의 영상을 살펴봤습니다. 어떤 기준으로 봐도 잘 싸운 게 아니긴 하죠."

헤르메스 길드 유저들은 상대방의 실수에 대해 용납하지 않았다.

치열한 경쟁과 승자에 대한 확실한 대우.

이것들이야말로 험난한 명문 길드들의 대립 속에서 헤르메스 길드가 최고가 된 비결이었다.

라페이는 결국 수뇌부의 의견을 모아서 결론을 냈다.

"다리우스는 헤르메스 길드원으로서 명예롭지 못한 전투를 치렀습니다. 그에 대한 처분으로 2개월간 A급 사냥터 진입 금지, 소유하고 있는 영토 체그랍 마을의 세금을 30% 높이겠습니다."

다리우스는 라페이의 결정이 떨어지는 순간부터 마음이 돌아섰다.

'그래. 이런 식으로 단물만 먹고 버린다 이거지?'

로자임 왕국에서부터 자신이 숱하게 뒤통수를 쳤던 방식이었다.

처음부터 헤르메스 길드에 대한 충성심으로 가입을 했던 것도 아닌 마당에 애정이 남아 있을 리가 없었다.

'너희들을 믿지도 않았다. 이렇게 된 이상 이쪽에서 먼저 움직여야지.'

다리우스는 아렌 성에서 돌아온 이후에 비밀리에 자신의 영지인 체그랍 마을의 자산을 처분했다.

중심 상가의 건물 소유권이나 포도밭, 농지들을 소문나지 않도록 경매 사이트를 통해 처분했다.

중간에 대리인을 세우기도 해서 잠시 숨기는 방법쯤이야 수많은 일을 처리한 그에게는 그리 어려운 일도 아니다.

헤르메스 길드의 사냥개로 활동하며 벌어들인 자산은 꽤 많았고, 그걸 싸게 팔아야 했지만 그마저도 엄청난 금액이었다.

라페이와 수뇌부는 공식적으로 처리하기 곤란한 일들을 해결하기 위해 사냥개에게 큼지막한 고깃덩어리들을 쥐어 줬기 때문이다.

자산 처분은 하루 이틀 만에 대부분 이루어졌고, 영주 성에 있는 말과 마차처럼 값나가는 물품들도 팔아 치워졌다.

다리우스는 신속하게 그날 저녁 KMC미디어와 인터뷰까지 잡았다.

그동안 그는 유저들 사이에서 악명은 있었어도 전국적인 인지도는 뒤떨어졌다. 몰스 던전에서의 몰살로 오히려 이름이 알려져서 방송국이나 시청자들도 알게 되었다.

"지금 생방송인가요?"

"생방송은 아니지만 편집을 거쳐 약 1시간 후에 방송이 될 예정입니다. 보도 결정은 부장님이 결정하실 문제지만요."

"그래요."

다리우스는 취재를 나온 기자를 보며 하얀 송곳니를 드러내며 웃었다.

뱀파이어를 흉내 낸다면서 특별히 붙인 이빨이었다.

"쓸 만한 내용이 있어야 방송이 되겠죠?"

"예. 위드와의 전투나 몰스 던전에서 있었던 일에 대한 소감 정도로 시작하면 방송에 좋을 것 같은데요."

"그거야 당연히 해 드려야 할 일이고… 일단 하고 싶은 중요한 이야기가 있는데요."

"뭐든 하십시오. 다 녹화되고 있으니까요."

〈로열 로드〉 내에서 인터뷰가 진행 중이었다.

영상의 녹화는 기본적인 시스템에서 지원해 주었다.

다리우스는 느긋하게 앉아 있던 취재 기자를 향해 충격 발언을 꺼냈다.

"헤르메스 길드는 썩었습니다."

"예?"

"수뇌부는 뻔뻔한 데다가 무능하기까지 하죠."

취재 기자는 놀라움에 입을 열었다.

"무, 무슨 이야기를 하시는지… 왜 갑자기 수뇌부를 비판하십니까?"

방송국에서도 나름 사전 조사는 했다.

다짜고짜 수뇌부에 대한 욕은 헤르메스 길드의 사냥개로 알려진 인물에게 들으리라 생각했던 말이 아니었다.

"라페이는 자신의 멍청한 작전 명령을 감추려고 저를 희생양으로 삼았죠."

"아, 이번 사건의 희생양이요."

"그러니까 몰스 던전에서 위드가 함정을 파 놓고 기다리는 걸 몰랐던 건 제 책임이 아니었지 않습니까?"

"그렇기는 하네요."

취재 기자는 수긍하면서 고개를 끄덕였다.

몰스 던전에서 허둥지둥하다가 전 병력을 처박은 다리우스의 말이었지만 그래도 약간은 이해되는 면도 있다.

'그렇다고 해도 이런 변명은 방송하기에 그다지 적합하지 않겠는데…….'

다리우스가 큰 소리로 말했다.

"정보전에서 1차적으로 실패. 2차적으로는 라페이와 수뇌부에서 결정을 잘못했죠. 솔직히 제 책임도 있겠지만 아무것도 모르는 사람들이 짠 계획대로 현장에서 움직이다가 잘못된 거 아닙니까?"

"네, 듣고 있습니다. 계속 말씀하세요."

"무적의 헤르메스 길드? 웃기지도 않죠. 자기들도 위드와 관련된 일에는 맨날 똥만 싸고 있으면서. 실패하면 열심히 싸운 사람들에게만 희생양으로 몰면서 전부 뒤집어씌웁니다. 정말 잘못한 자들은 고위층에 앉아서 말로 명령을 내리는 자들인데도 말이죠."

취재 기자는 애매한 표정을 지었다.

'신랄하긴 하네. 근데 이걸 어떻게 편집하지?'

그가 보기에는 사냥개가 주인을 물고 있었다. 분명 재밌는 광경이고 약간의 이슈가 되긴 할 것이다.

그럼에도 인터뷰를 방송으로 내보내기는 애매했다.

'핑계라고만 할 텐데. 뉴스에서 주요 부분만 내보내는 쪽으로 정해야 할까.'

인터넷으로 동영상을 뽑으면 더 많은 시청자들의 관심을 얻을 수 있을 것 같았다.

헤르메스 길드를 욕하길 좋아하는 시청자들은 많고도 많으니까!

다리우스가 피해자처럼 어깨를 축 늘어뜨리며 말했다.

"헤르메스 길드는 실패로부터 배우는 것이 없었습니다. 진짜 척결되어야 할 대상은 잘못된 통솔로 위대한 길드를 우습게 만들어 버린 라페이입니다. 그리고 자기 몫을 못 하고 멍청이처럼 웅크리고 있으면서 사냥만 하고 있는 바드레이죠."

"……."

취재 기자의 눈이 커졌다.

'이 정도까지 이야기하면 뉴스에서 파급효과는 꽤 있겠다.'

다리우스의 거침없는 말은 계속 이어졌다.

"라페이가 헤르메스 길드를 이끌면서 그동안 보여 준 능력은 인정합니다. 네. 그래서 중앙 대륙을 정복할 수 있었습니다. 하지만 그 능력은 한계에 부딪쳤습니다. 그것도 형편없이요."

"네네. 그렇게 생각하시는군요."

다리우스의 헤르메스 길드에 대한 맹비난이 계속 이어졌다.

취재 기자는 10여 분 정도는 흥미롭게 들었지만 슬슬 지루함이 느껴질 때였다.

"기자님, 헤르메스 길드가 그동안 얼마나 추잡한 일을 많이 저질렀는지 아십니까?"

"예? 물론 대중의 비판을 받을 일을 제법 했다는 걸로 알고 있습니다."

"그런 거 말고요. 비밀리에 저지른 추악한 짓들 말입니다. 이른바 감춰진 진실 같은 것들이요."

다리우스는 헤르메스 길드의 수뇌부가 숨기고 있던 흑역사들을 대대적으로 공개했다.

그가 사냥개로서 직접 저지른 일도 있었고, 길드 활동을 하며 나름의 정보를 꾸준히 모아 아는 것도 많았다.

수뇌부의 탐욕을 충족시키기 위해서 영토 내에서 도적 떼를 몰고 다니며 상인들을 약탈한 정도는 예사였다.

"길드 내에서 힘이 센 영주들의 버릇을 고치기 위해서도 작업을 했죠."

"구체적으로 어떤 작업이었습니까?"

"길드 내에 그들의 유언비어를 퍼트리는 건 애교 수준이었습니다. 누군가를 지정해서 싸움을 부추기기도 했고, 해당 도시에서 활동하는 고레벨 유저들이나 상인들을 접촉하여 다른 곳으로 이주시켰죠."

"영주들에게는 타격이 있었겠군요."

"당연한 거죠. 영주들이 크면 수뇌부 입장에서는 다루기 힘드니까 처음부터 길들인 거죠. 몇 명은 경제력이 약화되면 그걸 빌미 삼아 영주의 자리에서 쫓아냈습니다."

"그렇게까지요?"

"예. 구체적으로 제가 보르데만 도시에서는 반란군을 이끌기도 했습니다."

"반란군까지요?"

"저나 수뇌부의 직속 부대. 믿을 만한 유저들이 반란군 행세를 하면서 도시를 뒤집어 놓은 것이죠. 영주의 군대와 싸우기도 했고요."

새로운 사실에 느슨해져 있던 취재 기자는 흥분을 감추지 못했다.

"통치 행위를 위해서 다리우스 님이 비밀공작을 했다는 말씀이시군요."

"통치 행위? 그런 것도 아니에요. 그냥 수뇌부에서 기분 나쁘면 같은 편이라도 힘으로 찍어 누른 거죠."

"말씀하신 부분의 증거 자료가 있을까요?"

"그럼요. 당시 영상들, 전투를 비롯해서 라페이에게 명령을 받는 장면까지도 전부 녹화된 게 있습니다. 인터뷰가 끝나면 바로 전달해 드리죠."

다리우스는 마흔두 가지의 비밀공작을 공개했고, KMC미디어는 그대로 방송했다.

　이 뉴스는 경이적인 시청률을 기록했다.

　그리고 〈로열 로드〉와 관련된 각종 사이트가 헤르메스 길드에 대한 이야기로 시끄러워졌다.

　—딱 걸렸네.
　—진짜 더러운 것들. 이 정도까지 할 줄은 몰랐다.
　—모르기는. 원래 딱 이 수준 아님?
　—정치판이 애들 다 버려 놓은 듯. 〈로열 로드〉에서 정치질을 제대로 하고 있었네.
　—헤르메스 길드라면 규모 때문에라도 이만큼은 할 수 있었죠.
　—같은 편까지 공작한 건 도저히 용납이 안 됨.
　—어디 같은 편뿐임? 방송 보니까 헤르메스 길드 많이 비판하는 도시는 반란군으로 위장하고 일반 유저들까지 쓸어버렸다는데…….
　—헐. 헤르메스 길드는 해도 너무하네.
　—초막장임. 얘들은 망해야 됨.
　—자유로운 북부로 이주합시다. 언제 우리도 그 대상이 될지 몰라요.

　다리우스는 인터넷의 반응을 확인하고는 희미하게 미소를 지었다.

　중앙 대륙 어느 곳의 선술집을 가도 헤르메스 길드를 성토하는 목소리들로 가득했다.

　'이만하면 들고 갈 선물은 충분할 테지.'

　그의 목표는 〈로열 로드〉에서의 성공과 강해지기.

　단단히 자리를 잡은 헤르메스 길드를 이용하여 높은 곳으로 올라가려고 했지만 결국은 내쳐지면서 실패했다.

　'어중간하게 버티고 있으면서 오지도 않을 기회를 기다리기

보단 내가 만드는 것이지. 성공은 개척하는 사람의 것이다.'

다리우스의 머릿속에는 계획이 섰다.

라페이와 헤르메스 길드에 대한 폭로를 하면서 그들의 입지를 줄이는 것이다.

그 과정에서 다리우스는 큰 명성과 유저들의 호의를 얻게 될 것이고, 이후 아르펜 왕국으로 넘어가면 후한 대우를 받을 수 있으리라.

'아르펜의 영주라면… 레벨 200대의 유저도 있다는데. 풋. 내가 끼기에는 우스운 수준이지. 그래도 그곳은 장점이 많으니까 자리를 잡기에 좋아.'

아르펜 왕국에서 다시 도약하리라.

다만 다리우스의 계획대로 이루어질지는 두고 볼 일이었다.

—근데 까놓고 보면 다리우스 얘가 제일 나쁜 놈 같은데.
—사냥개는 사냥개일 뿐임.
—주인도 물었네요, 이제.
—여기 붙었다가 저기 붙었다가. 이런 사냥개들 때문에 더 살기가 힘든 세상이죠.
—헤르메스 길드에 꼬리 흔들다가 안 될 것 같으니 저러는 듯.

다리우스로부터 터져 나온 헤르메스 길드의 스캔들!

각 방송국의 국장들은 조용한 자리를 마련했다.

"윤 국장님, KMC미디어에서 시청률이 꽤 나왔다죠? 아쉽겠습니다."

"허! 우리도 다리우스 그 사람과의 인터뷰를 잡긴 했는데 하루가 늦어지는 바람에 특종을 놓쳐 버렸습니다."

"시청률도 그렇지만… 화제성을 KMC미디어에서 최근 독점하고 있는 부분이 아쉽습니다."

CTS미디어의 신임 보도국장 윤창선이 불편한 듯한 목소리에 짜증을 조금 담았다.

"KMC가 특종을 자주 터트리기는 하지요."

"위드와의 연관도 그렇고… 아무래도 우리도 쫓아가는 보도는 그만둘 때가 되지 않았습니까?"

"호오. 무슨 고견이 있으신지."

윤창선은 40대 후반의 다른 국장들에 비해서는 젊었다.

KMC미디어를 제외하고 12개 언론사들이 모인 자리였지만 방송국 사장 아들이라는 직함은 다른 언론들을 상대로 강력한 영향력을 갖게 했다.

"방송의 기본으로 돌아가서 취재만이 살길이겠지요."

"취재라… 역시 좋은 말씀이십니다."

"항상 노력하는 자세가 중요하긴 하지요."

방송국장들은 노련하게 웃어넘기면서 뒤에 이어질 말을 기다렸다.

방송국 내부의 치열한 정치를 이겨 내고 성과를 내세우며 국장의 자리에까지 올랐다.

윤창선의 제안으로 은밀하게 모인 자리에서 식상한 취재 타령이나 하지 않을 거란 기대들을 갖고 있었다.

윤창선이 사람들의 눈치를 보다가 무겁게 입을 열었다.

"중요한 건 취재의 목적이 무엇이냐인데. 위드 쪽의 관심이나 폭발력은 뛰어납니다. 아시다시피 사냥 영상만 내보내더라도 시청률이 좋죠."

"맞습니다."

국장들의 눈동자가 슬그머니 다른 이들의 표정을 훑으며 지나갔다.

위드가 또 과거로 돌아가서 사냥을 한다는 첩보가 입수되었던 것이다.

'퀘스트로 한 번만 가능한 게 아니었나?'

'또 다른 모험을 시작하는 건가? 어떤 건지는 몰라도 꽤나 흥미가…….'

'뭐든 벌어질 수 있고, 또 그게 황당할 정도로 크게 커지는 것이 위드의 모험이지.'

방송국들은 치열하게 위드의 집으로 선물 세트를 보내면서 물밑 작업을 하는 중이었다.

윤창선도 뻔히 알고 있지만 그 부분은 모르는 척하면서 말을 이어 갔다.

"그런데 우리 방송국의 입장에서 시청률이 높다는 걸 알면서도 못 써먹는 재료들이 꽤 있습니다."

"재료라고 한다면?"

"이번에 폭로 때문에 제가 알아보니 우리 CTS미디어도 헤르메스 길드에 대해 따로 모아 놓은 정보가 꽤 되더군요. 다른 방송국들도 상황이야 마찬가지 아닙니까?"

"물론 그렇죠. 알고 있는 자잘한 정보들이야 꽤 됩니다. 큰 것도 있고."

온라인 중심인 로열스파이더의 한상규 국장이 관심을 드러냈다.

"지금까지는 헤르메스 길드의 영향력이 컸고… 솔직히 취재나 프로그램 진행을 위해 그들의 협조를 원하는 입장이라서 방송을 안 했습니다. 어쩔 수 없이 막았던 정보들을 뉴스에 내보낸다면 어떻게 될까요?"

윤창선이 얼굴 가득 자신감 있는 웃음을 띠며 말했다.

그때부터 국장들의 머릿속이 복잡해졌다.

'방송국들이 헤르메스 길드를 일제히 까자는 건데.'

'시청률은 높게 나올 거다. 베르사 대륙이 뒤집어질지도 모르지만 한꺼번에 한다면 그들의 보복을 신경 쓸 필요는 없지.'

'헤르메스 길드도 힘이 예전 같지 않아. 중앙 대륙의 절대 권력도 무너지고 있다. 반란군이 없더라도 말이지.'

국장들은 이 이야기야말로 이번 회동의 주요 주제라는 걸 알아차렸다.

하지만 KR채널의 국장이 고개를 저었다.

"방송국들은 유저들 간의 분쟁에 있어서 중립을 지켜 왔습니다. 시청률 때문에 헤르메스 길드를 비난하는 것이 그 중립을 위반하는 게 아니겠습니까?"

"아니죠. 방송 자체에서의 중립은 여전히 중요합니다. 그런데 보도할 만한 뉴스가 있는데도 하지 않았던 것이 헤르메스 길드를 도와주었던 거 아닙니까?"

윤창선의 말에 국장들은 계산기를 두드려 봤다.

"비난이나 폭로가 아니라 사실을 그대로 보도하자는 말씀이 시군요."

"우리가 했던 것이 암묵적인 카르텔이나 눈치 보기가 아니었 습니까. 방송국 본연의 자세로 돌아가서 보도할 가치가 있는 사실을 이야기하자는 건데, 나쁘게 받아들일 필요가 없을 것 같군요."

국장들 사이에서 은근한 교감이 흐르고 있었다.

생각지도 못한 다리우스라는 변수로 인해 벽은 무너져 버렸 다. 한 방송국이라도 헤르메스 길드가 감추고 싶어 하는 흑역 사들을 보도하기 시작하면 순식간에 흐름은 만들어질 것이다.

시청률의 파도가 일어날 때 그 흐름을 타지 못한다면 자신들 의 방송국만 손해를 보게 된다. 일부러라도 대세를 만들어야 하고 최소한 같이 따라는 가야 한다.

'다들 반대는 안 할 보양이군. 그럼 나도 묻어가자.'

직장인으로서 승진과 장수의 비결이었다.

다낭 던전에서의 진실
은밀한 살인자들
강압으로 빼앗긴 보물

다리우스의 폭로와 방송국들의 보도로 〈로열 로드〉의 게시 ·

판은 벌집을 건드린 것처럼 시끄러워졌다.

— 저도 헤르메스 길드의 피해자예요. 운영하고 있던 경마장을 통째로 빼앗겼어요.

— 그냥 가져갔단 말입니까?

— 네. 내놓으라고 해서요. 거부하면 죽이고 뺏어 간다고 하는데 힘이 없으니 어쩔 수 없잖아요.

피해자들의 인터뷰도 매일 방송국을 통해 보도되었다. 방송국들이 그동안 갖고 있던 사건 정보들로 흐름을 만들어 나가자 제보가 그치지 않았다.

— 데이트를 해 주지 않으면 죽인다고 했어요.

— 갑자기 헤르메스 길드 사람들이 초보 사냥터의 입구를 지키면서 5골드씩을 받았어요. 원래는 1골드였죠. 그 돈을 안 내면 바로 죽였어요. 어쩔 수 없이 도시 안에서 아르바이트를 해서 사냥터에 들어갈 수밖에 없었죠.

— 헤르메스 길드 유저라면 정말 부유하고 강하잖아요. 우리가 상상하는 이상으로 골드도 많이 벌 텐데 왜 이런 일을 하는지 궁금해서 한번은 이유를 물어본 적이 있어요. 그랬더니 대답이, 그냥 괴롭히는 게 재밌더래요.

명문 길드들이 관행적으로 저지르던 폭거에서부터 쌓이고 쌓여 있던 사건들이 한꺼번에 보도되었다.

위드는 주변 상황에는 신경 쓰지 않고 사냥에만 집중했다.

칼라픽 왕궁에서의 일주일 전투!

몬스터들의 무리까지 물리치고 나서 동료들은 지쳐서 땅에 드러누웠다.

"으아… 이젠 때려죽여도 못 싸워."

"체력이 바닥이야. 끝도 없어. 몬스터들이 이렇게 침략하니 왕궁이 멸망했구나."

"끄… 이런 전투라니. 한계를 경험했어."

동료들은 누워서 언데드 부대를 이끌고 도망치는 몬스터들의 잔당을 사냥하는 위드의 뒷모습을 봤다.

바르칸의 지옥 군주의 로브.

불길하고 음침한 기운이 뿜어져 나오는 핏빛 로브였지만 그걸 입고 있는 자는 언데드에게 잔소리를 하며 전투를 치른다.

위드의 오랜 동료들에게는 익숙한 광경이었지만 파이톤에게는 남달랐다.

'전쟁의 신. 강하군.'

전투를 치르면 멈추지 않는다.

칼라픽 왕궁에서의 전투를 치르며 위드의 순간 판단이나 공략이 눈부실 정도로 뛰어난 걸 확인했다.

'거기다 맛있는 음식이라도 먹다 보면 질리기 마련인데. 전투를 하면 지치질 않는구나.'

위드는 전투를 치르면 아무 생각이 없었다. 체력이 허락하는 한 싸운다. 극도의 노가다 정신!

지겨움이나 정신적인 피로 같은 건 사치일 뿐이었다.

칼라픽의 생존자 퀘스트 완료

왕국 칼레에서의 전쟁은 마침내 끝났다. 무능한 왕가는 무사하지만 왕권은 땅에 떨어졌으며 주민들은 기근에 시달리고 있다. 그럼에도 전장에서 살아남은 자들에게는 마땅한 보상이 있으리라.

> 전사의 용맹을 증명하였습니다.
> 행운, 정신력, 투지, 힘이 2씩 증가합니다. 명성이 5,000 늘어납니다.

칼라픽 왕궁에서의 전투가 끝났을 무렵에는 동료들의 스탯이 올랐다.

위드의 경우에는 메시지 창이 하나 더 떴지만.

> 불길한 힘으로 칼라픽 왕궁을 뒤덮었습니다.
> 정신력, 지혜, 지식이 2씩 오르고, 기품, 명예, 신앙, 행운이 2씩 감소합니다.
> 마나의 최대치가 300 늘었습니다.

> 언데드 소환의 업적!
> 매일 3만 마리 이상의 언데드를 소환하였습니다. 시체들을 깨우는 자! 죽음에 대한 깨달음을 얻어 언데드들의 생명력이 5% 많아집니다. 언데드 소환에 필요한 마나가 3% 감소합니다.

"어쨌든 이걸로 좋군."

스탯들의 변화.

네크로맨서에게 필요한 업적도 달성해 가면서 강해지고 있었다.

레벨 471 달성!

장비에 의존하지 않은 기본 지혜 스탯도 500을 채웠다.

현재의 사냥터가 좋기도 했지만 몰스 던전에서 영양가 만점의 헤르메스 길드 유저들을 해치우며 스탯 보상을 받은 덕이 컸다.

"이제 잠시 관람을 좀 하죠."

반란군 마법사들을 해치우고 획득한 마법서!

위드는 공중 부양의 마법서를 읽었다.

바람을 좋아하던 마법사 우드렌은 어느 날 작은 꿈이 생겼다.

"인간의 힘으로 세상을 날 수 있다면 어떨까?"

하늘을 나는 마법을 개발하기 위해 대륙을 여행하면서…….

마법서는 그 자체로 역사서!

"으하암."

위드는 하품을 하고 눈물까지 흘리면서 책을 읽었다.

〈로열 로드〉와 관련된 논문들이야 메모까지 하면서 찾아볼 정도였지만, 마법서에 적힌 대부분의 내용이 그리 쓸모가 없었으니까.

모험에 대한 기록들이 있지만 기본 마법의 경우는 그야말로 잡다한 것들이라고 할 수 있었다.

우드렌이 어느 마을에서 어떤 여관에서 잤는지까지 기록되어 있었고, 심지어는 길거리에서 본 아름다운 여자에게 말을 걸었던 내용까지 나왔다.

우드렌은 용기를 내기로 했다.

"저, 마법사인데요. 괜찮으시면 우리 하늘을 날아 보지 않을래요?"

"지금 바쁜데요."

"땅을 벗어나서 하늘에서 자유를 느낄 수 있습니다. 높은 곳에서 바라보는 세상, 그리고 눈부신 태양의 뜨거움과 시원한 바람을 맞아 보세요."

"아이참! 저 남자 친구 있어요, 아저씨."

> 공중 부양 마법을 습득하였습니다.

위드는 동료들에게 전부 공중 부양 마법을 걸어 줬다.

마법사 계열이라면 공중 부양 마법을 익히기에는 그리 어렵지 않았다.

지혜 200 이상, 약간의 지식을 필요로 하는 정도.

공중 부양 마법이 고급에 오르게 되면 비행 마법을 터득할 수 있다.

그건 곧, 우드렌의 모험을 16장까지 읽어야 한다는 고역이 있었을 뿐!

"우와! 멋있어요."

위드와 동료들은 까마득히 높은 곳에 올라 땅을 내려다봤다.

건물이 부서지고 쓰러진 칼라픽 왕궁.

전쟁의 참상이 그대로 남아 있는 곳에는 수천여 구의 언데드들이 걸어 다니고 있었다.

저 멀리 반란군에게 함락된 지 오래되어 폐허가 된 요새가 보였다. 지금은 위드의 언데드 군단에 휩쓸려서 살아남은 사람은 보이지 않았다.

"우리가 이런 곳에서 싸웠구나."

"해낸 걸 보니 대단하긴 한 것 같습니다. 대부분은 언데드들이 했다고도 볼 수 있겠지만."

"이런 걸 겪고 나면 평범한 전투는 시시할 것 같아요."

그리고…….

크구구구궁!

대지가 떨리면서 가라앉고 바닷물이 밀려들기 시작했다.

건물들이 파도에 휩쓸려서 부서져 나가고, 서성거리며 돌아다니던 언데드들조차도 허우적거리다가 사라졌다.

허무하기 짝이 없는 광경이었지만 이곳에서 치열한 전투로 한 단계씩 강해진 동료들에게는 정말 다행스러웠다.

'됐다. 이제 내려가서 안 싸워도 돼.'

'끝났다… 진짜 끝이 있구나.'

'6시간 동안 참다가 화장실을 간 것 같은 느낌이야. 정말 시원해.'

위드가 마치 한여름에 아이스크림을 사 먹자는 말투로 이야기했다.

"간단히 사냥이나 갈래요?"

수르카가 단호히 말했다.

"안 가요."

대륙 최고의 재봉사 드라고어.

달빛 조각사

그가 만든 옷은 마법 방어력이 지극히 뛰어났다.

"치마로 만들어 주세요."

"에… 직업이 검사 아닙니까? 치마로 제작하면 방어력이 낮은데요."

"괜찮아요. 짧고 잘 달라붙게 만들어 주셔야 돼요!"

드라고어에게는 귀여운 여고생들의 주문도 밀려들었다.

'이런 이득이…….'

모델급 미모를 자랑하는 여자 음유시인들의 주문도 줄을 이었다.

"드레스를 원하는데요, 일주일 후가 공연 날짜랍니다. 가능할까요?"

"맞춰 드리겠습니다."

가끔은 덩치 큰 남자들도 왔다.

"도복 스타일로 해 주십쇼."

"재료는 뭘로 할까요?"

"호랑이 가죽이요."

"그게, 호랑이 가죽으로 하면 디자인이…….”

"참 좋겠죠. 웃통이 잘 드러나는 것도 좋습니다."

"혹시 성함이 검…으로 시작되지 않습니까?"

"알고 계시네요! 전 검이백사십구치라고 합니다."

아르펜 왕국의 마스코트가 되어 있는 검치와 수련생들!

전쟁을 치르면서 그들의 존재를 모르는 유저는 별로 없었다.

"무식하긴 한데, 보통 사람들한테 사납게 안 대해."

"광장에서 여자들이 지나가면 딱 얼어붙는다. 진짜 신기할 정도야."

"전투 계열 직업은 저분들이랑 꼭 한번 사냥을 해 봐야 하지. 배울 점이 많냐고? 그냥 마법사로 전직하고 싶어질걸."

드라고어는 아직 모라타를 중심으로 활동했다.

새벽의 도시와 벤트 성, 바르고 성채가 커지고 있다고는 해도 모라타의 인구와 영향력만큼은 아직 아니었다.

도시에서 장사하는 보석 세공사나 대장장이들과도 친했고 북부의 상인들과도 자주 만났다.

가끔 맛있는 음식도 먹으면서 재봉사답게 도시 생활을 즐기고 있는 드라고어!

'재봉사 마스터 퀘스트 안 하니까 정말 편하구나.'

이미 재봉사 마스터 퀘스트에서 13단계를 진행했다.

인형 눈 10만 개, 단추 10만 개, 바늘에 실 꿰기 10만 개, 120미터 양탄자 뜨개질.

'아니, 무슨 재봉사는 퀘스트가 모험도 없고 그냥 순전히 생노가다뿐이야? 조각사는 무슨 대륙 전체를 돌아다니는데…….'

드라고어는 가끔 작업하며 한숨을 내쉬었다.

재봉사 중에서는 딱히 경쟁자라고 부를 만한 유저도 없어서 혼자만 삭여야 했다.

'퀘스트를 하고 싶다, 나도…….'

드라고어는 재봉사 길드를 매일 방문하다가 퀘스트를 얻어 내고 말았다.

"불우한 소녀가 있어요. 그녀가 결혼식을 하려고 하는데…
입을 옷을 만들어 줄 수 있을까요?"

기꺼이 웨딩드레스 제작 퀘스트에 나섰지만 알고 보니 그녀
의 존재는 거대 트롤!

트롤들이 결혼식에 입는다는 드레스는 특수한 실을 필요로
했다.

'이번엔 모험인가? 드디어… 나의 인맥으로 아는 유저들을
전부 끌어들인다면 승산이 있을 것 같아.'

풀죽신교에서 상당히 이름이 알려진 드라고어였다.

직업이 생산 계열인 재봉사인 만큼 그와 친하게 지내려는 유
저들은 많이 있었다.

로브를 착용하는 마법사나 사제들을 대거 이끌고 가면 난이
도가 높더라도 깰 수 있으리라.

"마판 상회에서 왔습니다. 축복받은 적염사 찾으셨죠?"

"커험… 어디서 듣고 오셨는지 모르겠습니다만 제가 필요로
하는 적염사는 새벽이슬을 맞은 타크 거미가 만드는 것으
로……."

"그건데요."

"제가 원하는 양은 단지 하나를 가득 채울 정도입니다. 간단
히 얻을 수 있는 양이 아니죠."

"단지 3개 가져왔어요. 구하기 까다로운 거라 가격은 좀 비
싼데 사실 거죠?"

"헛. 농담도 참……."

"세 단지 세트로 사시면 10% 할인도 해 드립니다."

"……."

재봉사 마스터 퀘스트에 필요한 실은 그냥 상단을 통해서 구입이 가능했다.

'조각사랑은 달라서 좋아해야 하는 거야, 아닌 거야? 퀘스트가 편하기는 한데, 이건 남들한테 자랑도 못 하고.'

트롤의 결혼식까지 치러 주고 노가다에 지쳐서 쉬고 있는 드라고어였다.

상점에서 주문받은 옷을 제작하고 있는 그에게 어린 소녀가 문을 열고 들어와서 말했다.

"이곳이 유명한 재봉사의 작업실인가요? 한 달 후에 모라타에 큰 홍수가 일어날 것이에요."

"응? 무슨 말이니?"

"이곳의 국왕이 네크로맨서가 되었죠. 그래서 정의를 수호하는 티른이 노했어요."

"티른이 노했다고……."

티른은 정의의 신이었다.

기사들을 수호하는 신으로, 아르펜 왕국에도 몇 개의 교단이 있다.

"신의 분노는 그대만이 막을 수 있을 거예요. 신비의 천을 펼쳐서 도시로 다가오는 물길을 막아 내어 바다로 향하게 한다면 말이에요."

소녀는 말을 마친 후에 그의 앞에서 신기루처럼 빛으로 변해서 사라졌다.

띠링!

모라타의 홍수를 방지하라!

정의와 법을 지키는 신, 티른. 아르펜 왕국의 국왕 위드는 베르사 대륙을 위해 헌신하며 '신의 인정을 받은 왕'이라는 고귀한 호칭을 받았다. 그가 네크로맨서가 되어 신들이 분노했다. 첫 번째로 나선 티른의 보복은 페살 강과 유셀린 강을 범람시키고 도시를 뒤덮을 것이다. 아직 재앙을 막을 시간은 남아 있다. 신비의 천으로 물길을 만들어라. 범람하는 물을 바다로 돌린다면 신의 분노로 인한 재앙도 사라질 것이다.

홍수를 막기 위해 뜻을 함께할 동료들은 제한 없이 모을 수 있다. 단 퀘스트에 참여한 후에 홍수를 막지 못한다면 퀘스트에 참여한 모든 이들은 신 티른을 거스른 응징을 당하게 될 것이다.

* 티른의 응징: 100일간 신성 마법이 적용되지 않는다. 명성이 크게 하락한다.
　　　　　　　티른 교단과의 적대도가 생긴다.

난이도: A.

보상: 아르펜 왕국의 공적치. 주민들과의 친밀도. 명성. 물의 구원자 호칭.

제한: 재봉사 스킬 고급 7레벨 이상.

퀘스트 수락까지 5분 내에 결정해야 합니다.

"커엇."

드라고어는 깜짝 놀랐다.

모라타를 중심으로 한 지역에 재앙이 일어난다는 점은 당연히 경악할 일이었지만 내용도 문제가 있었다.

"천으로 물이 흐르는 길을 만들라니. 모라타에서 가까운 바다라고 해도 그 거리가 얼마인데."

항구 바르나, 항구 레자드에도 가 본 적이 있었다.

바다를 끼고 있는 도시들이기 때문에 멋진 주택과 별장들이 들어서 있었다.

물 위로 솟구치는 고래들.

먹이를 받아먹는 상어들!

초보 유저들이 바람을 타는 작은 요트들을 바다에 띄워서 굉장히 낭만적이기도 하다.

"빠른 소를 타고도 며칠은 넘게 걸리는 거리인데 물길을 이으라니, 이건 절대 불가능한 퀘스트잖아."

> 퀘스트 결정까지 남은 시간: 2분.

드라고어는 모라타에 대한 애정으로 퀘스트를 받아들이기로 했다.

"안 될 것 같지만… 어쨌든 해 봐야지."

> 퀘스트를 수락하였습니다.

퀘스트를 받은 후 혹시나 싶어서 마판 상회를 찾아갔다.

"신비의 천이요? 방수가 되고 신축성이 강해서 2,000배까지 늘어나는… 그 마법천 말씀하시는 거죠?"

"예, 그렇습니다. 구할 수 없겠죠?"

"재고 있는데요."

"……."

"모라타는 대륙 최고의 천과 가죽이 제작되는 곳이잖아요. 있어야 할 건 다 있죠. 신비의 천은 얼마나 드릴까요?"

"제가 원하는 양이 엄청나서요. 감당이 안 될 겁니다만."

"신비의 천은 팔리는 곳이 없어서 넉넉하게 쌓여 있습니다. 싸게 드릴게요."

"모라타에 재앙이……."

드라고어는 혼자만 감당하기에는 억울해서 자세한 사정을 설명했다.

마판 상회의 모라타 지부장 흙소금은 사정을 들어 보고 나서 고개를 끄덕였다.

"음… 이건 위드 님이나 마판 님에게 보고드려야 할 중대 사안이네요."

"역시 그럴 줄 알았습니다. 국왕인 위드 님에게도 보고드리고 아르펜 왕국 전체가 움직여야……."

"드라고어 님이 실패하시면 재난용 구명조끼와 보트를 팔아먹을 기회니까요."

"예?"

"아, 미분양 주택도 빨리 팔아 치워야겠네요."

"대체 재봉사가 왜? 건축가들이 댐을 짓거나 홍수 대비용 물 빠짐 수로를 건설해야 하는 거 아니야?"

드라고어는 투덜거리면서도 즉시 바느질을 하며 신비의 천을 이어 나갔다.

마판 상회는 모라타 인근에 재앙이 벌어질 예정이라는 점을 널리 알렸다.

모라타에 재난 발생 예정!

한 달 후에 홍수가 일어나서 싹 쓸려 버리게 됩니다.

재난을 막고 싶으면 재봉사 드라고어 님의 상점으로 모여 주세요!

아르펜 왕국 국가 공적치와 명성을 획득할 수 있습니다.

"양송이죽 지원 왔습니다!"

"들깨죽도 왔어요!"

"소식을 들었습니다. 지원자 필요하지 않으세요?"

"재봉사가 꿈이었습니다. 드라고어 님에게 실밥 뜯는 법이라도 배우고 싶습니다."

드라고어의 상점에는 들어오는 유저들로 인해서 문이 닫히지 않을 정도였다.

길거리와 광장, 재봉을 위한 창고에도 사람들이 가득 밀려들어 왔다.

"혹시 레벨 1도 필요하세요? 모라타에서 4개월째 그냥 놀고 있습니다. 마을 밖으로 나갈 수는 있는데요."

"저, 저는… 차마 밝힐 수 없는 죽의… 그니까 벌레죽이긴 한데. 아무튼 퀘스트를 좀 공유해 주시면 맛있는 벌레라도 몇 마리 튀겨서……."

"앞다리가 쏙. 뒷다리가 쑥. 팔딱팔딱 개구리죽도 왔어요!"

극한의 노가다를 해야 할 줄 알았던 드라고어는 동참하는 사람들로 인해 당황스러웠다.

"아니, 이렇게 많은 사람들이……!"

아르펜 왕국을 위해 모인 사람들. 애국심으로 똘똘 뭉친 유저들에 대해 감동이 일었다.

"이 퀘스트 실패하면 신의 응징이 따릅니다. 그래도 하실 겁니까?"

"그냥 놀면서 하면 되죠."

"노가다잖아요? 아르펜 왕국에서 노가다는 누구나 어느 정도는 할 줄 알죠."

"왕년에 삽질 하나는 잘했습니다."

"무조건 성공하는 퀘스트 아닙니까. 이럴 때 독버섯을… 꿀을 빨아야죠."

풀죽신교에게 노가다는 신성한 작업이었다.

퀘스트 내용은 방수가 되는 신비의 천을 통해서 바다까지 이으라는 것이다.

순수하게 그 넓은 면적에 신비의 천을 까는 것은 재료의 한계가 있어서 불가능했고 지형을 이용해야만 했다.

넓고 평탄한 평원이야 물이 좀 휩쓸고 지나가더라도 피해가 없다.

도시와 마을을 보호하면서 강과 개천을 연결하여 범람하는 물을 인도하여 바다로 보내면 된다.

이 부분에서는 모험가이면서 지도 제작사인 데이워커가 나섰다.

"구체적인 계획은 제가 세워 보겠습니다. 드라고어 님은 신비의 천을 최대한 많이 제작해 주세요."

"저도 좀 현장에 가서 도와야……."

"그러지 않으셔도 됩니다. 모라타에서 한 장이라도 더 신비의 천을 만들어 주세요."

"크흑."

대륙 최고의 농부 미레타스도 퀘스트에 합류했다.

"몇몇 물을 많이 흡수하는 식물들을 심어 놓으면 도움이 될 것 같군요. 큰 나무들을 자라게 하는 것으로도 모라타와 그 인근을 보호할 수 있을 것 같습니다."

미레타스의 합류는 퀘스트에 엄청난 도움이 되었다. 대지와 식물을 잘 이해하고 있었고, 아르펜 왕국의 식량 생산과 땅을 비옥하게 만드는 최고의 농부였다.

그는 홍수를 막기 위해서 유셀린 강 주변을 둘러보다가 아이디어를 냈다.

"물이 크게 범람한다고 하는데… 유셀린 강은 수심이 깊고 수량이 많죠. 홍수를 막기 위해 항구 레자드까지 물길을 내는 김에 안정적으로 농업용수를 공급할 수 있도록 주변에 수로를 만드는 건 어떻겠습니까?"

모라타와 그 인근은 여신 프레야의 축복과 개간으로 인해 개발이 완료된 상태였다.

미레타스가 원하는 땅은 모라타에서 남동쪽, 나달리아 평원!

과거 위드가 바르칸 데모프의 불사의 군단 퀘스트를 했던 지역이기도 하고, 중앙 대륙의 작은 왕국 정도로 넓은 면적을 차지하고 있는 평원이었다.

'그 넓은 지역에 농수로를 만든다고?'

드라고어는 멍하니 그의 말을 듣기만 했다. 당연히 퀘스트에 집중하기 위해 안 된다고 말을 하려고 했는데, 풀죽신교의 성녀 레몬이 동의했다.

"좋은 의견이세요. 나달리아 평원이 개발되면 유저들도 훨씬 살기 좋아질 거예요. 농부들의 수확량이 오르면 인구도 빨리 늘어날 거구요."

"역시 그렇죠."

레몬과 미레타스의 말을 들으며 드라고어는 이들이 정신이 있는지 의심스러웠다.

'퀘스트는 벅찬데 무슨, 일을 늘리기만 해.'

반대 의견을 말하지 않는 이유는 벌써 퀘스트에 합류한 참석자들이 많기 때문이었다.

그들이 누구라도 나서서 거부할 줄 알았는데 전부 박수를 치며 좋아했다.

"나달리아 평원을 싹 개발해 버리죠!"

"아르펜 왕국은 땅은 넓은데 개발한 지역이 좁습니다. 이런 식으로라도 한꺼번에 통 크게 개발을 해 봐야 돼요."

"굳이 숙련자들이나 고레벨 유저들이 필요하지도 않죠. 누구나 삽 하나면 참여할 수 있으니 좋겠군요."

"아르펜 왕국에서는 대부분의 유저들이 삽을 가지고 있으니까요."

"풀죽신교에서도 비축분으로 천만 개 정도는 있습니다."

"사람만 더 모으면 되겠습니다."

퀘스트 참여자들의 열렬한 환영을 받으면서 나달리아 평원 개발안은 통과!

그다음 날 풀죽신교의 공식 공지문이 떴다.

북부를 일으키고, 풀죽신교의 기원이 되신 위드 님의 덕분에 모두가 참여할 수 있는 퀘스트가 발생했습니다.
모라타의 번영을 나달리아 평원과 동쪽으로 이어 갈 수 있는 오랜만의 기회!
국가 퀘스트 참여에는 아무 제한이 없으니 누구나 참여하세요.

드라고어는 신비의 천을 꿰매는 도중에 공식 공지문을 읽으며 고개를 저었다.

"누가 이런 말을……. 아니, 그보다도 사실관계가 좀 이상하게 꼬인 것 같은데. 재앙을 일으킨 위드를 싫어해야 하는 거 아닌가?"

공식 공지문이 뜨고 나서부터는 모라타와 새벽의 도시, 벤트 성의 유저들이 삽을 들고 모이기 시작했다.

모라타의 흑색 거성에서 성문 너머까지 새까맣게 모여든 사람들의 무리!

숫자를 센다는 게 무의미할 정도로 많은 인파의 행렬이었다.

"국가 퀘스트라고? 해야지."

"이런 건 꼭 해 줘야 돼. 퀘스트 완수하고 나면 또 축제가 열릴까?"

"푸홀 워터파크에서 놀기도 지쳤다. 신나게 땅 좀 파고 또 놀아야지."

"이 퀘스트 완료하면 와삼이 발도장 찍어 준대."

퀘스트 공유를 위해 사람들은 드라고어의 상점을 차례로 방문했다.

드라고어가 바느질을 하고 있다고 해도 퀘스트는 공유가 가능했다.

광장에서 한꺼번에 수천 명씩 퀘스트의 공유가 이루어졌다.

일반 유저들이 작업을 위해 뛰어가고 나니 축산업자들이 황소들을 이끌고 모였다.

음머어어어어!

끝도 없는 소들의 행렬.

"이거 도대체……."

"소가 몇 마리야?"

"와! 내가 봐도 많긴 하다. 난 2,000마리 키웠는데."

"나도 4,000마리 좀 넘어."

"모라타 인구보다 소가 더 많은 거 아냐?"

말이나 소를 키우는 일에는 직업의 제한은 없었다.

목동은 가축을 키우는 전문직이라고 할 수 있지만, 필요에 따라 농부나 상인, 기사들도 동물을 키웠다.

아르펜 왕국 일대에서는 누렁이의 효과와 프레야 여신의 축복 등이 적용되기 때문에 가축을 키우는 분야의 생산성이 몇 배나 높았다.

소들의 출산율이 높았고 넓은 땅에 풍부한 먹잇감들이 있어서 가축들은 자연히 많아졌다.

"아파트에서 개도 키우기 힘든데, 여기서는 소를 수백 마리 넘게 키울 수 있어."

"소가 재산이지. 안 그래?"

"열심히 소 키워서 돈 벌어야지. 소만 잘 키워도 떼돈을 벌 수 있다고!"

북부에서는 어디서나 편하게 소를 타고 이동할 수 있을 정도였고, 위드를 따라서 전투용으로도 길들였다.

축산업자들의 소떼가 지나가고 나서 드라고어는 생각했다.

'이 퀘스트.. 확실히 어렵지 않겠구나.'

퀘스트의 난이도는 참여하는 사람의 숫자나 노동력에 따라 달라진다.

북부 유저들의 협력이 있으니 국가적인 재난 같은 것도 단순 이벤트로 끝내는 게 가능했다.

요리사들도 자발적으로 모여서 작업에 참여하는 유저들을 위해 영양 만점의 풀죽을 쑤어 주기로 했다. 그리고 뒤늦게 건축가들이 합류했다.

"푸홀 워터파크 일대의 작업을 끝냈는데… 크흐흐. 재밌는 일이 또 생겼군요."

미블로스를 중심으로 한 돌망치 건축가 조합의 등장!

"산에 길을 연결하고 마을을 세우죠. 나달리아 평원이 개발되려면 마을과 곡물 창고는 필수입니다."

"수로를 더 넓혀서 몇몇 곳에는 교역을 위한 대형 선박이 움직일 수 있도록 해야 할 겁니다."

"다리도 연결하고 아름답게 만들어 봅시다."

"홍수라면 쉽게 볼 수 없는 건데 구경을 위한 관람대도 설치하죠."

건축가들은 홍수를 막을 뿐만 아니라 나달리아 평원의 전반적인 개발 작업에 착수했다.

'기가 막히는구나.'

드라고어는 어이가 없었다.

'저 넓은 땅을 개발하려고 하면 천문학적인 돈과 인력을 투입해도 성공하기 어려웠을 일인데. 그걸 그냥 시작해서 어떻게든 진행하네.'

정부나 국가에서 추진했다면 돈만 들이고 흐지부지되었을 일이다. 그렇지만 자신들과 서로를 위하는 마음들이 모이니 기적이 아무렇지 않게 이루어졌다.

아르펜 왕국의 국왕 대리인 서윤도 모라타의 피해 수습과 나달리아 평원 개발을 위한 각종 정책과 예산들을 투입했다.

필요한 지역에는 위대한 건축물도 허락했으며, 모라타의 남동쪽이 발달하면 생성되는 마을에는 국가 공적치에 따라 공평하게 영주의 자리를 주기로 약속했다.

북부 대륙, 아르펜 왕국의 저력은 매일 늘어나는 초보 유저들과 이주민들로 인하여 거대해져 있었다.

중앙 대륙으로 친다면 하나의 작은 왕국 정도가 나달리아 평원에 통째로 만들어지는 것이었다.

대악당의 꿈

대장장이 스킬의 숙련도가 정점에 달했습니다.
숭고한 영혼으로 불을 타오르게 하고, 금속을 자유자재로 다스리는 대장장이의 마스터가 되었습니다. 베르사 대륙에서 대장장이들은 사람들의 안전을 지키기 위한 장비들을 만들어 왔습니다. 뜨거운 열기 속에 흘린 땀방울이 결실을 맺어 지극한 불꽃과 금속의 결합 비법을 깨달았습니다.
생산하는 모든 무기와 방어구, 물품들의 내구도가 상승합니다. 새로 제작된 장비에 최소 한 가지에서 세 가지의 특징이 추가로 부여됩니다. 대장장이들은 무기와 방어구에 새겨진 전투의 흔적을 이해할 수 있습니다. 하루 3개의 장비에서 최근의 전투 경험치와 스킬 숙련도를 획득 가능합니다. 영겁의 불에 대한 권능을 얻습니다. 불과 관련된 모든 능력이 향상되며 마나의 소모량이 감소합니다. 무기와 방어구의 잠재된 힘을 이끌어 내서 추가적인 특성이 2배로 적용됩니다. 진지한 열정으로 전투와 관련된 스킬의 숙련도가 7%만큼 빠르게 향상됩니다. 견고한 인내를 터득하여 생명력과 체력의 최대치가 120% 증가합니다.
특수한 재료를 통해 최대 5회 영웅의 검, 영웅의 방어구를 제작할 수 있게 됩니다. 모든 스탯 40 증가. 생산 퀘스트를 제한 없이 받을 수 있습니다.

호칭 '대장장이 마스터'를 획득하였습니다.

달빛 조각사

명성과 관계없이 왕을 만날 수 있습니다. 전사와 기사, 장인들과 상인의 존중을 받을 것입니다. 힘과 체력, 투지의 효과가 늘어납니다. 같은 대장간이나 공방에 소속된 대장장이 NPC의 성장 속도가 빨라집니다.

대장장이의 마스터!

경쟁자인 파비오와 헤르만은 마스터의 경지에 오르고 희열을 주체하기 힘들었다.

"드디어 내가……."

"후. 해냈구나."

그들은 각자 만든 한 자루씩의 검을 보면서 복잡한 감정에 휘말렸다.

"그동안 나의 모든 열정과 노력을 담아서 만든 검."

대장장이 마스터라는 성과를 이루어 냈고, 헬리움이라는 최고의 재료를 사용해서 제작한 검이라 능력치만큼은 최고였다.

"부끄럽지 않을 정도는 되었구나."

파비오와 헤르만은 둘이서 만나서 아껴 놓은 술을 마시면서 성과를 자축했다.

"결국 마스터는, 며칠 빠른 정도일 뿐이지만 내가 먼저 하게 되었군."

"축하드립니다."

"이루고 나니 허무하기 짝이 없네. 어차피 헤르만, 그대도 마스터에 도착했으니 날짜 차이야 뭐가 중요하겠는가."

파비오와 헤르만은 드워프 대장장이로 〈로열 로드〉를 시작해서 녹슨 구리를 주워 녹일 때부터의 일을 줄줄이 떠올렸다.

대장장이들의 도시, 토르에서 경쟁하면서 최고의 검을 만들기 위해 살았던 일.

"옛날에 시작했을 때가 즐거웠어. 수많은 유저들이 우리가 만든 검을, 강화한 무기들을 가지려고 달려왔었지."

"헤르메스 길드의 주문을 거부하지 못한 기억이 아쉬움으로 남습니다."

"다 추억인 것을. 우린 쇠붙이를 만들었을 뿐, 정의는 그걸 사용한 사람에게 달린 것 아니겠는가. 이렇게 말하면 무책임하겠지만 말일세."

"그렇기도 하지요. 대장장이는 세상에 너무 관여할 필요도 없으니 말입니다."

헤르만은 파비오의 빈 잔에 술을 따라 주었다. 모라타에서 나온 좋은 품질의 붉은 포도주였다.

"토르에서의 시절이 그리워지네."

"거긴 난장판이 되었다고 하더군요. 진성한 대장장이의 끝을 보려는 이들은 드물고 관광객들을 상대로 비싸게 팔 뿐이라고 합니다."

"마스터가 되었다고는 해도 검을 만드는 일은 그만두지 못하겠구만."

"더욱 정진해야겠지요. 가끔은 모험도 하면서 말입니다."

"대륙을 어떻게 돌아다니는지를 모르니… 우린 불 앞에 갇혀서만 제작을 했지 않은가. 위드처럼 돌아다니면서 무기를 필요로 하는 누군가도 만나 보고 퀘스트를 했으면 진작 마스터했을지도 몰라."

"그럴 수도 있겠지요. 비슷한 생각은 저도 하고 있었습니다. 세상을 모르고 불 앞에서 망치질만 했으니 말입니다."

파비오와 헤르만에게는 여유가 흘러넘쳤다.

전투 계열 직업들과는 다르게 대장장이는 끊임없이 돈을 벌어들이는 존재들. 그간 쌓아 놓은 돈으로 유랑을 다닐 수도 있고, 모험을 할 수도 있으리라.

불 앞을 벗어나 아르펜 왕국에서의 생활을 기대하고 있는 둘이었다.

✳

헤인트, 프렉탈, 보드미르.

베키닌의 3마리 미친 상어라는 별명을 가진 그들은 과거 오크들을 아르펜 왕국으로 데려왔다.

그 이후에 항구 바르나가 개발되면서부터 정착하게 되었다.

"이곳을 거점으로 나쁜 짓을 하자!"

"그래. 우리의 나쁜 짓은 이제부터 시작이야."

"크크크. 이곳의 유저들은 지옥을 맛보게 될 것이다."

베키닌의 3마리 미친 상어들은 앞으로 벌일 악랄한 행동을 상상하며 즐거워했다.

"약탈하자."

"죽이자."

"침몰도 시켜 주지."

그들은 항구 바르나의 바닷가에서 통나무를 타고 겁도 없이 먼바다로 항해를 시작하는 유저들을 봤다.

"저놈들로 하자."

"클클. 사냥이로군."

"선원들아, 돛을 올려라! 출항이다!"

베키닌의 3마리 미친 상어가 해적선을 이끌고 쫓아가 보면 유저들은 연근해에서 벌써 침몰해서 바닷물에 둥둥 떠 있었다.

"저희 좀 태워 주세요, 형님들."

"어허. 우리… 나쁜 짓 하러 왔는데. 깃발에 녹슨 칼과 뼈다귀 안 보여요?"

"해적이시구나. 우와! 존경하고 있었습니다. 설마…….."

"뭐요?"

"혹시 위드 님과 지골라스에서 모험을 같이하신 그분들이 아니십니까?"

"크흣. 우릴 알아보는군. 내가 조금 유명해지긴 한 건가."

"그럼요. 저도 해적을 꿈꾸며 바다에 나왔는데요!"

베키닌의 3마리 미친 상어가 나쁜 짓을 벌이기에는 항구 바르나의 초보 유저들 수준이 너무 떨어졌다.

"해적선 함푯값도 안 나오겠다."

"여기서 나쁜 짓을 할 수는 있는 거야?"

"배를 붙여서 넘어가려고 하면 그 충돌로 그냥 침몰해 버리겠네."

〈로열 로드〉를 악랄하게 즐기려고 했던 세 해적 헤인트, 프렉탈, 보드미르.

항구 바르나는 낚시꾼이나 초보 선장들이 바다를 가득 메우고 있어서 해적선을 끌고 다니면 부러움과 관심의 대상이 되기 마련이었다.

"저기 좀 봐. 돛이 어마어마하게 많아."

"선체의 나무도… 티크 아냐?"

"파도를 가르면서 나가는 모습 봐. 배가 저렇게도 빠를 수 있구나."

연예인을 능가하는 인기!

"피곤하자. 좀 쉬자."

"맛있는 거나 한잔하자."

그들이 일단 바다에서 철수해서 항구 바르나의 선술집에서 라임주스를 마시면서 쉬고 있을 때였다.

눈에 확 띄는 귀여운 아가씨들이 다가왔다.

"저기요."

"네?"

"해적이라고 들었어요."

"헛. 그건 비밀인데 어떻게……."

"해적선, 이 앞에 세워 두셨잖아요."

"뭐… 그렇죠."

헤인트는 별일 아니라는 듯 어깨를 으쓱했지만, 눈에는 자부심과 긍지가 가득했다.

"흐흐흐. 이 동네의 치안은 우리가 접수했지. 해적들에게 털리지 않으려면 조심해야 할 거요."

"저희를 조든 섬까지만 데려다주시면 안 돼요?"

"으음?"

"먼저 출항하시면 뒤를 따라갈게요. 바다 괴물들이 너무 무서워서요."

"우리 해적인데요."

"배 한 척당 2골드씩 드릴게요."

조든 섬은 바르나에서 하루 반나절 정도 걸리는 거리였다. 섬에서는 탐험과 교역, 채집 작업이 가능했다. 순풍일 때는 하루가 안 걸려서 초보 선장들이 좋아하는 코스였다.

'고작 2골드라고?'

베키닌의 3마리 미친 상어들은 차라리 하루 동안 놀더라도 가고 싶지 않았다.

"아가씨. 미안하지만 인건비가 좀 비싸서 말입니다."

"얼마 안 되는 돈이지만 정말 애써서 모은 거예요. 가서 미역도 캐고 굴도 따고요. 저희만이 아니라 섬 탐험에는 한국대 무용학과 전원이 참여하기로 했거든요."

"꿀꺽. 무…용학과요?"

"네. 선후배 전부 참여하기로 했어요. 부족하지만 300골드는 넘을 것 같은데… 역시 안 될까요?"

헤인트는 슬쩍 시선을 동료들에게로 돌렸다. 귓속말로 묻지 않았음에도 불구하고 프렉탈과 보드미르의 눈동자가 이야기를 하고 있었다.

'뭘 물어보고 있냐. 퀘스트 받아, 인마.'

'야. 놓치기 전에 수락해!'

헤인트는 침을 꼴깍 삼킨 후에 대답했다.

"조든 섬이라면 귀찮지만 한번 다녀와 드리죠. 우리가 비싼 몸이지만 말입니다."

그렇게 조든 섬에 하루를 다녀오게 되었다.

출항하면서 소금기 가득한 바닷바람도 그렇게 상쾌할 수가 없었고, 해적선 뒤를 따르는 작은 돛단배들을 보살피는 재미도 각별했다.

'이런 게 〈로열 로드〉지! 꿈과 낭만. 좋아서 미치겠구나!'

조든 섬에서도 미역이나 바지락을 캐면서 여대생들과 웃으며 대화를 나눴다.

프렉탈은 바다에 뛰어들어서 큰 새우를 잡아 저녁에 굽기까지 했다.

"시장하시죠? 천천히 드시면서 하세요."

"어머, 새우는 귀하잖아요."

"심심해서 잡아 봤습니다."

여대생들은 걸신이라도 들린 것처럼 새우를 먹어 치웠다.

프렉탈은 보드미르와 함께 바다로 또 뛰어들었다.

목숨을 걸고 수중 30미터, 40미터 깊이까지 들어가서 가재와 새우들을 쓸어 왔다.

"해산물은 또 저희가 전문이죠."

"잡기 어렵지 않으셨어요?"

"손만 대니까 그냥 다 잡히던데요?"

다음 날, 베키닌의 3마리 미친 상어들은 진지하게 모여 앉아 회의를 했다.

"야, 우리 있잖아."

"알아. 무슨 말을 할지. 난 적극 찬성이다."

"후우. 뭔가 살아 있는 기분이야. 이게 인생이구나. 이런 기분은 처음이야."

베키닌의 3마리 미친 상어는 조든 섬까지 정기 운행하는 노선까지 만들었다.

항구 바르나의 유저들이라면 누구나 2골드씩을 내고 호위를 받아서 다녀올 수 있게 되었다.

처음에는 100여 척의 배를 끌고 다녀왔고, 나중에는 소문이 퍼져 수천 척까지 배가 늘어나게 되었다.

해적선들의 뒤를 졸래졸래 따라다니는 돛단배들.

어미 오리와 새끼 오리들처럼 귀여운 광경이었다.

조인족들도 하늘에서 합류하면서 대규모 선단을 이루고 바다를 항해했다.

멋지고 시원한 광경이었다. 그렇게 아르펜 왕국의 동쪽 바다가 개척되고, 섬과 교역로가 확보되었다.

"험한 파도에 주의하세요!"

"이곳은 대게가 잡힙니다. 낚싯줄을 최대한 밑바닥까지 내려 보세요."

바다를 뒤덮은 작은 배들!

항구 바르나에서 멀리 떨어진 유령선 출몰 지역까지도 다니면서 북부 유저들은 빠르게 성장했다.

장거리 항해에 성공하면 항해 기술이 빠르게 성장하고, 선박에는 상당히 많은 짐을 실을 수가 있었기 때문에 교역에도 좋았다.

바다의 매력에 흠뻑 빠진 유저들이 성장하면서 배들이 조금 더 크고 빠르게 바뀌 갔다.

항구 바르나를 이끄는 해적들!
바다의 선구자!

〈로열 로드〉 게시판에도 칭찬의 글들이 올라왔다.
베키닌의 3마리 미친 상어들은 그때부터 몸이 간지럽기 시작했다.
"우리의 본분은 나쁜 짓이잖아."
"요즘 뭔가 나쁜 짓을 안 저질러서 좀이 쑤시긴 해."
"야. 항구에서 사인해 달라는 말도 들었다. 우리 이렇게 살아서는 안 되는 거 아니냐?"
슬슬 나쁜 짓을 저지르고 싶었다.
북부 유저들 중에서도 성장이 빠른 이들은 털어먹을 수 있는 수준이 되었기에 실컷 사고를 치고 다니고 싶었다.
"흠… 근데 뭔가 아쉽긴 해."
"우리의 인기가?"
"아니. 솔직히 여기서 초보들 등쳐 먹기에는 위드가 찝찝하지 않냐."
베키닌의 3마리 미친 상어들이 인정하는 진정한 악당 위드!
"위드의 보복 때문에?"
"하긴… 아르펜 왕국을 털어먹으면 우릴 쫓아와서 복수를 하겠지."
"그렇다고 해서 나쁜 짓을 하지 않는다고? 용기를 내자. 정신을 차려! 우린 나쁜 놈들이라고! 먼바다로 가면 잡기 쉽지 않을 거야."

"아니, 그런 게 아니라… 후. 위드가 밤마다 생각날 때가 많아. 뭔가 여기서 예전처럼 나쁜 짓을 하기에는 아쉬움이 있단 거지."

"아쉬움이 뭔데?"

"나도 잘은 모르겠어."

미친 상어들은 고민하다가 솔직히 털어놓고 상담을 받아 보기로 했다.

그 대상이 엉뚱하게도 바로 위드였다.

위드가 귓속말 제한을 해제한 틈을 타서 대화에 나서서 사정을 설명했다.

—그러니까… 항구 바르나의 유저들을 상대로 약탈을 하고 싶다?
—네. 과거였다면 주저하지 않았을 겁니다. 그냥 확 다 들이받고 약탈하고 불태우고… 진짜 재밌는데, 막상 실행에 옮기기가 망설여지네요.

헤인트는 눈치를 살피면서도 사실대로 이야기했다. 어차피 사고를 치고 나서 위드에게 잡히면 죽는 것이고, 안 잡히면 상관없었으니까.

그들이 롤모델로 삼고 발자취를 따라가려고 하는 진정한 악당 위드에게 조언을 구하고 싶었다.

—북부 유저들에 대한 의리나 동정심 때문은 아닙니다. 배신의 상쾌함에 비하면 아무것도 아니죠. 근데 왜 막상 실행에 못 옮길까요?

한동안 침묵이 흐른 후에 대답이 돌아왔다.

—조금 더 나쁜 짓에 눈을 뜬 것 같군요.
—예?
—복잡하게 설명하자면 끝도 없지만… 예를 들어 보죠. 1만 원, 3만 원을 훔쳐서 경찰에게 집힌 도둑놈을 보면 무슨 생각이 듭니까?
—음…….

미친 상어들은 그들끼리 눈을 마주쳤지만 쉽게 답이 나오지 않았다.

—그냥 좀 불쌍하다. 혹은, 말하기 힘든 무슨 사연이 있겠지, 그런 생각이 들지 않습니까?
—아, 맞습니다.
—저도 그렇게 생각했어요.
—무슨 사연이 있었으니 훔쳤겠죠.
—근데 한 10조, 아니면 20조쯤 훔친 도둑놈이나 사기꾼이 있다면 무슨 생각이 듭니까?
—우와…….
—대박!
—끝내준다. 존경. 존경.

미친 상어들은 상상만으로도 입을 다물 수가 없었다.

—능력 있다, 똑똑해 보인다, 평범한 사람 아니다… 뭐, 그런 느낌이죠?
—그렇죠. 그 정도 능력이라면 와, 진짜 대단한 거죠.
—진짜 그렇구나.

미친 상어들은 위드의 설명이 머릿속에 쏙쏙 들어왔다.
설명으로도 간단히 몇조는 털어먹는 스케일!

—훌륭한 악당의 나쁜 짓은 그런 겁니다. 남들이 알면서도 흉내 내기 힘든 것이죠. 더 성장하세요. 넓고 크게 보세요. 어린이들 만화를 봐도 왜 꼭 악당들은 세계를 정복하려 할까요?

—글쎄요?

—그러게. 왜 맨날 세계를 정복하려고 하지?

—악당들도 큰 꿈을 꾸는 거죠. 헤르메스 길드도 대륙 정복을 목표로 하지 않았습니까.

—맞다, 맞아!

—그들을 본받으세요. 세상은 넓고 할 수 있는 나쁜 짓은 많습니다. 꿈꾸고 노력하지 않는 나쁜 놈은 성공할 수 없습니다.

—크으… 이렇게 한가롭게 있을 때가 아니었군요. 정말이지 최선을 다해야 겠습니다.

미친 상어들은 한 수 배웠다는 생각에 충실하게 살기로 마음먹었다.

스킬도 성장시키고 해적선의 규모도 늘렸다. 틈틈이 유령선 출몰 지역에서 사냥도 해냈다. 그러면서 가끔씩은 위드의 조언을 받았다.

—팔로스 왕국, 그러니까 남부 사막 지역까지 다녀오십시오.

—알겠습니다.

베르사 대륙의 동쪽을 빙 돌아서 가는 장거리 항해였다.

마판 상회와 몇몇 대규모 상단, 북부의 수많은 상인 유저들이 동참한 교역단이 결성되었다.

교역단은 험난한 파도와 소용돌이 지대, 해양 몬스터들의 위협을 이겨 내며 베키닌의 3마리 미친 상어를 따라 사막 지역에 도착했다.

대륙 간의 장거리 항해에 성공했습니다.
신항로 개척! 바람을 타고 파도를 가르며 성공적으로 긴 항해를 마쳤습니다. 항구 바르나에서 사람들의 축복과 새들의 웃음소리를 들으며 출항하여 멀고도 먼 태양과 모래의 땅에 도착했습니다. 항해에 따른 스킬의 숙련도가 상승합니다. 항해자의 명성이 4,560 증가합니다. 행운이 영구적으로 14 늘어납니다.

새로운 항로!
항구 바르나와 조개껍질 해안의 항로가 발견되었습니다. 바르나의 자유바다 길드에 항로가 보고된다면 지도로 만들어져서 항해사들이 이용할 수 있습니다. 항로를 통하면 해상 이동에 15%, 위험 발생률을 47% 감소시킵니다.

"크아, 왔다!"

"북을 쳐라. 육지로 간다!"

사마 지역에 도착한 수천여 척의 범선들.

태풍에 시달리고 암초들을 헤치며 왔다.

작은 배들의 돛은 넝마처럼 너덜거렸고 선체에도 부서진 흔적들이 역력했지만 선장들은 기뻐서 소리를 질렀다.

"만세!"

"이게 얼마 만의 육지냐."

사마 지역에는 제대로 된 항구도 없어서 먼바다에 마판 상단의 대형 범선들이 멈추고 작은 배들로 물품을 운송해야 했다.

헤인트는 사막을 오자마자 또 나쁜 짓을 저지르고 싶었다.

"남부 촌놈들이나 좀 무시해 볼까? 여긴 발전도가 낮지?"

"그래. 모래나 먹고 햇빛이나 받으면서 사는 놈들한테 텃세라도 부려 보자."

"찬성이야, 찬성."

"오, 저기 온다. 이 지역 유저들에게 행패를 부려야지."

"큰물에서 노는 거 아니겠어. 킬킬킬."

배를 잡고 웃던 미친 상어들은 마중을 나온 사막 전사들이 다가오면서 어깨가 위축되고 고개가 절로 숙여졌다. 눈은 마치 자동 회피 기능이라도 있는 것처럼 마주치지 못했다.

검오치!

생각하고 패는 그가 미친 상어들의 어깨를 두들겨 줬다.

"멀리서 오느라 고생 많았다."

"아, 예… 저… 아닙니다. 괜찮습니다."

검오치가 악수를 위해 내민 손을 프렉탈은 벌벌 떨며 공손하게 두 손으로 잡았다.

바다가 아닌 이상 전투력으로는 좀 달릴 수 있었다. 하지만 〈로열 로드〉에서의 전투력을 무시하고 발휘되는 인간적인 위압감.

검오치는 미리 위드에게 들은 이야기가 있었다.

"저하고는 친한 녀석들입니다. 편하게 대해 주세요."

"편하게?"

"네. 동생들처럼요."

검오치는 위드와 인연이 있는 좋은 동생들이라고 생각하고 다정하게 말했다.

"덥지? 목마를 텐데 시원하게 맥주라도 한잔할래?"

그래 봐야 굵고 낮게 깔리는 목소리였지만.

"아, 아니… 그냥 빨리 돌아가고……."

"싫냐?"

"예엑? 아, 아닙니다."

미친 상어들은 어서 배를 타고 돌아가고 싶었지만 검오치가 맥주를 가져올 때까지 기다렸다.

> 헤인트: 대충 마셔 주고 가자. 굳이 이것도 거절하고 그냥 가긴 서운하잖아.
> 보드미르: 그래. 맥주 마시는 데 시간이 오래 걸리지도 않는데.
> 프렉탈: 야, 한 잔 정도야 서로 마셔 주는 거지. 다 정이잖냐, 정.

귓속말을 하면서 자존심을 세우는 그들!

검오치는 교역을 하는 장면을 살펴보고는 돌아왔다.

"뭐 하냐. 맥주 안 꺼내고."

"맥주… 저희가요?"

"어… 맥주를 안 가져왔어?"

검오치가 잠깐 머뭇거렸다.

그로서는 잠시 생각을 한 것인데, 그때 일그러지는 얼굴근육은 감히 대들 수가 없을 정도였다.

생존 본능이 발동되는 순간!

"이, 있습니다. 맥주!"

"같이 마셔도 되지?"

"넉넉합니다. 남는 것도 드리고 가겠습니다."

미친 상어들은 평상시에 배에 맥주를 잔뜩 실었던 것을 극히 다행으로 여겼다.

"와! 여긴 그냥 다 특산품 대접을 받네."

"모라타의 와인은 잘 안 팔려. 술 문화가 다르대."

"과일이 최고야. 햇빛을 가리는 용도의 의복도 많이 남겨 먹을 수 있고."

북부 유저들은 사막 지역에 생필품들을 대량으로 실어 가지고 왔다.

간단한 옷이나 요리 도구, 말 안장 같은 것도 사막 지역에서는 몇 배나 비싸게 팔렸다.

"여기서 살 만한 물품은… 융단이나 낙타 가죽 같은 걸 북부로 가져가 볼까?"

"그보단 역시 술이지. 유행만 일으키면 시세는 의미가 없어지니까."

"이곳의 칼 생산 기술도 뛰어나. 일반 칼은 쓸모가 적지만 전사용으로 사막 장인들이 만든 건 괜찮은데."

북부 유저들은 사막 도시들을 돌면서 가져온 물품들을 팔고, 새로 구입을 했다.

그 이후에 배에 가득 실어서 다시 아르펜 왕국을 향해 출항했다.

활발한 거래로 사막에 쌓여 있던 재고가 정리되면서 장인들에게 일감이 생겼다.

검오치는 교역단이 다시 떠나는 것을 배웅까지 해 주었지만 이틀 뒤에 새로운 아르펜 왕국의 교역단이 도착했다.

"넌 또 뭐냐?"

"저요? 전 마판 상회에서 밀수와 해상 교역을 전담하고 있는 뭉칫돈이라고 합니다."

"정말 가실 겁니까."

"네!"

"꼭 가셔야 되죠?"

"바로 갈 거예요."

"이렇게 떠나실 생각입니까?"

"갈 거라니까요."

"후… 정말 아쉬운 작별이군요."

"알았어요. 안 갈게요."

위드는 이리엔과 대화를 나누면서 교묘하게도 그녀가 떠나지 않도록 했다.

"크윽. 설득당하고 말다니."

"아, 안 돼."

다른 동료들은 사냥에 지쳐서 도망치고 싶었지만 이리엔만 버리고 갈 수가 없었다.

'처음부터 노렸어.'

'지독하다.'

'아, 나는 전투 노예야. 벗어나지 못해.'

여행의 조각술.

위드는 어느 시대의 역사로도 떠날 수 있었고, 발전한 대도시에서 관광과 문화를 즐기는 여유로운 여행도 가능하기는 했다. 물론 그렇게 갈 생각은 추호도 없었지만!

"흠. 어디로 떠날까."

위드의 머릿속에는 뒷골목 여행사의 해외여행 상품을 능가하는 패키지들이 수립되고 있었다.

비행기 푯값보다도 저렴한 가격으로 일단 모집해 놓고 하루에 최소 세 번씩 가둬 놓고 쇼핑을 시킨다는 위험한 패키지들!

'여행은 다 그런 맛이지.'

여행의 인솔자가 되었다면 당연히 기대치를 높게 충족시켜 주어야 한다.

'아무래도 다음번 사냥까지 마치면 한동안 연락까지 두절될 수 있어. 그렇다면 이번에 완전히 단물을 쪽 빨아먹어야 한다.'

페일을 비롯해 동료들의 구성과 전투 능력은 훌륭한 편이었다. 어떤 전장에 데려가더라도 각자 자기 몫을 몇 배는 해 줄 사람들.

'그곳으로… 흠. 벌써 거길 가기는 좀 아쉬운데. 그래도 역사적으로 보면 업적을 달성하기는 좋으니깐.'

위드가 베르사 대륙의 역사를 공부하며 발견했던 애매한 곳들이 제법 많았다.

칼라픽의 궁전 같은 경우는 전쟁의 시대도 겪어 봤고 팔로스 제국도 건국해 보았으니 기사들이나 병사들의 수준이 대략 가늠이 됐다.

힘들지만 고생하는 보람은 있는 정도. 정신을 바짝 차리면 버틸 만한 장소.

그런데 지역이 통째로 멸망하거나 병력이 전멸한 경우에는 난이도를 측정하기가 힘들다.

'생고생을 하려면 그런 곳 중의 하나로 가야지. 혼자 가긴 좀 아쉬우니깐 말이야.'

고생을 하더라도 누가 알아줘야 뿌듯한 법.

위드는 엄마의 호주머니에서 용돈을 훔친 초등학생처럼 환하게 웃었다.

"이번에는 좀 여유 있게 가죠."

"네?"

"뭐라구요?"

동료들의 눈에는 불신이 가득했다.

파이톤과 양념게장은 확 지금 이 순간이라도 도망치는 것을 고려하고 있었지만 현실적으로 어쩔 수가 없었다.

'이거 원래 세계로 어떻게 돌아가는 거지?'

'음. 높다… 떨어지는 데도 한참 걸리겠어.'

여전히 공중 부양 마법을 사용해서 하늘에 떠 있었다.

지상에 존재하던 칼라픽의 왕궁은 바다에 잠긴 상태.

단순한 암살자와 전사의 직업이라 스스로 땅으로 내려갈 수도 없었고, 원래 시간대의 세계로 돌아가는 건 더더욱 할 수 없었다.

'보내 주기 전에는 못 가는 건가.'

'공중 부양 마법을 쓴 것도 멸망의 장면을 구경하라는 게 아니라 압박을 위해… 아냐. 설마 그 정도까진 아니겠지.'

위드에 대해 아직 희미한 믿음을 가진 양념게장!

'설계야. 한번 걸려든 이상 빠져나가지 못해.'

모든 걸 알고 있는 페일은 그저 조용히 있을 뿐이었다. 착하다고 해서 바보는 아니었다.

'위드 님과 동료가 되고 나서 성장 속도가 빨라졌어. 과정이야 어쨌든 영주의 자리를 얻었고, 유저들 사이에서 유명해지기도 했고. 고생을 하기는 하지만 보람도 생겨.'

위드를 따라다니는 순간에는 죽을 만큼 괴롭지만, 지나 보고 나면 이상하게 나쁘지 않은 추억이 된다.

끝없이 밀려오는 몬스터들을 상대로 정신없이 싸우고, 맛있는 음식을 먹고, 정비하면서 최선을 다했다는 느낌을 받았다.

'전투 노예로 은근히 괜찮은 측면도 있지.'

위드가 입술에 침을 바른 채 말했다.

"그냥 여유롭게 간단히 갈 거니까요. 다들 피곤하기도 하고 이번에는 길게 사냥하지 말죠. 딱 하루면 어때요?"

"하루?"

"하루라면 뭐……."

동료들의 어깨에 어려 있던 긴장이 확 풀렸다.

산전수전을 다 겪은 이들이라 하루라면 어떻게든 버틸 수 있으리라고 본 것이다.

이리엔과 로뮤나의 눈이 마주쳤다.

'나쁘지 않네.'

'위드 님이 설마 죽으러 가는 건 아닐 테니까. 마법 몇 번만 날리면 되겠지?'

다음 여행지로의 준비는 간단히 끝났다.

메이런과 파이톤은 딱 하루라니 아쉬움마저 느낄 정도였다.

'방송에 나오려면 조금 더 큰 전장이 좋은데. 에휴. 그래도 일부러 어려운 곳으로 가자고 할 수도 없고.'

'겪어 보니 꽤 힘들긴 했지만 하루 더 싸우는 정도야… 막 몸이 풀리려고 하니 괜찮군.'

위드가 포털을 열어 주었을 때에도 마음 편하게 뛰어들 수 있었다.

✻

슈우우우우우!

콰과과과!

파이톤이 먼저 위드의 포털을 타고 들어왔다. 몬스터와의 싸움을 생각했지만 대지가 흔들려서 땅을 뒹굴었다.

"여긴 뭔 일이야?"

파이톤은 몸을 낮춘 채로 눈을 크게 떴다.

하늘에는 드레이크 수천 마리가 날아다니면서 지상을 향하여 입에서 불길을 토해 내고 있었다.

"진군하라. 진군해!"

"마폰 왕국의 용감한 병사들아! 저곳이 너희들이 죽을 장소다. 가라, 가!"

"괴룡에게 매달려라. 너희들 따위가 죽일 수 있을 거라고 생각하지 마. 마구 덤벼라!"

"전진! 앞으로 뛰어가라."

바다의 수평선 너머까지 가득 메운 대형 범선들이 해안에 도착하고 있었다.

기사들과 병사들은 모래사장에 상륙하거나 바다로 뛰어들어서 육지까지 헤엄을 쳐서 왔다.

땅에는 미리 자리를 잡고 있는 악마족들.

악마에게 영혼을 팔아서 힘을 얻은 인간들이 몬스터들을 지휘하면서 병사들을 막고 있었다.

"아니. 여긴… 칼라픽 왕궁보다 더하잖아?"

띠링!

목숨을 건 선택!

3국 연합군과 굴텐 악마족은 마침내 맞붙었다. 인간들은 운명을 건 싸움을 시작하며 작센 섬을 기습했다. 전쟁이 벌어지고 있는 장소에 평화는 없다. 악마족이나 연합군, 어느 한쪽에 가담하여 상대를 무너뜨려야 한다.

난이도: S.

보상: 명성과 보물.

제한: 생존과 승리. 퀘스트가 강제로 부여된다.

함께 싸울 아군을 선택하십시오.

악마족을 선택할 시에는 인간들을 상대로 싸워야 합니다. 악마족은 당신의 신체를 개조하여 영구적인 힘을 줄 것이지만 막대한 명성과 명예를 잃어버립니다. 괴기한 문신이 몸에 새겨져서 지워지지 않습니다. 즉각적인 보상으로 신체적인 능력의 강화가 있습니다.

연합군을 선택할 시에는 상당히 높은 신앙심과 명성을 얻을 수 있습니다. 그들은 어려운 싸움에 동참해 준 이들에게 커다란 호의를 보일 것입니다. 물론 이 전투에서 패배한다면 모든 것은 물거품이 되어 사라지고 말 테지만!

'난이도 S급의 퀘스트라.'

난이도 외에 긴 설명을 읽을 여유도 없었다.

파이톤의 눈에 보이는 좀 대단해 보이는 몬스터만 해도 다섯 종류는 되었다.

'저건 외모만 봐도 전투력이 보통이 아닌데.'

괴룡이라고 불리는 지상 몬스터.

10미터 정도 되는 키에 두꺼비처럼 뚱뚱한 몸을 가졌다.

뒷다리로 달리며 무지막지한 돌파력으로 기사단과 병사들을 들이받아 버리고 있었는데 넘치는 힘은 파이톤에게 호승심이 일어날 정도였다.

하늘에서는 드레이크의 대군이 지상을 향해 불을 내뿜으며 병사들을 불태웠다.

'여긴 도대체 어디야.'

파이톤도 만만하게 나설 수 없어서 일단 바위 뒤에 숨었다.

"우와악. 진격이다!"

"켈튼 왕국군이여. 악마족들을 남김없이 소탕한다."

기사단과 병사들이 그를 지나쳐서 악마족과 몬스터들을 향해 돌격해 들어갔다.

파이톤은 싸우고 싶어서 몸이 근질거리기는 했지만 너무나도 거대한 전장이라서 쉽게 움직일 수가 없었다.

'지금 전투에 참여한 병력만 해도 10만이 넘어 보인다.'

이미 죽은 자들과 배를 통해 상륙하고 있는 병사들까지 더하면 보고도 눈을 의심하게 될 정도의 치열한 전투.

파이톤의 얼굴이 드레이크들이 뿜어낸 열기로 후끈했다.

'이 해안 전투는… 으음. 퀘스트는 3군 연합군과 악마족의 싸움이라고 하니 아마도 작센 섬의 상륙작전인가.'

작센 섬 상륙작전!

전쟁의 시대가 벌어지기 10년 정도 전으로 마폰 왕국과 켈튼 왕국, 브롬바 왕국의 연합군이 동맹을 맺고 굴텐 악마족을 처단한 일이다.

작센 섬의 상륙작전에는 3개의 왕국이 핵심 군사력을 대거 동원했고 대부분이 사망하는 피해를 입었다.

그 여파가 대륙의 군사력 균형을 무너뜨리면서 전쟁의 시대로까지 이어지게 됐다.

"허억! 이런 전쟁터를 여유 있게 오자고 했어?"

파이톤은 기가 막혀서 화도 났다.

"아니, 오더라도 설명은 제대로 해야 할 거 아냐."

간단히 사냥을 간다는 말을 믿진 않았지만 사나이답게 패기를 보여 준다면서 먼저 들어왔다.

속는 셈 치는 마음으로 들어왔더니 도착한 곳은 베르사 대륙의 역사가 뒤집힐 뻔한 전쟁터!

"크흠. 조금 냉정한 판단이 필요하겠군."

바위 뒤에 몸을 숨기고 기다렸더니 수르카부터 1명씩 뚝뚝 나타났다.

파이톤은 숨어 있었던 일은 없다는 듯 재빨리 바위에서 뛰쳐나와서 전장의 한복판에 섰다.

"와! 전투 규모가 엄청나네요. 하벤 제국이 대지의 궁전을 침략했을 때와 비슷한 거 같아요."

"퀘스트를 보니 꼭 어느 한쪽의 편에 서서 싸워야만 할 것 같은데……."

"이제 어떻게 하지? 다친 사람이 많은 거 같아."

로뮤나와 수르카, 이리엔이 전장을 훑어보더니 한마디씩을 했다.

던전 사냥이나 수백 마리 정도의 몬스터들은 그들도 경험이 꽤 있었다.

아르펜 왕국의 치안이 안 좋을 당시 돌아다니는 몬스터들을 북부 유저들과 함께 처리하고는 했던 것이다.

"위드 님 생각은 어떠세요?"

이리엔의 말에 일행들의 시선이 위드에게로 향했다.

일행 중 레벨 500대의 유저도 있었지만 상황을 분석하고, 판단력을 믿을 수 있는 건 위드라고 할 수 있었다.

"인생에서 줄을 잘 서야 하긴 하죠."

위드는 굴텐 악마족과 3국 연합군의 전력을 잠시 살펴봤다.

상륙선에서 밀려오는 인간의 병사들. 하지만 악마족은 무시무시한 몬스터들을 소환하여 이를 막아 내고 있다.

심지어 악마에게 영혼을 팔아서 힘을 얻은 악마족들. 주술과 흑마법을 극도로 익힌 그들은 뒷짐을 진 채로 구경만 하는 여유를 부릴 정도였다.

'위드 님이라면 악마족의 편에 설지도…….'

'으음. 괜히 물어본 거 아닐까?'

'사악한 아이디어를 낼 것 같아. 틀림없잖아.'

위드는 상륙군의 병력이 죽어 나가는 것을 보다가 말했다.

"인간들의 편에 서죠."

호기심이 많은 수르카가 대뜸 이유를 물어봤다.

"왜요?"

"세 왕국의 주력이 나섰습니다. 역사대로라면 큰 전투가 벌어져서 거의 전멸을 하게 되지만… 우리가 끼니 조금은 달라질 수 있겠죠."

"인간 쪽에 서는 게 승리와 생존에 유리할까요?"

"그렇게 만들어야겠죠. 사악한 악마족과 협력하기보다는 인간들과 대화가 더 잘 통할 테니까요. 신체 강화 부분도 그에 따른 대가를 치러야 할 테고요."

"음. 그렇구나."

일행들은 그런 이유에서라면 충분히 납득할 수 있었다.

역사서에 한 줄 정도 나와 있는 악마족의 편에 선다는 것은 약간의 능력을 얻을 수 있다고 해도 부담이 상당했다.

'이걸로 명예 회복을 할 수 있겠군.'

위드는 이번에도 사기는 쳤지만 거짓말은 안 했다.

그에게는 반드시 인간들의 편에 서야 하는 이유가 따로 존재했다.

네크로맨서로서 신앙심이나 기품, 행운, 명예, 용기 같은 스탯을 조금씩이나마 계속 잃어버리고 있다.

인간들과 악마족이 싸우는 전장에 뛰어들어서 승리로 이끈다면 보상으로 상당한 스탯을 획득할 수 있을 것이다.

악마나 언데드들을 해치우면 신앙심 스탯을 확보하는 것이 가능하다.

'그야말로 시체 일으키며 공적 세우는 거지.'

위드를 시작으로 1명씩 퀘스트를 받아들였다.

"연합군과 함께 악마족을 무찌를 것이다."

"연합군을 돕겠어요."

"연합군의 편에서……."

> 퀘스트를 수락하였습니다.
> 마폰, 브롬바, 켈튼 연합군과 함께 굴텐 악마족을 처단해야 합니다.

장난으로라도 악마족의 편에 서는 일행은 없었다.

그 순간 위드와 그 일행들을 주시하고 있던 악마족이 날카롭게 외쳤다.

"저들에게서 악의가 느껴진다. 적이다. 전부 죽여라!"

악마족은 몬스터 군단을 지휘하면서 상륙을 막고 있었다.

가까이 접근하지 않는 이상 지상에서의 전투는 벌어질 일이 드물지만 하늘을 장악한 드레이크 부대가 명령을 받았다.

끄우와아아악!

하늘에서 지상을 향해 불길을 내뿜는 드레이크들이 위드와 그 일행들을 향해 날아왔다.

"오고 있어요!"

"바로 시작되는군요."

드레이크들이 다가오기 전부터 이미 뜨거운 열기가 화끈하게 느껴졌다.

두꺼운 검푸른 갑옷을 몸에 두르고 있는 형태의 드레이크들은 악마족에 의해 개조가 완료된 상태.

"조금 난감하군. 일반적인 드레이크들보다도 훨씬 강해 보이는데."

"이 전투는 저에게는 까다롭겠군요."

웬만한 전투에서는 두려울 것 없는 파이톤이나 양념게장이었지만 비행 생명체에 대한 부담감이 컸다.

레벨이 300대로 비교적 약한 비행 생명체만 하더라도 땅에서 걸어 다니는 평범한 유저들에게는 상대하기 곤란한 존재다.

궁수나 마법사라고 해도 빠르게 하늘을 나는 드레이크와 싸우는 건 원치 않는 편이었다.

'저건 레벨이 400대도 넘겠다. 아르펜 왕국의 와이번들과 비교해서도 꿀리지 않을 것 같은데.'

'위드 님이 어떻게든 해 주시겠지.'

'하늘에 낚싯줄로 그물을 쳐? 아냐. 아이디어를 떠올리지 말자. 난 싸우기만 해야지.'

일행들은 역시 위드가 뭐든 할 것이라고 생각했다.

아무리 복잡하고 위험한 전장이라고 하더라도 위드가 두 손을 놓고 있다가 당하는 광경은 상상하기 어려웠으므로!

"에… 그러니까."

위드는 일행의 시선을 느끼기는 했다.

하늘에서 돌아다니는 수천 마리의 드레이크 중 일부가 그들을 공격하기 위해 내려오는 중이었다.

네크로맨서의 정석이라면 드레이크는 무시하고 연합군 사이에 숨는 것이다.

인간 병사들의 시체들을 언데드로 소환하고 몬스터들을 차

츰 제압해 간다면 그것이 일반적!

'그런 식으로는 재미가 없겠지. 게다가 이 전장도 시간과의 싸움이다.'

위드의 시선이 동료들의 얼굴을 1명씩 훑고 지나갔다.

공식 전투 노예로서 어디서든 제 역할은 해 주는 페일을 비롯하여 다들 확실한 장기를 한 가지씩은 가졌다.

로자임 왕국에서 만났을 당시만 하더라도 평범한 유저가 될 가능성이 꽤 있었다.

여행이나 휴양을 즐기는 유저들이 〈로열 로드〉에서는 압도적으로 많은 인원을 차지했으니까.

그들은 위드의 영향을 받았기 때문인지 무서운 속도로 강해졌다.

'이들이라면 믿어도 되지. 그래, 결정했어. 제대로 싸우자.'

위드는 마법을 사용했다.

"유령마 소환!"

드레이크는 어느새 접근해서 공중을 에워싸고 있었다.

위드가 먼저 유령마에 올라타며 작전을 이야기했다.

"작전명은 심장입니다."

"심장?"

파이톤이 드레이크들을 살피면서 되물었다. 단어를 듣자마자 떠오르는 전술이 있긴 했다.

'적의 심장부를 치라는 이야기인가. 악마족들을? 과감하면서 위험한 전술인데. 성공하면 효과야 크겠지만……'

'빈틈을 발견한 것 같구나. 과연!'

'악마족들도 마법사 계열로 볼 수도 있겠지.'

'이런 큰 전장에서 바로 적의 심장부를 공략한다고? 와… 일단 되긴 되나?'

일행들이 작전에 대해서 비슷한 생각들을 떠올리고 있을 때였다.

"심장이 시키는 대로 하세요. 이곳에서는 그게 전부입니다."

위드는 작전에 대해 설명하며 유령마를 타고 하늘로 날아올랐다.

드레이크들은 불길을 몸에 휘감은 채로 날아왔다.

"높이 날아라."

위드가 탄 유령마는 하늘을 향해서 치솟았다.

지상에서 벌어지는 진장과는 멀어졌다. 그 대신 하늘이라는 드넓은 공간에서 드레이크들을 적으로 맞이했다.

크우오오오!

수십 마리의 드레이크들의 눈빛이 자신들의 영역에 도전장을 내민 먹잇감을 보며 번들거렸다.

양측의 거리는 순간적으로 빠르게 좁혀졌고 드레이크들은 입을 벌려서 뜨거운 화염부터 내뿜었다.

"이 정도는… 정면 돌파다!"

위드는 로아의 명검을 뽑아서 불길을 가르며 동시에 드레이크들을 베고 지나갔다. 현재는 조각 파괴술로 모든 예술 스탯을 힘에 몰아넣은 상태였다.

치명적인 일격!
드레이크의 날개를 정확히 가릅니다. 대상자의 육체에 걸려 있는 '피의 보호'
를 로아의 명검이 무력화시켰습니다. 대형 몬스터에는 3배의 공격력이 적
용! 상대방의 방어력을 약화시킵니다. 생명력을 43,193 감소시켰습니다.

크우에에엑!

날개를 잃은 드레이크들이 하나둘 지상으로 추락해서 목숨
을 잃었다. 설혹 추락의 충격에서 살아남는다고 하더라도 3군
연합군 병사들에 의해 난도질을 당했다.

하늘에서의 전투로 명성이 3 증가합니다.

경험치를 획득하였습니다.

검술의 숙련도가 증가합니다.

위드의 몸과 유령마에는 화염이 이글거렸다.

타오르는 불길!
지옥 군주의 로브가 마력을 발산하여 불에 대한 마법 저항력을 크게 높입니
다. 생명력이 4,381 감소하였습니다. 타오르는 불길은 매초 483의 피해를 입
히고 10초 후에 꺼집니다. 불의 기운으로부터 1,283의 마나를 흡수합니다.

바르칸 데모프의 장비 효과, 생명 그릇이 발동되었습니다.
음습한 구석에 보관된 생명력 4,112를 꺼내옵니다.

바르칸 풀 세트의 마법 보호 능력은 뛰어났지만 위드의 표정
은 썩 좋지 않았다.

"전리품을 주울 수가 없다니."

상처 입은 드레이크는 한 번에 죽지 않고 땅에 추락했다.

1마리를 사냥할 때마다 지상까지 쫓아가서 아이템을 습득하
기는 힘들었다.

급격하게 치솟는 불쾌지수!

위드는 사자후를 터트렸다.

"이렇게 된 이상 실컷 상대해 주마. 얼마든지 오너라!"

거대한 소리가 연합군과 악마족들이 싸우는 상륙 지점 전체
를 뒤흔들었다.

"오! 우릴 도우러 온 병력이 있다."

"지원군이다!"

악마족들의 정신 계열 마법에 의해 사기가 저하되어 있던 연
합군 병력이 함성을 내질렀다.

"인간의 편에 서다니, 용납할 수 없는 놈이다."

악마족들의 손짓이 위드에게로 향하자 지시에 따라 더 많은
드레이크들이 덤벼들었다.

이미 지나쳐 버린 드레이크들이 하늘로 솟구쳐서 쫓아왔으며, 주변의 적들도 위드를 인식했다.

100여 마리의 불길을 내뿜는 드레이크들이 하늘에서 위드를 목표로 사방에서 모여든다.

일반적으로는 당장 도망쳐야 하는 불가항력의 상황이었지만 찰나의 조각술이 있는 이상 죽을 위험은 그만큼 줄어든다.

"달빛 조각 검술!"

위드의 검에서 빛줄기가 길게 뿜어져 나왔다.

화려하고 아름다운 로아의 명검에서 빛이 뿜어져 드레이크들을 강타했다.

> 스킬 '분노의 도끼질'이 발동되었습니다.
> 정면의 적을 상대했을 때의 공격력이 189% 강화됩니다.

> 스킬 '섬광검'이 발동되었습니다.
> 검의 속도에 따라 위력을 상승시키고, 치명적인 일격의 효과를 최대 2.5배까지 높입니다.

조각 파괴술로 예술 스탯을 힘으로 몰아넣었더니 발동되는 스킬!

위드의 검이 무시무시한 위력으로 5마리의 드레이크들을 추락시켰다.

"분검술!"

다른 드레이크들의 공격은 넉넉한 마나를 이용해 분신을 만들어 내면서 회피했다.

화염으로 뒤덮인 하늘에서 전투를 펼치는 위드와 유령마!

연합군의 기사들이 고함을 질렀다.

"악마족을 퇴치하러 온 분을 보라. 그의 강함이 우릴 이끌고 있다!"

"달려라. 오늘이 대륙을 위하여 굴텐 악마족을 처단하는 날이다!"

"우오오오!"

드레이크들이 위드를 향해 몰려들면서 상륙군의 전진이 빨라졌다.

> 자욱한 화염!
> 주변의 공기가 뜨겁게 달아올랐습니다. 화염 공격의 위력이 급상승합니다.

> 불타오르는 몸!
> 드레이크가 내뿜는 불길에 14회 이상 적중되었습니다. 화염의 피해가 중첩되어 적용됩니다.

위드의 상황은 그래도 빠르게 악화되고 있었다.

드레이크의 불길을 로아의 명검으로 베어 버렸다고 해도 기본적으로 화염 공격은 광역 피해를 입는다.

생명력의 감소가 빠르게 이루어지고 있었다.

유령마의 속도와 움직임도 드레이크를 따라잡지 못하는 수준이었다.

위드의 입가에 미소가 그려졌다.

'이래야 재밌지!'

안정적인 사냥을 원하지 않는다.

상대의 전력을 가늠하고 견적을 내지만 간단히 이길 수 있는 싸움만 하진 않는다.

적이 강할수록 모든 것을 잊어버린 채로 몰두하고 공략한다.

전쟁의 신.

위드가 〈마법의 대륙〉에서부터 전설로 불리던 이유였다.

"저게 무슨 조각사야! 아니, 이젠 네크로맨서인가? 아무튼 어쨌거나 말이야."

파이톤은 고개를 들어 넋을 잃고 하늘을 쳐다보다가 동료들에게로 시선을 돌렸다.

주로 혼자 사냥을 하던 그였지만 위드의 일행들은 지금까지 겪어 본 바로 충분히 믿을 만했다.

"전 싸울 거예요!"

수르카는 심장이 시키는 대로 하라는 위드의 짧은 말에 감동받은 기색이 역력했다.

"그렇지만 고소공포증이 있어서… 땅에서 연합군과 함께 싸울게요."

수르카는 지상에서 싸우는 쪽을 택했다.

흉악하게 생긴 몬스터를 때리는 편이 높은 곳보다는 훨씬 덜 무서웠던 것!

페일은 냉큼 위드가 소환해 놓은 유령마를 탔다.

"하늘로 가겠습니다. 심장과 머리가 시키고 있군요."

궁수에게도 드레이크는 굉장히 까다로운 대상이었다. 다만 유령마를 타고 지상의 적들에게도 화살을 쏠 수 있었으니 합리적인 선택이었다.

"어디든 같이 갈게요."

연인 메이런도 유령마를 타고 따라나섰고, 제피는 말없이 낚싯대를 챙겼다.

"하늘이라. 진정한 낚시꾼은 어떻게든 낚으면 되겠죠. 어디라도 낚시꾼 챙겨 주는 곳은 없으니."

남녀를 불문하고 인기가 있는 제피였지만 유독 〈로열 로드〉에서는 평범했다.

"언니는?"

"우린 몬스터와 직접 싸우긴 어렵잖아. 위드 님에게 방해만 될걸. 기사들한테 가자."

"저는 다친 사람을 치료할게요."

벨로트와 화령, 이리엔은 연합군과 함께하기로 했다.

다수의 병력들의 전투력을 상승시켜 줄 수 있는 자신들의 직업을 감안한 선택이었다.

"몬스터나 태워 버려야지."

로뮤나는 드레이크에게 화염 마법이 잘 먹히지 않았기 때문에 지상에서의 전투를 결정했다.

메이런이 결정을 지켜보다가 눈을 크게 떴다.

"근데 우리 1명 더 있지 않았어?"

"어… 그게, 우리 계장 님 언제 사라졌지? 계장 님! 계장 님!"

수르카가 둘러봤지만 양념게장은 어느새 슬그머니 사라져 버린 후였다.

암살자의 본능!

연합군과 몬스터들의 그림자에 숨어서 악마족들을 향해 전진하고 있었다.

'이렇게 싸우는 건 마음에 드는군.'

파이톤이 씩 웃었다.

그가 주로 혼자서 사냥을 해 왔던 건 믿을 만한 동료들이 없었던 이유도 있었다.

강한 몬스터들이 있으면 도망치기 바쁘고, 사냥에 성공하더라도 전리품의 소유권을 가지고 한참을 다툰다.

사냥터와 퀘스트를 결정하는 데도 자기 의견들을 이야기하며 토론이 이어진다. 귀찮게 구는 이들과 함께하느니 혼자 편하게 다녔다.

'자기 몫을 알아서 찾아가. 이들이라면 좋군.'

파이톤은 동료들이 괜찮은 구성이라고 생각했지만 사실 이들도 위드에게 단련이 된 것이었다.

"시작하겠습니다."

"좋습니다. 역사적인 전쟁터를 우리가 뒤집어 버리죠."

"후와!"

작센 섬에서의 전투!

드레이크 100여 마리가 세찬 날갯짓으로 위드를 쫓아왔다.

"끈질기게 덤비는군."

위드는 천공의 기사처럼 멋지게 드레이크들의 사이를 돌파하고 싶었지만 마음뿐이었다.

드레이크들이 내뿜은 화염이 거미줄처럼 하늘을 뒤덮은 탓이었다.

유령마는 느린 데다가 방향 전환도 시원찮아서 시간이 갈수록 공중전에 대단히 불리했다.

> 생명력 저하!
> 생명 그릇에 남아 있는 생명력이 절반 이하가 되었습니다!

위드도 생명력이 떨어지기는 했지만 큰 걱정은 안 했다.

솜털에 긴장도 안 스칠 정도!

'아직 생명력이 10만이 넘어.'

조각사로서만 지낼 때의 최대 생명력보다도 많은 상태.

"조각술의 비기를 모두 깨달은 조각사는… 어떤 깽판이든 칠 수 있지."

예술은 중고나라에 팔아 버리고, 역사적인 전장을 돌아다니며 깽판을 치는 조각사야말로 궁극의 로망이 아니겠는가.

위드는 품에서 조각품을 꺼냈다.

> **비와 넘치는 바다**
> 조각술의 절대자! 헤스티아 여신이 직접 표현력을 인정한 거장, 조각사 위드의 작품. 비가 내리고 파도가 밀려온다. 자연의 풍경이 구하기 어려운 광물로 정교하게 표현이 되어 있다.
> 예술적 가치: 349.

시간 조각술은 전장을 선택했을 때부터 미리 준비해서 올 수 있었다.

다만 이번 대재앙에는 일부러 걸작이나 명작을 준비하지 않았다.

걸작이나 명작을 썼다가는 연합군까지 전부 쓸려 나가서 엉망진창이 되어 버릴 테니까.

"위력이 약하기는 하지만… 에라, 모르겠다. 대재앙의 자연 조각술!"

대재앙의 자연 조각술 스킬을 사용하였습니다.
예술 스탯 20이 영구적으로 사라집니다. 생명력과 마나 20,000씩이 소모됩니다. 모든 스탯이 사흘간 일시적으로 15% 감소합니다. 자연과의 친화력이 떨어집니다.
대재앙의 자연 조각술은 하루에 한 번밖에 사용하지 못합니다. 위험한 재앙을 불러오게 되면, 그 피해에 따라서 명성이나 악명이 오를 수 있습니다. 재앙을 겪는 와중에 죽을 수도 있으니 주의하십시오.

위드는 사냥 채널에서 동료들에게 말했다.

위드: 사냥하기 힘드시죠?
수르카: 여기… 엄청 만만치 않아요!
제피: 잘 안 죽습니다. 끈질깁니다. 이것들!

동료들도 각자의 위치에서 고전하고 있었다.

페일이나 메이런은 위드를 따라서 높은 곳까지 오려고 했지만 드레이크들이 너무 많아서 포기했다.

파이톤과 양념게장은 무섭게 적들을 제거하며 싸우는 중이었다.

악마족이 소환한 몬스터들은 극악의 방어력을 가지고 있었고 숫자도 많았다.

　악마족들이 각종 저주를 퍼붓기도 했으니 연합군은 전진이 쉽지 않은 상태였다.

> 위드: 이 전투가 위험하기도 한데, 사실 시간과의 싸움입니다.
> 화령: 시간과의 싸움요?
> 위드: 최대한 빨리 끝내야만 하거든요. 그래서 방금 재앙을 일으켰습니다.
> 　　　알아서 대비하세요.
> 페일: 어떤 재앙입니까?

　페일이 빠르게 물었다.

　무슨 재앙이냐에 따라 대비하는 방식이 달라질 수밖에 없다. 또한 재앙에 의해 전부 쓸려 버릴 수도 있었으니 당연히 긴장할 수밖에 없었다.

> 위드: 음… 별거 아닙니다. 비가 오고 파도가 좀 칠 거예요.
> 로뮤나: 파도가 쳐요? 여긴 섬이긴 하지만 육지잖아요?
> 위드: 바다에서 파도가 밀려올 겁니다.
> 수르카: 케에엣.
> 이리엔: 그런 건 피할 수도 없잖아요!

　일행들의 머릿속을 스쳐 지나가는 생각은 수십 미터 높이의 대형 파도가 섬을 휩쓰는 것이었다.

　위드가 일으켰던 대재앙들은 스킬을 사용할 때마다 위력이 급격하게 강해졌다.

　자연과의 친화력이 높아진 것이 그 이유였는데 그만큼 재앙은 두려운 것이었다.

사냥 채널에는 잠시 침묵이 흘렀다.

동료들은 저마다 속으로 욕을 하고 있겠지만 착한 이들이라 입 밖으로 꺼내진 않았다.

마음으로 하는 욕이야 스트레스 해소를 위해 필수!

유령마를 타고 있는 페일과 메이런은 동료들을 구하기 위해 움직였다.

다른 동료들도 각자 안전한 위치를 찾으려고 애썼다.

파이톤은 적 몬스터들을 베어 넘기면서 섬의 안쪽으로 향했고, 양념게장은 은신을 이용해 깊이 침투했다.

재앙은 상황에 따라 발동되는 데 약간의 시간이 필요하다.

'비와 파도 같은 자연재해는… 바로 시작되진 않는 편이지. 비구름을 만들어 놓지도 않았으니 확실히 심하진 않을 거야.'

위드는 하이엘프의 활로 무장하고 몸을 뒤로 돌리며 드레이크들을 향해 쐈다.

"꿰뚫는 화살!"

궁술 스킬은 조악하지만 대신에 엄청난 힘이 담겼다.

회전하면서 쏘아지는 화살에 담긴 대미지는 적어도 4만 이상! 그야말로 맞고 죽으라는 화살을 공중에서 쫓아오는 드레이크들에게 쐈다.

드레이크들은 가볍게 이를 피하면서 사납게 인상을 썼다.

끅끅끅!

"고작 피하는 게 전부인가?"

"느려 터져서 도망가지 못한다. 이 하늘 전체가 드레이크의 영토이다."

지상의 악마족들이 드레이크를 통해 말을 하는 것이었다.

> 불에 타고 있습니다.
> 생명력이 매초 930씩 감소합니다.

위드는 육체가 화염에 뒤덮인 채로 도망쳤다.

드레이크들이 위드를 쫓아오는 만큼 지상에서의 전투는 상륙군에게 유리해지긴 했지만 전황이 바뀐 건 아니었다.

악마족들은 계속 몬스터들을 소환하고 있었고, 커다란 괴룡들은 굳건하게 자리를 지키며 역한 산성 침을 내뱉었다.

"끊임없이 공격하라."

"마폰의 기사들이 길을 연다. 돌격!"

연합군은 상륙하는 대로 몬스터들을 집단으로 공격했다.

조금씩 환경에 변화가 일어난 것은 그때부터였다. 하늘에서 비가 내리기 시작하더니 금세 폭우로 변했다.

"갑자기 소나기가……."

"비 때문에 전진이 힘듭니다."

"어떻게든 길을 뚫어. 우리가 이 지역을 확보해야 해! 악마족을 뿌리 뽑기 위해서는 후속 병력의 상륙이 이루어져야 한다."

바로 자기 앞에 있는 사람도 제대로 보이지 않을 정도라서 연합군의 진격 작전은 큰 차질을 빚게 되었다. 하지만 악마족의 몬스터들도 마음대로 움직이지 못하는 건 마찬가지였다.

구멍이 뚫린 듯한 하늘에서 쏟아지는 빗줄기는 전투를 중단시킬 정도였다.

비의 대재앙!

살상력은 그리 크지 않지만 전투를 계속하기는 어려울 정도였다.

위드가 사자후를 터트렸다.

"상륙한 병력은 높은 곳으로 계속 전진하라. 그리고 배에 남아 있는 병력들은 충격에 대비한다!"

연합군 병력에도 고급 기사들로 이루어진 소속 부대의 단장이나 총사령관과 같은 지휘 체계가 있었다.

"무슨 소리인가?"

"모르겠습니다."

"감히 우리 마폰 왕국군에 명령을 내리다니 어처구니없군."

연합군은 위드의 경고를 제대로 듣진 않았지만 동료들은 달랐다. 어디든 안전한 곳을 찾아서 몸을 웅크렸다.

쏴아아아아.

세찬 빗줄기에 의해 드레이크들의 화염은 힘을 잃었고, 악마족이나 몬스터들이 지키는 모래 언덕의 땅이 허물어졌다.

 그리고 먼바다에서부터 밀려오는 높은 파도!

 "선장님! 큰 파도입니다!"

 "조타수는 키를 왼쪽으로 돌려라. 정면으로 파도를 넘는다!"

 "회피. 회피하라!"

 "다른 전투선과의 충돌을 주의하여…….'

 상륙을 위해서 바다에 대기하고 있던 대형 범선들이 파도에 한꺼번에 출렁거렸다.

 대재앙이었지만 숙련된 선장들과 조타수들은 배를 돌려 10여 미터 높이의 파도를 힘겹게 넘어섰다. 하지만 계속 밀려오는 파도에 먼바다에서 기다리고 있던 범선들이 밀려나서 작센 섬의 해안가에 강제로 도착했다.

 "어… 육지가…….'

 "내려라. 공격이다!"

 암초와 모래사장에서 뒤집히고 부서지는 범선들과 살기 위해 필사적으로 상륙하는 병력들.

 너울처럼 높은 파도가 바다를 휩쓸었다.

 꾸끽?

 범선 아래에 숨어서 때만 노리던 굴텐 악마족의 어인족 부대가 드러나고 말았다.

 악마족의 숨겨 둔 카드!

 역사적으로 연합군이 작센 섬에 상륙하기도 전에 절반 이상의 배들을 침몰시키는 가장 큰 피해를 입힌 부대였다.

미리 알고 있던 위드는 이를 대재앙으로 막아 냈다.

"괴물들이 매복해 있었다."

"공격. 공격한다!"

빗속에서의 전투.

큰 파도는 지상에 올라오고 나서는 금세 힘을 잃었지만 해안가를 덮치고 지나갔다.

큰 파도는 연합군 병사들을 강제로 몬스터들 앞에 내던져 놓았다.

인간과 몬스터가 뒤엉켜서 소용돌이에 휘말리기도 했다.

> 지독한 재앙이 일어나서 선량한 피해자들이 다수 발생했습니다.
> 사망자 1,391명. 부상자 49,382명.
> 호칭 '재앙의 학살자' 획득. 악명이 38,295만큼 늘어납니다.

재앙이 걷히고 비가 멎을 때쯤에는 엄청난 악명도 생겨났다.

재앙의 위력이 높진 않았지만 상륙선들이 침몰하고 뒤집히면서 꽤나 피해자들이 생긴 것이었다.

그럼에도 연합군은 후속 병력이 빠르게 증원되고, 드레이크들의 화염 공격을 막아서 해안가를 장악했다.

> 마폰 왕국과 켈튼 왕국, 브롬바 왕국의 연합군의 빠른 상륙을 도왔습니다.
> 몬스터로부터의 피해를 최소화시켰습니다. 전략 목표 달성! 명성을 3,000 얻었습니다. 지혜가 2 증가합니다.

연합군은 어쨌든 원래의 역사에 있던 전투에 비하면 거의 죽지 않았다.

파도에 떠밀려온 범선들은 작센 섬의 해안가를 대번에 넘어와서 몬스터 무리의 한복판까지 도착하기도 했으니 전투는 치열해졌다.

기사들이 이끄는 상륙군은 해안가의 정복을 끝내고 섬의 중심지로 진격해 갔다.

하늘을 장악한 드레이크들도 마법사들과 궁수들의 배치로 인해 쉽게 지상으로 내려오지 못했다.

작센 섬의 전투는 더욱 격렬해졌고 위드와 일행들은 적극적으로 참여해서 공적을 세웠다.

"너희가 살아서 움직이던 땅으로 돌아오라. 이곳은 어두운 곳. 검고 부패한 땅. 영영 사라지지 않을 암흑의 율법을, 모든 이들에게 새길 수 있도록 하라. 언데드 라이즈!"

언데드 군단의 소환!

연합군과 몬스터, 악마족들의 시체를 활용하여 대규모의 언데드를 일으켰다.

"감히 이런 짓을……."

"우리 왕국의 병사를 언데드로 만들다니!"

"팔로티 수석 기사님이 듀라한이 되었어."

> 마폰 왕국과의 적대도가 10 증가합니다.

> 켈튼 왕국과의 적대도가 10 증가합니다.

> 브롬바 왕국과의 적대도가 10 증가합니다.

3국 연합군이 경계하고 있습니다.
그들은 전투에 도움을 주긴 했지만, 당신을 믿을 만한 동료로 여기지 않습니다. 적대도가 추가로 쌓이면 공격받을 수 있습니다.

어디서도 미움받는 네크로맨서!

"대재앙을 좀 일으키고 언데드를 소환했을 뿐인데 억울하군. 결과가 좋으면 다 된 것이 아닌가."

어차피 앞으로 안 볼 사이라서 절차와 과정을 무시!

위드는 언데드들을 그대로 진군시켰다.

"몬스터들만 쓸어버려라. 인간들은 나중에 아껴 먹… 아니, 그냥 인간들과는 싸우지 마!"

위드는 주로 악마족과 몬스터들을 대상으로 언데드들을 투입했다.

네크로맨서의 장점이라면, 왕국군을 이끌 때처럼 아군의 손실을 아끼지 않아도 좋다는 것.

지휘는 데스 나이트 반 호크를 소환하여 전투를 맡기는 것으로 충분했다.

"반 호크, 빠르게 진군해라."

"알겠다, 주인."

"토리도, 넌 악마족을 사냥해."

"혼란은 나의 손톱과 이빨을 가려 주지."

뱀파이어 로드 토리도도 악마족을 습격하도록 투입.

전투 중인 언데드들로부터 생명력과 마나를 일정 수치씩 흡수했으니 회복도 이루어졌다.

금세 드레이크들에게 받은 생명력의 피해도 깨끗하게 복구가 되었고, 마나도 보충됐다.

"공격한다!"

위드는 마나가 생길 때마다 연합군의 시체에서 언데드를 소환하여 반 호크에게 합류시켰다.

연합군의 옆에서 언데드를 소환하는 것만으로도 무지막지하게 쌓이는 경험치!

보는 눈들이 많아 시체 폭발이나 저주를 쓰진 못했지만 마나가 모일 때마다 골렘을 소환하고 해제하기를 반복했다.

> 골렘 제작의 숙련도가 증가하였습니다.

그러고도 남는 마나는 막 일으킨 언데드들을 강화시키고 무기 부여와 방어구 부여의 스킬을 사용해 줬다.

이 와중에 스킬 노가다!

바르칸의 3대 마법, 다크 룰, 데스 오라, 절대 마법 방어!

지역 전체의 시체들을 언데드로 일으키는 다크 룰을 익히기 위해서는 몇 가지 제약이 있었다.

높은 지혜 스탯, 고급 5레벨 이상의 언데드 소환 마법, 암흑 율법에 대한 지식을 필요로 한다.

실제로 쓸 일이 있을지는 모르지만 다크 룰을 익히기 위한 기본 작업을 하고 있는 것이었다.

"퇴각한다."

작센 섬의 악마족들은 해안선과 산악 지대의 초입에서의 전투를 포기하고 물러났다.

몇 시간 후, 마지막으로 산속에 지어진 신전을 중심으로 한 공성전이 벌어졌다.

"우와아아! 대륙을 위하여 함락하라."

"악마족들을 깨끗이 물리치자."

"아이들에게 평화와 행복을 느끼게 해 주도록 우린 이곳에서 후회 없이 싸운다."

전쟁의 시대가 일어나기 전이라서 기사들은 어린이용 동화책에서나 볼 수 있을 법한 순진무구한 대사들을 내뱉으면서 돌격했다.

"휴우, 드디어 마지막 관문이네요."

"전투의 규모에 비해서는 정말 빨리 왔네."

"크. 위드 님을 따라다니다 보니 별별 전투를 다 경험하는 거 같습니다."

동료들도 저마다 처절한 전투를 경험했다.

이리엔은 마나가 완전히 소진될 때까지 부상병들을 치료하면서 높은 명성과 영구적인 4의 신앙 스탯을 얻었다.

사제에게는 대규모 전투에서 신성 마법을 펼치는 게 대단한 기회였다.

화령이나 벨로트도 춤과 연주로 명성이나 매력을 높였다.

제피, 페일, 메이런처럼 전투 계열 직업은 쓰러지기 직전까지 싸웠다.

다들 위기에 빠질 때도 있었지만 연합군 기사들의 도움으로 간신히 빠져나왔다.

"이렇게 된 이상… 인간들이 이 섬에서 누구도 살아 나가지 못하리라.”

“불완전한 준비이긴 하지만 어쩔 수 없겠지.”

최후의 전투에서 밀리던 굴텐 악마족은 폭식의 악마 델암을 소환했다.

―너희들을 전부 먹어 치워 주마!

식욕을 매개로 힘을 얻는 악마!

델암은 칠흑처럼 시커먼 피부를 가진 바바리안 정도인 2미터의 덩치를 가지고 있었다.

“악마다.”

“악마부터 제압하라.”

연합군의 기사단은 델암에게 돌진했다.

그러나 델암과의 거리가 어느 정도 가까워지자 몸이 얼어붙고 말았다.

> 사악한 기운이 영혼을 강타합니다.
> 신체 마비!

크쿠쿡!

델암은 보아뱀처럼 입을 크게 벌려서 말과 기사들을 통째로 잡아먹었다.

콰드드드득.

“악마가 식인을 한다. 망설이지 마라!”

“우리가 먼저 희생을 하리라.”

기사단은 델암의 부근에만 가면 누구랄 것도 없이 힘을 대부분 잃었다.

게다가 몇 번씩 공격을 거듭해도 폭식의 악마는 끄떡도 하지 않았다.

"악마가 이렇게 강할 수가······!"

"상대하기가 불가능해!"

델암은 기사들이나 가까이 있던 몬스터를 먹어 치우며 고작 1분도 되지 않아서 20미터가 넘는 크기로 커졌을 뿐만 아니라 온몸으로 마력을 뿜어내고 있었다.

쿠르르릉!

델암을 중심으로 사방으로 벼락이 작렬했다.

번개의 기운을 가진 순수한 마력은 연합군 병사들을 감전시켜서 쓰러뜨리고 땅을 깊게 파헤쳤다.

그의 무기는 거대한 칼과 삼지창!

델암은 그것을 휘두르며 기사들을 제압하고 신체를 입에 넣었다.

수르카의 단단한 주먹에서 힘이 빠졌다.

"아··· 저런 괴물과 싸워야 하다니 괴롭다."

검사보다도 근접전을 펼쳐야 하는 권사의 숙명!

위드의 눈동자가 날카롭게 빛났다.

'악마를 퇴치한다. 역시 목표는 이것이지.'

네크로맨서로서 손실되는 스탯과 명성을 보충하기 위한 악마 사냥 계획!

제피가 어이없다는 듯이 위드를 봤다.

"지금까지의 경과로 봐서는··· 설마 저게 나오는 것까지 알고 계셨습니까?"

"네."

"악마인데요?"

"칼은 들어가죠."

어떤 전장이라도 자신 있게 뛰어들었던 동료들의 어깨가 움츠러들었다.

다양한 마법 서적에 악마들은 드래곤에 버금가는 강함을 가지고 있다는 평가가 있었다.

다만 악마는 베르사 대륙에 소환되면서 상당한 힘을 잃어버리기도 하고, 또 오랜 기간 갇혀 있거나 봉인되면서 온전한 힘을 발휘하지는 못했다.

위드가 몬투스를 해치운 전력도 있었기에 이리엔이 희망을 갖고 물었다.

"위드 님! 그땐 대마법사 로드릭을 부활시키셨잖아요. 이번에도 누굴 부활시키실 생각이세요?"

"어머낫. 헤스티거!"

로뮤나의 얼굴이 환해졌다.

미남 헤스티거를 부활시킨다면 전쟁의 승패를 떠나 모든 여성들의 마음이 훈훈해질 것이다.

굳건한 복근을 드러내고 시미터를 휘두르는 사막 전사!

위드가 아쉽다는 듯이 고개를 저었다.

"한번 살린 녀석은 다시 못 살립니다. 헤스티거와는 영원히 이별이죠."

"아아."

"게다가 사냥할 때마다 조각 부활술을 쓴다면 수지타산이 안

맞아요."

폭식의 악마가 아무리 대단하다고 해도 1마리의 보스급 몬스터를 잡기 위해 3개의 레벨이 감소하는 스킬을 쓰기에는 마땅치 않다.

조각 부활술에는 아주 까다로운 조건이 있었다. 되살린 인물이 반드시 폭식의 악마를 제압하거나 같이 싸워 준다는 보장도 없는 상태였다.

'기껏 역사에서 이름난 강자를 찾아 살려 놨더니 깜박 잊고 죽은 일이 있었다고 떠나 버리면 허무하겠지. 혹은 혼자 폭식의 악마를 해치우고 사라져 버리면 죽 쒀서 국회의원 주는 꼴이야.'

최악의 경우에는 조각 부활술로 되살린 녀석이 허무하게 죽는 것도 감안해야 했다. 그러니 선뜻 선택하기 힘든 스킬인 것이다.

파이톤이 무거운 음성으로 물었다.

"근데 저 녀석은 레벨이 얼마나 되지?"

"하급 악마 몬투스가 600대였죠. 폭식의 악마는 중급에 속합니다."

"그러면… 더 높단 건가? 악마는 레벨만이 아니라 고유 기술이나 특성 때문에 더 까다롭다고 알고 있는데?"

"방금 소환이 되었으니 중급이라도 약하죠."

"생각처럼 어렵진 않은 거군?"

"저렇게 먹으면서 힘을 회복하면 금방 800대에서 900대의 레벨이 될 겁니다."

"800대의 몬스터라고?"

"예. 몇 시간 안에 그 정도는 되겠죠."

실감이 나지 않을 정도로 강한 존재.

'우리가 죽을 자리를 찾아왔나?'

멍하니 있는 동료들에게 위드는 한마디 덧붙였다.

"드래곤이 브레스를 뿜어내는 것처럼 고위 몬스터와 악마 들은 생김새나 별명과 관련된 권능이나 특성을 가지고 있기 마련입니다."

"폭식의 악마는 그나마 다행스럽게도 먹는 것과 관련이 있는 거군."

"예. 역사서에 따르면, 폭식의 악마가 고유 기술을 발동시키면 반경 2킬로미터의 모든 생명체를 한꺼번에 집어삼킨다고 합니다."

"……."

파이톤은 물론이고 다른 동료들이 위드를 어이없다는 듯이 봤다.

"저런 걸… 이긴다고? 아니, 그보다도 이렇게 구경만 하고 있을 게 아니라 더 강해지기 전에 서둘러 싸워야 하지 않나?"

"기다려야 합니다. 폭식의 악마에게는 결정적인 약점이 있죠. 저렇게 먹다 보면 소화를 시키기 위해 몸을 움직이지 못하게 되는데, 그때는 방어력이 매우 취약해진다고 합니다. 그때가 기회입니다."

"얼마나… 몇 명이나 먹으면?"

"정확하지 않지만, 만 명 정도?"

연합군이든 몬스터든 1만 정도를 폭식의 악마가 먹어 삼키면 기회가 온다.

　일행들이 희망을 품으려는데, 파이톤이 하나의 질문을 더 던졌다.

　"혹시나 해서 묻는 거지만, 그 기회를 놓치고 못 죽이면… 대비책은?"

　"튀어야죠."

　"응?"

　"도망치지 못하면 먹힐 테니까요."

공략의 씨앗

풀죽신교 비상 전략 상황실.

모라타의 뒷골목과 언덕의 빈집에서 시작했던 풀죽신교는 하벤 제국의 감시를 피해 허름한 판자촌에 장소를 마련했다.

흙바닥에 싸구려 돗자리를 깔고 앉은 50명 정도의 유저들이 있었다.

"모두 식사라도 하시죠."

"예. 잘 먹겠습니다."

그들에게는 전복과 인삼, 소고기가 들어간 고급 풀죽이 주어 졌다.

"음. 맛있군요."

"이 부드러운 목 넘김은 역시 풀죽입니다."

하벤 제국이 침략해 오고, 아르펜 왕국을 무차별 파괴하는 데 반발하며 대단한 인재들이 모였다.

처음에는 전쟁을 막기 위해 비상 전략 상황실이 장난처럼 급하게 결성되었지만 어느덧 뚜렷한 목적이 생겼다.

자유로운 모험과 교역!
독재하는 헤르메스 길드를 물리쳐서 대륙의 평화와 자
유를 쟁취하자.
아르펜 왕국 만세!

"하벤 제국이 이대로 물러서지 않을 겁니다."
"잠깐 움츠러들었다고 봐야 되겠죠. 수개월 내로 통치가 안
정되면 전열을 재정비하여 침략해 올 것입니다."
"풀죽신교의… 북부의 운명이 풍전등화입니다."
"이럴 때일수록 강하게 나가야 합니다. 하지만 북부 유저들
의 뜻을 모으기는 어려우니……."
"전쟁을 원하지 않는 유저들도 많죠."
비상 전략 상황실에서는 앞으로 다가올 미래를 대비했다.
위드가 이끄는 아르펜 왕국군과 북부 유저들이 중앙 대륙을
전면 공격하는 작전도 계획했지만 약점이 많다는 이유로 제외
되었다.
하벤 제국군의 군사력은 여전히 강력하다.
북부 유저들이 얼마나 동참해 줄지도 의문이었고, 정복 지역
의 통치와 보급의 문제가 컸던 것이다.
"중앙 대륙의 동향은요?"
"안정적입니다."
"세금 감면이 단기적으로 상당한 성과를 거두고 있는 것 같

습니다."

"아쉽지만 불만이 쏙 들어갈 정도죠."

비상 전략 상황실에 있는 인원들은 풀죽을 먹고는 있었지만 터무니없는 스펙을 갖춘 인재들이었다.

각 국가의 행정부의 고위 관료, 외교관, 군인.

다양한 분야에서 경력을 갖춘 사람들이 뒤늦게 〈로열 로드〉를 시작하면서 북부의 아르펜 왕국에 모여들게 됐다.

행정 고시에 합격한 5급 사무관 정도는 풀죽을 마시다가 감히 단무지도 못 얻어먹을 정도!

어떤 국가의 국회의원이나 정치인들도 풀죽신교에는 어렵게 가입했다.

"나, 국회의원입니다. 어떻게, 공짜로 죽 한 그릇 안 되겠습니까?"

"맞을래요?"

초창기만 해도 공짜 버릇을 고치지 못하고 여기저기서 도움을 바랐지만 그런 모습은 더 이상 없었다.

풀죽신교의 이름을 팔아서 잘못된 행동을 하면 그대로 영상이 녹화되어 전 세계에 공개된다.

현실에서야 어지간한 잘못들이나 비리를 저지르고도 국내 정치 환경 탓을 하면서 그러려니 하고 살았지만 풀죽신교에서는 있을 수 없는 일.

낯이 두꺼운 정치인들도 자신의 가족들이 〈로열 로드〉를 하니 함부로 행동하지 못했다.

"헤르메스 길드의 전력을 약화시킬 방법이라… 군사력이 약하니 까다롭습니다."

"그들이 먼저 공격하면 받아치는 전략으로는 한계가 보입니다. 대지의 궁전이 무너졌던 과거 사례로만 봐도… 전투가 벌어질 때마다 아르펜 왕국이 피해를 계속해서 입게 될 테니 말입니다."

"전면전이 벌어지면 북부는 초토화될 겁니다. 중앙 대륙이 안정화가 되면 하벤 제국은 북부에 전력을 기울일 수가 있게 돼요."

"선제공격이 정답이죠. 헤르메스 길드와 같은 단체는 약화되기 시작하면 급속도로 무너질 가능성도 있습니다. 애초에 충성심으로 모인 자들은 아니니까요."

"이권이 있기 때문에 뭉쳤고, 중앙 대륙을 차지하고 있는 만큼 여간해서는 흩어지지 않을 겁니다."

"중앙 대륙의 일부라도 정복한다면 그보다 더 좋을 수는 없을 텐데……."

하벤 제국을 공략할 방법에 대해 수도 없이 많은 논의들이 나왔다.

마판 상회를 통한 경제적인 침투는 모르는 상태였지만 그와 비슷한 방식의 자잘한 수단들이 나왔다.

팔로스 왕국이 건국되면 남부 사막 지대를 활성화하자는 의견도 그중 하나였고, 풀죽신교도 장기적인 지원을 강화하기로 했다.

그러던 와중, 심부름을 하던 순두부가 손을 들었다.

"예전에 위드 님이 말한 적이 있습니다."

"뭔데요?"

"검치 어르신들에게 들은 이야기인데, 하벤 제국을 갈가리 찢어 버리겠다고 하셨더군요."

"오오오."

"최근도 아닌, 하벤 제국이 가장 강력할 때에 했던 발언이라고 하네요."

"그런 패기를!"

"역시 그 정도 배포는 있어야……."

"아르펜 왕국을 북부에 만든 사람 아니겠습니까."

비상 전략 상황실에 모인 유저들은 감탄했다.

사실 아르펜 왕국이 침공당했을 때 위드가 하벤 제국을 찢어 버리겠다고 한 말의 뜻은 단순했다.

"놈들이 내 밥그릇을? 절대 그냥 내버려두면 안 돼. 찢어 버릴 거야!"

유치원을 다니면서 얄미운 짝꿍의 공책을 몰래 찢어 버렸던 기억을 떠올리며 했던 말.

비상 전략 상황실에 있는 엘리트들은 그 말의 의미를 더 깊게 해석했다.

"찢어 버린다…라. 그때 하벤 제국과의 전쟁에서 승리하긴 했죠. 하지만 표현한 것과는 형태와 결과가 달라요. 당시에는 전술적으로 대지의 궁전을 무너뜨렸던 것 아닌가요?"

"무너뜨리는 것과 찢어 버리는 것의 차이라. 묵직한 의미가 숨어 있을 것 같군요."

"그 순간에 짧게 앞을 내다본 게 아니라 먼 미래를 대비한 게 아닐까요?"

"하벤 제국을 부숴 버리겠다… 뭐, 그런 의미로 쓴 거 아니겠습니까?"

"위드 님의 말입니다. 단순하게 대충 해석할 게 아닙니다. 그의 언어 세계와 대륙 변화의 흐름까지도 이해해야 해요."

"언어의 의미를 알아낼 사람이 필요할 것 같군요."

"국문학 전공자나 인문학 박사 정도를 데려와야 할 것 같습니다."

"그 정도로 되겠습니까? 하버드나 예일대 종신 교수분들을 초청하겠습니다."

엘리트들은 든든하게 풀죽으로 배를 채우고 쓸데없는 말 한마디를 내뱉는 세계적인 석학들까지 초대하여 깊이 파고들었다. 그리고 내려진 결론!

방탄복 비리를 언론사에 제보했다가 쫓겨난 대한민국 군인이 말했다.

"문장 그대로 해석하는 것이 옳습니다. 하벤 제국을 찢겠다는 것입니다."

잠수함 비리를 알리고 퇴직한 군인이 말을 받았다.

"여러 개로 찢는다? 방법은요?"

"아르펜 왕국에서 최고의 정예 병력을 보내서 다수의 지역을 파괴해 버리거나……."

전투기 사업 비리와 방산업체와의 커넥션을 제보하고 쫓겨 났던 군인이 고개를 저었다.

"우리의 전력이 그 정도는 아닙니다. 인원이 많다면 헤르메스 길드에서 움직임을 먼저 포착하고 대비할 것이고요."

"아니면 영주들과 중앙의 관계를 악화시켜서 세력을 찢어 놓는다는 거죠."

"설득력이 있군요."

"지금의 상황이라면 충분히 시도해 볼 수 있는… 으음. 이걸 예견했단 말인가?"

"하벤 제국 영주들의 불만도 상당할 겁니다. 다리우스의 폭로도 있었고 세금이 낮아져서 그들의 이익도 줄어들었으니 말입니다."

"그럼에도 냉정히 말해 성공 가능성이 크진 않아요."

"아르펜 왕국을 지키기 위해 시도해 보더라도 손해 볼 건 없습니다."

"그렇다면 헤르메스 길드 내부의 관계를 악화시킬 방법으로는……."

계획은 착착 세워졌다.

어느 한 사람이 주도했다면 격렬한 논쟁이 벌어질 수도 있었는데, 위드의 지휘를 따른다고 판단하니 신속하게 일이 추진되었다.

"1단계와 2단계로 나누어서 일을 추진해야 될 것 같습니다."

"계획이 마무리되면… 베르사 대륙은 대혼란에 빠질지도 모릅니다.”

“1단계의 일은 성공과 실패를 구분하는 게 의미가 없겠지만, 2단계가 본격 추진된다면 그렇게 될 수밖에 없겠죠.”

“사람들의 마음을 움직일 수 있느냐가 관건입니다만… 그 외 계획엔 허점이 보이지 않는군요.”

“위드 님이 사실상 세운 계획입니다. 믿고 추진해도 되겠죠.”

“보안을 유지해야 하니 믿을 만한 유저들을 동원하죠.”

“어떠한 경우에도 입을 다물어야 합니다. 헤르메스 길드에 매수되어서도 안 되고요.”

“다행히도 우린 그럴 만한 자격이 있는 유저들을 다수 보유하고 있죠.”

“역시 독버섯죽이라면 믿을 만합니다.”

풀죽신교는 구체적인 계획안을 세워서 아르펜 왕국에 보고했다.

최종 결정권자는 서윤!

그녀는 계획안을 천천히 살펴보고는 도장을 찍었다.

풀죽풀죽풀죽

용기사 뮬.

하벤 제국의 남부. 옛 그라디안 왕국과 네스트 왕국의 방대한 지역을 다스리는 그는 헤르메스 길드의 상위 랭커였고 지역 최고의 권력자였다.

그에게는 위드와 반란군의 습격에 의해 노드 그라페를 빼앗기고, 복수를 위해 북부까지 찾아갔다가 목숨을 잃은 흑역사도 있었다.

"크으윽. 이렇게 철저한 패배라니……."

뮬은 뒤늦게 복수심을 버리고 살아남은 그리폰 부대와 하벤 제국군을 중심으로 노드 그라페와 영토를 다시 회복했다.

반란군은 잠잠해졌지만 사막 전사들의 공격으로 일스 대평원이 있는 지역에서 지원 요청이 끝도 없이 이어졌다.

지역의 안정을 위하여 군대의 파견이 필요합니다. 구해 주십쇼!

도와주셔야 합니다. 대평원을 정복당했습니다.

사막 놈들이 무자비하게 약탈하고 있습니다. 벌써 성문이 뚫리고…….

뮬은 헤르메스 길드의 요청 때문에라도 출격하기는 했지만 사막 전사들은 재빠르게 철수해 버리고 난 후였다.

"아아, 난 망했어."

"끝났다. 창고에 남은 게 없어."

"병사들까지 몽땅 끌고 갔군. 이젠 바닥에서 시작해야 하나."

피난에서 돌아온 남부의 영주들은 망연자실해서 땅바닥에 주저앉았다.

황금빛으로 출렁이던 대평원의 곡물들은 낱알까지 싹 털려

버린 후였다.

풍요로움을 상징하던 일스 대평원의 거리. 오죽하면 길거리에도 사과와 배, 석류, 무화과나무가 주렁주렁 심어졌었다.

그런데 아직 덜 익은 과실들마저도 몽땅 털어서 가져가 버린 것이다.

중앙 대륙의 곡물 가격은 대평원의 약탈로 폭등하고 있었다. 시장에서 매입하려고 해도 어느 큰손이 먼저 움직였는지 시중에서 구하기가 힘들었다.

"이번 피해는… 크. 일스 대평원의 올해 수확량의 절반을 넘게 빼앗겼습니다."

"정말 큰일이군요. 제국에서도 너무 방심했던 거 아닙니까?"

"맞습니다. 도시나 마을의 통치권이나 걱정을 했지, 식량을 쓸어 가다니 말입니다."

"그런 게 문제가 아닙니다. 주민들까지도 상당수 데리고 갔습니다."

"주민들을요?"

"기술자와 젊은이들을 포로로 끌고 가서 사막에 강제 이주시켰습니다."

"아니… 그런 잔악한 짓을."

뮬과 영주들은 소식을 들으며 내심 크게 놀랐다.

명문 길드들끼리 매일 전쟁을 벌일 때에도 주민들에 대한 피해는 가급적이면 줄이려고 노력했다.

전투로 소모되는 인력이야 어쩔 수 없다지만, 또한 가끔 흥분한 유저들이 도시에 불을 질러 버리기도 했지만 자기 자신에게 큰 손해가 오는 행위였다.

전쟁 중이라도 이런 행위는 악명을 크게 높인다. 퀘스트, 통치, 모든 면에서 받는 페널티가 막대해서 상식이 있다면 하지 않았다.

건물이 부서지거나 재산상의 피해는 복구할 수 있지만 주민들을 이주시키면 단기간에 회복이 불가능했다.

다만 중앙 대륙의 영주들은 문화에 대한 차이는 잘 알지 못했다.

문명화된 땅에서 포로를 만들거나 약탈하는 행위는 악명이 쌓이고 페널티가 크게 붙는다.

사막 지역에서는 대량의 포로를 얻거나 약탈을 하면 유능하다고 칭찬을 받았다.

"아주 똑똑하거나 악명 같은 건 신경 쓰지 않는 자들이로군."

"유저들의 말에 따르면 그들은 사막의 법칙을 따를 뿐이라고 하더군요."

"날도둑놈들이지."

"자기들은 칼 든 강도가 맞는다더군요."

뮬이 통치하는 노드 그라페와 남부 영주들은 생각보다는 경제적인 여유가 부족했다.

제국의 황실로 세금을 절반 넘게 보내고 나면 그 남은 금액으로는 반란군으로부터 입은 피해를 복구하느라 허비했다.

"이제 정복 지역이 조금 안정되는 것 같았는데 사막 전사들이 몰려온다……."

"세율을 낮춘 만큼 여유가 더 없습니다."

"남쪽에서는 전사들이 팔로스 제국을 건국하겠다고 설친답니다."

"지금 사막을 병탄해야 합니다!"

"우리가 잃어버린 주민과 재산을 되찾으러 갑시다."

일스 대평원의 영주들과 헤르메스 길드의 남부 수비군에서는 강경한 대응책들이 나왔다.

지역 최고의 권력자인 뮬은 썩 내키지 않았다.

"뜨거운 사막에서 그리폰들이 적을 찾아서 헤매고 다니란 말입니까."

"우리가 함께하겠습니다."

"병력은 얼마나 투입할 예정인데요?"

"20만 정도는 보낼 겁니다. 사막이 더 성장하기 전에 뿌리를 뽑아 놔야 합니다."

뮬이 어이없다는 듯이 물었다.

"20만으로 저 넓은 남부 사막을 전부 장악하겠다는 겁니까?"

"정예 병력으로 보낼 겁니다. 제국군은 무적…은 아니지만 어쨌든 강하니까요."

"사막이 얼마나 넓은지는 알고 계시죠? 교통이 발달한 것도 아니고 사막 한가운데서 헤매다 보면 답도 없습니다. 혹시 아렌 성에서 지원 병력은 안 나옵니까?"

"여유가 없답니다. 전쟁을 벌일 시기가 아니라고 하고, 헤르메스 길드의 적은 많고 지켜야 할 땅이 넓으니까요."

"그들 입장에서 먼 남부의 일은 관심도 없는 거죠."

"그럼 사막 원정도 무리입니다."

"놈들이 또 쳐들어오게 될 텐데……."

"그때도 어떻게든 막아야 하지 않겠습니까. 다음에는 더 신속하게 대응하는 수밖에 없죠."

영주들끼리 토론을 해 봐도 결론이 나오진 않았다.

싹 털린 자들의 입장에서는 그저 구원금이나 바라고 있었고, 지킬 게 많은 이들이라도 자신이 나서고 싶진 않았다.

⁂

하늘을 지배하는 강철의 용기사단.

"녀석들. 또 새끼를 낳았구나."

뮬은 바쁜 와중에도 노드 그라페의 그리폰들을 돌봤다.

새끼 그리폰들이 배고프다고 울어 대는 것을 보며 큼지막한 소고기를 잘라서 부리에 넣어 주었다.

"많이 먹어라. 너희들처럼 귀여운 녀석들은 없어."

위드의 습격과 북부에서의 전쟁으로 그리폰들의 숫자가 많이 줄었었다.

다시 어렵게 5,000마리까지 복구했고, 새끼 그리폰들도 많이 자라나고 있으니 앞으로 그리폰 군단은 더욱 강력해지리라.

"후후후. 대륙의 하늘을 너희들이 완전히 장악하는 것이지. 하늘이 우리의 것이 되면 땅도 자연스럽게 따라올 것이다. 이게 큰 그림이 아니겠느냐."

뮬이 미소를 짓고 있을 때 총독부에 침입자가 등장했다.

공중에서 커다란 와이번을 타고 노드 그라페로 날아오는 초보자 복장을 한 남자!

"설마……."

뮬은 탑의 창가에서 눈에 익은 와이번을 확인했다.

"저것은 와이번 와삼이?"

위드를 태우고 다니는 와이번.

대륙에서 그보다 더 유명한 와이번은 없을 것이다.

'위드의 침략인가? 놈은 혼자 오지 않았을 가능성이 커. 대규모 병력을 끌고 왔을 것이다.'

뮬이 그리폰 부대에 비상 소집령을 내리기 직전이었다.

와삼이가 물고 있는 새하얀 깃발과, 그 위에 타고 있는 유저의 얼굴이 보였다.

'위드가 아니잖아?'

위드는 너무 평범해서 잠깐 지나면 얼굴을 금방 잊어버릴 정도다.

와삼이를 타고 있는 유저는 그럭저럭 잘생겨서 위드와는 차이가 있었다.

'위드는 모습을 바꿀 수 있으니… 저건 속임수일 수 있어.'

뮬은 그러면서도 자신감을 잃진 않았다.

헤르메스 길드의 초창기부터 용기사로 전직하여 수많은 전투를 승리로 이끌었다. 드높은 긍지는 일대일의 전투라도 위드에게 쉽게 패배할 거라고는 생각하지 않는다.

노드 그라페는 절벽 위에 지어진 천혜의 요새.

전쟁이 벌어지더라도 막으려고 한다면 쉽게 함락될 요새가 아니다.

'싸워도 좋다. 그래도 설마 위드가 백기를 들고 얼굴까지 바꿔 가면서 찾아오진 않았겠지.'

뮬은 창가에서 손짓으로 방문객을 노드 그라페의 그리폰 둥지로 오도록 했다.

뮬과 독대하는 초보자 복장의 방문자.

와삼이가 내려놓고 간 그는 당당히 어깨를 펴고 자신을 소개했다.

"풀죽신교 독버섯죽의 톳쿵이라고 합니다."

"독버섯죽?"

"예. 위드 님의 말을 전하러 왔습니다."

"그러시군요."

뮬은 상대가 위드가 아니라는 말을 들으며 예상은 했지만 조금 실망했다.

'아쉽군. 혼자 찾아왔다면 부하들과 함께 죽여 버릴 수도 있었을 텐데.'

비겁한 방법이긴 하지만 위드를 죽이고 얻는 명성에 비한다면 시도해 볼 가치는 있다. 하지만 곧 풀죽신교에서 전하려고 한 말에 관심이 갔다.

하찮은 일이라면 독버섯죽 유저와 와삼이를 여기까지 보내지도 않았을 테니까.

"무슨 말을 하려고 온 겁니까?"

"후후. 좋은 제안을 하려고 왔죠."

톳쿵이라는 유저는 씩 웃었다.

"긴 서론은 생략하겠습니다. 하벤 제국으로부터 독립하실 생각은 없습니까?"

"독립이라니요?"

톳쿵은 풀죽신교의 제안에 대해서 설명했다.

뮬이 다스리는 그라디안과 네스트 왕국 지역이 하벤 제국의 통치로부터 벗어나 독립한다. 독립 즉시 풀죽신교는 영향력을 발휘하여 사막 전사들이 공격하지 않을 것이라는 내용이었다.

"관계가 좋아지면 북부의 특산품들을 거래할 수도 있죠. 해상으로 아르펜 왕국의 대규모 교역단이 방문할 것이고요."

"그래서 고작 사막 전사들이 시끄럽게 하지 않을 테니 제국으로부터 독립하라? 이 제안이 받아들일 만한 가치가 있다고 생각합니까?"

"물론이죠. 사막 전사들이 다른 지역에서 활동하게 되면 이 지역에는 아무 피해가 안 생길 테니까요."

뮬은 가만히 듣자 하니 어처구니가 없었다.

"도저히 납득이 안 가는군요. 그 정도 이유로 제국의 든든한 울타리를 벗어나란 말입니까?"

"예. 아르펜 왕국의 체제로 바꾼다면 넘쳐 나는 북부 유저들도 많이 와서 뮬 님의 왕국, 그러니까 정확히 뮬 님의 왕국에서 활동하게 될 겁니다. 발전이야 뭐… 아시다시피죠. 신도시들이 생길 테고 남부 사막 지역도 영토로 들어오면 굉장히 큰 왕국이 되겠죠."

"저와 헤르메스 길드와의 관계는요?"

"위드 님이 그러시더군요. 사람은 화장실 갈 때와 나올 때를 알아야 한다고. 받을 거 다 받았으면 나오기 적당한 시점이 아닐까요?"

뮬은 여기서 잠시 침묵했다.

'사막 전사들이 당연히 귀찮기는 하지.'

남부 지역에서 출몰하여 공격하는 그들 때문에 성가신 것은 사실이었다.

같은 헤르메스 길드로서 영주들의 구원 요청을 무시할 수는 없었으니까. 그렇지만 아직 자신의 영토에서 벌어지는 손해는 아니었고 귀찮음도 감수할 만했다.

'하지만 화장실을 나올 때의 마음가짐이라. 확실히 상황이 달라지긴 했다.'

뮬은 헤르메스 길드의 초창기부터 함께했다.

용기사로 전직을 하고 그리폰을 길들인 이후에 중앙 대륙 정복 전쟁에서 대단한 활약을 했다.

기동력을 기반으로 한 그리폰 부대는 매번 영토 확장에 선두에 섰다. 거듭 쌓여 온 전투 공적 덕에 만만치 않은 휘하 세력과 군대도 보유하고 있었다.

그라디안과 네스트 지역을 다스리도록 넘겨받은 것도 전장에서의 능력과 군사력을 높게 평가받았기 때문이다.

'이미 더 이상 헤르메스 길드로부터 받을 것이 없기는 해. 하벤 제국이 아르펜 왕국을 정복하더라도 내게 떨어질 이득은 없겠지.'

영토에서 거둬들인 세금의 절반을 바치고 있다.

헤르메스 길드와의 의리를 떠나서 그들의 지배력을 인정했기에 어쩔 수 없었다. 그런데 독립을 하게 되면 앞으로 세금을 바치지 않아도 된다.

하벤 제국과 아르펜 왕국만큼은 아니더라도 당장 대단히 넓은 지역을 독립적으로 통치하는 국왕이 되는 것이다.

'완전히 쓸모없는 제안은 아니군. 내게 이익이 커. 단 한 가지 결정적인 문제점이 있지만.'

하벤 제국으로부터 자신의 깃발을 드는 자체는 마음에 쏙 들었지만 상식적으로 그럴 수 없는 형편이었다.

헤르메스 길드와 하벤 제국의 군사력은 여전히 무시할 수 없을 정도로 막강하니까. 독립을 선언하자마자 짓밟혀 버린다면 무슨 의미가 있겠는가.

그 마음을 알고 있다는 듯이 톳쿵이 빙긋 웃었다.

"뮬 님이 마음만 먹으면 아르펜 왕국군이 북쪽에서 움직일 겁니다."

"제국과 전쟁을 치른다? 아르펜 왕국군의 전력으로는 무리일 텐데요."

"무리가 있긴 하죠. 하지만 아르펜 왕국의 국경 근처에만 있어도 하벤 제국의 신경을 쓰이게는 만들 수 있을 겁니다."

"신경을 쓰는 정도로는 의미가 없죠. 헤르메스 길드는 그런 방해에는 끄떡도 안 할 정도로 강합니다. 제국군이 남쪽으로 내려오면 저에게는 최악이 되겠군요."

"아르펜 왕국과 뮬 님의 신생 왕국. 둘을 동시에 상대하기에는 하벤 제국의 피해가 클 겁니다. 세금까지 낮춘 시점에서 전쟁 비용을 감당할 수 있을까요?"

"아르펜 왕국 역시 하벤 제국을 감당할 수 없죠."

"최악의 경우에는 아르펜 왕국에서 뮬 님을 받아들이겠습니다. 넓은 땅을 다스리는 영주로 받아들이죠."

뮬은 고개를 저으면서 대꾸하지 않았다.

머릿속으로 바쁘게 계산이 오가고 있었지만 선뜻 내키지 않았다.

톳쿵의 제안은 나름 이유가 있긴 하니 상식적으로 받아들이는 건 손해라고 생각되었다.

"그쪽이 이런 제안을 하는 이유는……?"

"하벤 제국의 전력이 분산될수록 아르펜 왕국에는 유리할 테니까요."

톳쿵은 딱 한 가지만을 감추고 전부 솔직하게 이야기했다.

'이런 제안을 여기서만 하는 건 아니지.'

풀죽신교에서 모은 방대한 정보력과 인맥.

헤르메스 길드의 유저들 중에서 포섭이 가능한 인물들과 독립을 제안할 사람들을 추렸다.

어지간히 큰 병력을 가진 영주들이나 그 지역을 관할하는 총독들에게는 비밀리에 독버섯 중에서 엄선한 정예 부대원들이 파견됐다.

하벤 제국의 남부 지역은 거리와 제안의 비중 때문에 와삼이를 타고 왔지만, 다른 곳들도 독버섯 유저들이 전부 동시에 방문 중이었다.

그들 중 몇 명이나 마음을 바꿔 먹을지는 아무도 알 수 없다.

몇 명 정도는 포섭이 될 수도 있겠지만 전부 실패할 가능성을 크게 염두에 두었다.

'실패를 가정한 계획.'

계획의 1단계에서는 아르펜 왕국의 입장에서 잃을 게 없다. 심지어 이런 제안을 보냈다는 사실이 들킨다고 해도 손해가 아니다.

북부 유저들은 물론이고, 어떤 유저들도 아르펜 왕국이나 위드를 비난하진 않을 것이다.

반면에 헤르메스 길드는 이탈자가 생기지 않을지 불안해하고 의심하게 될 것이다.

"흠……."

뮬은 고민했지만 찬성하는 쪽으로 마음이 기울진 않았다. 그의 선택에 따라서 아르펜 왕국은 엄청난 이득을 얻게 된다.

'위드를 위해 무언가를 하고 싶진 않은데. 일이 잘못되었을 경우에 손해도 커 보이고.'

위드에 대한 억하심정!

그에게 당한 사건들을 떠올리기만 하면 화장실에서 일을 제대로 치를 수 없을 정도다.

"제안을 받아들이지 않겠습니다."

"예, 알겠습니다. 그렇게 하세요."

"돌아가실 때는 와삼이가 또 옵니까?"

뮬은 용기사로서 순수한 호기심을 담아서 물었다.

그리폰들과는 호적수라고 할 수 있는 와이번, 그것도 최고의 승차감을 자랑한다는 와삼이를 가까이에서 볼 기회였다.

"아니요, 저 혼자 구경이나 하면서 슬슬 아르펜 왕국까지 올라갈 겁니다."

"갈 길이 멀겠군요."

"인생에서는 먼 길을 돌아갈 때 무언가를 얻을 수 있죠."

톳쿵은 그렇게 말하면서 배낭에서 무언가를 꺼냈다. 뇌물이나 무기일지도 모른다는 생각으로 일순 경계하는 뮬.

하지만 톳쿵이 꺼낸 것은 찻잔과 알 수 없는 시커먼 가루였다. 그가 찻잔에 시커먼 가루를 넣고 생수를 부어서 차를 탔다.

"협상을 마치니 차를 한잔 마시고 싶군요."

"흠."

"같이 드시겠습니까?"

"아뇨. 괜찮습니다."

뮬은 친한 사이도 아니니 제안을 거절했다. 그 거절은 올바른 판단이기는 했다.

"크어억!"

찻물을 마신 톳쿵이 가슴을 움켜쥐더니 쓰러지는 것이었다.

"여, 역시 독버섯 차는……."

> 톳쿵이 사망하였습니다.

뮬은 톳쿵이 죽고 난 이후에 고민에 잠겼다.

"독립이라……."

풀죽신교의 달콤한 제안.

헤르메스 길드를 배신하는 것은 큰 도박이지만 성공만 한다면 자신에게는 대단한 이익을 안겨 주는 제의다.

'아르펜 왕국처럼, 위드처럼 자리를 잡는다면 이 지역의 유저들이 나를 도울 수도 있겠지. 그건 좀 긍정적이야.'

하벤 제국이 뿌리인 만큼 그들을 견제할 방법도 여러 가지를 알고 있었다.

대규모 군대가 쳐들어오더라도 그리폰 부대로 요격을 하거나 노드 그라페를 포기하면서 오랫동안 전쟁을 치를 수 있다.

한두 달만 버티게 되면 공격도 주춤해질 것이며, 충분히 한 지역의 패자로 인정받을 가능성이 컸다.

훗날에는 바드레이나 위드처럼 탄탄한 기반과 영향력을 갖추지 말란 법도 없다.

설혹 모든 것이 잘못되어 망한다고 해도 그동안 모든 재산이나 그리폰 부대를 이끌고 아르펜 왕국으로 떠나면 된다.

'흥미롭지만 위험한 제안. 지금으로써는 받아들일 수가 없지. 하지만 상황이 바뀐다면……'

위드가 무심코 했던 말이 풀죽신교의 비상 전략 상황실을 거쳐서 하벤 제국에 첫 번째 씨앗을 심어 놓게 되었다.

꿍꿍꿍

북부 유저들이 우리 측 영주들에 대한 포섭 작업을 시도했습니다.

"허점을 내버려두진 않는군."

하벤 제국의 몇몇 영주들은 접촉이 있었음을 정보부에 고백했다.

라페이는 소식을 들었을 때 아렌 성의 옥상에 있었다.

밤하늘에는 수많은 별들이 반짝이고 맑은 바람은 시원하게 흐른다.

하벤 제국의 수도는 지금까지의 영광을 증명하기라도 하듯이 화려하게 빛나고 있었다.

"나를 여기까지 궁지로 몰다니……."

라페이는 얼마 전에 당한 모욕을 생각하며 눈동자를 빛냈다.

처음 길거리에서 깜찍한 소녀에게 비난을 받았을 때는 분노가 치밀었다.

평생 엘리트로 존중받으면서 살아왔던 자신이고 실패란 단어는 익숙하지 않았다.

그의 업적이라고 할 수 있는 하벤 제국이 약해지는 와중에 마음이 위축되었던 것도 사실이다.

정보대를 통해서 들어오는 소식들이라고는 생각보다도 훨씬 좋지 않은 것들이었으니까.

르헨 지역에서 헤르메스 길드 유저들에 의한 일반 유저들의 대량 학살 사건 발생. 조사해 보니 우리의 과실이 큼.

고넷사 성에서 지원 요청. 대륙 정복을 기념하는 파티에서의 지출이 큰 것으로 밝혀짐.

즈로트 무역 도시. 북부의 푸홀 워터파크를 참고하여 관광업 활성화를 위한 대형 개발 사업. 개발 비용 3,000만 골드. 완공 후 이용자 하루 340명.

제국의 구석구석을 통치하면서 수많은 어처구니없는 일들이 벌어진다.

라페이와 수뇌부에서 끌어들인 천문학적인 자금이 삽질을 하면서 엉터리처럼 소모되고 있었다.

세금을 감면하라고 해 놨더니 직속 상단을 창설하여 도시 내의 모든 교역을 독차지하여 욕을 먹는 경우도 있었다.

다리우스의 무차별 폭로는 헤르메스 길드의 비난 대열에 불을 붙인 것이나 마찬가지였다.

매일 새로운 사실들이 방송에서 밝혀지면서 헤르메스 길드에 대한 여론이 갈수록 악화되고 있었다.

대륙의 남쪽에서도 팔로스 제국의 건국이 이루어지려는 중 대군이 침략해 왔다.

폭식의 악마

비상 회의를 소집한 라페이는 책상을 손가락으로 가볍게 두드렸다.

"영주들의 흔들리는 마음을 파고들었습니다. 이런 건 알고도 당할 수밖에 없지요."

"그 정도로 곤란한가?"

바드레이의 물음에 라페이는 가볍게 고개를 흔들었다.

"아직은 신경 쓸 가치도 없는 일입니다. 우리 헤르메스 길드의 울타리를 떠난다는 건 멍청이나 할 짓이지요. 그래도 다리우스의 폭로가 있었으니……."

"우리에 대한 여론이 심각하게 나빠졌겠군."

"놈들이 우리를 조금씩 막다른 길로 모는군요. 그래도 현시점에서 겉으로 드러나는 손해는 존재하지 않습니다. 영주들이 헤르메스 길드를 벗어나진 못할 테니까요. 길드의 군사력에 비해 영주들이 가진 병력은 보잘것없으니 말입니다."

"영주들이 우릴 떠나지 못한다면… 그래도 조금의 대비는 해 두고 있겠지?"

"떠나더라도 모든 걸 버릴 각오를 해야 되겠죠. 이미 몇몇 지역에는 본보기를 삼아서 병력들을 배치해 두었습니다."

바드레이와 라페이.

그 둘을 비롯한 수뇌부는 이 조치로 영주들에 대한 대처는 끝났다고 생각했다.

아르펜 왕국에서 적극적으로 영주들의 독립을 부추긴 것이 껄끄럽기는 하지만 그들의 뜻대로 되진 않으리라 보았기 때문이다.

라페이는 머릿속에 한 가지 큰 그림이 그려지기는 했지만 애써 무시했다.

'영주들의 길드에 대한 충성심은 더욱 없어지겠지. 본래 그런 자들이 대부분이기는 하지만… 그리고 이 영주들에 대한 포섭 작업이 그 이후의 포석과 관련이 있을까? 아니면 그저 찔러본 것에 불과한 걸까.'

그때 바드레이가 차가운 목소리로 물었다.

"다리우스는?"

"모든 재산을 처분하고 도주했습니다. 척살령을 내리기는 했지만 용의주도한 녀석이라 이미 아르펜 왕국으로 숨어들어 갔으리라 봅니다."

"더 이상 폭로할 내용이 남아 있을까?"

"몇 가지 있긴 하겠지만 중요한 것들은 다 나왔다고 봅니다."

바드레이는 수뇌부의 얼굴을 1명씩 마주 봤다.

중앙 대륙을 정복할 당시에 자신과 함께 전장에 나섰던 역전의 용사들. 막강한 헤르메스 길드의 전투 능력을 과시하며 절대적인 강함을 세상에 증명했다.

페나틀이 중얼거렸다.

"갈수록 안 좋은 일들이 생겨나는군. 어디서부터 잘못된 것일까?"

라페이는 가볍게 웃기만 했다.

"우리의 잘못은 없습니다."

"잘못이 없습니까?"

"이번 일을 계기로 과거를 돌아봤지만 정작 후회가 남는 순간은 없었습니다. 중앙 대륙에서 시작한 우리에게 선택은 불가능했으니까요."

"어째서요?"

"지금까지 최선을 다했습니다. 전쟁을 이기고 군대를 양성하기 위해 당연히 많은 세금을 거두어야 했고, 헤르메스 길드 유저만을 위한 차별적인 조치도 취해야 했죠."

수뇌부의 유저들은 라페이의 말에 공감했다.

그들이 경험했지만 중앙 대륙에서는 딱히 헤르메스 길드만이 횡포를 부린다고 할 수 없을 정도로 다른 세력들 역시 크게 다르지 않았다.

힘이 있다면 휘두르고, 커다란 이권을 향하여 굶주린 늑대처럼 달려든다.

적의 세력이 약하면 짓밟고 정복한다.

헤르메스 길드는 그들보다 강했고, 수단과 방법을 가리지 않앗을 뿐이다.

대륙을 하나로 통합하는 과정에서는 악한 이들이라도 강하기만 하면 기꺼이 받아들였다.

그러한 과정들을 통해 중앙 대륙의 난세를 평정한 것이 헤르메스 길드였다.

라페이가 단호하게 말했다.

"우리가 민심을 잃어버린 것은 정복에 대한 반발 때문입니다만, 그것은 다른 세력이 중앙 대륙을 장악했더라도 마찬가지였을 겁니다. 제국이란 결국 사람들의 피를 바탕으로 일어서는 것이었으니까요."

팔랑크스가 입을 열었다.

"위드와 아르펜 왕국은 아니지 않습니까?"

"경쟁자이지만 솔직히 대단한 업적으로 평가할 수 있는 부분이죠."

"업적이요?"

"예. 맨땅에서 자신의 힘으로 일구어 낸 건 인정해야 합니다. 이 자리에 있는 분 중 황량한 얼어붙은 땅에 가서 왕국을 세우리라고 생각한 분이 있습니까?"

수뇌부 유저들의 표정에 의아함이 스쳐 지나갔다.

그동안 위드의 명성 때문에 바드레이나 라페이와 자주 비교가 되었다.

라페이가 먼저 호적수인 위드를 높게 치켜세워 주고 있는 것이다.

"불가능한 퀘스트를 완수하고, 엠비뉴 교단을 물리치면서 쌓는 거대한 명성. 이것도 예측한 부분입니까?"

"생각하지 못했던 부분입니다."

"우리가 추구한 패도의 마지막 지점에서 위드와 아르펜 왕국이라는 변수를 맞이하지만 않았더라면 모든 결과는 완벽했을 것입니다. 그러나 지금 고민에 빠진 우리의 국력은, 최소한 전쟁 수행 능력이 아르펜 왕국의 10배는 넘습니다. 유저들을 감안한다고 하더라도 말이죠. 그저 중앙 대륙을 통치하는 데 힘을 쏟고 있으니 쉽게 정복하지 못할 뿐입니다."

수뇌부의 굳어 있던 표정들이 조금씩 풀렸다.

잘못된 길을 걸어서 여기까지 온 것과, 최선을 다했던 결과는 받아들이는 자세가 다르다.

라페이의 눈이 맑게 빛났다.

"역사는 승자만을 기억합니다. 지금 조금 귀찮아지긴 했지만 이 대륙을 완전히 통일하고 나면 위드에 대한 이야기야 금세 사라지게 되겠지요."

"으음."

"다만 지금 시점에서의 위드와 아르펜 왕국은 조금 인정해 줄 만합니다. 하지만 우린 하벤 제국입니다. 패도를 추구했고, 수많은 강자들이 힘을 모아서 만든 제국입니다. 중앙 대륙의 치안만 안정이 되면 우리의 힘은 언제라도 보여 줄 수 있지요. 그리고 그런 기회를 만들기 위한 전략도 세워지고 있습니다."

라페이의 발언은 수뇌부 회의의 분위기를 반전시켰다.

〈로열 로드〉의 초창기부터 계획들을 세우고 최고의 결과를 이끌어 냈던 수장!

바드레이가 무력 부대를 이끄는 대장이라면, 라페이는 그의 두뇌 역할을 한다.

따지고 보면 하벤 제국의 쌍두마차가 직접적으로 패배했던 적은 없었다.

'원래대로 돌아온 것 같군.'

'그래. 이런 모습이었어. 대륙을 통일하고 나서 시행착오를 조금 겪었을 뿐이지.'

라페이는 수뇌부 회의에서 대륙 통치와 관련된 몇 가지 방책들을 제시했다.

사냥과 퀘스트와 관련된 이벤트와 제국 전체가 들썩이는 축제의 개최!

식량과 관련된 생산 촉진이나 일시적인 무역 장려 방안까지도 거론이 되었다.

내정은 소소한 부분들까지 신경을 써야 했고, 거대한 제국의 움직임은 몇 가지만으로도 큰 결과를 나타낸다.

'효과 따위 필요 없지. 잠시 유저들이 행복하게 느끼기만 하면 돼. 시간만 벌어 주면 아무도 모르는 사이에 준비가 끝난다.'

라페이는 회의를 마치고 나서 건설 담당인 레야르도를 따로 불렀다.

"그럴 리야 없겠지만, 만약에 하벤 제국의 사정이 대폭 악화되는 사태에 대한 대비책은 필요합니다."

"제국이 무너지는 것까지도 염두에 두십니까?"

그 말을 들은 레야르도의 심각한 표정에, 라페이는 고개를 흔들었다.

"당장 제국이 몰락하게 된다는 건 아닙니다. 우린 강하죠. 북부로 가볍게 날린 공격이 조금 실패한 정도입니다. 다만 먼 미래에 대비하여 완전한 대비를 미리 해 두는 것입니다."

"완전한 대비요?"

"역사를 보면 영원한 제국이란 없습니다. 하벤 제국의 영토 일부가 함락되거나 분열되더라도 버틸 수 있도록. 대륙의 기나긴 지배를 위한 몇 가지의 비책이 있지만 하벤 지역에도 대성벽과 요새들을 건축하도록 합시다."

"아주 길게 보시고 하벤 지역을 함락당하지 않는 군사 요새화를 하는 것이군요."

"제대로 이해하셨습니다. 절대로 함락되지 않는 요새. 하벤 지역은 우리들이 가진 최후의 보루가 될 것이며, 또 이 지역의 수성에 대한 확고한 믿음은 다른 위협을 물리치는데도 도움이 되리라 믿습니다."

폭식의 악마 델암!

위드와 그 동료들은 델암의 덩치가 계속 커지는 것을 지켜보기만 했다.

50미터… 70미터… 100미터… 140미터…….

연합군 기사들과 몬스터, 악마족까지 닥치는 대로 잡아먹으면서 기하급수적으로 성장했다.

몸집이 커지는 만큼 돌아다니면서 먹는 양도 점점 늘어나고 있었다.

"모두 무릎을 꿇고 머리를 내밀어라. 어서 존귀하신 악마를 영접하라."

악마족은 그들의 부름을 받은 델암을 위해 먹이를 제공했다.

몬스터들을 델암에게 바친 것은 물론이고 별미라면서 드레이크까지도 먹이로 주었다.

하늘을 날아다니며 연합군에 큰 피해를 입히던 드레이크들이 사라지고 있었지만 델암의 위력은 갈수록 세졌다.

페일이 슬쩍 자신의 살통을 봤다.

"화살이 이쑤시개 정도는 되겠군요."

제피는 낚싯대를 슬그머니 집어넣었다.

"저런 건 낚기가 무리입니다. 낚싯줄이 버티지 못할 겁니다."

거대해지고 막강한 파괴력을 보이는 델암을 보면서 희미하던 자신감이 점차 없어지고 있었다.

거인족을 상대로도 용감하게 싸웠지만 그때는 어쨌든 상대도 피해를 입었고 희망이란 게 있었다.

"공격하라! 물러서는 자는 목을 벤다."

"마폰 왕국의 정예들이여. 국왕 폐하를 위해 돌격한다!"

기사들이 말을 이끌고 돌진하여 델암의 입으로 사라졌다.

델암에게서는 가공할 충격파가 퍼져 나와서 주변에 있는 사물들이나 생명체를 바스러뜨렸다.

마법사들은 외울 수 있는 최강의 마법 주문으로 두들겼지만 델암은 몸으로 버티면서 먹어 치울 뿐이었다.

수르카가 주먹을 쥔 손을 풀었다.

"진짜 때리기 싫게 생겼다. 근데 저거 생명력이 줄어들긴 하나요?"

위드는 날카로운 눈으로 델암을 살펴봤다.

"지금은 거의 안 줄어드는 것 같군요. 폭식할 때는 모든 공격에 대해 높은 저항력을 가진 것 같습니다. 먹으면서 생명력과 마나를 흡수하는 능력도 있어 보이고요."

"역시 소화시킬 때 공격을 해야……."

"그 방법밖에는 없죠. 그런데 소화를 다 시키고 나면 저게 더 커지고 강한 힘을 낼 겁니다."

"원래 역사에서는 연합군이 어떻게 저런 악마를 이겼어요?"

수르카의 말에 일행들의 시선이 위드에게로 모였다.

새로운 희망!

위드라면 사냥이나 〈로열 로드〉에 대해서는 전문가에 가까운 지식을 갖고 있었으니까.

방송을 진행하는 메이런이라고 해도 정보를 폭넓게 응용하는 부분에서는 따라오지 못할 정도였다.

"연합군이 패했습니다."

"네에?"

"연합군이 거의 전멸했죠. 운 좋은 이들은 몇 명이지만 헤엄이라도 쳐서 탈출하여 이곳에서 벌어진 일들을 알렸고요."

"그럼 저 악마는 어떻게 처리했는데요?"

"이 섬에서 먹을 게 떨어져서 굶어 죽은 걸로 알고 있습니다. 그 과정이 100년 넘게 걸렸다고 하죠."

"그런……."

수르카를 중심으로 한 일행들의 긴장감이 한층 더 높아졌다.

괜히 난이도 S급의 전투 퀘스트가 아니었다.

연합군이 어떻게든 폭식의 악마를 사냥한다면 그곳에 슬쩍 한 자리만 끼면 될 줄 알았는데 그게 아니지 않은가!

연합군을 선택했거나, 악마족의 편에 섰거나, 결과는 어차피 비슷했다.

아군과 적군을 가리지 않는 델암을 퇴치하지 않으면 어차피 먹히고 만다.

퀘스트도 살아 있어야만 성공하는 것.

'먹히긴 싫다.'

'으아… 방송으로 물컹꿈틀이를 보고 악몽을 꾸었는데. 저런 것한테 먹혀야 되나?'

위드는 일부러 일행이 긴장하도록 내버려두었다.

'기회는 최대 두 번 정도. 그 이후에는 너무 강해져서 상대하기 힘들 거야.'

델암을 제압하지 못하면 퀘스트 실패를 선언하고 도망치는 것 외에는 방법이 없었다.

페널티가 심각할 테지만 그조차도 당연하게 감수해야 하는 모험!

'싸운다면 정면 승부다. 다른 방법이 없어.'

연합군의 맹렬한 공격에도 델암은 끄떡도 하지 않고 덩치를 키워 나갔다.

300미터… 400미터… 500미터!

높이만이 아니라 옆으로도 그만큼씩 체격을 키워 나가고 있었다.

거인족보다도 훨씬 크고, 드래곤이나 작은 야산처럼 보일 지경이었다.

한참 후에 델암의 피부가 붉게 달아오르더니 하늘을 향해 입을 크게 벌렸다.

쿠으어어억!

짙은 회색의 연기가 하늘로 솟구쳤다.

"으아. 징그러."

"저거 트림했어!"

여성 유저들이 비명을 질렀다.

> 폭식의 악마 델암이 그동안 삼킨 생명체들을 소화시키고 있습니다.
> 소화가 이루어진 이후에 델암은 1단계 탈태를 이루게 됩니다. 육체를 새로 구성할 때마다 델암은 강력해지고 더 많은 먹이를 먹을 수 있습니다.
> 남은 시간: 5분.

델암은 입을 벌려서 하늘로 트림하고, 엉덩이로는 역겨운 가스를 내뿜는다.

비대하기 짝이 없던 덩치, 특히 배가 눈에 보일 정도로 빠르게 줄어들고 있었다.

연합군 쪽에서도 사제들의 공포에 젖은 목소리가 들렸다.

"지금 놈을 해치워야 합니다. 저 사악한 악마가 먹은 이들을 소화하고 자신의 힘을 찾으면 모두가 죽을 것입니다."

"대륙의 운명이 우리에게 걸렸다. 모두 공격한다."

역사적인 전투가 벌어졌다.

연합군 기사들이 비장한 얼굴로 몬스터나 악마족과의 전투도 중단하고 한 지점을 향해 몰려들었다.

뒷짐을 지고 안전한 곳에 있었던 마법사들도 텔레포트를 이용하여 델암의 근처에 나타나서 공격 마법을 사용했다.

소화를 시키고 있는 델암의 몸은 무방비로 노출되었다.

마법사들의 공격 마법이 델암을 강타했고, 연합군 기사들은 무기를 휘둘렀다.

사제들은 신성 마법으로 아군을 치료하기보다는 직접 델암에게 정화와 치료 마법을 펼쳤다.

언데드나 악마에게는 10배 이상의 타격을 입히는 신성 마법.

델암은 그러한 공격에도 불구하고 꿋꿋하게 버티면서 소화를 시키고 있었다.

막 뛰쳐나가려는 동료들을 향해 위드가 말했다.

"아직 조금 더 기다려 보세요."

위드는 조금 더 살펴보기로 했다.

'5분. 짧다면 짧은 시간. 우리가 참여한다고 해도 그 시간 동안 델암을 해치울 수 있을지 없을지는 모른다.'

역사적인 전투였음에도 불구하고 기록되어 있는 정보는 모자랐다.

'악마족들은 델암을 소환했더라도 그동안의 전투로 숫자가 줄어들어서 얼마 버티지 못할 거야. 문제는 연합군이 델암을 죽음 근처까지라도 몰아넣을 수 있느냐다.'

폭식의 악마 델암을 상대로 위드와 동료들이 모든 걸 해내기는 무리였다.

델암에게는 아쉽지만 언데드조차도 무용지물이라고 할 수

있다.

데스 나이트나 듀라한, 스펙터 급의 언데드들은 그저 상한 뼈다귀 정도의 역할밖에는 못 할 것이기 때문이다.

연합군이 델암의 생명력을 10% 이하까지 떨어뜨릴 수 있다면 승부를 걸어 볼 수 있다.

그리고 역사를 바꾸는 것이었다.

'지켜보고 판단한다. 그리고 싸우기로 결정한다면 모든 것을 건다.'

브롬바 왕국의 기사들이 검을 높이 들었다.

"악마가 이 땅을 밟지 못하도록 하라. 희생의 검!"

생명력을 불태워서 신성력으로 몸을 감싼 후 마법 공격을 당하고 있는 델암을 향해 돌격!

마폰 왕국과 켈튼 왕국의 기사들도 사제들의 보호 마법을 받은 후에 델암을 향하여 진격했다.

이미 퇴치된 몬스터와 악마족의 저항을 뚫고 거침없이 공격했다.

몸을 활짝 펼친 델암은 공격을 맞으면서도 계속 소화를 시키고 있었다.

"움트고 있는 생명력. 그 전부를 보여 다오. 뷰 라이프 포스!"

폭식의 악마 델암

꿰뚫어 볼 수 없는 깊은 어둠. 버려진 쓰레기와 우글거리는 벌레들을 먹고 자란 악마. 악마를 숭배하는 족속들에 의해 세상에 나온 그의 목표는 단 하나. 모든 것을 먹어 치울 뿐이다. 충분한 식사를 마치면 지옥에서 가지고 있던 완전한 육체와 힘을 되찾을 수 있다.

거대한 육체는 반경 4킬로미터에 이른다고 하고, 산이나 호수까지도 먹이로 삼는다. 무력은 추정하기 어렵다. 지옥에서도 충분히 한 지역의 패자로 자리를 잡을 정도로 뛰어나지만 힘을 쏟는 만큼 먹어야 하는 약점을 가졌다. 음식을 먹지 못하면 극심한 굶주림을 견디지 못하고 약해지거나 사망한다. 지옥에서의 힘을 찾기 위해 아직 일곱 번의 탈태가 남아 있다.

생명력: 74/100.

마나: 88/100.

남은 시간은 3분 23초.

위드의 눈동자가 빛났다.

"승산이 없지는 않아. 신성력이… 제대로 효과를 발휘하고 있어."

마법사와 기사들의 공격에도 델암의 생명력이 줄어들고 있었다.

위드와 동료들이 기다리고만 있던 순간이었다.

"기회가 생길 것 같습니다. 전투를 시작하세요."

"전 딱 한 방만 노릴게요."

로무나는 자신이 알고 있는 가장 강력한 화염 마법을 외우기 시작했다.

화산 폭발!

"대지와 불의 정화여. 모든 것을 흔들고 태우는 힘이 깊고 깊은 땅에서 깨어나 이 세상을 녹일지어다."

화산 폭발은 화염 계열의 최상위 마법 중의 하나.

주문을 외우는 시간도 극히 길었고 마나 소모도 심한 페널티가 있었다.

마나의 최대치가 3일간 감소하기 때문에 자주 쓸 수도 없는 마법.

로뮤나가 마법을 준비하는 사이, 다른 동료들도 각자 자신이 할 수 있는 최강의 공격을 준비하면서 앞으로 뛰쳐나갔다.

페일과 메이런은 켈튼 왕국 기사단 사이에 섞였다.

"반갑소, 정의를 아는 궁수여."

"같이 싸워도 되겠습니까?"

"우리가 영광이오."

높은 명성과 명예를 가진 그들은 기사단과 함께 델암에게 다가갔다.

"결국 저걸 손으로 때리다니… 물컹할 것 같아."

"낚싯줄로 낚기에는 너무 큰 녀석인데."

"열 번 베어도 안 쓰러질 것 같군."

수르카와 제피, 파이톤은 양념게장을 따라서 전진했다.

사제 이리엔으로 인해 브롬바 왕국의 호위를 받으면서 돌격할 수 있었다.

문제는 위드!

"가까이 오지 마라. 이 네크로맨서야!"

연합군의 기사들이 위드의 합류를 거부했다.

"이놈의 인기란 상당히 곤란하군. 뭐가 급한지도 모르고… 지금은 저 델암을 퇴치할 때라는 걸 모릅니까?"

"닥쳐라! 네크로맨서 따위가 정의를 이야기하지 마라. 악마를 퇴치한 다음에는 너다!"

위드는 기사들을 무시하고 유령마를 탔다.

"정신 집중!"

정신 집중 스킬을 사용하였습니다.
마나의 최대치가 24% 증가합니다. 마나의 회복 속도가 41% 빨라집니다.
스킬 지속 시간: 13분.

중급 언데드 소환을 익히면서 배우게 된 마법 스킬 사용!

데스 나이트와 듀라한, 스펙터 들 외의 좀비와 구울 같은 하급 언데드들은 마나를 아끼기 위해 전부 소환 해제.

위드가 소환한 유령마를 타고 델암을 향해 날아갔다.

번쩍번쩍! 콰르르르릉!

델암이 있는 인근에 작렬하는 마법과 기사단의 돌격으로 일대가 혼란스러웠다.

연합군은 막강한 화력을 동원하여 총공격을 퍼붓고 있었다.

레벨 200 이하의 초보라면 이 자리에 서 있는 것만으로도 공격 마법의 파편에 의해 죽을 정도였다.

신성력의 밀도가 높습니다.
네크로맨서 마법의 위력이 31% 약화됩니다.

언데드 군단은 빛과 화염을 뚫고 델암을 공격하기 위해 다가가는 도중에 육체가 녹아내렸다.

연합군 사제들의 신성력이 최대로 중첩된 장소였다.

남은 시간은 1분 54초.

델암의 생명력은 51%.

'승산이 없는 건 아니지만 역시 어렵기는 하군. 네크로맨서라서… 지금 상태로는 공격력이 부족해. 다른 어떤 직업이었더라도 크게 달라지진 않았겠지만.'

이대로라면 델암이 모든 걸 집어삼켰던 역사의 재현이라고 할 수 있을 것 같았다.

'이 정도로는 안 되나?'

역사와는 다르게 위드가 개입해서 연합군의 전력이 상당히 많이 살아남았다.

그럼에도 불구하고 남은 시간 동안 델암을 제거하기란 불가능할 것 같다.

다행이라면 악마족들이 부리던 몬스터들은 대부분 퇴치된 상태!

악마족들이 해안가에서 일찍 밀려나면서 델암을 서둘러 자신들과 가까운 곳에 소환했다.

델암이 몬스터와 악마족들을 연합군 못지않게 많이 잡아먹게 되었다.

'그래도 죽이는 데 무리가 따르겠어.'

위드는 언데드 군단을 뒤로 물렸다.

어느새 언데드들은 절반이나 줄어 버린 상태였다.

"악마족부터 제압하라."

"알겠다, 주인!"

위드는 반 호크와 토리도에게 언데드들을 데리고 근처의 악마족 사냥에 나서도록 했다.

연합군의 중심 전력이 델암을 공격하고 있는 와중의 이탈!

상대적으로 델암을 지키는 데만 신경 쓰고 있던 악마족들을 급습하여 전공을 세웠다.

위드도 로아의 명검을 휘두르면서 악마족들을 처단했다.

델암을 지키기 위한 저주와 흑마법을 사용하던 악마족들은 강화된 신체에도 불구하고 위드의 검술을 이겨 내지 못했다.

조각 파괴술로 막강해진 힘은 언데드들을 이끌고 악마족들을 쓸어버리기에 충분했다.

레벨이 올랐습니다.

검술의 숙련도가 증가합니다.

경험치를 획득하였습니다.

퀘스트에서 놀라운 공을 세웠습니다.
굴텐 악마족의 소탕! 마폰 왕국, 켈튼 왕국, 브롬바 왕국에서 목표로 삼았던 악마족들이 당신의 전투 공적으로 사라지게 되었습니다. 위대한 업적을 달성한 당신을 세 왕국이 기릴 것입니다.

전투 공적으로 인해 명성이 6,399 올랐습니다.
악명이 13,832만큼 감소합니다.

생명력의 최대치가 500 증가하였습니다.

신앙이 20 늘어났습니다.

굴텐 악마족의 전멸!

그사이 델암의 몸에서부터 검붉은 빛줄기가 퍼져 나가더니 마침내 탈태를 끝냈다.

델암의 크기가 50미터 정도로 줄어들었지만 더욱 빠르고 단단해졌다.

악마로서의 힘을 상징하는 뿔이 12개나 돋아나고 긴 꼬리마저도 생겨났다. 팔에는 심지어 삼지창까지 들려 있었다.

"끄아악!"

"다리를 붙잡혔다. 사, 살려 줘!"

델암은 자신을 공격하기 위해 가까이 있던 연합군 기사들을 향해 커다란 입을 쩍 벌렸다.

막강한 흡입력이 발생해서 기사들이 통째로 델암의 입으로 빨려 들어갔다.

수백 명을 씹지도 않고 통째로 삼켜 버리면서 잃어버린 생명력을 회복하며 다시 덩치를 키우기 시작했다.

—먹이들이 바쁘구나!

거대한 델암이 붉은 눈으로 인간들을 내려다보고 있었다.

쿠우웅! 쿠웅!

델암이 걸을 때마다 지진이라도 난 것처럼 대지가 흔들렸다.

"으아……."

"이건 아냐!"

수르카와 다른 동료들은 재빨리 도망쳤다.

마법과 검.

어떤 공격으로도 소화를 마친 델암에게 제대로 피해를 주지 못했다.

"도망치자! 악마가 더욱 강해졌다!"

"포기하지 마라. 우리가 물러서면 마폰 왕국의 가족들이 저 녀석에게 먹히고 말 것이다."

"공격 마법을! 어서 공격 마법을 써서 놈을 저지하라!"

지금까지 잘 싸워 왔던 연합군도 델암의 힘이 더욱 강해지자 혼란에 빠지고 있었다.

델암은 인간들의 저항을 힘으로 무시한 채로 먹어 치우기 바빴다.

"후퇴!"

"당장 본국으로 급보를 띄워라. 우린 패배했으니 어서 대피하라고."

연합군의 일부는 퇴각하기 위해 해안가에 정박한 배에 오르려 하고 있었다.

델암은 먼저 그들에게 달려가서 인간들을 먹어 치우고, 삼지창을 휘둘러 배를 박살 냈다.

—빠져나가지 못한다! 너희들은 모두 내 먹이가 될 것이다. 크후헤헤헤헤헤헤.

악마 델암!

다른 악마들처럼 투기를 내뿜지도 않고 강대한 마법을 발휘하지도 않는다.

폭식의 악마답게 닥치는 대로 인간들을 먹어 치울 뿐이었지만 연합군이 원초적인 겁에 질리게 만들기는 충분했다.

"이런 죽음이라니……."

"큭. 살아서 먹히느니 명예를 지키겠다."

기사들 중에는 먹히기 직전에 자살을 선택하는 자도 있었다.

위드의 동료들은 다행히 아직은 무사했다.

언데드들이 물러나는 것을 보며 눈치 빠르게 뛰쳐나온 덕분이었다.

"이제 어떻게 하죠?"

메이런의 물음에 위드는 답하지 않고 델암을 한참이나 노려봤다.

파이톤과 양념게장은 물론이고 다른 동료들도 어디 가서든 능력을 뽐낼 수 있는 이들이었다.

그들이 보기에는 이미 승산이 없어 보였다.

"흠. 기회를 놓쳐 버렸으니… 인간들이 아무리 많이 남아 있더라도 더 어려워졌을 것 같군. 게장, 자네도 안 되겠지?"

파이톤의 물음에 양념게장이 고개를 저었다.

"소화를 시킬 때 공격해 봤습니다. 신성 마법 덕분에 공격력이 몇 배나 늘었지만 중대한 피해를 주지는 못하더군요."

"그 정도인가?"

"정확히 단검으로 목덜미를 찔렀는데도 생명력을 감소시키기가 어려웠습니다. 마법사들의 무차별 공격 때문에도 위험했고……."

"암살자라면 죽을 각오로 싸워야 하는 거 아닌가?"

그 말에 양념게장은 피식 웃었다.

"목숨을 걸더라도 성검이나 신검 같은 무기를 든 성기사가 아니라면 어려워 보입니다. 근데 게장이라고 부르지 마십쇼."

델암의 무지막지한 방어력과 생명력으로 인하여 인간을 먹어 치울 때는 처치가 불가능하다.

유일한 기회는 무방비로 소화를 시킬 때뿐이었는데도 이미 한 번 실패하고 말았다.

남은 것은 연합군의 머릿수뿐이었으며, 델암은 갈수록 강력해져 가고 있었다.

페일이 델암을 지켜보다가 고개를 저었다.

"이대로라면 작센 섬의 모든 연합군이 먹히고 말 겁니다. 역사가 그대로 진행될 것 같은데… 도망치는 게 낫지 않습니까?"

동료들의 머릿속에 스쳐 간 생각은, 퀘스트 실패.

〈로열 로드〉를 막 시작한 초보 유저일 때부터 수없이 많은 퀘스트를 성공도 하고, 실패도 해 봤다.

어떤 퀘스트는 충분히 할 수 있었지만 너무 긴 시간이 걸려서 중간에 포기했어야 했다.

명성이나 신뢰도가 조금 하락하기는 하지만 생존보다 더 중요한 가치는 아니다.

일행들의 시선은 위드에게로 향했는데, 불사의 군단을 비롯하여 불가능해 보이던 전투나 퀘스트를 모조리 성공시켰음을 알기 때문이었다.

이번 일만큼 큰 실패는 없을 테지만 작센 섬으로 데려온 것이 위드였으니 최종 결정까지도 맡겼다.

위드는 의외로 차분히 연합군이 델암에게 먹히는 광경을 지켜보고 있었다.

"잠깐만 기다리도록 하죠."

"예?"

"한 번의 기회가 더 올지도 모릅니다. 델암이 까다로운 건 이쪽에서 놈을 잡을 수 있는 공격력이 부족하기 때문이죠. 저놈도 완전한 상태는 아니고 소화를 시킬 때는 전혀 반격하지 못하니까요."

파이톤이 슬그머니 등에 메려고 했던 대검을 다시 앞으로 들었다.

"방법이 있겠나? 다가가서 한번 베어 보기는 했지만 놈의 맷집이 워낙 훌륭해서 제대로 상처도 못 입히겠던데. 강철 요새를 두드리는 기분이었어."

"아직은……. 그러나 연합군이 더 죽으면 생길지도요."

"죽으면?"

"기사들이 마음먹기에 따라서 상황이 만들어질 수도 있습니다. 승산을 예상할 수는 없는데 최후의 시도를 한 번 더 해 보고, 그다음에 안 통하면 도망치도록 하죠."

위드의 결정을 동료들은 따르기로 했다.

연합군 병사들과 기사들이 아직 많이 남아 있어서 당장 그들이 델암에게 먹힐 염려는 하지 않아도 좋았다.

델암은 해안가를 차지하고 있으면서 근처의 인간들을 먹기에도 바빴다.

입을 크게 벌릴 때마다 가까이 있던 인간들이 빨려 들어가 잡아먹힌다. 작센 섬에 있는 인간들의 숫자에도 한계가 있었으니 시간이 지나면 언젠가 순서가 돌아올 것은 틀림없는 사실이었다.

"으어어!"

"악마. 악마에게 죽음을 당하다니!"

소화를 시키는 동안 한번 공격에 실패했으니 연합군의 사기는 그야말로 최악의 상태!

작센 섬에서 도망칠 수 있는 곳을 찾아서 병사들은 무기를 버리고, 갑옷을 벗어 던지고 바다에 뛰어들기까지 했다.

'이젠 제대로 전투력을 발휘하지도 못할 텐데.'

'먹어 치우는 악마. 이게 너무 커. 본능적인 공포를 심어 주기 마련이니…….'

위드의 동료들조차도 델암을 제압할 방법을 찾기 어려웠다.

—배. 배가 부르군. 기다려라. 금방 다시 포식을 시작할 테니… 끄어어억!

델암은 놀라운 식성을 자랑하며 만 명 넘는 인간들을 먹어 치우고 긴 트림을 했다.

"기, 기회다. 도망쳐!"

"여길 벗어나야 해. 여기 있으면 다 죽어!"

연합군은 결사 항전을 위해 달려들었던 첫 번째 소화 때와 달리 도망치기 바빴다.

델암이 처음보다 더 강해진 지금, 희망을 잃어버리고 살기 위해 바다로 뛰어들고 있었다.

소화를 시킬 때까지의 시간은 7분.

남은 생명력은 94%.

델암이 첫 번째 소화보다도 많이 강해졌기 때문에 소화 시간이 약간 늘어난 정도로는 의미를 찾기 어려웠다.

"지금이다."

위드는 유령마를 타고 하늘로 올랐다.

"모두 똑똑히 들어라!"

> 사자후 스킬을 사용하였습니다.
> 스킬의 영향 범위에 있는 모든 아군의 사기가 200% 상승합니다. 존재하는 모든 혼란 상태가 해제됩니다. 5분간 통솔력이 300% 추가 적용됩니다.

사자후 발동!

위드의 목소리가 제멋대로 도망치던 연합군 병력의 귓가에 울렸다.

바닥까지 떨어진 사기였지만 그럼에도 병력들은 관심을 가졌다.

"저자는 졸렬한 네크로맨서잖아."

"아군의 시체를 언데드로 만들어서 싸우던 그자!"

위드를 좋아하는 연합군 소속은 거의 없었다.

그나마도 아직은 신앙이나 기품, 통솔력, 명예와 같은 스탯이 받쳐 주기 때문에 이야기를 하면 들었다.

만약 그저 평범한 네크로맨서가 사자후를 터트렸다면 연합군은 전혀 듣지 않았을 것이다.

역시 꾸준히 평소에 해 두었던 모험과 노가다의 결실이었다.

"악마를 놔두고 도망칠 생각인가? 싸워라. 평화는 악마를 물리쳐라!"

위드의 사자후가 작센 섬을 울렸지만 연합군 병력은 공격할 의사가 없었다.

사자후의 효과로도 대규모 병력을 움직이기는 무리였다.

"도, 도망치자. 저런 말 들어 봐야 아무 효과 없어."

"그래. 여기 있어 봐야 개죽음이야."

병사들은 계속 바다로 뛰어들어서 헤엄을 쳤다.

악마 델암!

그동안의 전투로 축복을 해 주던 사제들의 마나도 고갈되고 말았다.

일반 병사들은 델암의 투지와 권위에 짓눌려서 싸울 의사조차도 잃어버린 것이다.

한번 실패한 만큼 다시 싸우더라도 절대 이길 수 없다는 사실을 알고 있기도 했다.

절망을 느낀 병력은 급속도로 무너지게 된다. 역사적으로도 델암은 첫 번째 소화를 마치고 나서 의욕을 잃어버린 연합군을 차근차근 잡아먹었다.

"어떻게 하려는 걸까? 이미 다 틀린 것 같은데 말이야."

파이톤은 여전히 비관적으로 상황을 보고 있었다.

아군이라고 할 수 있는 연합군은 도망치기 바쁘다.

현재는 병사들부터 하나둘 바다로 뛰어드는 중이지만 조금 있으면 명예와 정의를 위해 싸우는 기사들까지 살길을 찾을 것이다.

연합군이 적극적으로 싸운다고 하더라도 델암을 죽이기는 무리라는 걸 위드도 알 텐데 쓸모없는 일에 매달리는 게 이해가 안 됐다.

하지만 페일은 땅에 떨어진 화살을 주워서 텅 빈 살통에 집어넣었다.

"위드 님에게 방법은 있을 겁니다. 대충 보면 정말 무모한 분인 것 같은데도 막상 무모하진 않으니까요."

"그게 무슨 의미인가?"

"강한 적이 있더라도 물러나지 않죠. 무모하거나 객기로 보일 수도 있지만 철저히 공략할 줄 압니다."

"공략한다고?"

"무모하게 덤벼드는 것 같지만 가지고 있는 모든 걸 절묘하게 활용해서 승리를 이끌어 내니까요."

"아쉬움 때문에 버티는 걸로 보이는데."

"절대 상대할 수 없다고 판단되면 가장 먼저 튀었을 겁니다. 위드 님에게 명예 같은 건 상관없어요. 그러니 지금 상황에서도 뭔가를 찾았을 겁니다."

"그래도… 부족한 공격력을 어떻게 해결한단 말이지?"

그사이에 위드가 사자후를 계속 터트렸다.

"충성심이 있다면 국가를 위해 목숨을 바쳐라! 무의미하게 악마에게 잡아먹힐 것인가? 이곳은 섬이고 이미 도망칠 수 없다. 벗어나려고 해도 악마를 피해서 살아남는 자들은 100명 중

1명에 불과하리라. 용기가 있다면 싸워라. 나머지는 내가 알아서 할 것이다."

해안가에 있는 델암을 향해 두 손을 뻗었다.

"시체 폭발!"

과과광!

해안가의 모래사장이 뒤집히고, 섬 전체가 울릴 정도의 폭발이 일어났다.

델암의 근처에 쌓여 있던 시체들!

상륙작전을 펼치면서 희생당한 연합군 병력의 시체들이 터져 나간 것이었다.

네크로맨서 최강의 공격 스킬.

시체만 있다면 발동되는 언데드 마법.

이론상으로는 시체만 넉넉하게 있다면 그 어떤 마법사의 공격력보다도 막강한 위력을 발휘했다.

델암의 생명력도 순식간에 1%가 감소했다.

그 주위에 있던 수백 기가 넘는 기사들의 시체가 연달아 폭발한 때문이었다.

"어어."

"저것은……."

바다로 도망치던 연합군이 다시 델암을 돌아볼 정도로 놀라운 파괴력이었다.

시체 폭발!

네크로맨서에게 가장 강력한 공격 마법으로 장점이 어마어마했지만, 시체가 존재하지 않는다면 사용이 불가능하다.

델암의 근처에는 남아 있는 기사의 시체가 없었다.

"나는 사람들로부터 혐오를 받는 네크로맨서다. 비록 어긋난 힘을 다루지만 내가 떼돈을 벌지 않으면 누가… 크흠. 그게 아니라, 전장에서 베르사 대륙을 위해, 국가를 위해, 여러분들의 가족을 위해 할 일이 있음을 다행스럽게 여긴다."

위드는 입술을 촉촉하게 침으로 적셨다.

유치원생이 입에 물고 있던 사탕을 공손히 바쳐야 하는 감언이설의 발동 개시!

"저 악마를 해치우지 못하면 우리가 먹히고 난 다음에 입안에 들어가는 건 고향에 있는 가족이 될 것이다. 기사의 나라 켈튼 왕국이여. 누구라도 나설 용기 있는 자들이 없는가! 악마를 놔두고 숨어서 살기를 바라는가?"

위드의 사자후가 켈튼 기사들을 움직였다.

승리의 가능성이 얼마나 되든 기사들은 도망치지 않을 작정이었다.

역사에서도 그랬고, 기사들은 결코 델암 사냥을 포기하지 않는다.

그저 적당히 싸우다가 죽느냐, 적극적으로 덤비느냐의 차이는 있다.

사막의 대제왕 시절부터 그랬지만 남자들이란 특정 상황에서 지극히 단순해지는 종족이었다.

"켈튼 중앙 기사단이 나선다."

켈튼 왕국의 기사단장이 검을 뽑아 들고 델암을 향해 말을 달리기 시작했다.

"돌격 대형으로!"

켈튼의 기사들이 기사단장을 따랐다.

말을 타고 부채꼴로 넓게 퍼진 기사들은 델암에게 가서 모든 힘을 다해 창을 찔러 넣었다. 그리고는 조금 전까지만 해도 동료였던 이들을 베었다.

"잘 가라, 파블레."

"크. 우리의 희생이 헛되지 않겠지?"

"결과는 알 수 없지만, 기사답게 살았으니 기사답게 죽을 뿐이다."

켈튼의 기사들이 델암에게 피해를 입히고 스스로 죽어 갔다.

위드는 마법을 외웠다.

"시체 폭발!"

목숨을 잃은 켈튼의 기사들의 육체가 터져 나가면서 델암에게 2차적인 피해를 입혔다.

이때부터는 기사들의 눈동자에 불길이 일었다.

"델암을 죽여라!"

"켈튼 왕국의 용맹은 죽음마저도 이겨 낸다. 너희들을 이끌어서 자랑스러웠다. 전속력 돌격!"

켈튼 왕국 기사들은 델암을 공격하다가 죽음으로써 기꺼이 시체를 제공했다.

난공불락처럼 여겨지던 델암의 생명력이 기사들의 희생으로 줄어들고 있었다.

"공격!"

"브롬바 왕국의 숭고한 명예는 보석보다 빛난다."

호전적인 마폰 왕국과 브롬바 왕국의 기사들도 따라나섰다.

위드가 추가로 설득할 필요도 없이 경쟁국인 켈튼 왕국이 먼저 나선 만큼 그들에게도 망설임은 없다.

"시체 폭발!"

위드는 오로지 한 가지 마법만을 외우면 되었다.

반 호크와 토리도가 이끌던 언데드 군단까지 역소환하고 마나가 모이는 대로 시체를 폭발시켰다.

조각사 시절부터 부족한 마나를 채우기 위해서 활용했던 패로트의 링.

바르칸의 로브를 비롯한 마나의 최대치를 늘려 주는 장비들을 착용하고 있었고, 델암이 첫 번째 소화를 마친 직후부터 전투를 지켜보기만 했으니 마나도 최대치까지 회복된 상태.

> 불의에 맞서 싸운 기사 그레이도의 시체를 폭파시켰습니다.
> 델암에 165,482의 피해를 입혔습니다.

> 시체 폭발의 숙련도가 증가합니다.

> 죽음과 파괴에 대한 깊은 깨달음을 얻어 영구적으로 지혜가 2만큼 늘어났습니다.

꿀 같은 스킬 숙련도의 증가!

네크로맨서에게 시체 폭발은 놀랍도록 강하고 유용하게 쓰이는 스킬이었다.

생전의 생명력에, 상황에 따라 최대 10배까지 피해를 입히는 어마어마한 위력.

현재 시체 폭발의 레벨은 중급 3.

'여기서 숙련도를 올릴 수 있는 대상은 최소한 수십만도 넘는다는 거지.'

기사들이 먼저 나서면서 군대의 지휘관들도 명령을 내렸다.

"마폰 왕국의 보병들이여. 마지막으로 명령을 내린다. 델암에게 돌격한다. 가까이 가서 죽어라."

"켈튼 왕국의 궁수들아. 갑옷과 화살은 버리고 전진하라."

"브롬바 왕국의 자랑인 우리 중장갑군단도 진군한다."

기사들과 병사들이 달려가고 델암의 옆에서 말 그대로 폭발했다.

"우와악. 죽어라!"

"이따위 악마에게 먹히진 않을 거야. 고향에 있는 가족들을 지키기 위해서 죽을 것이다!"

"인간은 절대 악마 따위에게 패배하지 않아."

병사들이 악이 받쳐 외치면서 소화를 시키고 있는 델암에게 덤벼들었다.

델암의 수백 미터에 달하는 거대한 육체와 혐오스러운 형상은 본능에 잠재되어 있던 공포심을 불러일으킨다.

인간들이 오히려 가슴에 담겨 있던 가족들에 대한 애정과 자긍심을 토해 내며 전투에 뛰어들었다.

기사들은 전력을 다한 공격을 날리고 망설임 없이 빠르게 목숨을 버렸다.

병사들 역시 가까이 가서 목숨을 끊음으로써 델암에게 피해를 입히는 데 힘을 보탰다.

"우리도 질 수 없지. 마법사들이여, 굴하지 말고 최후의 마법을 준비한다."

"신의 뜻대로. 저희들의 생명을 바칩니다."

마법사들은 자신의 육체를 폭주시켰다.

일시적으로 1, 2단계 더 강한 마법을 발휘할 수 있지만 영구적으로 폐인이 되거나 사망하게 되는 금단의 수법.

사제들은 저마다의 생명력을 신에게 바쳐서 신성력을 얻어냈다.

마지막 죽음을 위해 돌격하는 연합군에게 행운을 기원하는 축복을 내려 주었다.

축복의 효과야 크게 의미가 없었지만 연합군 병사들은 신성마법의 위로를 받으면서 기꺼이 달려갔다.

델암의 생명력이 80%에서 64%로, 41%로 줄어들었다.

위드의 시체 폭발과 연합군이 최후의 일격을 날리고 있었다.

"우와앗!"

수르카가 주먹을 쥐고 괴성을 질렀다.

위드로 인해 끌려온 전장에서 이토록 위대하고 장엄한 전투를 보리라고는 생각도 못 했던 것이다.

이를 악물고 델암에게 달려가는 연합군 병사들의 표정은 비장하기까지 했다.

생명을 바치면서까지 악마를 퇴치하겠다는 각오에서 역사가 바뀌고 있었다.

띠링!

여신 프레야가 당신을 축복합니다.
네크로맨서는 생명의 탄생을 왜곡하고 죽음의 안식을 거부하여 신들의 분노를 받습니다. 언데드에게서 풍기는 역겨운 악취와 낮은 생명력은 프레야 여신의 저주에 의한 것입니다. 마음 넓은 프레야 여신은 네크로맨서가 된 그대가 일구어 낸 수확의 기쁨을, 예술의 아름다움을 대륙에 펼친 공적을 기억하고 있습니다. 여전히 아르펜 왕국은 프레야 교단을 숭배하고 있고, 여신 프레야는 이에 대해 만족합니다.
ㅡ비록 잘못된 길을 선택하긴 했으나, 그대는 내 목소리를 세상에 알렸다. 나에 대한 믿음을 갖고 올바른 행동을 한다면 축복은 계속되리라.
눈부신 변화함으로 생명력의 최대치가 53% 증가합니다. 신체의 회복 능력이 250%까지 늘어납니다. 정신의 안정을 얻어 모든 저주로부터 해소되고, 일시적으로 프레야 교단의 신성 마법을 부여받을 수 있습니다. 신앙심과 정의, 매력, 행운이 영구적으로 2씩 증가합니다.
추가 효과: 언데드의 저주가 풀리며 외관이 조금 멋있어집니다. 스켈레톤과 좀비 계열의 악취가 감소합니다.

현재 소환한 언데드는 없었지만 스켈레톤들의 뼈가 깨끗해지는 외모상의 변화가 생겼다.

스켈레톤 워리어들의 육체에는 뼈 사이에 풀과 나무들이 자라서 덮으며 생명력과 방어력이 조금 향상됐다.

심지어 데스 나이트들의 투구에는 꽃까지 꽂히게 되었다.

헤스티아의 축복!
여신 헤스티아는 위대한 예술가이며 장인이기도 한 당신에게 깊은 친밀감을 느끼고 있습니다.
ㅡ불의 열정을 이해한 그대가 걸어가는 길에 대해 의심하지 않습니다.
모든 공격에 화염 속성의 추가적인 피해가 230%까지 붙습니다. 일시적으로 화염 속성의 공격에 필요한 마나의 소모량이 감소합니다. 착용하고 있는 무기와 장비들로부터 붙는 효과 74%가 가산됩니다.

군신 아트록의 축복!
아트록은 전쟁을 좋아합니다. 그는 작센 섬의 전투를 지켜보던 중에 악마 델
암과 싸우는 모든 이들에게 축복을 내렸습니다.
―싸워라. 그것이야말로 가장 멋진 것이다.
기사들의 지휘 능력이 강화됩니다. 전쟁에 참여한 모든 이들의 사기가 회복
됩니다. 투지에 짓눌리지 않습니다. 높은 의지로 신체 능력이 최소 10%에
서 최대 35%까지 향상됩니다.

티른의 축복!
정의와 법이야말로 대륙을 온전히 통치하는 수단이라고 티른은 믿습…….

미네의 축복!
대지가 피로 물들었습니다. 마땅히 미네의 분노를 불러왔지만 그녀는 생명
들의 숭고함을…….

스피렌의 축복!
명예와 영광! 걷잡을 수 없는 공포를 이겨 내고…….

루의 축복!
태양의 빛이 그대와 함께…….

벨제벨튀의 축복!
이 위험천만한 악신은 그대를 총애하고 있…….

마탈로스트의 축복!
망자들을 이끄는 귀한 일을…….

각종 신들의 축복!

위드는 평소에 받기 힘들었던 신의 축복을 한꺼번에 여럿 받았다.

네크로맨서였지만 아직은 신앙 스탯이 높기도 했고 악마와 전투를 펼치고 있기 때문이었다.

세상의 모든 것을 먹어 치우려는 악마는 네크로맨서보다도 신들이 훨씬 싫어하는 존재.

시체 폭발만 쓰고 있었으니 신들의 축복이 전투에 결정적인 도움을 주는 건 아니었다. 그럼에도 영구적인 스탯의 향상이나 효과는 긍정적이었다.

'이런 혜택이 또 있군. 하긴 강도보다는 소매치기가 낫지!'

위드의 시체 폭발로 델암의 생명력은 14%까지 낮아졌다.

남은 시간은 29초!

시체 폭발에 쓸 수 있는 마나는 신들의 축복 때문에라도 넉넉한 상태였다.

물론 마나가 정 부족했다면 시체나 살아 있는 이들로부터 착취할 수도 있었다. 부작용이야 존재하지만.

"시간이 없다. 이번이 마지막 기회다. 마폰 왕국을 위하여!"

연합군은 델암의 옆에서 계속 목숨을 바쳤다.

위드의 시체 폭발에 의해서 죽은 이들도 있었고, 스스로 목숨을 끊기도 했다.

상상 이상의 장엄한 광경.

사제들도 신성력을 쓰고, 마법사들은 마나와 생명력을 쏟아부었다.

악마 델암에 비해 약하기 때문에, 그렇기에 모든 이들이 합심해서 노력했다.

　　그리고 마침내 델암의 생명력이 2%까지 남았을 때였다.

　　남은 시간은 6초.

　　계산상으로 폭식의 악마 델암의 공략은 충분히 가능했다.

　　"와아아. 대박!"

　　"희망이 보이는 것 같습니다."

　　페일 일행은 입을 쩍 벌리고 구경하고 있었다.

　　위드의 머릿속은 냉장고에서 막 꺼낸 얼음물처럼 차가웠다.

　　'지금 집중해야 해.'

　　마폰 왕국의 기사단이 전력으로 말을 달려 델암과 충돌했다.

　　브롬바 왕국의 마차 궁수들도 기사들과 함께 시체 폭발에 크게 휘말렸다.

　　델암의 생명력은 1%로 떨어졌다.

　　남은 시간은 2초.

　　'더 기다려야 해.'

　　마법사들의 합동 공격이 델암의 거대한 몸에 불의 비를 내리게 했다.

　　'조금만⋯⋯.'

　　생명력은 1%인 상태.

　　마법의 발동이 막 되었으니 피해는 생각보다 적으리라.

　　물론 델암의 생명력이 1%더라도 적은 것은 아니었고, 심지어는 피해를 입히지 못하면 회복까지 되리라.

　　남은 시간은 1초.

기사들이 검으로 베고, 궁수들이 화살을 쏘는 것까지 지켜보았다.

그리고 막 0초가 되려는 순간.

'지금이다.'

위드는 스킬을 사용했다.

"찰나의 조각술!"

그 순간, 위드와 델암, 연합군의 공격 등 모든 것이 멈췄다.

바람 소리마저 사라진 완전한 고요함.

시간을 멈추는 찰나의 조각술이 발동되면서, 수십만의 병력이 엉켜 있던 거대한 전장의 시끄러운 소리가 거짓말처럼 사라졌다.

활시위에서 쏘아져서 날아가는 화살과 허공에서 생성되던 마법의 형상들도 그대로 멈췄다.

눈물을 흘리며 달리는 병사들의 발걸음과, 기사들이 타고 있던 말까지도 움직이지 않았다.

위드에게는 시간이 멈춰진 익숙한 풍경.

'두 번은 없다. 단 한 번의 기회야.'

폭식의 악마 델암은 소화를 끝내기 직전이었다.

위드는 델암의 곁으로 이동하여 로아의 명검을 높이 치켜들었다.

'이 순간을 위해 조각 파괴술로 예술 스탯들을 힘으로 몰아

넣었지.'

작센 섬의 전투.

폭식의 악마 델암까지 소환된 이 전장은 위험하고 난이도가 높았다.

퀘스트의 성공을 위해 전력을 강화하기 위해서는 힘이 아니라 지혜로 예술 스탯을 몰아넣는 것이 상식에 맞았다.

부가적인 효과로 언데드들이 훨씬 강해졌을 테고 더욱 많은 병력을 일으킬 수 있었을 테니까.

만약에 그랬더라면 악마족들을 토벌하기가 쉬워졌을 것이고 심지어는 델암 소환을 막을 수 있었을지도 모른다.

'하지만 그랬더라면 이익이 크지 않았을 거야.'

연합군에 섞여서 기껏해야 악마족을 토벌할 뿐이다.

그 공적만으로도 작진 않겠지만 시간을 거슬러 찾아와서 대박을 칠 정도의 특별한 성과까지는 아니었다.

폭식의 악마 델암!

위드가 작센 섬으로 온 이유는 악마 델암을 사냥하기 위해서였다.

그것도 마지막 순간 직접 날름 먹어 치우려는 것이었다.

'악마 델암이라면 내가 잡았던 모든 보스들 중에서도 최고로 뽑을 만한 존재. 레벨을 떠나서 존재 자체나 난이도가 높아.'

파티 사냥은 대체로 경험치가 비슷하게 나뉘었다. 다른 파티원보다 레벨이 더 높거나, 몬스터에게 많은 피해를 입히거나 하면 경험치를 조금 더 받기는 한다. 그렇다고 해서 몇십 배씩 차이가 나는 경우는 드물었다.

전쟁터에서는 천차만별이다.

수만 명 이상이 어우러져서 싸우기 때문에 각자가 싸우는 만큼 경험치와 업적을 달성한다.

델암을 사냥하는 것처럼 수십만 명의 대규모 레이드에서는 마지막 공격으로 적을 처단하는 결과가 대단히 큰 공적으로 남았다.

특별한 호칭이 부여되거나 스탯, 스킬이 생기기도 하고, 무엇보다도 전리품을 획득할 가능성이 크다.

'이걸 위해서 조각 파괴술까지 쓰고 기다리고 있었다.'

조각술 최후의 비기. 찰나의 조각술!

예술을 위해 조각사들이 고심 끝에 탄생시킨 스킬까지도 델암을 날름 먹어 치우기 위하여 간을 보고 있던 상태.

"광휘의 검술!"

위드는 로아의 명검에서 빛을 길게 뽑아내며 델암을 베었다.

조각술 마스터 자하브에게 배웠던 검술의 비기!

이 빛의 검은 어둠의 속성을 가진 몬스터에게 매우 강력하게 작용했다.

'악마에게도 효과가 있을 거야. 있어야만 한다.'

빛의 정화가 폭식의 악마 델암을 강타했습니다.
41,238의 피해를 입혔습니다. 빛의 속성이 3배의 대미지를 추가적으로 가합니다!

찰나의 에너지는 5,000 정도가 있었다.

일반적인 사냥에서야 많은 수치였지만 대규모 전장에서는

에너지가 더 빨리 소모된다.

델암처럼 막대한 생명력을 가진 악마가 거의 죽기 직전이라고 해서 방심은 금물이다.

물론 위드의 성격상 수금 직전에 마음을 놓고 있다는 건 터무니없는 일이었다.

파바바밧!

위드가 광휘의 검술로 현란하게 델암을 연속해서 베었다.

멈춰진 마법 공격이나 연합군 기사들의 존재로 인해 넓은 공간을 쓰기는 무리였지만 빛의 검을 휘둘렀다.

델암의 머리에는 12개의 뿔이 돋아나 있었으며 흑색 왕관까지 착용해서 그 존재감이란 어마어마한 것이었다.

'가능한 한 약점을 노려야 한다.'

위드가 선택한 위치는 배!

몬스터들에게는 약점으로 꼽히지 않는 장소였지만 델암의 특성이 폭식에 있다 보니 배가 약하다고 봤다.

등이나 옆구리, 다리보다는 취약한 부위라는 것이지 델암이 사냥당한 적이 없어서 근거를 가진 정보는 아니었다.

위드는 한 지점만 집중해서 공격했다.

피해량을 늘리는 일점공격술!

찰나의 조각술로 시간이 멈춰진 상태라서 공격력도 어마어마하게 늘었다.

'시간을 멈추기 전에 남아 있던 생명력은 0.3% 정도나 되었을까? 그렇다면 이걸로 끝이다.'

위드는 마지막까지 확실히 하기 위해서 조금 뒤로 물러났다.

"분검술!"

검술의 비기. 위드의 분신이 최대치인 50개까지 늘어났다.

"이게 마지막이다. 소드 카이저!"

최소한의 생명력만을 남겨 놓고 모든 마나를 동원했다.

만의 하나 같은 것은 생각하지도 않았다.

'이번 공격에도 불구하고 델암이 버틴다면… 그건 그냥 네가 이긴 거다.'

도망칠 여력도 남겨 놓지 않고 50개의 분신이 일제히 델암에게 돌격해서 찌르고 베었다.

소드 카이저의 적중!

그 직후 찰나의 조각술이 풀렸다.

<u>그오오오오.</u>

델암의 몸이 갈라지면서 붉은빛이 균열 사이로 엿보였다.

"아, 악마가 깨어난다!"

"이럴 수가… 악마가 죽지 않았어."

인간들은 그 자리에 얼어붙었다.

그 순간, 델암의 몸은 수천수만 개의 균열이 일어나면서 갈라졌다.

―네놈이……!

델암의 태양처럼 붉은 눈동자가 가까이 있던 위드에게로 향했다.

위드는 고작 3미터 떨어진 자리에서 고요하게 서 있었다.

언뜻 태연하기까지 해 보이는 모습이었지만 죽음이 두렵기는 했다. 그동안 어렵게 올린 레벨과 스킬 숙련도를 통째로 잃어버릴 상황!

'월세가 밀려 있는 상황인데, 막다른 골목에서 집주인을 만난 기분…….'

그럼에도 델암이 죽기라도 한다면 쏟아질 전리품에 대한 욕심이 훨씬 더 컸다.

죽음의 공포마저 물욕으로 극복한 위드!

연합군 기사와 병사들을 마구 집어삼켰던 델암의 입과 얼굴까지도 균열이 일어나며 갈라지고 있었다.

—제대로 먹지도 못했는데. 한입만 더…….

델암이 위드를 향하여 크게 주둥이를 벌렸다. 하지만 균열이 더욱 커지면서 몸과 머리가 부서지고 있었다.

—배고파. 언젠가… 언젠가는 다시…….

육체의 내부에서 불길이 일어나면서 한순간에 소멸해 버리는 거대한 델암!

띠링!

전투의 대업적!
막대한 전투 경험을 쌓았습니다.

레벨이 올랐습니다.

레벨이 올랐습니다.

레벨이 올랐습니다.

레벨이 올랐습니다.

폭식의 악마 델암의 육체가 소멸했습니다.

위대한 전투의 대업적으로 명성이 23,281 올랐습니다.

역사의 한자리를 차지할 만한 전투를 경험했습니다.
델암을 제거함으로써 전투에 참여한 모든 이들의 스탯이 9 증가합니다. 용기, 투지, 명예가 10씩 추가로 늘어납니다.

중급 악마를 처단했습니다.

호칭 '악마병 사냥꾼'이 '악마를 쓰러뜨린 자'로 바뀌었습니다.
악마! 모든 왕국과 교단이 강대한 힘을 가지고 신마저도 우습게 보는 악마의 존재를 두려워합니다. 악마가 이 땅에 나타나서 큰 전쟁이 벌어지지 않았던 때가 없습니다.
악마를 쓰러뜨린 자는 모든 주민의 존경을 받습니다. 그의 이름은 귀한 혈통을 가진 왕족보다도 명예로운 것이며, 베르사 대륙의 역사에 기록될 만합니다. 기사 중의 기사, 마법사 중 가장 현명한 자로 꼽힙니다.
악마와 관련된 몬스터나 그 부하들을 상대로 할 때 공격력이 16% 늘어납니다. 경험을 통해 악마병들의 약점을 파악할 수 있습니다. 모든 왕국과 교단과의 영향력이 30 늘어납니다. 각 교단을 방문했을 때 무료로 최상급의 축복을 받을 수 있습니다. 호칭을 이용하여 어느 왕국에서나 백작 이상의 작위를 얻을 수 있습니다.

프레야 여신의 고마움!

그녀는 델암이 대륙에 나타나면서부터 걱정하고 있었습니다. 풍요와 아름다움을 주관하는 그녀에게 폭식의 악마는 고개를 돌리고 외면하고 싶은 것이었습니다. 영웅적인 지휘력과 카리스마! 마지막까지도 포기하지 않는 용기로 기적과도 같은 승리로 악마를 소멸시킨 당신에게 프레야 여신은 고마움의 선물을 내립니다.

생명력과 마나의 최대치가 영구적으로 5,000 증가합니다. 신앙심이 50 증가합니다. 프레야 교단과의 관계가 '짙은 동맹'이 됩니다. 그대의 영향력이 닿은 땅은 풍요롭습니다. 아르펜 왕국의 영토의 곡물 생산량이 최대가 되고 가축의 번식률도 늘어납니다.

아름다움의 정화!
그대의 손길이 닿은 세공품에는 특별한 아름다움이 부여됩니다. 신이 부여한 아름다움은 직접 만든 모든 세공품들을 베르사 대륙 어디에서나 '특산품' 이상의 대접을 받게 해 줄 것입니다.

한꺼번에 오른 4개의 레벨과 업적을 알리는 메시지들.

프레야 여신의 축복은 국왕의 입장에서 더없이 유용한 것이었다.

'곡물 생산량이 많아지면 출생률에도 영향을 주고 세금 수입도 늘려 주지. 오크들이나 황소들을 배불리 먹일 수 있겠군.'

풍년이 되면 치안도 꽤나 상승한다.

위드의 인기가 정점에 달한 아르펜 왕국은 안정적이다. 아직까지 치안 부분에는 문제가 된 적이 없다지만 그래도 높아서 나쁠 건 없었으니까.

왕국 전체에 부여되는 축복은 놀라운 생산력의 향상을 가져다주리라.

북부 유저 전체의 소득이 늘어나는 것이었으니까.

'그래도 이게 중요한 게 아냐.'

위드는 메시지 창을 대충 넘기면서 손을 뻗었다.

> 멸망의 악장을 획득하였습니다.

> 폭식의 요리법을 획득하였습니다.

> 1등급 요리 재료를 26가지 획득하였습니다.

> 델암의 삼지창을 획득하였습니다.

악마를 해치우고 얻는 풍성한 아이템들!

"역시 전투는 수금하는 맛이지!"

✻

위드는 작센 섬에서의 전투를 성공적으로 마무리 짓고 원래의 시간대로 돌아왔다.

"방송국에서 접촉이 올 겁니다. 방송 중계권에 대해서는 같이 나누도록 하죠."

이리엔이 눈을 크게 떴다.

"정말요?"

"네. 당연한 거니까요."

"그 당연한 게 위드 님에게는 당연하지 않은데. 뭔가 이상한 예감이……."

페일이 혼잣말을 중얼거리다가 무언가가 떠올라서 급히 멈췄다.

전투 노예!

'위드 님을 따라다니면서 고생하긴 했지만 보람이 있어서…는 개뿔! 고생은 나눠서 해야지.'

그 혼자 불러내서 노예로 따라다닐 때보다 〈로열 로드〉를 함께한 동료들이 있으니 훨씬 마음이 편하고 가볍다.

여러 직업들이 모이니 시너지 효과 같은 것도 생길 뿐만 아니라, 무엇보다도 할 일이 줄어들었다.

위드가 네크로맨서가 된 영향도 있겠지만 다른 이들도 한몫씩은 해냈기 때문이다.

'방송 중계권까지 나눠 받으면 노예 계약이다. 그렇지만 굳이 말하진 않아야지.'

동료들이 기쁨을 만끽하도록 입을 꾹 다물었다.

페일의 예상대로 위드가 이익금을 공정하게 정산하는 데는 이유가 있었다.

'한 번 먹고 말 게 아니면 길게 봐야지.'

위드는 임금을 체불해서 종업원들을 그만두게 만드는 악덕 사장이야말로 어설프다고 생각했다.

'100원을 안 줘서 탈이 나기보다는 만 원어치 일을 하게 만들면 되지.'

나눠 줄 때는 잘 나눠 줘야 골수까지 뽑아 먹을 수 있는 법!

"그럼 다음에 방송 나오면 밥이라도 한 끼 하죠."

"네. 언제든 불러 주세요."

위드는 동료들과 약속대로 쿨하게 헤어졌다.

'밥 먹기로 한 날에 데리고 갈 만한 전장을 살아봐야 되겠군. 지옥이나 뭐, 이런 데는 못 가나?'

당분간은 여행의 조각술을 아끼기 위해 대륙을 돌아다니면서 언데드를 데리고 사냥했다.

헤르메스 길드는 척살대가 전멸해서 비웃음을 당하고, 다리우스의 폭로로 감추고 싶어 하던 흑역사까지도 공개된 마당이었다.

내부에 첩자도 있었으니 그들의 공격을 신경 쓰지 않아도 되었다.

"가자, 동생아."

"어디로?"

"사막."

"아저씨들이랑?"

검치와 수련생들도 유린이 보기에는 아저씨였다. 그들은 아니라고 하지만 여자들의 보는 눈은 정확한 법.

"아니, 혼자 할 거야. 당분간은 레벨을 올리는 데 중점을 둘 생각이니까."

그림 이동술!

유린의 그림을 통해 대륙을 넘나들었다.

언데드들과 같이 사막에서 밤샘 사냥을 하고 그다음 장소도 결정했다.

"크… 여긴 더웠어. 바다나 가야지."

즉흥적으로 사냥터를 결정하고 언데드들을 이용하여 빠르게 치고 빠진다.

헤르메스 길드의 척살대가 아니더라도 위드가 나타나면 뒤늦게 소문이 퍼져서 일반 유저들이 모여들었다.

"끝났어?"

"진작 갔어."

"비룰더 던전은 아직까지 공략된 적이 없잖아. 근데 3시간 만에 정복을 마쳤다고?"

"응. 다 쓸어버렸더라."

"던전에 들어가자. 남은 몬스터라도 있을 거 아냐. 언제 비룰더 던전에서 사냥을 해 보겠어."

"못 들었어? 다 쓸어버렸다니깐."

"몇 마리라도 있을 거 아냐."

"없어. 흘리고 간 잡템 하나 남아 있지 않아."

위드가 지나가고 간 자리는 깨끗하게 비워졌다.

유저들은 평소에 들어올 수 없었던 던전이 입주 청소를 마친 것처럼 깨끗해진 상태에서 구경하는 기회를 얻을 수 있었다.

깊은 그림자 던전.

소용돌이치는 미로.

협곡 지하의 대수로.

어긋난 균열 부근.

바쉐린 고성.

아르펜 왕국에서 북부 유저들에 의해 공략이 안 되던 유명한 던전들을 찾았다.

던전들의 정보는 공략이 시도됐던 횟수만큼 쌓여 있는 상태!

위대한 건축물인 대도서관에는 방대한 던전 정보들이 모여 있었고, 마판 상회의 시급 2골드 알바생들에 의해 정리되었다.

위드의 전투력은 언데드를 소환하며 던전의 몬스터들이 강할수록 덩달아 향상됐다.

심지어 찰나의 조각술이나 조각 변신술, 조각 부활술까지도 쓸 수 있었으니 어떤 상황에라도 맞춰 가기에는 최적.

"언데드를 쓰면 모험이나 던전 탐험에도 장점이 많아. 물론 장비가 갖춰지고 잘 큰 네크로맨서의 경우지만."

반 호크와 토리도, 다수의 조각 생명체 부하들까지 뒤를 따랐다.

복잡한 미로에서는 바람과 대지의 정령을 소환하여 길을 찾도록 시켰다.

'〈마법의 대륙〉이 떠오르는구나. 던전을 공략하면서 매일 사냥을 했었는데. 아무것도 모르고 정신없이 빠져서 말이야.'

위드는 던전을 공략하면서 푹 빠져들었다.

강한 몬스터들을 때려잡고 성장한다. 남들이 어렵다고 하는 던전을 부하들과 격파한다.

일반 유저들과 함께한다면 그만큼 도움을 받겠지만 책임이 분산되는 것도 사실이다.

어떤 방식으로 공략할지 의논하는 데에도 시간이 걸린다.

대화와 토론은 밤샘 사냥의 적!

"밀어 버려."

위드는 눈치를 봐서 언데드를 과감하게 투입했다.

물량 공세를 기반으로 제압!

네크로맨서는 기사처럼 많이는 아니더라도 지휘 스탯이 쌓이는 것도 장점이었다.

데스 나이트를 넘어서 둠 나이트 정도를 소환하게 되면 네크로맨서에 대한 기본적인 인식이 완전히 바뀐다.

무섭도록 빠르게 움직이는 언데드들이 전장을 장악!

본 드래곤까지 소환하면서 가공할 전면전을 치르는 존재로 변하게 된다.

몸이 약하고, 언데드에게만 의존하는 네크로맨서는 거기까지 성장을 시키기가 어렵다는 것이 문제였지만!

반 호크의 턱뼈가 만족스럽게 벌어졌다.

"주인, 이제 내 부하들도 조금 쓸 만해졌다."

"더 열심히 사냥하도록 해. 언데드로서 꿈을 크게 가져. 어비스 나이트 정도는 다시 되어 봐야지. 둠 나이트 기사단을 이끌면서 말이야."

"뼈마디가 부서질 정도로 전투를 치르겠다."

반 호크와 토리도의 성장!

위드가 네크로맨서가 되면서 언데드와 관련된 각종 스킬들을 활용할 수 있게 되었다.

그동안 피를 마시지 못하고 성장이 정체되어 있던 토리도, 지휘 능력을 발휘하는 일이 드물던 반 호크가 전투에서 대활약을 펼쳤다.

언데드 소환 스킬이 증가할 때마다 데스 나이트들은 무섭게 위력이 향상됐다.

다른 네크로맨서에 비해 스탯과 장비, 지휘가 가능한 부하들에 의해 2배 이상의 전투력!

몬스터들이 너무 강하더라도 언데드들이 버티는 사이에 화살을 쏘며 시체를 폭발시켰다.

"야, 일단 튀자."

"주인, 데스 나이트의 긍지는 적에게 등을 보이지 않는다."

"어차피 넌 남겨 두려고 했어. 내가 안전하게 철수할 때까지 부하들과 같이 버텨라."

감당이 안 될 때에는 잠시 철수해서 언데드를 늘린 후에 되돌아왔다.

언데드 군단으로도 상대가 불가능한 몬스터는 애초에 레벨 500대의 던전에는 찾아보기가 어려웠다.

레벨 600대의 던전도 불가능한 건 아니지만 사냥 효율에 있어서는 별로였다.

데스 나이트들은 강화하더라도 매우 강력한 몬스터에게는 한계가 있었다.

바르칸의 3대 마법 중 데스 오라나 다크 룰이 있다면 이야기가 달라지겠지만, 익히려면 아직 한참 먼 상태였다.

물론 둠 나이트들만 소환할 수 있게 되더라도 600대의 던전도 얼마든지 가능할 것으로 보이기는 했지만.

애초에 언데드의 장점은 되살아나는 무한의 생존력과 물량 공세!

'기존에 가지고 있던 조각술에 언데드 소환까지 쓰니 사냥 속

도는 확실히 빨라졌어.'

원래 위드는 다른 유저들에 비해 사냥 속도가 훨씬 빠른 편이었다.

체력 회복이나 음식을 먹는 행동을 하면서도 시간을 낭비하지 않았다.

도움이 되는 온갖 스킬들을 습득하면서 단순 전투력이 아니라, 종합적인 전력을 향상시켰다.

파티 사냥만 했더라면 어차피 경험치를 나눠 받기 때문에 멍청한 행동이었지만, 혼자 사냥을 하러 다니는 일이 많았다.

조각사의 한계를 극복하기 위해 최강의 잡캐라고 불리며 살았던 노력과 시간이 쌓이면서 지금은 막강한 종합 전투력을 자랑한다.

마른 수건을 쥐어짜듯이 빠듯하던 사냥에 언데드들이 추가되면서 지금은 초고성능 세탁기를 돌리는 것만큼이나 변화가 생겼다.

"토리도. 앞으로 나가서 수색해라. 길을 찾고, 몬스터들을 제압해."

"알겠다, 주인."

대규모의 언데드를 이끌면서 쉬지 않고 꾸준히 던전을 질주했다.

이미 순수 사냥 효율 측면에서는 다른 유저들에 비해 5배가 넘어갔다.

그냥 빠르다는 말로는 표현이 불가능하고, 던전을 휩쓸고 다닌다는 수준!

'나중에 언데드 소환이 고급에 이르거나 마스터하게 되겠지. 그때부터가 진짜다.'

위드는 큰 그림을 그리고 있었다.

막대한 페널티가 있는 네크로맨서.

꾸준히 성장해서 현재의 직업조차도 스탯에서 손해를 입더라도 마스터하고 난다면 다음 직업이 진짜가 되리라.

'조각사와 네크로맨서. 완벽한 조화는 아니더라도 어울리면 이점이 커. 그리고 다음으로는 직접 몸을 쓰는 전투 계열의 직업을 얻는다면?'

사막 전사나 무예인은 강한 직업이다.

위드는 대제왕으로 활동하면서 사막 전사의 끝을 봤다.

막강한 몬스터. 말살의 불도마뱀 같은 녀석들도 무릎 꿇릴 수 있는 강렬한 힘!

그렇지만 네크로맨서처럼 쉬지 않고 던전을 돌며 대량 사냥에 나서기는 힘들다.

치열한 전투를 버티기에는 빠르게 소모되는 체력과 마나 때문이었다.

'지금은 네크로맨서로 뒤처진 레벨을 빠르게 올린다. 전투에 나서면 쓸 수 있는 군단도 만드는 것이지. 그리고 이 직업까지 마스터한 후에… 사막 전사가 된다. 아니면 직업을 얻는 과정이 어렵더라도 용사나 드래곤 나이트도 괜찮겠지.'

전사로 단련을 해서 스스로 극강의 강함을 가지게 된다면 보스급 몬스터를 만나도 두렵지 않으리라.

언데드를 항상 소환할 수 있으니 전사 계열의 직업을 얻으면 혼자서도 상위 던전에 도전하기가 훨씬 쉬워진다.

레벨 700대나 800대가 되었을 때 둠 나이트급 이상의 언데
드가 소환될 테고, 어쩌면 본 드래곤도 몇 마리 간단히 일으킬
수 있게 되리라.

전투력에 굉장한 도움이 될 것이 틀림없었다.

'그때가 되면… 끝없이 강해질 수 있어.'

이러한 큰 그림도 조각사를 마스터하고 나서부터 든 생각이
었다.

한 직업에서 정점에 오르고 나니 그만큼 눈높이가 올라갔기
때문이다.

다른 유저들은 〈로열 로드〉에서 1개의 레벨을 올리기 위해
허덕였다.

위드는 그 수준을 넘어, 〈마법의 대륙〉에서처럼 〈로열 로드〉
를 씹어 먹기 위한 성장을 준비하고 있었다.

오데인 요새의 파문

> 레벨이 올랐습니다.

위드는 던전의 몬스터들을 쓸어버리면서 조각사일 때보다 레벨을 빨리 올렸다.

언데드 소환 스킬이 중급 4레벨이 되었고, 레벨도 480 돌파!

간단한 퀘스트는 받을 수 있으면 받았지만, 복잡하게 얽히는 일은 거부했다.

"그대에게서는 짙은 어둠이 느껴지는군. 이 일은 높은 신뢰를 바탕으로 해야 하네."

직업 때문에 용병 길드에서는 퀘스트를 얻기도 쉬운 게 아니었다.

위드의 명성이라면 뭐든 가능했다.

"똑바로 보고 말해."

"설마… 국왕 폐하 아니십니까?"

"그래. 돈 좀 되는 일 있나? 귀찮은 건 싫어."

"말씀만 하십시오. 어떤 일이든 준비되어 있습니다."

아르펜 왕국에서는 네크로맨서라고 해도 퀘스트를 얻는 데 장애가 없다.

이것이야말로 권력의 단맛!

"여신께서 인정하신 분. 그대가 다루는 힘에 대해서는 경계하고 있지만 꼭 해 주셔야 할 일이 있습니다."

대부분의 교단에서도 악마 델암을 처치한 위드에게 퀘스트를 주었다. 명성과 신앙심, 정의, 명예 스탯들이 관리를 통해 여전히 높은 편이었다.

악마 델암을 처치한 공적마저도 서서히 사라질 때가 되면 힘들겠지만 꼼수란 필요할 때 계속 만들어 내는 것이었다.

"세상을 어지럽히는 기운이 느껴집니다. 조사를 해 볼 필요가 있는데도 큰돈은 안 되니 나서 주는 사람이 없군요."

"응, 아냐. 나도 바빠."

퀘스트를 거절하였습니다.

"요정의 정수라는 게 있다고 합니다. 어떤 모험가도 찾아내지 못한 것이지요. 발견된 적 없는 보물을 확인하는 건 멋진 일이지 않습니까?"

"관심 없어."

퀘스트를 거절하였습니다.

"동쪽으로 날아간 큰 몬스터. 그것에 대해서는 알려진 바도 별로 없지요. 하지만 그날 이후로 이 도시의 사람들은 몬스터의 습격을 두려워하고 있습니다. 놈을 찾아서 퇴치해 주시겠습니까?"

"귀찮아. 오면 불러."

> 퀘스트를 거절하였습니다.

구하기 힘든 재료나 사냥하기 귀찮은 몬스터는 과감히 통과!

원하는 지역의 몬스터 사냥에 대한 퀘스트만을 받았고 그것으로도 일감은 충분했다.

유저들이 공략하지 않았거나 실패한 던전은 베르사 대륙에 굉장히 많았다.

몬스터가 마법을 다루거나, 찾아가기 힘든 먼 던전, 공략하기에 다수의 인원을 필요로 하는 던전은 유저들도 쉽게 건드리지 못했다.

위드는 바르칸의 장비 때문에 언데드들의 마법 저항력이나 방어력이 높았고, 각종 조각술 스킬들을 활용하면서 던전을 공략했다.

> 레벨이 올랐습니다.

경험치가 쌓여 레벨이 오를 때마다 밀린 숙제를 하는 기분이었다.

"레벨에 비해 스킬 숙련도가 떨어지는 일은 그다지 걱정하지 않아도 되니 좋군."

위드는 마나를 아끼고 체력을 소모하기 위해 직접 검을 휘두르면서도 싸웠다.

검술 레벨은 고급 7.

비슷한 레벨의 전투 계열 직업에 비해서도 높다고는 할 수 없는 처지였지만 상관없었다.

대제왕 시절에 검술 마스터를 해 본 경험이 있기에 마의 장벽이라고 할 수 있는 이후의 스킬 레벨에도 자신이 있었다.

"강한 녀석들을 쓰러뜨려야 숙련도가 빨리 쌓이지. 지긋지긋할 정도로 강한 녀석들을 많이 알고 있으니깐 말이야."

빠르거나, 조금 늦거나 어차피 마스터하게 될 기술!

'강해지는 것만 생각하자. 레벨을 올리는 일도 즐겁지만 던전 공략도 나쁘지 않잖아.'

끝없는 목표!

던전 공략도 가장 빠른 시간에 완벽하게 해내려고 했다.

남들이 세운 시간 기록을 뛰어넘는 것은 물론이고, 일찍이 잡힌 적 없는 보스급 몬스터에게도 도전했다.

헤르메스 길드의 계속되는 고난!

위드가 사냥을 하는 동안에도 방송국들을 통해서 끊임없이 그들의 비리가 폭로되고 있었다.

세금까지 인하하면서 억지로 다독여 놓은 민심이 다시금 흔들렸다.

"너무 많은 사건들이 폭로되었습니다. 이대로라면 유저들은 앞으로도 우리 길드를 믿지 않겠죠."

"이러면 중장기 통치 계획에 너무 큰 차질이 생기는데 말입니다."

"괜히 세금을 낮추자고 해서… 쩝. 우리가 가져가는 수익금만 줄었습니다."

"저도 동감입니다. 영지 내에서 투자를 위해 몇 가지 건설 사업도 진행 중이었는데 어쩔 수 없이 다 중단해 버렸지 않습니까. 그 부분은 수뇌부에서 생각이 부족했습니다."

영주들끼리 조용히 대화를 나누었다.

중앙 대륙의 유저들을 막무가내로 쥐어짜며 착취하던 영주들이었다.

그들의 입장에서는 세율이 낮아지면서 수익금이 대폭 줄어들었다.

영지 내의 건설 사업이나 복지 계획에 돈이 필요하다는 말은 다 핑계였고 손에 들고 있던 맛 좋은 떡을 빼앗긴 것 같아서 기분이 나빴다.

지역에서 힘이 있는 영주들의 입장에서는 반란군도 나쁜 것만은 아니었다.

반란군이 출몰해 줘야 그들을 빌미로 착취를 합리화할 수 있었기 때문이다.

하벤 제국 전체의 사정이야 자신들에게는 고려할 대상이 아니었다.

"대륙 통일까지는 고작해야 왕국 하나가 남았는데. 그걸 정복을 못 해서 깔끔하게 마무리가 안 되다니 말입니다."

"시간을 너무 주는 것 같군요. 나라면 진작 군대를 이끌고 아르펜 왕국을 지도상에서 없애 버렸을 텐데."

"유저들이 반란을 일으키지 않겠습니까?"

"제대로 한번 밟아 놓고 출정해야죠. 무차별적으로 공포 분위기를 확실히 심어 주면……. 반란군만 딱 진압하려고 하니 어려웠던 겁니다."

"헤르메스 길드도 예전 같진 않은 거지요."

영주들은 비싼 술을 마시면서 마음껏 이야기를 나누었다.

그들은 헤르메스 길드에 충성을 바치진 않는다. 그렇다고 해서 아르펜 왕국으로 넘어갈 생각도 없는 이들.

'욕을 먹기는 해도 결국 하벤 제국이 이기겠지.'

'쯧. 아르펜 왕국으로 가면 마음껏 돈이나 장비를 챙길 수가 없잖아.'

'북부에는 예쁜 여자들이 많다고는 하는데…….'

돈과 권력에 흠뻑 취해 있는 영주들이었다.

"크험. 우리가 결과물을 꼭 검증받으려는 건 아니네만……."

"그래도 어떤 완성품이 더 뛰어난 것인지는 확인을 해야 할 것 같군."

"승부를 가리자는 의미는 아닐세. 당연한 절차로, 장인으로서 기념하고 싶은 것이지."

"무승부라고 해도 우린 인정할 거네."

신의 금속 헬리움!

베르사 대륙에서 대장장이 마스터의 위업을 달성한 파비오와 헤르만은 자신만만하게 위드를 기다렸다.

'이 승부는 내가 이긴다.'

'길고 길었던 경쟁. 종지부가 될 테지.'

대장장이 마스터를 하면서 마음이 넓어진 것 같았지만 막상 그렇지도 않다.

대장장이로서 한 자루씩의 검을 만들었다.

두 자루의 검을 비교하는 마지막 승부야말로 누가 진정으로 더 뛰어난 대장장이인지 가리는 것이다.

그 결과물은 헬리움을 재료로 제공했던 위드가 판단하기로 했다.

'보나 마나 나의 승리다.'

'후후. 파비오 어르신이 지금까지 검만 만들어 온 나의 경험과 실력을 당해 낼 수 있을까?'

지긋한 나이를 먹은 두 대장장이들.

그들은 느긋한 척을 했지만 어린아이처럼 간절하게 위드를 기다리고 있었다.

본래 자존심 대결이란 나이가 많아질수록 더 심해지는 법!

위드는 유린과 함께 그림 이동술을 써서 대장장이들 앞에 나타났다.

"흠. 이것이 헬리움으로 만든 검들이군요."

파비오와 헤르만의 거처는 모라타의 뒷산과 프레야 여신상이 보이는 넓은 저택이었다.

부유한 대장장이인 만큼 그들의 저택에는 넓은 정원도 꾸며졌고, 엘프목으로 지어진 정자도 세워져 있다.

　연회를 열어도 될 것처럼 넓은 정자에서 꺼낸 두 자루의 검은 햇빛에 은은한 광채를 사방으로 퍼트렸다.

　파비오는 뿌듯함을 참아 내며 말했다.

　"손에도 쥐어 보도록 하게. 느낌이 그냥 부끄럽지 않은 정도지. 허허허."

　속마음과 나오는 말이 다른 경우는 이런 순간을 의미하는 것이리라.

　위드는 대충 검을 보고 가고 싶었다.

　'어차피 돈도 안 되는 것. 사냥터, 사냥터, 사냥터, 사냥터.'

　파비오의 검은 외관만큼은 수수했다.

　귀한 보석으로 검집이나 손잡이 부분을 치장하지도 않았고 있는 그대로 검에 충실했다.

　위드가 만든 별의 조각품. 처자식 별을 보고 나서 든 깨달음을 담아 살아 있는 생명체를 돌보듯이 정성을 담았다.

　마나의 원천이며 신성력을 뿜어내는 헬리움.

　그 느낌이 검에도 실려서 부족한 것도, 여기서 더할 것도 남아 있지 않다.

　파비오가 한마디를 덧붙였다.

　"이 검은… 주인을 따를 것이야. 주인의 능력을 키워 주고 같이 성장하는 것이지. 살아 있는 금속 헬리움이기에 그 특징을 최대한 활용해 보았네."

　그저 설명을 듣는 것만으로도 1명의 장인이 모든 걸 다해서 만든 역작!

"이 검도 보도록 하게. 부끄럽지는 않을 것이네."

헤르만도 자신이 만든 검을 손으로 가리켰다.

평생 검을 만들며 살아온 장인!

20세기 이후부터는 멍청하고 답답하다는 소리를 듣는 한 우물을 판 전형적인 인물!

그가 만든 검은 놀라울 정도로 서늘한 예기를 뿜어냈다.

차갑고, 날카롭다.

헬리움은 무한한 마나를 발산하기에 그 에너지를 차갑게 벼려 냈다.

빙결의 검!

검 자체의 공격력도 뛰어나지만 무자비한 얼음의 속성을 가지고 있다.

"별건 아니지만 재난도 일으킬 수 있네."

"재난요?"

"그 분야에 대해서는 누구보다 잘 알고 있겠지? 이 검은 얼음 폭풍을 불러들일 수 있다네."

적을 얼리고 깨뜨리는 위력을 가지고 있었으니 전투에는 이로움이 많다.

어떠한 몬스터가 상대라도 빙결의 검을 상대로 하기는 어려울 것이다.

위드는 2개의 검 모두 마음에 들었다. 불과 얼마 전까지라면 입이 찢어져라 웃으면서 챙겼을 것이다.

'지금은 네크로맨서잖아. 당분간 헬리움 장비를 쓰기는 어려

운 처지인데. 물론 쓴다고 해서 죽거나 하는 건 아니지만.'

조각 변신술을 사용해서 활용할 수 있다. 다만 여기서 그치기에는 아쉬움이 들었다.

'내가 이들을 제대로 착취한 것일까? 대장장이 마스터까지 되었는데. 그들이 만든 회심의 작품이기는 한데.'

위드가 베푼 것은 헬리움을 빌려줘서 대장장이 마스터까지 도운 것이었다. 그러한 도움이 없었더라도 파비오와 헤르만은 언제고 마스터했으리라. 어쩌면 방법을 찾아 더 빨리 마스터할 수도 있었고.

다만 이 두 대장장이 마스터에게서 뽑아낼 단물은 이제부터란 생각이 들었다.

'〈로열 로드〉에서는 흔히들 초보들을 대상으로 착취하지. 약하고 다루기 쉬우니까. 그런데 마스터를 상대로 착취하면 왜 안 된다는 거지?'

발상의 전환!

파비오와 헤르만은 대장장이로서의 긍지가 남다른 유저들이었다.

위드는 등에 차고 있던 로아의 명검을 꺼냈다.

로아의 명검.

엘프들의 보물이며, 인간들이 최고로 꼽는 보검.

헤스티거가 남겨 놓은 유산이었다.

"그동안 이 부실한 검을 쓰느라 고생이 많았는데, 두 분이 검을 만들어 주셔서 고맙습니다."

두 대장장이들은 뻔히 드러낸 떡밥을 덥석 물었다.

"오! 그건 무슨 검인가?"

"굉장하군! 완벽한 아름다움이 검에 있다니……."

위드는 가볍게 검을 휘둘러 보였다. 실제로도 매우 가벼운 검이었다.

"별거 아닙니다. 두 분이 검을 만들어 줄 때까지 임시로 쓰던 것이죠."

파비오가 가까이 다가왔다.

"그래? 잠시 볼 수 있겠는가?"

"물론이죠."

대장장이는 자신의 손에 없는 무기라도 상대가 보여 주면 상태를 확인할 수 있다.

파비오는 로아의 명검을 살펴보고는 입을 꾹 다물었다.

'세상에 이런 검이…….'

헤르만도 호기심을 느끼고 다가왔다.

"나도 좀 보겠네."

"그러시죠."

헤르만도 로아의 명검을 보더니 말이 없어졌다.

'성검. 신검에도 못지않다. 이런 검을 가지고 있었다고?'

두 대장장이는 동시에 비슷한 생각을 떠올렸다.

'내가 만든 검은 어떻지?'

'내 검은…….'

그들이 만든 검도 어디 가서 꿀릴 정도는 아니었다.

대장장이 마스터라는 위업을 달성하기까지 한 검이었고, 그들이 지금까지 벼려 온 검 중에서도 필생의 역작!

보통의 검사들은 한 번이라도 빌려 가서 사냥을 해 보고 싶다고 애걸복걸하리라.

그렇지만 〈로열 로드〉 최고의 명검을 앞에 두고 약간씩 모자란 건 어쩔 수가 없는 일이었다.

기본 공격력이나 옵션에서 한두 가지씩은 부족했다.

'재료가 헬리움이 아니었다면 내 검 쪽이 많이 아쉬웠을 것이다.'

'지금 이런 검을 보게 되다니.'

자신들이 만든 검이 갑자기 초라하게 느껴졌다.

사실 그렇게 열등감을 느낄 정도는 아니었지만 갖고 있던 자부심은 깨졌다.

두 대장장이들은 눈을 마주치더니 거의 동시에 고개를 끄덕였다.

파비오가 먼저 말을 꺼냈다.

"이번 승부는… 없었던 걸로 하지."

"그렇습니다. 우리 둘 다 마스터가 되었는데 우열을 따져서 뭐 하겠습니까."

헤르만도 동의했다.

"처음부터 장난삼아서 시작한, 아무것도 아닌 일이었는데… 허허."

"그렇지요. 우리가 어린애들도 아니고 말입니다."

대장장이 마스터로서 최고의 검을 만들었다고 자부했지만 아직 가야 할 길이 남아 있다고 생각했다.

'새로운 목표가 생겼다. 대장장이 마스터는 과정이었어. 〈로

열 로드〉에서의 최고의 검을 만든다.'

'절대의 검. 그 누구도 부인하지 못할 그런 검을……'

한가롭게 살아가려던 두 대장장이였지만 다시금 경쟁에 빠져들어야 했다.

위드는 그들에게 조언했다.

"거의 다 왔습니다. 금속을 다루는 기술은 발전시킬 여지가 적으니 마법을 배워 보세요."

"마법?"

"인챈트. 즉, 검에 궁극의 마법을 부여하는 것이죠."

"마법이라……"

두 대장장이들은 고민에 빠졌다.

하지만 최고의 검을 만들기로 한 이상, 방법을 알게 되었으니 피할 수 없는 유혹이었다.

던전 바움 공략!

오데인 요새를 지배하고 있던 하벤 제국의 성주 체스트로는 병력 700명을 동원했다.

300명은 헤르메스 길드 유저들로 구성되어 있었으며, 나머지는 일반 유저들 중에서 돈을 낸 지원자들로 편성이 되었다.

"던전 공략에 참가비로 3,000골드나 내라니… 장비 맞추려고 챙겨 놓은 돈 다 내버렸네. 좀 심하긴 하다."

"그래도 던전 바움이잖아."

"헤르메스 길드를 뒤따라가며 참가비만큼 이득은 챙길 수 있겠지. 그보다 방송국에서 많이 왔나?"

"응. 12개나 되는 방송국이 중계한다던데."

"KMC미디어도 왔어?"

"오기는 왔지. 근데 그쪽은 취재만 하고 생방송으로는 안 내보낸다더라."

"그건 아쉽긴 하네."

"KMC미디어 같은 메이저 방송을 타는 게 보통 일은 아니잖아. 우리 같은 사람은 평생 한 번 나오기 힘들지."

일반 유저들끼리 쑥덕이며 대화를 나누었다.

던전 바움은 오데인 요새와 가까웠음에도 불구하고 공략된 적이 없는 곳이었다.

출현하는 몬스터들도 강해서 평균 레벨이 600대 중반에서 후반에 이르는 강력한 지역.

과거 여섯 번에 걸친 공략 시도가 전부 실패로 돌아갔지만 이번에는 오데인 요새의 성주가 직접 추진하는 일이니 가능성이 크다고 봤다.

"그래도 이번에 좀 활약하면 유명인 되는 거 금방이겠다."

"실력 발휘를 잘하면 헤르메스 길드에 들어갈 수도 있지 않겠냐."

"크으. 그건 꿈을 너무 높게 잡은 거고."

이른 새벽부터 오데인 요새에 모인 유저들은 초조하게 기다렸다.

헤르메스 길드 유저들이 약속 시간을 지나 느긋하게 나타나고, 성주 체스트로가 방송을 다분히 의식한 일장 연설을 했지만 그 정도는 충분히 참을 수 있었다.

"출정한다!"

체스트로는 긴 연설 후에 커다란 코끼리의 등에 타고 검을 휘둘렀다.

그 모습에 유저들은 박수를 치면서 적당히 호응하며 던전 바움으로 따라갔다.

"성주 나이가 30대 중반이라던데. 이런 거 할 나이는 지났지 않냐?"

"몰라. 대충 맞춰 주자. 좋은 게 좋은 거지, 뭐."

"방송이잖아, 방송. 대본에 있을 거야."

던전 바움에서의 전투!

헤르메스 길드에서 주로 길을 뚫었고 일반 유저들은 옆으로 새는 몬스터나 해치우는 신세였다. 그럼에도 방송에도 출연하고 전리품도 얻었으니 나쁘지는 않다고 생각했다.

문제가 발생한 것은 던전의 중반쯤부터였다.

쿠르르르릉!

던전에서 누군가 함정을 잘못 건드렸는지 천장에서 돌무더기들이 떨어지기 시작했다.

"으악!"

"아! 누구야, 이거……."

"빨리 전진하거나 뒤로 빠지자."

공략을 따라온 유저들도 최소 레벨이 400대를 넘었으니 함정 발동 정도로 당황하진 않았다. 그런데 몬스터들이 한꺼번에 출현했다.

설상가상으로 보스 몬스터 듀그니엘의 습격!

보스 몬스터가 부하들을 잔뜩 이끌고 함정에 빠진 틈을 타서 습격해 온 것이다.

'어떻게 하지?'

'이길 수 있나?'

유저들은 눈치를 살폈다.

지형이 좋지 않아 어느 정도의 희생은 피할 수 없었고 시야도 확실치 않았다.

이럴 때 보스 몬스터를 먼저 공격하는 이들은 커다란 위험에 놓이게 될 것이었다.

일반 유저들이나 헤르메스 길드 유저들이나 누군가가 나서 주기만을 기다렸다.

불과 몇 초의 시간이 흘렀다.

"야. 일단 빠지자."

"그래. 여긴 틀렸어. 괜히 죽을 필요 없지."

그리고 누군가가 먼저 도망치고 일부의 사람들이 우르르 따라갔다. 헤르메스 길드가 아닌 유저들 중에서 자신이 없던 이들이 대거 빠져나가 버린 것이었다.

헤르메스 길드와 남은 유저들은 함정에 빠진 채로 보스 몬스터 듀그니엘과 전투를 치렀다.

결과는 아슬아슬한 패배!

던전 바움 공략이 실패로 끝났을 뿐 아니라, 헤르메스 길드에서는 참가 인원의 7할이 넘는 230명이 사망했다.

일반 유저들은 집계가 어려웠지만 절반이 넘는 희생자들도 생겨났다.

중계를 했던 방송국들은 공략 실패에 시청률이 실시간으로 하락하며 씁쓸해했지만 정작 큰 이슈는 그다음에 생겨났다.

오데인 요새의 성주 체스트로가 던전에서 목숨을 잃고 부활한 후에 분노를 터트린 것이다.

"우리의 전력으로 봐서 이번 공략은 당연히 성공했어야 옳다. 모든 책임은 도망자들에 있는 만큼 그들에 대한 무차별 척살령을 발동한다."

한동안 뜸했던 척살령의 발동!

던전 바움에서 피해를 입은 헤르메스 길드 유저들은 공략에 참여했던 이들을 쫓아가서 목숨을 빼앗았다.

"왜, 왜 우릴……."

"멍청아. 헤르메스 길드의 일을 망치고도 무사히 넘어갈 줄 알았냐?"

"고의는 아니었습니다. 살고 싶어서 도망친 건데요."

"잘못했으면 죽어야지."

죽는 피해를 입은 것은 물론이고 생방송에서 공략에 실패하며 자존심에 상처를 입은 헤르메스 길드 유저들의 칼날은 가차없었다.

"저는 끝까지 싸웠습니다. 철수를 결정하고 난 후에 도망쳤다고요."

"제대로 안 싸웠잖아."

"아니, 목숨 걸고 싸웠다니까요! 영상도 확인시켜 드릴 수 있

습니다."

"헛소리하지 마."

"영상 바로 가져오겠습니다."

"변명하지 말고 닥쳐. 약하면 애초에 끼질 말았어야지."

헤르메스 길드 유저들은 던전 공략에 참여했던 유저들을 이유를 불문하고 죽였다.

던전에서 끝까지 싸운 유저들의 경우에는 봐줄 수도 있었지만 화가 난 이상 확인하는 과정을 거치려고 하지 않았다.

일반 유저들의 목숨이야 헤르메스 길드원에게는 파리 목숨이나 마찬가지였으니까.

화풀이 대상을 찾아서 휘두르는 폭력의 규모는 짧은 시간에 급격하게 커졌다.

"너희들은 누구야?"

"우, 우린 같은 일행입니다. 지금 같이 사냥하고 있는데요."

"저 녀석을 죽일 건데 막을 거야?"

"그게 좀⋯ 아. 친구라서 안 되는데."

"척살령이 떨어졌다. 대화 나눌 필요도 없어. 그냥 같이 있는 녀석들도 쓸어버려."

"왜, 왜요. 우린 잘못한 것도 없는데."

"지금 말대꾸하네. 잘못했지? 요즘 잠잠하게 있었더니 헤르메스 길드가 너희들 눈에 우습게 보이더냐?"

헤르메스 길드는 같이 사냥하던 파티원까지 쓸어버렸다.

유저들도 당하지만은 않고 끝까지 항의했다.

"이건 지나친 행동입니다. 입장료를 내고 사냥에 참가한 거지, 우리가 공략을 지휘하거나 주도한 것도 아니지 않습니까?"

"무차별 살상. 오데인 요새의 성주에게 그럴 권한이 있습니까? 이게 헤르메스 길드의 공식 방침입니까?"

사냥터에서 유저들이 반발하자 헤르메스 길드원들도 강경하게 대응했다.

성주 체스트로의 명령이 내려졌기 때문에 그들은 당연한 일을 집행할 뿐이었다.

"너희들이 착각하는 걸 알려 줄까? 너희 말이 맞을지도 몰라. 근데 이 세상에는 약자들한테 말할 권리가 없어. 그러니까 결국 너희들이 잘못한 거지?"

중앙 대륙에서도 주요 거점 중의 하나로 꼽히는 오데인 요새였다!

체스트로는 거대 요새의 성주로서 방송에서 굴욕을 당한 만큼 감정을 앞세웠다. 그리고 스스로에게 그만한 힘은 있다고 생각했다.

일반 유저들이 항의하면 짓밟는 이 정도의 사건이야 중앙 대륙에서 보면 얼마 전까지만 해도 흔히 일어났던 것이다.

"더 이상 항의하는 자들은 반란군이다. 전부 제거한다."

헤르메스 길드 유저들은 칼을 휘두르는 일을 반겼다.

공식적으로 경험치나 전리품, 전투 스킬, 공적을 얻을 기회가 되는 것이다.

"다 죽어."

"1명도 빠져나가지 못하도록 쓸어버려!"

오데인 요새의 병사들과 기사단까지 움직이면서 사냥터에서 항의하던 유저 100여 명을 전부 죽였다.

이 사건은 몇몇 방송국에서 던전 바움의 취재를 위해 왔던 리포터들의 현장 중계를 통해 생방송을 탔다.

—헤르메스 길드가 반란군을 제압하고 있는 모습입니다.

—반란군이요? 중앙 대륙의 반란은 진정되지 않았나요?

—이 일은 던전 바움 공략에서부터 비롯된 것으로······.

리포터들은 고작해야 하루 만에 일어난 일이었기에 있는 그대로 설명을 했다.

—사실 이들을 반란군이라고 칭하는 데는 무리가 있습니다.

—저희가 봐도 그런 것 같군요. 아침까지만 해도 평화롭게 오데인 요새에서 살아가는 사람들이었는데요.

—예. 집이나 상가를 가지고 있는 유저도 항의했다는 이유로 처형되었습니다.

방송국들은 실시간 시청률과 반응을 확인했다.

〈로열 로드〉가 세계적인 인기를 끌면서 관련 방송국들도 많아졌다.

국가마다 최소 〈로열 로드〉와 관련된 방송국, 인터넷 전문 방송국이 10여 개씩을 넘어갈 정도였다.

시청률을 합하면 지상파 방송국 드라마보다도 더 나올 정도가 되었다.

드넓은 베르사 대륙.

거대 회사가 된 KMC미디어처럼 주요 소식을 전하는 방송국이 있는가 하면, 자신이 원하는 지역에 대한 소식을 위주로 들길 원하는 유저들을 위한 방송국도 있었다.

브리튼연합방송국이나 로자임방송국 등 특정 지역에 대해서만 알려 주는 방송국들이 유명했다.

현실에서 오전 8시에 벌어진 일.

방송 초기에는 1% 이하의 시청률로 시작되었지만 불과 20여 분 만에 3%를 돌파했다.

낮은 수치이기는 해도 이 시간대에는 쉽게 올리기 힘든 시청률이었다.

"계속 취재하고… 영상 계속 내보내. 어제 진행했던 바움 던전 영상은 있지?"

"현장에 동행해서 취재한 게 있습니다."

방송국의 스태프들도 발 빠르게 움직였다.

"일단 주요 부분 간추려서 내보내고, 무고하게 죽은 유저들이 있나 확인해 봐."

"예, 알겠습니다. 분석 팀에 맡기겠습니다."

"오늘 헤르메스 길드가 유저들을 공격한 전투 화면도 있나?"

"시작부터 촬영한 영상은 아직 확보하지 못했습니다만 수소문하면 공격당한 유저들을 통해서 곧 입수할 수 있을 거 같습니다."

"오전에는 여기에 힘을 싣는다. 정규 방송 전까지 계속 속보로 내보내."

방송국들의 시청률 경쟁은 전쟁이나 다름없었다.

최근에 다리우스의 폭로로 헤르메스 길드를 비판하는 것이 언론의 큰 흐름이 되었다.

시청률에도 긍정적이라서 오데인 요새에서 벌어진 사건을 생중계하면서 크게 키웠다.

당연하게도 대형 방송국들도 금방 냄새를 맡았다.

〈로열 로드〉의 초기부터 자리를 잡았던 KMC미디어, CTS미디어는 회사의 규모부터가 수백 배나 커진 상태였다.

국내가 아니라 전 세계로 취재 영상을 팔아먹을 정도였으니 지상파 방송국이 아쉽지 않은 재력과 인력을 갖췄다.

재벌 계열사인 만큼 유행에는 둔하다는 평가를 받던 CTS미디어였지만 방송국장이 바뀐 이후로 이슈에 대해 날카롭게 파고들었다.

특히 시청자들이 관심을 가질 만한 사건이 있다면 시청률을 높이기 위해 수단과 방법을 가리지 않았다.

악마의 편집으로 자극적인 방송을 내보내는 데도 주저함이 없었다.

방송국장이 사건을 생방송 중인 스튜디오에 직접 나타나니 PD들도 긴장했다.

"오데인 요새는 유명한 곳이지 않습니까?"

"예, 국장님. 난공불락의 요새로 브리튼 연합과 아이데른 왕국의 사이에 있던 장소입니다. 세력들 간에 이 요새를 차지하기 위한 엄청난 공방전이 벌어지고는 했었죠."

"좋군요. 사건에 대해 처음부터 끝까지 철저히, 제대로 파헤치세요. 오데인 요새를 중심으로 활동하는 헤르메스 길드원들 중 나쁜 소문이나 사건과 휘말린 자들이 있는지도 체크해 보시고요."

"그렇게 하겠습니다."

"다른 채널을 보고 있던 시청자도 우리 방송으로 올 수 있게 해야 됩니다. KMC미디어보다 시청률이 높게 나와야 한다는 점을 명심하세요."

방송국들의 관심이 오데인 요새로 집중되었다.

헤르메스 길드의 수뇌부는 그제야 사건에 대해서 알고 성주 체스트로에게 중지 명령을 내렸다.

> 기가드: 길드 행정부입니다. 척살령 취소하고 던전 사냥에 참여했던 유저들에 대한 공격도 중단하세요.

성주 체스트로는 그 명령을 무시했다.

행정부라면 길드 내에서 권력 순위가 조금 떨어지기도 했고, 또한 여기서 멈추면 이도 저도 안 된다는 걸 알고 있었다.

'내가 한번 죽으면 손해가 얼마인지 알아? 게다가 던전 공략도 실패했다. 성주로서 체면이 있지…….'

성질 때문에 홧김에 시작한 일이기는 하지만 이미 칼을 휘두른 상태였다.

길드의 명령을 따라서 전투를 중단하면 오데인 요새를 중심으로 활동하는 헤르메스 길드 유저들에게 낯이 서질 않는다.

'고작 몇백 죽였다고. 방송 때문에 일이 생각보다 커지기는 했지만 지금 멈추면 나 혼자만 바보가 되고, 잘못을 뒤집어쓸 텐데!'

오데인 요새의 성주가 되기 위해서 재력과 세력은 기본이었고 정치적인 감각도 필요했다.

방송에서도 주목하고 있는데 물러서게 된다면 결국 사태가 마무리되고 난 이후에 자신에 대한 비난 여론만 커질 거라고 봤다.

체스트로는 힘으로 밀어붙이기로 했다.

'반발하는 놈들을 계속 쓸어버리자. 그러면 길드 내에 강경파나 친한 영주들의 도움을 얻어서 사태를 무마시킬 수 있겠지. 이 지역 유저들도 한두 번만 더 쓸어버리면 나설 사람도 없을 거야. 내 스스로 정리를 하는 것이지.'

헤르메스 길드에 대한 인식이 안 좋아지는 것도 오데인 요새만을 통치하는 자신이 신경 쓸 바는 아니었다.

서너 달 전까지만 해도 오데인 요새의 성주 입장에서 일반 유저들은 사냥감이나 마찬가지였다.

그때는 조금만 거슬려도 죽여 버렸으나 항의하는 자들은 드물었다.

강력한 힘에 의한 통치!

그것이 헤르메스 길드의 정통성이라고 믿었다.

오데인 요새를 지배하는 체스트로가 항의하는 유저들을 반란군으로 지목하고 대대적으로 살육전을 벌였다.

이 모든 과정은 방송국들의 중계를 통해 전 세계에서 볼 수 있었다.

—헤르메스 길드가 그들의 말을 따르지 않는 이들을 향해 다시 무차별 보복을 가하는 것으로 볼 수 있을까요?

—오데인 요새 외에 다른 지역은 잠잠합니다. 그런데 오데인 요새의 성

주 정도 된다면 헤르메스 길드의 중역이라고 볼 수 있습니다.

—헤르메스 길드의 뜻으로도 생각할 수 있는 거로군요?

—가정이지만 사전에 조율된 살육전일 가능성이 큽니다.

CTS미디어는 던전 바움에서 끝까지 싸웠음에도 공격당한 무고한 희생자들에 대한 취재에 대거 성공했다.

희생자들은 헤르메스 길드의 눈치를 보며 조심스럽게 인터뷰를 했지만, 기자들이 좀 부추기자 금세 성주 체스트로를 비판했다.

—이번 일은 헤르메스 길드, 체스트로가 모두 잘못하고 있는 것이라고 생각합니다.

—어떤 의도가 있을까요?

—그들만이 최고라고 믿는 거죠. 말을 안 듣는 유저들을 고분고분하게 만들려는 이유 외에 다른 것들을 떠올리기 어렵습니다.

—방송으로 적합한 표현은 아닙니다만 너희들 헤르메스 길드에 까불지 마라… 뭐, 이런 거로군요?

—그렇게 볼 수 있을 것 같습니다.

가정이나 추측에 의한 설명을 하면서도 자극적인 멘트를 쏟아 내는 CTS미디어는 시청률의 효과를 단단히 누렸다.

그날 저녁, 헤르메스 길드는 공식적으로 입장을 발표했다.

오데인 요새에서 벌어진 사건은 헤르메스 길드의 의지

와는 관련이 없는 일입니다.

성주 체스트로의 독단적인 결정으로 이루어진 사건으로 자세한 조사 후에 적절한 조치를 취할 것입니다.

하지만 헤르메스 길드 내부에서는 이 사태를 뜨겁게 보지 않았다.

1,000여 명의 희생자!

세율을 낮추면서까지 민심을 감싸 안으려 하고 있었지만 그럼에도 학살 같은 건 필요악이라고 여기는 분위기가 길드 내부에 있었다.

'방송을 타서 재수 없긴 하지만 가끔씩 보여 주는 것이 좋아. 누가 강하고, 참아 주고 있는지 말이야.'

최근의 헤르메스 길드는 힘을 쓰지 않았다.

유저들에게 한 번씩은 강압적인 무력을 보여 줘야 통치에 도움이 될 것이란 인식이 대다수에게 있었다.

실제로도 중앙 대륙을 정복할 당시에 본보기로 과감한 학살을 했던 경우가 꽤 많았다.

대대적인 학살이 벌어지고 나면 유저들이 고분고분해져서 통치하기가 쉬워졌다.

판트웰, 파고, 룬디치.

그날, 세 곳의 영주들이 군대를 움직여서 도시에서 활동하는 유저들을 학살했다.

세금을 제대로 내지 않은 자들. 헤르메스 길드의 통치를 따르지 않는 이들은 필요하지 않다.

영주들은 짤막하게 학살의 이유를 공개했다.

'내 땅이고 내 구역이다. 이곳에서 사냥을 하고 교역을 하면서 감히 나를 비난해?'

지역에서 왕처럼 군림하려는 이들!

세 지역의 학살극이 방송을 통해서 또다시 중계되었다.

—누구 놀란 사람 있습니까? 변한 게 없죠. 헤르메스 길드는 원래 그런 놈들입니다.

—세금 인하? 믿을 놈을 믿어야지.

—아무 기준도 없고 자기 마음에 안 드는 이들을 대상으로 한 학살극!

—언제까지 착취당하고 살 겁니까. 빌어먹을.

—지금 CTS미디어 방송 보세요. 아무 죄도 없는 레벨 30짜리 초보 유저도 죽이고 있습니다.

—그냥 미친놈들이죠.

인터넷 게시판에 헤르메스 길드를 비난하는 글이 올라오게 되었다.

'귀찮은 일이군.'

최근 라페이는 제국의 통치력을 강화하는 업무에 집중하고 있었다.

고레벨 유저들 중 쓸 만한 길드원을 선발해서 최근에는 75만까지 인원수를 늘렸고, 300만을 넘는 제국군 역시 꾸준히 훈련시켰다.

던전이나 사냥터에 제국군을 배치하여 그들을 강화하는 것이다.

세율을 낮춰서 중앙 대륙을 안정화시키는 한편, 군사력을 늘려서 장기 지배를 위한 초석을 다졌다.

　과거보다 적은 예산으로도 성과를 내기 위해 노력하고 있었기에 자잘한 사건 사고들까지 신경 쓰고 싶은 마음은 없었다.

　학살이야 자주 했었고, 게시판에 헤르메스 길드 비판 글이야 없는 날이 드물 정도였으니 말이다.

　"제국 차원에서는 통치 명분에 손해가 조금 있을 것 같군요."

　"해당 지역들의 영주들에게 공식적인 경고를 내리려고 합니다. 또다시 사건을 일으킬 경우에는 영주 자리를 박탈하는 것으로요."

　"그 정도 조치는 심하지 않을까요? 중앙 대륙의 영주만 수천여 명이 넘습니다. 그들이 불만을 가지면 곤란한데요."

　"길드에 충성 서약도 새로 받도록 하죠. 방송으로 우리도 노력하고 있다는 정도만 보여 주면 될 겁니다. 경고만 하고 처벌을 하는 건 아니니 영주들도 괜찮으리라 생각합니다."

　"너무 조심할 필요는 없죠. 영주들을 임명하는 것도 우리고, 찍어 누를 수 있는 것도 우리입니다."

　헤르메스 길드의 수뇌부는 이번 일로 유저들에게 호감이 더욱 낮아졌을 거란 전망을 했다.

　북부 아르펜 왕국으로 빠져나가는 유저들이 많아질 수 있겠지만 현재 상태에서 큰 변화를 예상하진 않았다.

　이미 헤르메스 길드의 억압적인 통치에 유저들이 익숙해진다고 생각하고 있었다.

　"우리들뿐만 아니라 다른 길드에 의해서도 자주 벌어졌던 일입니다. 사람들은 자기 자신의 이득이나 경제적인 원리에 따라 움직입니다. 하벤 제국에서 세율을 낮췄고 여기에서 활동하는 게 충분히 유리하다면 아르펜 왕국으로 떠나지 않겠죠."

라페이는 하벤 제국의 경제와 기술력이 발달했고, 모험과 사냥에 대한 정보도 많이 공개되어 있으니 아르펜 왕국에 가서 고생할 사람은 한정적이라고 봤다.

"제 생각도 그렇습니다."

"세금도 낮춰서 그럭저럭 살 만하게 해 주었습니다. 민심은 고려해야 할 테지만 여전히 불만을 갖는 이들은 힘으로 누를 필요가 있습니다."

헤르메스 길드의 학살극에 대해 사람들은 분노했지만, 또 한편으로는 익숙하게 받아들이기도 했다.

잠깐 화가 나긴 하지만 시간이 지나면 있는 듯 없는 듯 흘러가 버리고 말 사건.

〈로열 로드〉의 홈페이지에는 헤르메스 길드를 비난하는 글을 포함하여 온갖 잡다한 이야기들이 올라왔다.

그리고 오데인 요새의 지역 게시판에 한 유저가 게시물을 올렸다.

저는 중앙 대륙의 유저 핀트라고 합니다.
레벨도 514임을 먼저 밝히겠습니다'

당연히 레벨 자랑을 하려고 올리는 글은 아니고, 어떻게 살아왔는지에 대해 밝히려고 합니다.

저는 〈로열 로드〉의 세상이 열리자마자 칼라모르 왕국에서 시작했고 기사가 되었습니다.

레벨 200을 달성하고 전직을 하며 국왕으로부터 기사의 검을 받은 감동을 기억합니다. 수많은 지인들이 칭찬하고 격려했던 날에는 조촐하게 맥주 파티를 하기도 했지요. 무척 행복한 시절이었습니다.

〈로열 로드〉의 초창기.

지금 저처럼 오래된 유저라면, 이 〈로열 로드〉에 많은 추억을 간직한 유저라면 그 시절의 아름다움과 낭만을 알고 있으실 겁니다.

모험을 위해 떨리는 마음으로 성문을 나서고, 두려움에 맞설 동료들을 사귀었습니다. 힘을 합쳐서 강한 몬스터와 맞서고, 사람들과 한밤중에 야영하면서 늑대 울음소리를 들으며 대화를 나눴습니다. 지금은 흔한 요리 스킬도 다들 없어서, 맛없는 감자 수프를 끓여도 기쁘게 먹었습니다.

세상의 지도조차도 나오기 전이라 처음 보는 곳으로 갈 때는 조심스럽게 발걸음을 떼어야 했죠. 하나씩 업적을 일구어 가고, 탐험 지역을 넓혀 가는 즐거움을 만끽했습니다.

서론이 너무 길었네요.

그만큼 저에게 〈로열 로드〉는 깊은 감동과 아름다운 추억으로 남아 있기에 여러분들에게 조금이라도 알려 드리고 싶었습니다.

그리고 지금, 저는 레벨 500을 넘겼습니다.

많은 분들이 부러워하시겠죠.

하지만 헤르메스 길드가 커진 이후로 제 능력은 누구에게도 자랑하지 못하는 것이 되었습니다. 매번 당연하게 들어가던 사냥터도 그들에게 고개를 숙이고 입장료를 납부했습니다. 퀘스트를 하고 싶어서 인맥을 동원하여 헤르메스 길드에 부탁했고, 몇 번의 거절 후에 자리가 빌 때 수행했습니다.

길거리에서 헤르메스 길드 유저들을 만나면 시비가 걸리지 않기 위해 주의해야 했죠. 그들이 저보다 약할지라도… 길드의 후광이 있기에 저 같은 개인은 쉽게 짓밟힐 수가 있었으니까요. 강해졌지만 친한 사람을 지켜 주는 게 아니라, 겁내고 눈치를 살피는 약자가 되었습니다.

그렇게까지 하며 피하고 싶은 건 죽음만이 아니었습니다. 아시다시피 헤르메스 길드에 반대해서 사이가 안 좋아지거나 척살령을 당하면, 고향에서 쫓겨나야 합니다. 하벤 제국의 어디로 가더라도 안전하지 못하죠.

그들의 핍박을 받으면 고향을 떠나야 하기에 귀한 전리품을 얻으면 선물도 하고, 일부러 싸게도 팔면서 좋은 관계를 유지하며 살아왔습니다.

어떤 때는 길드의 사냥이나 퀘스트에 강제로 동원되어 억지웃음을 지으며 며칠을 경험치도 못 먹고 봉사하며 시간을 날려야 했죠.

〈로열 로드〉가 너무 좋아서, 이 멋진 세계를 포기할 수 없었기에 고개를 숙이고 살아야 했습니다.

하지만 이제 솔직히 말하겠습니다.

부끄럽습니다.

지금까지 굴욕을 참았던 사건들이 잊히지 않습니다. 헤르메스 길드의 눈치를 보며 말도 안 되는 주장과 횡포에 고개를 끄덕이면서 물러서야 했던 기억들이 밤마다 저를 괴롭히고 있습니다. 그런 건… 손해를 보면서 참고 넘어가면 가슴에 멍울이 생기고 상처가 되는 것들이었습니다.

저는 창피한 패배자입니다.

고개 숙이며 부끄럽게 물러난 기억을 잊지 못하고 기억하며 괴로워하고 있습니다.

묻겠습니다.

우린 왜 〈로열 로드〉를 합니까?

우리는 왜 살아갑니까?

당장 내게 이득이 되는 쪽을 선택한다고 스스로를 속이지 않았습니까? 그 순간이 자존심을 팔아 버리는 것임에도 불구하고 눈곱만큼의 이득을 얻는다고 한들 그게 과연 행복입니까?

저는 귀중한 진실을 너무 늦게 알아 버렸습니다.

참으면서 진실을 외면하는 데 지쳤습니다. 이제부터라도 행복을 위해 마음이 움직이는 대로 살아가고 싶습니다. 더 이상 스스로를 괴롭히고 아픈 기억을 남기고 싶지 않습니다.

눈을 질끈 감고, 내 일이 아니니까 입을 다물고 있으면 손해를 안 본다고 생각했던 경험을 다시 겪고 싶지 않습니다. 그 순간이 지나면 새겨진 상처는 평생 비겁했던 기억이 되어 아프다는 걸 알아 버렸기 때문입니다.

아름다운 추억을 공유한 친구들과 동료들이 성주와 헤르메스 길드 유저들의 학살에 죽어 갔습니다.

저는 오데인 요새의 성문 앞에 설 것입니다.

오늘.

저는 오데인 요새에서 죽을 겁니다.

오데인 요새의 지역 게시판에 올라온 핀트의 글은 조회 수가 오르면서 금방 화제가 됐다.

게시판 이용자들에 의해 〈로열 로드〉의 각 사이트들까지 옮겨졌다.

—꼭 봐야 할 글.
—어느 고레벨의 인생 이야기.
—읽어 보세요. 공감하시는 분들이 많을 겁니다.
—제 얘긴 줄 알았네요. 저는 레벨 300 정도만 당한 건 수도 없어요.
—헤르메스 길드 때문에 자다가 악몽 꾼 사람?

수백 개의 사이트로 옮겨진 이후에는 번역까지 되어서 전 세계로 퍼졌다.

전체 조회 수는 집계가 어려웠지만 수백만을 넘어서 수천만에 이르렀다.

퍼다 나른 글마다 달린 댓글들도 헤르메스 길드의 행위를 맹렬히 비난했다.

남의 이야기를 듣는 것이 아니다.

중앙 대륙 유저들도 겪었고 공감하고 있었기에 핀트의 글은 더욱 사방으로 퍼져 나갔다.

한편 방송국들도 사건을 파악했다.

"오데인 요새 건은 금방 끝날 줄 알았는데 더 주목받는군. 현장 영상 입수 가능해?"

"예. 취재 요원들이 나가 있습니다."

"봐 줄 만한 영상이 될 것 같은데."

"그냥 공격 스킬 몇 방에 마무리되지 않을까요? 레벨 500대의 유저라고 해도… 혼자서는 얼마 감당하지 못할 거 아닙니까. 온갖 사고를 치는 위드도 아니고요."

"그렇게 보는 눈이 없나? 시청자들이 보길 원하는 건 사건이 아니고 스토리야! 스토리라고!"

방송국들은 오데인 요새에 집중했다. 몇몇 소규모 방송국에서는 과감하게 현장 중계를 결정하기도 했다.

⁂

핀트가 〈로열 로드〉에 접속했을 때, 평소에는 시끄럽게 울리던 귓속말이나 통신 채널이 잠잠했다.

"후… 결국 친한 사람들에게도 버림받은 거구나."

오데인 요새 지역 게시판에 글을 올릴 때부터 각오한 바이긴 했다.

"나한테 척살령이 떨어졌겠지."

앞으로 벌어지게 될 일은 예상하고 있었다.

목숨을 몇 번이나 잃고, 동료들과 영영 결별하게 될지라도 옳다고 생각한 일에 나서고 싶었다.

"사귀었던 사람들과도 다시 만날 수 없게 될지도 모르지만… 그래도 후회하는 삶은 안 살 거야."

접속을 종료했던 사냥터에서 숲과 산을 지나 오데인 요새로 향했다.

발걸음이 무겁기는 했지만 약속을 지키기 위해 서둘렀다.

평소 오데인 요새 부근에는 오가는 사람들이 많았지만 전투로 인해서 인적이 뜸했다.

"게시판에 올렸던 글은 아무도 봐 주지 않을지 모르지. 헤르메스 길드에서도 말 잘 듣는 개였던 날 비웃을지 모르지만… 그래도 약속은 지킨다. 그리고 북부로 가야겠지."

오데인 요새의 일이 자신의 죽음으로 마무리되면 아르펜 왕국이 있는 북부에 가서 살고 싶었다.

이미 아르펜 왕국으로 떠나서 활동하는 친분 있는 유저들도 많다.

자신은 고향의 친구들이나 추억이 깃든 장소를 떠나지 못해서 머물렀지만, 죽음으로써 새로운 삶을 살게 되리라.

아르펜 왕국의 국경을 넘기까지 대여섯 번, 혹은 10여 번의 죽음을 경험할지라도 그 정도는 각오하고 있었다.

"가자, 오데인 요새로!"

아쉽고, 복잡한 감정을 떨쳐 내니 후련하기까지 하다.

핀트는 거대한 산맥들의 사이, 조금씩 보이기 시작한 오데인 요새를 향해 씩씩하게 걸어갔다.

오데인 요새 공방전

"……."

"……."

무거운 침묵이 흐르는 오데인 요새의 성문 부근.

수많은 유저들이 길가와 성벽, 심지어 산맥의 나무와 바위 위에까지 서 있었다.

핀트는 걸어오면서 그를 쳐다보는 사람들을 봤지만 자신을 기다리는 거라고는 생각 못 했다.

수군수군.

"정말 왔잖아?"

"그러게. 용기 있네. 저 레벨에 죽으면 눈물 나도록 아까울 텐데."

"나라면 안 죽고 싶겠다."

"핀트 님은 의리 있는 분인데… 오실 줄 알았어."

"후. 그래도 무모해. 괜히 나서면 저렇게 되는 거잖아."

핀트는 오데인 요새 출신이니만큼 모여 있는 사람들 중에는 얼굴이 익숙한 이들이 적지 않았다.

사냥이나 퀘스트를 같이 갔고, 밥을 나눠 먹었던 유저들.

핀트는 그들과 눈을 마주치면서 서글픈 마음을 감추기 어려웠다.

'내가 죽는 걸 구경하러 왔구나.'

그럼에도 용기를 내서 왔기에 돌아갈 마음은 전혀 없었다.

'죽더라도 전진하는 거다.'

오데인 요새의 성문.

중앙 대륙에서 매일 전쟁이 벌어질 때에는 30만여 명의 정예 병력으로도 뚫기 힘들었던 굳건한 벽.

핀트가 훤히 열린 성문 앞으로 걸어가서 가만히 섰다.

여기까지 오긴 했지만 커다란 성문을 향해 무언가를 하기는 어려웠다.

"핀트가 도착했다!"

동쪽 성문을 지키는 수비대장 재커슨이 큰 소리로 외쳤다. 그러자 성벽 위에서 요새를 지키는 궁수들이 일제히 활을 겨누었다.

3,000명의 마법 궁수 부대!

오데인 요새를 지키는 수비 병력 중의 하나였는데, 높은 세금을 받을 당시 하벤 제국의 막강하던 재력으로 강화가 된 것이다.

번쩍번쩍 빛나는 마법 활과 갑옷을 입은 엘리트 궁수 부대가 핀트를 향해 활을 겨누고 있었다.

하지만 막상 공격은 하지 않고 성문 근처에 있던 재커슨과 헤르메스 길드 유저들끼리 이야기를 나누었다.

"척살령은 확실히 떨어졌지?"

"그래. 성주가 보자마자 1급 척살 명단에 올리라더라."

"후… 핀트 님은 같이 사냥을 많이 다녔는데. 도움을 받은 적도 많고."

"나도 그래. 알고 지내는 사람이 많잖아."

"그래도 죽여야겠지?"

"뭐, 어쩔 수 없는 거니까. 불쌍하다고 살려 줄 수는 없지. 예외란 인정해선 안 돼."

재커슨이 공격 명령을 궁수 부대에 내리려고 할 때였다.

혼자 서 있던 핀트에게 구경하고 있던 유저가 다가와서 같이 섰다.

"핀트 님, 저도 같이하겠습니다."

"울루게 님?"

"하하! 하늘을 보십쇼. 죽기 딱 좋은 날씨 아닙니까."

하늘은 맑고 화창했다. 바람까지 선선했으니 죽기보다는 놀러 가기 좋은 날씨이리라.

울루게도 오데인 요새의 레벨 500대 초반의 유저. 핀트와는 자주 사냥을 같이 다녔던 동료다.

"저 때문에 이러실 필요 없는데요."

"마음이 움직여서 온 겁니다. 결정하니 마음이 편해지더군요. 게다가 헤르메스 길드 놈들이 이미 절 가만두겠습니까."

"그렇다면 같이하시죠."

레벨 500대의 유저가 둘이 되었다.

초보 유저들에게는 항거가 불가능한 무서운 무력을 지닌 존재들.

헤르메스 길드 유저들이라고 해도 랭커가 아니라면 으슥한 산기슭이나 던전에서 만나면 때려잡을 수 있는 수준이다.

구경꾼들은 탄식했다.

"와… 이렇게 죽기에는 정말 아깝다."

"나라면 저렇게 죽을 바에는 그냥 싸우고 말겠다."

"싸우고 있잖아."

"저게 싸우는 거라고?"

"헤르메스 길드가 휘두르는 무력에 대한 저항. 공포에 싸우는 거지. 저들이 전투를 할 줄 몰라서 안 하겠냐."

"하긴……."

힘을 중심으로 한 헤르메스 길드의 억압!

끔찍한 불이익 때문에 누구도 나서지 못하게 만드는 그 힘에 대해 정면으로 맞서는 것이다.

현장에 나온 방송 진행자들도 핀트와 울루게의 용기를 칭찬했다.

"놀랍습니다. 핀트 유저의 옆에 한 사람이 더 참여했습니다."

"울루게라는 유저는 어떤 사람인가요?"

"레벨은 500 이상으로 추정하고 있습니다. 오데인 요새에서 시작했습니다. 사냥꾼이라는 직업으로 파티 사냥을 자주 한 적이 없어서 모르는 유저들도 많이 있겠지만, 〈로열 로드〉 초기에는 상위 전체 100위 안에 들 정도의 강자였습니다."

"사냥꾼으로 레벨 500대라면 굉장한 거잖아요?"

"초반 성장이 확실히 유리한 게 사냥꾼의 특징이죠. 지금도 길드에 속하지 않고 자유롭게 활동하면서 500대의 레벨을 달성한 건 굉장한 일입니다."

"용기 있는 두 사람이 나섰네요."

오데인 요새의 사정을 잘 아는 현지 유저들까지 섭외하여 방송을 진행하고 있었다.

방송 촬영에 성문으로 나온 헤르메스 길드 유저들은 눈살을 찌푸리기는 했지만 막진 못했다.

듣기 불편하다고 방송 중계진을 건드릴 정도의 막장은 아니었으니까.

게다가 그들도 자신들의 행동이 썩 좋은 게 아니라는 사실 정도는 알고 있었다.

'나쁜 짓이지. 그래도 이득이 되잖아?'

'다른 사람 사정 생각해 봐야 누가 알아주나. 먼저 짓밟고 강해지는 거야 세상의 이치지.'

'죽고 죽이고… 〈로열 로드〉는 그런 세상이 아닌가. 뭐, 약자들에게 존경받을 생각 따위도 없고.'

헤르메스 길드 유저들의 얼굴은 평소보다 굳어 있었다.

몇 시간 전에 올라온 핀트의 글 때문에 〈로열 로드〉에 화제가 되어서 마음이 조금 불편하던 참이었다.

'성주만 아니었어도 저들이 나설 일이 없었을 텐데.'

'좀 더 매끄럽게, 힘으로 찍어 누르더라도 조용히 처리할 수 없나? 우리 성주는 과격하게 일을 벌이기 좋아하니, 원.'

'일이 더 커지면 수뇌부에서 뭔가 제재가 들어올 거 같기는 한데.'

재커슨은 잠시 망설이다가 길드 지역 채널로 보고했다.

> 재커슨: 핀트의 옆에 울루에도 섰습니다. 그래도 공격할까요?

성주 체스트로부터 불과 1, 2초 후에 답이 왔다.

> 체스트로: 반란군은 다 쓸어버리세요!
> 재커슨: 두 사람은 유명합니다. 저들을 따르는 사람들이 많은데요.
> 체스트로: 우리가 물러설 수는 없습니다. 그리고 영웅 심리 때문에 나서는 놈들이 더 있을 수 있습니다. 그러니까 본보기를 삼아서라도 죽여야 합니다. 철저히.

현장에 있는 헤르메스 길드 유저들은 고집불통인 성주의 성격상 당연한 말이라고 생각했다.

"어쩔 수 없군. 방송국에서 촬영하고 있는 건 찝찝하긴 한데. 그렇다고 살려 주는 것도 안 되고. 내 책임은 아니니까."

재커슨이 악역을 맡으며 공격 명령을 내리려고 하는데 지켜보던 구경꾼들이 모여들었다.

"좋은 일, 같이합시다."

"아… 나도 참느라 지쳤어요."

"참으면 병 되죠. 〈로열 로드〉를 할 때마다 재밌으면서도 어딘가 답답했는데 핀트 님 글을 읽고 나서 체한 게 다 고쳐졌습니다."

"크후… 미리 이야기하면 못 오게 할 것 같아서 일부러 우리끼리 말도 안 하고 있었죠."

"조용히, 오시기만을 기다렸습니다."

핀트의 지인들부터, 그의 글을 읽고 모인 구경꾼들도 옆에 함께 섰다.

핀트 혼자 있던 성문 앞에는 100~200여 명의 무리가 모였고 홍수가 불어나듯이 급속도로 커지고 있었다.

"밟으면 꿈틀거린다는 걸 보여 줍시다."

"언제까지 당하고만 살 줄 알았나. 진짜 힘에서 밀려도 저항을 해야지. 때린다고 맞고만 살 수 있나."

분위기가 이상해지고 있었다.

핀트가 처형당하는 상황에서 헤르메스 길드의 지배에 반발심이 터져 나왔다.

멀찌감치 서서 남의 일처럼 쳐다보던 구경꾼들이 표정을 싹 바꾸며 뛰어들었다.

"핀트가 왔대."

"진짜야? 야, 우리도 가자!"

오데인 요새의 내부에서도 소식을 접하고 핀트와 함께 서기 위해 성문으로 유저들이 밀려오고 있었다.

"어… 이거 어떻게 하지?"

"갑자기 너무 많아지는데?"

"다 죽여도 되나?"

성문 위에 있던 헤르메스 길드 유저들이 당황했다.

현재 오데인 요새의 성문에는 총 4,000명 정도의 병력이 배치되어 있었다.

"성문을 닫아."

"그래. 유저들이 합류하지 못하도록 하자."

핀트의 세력이 늘어나는 걸 막기 위해 거대한 성문이 완전히 닫혔다.

그러자 오데인 요새의 내부에도 사람들이 줄지어 세력을 이루었다. 핀트의 인맥이나, 오데인 요새의 통치에 유저들이 반발하고 있었다.

"더 모이기 전에 전부 죽여!"

헤르메스 길드 유저들은 위기감을 느끼고 무기를 꺼내 들었다. 그리고 오데인 요새에서도 대규모 군대가 출동했다.

오데인 요새 공방전!

급작스럽게 이루어진 전투는 일반 유저들이 대거 가세하면서 2만이 넘는 반란군이 형성되었다.

"우리에게 자유를!"

"헤르메스 길드로부터 벗어나자!"

노점에서 장사하던 상인이나 지나가던 여행객까지 검을 뽑아 들었다.

계획된 것도 아니었고, 그저 마음이 움직인 사람들이 그만큼 많았다.

대장간에서 일하던 대장장이들이 망치와 도끼를 꺼내 들고 나와서 반란군에 가세했다.

"반란군이 더 확산되지 않도록 조치하라."

오데인 요새의 성주 체스트로와 헤르메스 길드는 군대를 출동시켜서 전면 진압 작전에 나섰다.

결과는 반란군의 전멸!

도시 건물들이 파괴되고, 수많은 유저들이 목숨을 잃었다.

보통의 전쟁은 어느 한쪽에 기우는 순간 후퇴와 소강 국면에 접어들었는데, 핀트와 수많은 유저들이 함께한 반란군은 최후의 1인까지 싸우다 사라졌다.

"이제 깨끗하게 정리되었군요. 우리 쪽의 손실은 얼마나 됩니까?"

"주요 건물 79채와 병력 4,800여 명입니다."

"쯧. 갑자기 전투가 벌어져서 피해가 컸나 봅니다. 더 빨리 정리할 걸 그랬나."

"이렇게까지 크게 번질 줄은 몰랐죠. 제대로 쓸어버렸으니 지역에서 당분간 헤르메스 길드의 힘에 도전할 수 있는 녀석들은 없을 겁니다."

"한 번씩 맛을 보여 주는 것도 결과적으로 나쁘지 않을 겁니다. 평화로 인해 느슨해진 병력들의 훈련을 위해서라도요."

헤르메스 길드 유저들은 오데인 요새에서 전투의 승리를 기념하며 축배를 들었다.

그들끼리 말은 안 했지만 지역에서 유명한 유저들을 사냥하며 전리품과 경험치를 많이 올렸다.

앞으로의 미래를 내다보면 그런 고레벨 유저들이 이젠 이 지역을 떠나게 될 것이다.

경제와 지역 발전에 긍정적이지만은 않은 일이었지만 그래도 당장은 큰 이득을 거두었다.

'오데인 요새가 안 좋아지면 다른 지역으로 가지. 중앙 대륙은 넓으니까.'

'핀트가 되살아나면 전문적으로 사냥 팀을 꾸려야지. 전리품을 비롯해 아직 얻을 수 있는 이익이 클 거야.'

헤르메스 길드 유저들은 내심 만족하고 있었다.

오데인 요새의 성주 체스트로도 자신의 자존심을 지켰다고 한 잔에 100골드가 넘는 고급 술을 마셨다.

"알립니다. 성문 외곽에 병력이 모여들고 있습니다!"

"다 해치운 게 아니라 좀 남아 있었나?"

"한참 몸을 움직이고 났더니 지금은 좀 쉬고 싶은데. 그렇다고 해서 기회를 날릴 수도 없고."

"에고. 빨리 정리하고 돌아와야겠구만."

헤르메스 길드 유저들은 나태한 말을 내뱉으면서도 전투에 참가하려고 했다.

전쟁과 정복으로 성장한 무투 계열 길드인 만큼 익숙한 일이었다.

"성문 밖에 모인 병력의 규모… 최소 5만!"

"뭐라고? 아까 싸웠던 놈들보다도 많잖아?"

"오데인 요새 내부에도 반란군이 몰려들고 있습니다. 그 규모가… 최소 4만입니다."

성주 체스트로와 헤르메스 길드 유저들은 함께 2차 전투를 펼쳤다.

이번에는 작정하고 검을 뽑은 유저들이 많아서 전반적인 수준은 1차 때보다도 훨씬 향상되었다.

오데인 요새에서는 방어 시설물들을 활용해서 싸웠지만 병력이 2만 명이 넘게 손실을 입었다.

"복구를 위한 비용이 100만 골드는 넘게 들어가겠네. 훈련된 군대를 다시 양성하는 것도 그렇고."

"길드에 청구하면 받아 주겠습니까?"

오데인 요새의 성주와 측근들은 전투의 뒷감당에 머리가 아파 왔다.

이 전투들은 전 세계의 대형 방송국들을 통해서 그대로 중계되었다.

1차 전투의 초기에는 몇몇 소규모 방송국들이 주도했지만 평균 이상의 시청률을 기록하면서, 메이저급 방송국들도 생중계에 가세한 것이었다.

방송국은 헤르메스 길드와 일반 유저들 간의 분쟁이니만큼 참석자들의 균형을 통해 중립을 지키려고 했다.

하지만 헤르메스 길드의 편에 서 있는 참석자가 돌출 발언을 했다.

"솔직히 이해가 안 되네요. 이게 반란군이 일어날 만한 사건입니까?"

"충분히 일어날 수 있을 것 같은데요."

"아니에요. 헤르메스 길드가 지금까지 〈로열 로드〉에서 살상한 일반 유저가 대략 1,300만 명이 넘습니다."

"그렇게 많을 수 있나요? 전쟁 중에요?"

"에… 전쟁은 제외한 수치죠. 헤르메스 길드는 중앙 대륙을 지배하고 있고… 화가 나면 죽일 수 있는 권리가 있습니다."

"권리요?"

"예. 헤르메스 길드가 곧 법이니까요."

"헤르메스 길드 유저들이 기분 나쁘다고 초보 사냥터에 가서 수백 명씩 학살하는 일도 많았습니다. 그러면 이런 게 옳다는 겁니까?"

"옳은 건 아니지만 그럴 수도 있죠. 재밌잖아요."

"당하는 쪽의 입장은요?"

"억울하면 빨리 강해지든가요. 누가 약하라고 했나요?"

방송을 생중계하던 PD와 작가들이 팔을 겹쳐서 엑스 자 사인을 보냈다.

이런 멘트가 시청률에 도움이 되는 것은 좋다. 그런데 시청자 게시판이 너무 뜨거워지고 있었다.

진행자는 욕하고 싶은 본인의 기분은 참아 누르고 웃으면서 말했다.

"헤르메스 길드가 요즘에는 그래도 세율을 낮추면서 바뀌려는 태도를 보여 주고 있었던 것 같은데요."

"잠깐이야 잘해 줄 수 있죠. 그래도 기분이 나쁘면 죽이는 거고요."

"자꾸 헤르메스 길드를 나쁜 쪽으로 표현을 하시는데……."

"전 여러분들이 이해가 안 가요. 왜 솔직히 말을 못 합니까? 그냥 중앙 대륙은 헤르메스 길드가 지배하고 있고, 그들의 마음대로 모든 게 이루어지죠. 학살? 하면 좀 어때요. 약하면 참고 살면 되잖아요? 익숙해지면 화도 안 날 거고요."

　방송 때문이 아니더라도 오데인 요새의 사연을 알게 된 유저
들이 〈로열 로드〉 게시판에 글을 올렸다.

> ─분노하자. 일어나자.
> ─참을 것인가. 참는 게 이익이라고 생각하며 인생에서 패배할 것인가.
> ─나는 결심했다. 자기 자신의 자존심을 지키기 위해 검을 들자. 무의미한
> 　저항? 그래서 의미 있게 지금까지 무시당하고 살아왔는가?
> ─지켜보고 외면하지 말라. 평생의 아픔으로 남으리라.

　핀트의 글이 사방으로 퍼졌고, 오데인 요새의 방송 영상까지
덧붙여지면서 사람들의 감정에 뜨겁게 불이 붙었다.
　체스트로가 승리한 후에 했던 말도 방송으로 보도되었다.

　"반란군에 대해서 어떻게 생각하냐고요? 잘해 줘서 그런 겁
니다. 등 따뜻하고 배부르니까 검을 뽑아 들죠. 자기 주제도 모
르고 말이에요."

　오데인 요새의 2차 전투가 끝나고 5시간이 흐른 뒤였다.
　"우리에게 자유를!"
　"레벨 31입니다. 같이 싸울 수 있게 해 주십시오!"
　"누구든 환영합니다. 고개 숙이면서 살지 맙시다. 우리가 죄
인입니까? 밟히면 꿈틀한다는 걸 보여 줍시다."
　"중앙 대륙에도 사람이 있다는 걸 증명합시다!"
　오데인 요새의 부근 20여만 명이 넘는 3차 반란군이 모였다.

헤르메스 길드 유저들은 성벽과 방어 탑에서 가득 보이는 군중에 당혹스러웠다.

"또 전투를… 도대체 왜 그렇게들 말을 한 거야."

"어떻게 저렇게나 빨리 많이 모인 거지?"

"얼굴을 아는 유저들이 많습니다. 오데인 요새와 이 부근의 유저들이 대거 몰려든 것 같군요."

자존심 때문에 막 나가던 성주 체스트로도 조금씩 걱정이 되었다.

"너무 솔직하게 이야기했나? 전투 물자가 조금 부족해. 게다가 핀트나 다른 유저들도 되살아나면 합류할 텐데."

"성주님, 거기까지 생각할 여유가 있습니까? 일단 다 해치우고 헤르메스 길드에 지원을 요청합시다."

"그렇죠. 아직은 수습이 가능합니다. 군대도 지치기는 했지만 저들 정도야… 오데인 요새는 난공불락입니다."

"수비하려고만 하면 몇 배나 더 많은 병력이라도 이길 텐데요. 어중이떠중이들이나 모여 가지고 쓸어버리면 쉽게 쓸릴 겁니다."

성주 체스트로와 헤르메스 길드 유저들은 전투 외에 다른 길은 선택할 수 없었다.

자신들이 악역이란 생각은 했지만 반란군을 성문을 열고 따뜻하게 맞이할 수는 없는 노릇이었다.

3차 전투!

치열하게 벌어졌음에도 오데인 요새의 수비 병력의 강함을 증명했다.

군중 가운데 가끔씩 레벨이 높은 이들도 있었지만 요새의 지형을 활용하여 최소한의 피해로 이겨 냈다.

전투가 거듭되면서 오데인 요새의 수비병들도 잘 활용되었던 것이다.

3차 전투를 이겨 낸 것에 대한 기쁨도 잠시, 헤르메스 길드의 영주 통신 채널을 통해 보고가 들어왔다.

> 칼로: 브리튼 연합 지역에서 오데인 요새를 향해 유저들이 몰려가고 있습니다. 인원수 측정, 상당히 많음. 최하 15만 이상.
>
> 모로크: 일스 대평원의 서남 지방관입니다. 이곳에서 유저들이 오데인 요새를 탈환하자고 출진하였습니다. 여기 병력도… 새까맣게 머릿수밖에는 안 보입니다. 50만은 넘으리라고 봅니다.
>
> 미만자: 그쪽에 유저들이 그렇게 많은가요?
>
> 모로크: 여우 잡던 유저들까지도 가고 있습니다. 섞여서 구체적인 전투력 측정 불가능. 이쪽은 초보 유저들까지도 접속만 하면 싹 몰려가는 중이라… 원정을 가는 규모와 질이 파악 안 됩니다.
>
> 크롱: 베르네르트 성에서 알려 드립니다. 서쪽에서 오데인 요새를 향해 출진 중인 대규모 병력 발견. 인원수는 알지 못하지만 보이기 시작한 건 대략 20분 정도 되었습니다. 다섯 갈래에서 모여들고 있는데 끝을 알 수 없습니다. 이쪽 성의 유저들도 그들과 합류했습니다.
>
> 제배: 울고르 고원의 막스 마을입니다. 이동 중인 유저들 대거 발견. 동쪽으로 가고 있는데 목적지는 오데인 요새로 보입니다!

헤르메스 길드의 영주 채널을 통해 오데인 요새를 향해 몰려가는 유저들에 대한 보고들이 빗발쳤다.

―이런 건 상상하지도 못했습니다.

―네. 전장의 규모가 예상을 벗어나 급작스럽게 커지고 있습니다.

―일반 유저들을 자극하여 분노가 터진 것으로 보입니다.

방송국들은 기존의 프로그램을 중단하고 오데인 요새에서의 생중계를 이어 나갔다.

한가하게 휴가를 즐기거나, 책을 읽던 사람들까지도 〈로열 로드〉에 접속하여 오데인 요새로 향했다.

군중의 규모가 너무나도 큰 것에 놀란 헤르메스 길드 수뇌부는 각 지역의 영주들에게 명령했다.

오데인 요새로 향하는 군중을 차단하라.

각 지역을 지배하는 영주들도 놀라서 군대를 소집하고 상황이 전개되는 걸 지켜보고 있던 와중이었다.

영주들은 길드의 수뇌부에서 내려온 명령을 무시했다.

"저걸 막으면 내 땅에서 전투가 벌어질 텐데. 내버려두면 지나갈 애들을 왜 건드려?"

"오데인 요새의 성주가 싼 똥을 내가 치워 줄 이유가 있나."

"나는 체스트로와 친분이 있긴 하지만… 이번 일은 모르겠군. 자업자득이야."

유저들을 가로막는 과정에서 전투가 벌어지면 도시의 시설물이 파괴될 수도 있고, 여론이 나빠지며 악명이 쌓일 수도 있다. 영주들은 굳이 그런 손해를 감당하려는 마음은 전혀 안 들었다.

헤르메스 길드의 수뇌부는 일을 막으려고 했지만 중앙에서 충분한 병력을 급파할 시간이 부족했다.

유명한 랭커들이 방송에서 여론전을 벌이기도 했지만 오데인 요새의 모습이 생중계로 나간 후라서 통하지 않았다.

군중이 모이면서 사태는 더 크게 확산되었다.

"자유를!"

"잘못된 일을 바로잡자."

"우리가 살아 있음을, 인간임을 알려야 한다!"

오데인 요새에서의 4차 전투.

그것은 결코 일반적이라고 할 수는 없는 전투였다.

체스트로가 지휘하는 오데인 요새의 병력은 성벽을 중심으로 하여 철저하게 방어전을 위주로 펼쳤다.

10배, 20배가 넘는 전력을 상대로도 버틸 수 있다는 난공불락의 요새!

중앙 대륙의 유저들은 헤르메스 길드만큼은 아니더라도 수준이 높았다.

공성 무기도 없이 손으로 성벽을 타고 올랐으며, 검사들이 성문을 몸으로 들이받았다.

오데인 요새의 성벽에 배치된 궁수들이 쏘는 화살은 방어구를 믿고 기꺼이 맞아 주었다.

훗날 전투에 참여했던 사람들이 방송에서 말했다.

"오데인 요새의 함락이요? 저, 레벨 400을 넘어서 아는데… 정상적으로는 굉장히 힘들죠. 한 번도 정복이 안 된 요새는 아니긴 하지만요."

"우린 그냥 싸우고 싶었어요. 검을 들었고 달려갔어요. 그러지 않으면 평생 후회할 거 같았으니까요. 죽음에 대한 페널티 그리고 평생의 후회. 어느 쪽이 더 이득이었을까요?"

"밀려가다 보니 요새가 무너졌습니다. 결국 절대 무너지지 않는 요새란 없는 거죠."

"우리가 무슨 영웅은 아니지. 그리고 어떤 커다란 야심이 있는 것도 아니야. 근데 언제까지 참고만 살아야 되냐고."

"앞으로 헤르메스 길드가 보복하면 어떻게 할 생각이냐고요? 아니, 그런 걸 왜 생각해요? 지금 당장 하고 싶은 일을 하고 살아야지. 걱정이 많다 보면 그냥 계속 고개나 숙이고 살았겠죠."

성주 체스트로와 오데인 요새의 병력은 4차 전투에서 버티지 못하고 전멸했다.

요새에 산처럼 쌓여 있던 전투 물자가 거듭된 전투로 고갈되었고, 검이나 창 같은 무기도 쓰다 못해서 부러져 버린 후였다.

유저들이 방어 탑과 성벽, 건물의 천장에 올라서 두 손을 높이 들어 올렸다.

"해방이다!"

"우리는… 살아 있다!"

오데인 요새에서의 승리!

헤르메스 길드의 수뇌부는 제국군 정예 부대를 파견했다.

"신속하게, 오늘 내로 일을 마무리 짓습니다."

보에몽이 이끄는 적색 기사단의 정예 병력이 텔레포트 게이트를 거치며 오데인 요새로 달려갔다.

"공성 무기는요?"

"공성전을 치를 무기는 없습니다. 요새의 시설물들이 많이 파괴되었으니 그대로 성문을 돌파하여 모두 제거합니다."

적색 기사단은 헤르메스 길드원들 중에서 신속한 전개가 가능한 최정예 유저들을 끌고 왔다.

하지만 그들이 오데인 요새로 도착해서 본 것은 텅텅 비어 있는 폐허였다.

유저들이 오데인 요새에서 얻고 떠난 것은 영토나 보물이 아니라 희망이었다.

"헤르메스 길드를 몰아내자!"

"우리도 사람답게, 인간답게 살자!"

유저들은 오데인 요새를 정복한 이후에 스스로 흩어졌다. 더 큰 목표가 생겼기 때문이다.

⁂

핀트는 수많은 방송국들이 섭외 전쟁을 치른 끝에 KMC미디어의 스튜디오로 초대받았다.

이름이 알려지면서 지역 방송에는 출연한 적이 있지만 KMC미디어는 처음이었다.

핀트는 오데인 요새의 군대와 유저들에 대해 소개하다가 전투가 마무리될 즈음에 힘주어 말했다.

"제가 싸우기로 한 것은… 그래요. 큰 의미가 있는 건 아니었

습니다."

오주완이 의아하다는 듯이 물었다.

"의미가 없었다고요? 핀트 님의 글이 인터넷에 널리 퍼졌습니다. 어쩌면 오데인 요새의 전투도 핀트 님 때문에 일어난 것이라고 볼 수 있는데요."

"제가 그 정도의 영향력을 가진 사람이라고는… 게다가 이렇게 되리라고는 생각해 본 적이 없습니다. 원인이 존재하기에 결과가 만들어진 거죠. 오늘 벌어진 사건은 언제고 일어날 일이었다고 생각합니다."

"여건이 조성되어 있었다는 말씀으로 들리는군요."

"네. 모든 원인은 헤르메스 길드. 혹은 다른 지배 길드들이 만들어 냈습니다. 언제까지고 계속 당하고만 사는 게 옳습니까? 중앙 대륙에서 수많은 유저들이 지금까지 피해를 입으면서도 살아왔던 것입니다."

"자, 무슨 말씀이신지는 알겠습니다. 그렇지만 유저들은 흩어져 있고, 헤르메스 길드는 강합니다. 앞으로는 어떻게 하실 겁니까?"

"모릅니다. 저는 권력에도 전혀 관심이 없습니다. 앞으로의 일도 생각하지 않을 것입니다. 저는 분노한 수많은 유저들 중의 1명입니다. 그 분노가 모여서 충분한 이유를 만든다면 세상을 바꿀 수 있겠죠."

"바꾸는 데 실패한다면요?"

"절망하고… 좌절하면서 세상이 원래 다 이런 거라고 생각하며 평생을 살아야겠죠."

달빛 조각사

베르사 대륙을 천국으로!

오데인 요새가 함락된 다음 날 하벤 제국의 10여 곳에서 유저들을 중심으로 한 반란군이 일어났다.

헤르메스 길드는 누군가가 짠 계획처럼 의심했지만 실제로는 지역별로 전혀 교류가 없었다.

핀트의 글과 방송을 봤고, 자신들에게는 검을 들고 일어날 만한 이유가 있다고 느꼈을 뿐이다.

우리가 나서자.

헤르메스 길드를 몰아내자.

새로운 세상을!

반하벤 제국의 기치를 걸고 유저들이 혁명을 시작했다.

지역마다 유저들이 레벨의 높고 낮음을 떠나 하벤 제국의 통치를 거부하는 사태가 집단으로 벌어지고 있었다.

"사냥터에서 유저들이 귀환하고 있습니다. 그들이 성을 공략할 가능성이 큽니다."

"전투준비. 전원 전투를 준비한다."

영주들은 크게 놀라 급하게 전쟁 준비에 빠져들었다.

하벤 제국이 군사력을 바탕으로 일어난 국가라서 전쟁 수행 능력에는 자신이 있었다.

그러나 과거에는 적대 세력이었던 명문 길드들의 잔당과 싸웠지만 지금은 세력권 내의 일반 유저들이 통째로 반란군이 된 것이다.

이기더라도 피해가 크고, 지면 모든 게 폐허로 변해 버리는 싸움이었다.

작센 평야 반란군 5만 이상 출몰!

아베리안 숲. 반란군에 의해 장악.

기덴 성에서의 전투! 반란군 2차 점령 시도 실패, 3차 진행 중.

브리튼 연합 지역. 한꺼번에 등장한 반란군에 의해 도시 폐쇄!

헤르메스 길드는 물론이고, 〈로열 로드〉에서 일어나는 사건들을 중계하는 방송국에서도 따라가지 못할 사태였다.

"저는 헤르메스 길드를 향해 검을 뽑았습니다. 함께하실 분 없습니까!"

어느 도시의 광장에서나 검을 든 유저가 외치면 수백, 수천 명이 선뜻 동참했다.

헤르메스 길드 수뇌부는 긴급명령을 발동했다.

반란 초기 진화 실패.

더 이상 악화되지 않도록 모든 제국군에게 무제한의 무력행사를 허가한다.

반란 지역 탈환은 물론이고, 필요에 따라 초토화 작전도
승인할 것.

중앙 대륙이라는 넓은 땅, 많은 인구를 통치해야 하는 라페
이는 빠르게 사건을 마무리하고 싶었다.

일반 유저들에게 힘을 보여 주지 않는다면 반란은 더욱 커질
수 있었기에 과감하고 무차별적인 전쟁 명령을 내렸다.

"헤르메스 길드의 힘을 보여 준다."

"전쟁 개시!"

헤르메스 길드의 전투 병력들이 일제히 출동, 사방에서 봉기
한 유저들과 맞붙었다.

"오늘 자정까지 항복하지 않으면 이후에는 전부 제거한다."

"방송국에서 취재를 나와 있는데요?"

"신경 쓸 거 없어. 수뇌부에서도 힘을 보여 줘야 한다고 판단
했으니까."

중앙 대륙에서 전쟁의 불씨가 타오르며, 반란군은 곳곳에서
승리와 패배를 겪었다.

영주군을 제압하고 완전하게 이긴 곳은 유저들이 많은 아베
리안 숲 인근의 마을들과 일스 대평원 지역, 브리튼 연합의 절
반 정도였다.

영토를 얻었더라도 제국군이 제대로 진용을 갖춰 오면 유저
들로서는 버티기가 불가능했다.

그럼에도 하벤 제국의 일부 지역이 통치력을 상실한 것은 불
과 3, 4일 전만 해도 상상도 하지 못한 일이었다.

풀죽신교의 중앙 대륙 비밀 지부!

이곳에서는 동물 가면을 쓴 유저들이 모임을 갖고 있었다.

토끼 가면을 쓴 유저부터 입을 열었다.

"오데인 요새의 일이 일파만파로 커지고 있어요. 풀죽신교 소속인 유저들도 반란군에 대거 가입했고요."

고양이 가면을 쓴 여성 유저가 말을 받았다.

"저희 쪽에서도 세 곳의 도시를 얻었어요. 물론 하벤 제국의 군대가 몰려오면 버틸 순 없겠지만 말이에요."

돼지 가면의 유저는 유쾌하다는 듯이 웃었다.

"꿀꿀. 헤르메스 길드가 망하는 걸 보니 좋군요. 이런 손해는 그들도 감당하기가 꽤 어려울 것이니까요."

닭 가면의 유저가 깃털을 만지며 불만을 드러냈다.

"진지한 회의인데 꿀꿀 소리 안 내고 말해도 되지 않나요?"

"흠… 불쾌했다면 죄송합니다."

"그 정도는 아니었어요. 꼬끼오."

"꿀꿀꿀."

중앙 대륙에도 풀죽신교의 지부들과 소속 유저들이 폭발적으로 증가했다.

아르펜 왕국의 상징을 떠나서 풀죽신교는 자유와 모험, 용기, 행운, 평화, 사랑, 도전을 상징했다.

일단 좋은 개념은 다 때려 넣은 풀죽신교!

중앙 대륙의 유저들도 수백만 명 정도는 우스울 만큼 많이 풀죽신교에 가입했지만 넓게 흩어져 있다 보니 그동안은 구체적인 활동이 어려웠다.

'좋은 사람들이 다 북부로 떠나 버리면⋯ 우리라도 고향을 지켜야 해.'

'풀죽, 풀죽, 풀죽. 우리가 하벤 제국에 걸리면 척살령이 떨어지겠지.'

비밀 회동에서 각 지역의 대표들이 가면을 쓰고 모이는 것도 비밀을 지키기 위한 이유였다.

진짜 뿔이 달린 사슴 가면을 쓰고 있는 유저가 손을 들었다.

"이제부턴 우리도 제대로 활동해야 하지 않을까요?"

"어떤 식으로 말입니까?"

"계획이 있으신가요?"

탈을 쓰고 있는 각 지역 담당자들이 관심을 기울였다.

"현재보다 본격적으로요. 우리들의 전력도 꽤 되니 추가로 풀죽 회원들을 소집해서 전면전으로 싸워 볼 수 있을 것 같아요. 일반 유저들의 도움도 받고요."

사슴 가면을 쓰고 있는 유저의 말에 다들 설렜다.

풀죽신교의 유저들이 대규모로 일어나서 하벤 제국으로부터 독립을 취하는 것!

그것이야말로 풀죽신교 중앙 대륙 지부에서 원하는 궁극적인 결과였다.

"안 됩니다."

그런데 고양이 가면을 쓴 유저가 반대했다.

그녀는 풀죽신교 유저들이 상당히 많은 브리튼 연합 지역의 대표였다.

"어째서요!"

"지금이 움직일 시기로 보이는데 안 된다는 이유가 뭡니까."

가면을 쓴 유저들이 불쾌한 듯이 물었다.

고양이 가면의 유저는 브리튼 출신으로, 그곳의 명사!

그녀가 직접 브리튼 지역에서 반란을 이끌기도 했는데 반대하는 이유가 도무지 이해가 안 갔다.

"우리 풀죽신교는 순수하고 자유로운 단체예요. 우리가 나서서 중앙 대륙을 해방한다? 북부의 침략으로 뜻이 왜곡될 여지가 충분하죠."

"흐음."

유저들의 머릿속에는 위험한 예상들이 떠올랐다.

지금의 반란은 중앙 대륙의 유저들이 하벤 제국의 폭정에 반발하며 일어났다. 그런데 풀죽신교가 나섰다는 소식이 알려진다면 자칫 다른 방향으로 이용당할 여지가 컸다.

아르펜 왕국의 풀죽신교가 반란을 주도하고 있다.

풀죽신교는 하벤 제국을 흔들어 놓고, 중앙 대륙의 유저들에게 손해를 끼치고 있다.

헤르메스 길드의 두뇌 역할을 하는 라페이!

그에게는 얼마든지 실행이 가능한 시나리오였다.

"헤르메스 길드를 얕볼 수는 없어요. 이곳에 있는 분들은 라페이의 정복 전쟁을 경험하셨지 않나요?"

고양이 가면의 말에 20여 명의 유저들이 조용해졌다.

풀죽신교에서 중앙 대륙 각 지역의 대표들인 만큼 원래부터 고레벨 유저들이 많았고, 심지어는 옛 명문 길드에 소속되어 활동하던 이들이 대부분이었다.

라페이가 지휘하는 헤르메스 길드의 병력은 그들을 상대로 한 번도 패배하지 않았다.

뒤늦게 지나고 나서 돌아보면 애초에 이길 수가 없는 전쟁이었다.

헤르메스 길드가 그만큼 강력한 세력이었던 건 두말할 나위 없는 이유였지만, 상대를 찢어 놓고 힘을 모을 수 없도록 했다.

모든 환경이나 전략이 그들이 패배하는 쪽으로 이미 굳어져 있었기 때문이다.

고양이 탈 유저가 또렷한 목소리로 이야기했다.

"우리가 집단을 이루고 모습을 드러내면 격파하기 쉬워질 거예요. 헤르메스 길드의 중심에 속한 유저들이 침투해 온다면… 우린 전멸이에요."

좌중의 유저들은 충분히 공감할 수 있었다.

그럼에도 아쉬웠다.

"하지만 절호의 기회라고 볼 수 있는데 이렇게 손을 놓고 있을 수는 없지 않습니까? 반란군의 화력은 근본적으로 오래 지속될 수 없습니다. 반란군이 크게 일어나게 될지, 아니면 힘에 의해 쓰러지게 될지 지금 갈리는 시기입니다. 이 불길마저 꺼지고 중앙 대륙이 안정화가 되면 영원히 하벤 제국의 폭정에 시달려야 할 텐데요?"

중앙 대륙에 있는 풀죽신교의 대표급 유저들은 절박했다.

북부의 아르펜 왕국이 커지고는 있지만 사실 그들이 중앙 대륙을 정복하기까지는 너무나도 긴 시간을 필요로 하리라.

유저들이 중심이 된 아르펜 왕국이 고향을 떠나서 일제히 중앙 대륙을 침공하려고 할지도 미지수였고.

고양이 탈 유저가 한숨을 쉬었다.

"우리들은 아직 전력이 모자라요. 그러니 가장 큰 자산을 믿고 기다릴 수밖에요."

"그게 뭡니까?"

"순수한 마음이요. 어려운 이들을 돕고 싶고, 불합리한 것을 고치고 싶은 마음. 우리 중앙 대륙의 유저들이 깨달은 가장 귀중한 자산이에요."

서윤의 희생

위드는 던전에서 신나게 사냥을 하는 도중에 오데인 요새의 사건을 알게 되었다.

"반 호크, 몽땅 쓸어."

—그러니까 오데인 요새 유저들이 당하고 있다고요?
—예. 오데인 요새는 전투가 거듭되면서 엉망진창이 될 것으로 보입니다.

"흑색병 전염! 파고드는 진드기!"

—크크크. 정말 바람직한 전개로군요.
—후후훗. 앞으로 그 지역이 좀 혼란스러워질 테니 전쟁 물자를 잔뜩 팔아 먹을 작정입니다.

언데드에게 명령을 내리면서 마판과 대화를 나누는 위드!

—음이 급한 영주들은 가격을 따지지 않고 전쟁 물자를 가득 쌓아 놓으려고

적당히 비싼 가격에 파는 것이 장땡!

'나쁘지 않군. 헤르메스 길드가 망하고 있다면 말이야. 근데 왜 그렇게 멍청하게 제국을 다스리지?'

위드는 마판 상회와 결탁하여 전투 물자를 비싼 가격에 팔아먹었다. 중앙 대륙을 지배하는 건 헤르메스 길드가 될 테지만 실리를 추구하는 것은 위드와 마판 상회!

'겉으로 드러나는 악당은 3류야. 진정한 악당은 조용히 현찰을 세지.'

위드는 네크로맨서로 사상 초유의 사냥 기록을 달성하고 있었다.

던전, 마을에서 몬스터들을 남김없이 해치우는 자! 빠르고 정확한 그가 지나간 곳에는 남아 있는 악의 씨앗이란 존재하지 않습니다. 몬스터 사냥 시, 전리품과 부산물 획득을 8% 늘려 줍니다.

재능 있는 네크로맨서!
시체를 부리고 그들을 지배하는 일은 여간 까다로운 것이 아닙니다. 시체는 제대로 보지도 못하고, 들을 수도 없기 때문입니다. 어째서 그들이 네크로맨서의 명령에 복종하는지는 의문이지만, 당신이 소환한 언데드는 최근 1주일간 그 어떤 네크로맨서보다 많습니다!
언데드 소환 스킬의 성장이 일주일 동안 6% 빨라집니다. 스켈레톤과 데스나이트, 스펙터의 지배 효율이 상승합니다. 때때로 보물을 가진 유니크 언데드가 출현합니다.

이것저것 달성하는 업적과 호칭들!

조각사였을 때는 하나만 하더라도 집중하기 쉽지 않았지만, 네크로맨서는 좀 달랐다.

여러 가지 작업이나 전투가 동시에 가능했고, 반 호크와 토리도는 중간 지휘관으로 전체적인 전력을 상승시켜 줬다.

위드가 사냥에 열을 올리고 있는데 마판으로부터 또 보고가 들어왔다.

─중앙 대륙에서 반란이 계속 늘어나고 있습니다. 몇 지역이 아니라, 10여 개가 넘는 지역에서 유저들이 봉기했습니다.
─전력은요?
─중앙 대륙의 수준이 높으니 일반 유저들도 무시할 수 없을 정도입니다. 아직 반란의 불길은 더 번져 가고 있습니다!
─그렇군요.

위드는 텔레비전을 볼 일이 생겼다고 생각했다.

자고로 싸움 구경이야말로 재미가 있지 않던가.

'이익 좀 보겠구나.'

위드의 입꼬리가 씩 올라갔다.

"오늘은 불고기예요."

"음. 맛있겠네."

이현은 서윤과 같이 식탁에서 앉아 저녁 식사를 했다.

과거에는 밥을 먹으며 전기세가 아깝다고 텔레비전을 켜지 않았지만 요즘은 달랐다.

'정보 습득이 필요하지. 그리고 오늘은 리튼 지역에서 반란 군이 공격한다고 하고.'

옛 리튼 왕국의 수도 셸지움.

하벤 제국을 몰아내려고 진군하는 반란군과 이를 막으려는 제국군의 한판 승부.

채널은 최근에 서윤에게 다이아몬드가 박힌 왕관을 선물한 CTS미디어에 맞췄다.

KMC미디어와 오랜 관계를 유지했고 친분도 깊긴 했지만 공과 사는 철저히 구분하는 이현이었다.

'뇌물은 받은 만큼 돌려줘야 해. 상부상조의 미덕이라고 할 수 있지.'

정치인이나 권력자가 받는 뇌물은 썩은 것이지만, 자신이 받으면 몸에 좋은 발효 식품!

이윽고 이어진 방송에서 반란군은 셸지움을 탈환하지 못했다. 진군하는 도중에 제국군에 의해 갈기갈기 찢겨서 전멸하고 말았다.

중앙 대륙의 유저들이 수준이 높다고 해도 제국군의 공격대가 몇 번이나 급습을 가하고 앞뒤로 끊어 놓자 무너져 버리고만 것이다.

"후후후."

이현은 텔레비전을 보는 내내 기분이 좋았다.

'이제 저 유저들은 북부로 넘어오겠지. 꽤 돈들이 많을 테니까 모라타와 푸홀 워터파크에 저택이나 더 지어야겠군.'

바다가 보이는 항구 바르나에도 이주민을 위한 고층 건물을 짓는 걸 고려해 볼 필요가 있었다.

"크어. 잘 먹었다."

이현은 서윤과 만족스럽게 식사를 마쳤다.

다음 날 아침에도 〈로열 로드〉의 방송에서는 하벤 제국과 소므렌에서 일어난 반란군의 전투가 나왔다.

"여기도 7만 명이나 되네."

"제국군도 많이 모였어요."

아침 방송을 즐겁게 보니 하루가 상쾌했다.

바지락미역국이 어떻게 입으로 들어가는지 모를 정도였다.

〈로열 로드〉에서 또 신나게 사냥을 하다 보니 어느새 점심때가 되었다.

캡슐에서 나온 이현은 혼자서 텔레비전을 보고 있는 서윤에게 물었다.

"아직도 싸워?"

"악쿰 요새에서도 전쟁이 일어났어요."

"응. 그래."

이현은 전쟁 방송을 계속 보는 건 시간 낭비라고 생각했다.

'뭐, 아무나 이기겠지.'

중앙 대륙에서의 전쟁이 아르펜 왕국에 직접적인 영향은 적다고 생각하고 있는 시점이었다.

설혹 반란군이 영토를 얻더라도 독립이나 그에 준하는 큰 세력을 얻으리라고는 생각 안 했다.

'좀 싸우다가 말겠지. 원래 애들은 싸우면서 크는 거잖아.'

서윤과 함께 점심을 먹고, 마당으로 나가 강아지와 놀며 데이트를 즐겼다.

영화관이나 백화점을 가지 않아도 되는 간단한 데이트!

"감자가 좋아."

"고구마가 낫죠."

"감자는 건강에도 좋거든."

"고구마도 그래요."

"따끈한 감자는 겨울에 먹으면 별미지."

"고구마도 추울 때 맛있잖아요."

텃밭에 감자를 심느냐, 고구마를 심느냐에 대한 말다툼도 서윤과 잠시 벌였다.

결론은 반반씩 나눠 심으면 되는 일.

또다시 〈로열 로드〉.

저녁을 먹기 위해 캡슐을 나왔을 때도 텔레비전에서는 여전히 전쟁이 벌어지고 있었다.

"악쿰 요새는 어떻게 됐어?"

"헤르메스 길드가 이겼어요. 근데 열두 지역에서 전쟁이 또 벌어졌어요."

"잠잠해지겠지."

"낮보다도 참여한 유저들이 더 많아졌어요."

이현은 하벤 제국의 전투 수행 능력에 대해서 이미 서윤과 같이 확실하게 분석한 이후였다.

'넘치는 돈으로 병력을 쌓아 놓았으니, 어디서든 헤르메스 길드원들을 동원할 수 있겠지.'

각 지역의 관문이나 요새들의 방어력도 문제였다.

'반란군이 큰 성과를 못 내면 조만간 잠잠해질 거야.'

그리고 다음 날이었다.

이현은 아침에 중앙 대륙의 반란군 유저 40만 명이 넘게 모여서 아이데른 지역의 말레나 성으로 진격하는 광경을 텔레비전으로 봤다.

"우린 해낼 수 있습니다."

"죽더라도 후회는 없습니다. 정의를 위해!"

"정의를 위해!"

유저들은 비장한 각오를 다지면서 진군했다.

수십이나 되는 지역의 반란군이 일어나서 진압되기를 반복하고 있었지만 그들은 포기하지 않았다.

'헤르메스 길드가 정말 무적은 아니다. 올바른 사람들이 힘을 모은다면 반드시 이길 거야.'

인생을 도덕책으로 배운 이들!

"말레나 성의 상황은 어떻습니까?"

"제국군 5만 정도입니다."

"우리 9명이 하나씩만 맡으면 되는 거 아닙니까?"

"성의 방어력이 워낙 뛰어나서 그도 간단하진 않을 겁니다."

고레벨 유저들은 성 공략에 대한 고민도 해 봤지만 해답이 없었다.

참지 못하고 검을 뽑아 든 유저들의 숫자는 많다. 그런데도 하벤 제국의 내부에 속해 있다 보니 성벽을 공략할 장비를 전혀 구하지 못했다.

보급에도 문제가 커서, 수많은 유저들이 오랫동안 전쟁을 지속하기에는 무리가 있었다.

대장장이 유저들이 합류해서 장비들을 고쳐 주더라도 필요한 물자나 재료는 계속해서 생긴다.

유저들도 저마다 개성이 강해서 누군가 지휘하는 것도 불가능했다.

'반란을 자신 있게 일으키긴 했지만 한계가 명확하구나.'

'이 싸움은… 오래가면 약점들이 많이 나오겠다.'

고레벨 유저들은 근심을 안고 말레나 성을 공략했다.

"돌격!"

"성문을 부수자."

"성을 함락하라!"

아이데른 지역에서 하벤 제국의 권위의 상징인 말레나 성!

지역에서 세 번째로 꼽히는 많은 인구와 생산 거점인 이곳에서 유저들이 공성전을 벌였다.

"화살을 아끼지 말고 쏴라. 오늘 전부 저들을 무덤으로 보내 줄 것이다."

말레나 성의 수비대장은 헤르메스 길드 소속의 패트로라는 유저였다.

길드의 수뇌부는 이미 이번 반란 사건에 대해서 방침을 하달했다.

주요 도시와 성에 대한 침략을 시작한 유저들은 몰살시킬 것.

단, 초반에는 요새나 성의 방어 시설에서 수비에 전념하라. 절대적인 힘의 격차가 드러나게 만들어서 앞으로 덤비지 못하게 하기 위함.

심지어는 비밀리에 고정 첩자들까지도 활용했다.

중앙 대륙에서 꽤나 명망이 높은 유저들, 그들 중에서 헤르메스 길드와 관련이 깊은 자들은 따로 연락을 받았다.

"그러니까… 반란을 부추기라고요?"

"예. 반란을 주도하면 더욱 좋습니다."

"…왜요?"

너무나도 갑작스럽게 일어난 반란이었지만 라페이와 수뇌부는 적극적으로 움직였다.

"반란을 주도해서 우리가 정해 준 지역을 공략하는 거죠."

"저도 수많은 유저들 중 한 사람인데, 제 말을 들어줄까요?"

"들을 겁니다. 남들이 잘 알지도 못하는 장소보다는 유명한 지역이나 대도시를 공격하게 될 거니까요."

"공격을 당하면 헤르메스 길드의 손해가 크지 않습니까?"

"전쟁은 이기고 보는 겁니다. 그것도 초장부터 철저히."

명성이 있는 유저들이 자연스럽게 반란을 조직했다.

그들이 주도하기는 했지만 많은 유저들이 동참해서 조종하기도 쉬웠다.

대도시나 유명 지역 중의 한 곳을 해방하자는데 좋은 뜻으로 모인 유저들이 반대할 까닭도 없다.

그 덕에 헤르메스 길드는 전력을 필요한 지역에 집중시키고 전투를 대비했다.

"승리를!"

"자유를 위하여!"

반란을 일으킨 유저들은 말레나 성에 부딪쳐 갔고 허무하게 목숨을 잃었다.

오데인 요새에서는 그동안 평화가 이어지면서 비축해 놓은 전투 물자가 부족해졌고, 유저들이 갑자기 크게 몰린 감이 있었다.

하벤 제국에서 막대한 재물을 풀어서 전투 물자를 생산, 수입하여 쌓아 두고 길드원들도 일제히 전투 배치가 이루어졌다.

유저들은 말레나 성이라는 높고 큰 벽에 부딪쳐서 무력화되었다.

⁂

그날 스물일곱 지역에서 일어난 반란군!

그들은 단 한 곳에서도 승리를 거두지 못하고 소멸했다.

다음 날에는 열두 지역에서 반란군이 나섰지만 전부 격파되었다.

하벤 제국의 압도적인 승리!

오데인 요새의 사태, 서서히 잊히나…….

베르사 대륙을 지배하는 검과 마법의 힘.

헤르메스 길드, 최근 벌어진 일련의 사태에 대해 유감 표명!

지난 며칠간, 하벤 제국의 손해도 막대하기는 했다.

중앙 대륙을 휩쓴 반란으로 대부분의 큰 도시와 성에서 공성전을 치렀다.

모든 생산 활동이 중단되었고, 성의 외부에 있는 시설물들이 파괴되었으며, 주요 교역로도 치안의 공백으로 인해 봉쇄된 상태였다.

공성전이 발발하면서 몬스터들까지도 크게 증가해서 곡창 지역을 급습했다.

헤르메스 길드는 생산과 교역을 정상으로 되돌리기 위해 노력과 자금이 필요하게 되었지만, 반란군의 사태는 서서히 진정되어 갈 것으로 전망했다.

"……."

서윤은 집안일을 하던 손을 멈추고 주위를 돌아보았다.

깔끔하게 정리된 실내, 마당에는 햇빛을 받으면서 파릇파릇하게 자라나고 있는 채소들이 있었다.

"농사가 잘되겠네."

서윤이 상추나 채소들을 심어서 키우는 건 처음이었다.

부지런한 그녀가 이현이 하던 것을 그대로 물려받긴 했지만 어설픈 점이 많았다.

몇 권의 책을 읽고, 채소를 키우는 법을 배웠다. 도움을 얻기 위해 동네 화원에도 갔다.

"영양분이 많은 흙을 좀 구할 수 있을까요?"

"화분에 쓰시려고요?"

"네. 그리고 땅도 좀 다지려고요."

"힘든 일을 그 고운 손으로요? 마침 우리도 할 일이 없으니 가서 도와드리겠습니다."

화원의 사람들은 텃밭을 갈아엎어 주었고, 그곳에 감자와 고구마도 심어 주었다.

"이러지 않으셔도 되는데. 너무 미안해요. 시원한 물이라도 한 잔 드세요."

"이런 영광을… 그냥 우리 동네에 살아 주시는 것만으로도 너무 감사드립니다."

"……."

"동네에 두 분 때문에 웃음이 가득합니다. 아이들도 잘 크고 있고요. 제 아들놈은 미래 희망이 이현 사장님처럼 되고 싶다고 하더군요."

친한 동료들이 들었다면 기겁했을 말!

마판 강진철이라면 아이들이 큰 꿈을 꾸고 있다면서 기특해 했으리라.

서윤은 빨래도 해서 줄에 잘 널어놓았다.

따스한 햇볕에 잘 말라 가는 빨랫감들.

과거에는 보고도 느끼지 못했던 행복이 집 안 가득 담겨 있었다.

동물들도 그녀를 좋아하고 따라다녔다.

몸보신의 다 큰 새끼들은 물론이고, 양념반후라이드반이 낳은 병아리들까지 졸졸거리면서 돌아다녔다.

'이렇게 살아가는 게 좋아.'

서윤은 살짝 미소를 지었다.

아찔할 정도로 예쁜 웃음이라서 그녀 혼자만이 있는 장소에서 짓기엔 아까운 표정이었다.

'조금 쉬자.'

서윤은 집 안으로 들어와 텔레비전을 켰다. 그리고 〈로열 로드〉와 관계된 방송으로 채널을 돌렸다.

실질적으로 아르펜 왕국을 통치하고 있는 사람이 그녀이니 이현만큼이나 많은 정보를 필요로 했다.

아르펜 왕국에 대한 이미지는 굉장히 좋았고, 여러 지역들의 소개나, 축제들이 방송으로 나올 때마다 뿌듯했다.

그녀가 돌린 루온미디어의 채널에서는 포르모스 성의 전투가 방송 중이었다.

중앙 대륙의 유저들이 성을 공략하기 위해 달려들고 있었다.

—희망이 보이지 않습니다.

—지금으로써는 공성전을 제대로 하지도 못할 정도로 보이죠?

—예. 패배가 확정된 것으로 보입니다.

—이유가 무엇일까요?

—반란군의 준비 부족 같은 게 아닙니다. 하벤 제국이 너무 강합니다. 괜히 제국의 지배자가 아닙니다. 계란으로 바위 치기밖에는 안 됩니다.

마법병단과 궁수 부대의 원거리 공격에 유저들은 죽어 가고 있었다.

그럼에도 꿋꿋하게 전진을 해 가는 모습들이 방송을 통해서 나왔다.

—하벤 제국의 군사력은 역시 굉장합니다.

—중앙 대륙을 힘으로 움켜쥔 것이 우연이 아닙니다. 약간의 혼란이 없었던 건 아니지만, 대륙을 정복하는 위업을 달성하는 과정에서는 불가피한

것이었죠.

—제국은 날로 강해져 가고 있고, 그러한 모습들이 지금의 전투에 고스란히 담겨 있습니다.

"아……."

서윤은 진행자들의 멘트는 듣지 못했다.

그녀가 보는 것은 전투 중에 죽어 가는 사람들 그리고 그들이 가진 용기였다.

⁂

툴렌 지역의 포르모스 성.

예전 흑사자 길드에서 지배하던 영역으로 반하벤 제국의 정서가 유독 강한 곳이었다.

이곳에서도 반란군이 조직되어서 지역의 수도인 포르모스 성을 공략하려고 했다.

유명한 일반 유저들이 대거 합류했고, 레벨을 떠나서 많은 이들이 그 의기에 동참했다. 그러나 하벤 제국군의 정예 병력에 의해 다섯 번의 공성전이 모두 실패로 돌아갔다.

포르모스 성의 성벽에서 날아오는 수많은 마법 공격들.

하벤 제국군이 두려운 점은 베르사 대륙의 NPC들로 구성된 마법병단에 있었다.

막대한 고용 비용은 기본이고, 돈을 머리끝에서 발끝까지 발라야만 한다는 마법병단.

하벤 제국군이 아니고서는 양성이 불가능한 부대가 하늘을 뒤흔들고 땅을 뒤집는 위력의 공격을 성벽 너머로 퍼부었다.

"이렇게 끝날 수는……."

"저놈들은 지치지도 않나."

"마나를 빨리 회복시켜 주는 마법 성소가 있어."

"아… 우리에겐 아무 희망이 없는가."

포르모스 성을 자유롭게 만들기 위해 일어난 유저들은 좌절했다.

다른 몇몇 곳들이 나름대로 분전이라도 했던 것에 비해 포르모스 성은 말 그대로 유저들의 무덤이 되고 있다.

포르모스 성은 특히 헤르메스 길드에서 방송까지 섭외해서 중계할 정도로 열성적이었다.

"처음부터 너무 큰 목표를 노렸던 거 같아."

"후… 중앙 대륙에는 희망이 없으니 아르펜 왕국으로 넘어가야 되겠지."

포르모스 성의 공성전은 벌어지고 있었지만 유저들의 어깨가 무거웠다.

성벽 근처에도 가지 못하고 몰살을 하고 있었으니 그저 흩어지지만 않았을 뿐, 전쟁은 진 것이나 다름이 없다.

죽음을 향한 길.

유저들의 발걸음에서 힘이 빠지고 있었다.

이대로라면 두 번 정도의 공략 시도가 더 있을 수는 있겠지만 실패를 확인하는 자리에 불과하리라.

더군다나 이 지역의 패배가 방송으로 중계가 되면서 대륙 전체에 헤르메스 길드를 타도하자는 결심도 줄어들게 될 것이다.

대우가 불합리하고, 나쁘더라도 강한 힘을 가졌으니 참고 살아야 한다는 결론으로!

20여만 명이 무의미하게 목숨을 잃어 갔다.

상황이 갑자기 바뀐 것은 그때였다.

말하고 싶은데
말하는 법을 잊어버렸어요
이 목소리가 들리지 않겠죠

혼자 가만히 숨을 쉬어요
마음이 아프고 슬퍼 보고만 있었죠
눈물도 흐르지 않았어요

"누구야?"

"갑자기 노랫소리를……."

"전투 중의 노래라면… 위드?"

"아냐. 그럴 리가 없어. 이건 목소리가… 여자야. 그리고 엄청 예뻐."

전투를 위해 걸어가던 유저들이 노래가 들리는 장소를 찾으러 주위를 둘러봤다.

"저기다!"

"하늘이다."

노래가 시작된 곳은 하늘이었다.

높은 하늘, 하얀 구름을 뚫고 날개를 활짝 펼친 채 내려오는 와이번 1마리가 있었다.

그 와이번의 등에 타고 있는 여성 유저 1명!

"저분은……."

"누구야? 아는 사람이야?"

궁수들은 뛰어난 시력을 가져서 멀리 있는 사물도 똑바로 볼 수 있었다.

"저, 저, 저, 저……."

"누구냐니까?"

"커헉! 어떻게 이런 곳에서……."

"글쎄, 누구냐고!"

"그분이야!"

"누군데!"

"세상에서 가장 예쁜 분."

"예쁜 사람이 1~2명도 아니고, 세상에서 가장 예쁘면 당연히… 여신님?"

"풀죽여신님이다!"

"얼굴을 잘 봐. 비슷한 사람은 존재하지 않아. 여신님이 오셨다고!"

서윤의 등장!

그녀가 하늘에서 와삼이를 탄 채 날아오고 있었다.

따스한 바람이 불어오고

활짝 핀 꽃들을 봤어요

얼음처럼 차갑던 이 길이었는데

누군가 손을 잡고 같이 걷고 있네요

밤이 오길 기다려요
예쁜 달과 별이 반짝이고 있어요

서윤은 맑은 음성으로 노래하며 와삼이를 타고 포르모스 성을 향해 날아갔다.

지상에 있는 군중의 시선이 멍하니 그녀를 향했다.

"노래를 듣는 건 처음인데. 예뻐."

"저런 음색으로 노래하다니… 정신 잃는 줄 알았다. 영상 녹화해서 평생 간직해야지."

"근데 전장에는 무슨 일로……."

"설마, 같이 싸워 주러 온 건가?"

"아르펜 왕국 사람이잖아. 중앙 대륙의 전투를 왜? 여기서 직접 아르펜 왕국이 개입하면 복잡해지지 않나."

"그런 건 잘 모르겠는데… 어쨌든 이곳까지 와서 보니 좋긴 하네."

어느새 소문이 퍼져서 포르모스 성으로 진격해 가는 유저들은 전부 하늘을 올려다보고 있었다.

"풀죽신교 만세!"

"언니, 아름다워요!"

"최고다. 우리 아들 이번에 대학 입시 치르는데 격려 한마디만요!"

"풀죽, 풀죽, 풀죽!"

누군가가 풀죽을 외치자 군중 전체가 따라 외쳤다.

"풀죽, 풀죽, 풀죽!"

하늘까지 가득 울리는 풀죽의 외침!

군중 대부분이 풀죽신도가 아니었음에도 그녀의 등장만으로도 이곳은 아르펜 왕국이나 마찬가지로 환호성이 울렸다.

순간 전장이라는 것도 잊어버린 채로 와삼이를 탄 서윤에게 열렬히 호응했다.

서윤은 군중의 환호를 들으면서 포르모스 성으로 접근했고, 곧이어 성벽에서부터 붉고 푸른 빛줄기들이 솟구쳐서 그녀에게 적중했다.

"……!"

"맞았다!"

"세상에… 이럴 수가!"

마법병단의 마법 공격이 하늘에서 접근하던 서윤과 와삼이를 강타한 것이었다.

끄우와아악!

와삼이가 있는 힘껏 비명을 지르며 하강했다.

아르펜 왕국에서 사냥을 하며 꾸준히 성장했지만 수십여 개의 마법 공격은 와삼이를 다치게 만들었다.

지상에 충돌하며 떨어진 와삼이와 서윤!

탁 트인 평원에 포르모스 성에 가까운 위치라서 마법병단의 손쉬운 표적이 됐다.

"저놈들은 뭐야! 제거한다."

마법병단을 지휘하던 헤르메스 길드 유저는 와이번이 추락하는 것만 보고 지시했다.

"제3병단! 공격해."

마법병단의 공격이 융단폭격처럼 서윤과 와삼이에게로 쏟아졌다.

꾸에에엑!

날개를 다친 와삼이는 쪼그려 앉아서 몸을 감쌌다.

막강한 화력을 과시하는 마법병단의 기본 공식!

서윤은 검을 들어서 마법 공격들을 쳐 냈다.

하나, 둘, 셋, 넷, 다섯……

미처 막아 내지 못한 수많은 마법들이 그녀와 와삼이에게 적중했다.

군중은 멍하니 그 광경을 보았다.

서윤은 광전사의 직업 특성상 〈로열 로드〉 전체에서도 강한 편에 속했다. 하지만 위드의 퀘스트와 아르펜 왕국의 통치로 인해 성장이 정체되었다.

서윤은 마법병단의 일제 공격으로부터 와삼이를 보호하려다가 자신은 더 많이 얻어맞았다.

와삼이의 커다란 눈에서 눈물이 흘렀다.

"끄그그극! 난 괜찮다."

"데려와 달라고 해서 미안해."

"언젠가 이런 날이 올 줄 알았다. 이런 말 하긴 그렇지만, 참 파란만장한 삶이었다."

와삼이는 넓적한 등을 움츠리며 중얼거렸다.

"태어난 곳부터 전쟁터였고 싸우기 위해서 살아왔다. 빠르고 높게 대륙을 날아다녔으니 짧은 와이번의 생애지만 아쉬움은 없다. 내가 죽더라도 오랫동안 기억해 다오. 용감한 와이번이 었다고.”

와삼이가 비틀거리면서 일어나 서윤의 앞을 막았다.

“내가 버티는 사이에 도망쳐라. 살아라.”

겁쟁이 와이번으로서는 최고의 용기를 쥐어짠 발언.

서윤이 환하게 웃었다.

“걱정 마. 넌 죽지 않을 거야.”

그녀는 위드에게 귓속말을 보냈다.

—지금 와삼이를 소환해요. 빨리!

아르펜 왕국에서 영문도 모르는 채 사냥을 하던 위드였지만, 서윤의 부탁에 조각 소환술을 바로 사용했다.

빛과 함께 빠르게 사라지는 와이번 와삼이!

무사히 와삼이가 빠져나간 곳에는 서윤 혼자만 남았고, 그녀를 향해서 마법 공격들이 계속 퍼부어졌다.

서윤은 마법 공격을 보며 고운 목소리로 노래를 불렀다.

그대와 같이 꿈을 꾸어요

희망을 가지게 되었어요

시작하기가 어려웠지만 포기하지 않아요

용기를 내 한 걸음씩 같이 걸어요

마법 공격들이 그녀를 휩쓸고 지나갔다.

서윤의 죽음!

〈로열 로드〉를 하면서 수많은 유저들이 죽음을 경험했다.

주로 몬스터와 싸우다가 생명력 수치가 0이 되어서 죽는 경우가 대부분이었다. 페널티로 레벨과 스킬 숙련도가 하락하고, 하루 동안 접속이 안 된다.

죽음을 자주 겪더라도 기분이 썩 좋을 수는 없었지만, 서윤의 죽음은 생방송을 통해 전 세계로 중계됐다.

"그분이……."

"여신님이 죽었다."

방송을 통해 시청하던 북부 유저들은 커다란 상실감에 휩싸였다.

시윤의 존재는 〈로열 로드〉에서도 특별했다.

아름다운 외모를 가진 수많은 미녀 중의 한 사람일 뿐이지만, 위드의 조각품을 통해서 널리 알려졌다.

위드와 모험을 하고, 그 이후로 아르펜 왕국을 통치하면서 유저들에게 가까이 다가갔다.

범접하기 힘든 미모를 가지고 있음에도 판자촌에 놀이터를 짓고, 공원을 개설했다.

도시 조경이나 상업, 군사 시설만이 아니라 크고 작은 다양한 문화와 복지 혜택을 만들었다.

〈로열 로드〉에서는 돈을 뜯어 가도 모자란 판에 초보 유저들을 위한 복지 혜택이란 상상 밖의 일!

풀죽신교에서도 풀죽여신으로 부르면서 추앙했다.

현실에서는 다양한 직업과 연령대의 사람들이 〈로열 로드〉를 하면 근심을 잊어버리고 열심히 풀죽, 풀죽, 할 수 있는 매개체라고 할까.

누군가를 사랑하거나 사랑하지 않거나, 마음 한구석을 따스하게 해 주는 존재였다.

그런 그녀가 하벤 제국군의 공격에 죽었다.

쨍그랑.

식당에서 혼자 밥을 먹고 있던 직장인의 손에서 숟가락이 떨어졌다.

그가 화를 내기도 전에 방금 식당에 들어왔던 남자들이 자리에서 일어났다.

"저런 개놈들이!"

"야, 밥은?"

"지금 밥이 넘어가게 생겼냐. 가자!"

남자들은 주문한 음식이 나오지도 않았는데 밥값을 지불하고 서둘러 식당을 나섰다.

직장인은 멍하니 있다가 비틀거리며 일어났다.

"이럴 때가… 아니지."

그는 취업하느라 〈로열 로드〉를 늦게 시작했다. 그리고 당연하게도 아르펜 왕국의 풀죽신교 회원!

이 엄청난 사건에 대해 분노하면서 일단 회사에 연락부터 시도했다.

휴가를 하루 써도 좋으니 오늘은 일찍 퇴근시켜 달라는 부탁을 사수인 대리에게 하려고 했는데, 전화기가 꺼져 있었다.

"무슨 일이지? 곤란한데."

팀장에게 거는 것도 실패하고, 회사 전화번호로 과장에게 연락했을 때에야 비로소 통화가 이루어졌다.

막상 전화가 되고 나니 앞으로의 회사 생활에 대한 공포가 밀려왔다. 하지만 지금까지 누구보다 열심히 근무했다고 생각했다.

"저기, 제가 오늘 휴가를……."

─방금 원철 씨도 봤어?

차기환 과장.

엄격한 일 처리와 뛰어난 업무 처리 능력, 매사에 맺고 끊는 것이 확실한 사람이었다.

"예? 뭘요?"

─여신님이 죽은 거.

"아… 네. 그렇습니다."

차기환 과장도 풀죽신교의 회원이었던가.

회사에서는 티를 내지 않았으니 미처 알지 못했다.

─퇴근해. 그리고 해야 할 일을 하도록.

루온미디어는 포르모스 성의 전투를 중계하고 있었다.

진행자들이나 출연진은 헤르메스 길드에 의해 사전에 큰 선물들을 챙겼다.

각자가 원하던 장비와 저택, 사냥터 등의 혜택을 제공받았기에 교묘하게 하벤 제국의 편을 들어 주었다.

"하벤 제국. 강합니다. 다른 장점은 다 제쳐 놓더라도 군사력에 대해서만 놓고 봤을 때 어설픈 힘으로 도전할 수 있는 상대는 아니죠. 괜히 제국이겠습니까?"

"전투가 벌어지고 1시간여가 지났는데 반란군이 성벽을 오르지 못했습니다."

"정확하게는 근처에 다가가기도 전에 소탕되고 있는 것 같네요. 용기는 알지만 정말 아쉽고 무의미한 죽음입니다."

"헤르메스 길드에는 영웅들이 많습니다. 〈로열 로드〉를 실질적으로 개척하고 먼저 이끌어 갔던 강자들이 길드원으로 많이 가입되어 있죠. 그들이 제대로 나선다면 이 전투는 이미 끝났을 겁니다."

진행자들과 출연진은 하벤 제국의 강함과 화려함을 수차례나 강조했다.

시청자 게시판도 진행자들이 이끄는 분위기에 따라 하벤 제국의 군사력이 놀랍다는 평가가 주류를 이루었다.

루온미디어는 아시아 여러 국가에서 서비스되었고, 인터넷 전용 채널도 가지고 있었다. 시청률 자체는 높지 않았지만 그래도 인지도는 꽤 있는 편이었다.

"전쟁은 가능한 한 벌어지지 않는 쪽이 좋습니다. 이 전투도 결과적으로 반란을 일으킨 유저들 모두가 죽으면서 끝날 것 같습니다."

"하벤 제국은 대륙 정복의 경험을 바탕으로 NPC들로 구성된 강한 군사력을 보유했으며, 마법을 주도적으로 사용하고 있습니다. 수성전에서 결정적인 장점이 될 겁니다. 헤르메스 길드 유저들이 제대로 나서고 있지 않은데도 통치는 여전히 건재하죠."

"그럼 하벤 제국을 아무도 무너뜨릴 수 없습니까?"

"뭐, 불가능이란 건 없겠죠. 엠비뉴 교단급으로 전 대륙에 영향을 미치는 재앙이 일어난다거나, 혹은 드래곤이 습격한다거나요."

"하하! 가능성이 없는 일들 같은데요."

"그렇죠. 하벤 제국은 이미 어지간해서는 부서지지 않을 정도로 단단합니다."

포르모스 성의 전투는 일반 유저들이 다가오는 족족 격파되고 있어서 진행자들의 긴장도 느슨하게 풀려 있었다.

그때 와이번을 타고 나타난 여성 유저가 화면에 잡혔다.

루온미디어에서 영상을 중계하는 유저는 포르모스 성의 성벽에 있었기에 멀어서 그녀를 제대로 알아보지 못했다.

와이번이 추락하고, 서윤이 마법병단의 집중 공격을 받는 순간에 진행 팀에 의해 화면이 확대되었다.

"어? 이런 말 할 분위기는 아니지만 여성 유저의 얼굴이… 굉장히 아름답습니다."

"눈에 익은 느낌이, 어디선가 본 것 같은데요."

"저 외모는 위드가 조각한 밤하늘의 별에서……."

서윤의 인기와 인지도 역시 대단했기에 방송 출연진도 금세 알아봤다.

"속보입니다! 제작진 측에서 알려 주기로는, 아르펜 왕국의 풀죽여신이라고 합니다."

"확실한 정보인가요?"

"반란군 진영에서부터 입수된 정보입니다."

"와이번을 타고 온 것으로 보이는데. 와이번. 저것도 와삼이 아닙니까?"

그들이 보고 놀라움에 알은척을 하려고 하는데, 마법병단의 공격이 그녀에게 사정없이 적중되었다.

"아! 하벤 제국의 군사력은 막강하네요. 저 위기를 벗어날 수 있을까요?"

"무모하죠. 신화나 동화 속의 드래곤 나이트인가요? 와이번 1마리 타고 나타난다고 해서 이미 불리한 전황을 바꿀 수는 없었습니다."

"마나 소모를 조금 늘릴 수는 있었겠지요. 그 정도가 한계입니다."

진행자들은 여전히 하벤 제국의 편에 서서 중계하고 있었다. 아직까지는 헤르메스 길드로부터 무언가를 얻어먹은 게 있어서 그 값을 해야 된다는 의식이 강했다.

서윤이 검을 휘두르며 꽤나 버티기는 했지만 결과적으로는 사망하고 말았다.

진행자들이나 방송 관계자들은 갑자기 정신이 확 들었다.

'헤르메스 길드가… 저렇게 예쁜 아가씨를!'

'유명한 유저인데… 아니, 그걸 떠나서 위드의 여자 친구잖아! 이걸로 위드와 헤르메스 길드가 한판 붙으려나?'

달빛 조각사

'포르모스 성에 뭐가 있나? 시청률이 좀 오르는 거 아니야? 그럼 내 출연료도 다시 협상해 봐야……'

진행자들이 잠시 딴생각을 하는 중에 PD의 다급한 목소리가 이어폰을 울렸다.

—너무 큰 사건이 벌어졌습니다. 방송 신중하게 해 주세요! 지금 정신 똑바로 차려야 합니다.

"아… 그런데 방금 공격은 어떻게 봐야 할까요?"

"예에… 무슨 일인지도 모르는데 마법 공격을 가한 건… 어, 좀 심했습니다."

"전쟁터에 들어왔으니 어쩔 수 없는 일입니다만… 무자비한 마법 공격이었습니다."

진행자들은 급하게 태도를 바꾸어 서윤의 죽음을 애도하는 멘트를 꺼냈다.

✦✦✦

서윤의 죽음이 방송으로 보도된 직후, 모든 인터넷 커뮤니티에는 충격으로 잠시 글이 올라오지 않았다. 그러다 게시판이 폭주했다.

> —방송에 나온 게 방금 맞나요?
> —제가 잘못 본 거죠? 그럴 겁니다.
> —아르펜 왕국에 있어야 할 분이… 대지의 궁전에 머무르는 게 당연한데요.
> —몇 시간 전에 초록 분수에서 쉬시는 거 봤습니다. 루머인 듯.
> —아니, 확실합니다! 와삼이를 타고 있는 모습이 제대로 영상에 잡혔어요.

게시판이 뜨겁게 달아오르는 와중에도 방송 영상으로는 서윤의 죽음이 계속 반복되어 나오고 있었다.

포털 사이트들의 검색어 순위권도 서윤이 장식했다.

1. 서윤
2. 풀죽여신
3. 포르모스 성 서윤
4. 서윤 외모
5. 서윤 사망
6. 서윤 위드
7. 와삼이
8. 포르모스 성
9. 여신 서윤
10. 헤르메스 길드 서윤

인터넷 게시판에는 방송 영상을 분석한 자료들이 올라오기 시작했고, 서윤의 죽음이 기정사실로 받아들여지고 있었다.

— 헤르메스 길드가 마지막 선을 넘었습니다.
— 위드 님이 죽으면 그럴 수 있죠. 근데 그분은… 그녀만큼은 다쳐서도 안 됐습니다.
— 풀죽신교에서 이 선전포고, 정식으로 받아들입니다!
— 방송 보고 열받아서 미치는 줄 알았음. 방송국 테러하러 가실 분 모집합니다.
— 다들 닥치고 접속이나 하자. 지금 떠들 시간이 있냐?

〈로열 로드〉의 접속률이 폭증했다.

번화가에 돌아다니는 사람들이 줄어들었고, 도로에 택시들조차 드물게 보였다.

오래전 시청률 60%대의 국민 드라마가 방송될 때처럼 거리가 한산해졌다.

반면에 바빠진 것은 도심 곳곳에 자리를 잡은 캡슐방이었다.

"아저씨, 방 있어요?"

"없습니다."

"기다리면 나와요?"

"최소 8시간은 넘게 기다리셔야 됩니다. 아예 20시간씩 끊어 놓고 들어간 사람이 많아서 그것도 장담 못 해요."

대도시의 캡슐방이 미어터지는 사태가 벌어졌다.

한국에서 서윤의 인기야 당연했지만, 중국과 일본, 미국을 비롯하여 세계 각국에서도 사람들이 〈로열 로드〉에 접속했다.

진군 시작

조각 생명체 와이번 와삼이!

위드는 날개가 찢어진 채로 쓰러져 있는 와삼이를 보며 눈물을 글썽였다.

"어디 가든 몸조심하라니까. 함부로 다쳐선 안 돼. 넌 정말 훌륭한 이동용 노예니까."

끄욱꾸우우!

조각 소환술로 불러온 와삼이는 생명력이 20% 정도 남아 있었다.

와삼이는 위드가 조각품에 생명 부여 스킬로 만든 최초의 와이번들 중 하나라서 그만큼 오랜 기간 성장했다.

중형 생명체로 생명력이 무려 50만을 넘었지만 그럼에도 심하게 다쳤다.

위드의 옆에는 데스 나이트들과 유령, 스켈레톤 군단이 정확히 열을 맞춰 도열해 있었다.

달빛 조각사

언제나 그렇듯이 네크로맨서로서 언데드들을 이끌고 사냥하던 위드였다.

"근데 어디서 이렇게 다친 거야?"

위드는 말을 하면서 미심쩍은 분위기를 느꼈다.

황사, 미세먼지, 음식 냄새를 감지하는 공기청정기를 능가하는 눈치!

"와삼이 정도를 다치게 할 정도의 적은 많지 않을 텐데. 하늘을 날 수 있고 소심해서 위험하면 금방 도망치잖아."

와이번들은 불사의 군단과 전투를 펼칠 때 이외에는 허무하게 목숨을 잃은 적이 없다.

심지어 위드가 끌고 다니며 전투를 벌이는 일 외에는 크게 다치지도 않는 편이었다.

"서윤이 소환하라고 했고, 널 데려오면서 상당히 많은 마나가 소모되었다. 제법 먼 곳이었다는 이야기인데."

착착 맞추어지는 퍼즐.

와삼이는 쓰러져 있는 상태로 몸을 뒤척여서 벌러덩 드러누웠다.

"중앙 대륙 지역? 북쪽 끝은 아닌 거 같은데… 몸에 얼음 흔적도 없고."

"아파서 아무것도 기억나지 않는다, 주인."

"기억이 안 난다는 건 아마도 죄를 지었다는 거겠지. 자세도 딱 배 째라는 거잖아."

"어떻게 그렇게 받아들일 수가 있나."

"범인들이 항상 그렇게 말하더라고. 기억이 안 난다면 유죄야. 그러면 설마…….”

위드는 눈을 감았다가 떴다.

그가 상상하고 싶지 않은 최악의 상황이 떠올랐기 때문이다.

위드가 묵직하게 한마디를 내뱉었다.

“지금 서윤이… 위험하냐?”

유린은 로데른 강가에서 그림을 그리던 도중에 사람들의 말을 들었다.

“헤르메스 길드가 여신님을 죽였대.”

“진짜야?”

“응. 방송으로도 나왔어.”

“아니, 아무리 막 나가더라도… 암살자를 대지의 궁전으로 보냈나?”

유린은 대지의 궁전이란 말에 귀가 솔깃했다. 그녀의 오빠와 관련이 깊은 장소이니까.

“여신님이 포르모스 성의 전투에 등장했다는군. 그리고 마법 공격에 죽었어.”

“헤르메스 길드가…….”

“진짜 그놈들, 이대로 내버려둬선 안 될 거 같아.”

유린은 사람들의 말을 통해서 대략의 사정을 이해했다.

‘언니가… 죽었구나.’

〈로열 로드〉에서의 죽음이니 진짜 사람의 목숨이 오간 것은 아니다.

하지만 머릿속이 복잡해졌다.

'앞으로 무슨 일이 벌어지는 거지?'

유린은 여동생으로서 위드에 대해 누구보다도 더 잘 알고 있었다.

돈을 밝히고, 전투적인 감각이 뛰어난 정도야 위드와 어느 정도 친하면 다들 알고 있는 부분이다.

가족들만이 알고 있는 진실.

'원한은 반드시 갚는다!'

당한 쪽의 기억력만큼은 사법 고시에 합격할 수준이리라.

'근데 언니가 왜 죽었지?'

유린은 한편으로 이상한 생각이 들었다.

그녀가 아르펜 왕국의 통치를 하며 보여 준 모습은 보통 현명한 것이 아니있다.

집안일과 관련해서도 위드는 꼼꼼하게 영수증을 모으고 새는 돈이 없도록 관리했다.

200원 비싼 소금을 샀던 영수증은 심지어 주방 문 앞에 붙어 있을 정도!

꼼꼼하고 쪼잔하기에 손해를 보는 일은 하지 않는다.

서윤은 생활에 필요한 물품 구입에서 사용까지 간단한 컴퓨터 프로그램을 짜서 활용할 정도로 두뇌가 뛰어났다.

'언니가 착하기는 해. 근데 똑똑하지. 이렇게 되면 아르펜 왕국과 하벤 제국 사이에 전쟁이 벌어질지도 몰라. 이런 결과가 벌어지리란 걸 모르고 행동했을까?'

푸홀 워터파크!

"꺄아악."

"우왁!"

페일과 그의 동료들은 폭식의 악마 델암 사냥에 성공하고 실 컷 피서를 즐기고 있었다.

'고생했으니 한 달은 놀아야지.'

'여기 물 진짜 맑고 좋다.'

'남자들 몸매가… 휴. 다 워리어들만 모였나? 매끈하면서 탄 탄한 얇은 몸이 좋은데. 헤에.'

'수영복이 좀 더 트였으면……'

그들은 따스한 햇볕과 맑은 물을 즐겼다.

생명력을 위협하는 아찔한 놀이기구들이 많았지만 그들이 놀기에는 수준이 좀 차이가 났다.

> 위드가 만든 물 미끄럼틀!
> 고소공포증을 가진 사람에게 강력 추천! 지상에서는 절대로 느낄 수 없는 감 각을 경험할 수 있습니다. 현재까지 사망자 973명. 그 외 부상자 다수.

> 위드가 만든 물의 미로!
> 장난을 좋아하는 물의 정령 물방울들이 이곳에 살고 있습니다. 그들은 미로 를 만들어서 들어온 사람들을 괴롭히는 것을 즐깁니다. 정해진 길은 없지만 어쨌든 무사히 출구로 탈출하세요! 오랫동안 갇혀 있으면 실컷 물을 마시게 됩니다. 현재까지 익사자 0명. 그 외 2시간 이상 갇혀 있던 사람 다수.

천상의 도시를 탐험했고, 와이번이나 유령마를 타고 사냥도 한 동료들이라 놀이기구에는 큰 관심을 두지 않았다.

그저 물가에서 놀고 있었는데 남자들이 지나갔다.

"검치분들이네."

"음. 그러네요."

검치의 제자들이 푸홀 워터파크에 많이 모여 있었다.

꿈틀거리는 근육을 드러낸 채로 걸어 다니는 그들에게 미녀들의 시선이 꽂혔다.

"저 숨 쉴 때마다 화내는 복근 좀 봐."

"어머. 팔뚝이……."

드디어 인기가 생긴 위드의 사형들!

푸홀 워터파크가 생기고 나서 슬슬 연애를 시작할 시점임에는 틀림이 없었다.

"으아아악!"

그런데 갑자기 풀장 쪽에서 비명 소리가 들렸다.

사람들은 물에 누가 빠졌을 거라 생각하며 고개를 돌렸지만, 뗏목 위에 누운 남자가 절규를 지르고 있었다.

그가 보고 있던 것은 〈로열 로드〉의 방송을 시청할 수 있는 수정 구슬!

"풀죽여신님이 돌아가셨다!"

남자가 큰 소리로 고함을 질렀다.

그 순간, 푸홀 워터파크의 모든 것이 멎는 것 같은 신비한 광경이 벌어졌다.

걸어 다니던 사람들도, 물놀이를 즐기던 초보 유저들도 그

자리에 얼어붙었다.

"에이, 설마……."

"잠에서 덜 깼나. 무슨 헛소리야."

"진짜야! 그분이 돌아가셨다."

"뭐야, 정말이야?"

"아니잖아. 절대 있을 수 없는 일이잖아."

하지만 남자만이 아니라, 방송을 보고 있던 다른 유저들도 서윤의 죽음을 알렸다.

귓속말이나 통신 채널의 네트워크를 통해서도 서윤의 죽음이 전달되었다.

불과 1, 2분 만에 북부 전체로 전파된 서윤의 죽음 소식.

"이럴 수가!"

물놀이를 즐기던 유저들은 망연자실했다.

"헤르메스 길드가 또?"

"어떻게… 어떻게 된 일이야?"

매일 축제가 벌어지던 즐거운 푸홀 워터파크가 폭탄이라도 떨어진 것처럼 뒤숭숭해졌다.

북부의 마판 상회 본점!

모라타에 있는 마판 상회로 대량 주문이 쏟아져 들어왔다.

"화살 1,500만 개요."

"항구 바르나에서 전투용 장검 30만 자루나 주문이 들어왔습니다.”

“대지의 궁전에서 700만 자루 납품 있는데 또?”

“예. 납품 기한을 최대한 빨리 잡아 달라고 난리입니다.”

마판 상회만이 아니라 상인 가몽이나 다른 상단으로도 엄청난 물량의 주문들이 밀려들었다.

지역 상인들은 보통 어느 정도 재고를 보유한 채로 상점을 운영한다.

추가로 필요한 물량은 인근의 대장간에 생산 의뢰를 넣거나 큰 상단에 요청했다.

“무기 남는 거 주세요.”

“지금 재고가…….”

“있는 거 뭐든 주세요.”

북부 유저들은 무기점과 방어구점을 습격했다.

유저들이 줄을 서서 사 가는 형편이었기에 상점에 마련해 놓은 물량이 동나고 말았다.

마판 상회와 가몽 상회, 그 외 북부의 상단은 초보용 보급품을 대량으로 비축하고 있었다.

대장장이들은 물품을 만들면서 실력이 향상된다.

누구에게나 초보 유저인 때는 있는 만큼 대장장이들이 판매하는 물건을 사 주어야 생산량이 유지되고 기술적인 발전도 이루어지는 것이다.

물론 아르펜 왕국에서는 초보들이 대량으로 늘어나고 있었기에 돈이 모이는 대로 사 놓아도 손해는 없었다.

10실버, 20실버도 모이다 보면 어마어마한 금액이 되는 것이다.

　그렇지만 순간적으로 창고에서 물건을 꺼내 오기 힘들 정도로 유저들의 구매량이 늘어났다.

　"사냥으로 마련합시다."

　"그래요. 일단 장비를 좀 맞춰 보죠."

　유저들은 화살이나 무기류를 얻을 수 있는 던전이나 사냥터로 달려갔다.

* * *

　헤르메스 길드에서도 서윤의 죽음을 거의 비슷한 순간에 파악했다.

　"어째서! 왜?"

　라페이와 수뇌부의 입장에서는 제대로 뒤통수를 얻어맞은 셈이었다.

　포르모스 성의 전투에 왜 인기인이라고 할 수 있는 서윤이 끼어들었단 말인가.

　위드와 그녀의 관계가 특별하다는 사실은 〈로열 로드〉를 하는 누구나 알고 있는 바였다.

　"유명한 유저가 죽어서… 사건이 크게 알려지겠네요."

　"일이 그걸로 그치지 않을 겁니다. 아르펜 왕국과의 전쟁이 벌어질 수도 있습니다."

　"감히 그놈들이 우릴 상대로요? 전쟁 준비가 전혀 안 되어 있을 텐데요?"

"그건 우리도 마찬가지죠. 전쟁을 준비하고 있는 군대는 반란군을 막는 데 투입해야 하지 않습니까?"

헤르메스 길드는 아르펜 왕국에 첩자를 보내서 상황을 파악하고 있었다.

그들이 감히 하벤 제국을 쳐들어오려는 기미는 지금까지 전혀 안 보였다.

아르펜 왕국에는 막강한 군대도 없었고, 정복 전쟁을 위한 훈련도 이루어지지 못했으니까.

하벤 제국의 북쪽 국경에도 많지 않은 제국군이 배치되어 있는 상태였다.

라페이는 머리가 지끈거렸다.

'북부에서 겉으로 드러나는 움직임은 거의 없었다. 그런데 지금 이 시점에 서윤이 중앙 대륙에 와서 죽었다…라.'

그 의도가 궁금하기도 했지만, 앞으로 진행될 상황이 너무 명백했다.

'혹시 모를 아르펜 왕국과의 전쟁을 준비해야 한다. 그들이 어느 정도로 싸움을 걸어올지는 모르지만… 소규모의 소모전이 가장 귀찮겠군.'

라페이는 하벤 제국을 통치하면서 신경 쓸 일이 많아지는 느낌이었다.

중앙 대륙을 정복하며 기존 명문 길드의 잔재를 털어 내야 했으며, 유저들의 불만도 누그러뜨렸다.

헤르메스 길드가 약화되는 것 같지만 사실 내부에서 일어나는 일은 반대다.

중앙 대륙에서 거두는 세금을 중심으로 한 경제력에 과거처럼은 아니지만 사냥터와 퀘스트의 독점.

다른 유저들에게 사냥터를 허용했다고 하더라도 명문 길드들이 소멸된 이상 대규모 몬스터 사냥은 자연스럽게 헤르메스 길드가 주도했다.

일반 유저들의 불만이야 거세기는 하지만 고레벨 유저들은 헤르메스 길드에 많이 협력하고 친근하게 대하고 있었다.

그들 중에서 쓸 만한 인재들도 헤르메스 길드에 적극적으로 받아들였다.

특수 스킬을 익힌 주민, 고급 기사, 병사, 마법, 이용하기에 따라 큰 효과를 가진 퀘스트.

중앙 대륙의 면적과 인구, 경제 규모가 워낙에 대단하다 보니 단기간에 헤르메스 길드의 전력은 2배 가까이 늘었다고 할 수 있다.

'민심을 조금만 안정시키면… 허, 조금만 유저들이 헤르메스 길드를 믿고 따르게 만들면 모든 일이 다 해결이 될 텐데.'

라페이는 맨바닥에 툭 튀어나온 돌부리에 걸려 넘어진 느낌이었다.

강자들만 모아 놓았고, 〈로열 로드〉의 역사를 감안하면 이러한 사건들이 일어나는 것도 비일비재한 일.

'아직은 칼을 뽑고 싶지 않다. 아르펜 왕국을 비롯하여 감정적으로는 다 쓸어버리고 싶지만 하벤 제국을 완벽하게 만들고 나서 철저히 파괴해도 될 일. 조금의 시간만 더 있으면…….'

라페이가 고심하는 동안, 수뇌부에 속해 있는 유저들은 대화를 나누었다.

"서윤, 그녀의 인기를 감안해야 합니다. 그녀가 죽는 장면은 우리 길드에 대한 비호감을 더욱 키울 것입니다."

"방송국들은 어떻습니까. 영상을 내려 달라고 부탁해야 하지 않을까요?"

"어림도 없습니다. 시청률이 높아서, 생방송을 진행하지 않았던 다른 메이저 방송국들도 관련 영상을 내보내고 있는 형편입니다."

"몇몇 방송국들은 속보로까지 알리고 있습니다."

"인터넷에 다 올라왔는데 지금 하는 말들이 무슨 의미가 있습니까."

방송국을 이용하여 헤르메스 길드의 막강함을 과시하려고 하였는데, 하필이면 최악의 모습이 전달될 판이었다.

"불행인지 다행인지 모르겠지만 이런 영상이 나간다고 해서 우리 길드를 상대로 한 반란군이 크게 늘어나진 않을 겁니다. 이미 나설 유저들은 대부분 나섰으니까요."

"대책을 세우기도 힘들군요. 포르모스 성의 전투는요?"

"현재로써는 여유롭게 막고 있습니다. 그곳에 배치한 수비 병력은 강력하니까요."

라페이는 수뇌부 유저들의 이야기를 들으면서 마음속으로 결단을 내렸다.

"아르펜 왕국이나 위드의 대응을 간단히 보진 않겠습니다. 그들이 잠잠하다면 당분간은 내버려두겠지만 우리에게 도전해 온다면 헤르메스 길드, 하벤 제국을 다시 정복 전쟁 체계로 바꿉니다."

정복 전쟁 체계.

중앙 대륙을 통일할 당시에 만들어졌던 체계로 다시 돌아가는 것이다.

방만하게 늘어져 있던 헤르메스 길드 유저들이 놀라서 눈빛이 살아났다.

거인 기사 보에몽이 웃으며 말했다.

"전쟁은 모 아니면 도라고 하지 않았습니까?"

"그땐 그랬습니다. 제국을 건국하고 나서 내정에 힘을 쏟을 필요가 있었고, 또 가지고 있는 이점을 유지하기만 해도 되었으니 말입니다."

하벤 제국은 〈로열 로드〉에서 누구도 대적할 수 없는 최강 세력이다.

북부의 원정이 실패로 돌아가고, 명문 길드의 잔당들이 활약하며 골치를 앓게 했지만 그럼에도 힘의 총량에서 상대할 세력은 없었다.

하물며 제국 통일을 기점으로 얻은 이득을 길드의 확장에 힘을 쏟아 온 지금은 더욱 분명하다.

"아르펜 왕국이 조금씩 위협이 되고 있습니다. 장기간의 지배를 위해서라도 중앙 대륙에 안정된 기반을 다지려고 했습니다만 시간이 부족하군요."

"그렇다면요?"

"제국의 5대 수호 비책 중 한 가지를 열겠습니다."

헤르메스 길드 유저들. 그중에서도 최고 수뇌부 유저들의 눈이 번뜩였다.

라페이가 하벤 왕국 시절부터 준비했던 다섯 가지의 절대적인 전력!

똑똑한 토끼는 위험을 대비해 하나의 굴만 파지 않는다.

가능한 한 감춰 두고 최후의 순간에 꺼내려고 했지만 이젠 필요하다는 판단이 들었다.

"그렇다면 어떤 것부터……?"

"생산을 마친 전투용 골렘. 골렘만으로도 지금의 모든 사태를 종식시키기에는 충분할 것입니다."

"비밀 생산 기지에서 꺼내고 배치하는 데는 열흘 정도 시간이 걸립니다."

"그때까지만 웃으라고 하지요. 마지막으로 즐길 시간은 주어야 할 테니 말입니다."

이현은 〈로열 로드〉의 접속을 해제하고 캡슐 밖으로 나왔다.

보글보글.

주방에서 서윤이 구수한 된장찌개를 끓이고 있었다.

"괜찮아?"

"네. 맛이 잘 우러나왔어요."

"그니까 죽은 게……."

이현은 조심스럽게 위로라도 하려고 했다.

높은 레벨을 가진 서윤이 〈로열 로드〉에서 죽음을 겪었으니 그 손해란 얼마일 것인가!

'레벨, 스킬 숙련도, 장비!'

이현은 초보 시절에도 목숨을 잃으면 마치 누군가 자신의 돈을 떼먹고 도망간 것 같은 아픔을 느꼈다.

애초에 돈을 빌려준 적도 없지만 그럼에도 불구하고 떼먹힌 느낌!

"이거 한입만 먹어 보세요."

"음? 아… 어, 맛있네."

"괜찮죠? 저녁이니깐 마당에서 고기도 좀 구울 거예요."

"고기를……."

"삼겹살요. 불판 세팅도 해 놓을 테니깐 잠시 후에 먹어요."

"그래."

이현은 서윤과 〈로열 로드〉에서 죽은 일에 대해서는 이야기를 나누지 않기로 했다.

'괜히 상처를 말할 필요는 없지. 얼마나 마음이 아프고 괴로울까. 오죽하면 고기라도 먹으면서 기분 전환을 하려는 거야.'

서윤은 요리를 준비하면서 만족스러웠다.

'좋아, 된장찌개 맛있게 됐어. 밑반찬들도 아침에 새로 만들어 놨고.'

처음에는 함부로 간을 보기 힘들 정도로 어렵던 요리였지만 최근에는 요리 재료들의 깊은 맛이 잘 우러나왔다.

생선이나 삼겹살을 굽는 기술도 일취월장으로 나아졌다.

맛있는 음식을 해서 이현과 같이 먹으며 이야기를 나누는 순간이 그녀에게는 가장 행복했다.

위드가 다시 〈로열 로드〉에 접속했을 때의 장소는 바야르 미궁이었다.

바르고 성채 뒤쪽의 산악 지대에 있는 미궁으로, 열흘을 넘게 헤매도 끝이 없을 정도의 방대함을 자랑한다.

어딘가 알 수 없는 지역으로 이어지는 포털이 있다는 소문도 있었는데 아직 발견하진 못했다.

"크흐음."

위드는 바위에 앉아서 생각에 잠겼다.

그가 있는 부근으로는 해골들이 널려 있었다.

스켈레톤과 데스 나이트를 소환하여 전투를 펼쳤던 치열한 흔적!

수많은 언데드 군단을 몰고 다니면서 몬스터들과 소모전을 펼쳤다.

네크로맨서는 어중간하게 몇 마리의 몬스터들을 언데드로 둘러싸서 때려잡는 직업이 아니었다.

끝없이 불러일으키는 언데드로 소모전을 펼치면서 적을 압도하는 직업이다.

"자, 이제 어떻게 한다."

위드는 접속하기 전에 인터넷 게시판 몇 곳에 들러 반응을 살폈다.

방송에서도 서윤의 죽음에 대해 크게 떠들고 있었지만, 게시판이야말로 여론의 동향을 적나라하게 잘 드러내 주었다.

반하벤 제국의 기치를 달고 유저들이 구름처럼 일어나고 있
었다.

며칠 전까지만 해도 위드가 하벤 제국을 정복하자고 하면 북
부 유저들은 귀찮아하며 발을 뺐을 것이다.

정복이 언제 끝날지도 모르고 패배할 가능성도 염두에 두어
야 한다. 괜히 자신만 손해를 볼 여지가 큰 것이다.

그런데 서윤이 죽고 나니 북부 유저들은 자발적으로 하벤 제
국 원정군까지 꾸리고 있었다.

북부를 끈끈하게 잇는 풀죽신교.

그들이 자발적으로 나서서 전쟁을 요청하고 있다.

심지어 인삼죽, 도토리죽, 참깨죽, 밤죽, 벌레죽 부대는 자신들끼리 뭉쳐서 하벤 제국의 국경을 향하여 진군 중이었다.

풀죽신교는 초보 유저들이 많았고, 북부 특유의 모험을 우대하는 전통을 가지고 있었다. 죽음에 대해서도 그렇게까지 심각하게 여기진 않는 편이었다.

하지만 서윤이 하벤 제국, 헤르메스 길드에 의해서 죽는 모습은 그들에게 불합리한 것에 대해 싸울 의지를 불태우게 만들었다.

죽음을 두려워하지 않고, 다 함께 뜻을 함께하는 동료들이 가까이 있다.

풀죽신교에 속해 있는 북부 유저들의 접속률은 사상 최고 수준이었고, 그들은 각자 뜻을 모으는 중이었다.

그들의 마음이 하나가 된다면 하벤 제국을 향한 총공격도 이루어지리라.

위드나 서윤이 풀죽신교의 뜻을 정면으로 막지 않는다면 말이다.

"막는 것도 불가능한 것은 아닌데."

북부의 여론은 어쨌든 위드를 많이 의식하고 있었다.

위드가 하벤 제국과 악연으로 엮여 있기는 해도 싸우지 말자고 한다면 효과가 있을 것이다.

풀죽신교도 크게 실망은 하겠지만 전쟁은 막을 수 있을지도 모른다.

"근데 나도 별로 그러고 싶진 않단 말이지."

위드의 눈치는 빨랐다.

어딘가의 음모가 형성되거나, 누군가의 뒷말까지도 본능적으로 알아내는 능력!

일이 어떻게 돌아가는지에 대해서는 거의 본능적으로 알아차렸다.

'서윤이… 그냥 죽었을 리 없어.'

와삼이까지 타고 가서 전장에서 목숨을 잃었다.

'서윤이 착하기는 해도 바보가 아니지.'

사막의 대제왕 퀘스트에서 보여 주었던 정보 수집 능력이나 현재의 아르펜 왕국의 통치를 감안하면 대단히 똑똑하다고 해야 할 것이다.

위드가 자린고비처럼 아끼고 위기를 정면으로 돌파하는 능력이 있다면, 서윤은 세세한 부분까지도 놓치지 않는다.

일의 흐름을 재빨리 이해하고, 제멋대로 발전하고 있는 아르펜 왕국의 지역들까지도 하나로 묶으며 정확한 단위들을 파악한다.

그녀가 뻔히 죽을 줄을 알면서도 하벤 제국으로 넘어갔던 이유는?

여론의 반응을 보면서 위드는 그것을 알 것 같았다.

'나를 위해서. 아르펜 왕국을 위해서. 하벤 제국이 더 커 나가는 것을 막겠단 거겠지.'

위드의 고민은 지금 이 순간, 서윤의 죽음을 이용할 것인가에 있었다.

가족처럼 느끼는 그녀다. 가족의 죽음을 성공이나 출세를 위해 이용하고 싶진 않은 것이다.

'그녀를 성공이나 출세를 위해 이용하는 건 정말 최악의 일. 차라리 아르펜 왕국이 망하고 말지.'

위드는 생각해 본 적도 없는 계획으로 알았더라면 적극적으로 말렸으리라. 그런데 서윤은 이미 죽음을 겪었다.

그녀의 죽음으로 일어난 모든 상황의 변화들을 억지로 막는 것이 올바른지에 대해서는 고민스러웠다.

'서윤이 나를 위해 희생했던 거야. 근데 그걸 가치 없는 일로 만들어 버려도 되나?'

위드는 잠시 고민하다가 결론을 내렸다.

자신이나 서윤의 잘못은 아니었다. 일단 일이 벌어진 이상 수습은 해야 했고, 모든 책임은 하벤 제국이나 헤르메스 길드가 뒤집어쓰면 된다.

'괜찮아. 이럴 때 써야 할 나쁜 놈들은 따로 있으니까. 맨날

욕먹던 애들이 또 욕을 먹으면 되고, 뒷감당을 하면 되겠지.'

하벤 제국의 북부.

아르펜 왕국과 국경을 마주한 도시 일스람에는 긴장감이 흘렀다.

"놈들이 온답니다."

"정찰병은?"

"그런 거 없는데요."

"그럼 어떻게 알았는데?"

"방송 틀어 보십쇼. KMC미디어를 비롯해서 모든 채널에서 북부 유저들의 진군을 생중계하고 있습니다."

일스람의 영주 성에는 도시에 속해 있는 헤르메스 길드 유저들이 모였다.

영주 알토를 비롯하여 도시 관리직에 있는 12명의 핵심 유저들이었다.

"방송이나 틀어 봐."

"예. KMC미디어를 틀겠습니다."

"거긴 왜?"

"제 취향이라서요."

"……."

영주 성의 벽면에 있는 대형 수정 구슬에 불빛이 들어왔다.

충전한 마나석을 활용하거나, 마법사나 마나를 공급하여 활성화하여 텔레비전을 볼 수 있었다.

—끝이 보이지 않습니다.

—저건 도저히 숫자를 헤아릴 수가 없네요.

—놀랍게도 저 진군을 해 오는 병력은 일부라고 합니다.

—일부요?

꿀꺽.

수정 구슬을 보는 헤르메스 길드 유저들의 목에 마른침이 넘어갔다.

'최소 10만은 넘겠는데?'

'아… 머릿수 끝장이다. 저게 우리 도시로 온다니.'

—풀죽신교의 인원수가 천문학적이기는 하지요. 그러면 본대는 언제 옵니까?

—풀죽신교의 선발대가 아닙니다. 저건 도토리죽의 일부 병력입니다.

—도토리죽이라면 생소한데요.

—예. 풀죽신교에서는 비교적 소수에 속하는 부대입니다. 벌레죽 부대는 인근의 마을과 주요 시설물들을 전부 정복하고 진군하고 있답니다.

—벌레죽이라. 하하, 이름이 재미있네요.

—그들을 우습게 볼 수는 없습니다. 벌레죽은 칠흑처럼 검은 갑옷과 검을 주로 씁니다.

—복장을 통일한 것인가요?

—예. 주기적으로 던전 사냥을 하는 밤의 지배자들입니다. 암살과 전투의 달인들로 이루어져 있다고 봐야 할 것입니다.

—색다른 직업을 가진 유저도 있다면서요?

—벌레양성꾼이 있답니다. 독충을 키워서 부하처럼 명령을 내릴 수 있

다는데… 자세한 정보는 알려진 것이 없습니다.

—어째서요?

—벌레양성꾼을 본 유저들은 모두 어떤 이유에서인지 입을 다물었습니다. 일스람의 전투에서 최초로 목격할 수 있을 것 같습니다.

"허업!"

영주 알토는 혀를 깨물 뻔했다.

풀죽신교를 맞이하는 것만 하더라도 전투의 승패를 떠나 상상을 초월하는 일이다.

'벌레죽이라니!'

냉정히 말해 일스람은 중앙 대륙의 중심부에서는 많이 떨어진 변방이었다.

발전도도 낮았고, 경제와 기술 발전에 투자도 적게 이루어졌다. 인구라고 해 봐야 웬만한 유저들은 북부로 넘어가서 텅 비어 있었다.

알토는 그럼에도 기쁜 듯이 히죽 웃었다.

'사람은 줄을 잘 서야 해.'

헤르메스 길드에 돈으로 줄을 대서 영주가 되었다. 그리고 얼마 전에 풀죽신교가 영입을 제의했을 때는 두말없이 받아들였다.

헤르메스 길드에 대한 배신이었지만 여차하면 아르펜 왕국으로 넘어가면 되었다.

'하벤 제국에 남아 있어서 좋은 것도 없는데, 뭘.'

마판 상회를 비롯하여 몇몇 상단에 비밀 기지와 운송로를 제공하며 뒷돈을 받아 왔다.

'풀죽신교에 우리가 털릴 일은 없지. 저 재앙은 다른 영주들이 맞이하게 될 것이다.'

영주 알토는 생각을 마치고 서둘러 자리에서 일어났다.

"손님들을 맞이할 준비를 하십시다."

"예, 영주님."

"여관방들 깨끗하게 치워 놓고… 영주 성도 부족할 텐데, 복도에라도 이불을 깔아 드립시다. 오시는 분들의 취향을 고려하여 도시에 벌레도 좀 잡아 보세요."

✿

북부 유저들이 하르판 지역으로 몰려들고 있었다.

풀죽신교의 깃발을 단 무리도 있었지만, 개인적으로도 복수를 주장하며 국경을 넘었다.

전쟁 준비 따위도 없이 서윤이 죽자마자 유저들끼리 모여서 남쪽으로 침략을 한 것이다.

"전부 쓸어버리자!"

"정복이다, 정복!"

순수하게 아르펜 왕국이나 모라타에서 시작한 유저들보다는, 중앙 대륙에서 넘어갔던 유저들은 포르우스 강을 넘으며 감회가 새로웠다.

"쫓겨나듯이 도망치던 우리가 다시 중앙 대륙의 땅을 밟다니 말이야."

"그때는 우리들뿐이었지만 이제는 많은 유저들이 함께하고 있지."

　도시 모라타가 형성되던 시기, 중앙 대륙의 유저들은 헤르메스 길드의 박해를 피해서 북부로 찾아왔다.

　지금은 북부 유저들이 무시 못 할 정도로 늘어나며 동료들이 많아져서 든든했다.

　비록 레벨이 높진 않더라도 신대륙처럼 같이 힘을 모아 개척하며 영역을 넓혔기에 믿음이 갔다.

　북부, 아르펜 왕국이 커져 가면서 중앙 대륙에서 도망쳤던 유저들은 희망을 품었다.

　〈로열 로드〉가 즐겁고, 행복한 세계가 되리라는 크고 맑은 꿈이었다.

　현실이 각박하기에 더욱 〈로열 로드〉에 빠져든 유저들이 적지는 않으리라.

　그 새로운 세계마저도 힘의 논리에 의해 철저히 짓밟히는 환경에서 느꼈던 좌절감과 분노가 서윤의 죽음으로 폭발했다.

　아름다운 미모의 여성, 풀죽신교의 여신이 죽었기 때문이 아니라 대의를 느끼게 했다.

　"우리가 할 수 있는 일을 하자. 이런 곳에서 오랫동안 정체되어 있으면 곤란하지."

　"음. 많은 유저들이 모이는 것이니 그런 만큼 길게 끌 수는 없겠지."

　중앙 대륙 출신의 유저들은 누구나 본인의 전투력에 자신이 있었다.

　헤르메스 길드에 밀려서 북부로 떠날 때에도 약한 건 아니었다. 아르펜 왕국에서는 그 설움을 잊기 위해서라도 사냥과 퀘스트에 시간을 쏟았다.

훨씬 강해져서 중앙 대륙으로 돌아오는 것이었기에 실력을 발휘하고 싶었다.

"마을의 규모가 작고 군대가 주둔하는 수준이 아니라면 우리들끼리 정복을 하지."

"아르펜 왕국에서 기사 작위가 있는 이들이 앞장서자고. 그래야 영토 정복이 수월하니까."

"음. 악명이 높은 사람은 아쉽더라도 뒤로 물러나. 악명을 퍼뜨리면 아르펜 왕국의 평판이 떨어지니 말이야."

"우리 중 악명이 높은 사람은 아무도 없을걸. 중앙 대륙에서 활동하던 때는 달랐지만 말이야."

띠링!

영토 정복!
기사 르웨얄이 베칸 마을을 정복했습니다. 주민 876명은 반갑게 아르펜 왕국의 주민이 되는 것에 찬성했습니다. 앞으로 이 땅은 적국의 군대가 차지하거나, 반란을 일으켜서 떠나지 않는 한 아르펜 왕국의 소속이 됩니다.

하벤 제국의 영주들도 수비를 포기한 작은 마을과 광산, 농장을 복속시켰다.

벌레죽이나 고레벨 유저들의 활약은 풀죽 통신망을 통해 전달되었다.

풀죽안전보장회의, PSC.

전직 군인들이 정보를 통제하면서 풀죽신교의 각죽 부대들이 곧장 주요 도시들을 공략할 수 있도록 인도했다.

"풀죽, 풀죽, 풀죽!"

"힘껏 풀피리를 불어라."

"인삼죽 여러분. 전투가 벌어지기 전에 엘프가 재배해서 특별히 진한 13년근 인삼죽 한 그릇씩 하세요!"

북부 유저들이 수백만 명 단위로 움직인다.

그들 자체만으로도 대단한 인원이었지만, 그보다도 훨씬 많은 사람들이 관심을 갖고 살펴보고 있었다.

아르펜 왕국의 유저들이나, 중앙 대륙의 유저들!

〈로열 로드〉를 하거나 관계된 수많은 사람들이 북부 유저들의 진군을 지켜보았다.

모든 방송국에서 생중계를 결정한 건 너무나도 당연한 일이었다.

첫 번째로 도착한 도시 일스람!

영주 알토는 성문을 활짝 열고 북부 유저들을 맞이했다.

"먼 길 오시느라 수고가 많으셨습니다! 일스람에 오신 귀한 여러분들을 환영합니다."

성문과 영주 성에는 풀죽을 그린 깃발까지 단 채로 북부 유저들을 열렬히 반겼다.

영주 알토는 음유시인들을 초대하여 악단 연주까지 붙여 주었다.

하르판 지역에 있던 하벤 제국의 영주들은 그 광경에 기겁을 했다.

"헤르메스 길드를 배반했어?"

"저긴 위치가 어쩔 수 없는 곳이기는 했지만 말이야. 우린 어떻게 하지?"

도시 일스람을 아르펜 왕국에서 쉽게 얻은 것이야 상관할 바가 아니지만, 북부 유저들의 공격이 곧바로 자신들에게 향한다는 점이 문제였다.

그 순간, 헤르메스 길드도 고심에 잠겼다.

"군대를 보내서 북부 유저들을 막아야 한다. 그렇지만 충분한 병력을 결성하려면 시간이 필요한데."

라페이가 이끄는 헤르메스 길드의 수뇌부는 당장 손을 쓰기엔 준비 기간이 모자랐다.

군 병력을 집결시키고 전투 물자를 지급하며 운송 수단을 통해 제국의 북쪽까지 진군해야만 한다.

검 한 자루 둘러메고 걸어오는 북부 유저들과 비교할 바가 아니었다.

"하벤 제국이 침략당해서 영토를 빼앗긴다는 치욕은 감수할 수 없지."

"명예와 패기. 이런 가치를 잃어버릴 수는 없습니다."

"영주들이 어떻게든 버텨 주지 않겠습니까. 제국군이 아르펜 왕국을 견제하기 위해서라도 꽤 배치되어 있으니 말입니다."

"우선은 신속하게 지원군을 파견하기로 하죠."

북부 유저들에 대응하기 위해 정식으로 소집령을 내려서 병력을 모았다.

하벤 제국의 군대가 도착하기도 전에 북부 유저들은 하르판 지역에서 퍼져 나갔다.

"독버섯죽이요!"

"보리죽 왔습니다."

"콩죽 지원부대 도착 완료."

"고구마죽, 돌멩이죽, 꽃게죽도 대기 중입니다."

하르판 지역은 변방이기는 해도 중앙 대륙에 속해 있기에 요새와 성벽들이 잘 갖춰져 있었다.

서둘러 온 북부 유저들은 공성 무기가 없어서 성벽을 넘으려다가 수십만 명이 의미 없이 목숨을 잃었다.

그런데 하벤 제국에서는 더욱 경악을 금치 못한 것이, 죽은 유저들보다도 합류하는 유저들이 몇 배에 달했다.

"모두 정신을 바짝 차리도록 하자! 적들은 약하기 짝이 없고 변변한 마법이나 공성 무기도 가지고 있지 않다. 이곳은 절대 함락되지 않는다."

협곡 르위얄의 요새에서 제국군을 지휘하는 헤르메스 길드 유저들은 사기가 드높았다.

〈로열 로드〉의 특성상 마나와 마법 화살이 존재하는 이상 아무리 많은 병력이라도 막을 수 있다.

보통 공성전은 3배의 병력으로 공격을 해야 하지만, 상황에 따라 수백 배의 군대도 함락시키지 못한다.

헤르메스 길드 유저들이 전투 공적의 신기록을 세우기 위한 기대에 부풀어 있을 때였다.

"가벼움의 깃털을 쓰도록 하죠."

북부 유저들 중 공수부대 출신의 유저가 제안했다.

천공의 도시 라비아스의 특산품이라고 할 수 있는 아이템.

몸의 무게를 깃털처럼 가볍게 만들어서 높은 곳에서 땅에 떨어질 수 있게 해 주는 물품이다.

전투 중 사용하기에는 적합하지 않지만 산악 지대에 있는 요새를 성벽을 뛰어넘어 점령하기에는 그만인 물건이었다.

"근데 가벼움의 깃털은 전투에 쓰기에는 안 좋지 않나요?"

어느 한 유저가 질문을 던졌다.

"맞습니다. 천천히 날아가니까 느려서 쉬운 표적이 되겠죠."

"단점이 큰데요?"

"한밤중에 사용하면 될 겁니다. 대응하기는 하겠지만 10만 명 정도가 동시에 뛰어들면 일부는 착지하겠죠. 그들이 시간을 끄는 사이에 성벽을 점령해 봅시다."

"으음. 잘 모르겠네요. 뭐, 어쨌든 그 제안이 실패하면 또 다른 걸 시도해 보죠!"

10만 명 정도는 일단 던져 보는 스케일!

북부 유저들은 재미있겠다면서 계획대로 움직이기로 했다.

한밤중의 낙하 작전!

하벤 제국군은 불화살과 마법 공격으로 대응에 나섰다.

그만큼 화력은 분산될 수밖에 없었고, 중앙 지역이 아닌 만큼 다음 날 아침에는 함락되었다.

북부 유저들의 승리였다.

북부 유저들은 5일 만에 하르판 지역의 영토 27% 정도를 정복했다.

모라타와 바르고 성채, 새벽의 도시.

풀죽신교에서 전면적으로 움직이지 않은 상태에서 이른바 성질 급한 선발대가 이루어 낸 성과였다.

하벤 제국의 영주들은 협곡 요새 르위얄이 함락당하면서 저항할 의지를 상당 부분 잃어버리고 말았다.

풀죽신교와의 전쟁에서 당장은 영주들이 불리했다.

며칠이라도 뒤에 제국에서 지원군이 도착해서 영토를 회복하더라도 도시가 초토화되고 난 이후일 테니 항복을 선택한 것이다.

"당장 내 도시와 주민들을 다 잃어버릴 수는 없지 않겠소."

"하벤 제국에서 우릴 가만 놔두질 않을 텐데요."

"기회를 봐서, 북부 유저들이 허점을 드러내면 봉기합시다."

"그렇게 하면 여론이 안 좋을 텐데요?"

"상황을 봐서 하면 되지 않겠습니까. 여차하면 도시를 정리해서 떠날 수도 있고요."

하벤 제국의 영주들은 항복하고 나서 일이 전개되는 방향에 따라 맞춰 가기로 했다.

하벤 제국이 빠르게 영토를 회복하면 그들의 편에 서서 아르펜 왕국에 대항하면 될 것이다.

그렇지만 북부 유저들이 대거 들어오고 나서는 기회를 잃고 말았다.

"풀죽, 풀죽, 풀죽!"

"와… 이 도시에는 길드 시설이 상당히 잘되어 있네. 상점도 크고 물량도 많아."

"중앙 대륙이잖아."

"중앙 대륙에는 처음 와 봤어. 넘치는 돈과 기술력. 화아…
그래도 아르펜 왕국이 좋지."

"이젠 여기도 아르펜 왕국이야."

북부 유저들은 활짝 열린 성문으로 들어와서 평화로운 방법
으로 도시를 장악했다.

그들이 도시의 상점이나 시설물들을 이용하는 것만으로도
유저들의 물갈이가 싹 이루어졌다.

기존에 활동하던 유저들의 비율이 2 정도라면 신규 유입되
는 북부 유저들은 100 혹은 그 이상!

영주들은 무기점과 방어구점, 잡화점, 교역소에서 올라가는
매출을 보며 눈을 휘둥그렇게 떴다.

"어제 매출의 84배가 넘어. 특히 돼지고기와 닭고기의 판매
량이… 아, 돼지죽과 닭죽 부대 님들이 들어왔었지."

"그냥 몽땅 사는구나. 비싼 고급 무기들은 남겨 놓긴 하지
만……. 이런 게 아르펜 왕국 영주들이 느끼는 재미인가?"

하벤 제국의 영주들은 변방에 지역이 위치한 탓에 환경에 따
른 불이익을 많이 받았다.

장거리 모험을 하는 유저들이 많이 찾아오고, 어중간한 위치
에 있는 도시에서 시작하는 신규 유저가 드물었다.

신규 유저들은 하벤 제국을 비롯한 각 지역의 수도를 선택하
거나, 아르펜 왕국으로 몰려들었으니 변방은 크게 소홀했던 것
이다.

영주들은 도시를 발전시키려고 해도 소비량이 한정되어 있어서 적당히 유지해 나가기만 했다.

광산이 있어도 개발하기보다는 소규모로 수입을 했고, 몬스터들이 들끓으면 용병을 고용하는 퀘스트로 진압했다.

중앙 대륙의 수준이 높았기에 용병 고용은 쉬웠지만 그들은 정해진 돈을 받고 일을 마치면 다시 떠나 버렸다.

'이건 분명 기회다. 내 도시를 발전시킬 수 있는 하늘이 내린 기회!'

하르판 지역의 하벤 제국 영주들은 아르펜 왕국과 접해 있었으니 그동안의 소식에 대해서도 예민했다.

아르펜 왕국의 발전도나 위협을 걱정하고 있었지만, 막상 깃발을 바꿔 들고 나니 이보다 행복할 수가 없었다.

"풀죽신교 여러분들을 환영합니다."

"반갑습니다. 어서 오세요."

"오늘은 광장에서 무료로 바비큐 파티를 합니다. 참가자분들에게는 사제들이 축복의 의식을 펼쳐 드리고 있습니다."

"쿠폰 받아 가세요! 레벨 제한 200 이하 무기 교환 쿠폰입니다. 선착순 1,000분께 드려요!"

격렬한 전쟁을 기대하고 방송국에서 파견을 나온 취재원들은 당황했다.

"뭐야, 이거."

"갑자기 왜 축제가 벌어지냐. 제대로 온 거 맞는데."

"여긴 틀렸어. 그래도 벨르덴 도시는 전투가 벌어지지 않겠어. 며칠 전에 그곳 영주가 자긴 하벤 제국에 뼈를 묻을 거라고 했잖아."

"몰랐습니까? 벨르덴 성문에 풀죽신교를 환영한다고 현수막이 걸렸는데요."

방송국에서는 시청자들의 관심이 집중되어 있기도 했고, 방송 예고가 되어서 그대로 생중계를 결정했다.

북부 유저들의 입장과 활기를 띠는 도시들의 모습이 방송으로 공개됐다.

하벤 제국의 지역에서 활동하던 유저들도 북부 유저들을 열렬히 환영하며 반겼다.

—재미나네. 이게 풀죽신교지.
—인해전술. 정확히는 풀죽바다전술이다!
—놀러 갑시다!
—재밌겠네요.

하르판의 일부 지역에서는 제국군과 북부 유저들과의 전투도 벌어졌다.

평소에 평판이 너무 안 좋아서 항복을 선택할 수 없던 영주들, 하벤 제국과 밀접한 관련이 있는 이들은 전투를 결정했다.

수비병을 끝까지 긁어모아서 싸웠지만 수많은 유저들의 공격에 의해 성이 함락되었다.

그 이후의 약탈!

"영주나 헤르메스 길드의 재산은 뭐든 가져가도 됩니다."

"일반 주민들에게는 피해가 없도록 주의해 주세요."

"몽땅 털어라!"

성의 창고에 쌓여 있는 곡식과 전투 물자, 교역품들.

하벤 제국에 상납품으로 바칠 물품들까지도 북부 유저들은 닥치는 대로 노획할 수 있었다.

사실 의로움으로 뭉친 북부 유저들이기는 했지만 그럼에도 실속을 무시할 수는 없었다.

남들이 다 약탈을 하는데, 혼자만 안 하면 바보!

풀죽신교에서도 저항한 영주의 재산에 대해서는 얼마든지 자유롭게 가져가도록 허락했다.

서윤의 최종적인 허락을 받아야 했는데, 그녀는 현명하게 판단했다.

'헤르메스 길드에 돌려줄 재산이 아냐. 그리고 아르펜 왕국을 위해 노력한 분들에게 나눠 줘야 해.'

위드가 알았다면 단식투쟁을 해서라도 막았을 결정!

헤르메스 길드는 주요 도로나 중심가의 상가들까지 소유하고 있는 경우가 많았는데, 이런 곳들도 북부 유저들의 방문을 받았다.

"자! 기다리시는 분들이 많습니다. 각자 3개씩만. 그리고 본인이 쓸 수 있는 물건들만 가져가도록 합시다."

"질서를 지켜요! 품위 있게 약탈합시다."

"약탈 도덕을 지켜 주세요. 우리 모두를 위한 길입니다."

처음 몇 도시에서는 풀죽신교답지 않게 초토화에 가까운 약탈을 했다.

심지어는 일반 유저나 주민들의 주택들까지도 약탈했다.

전쟁 중에 발생한 일이기는 했지만, 당사자나 점령군의 명성과 명예를 심하게 낮춘 일이었다.

> 정복 과정에서 화재와 약탈로 도시가 파괴되었습니다.
> 아르펜 왕국의 평판과 왕국 정치, 인근 지역에 대한 영향력이 감소합니다.
> 정복 지역의 주민들이 반감을 갖습니다. 그들은 점령군을 환영했지만 극심한 피해를 입어서 괴로워하고 있습니다. 아르펜 왕국에 대해 기대와 희망을 버리는 상태입니다.

방송국들도 '무차별 약탈', '혼란의 아비규환'으로 보도할 정도였다.

인터넷에서의 평가도 일부는 이해할 수 있는 소요 사태라고 했다.

과거 중앙 대륙에서 전쟁이 벌어졌을 때에는 이보다 더한 일들이 많았던 것이다.

이긴 쪽에서 약탈하며 부수기도 했고, 패배한 쪽에서 질투심에 도시를 불태워 버리기도 했다.

그렇지만 풀죽신교의 유저들은 아직 순수했다.

약탈장려법.

약탈을 위한 규칙들을 만들어서 질서를 유지하도록 했다.

북부 유저들은 방송국의 영향도 있었고, 다른 이들의 시선 때문에라도 질서정연하게 하벤 제국의 재산들을 빼앗았다.

이러한 모습들이 방송으로 중계가 되면서 하르판 지역의 하벤 제국 영주들은 투지를 잃었다.

저항해서 패배하면 모든 것을 잃을 수 있었으니 적당히 눈치를 봐서 아르펜 왕국에 항복했다.

풀죽신교 비상 전략 상황실.

그들은 베르사 대륙의 지도가 펼쳐져 있는 방에서 전략 회의를 했다.

"하벤 제국의 군사력은 강합니다. 그걸 떠나서라도 중앙 대륙의 땅을 전부 정복하기는 무리입니다."

"그렇겠죠. 지금의 전력으로는……."

"북부 유저들이 계속 참전하고는 있지만 아무래도 한계에 부딪치게 될 겁니다. 제국군도 전면 공격에 나설 것이고요."

"헤르메스 길드는 무슨 꿍꿍이인지 참고 있는 것 같군요. 발전도가 낮은 지역보다는 핵심 지역의 반란군 퇴치부터 신경 쓰려는 것 같기도 하고."

"적대 세력을 확실히 드러나게 하는 편이 좋을 테니까요. 그들이 반격을 시작하면 만만치 않을 것입니다."

풀죽신교의 비상 전략 상황실은 가지고 있는 정보 안에서 최선의 판단을 내리려고 했다.

북부 유저들의 힘, 조인족들이 파악한 대륙 지도와 정세.

유저들 중에는 현실에서 국방부 고위직에 속한 이도 있었는데, 자국의 군사계획보다도 풀죽신교의 활동에 푹 빠졌다.

"제국의 땅을 일부 점령한 것으로 만족해서는 안 될 것입니다. 당분간 실익은 없어요."

"동의합니다. 북부 유저들이 전쟁에 동원되며 줄어드는 생산력이나 경제력을 감안하면 이건 손해입니다."

"베르사 대륙이 조금 넓습니까. 한 지역을 빼앗기더라도 제국의 힘이 일부만이 줄어든다고 할 수 있을 것입니다."

뛰어난 전략가들이 베르사 대륙의 지도를 놓고 고심했다.

아르펜 왕국의 전력을 이용하고, 하벤 제국에 타격을 입힐 수 있는 계획들이 수립되고 토론 끝에 폐기되었다.

"정말 골치가 아프군요. 하벤 제국이 너무 강합니다. 북부 유저들은 중앙 대륙의 중심으로 진격할수록 분산되고 약화될 것입니다."

"제국이 전략적 요충지들을 강화하고, 기동타격대를 운용한다면 영토를 지킬 수 없는 우리들에게는 큰 문제가 생깁니다."

"이 정도에서 전쟁을 그치는 것도……."

"여신님이 돌아가셨습니다. 모두가 납득할 수 있을 정도로 복수를 해야 합니다."

"하지만 방법이……."

"헤르메스 길드에 속하지 않은 모든 유저들이 우리를 희망으로 여기고 있다는 점도 명심합시다. 우리가 포기하면 그걸로 끝입니다."

풀죽신교, 북부 유저들은 자존심을 지키고 싶었다. 뒤늦게 시작한 〈로열 로드〉지만 힘에 굴복하고 싶은 마음은 없었다.

"위드 님이 했던 말. 하벤 제국을 갈가리 찢어 버리겠다는 말이 또 떠오릅니다."

"으음……."

"그때 우린 너무 뜻을 좁게 해석했던 게 아닐까요?"

풀죽신교의 비상 전략 상황실은 또다시 위드가 그냥 열받아서 내뱉은 말에 대한 심층 분석을 했다.

그 결과, 놀라운 계획을 수립할 수 있었다.

"갈가리 찢는다. 이것은 누가 들어도 무식하게 대륙을 정복하겠다는 게 아니었죠."

"그렇습니다. 하나씩 찢어 놓는다는 건데… 이제야 그 말의 의미를 알겠군요."

아르펜 왕국을 강화하고, 하벤 제국을 찢어 놓기 위한 계획!

그 시작은 땅이 아니라, 바다에서부터였다.

헤인트, 프렉탈, 보드미르.

베키닌의 3마리 미친 상어들.

멀고 먼 남부 대륙까지 교역을 다녀온 그들은 치밀어 오르는 희열을 감추기 어려웠다.

"왔다, 우리의 세상이!"

"세상에… 이게 전부 우리의 전투 선단이야?"

"의심하지 말자. 우린 진정한 해적 제독이다."

사략 해적!

국가에 소속되어 적국의 상선이나 군함을 격침시키는 해적.

아르펜 왕국은 베키닌 출신의 3마리 미친 상어들을 해적 제독의 지위에 임명했다.

하벤 제국과의 분쟁이 발생하면서 그들 밑으로는 항구 바르나와 레자드의 유저들이 밀려들었다.

북동쪽 해안가는 소형, 중형 범선에서부터 모험선, 갤리선과 교역선으로 뒤덮였다.

모험을 위한 쾌속선과 전투에 부적합한 낚싯배들도 있었지만 어쨌든 머릿수는 채워 줬다.

"해적질 좀 하러 왔슴다."

"어딜 털 겁니까. 크흐흣."

"해골 깃발 달고 왔는데요. 어때요. 해골에 썩소티 좀 나죠?"

"노세, 노세, 젊어서 노세……."

"아저씨, 낚시하는데 노래 부르지 마세요!"

바다에서 파도가 칠 때마다 출렁거리는 배들은 10만 척에 달할 정도였다.

육지에 있는 북부 유저들의 규모에 비한다면 숫자가 적게 느껴질 수도 있지만 사실은 그렇지 않다.

베키닌의 3마리 미친 상어들이 타고 다니는 대형 전투함만 하더라도 선원이 150명이나 근무했다.

"저희들 좀 태워 주세요!"

"이 배도 하벤 제국 가죠?"

"아저씨, 우리 리튼 지역에 데려다줄 수 있어요?"

"로디움 쪽으로 가는 배 찾습니다. 워리어예요. 선원 일도 도와드릴 수 있어요."

택시를 타듯이 배에 탑승하는 일반 유저들까지!

날씨와 해류를 감안하여 밤늦게 출항을 준비했다.

배마다 보급 물자들을 두둑하게 채웠고, 교역품까지도 챙겨 넣었다.

"출항이다!"

새벽.

불을 환하게 밝힌 10만 척의 선단이 남쪽을 향하여 항해를 시작했다.

베키닌의 3마리 미친 상어가 선두에서 이끌었으며 그 뒤로는 작은 뗏목들까지 밧줄로 엮어서 뒤를 따랐다.

까악. 까아아아악!

날갯짓이 귀찮은 조인족들은 새의 형태로 느긋하게 깃을 다듬으며 뱃머리와 돛대에 앉아 있었다.

네리아 해전

하벤 제국 해군!

그들의 기항지는 항구 보라스크였다.

"우린 바다의 지배자들이다. 그 누구도 우리들에게 대항하지 못한다."

제국 해군은 자부심이 드높았다.

바다에서는 배의 성능이 중요하기 때문에 높은 기술력과 막대한 군비를 소모하는 그들이 대륙 최강이라고 생각했다.

제국 해군들은 드린펠트와 하킴이 아르펜 왕국에 의해 박살이 난 뼈저린 과거를 복수할 기회만 노리던 참이었다.

항구 레자드에서 북부 유저들의 출항!

목적지는 리튼과 로디움. 상륙을 준비 중임!

조용히 전쟁을 대비해서 힘을 기르던 제국 해군에 첩보가 입수되었다.

"우리도 출항이다."

해군 제독 칼맨은 출항을 결정했다.

헤르메스 길드의 수뇌부에도 공식적으로 허락받았다.

"전원 토벌하세요. 우리가 힘이 없어서 참은 게 아닙니다. 하벤 제국에 대항하면 어떻게 되는지 보여 줘야 합니다."

라페이와 참모들은 북부 유저들의 상륙을 내버려둘 수는 없는 처지였다.

아직 북부 유저들의 공세가 제국을 위협할 정도는 아니라고는 판단했다.

북부 유저들도 성질 급한 일부만이 전쟁에 뛰어들고 있었기에 산악 지대가 많고, 발전이 더딘 하르판과는 달랐다.

로디움과 리튼은 꽤나 번성한 왕국이 있던 지역, 헤르메스 길드 유저들과 군대도 많이 배치되어서 정복당하리라고는 생각하지 않았다.

그럼에도 방송으로는 북부 유저들이 하벤 제국에 전면적으로 전투를 일으키는 광경을 보여 주고 싶지 않았다.

하벤 제국이 고작 초보자들로 모인 북부 유저들에게 시달리는 모습은 얼마나 꼴 보기 싫고, 반란군을 자극하겠는가.

"바다에서 전부 수장시켜 주세요. 놈들은 제국의 땅을 밟을 수 없도록 해야 합니다."

"물론입니다."

칼맨은 중장갑을 두른 전열함 300대, 그 외에 갈레온과 카락 등의 다수의 전투선을 이끌고 동쪽으로 향했다.

"놈들이 보입니다."

"적 함대 발견! 총원 전투 배치!"

하벤 제국 해군은 거대한 선단의 무리를 멀리에서부터 발견했다.

〈로열 로드〉에서는 수많은 유저들이 인터넷에 올리는 영상과 방송국이 있기 때문에 정보전이 크게 의미가 없다.

아르펜 왕국의 선단도 일찌감치 위치를 파악할 수 있었고 그에 따라 전투를 벌이기 좋은 자리를 선점할 수 있었던 것이다.

'드린펠트와 하킴 같은 실수는 하지 않아. 난 다른 헤르메스 길드 유저들과는 다르다. 방심하지 않고, 적을 무시하지도 않는다. 내 능력을 완전히 발휘하여 상대를 격파할 뿐.'

칼맨이나 헤르메스 길드의 해군에 소속된 유저들은 해상전의 중요한 요소인 해류와 바람의 방향을 신중히 계산하여 위치를 잡았다.

"어마어마하군."

"직접 보니 더 장관이다."

헤르메스 길드의 유저들은 막상 아르펜 왕국의 선단을 보니

기가 막힐 지경이었다.

띠링!

끝없는 평야나 숲을 보는 것처럼 바다가 배로 뒤덮여 있다.

돛을 활짝 펼친 배들이 남쪽으로 항해해 가고 있었는데 살짝 겁이 날 정도였다.

칼맨과 해군 유저들도 상당히 많은 해상전을 치르기는 했지만 이런 규모의 적과 싸우는 건 처음이다. 하지만 질 거란 생각은 안 했다.

'바다는 육지와는 다르다. 배의 성능과 바람. 이 조건들이 승패의 중요한 요인이 되지.'

제국 해군은 신중하게 전술을 짰다.

"대포는?"

"장전 완료입니다. 언제라도 쏠 수 있습니다."

"바람을 등지고 적의 외곽부터 타격한다. 끌려 들어가지 않도록 하라!"

"예, 제독!"

제국 해군은 길게 늘어서서 북부 유저들의 선단을 맞이했다.

"사거리에 들어왔습니다."

"발사!"

제국군의 전열함들이 포문을 열고 일제히 대포를 발사했다.

굉음을 내며 바람을 타고 날아간 포탄들이 북부 유저들의 배에 적중되었다.

쾅쾅쾅광!

포탄의 일부는 바다에 떨어져서 높은 물기둥을 일으켰다.

"침몰한다!"

"어서 피하세요!"

북부 유저들의 선박 중 수십 척이 가라앉았다. 일부는 선체가 파괴되어 깊은 바다로 서서히 침몰했다.

"우리도 쏩시다. 발사!"

"당하고만 있을 수는 없지. 장전하는 대로 쏴 줘요!"

선두에 있던 북부 유저들의 배들도 갑판에서 선원들이 포를 쐈다.

배에서 새하얀 연기를 일으키면서 쏘아진 포탄은 제국 해군의 근처에도 가지 못하고 바다에 떨어졌다.

"크크큭."

"아. 이거 너무 쉬운 거 아닙니까."

헤르메스 길드 유저들은 웃음이 나오는 걸 참기 어려웠다.

'이건 이겼다.'

칼맨도 적 선단의 규모를 보며 생겼던 긴장을 풀며 확신을 가졌다.

해상전에서는 배의 규모와 성능, 대포의 사정거리가 굉장히 중요했다.

바람을 등지고 쏘는 대포는 사정거리가 조금 더 길어진다.

비슷한 성능의 대포를 쏘더라도 제국 해군이 유리했는데 기본적인 사정거리의 차이가 크다면 말할 것도 없다.

'절대적인 승리야. 적의 숫자가 아무리 많더라도 닿지도 않는데 무슨 싸움을 한단 말인가.'

칼맨은 제국 해군에 신호를 보냈다.

"우회하면서 계속 포격한다. 배의 성능에서 우리가 압도하니 사정거리 밖에서 끝까지 쏜다."

"예, 제독님!"

제국 해군은 약속된 움직임을 하며 포탄을 계속 쏘았다.

대포가 달아오를 정도로 쏘아진 포탄은 밀집해 있는 북부 유저들의 선단을 무참히 타격했다.

속력을 최대한 높인 모험가 전용 배들이 앞으로 튀어나왔지만 그들은 맞히기 쉬운 표적이 될 뿐이었다.

노련한 제국 해군은 포격을 가해서 선두의 배부터 박살을 냈고, 우월한 기동력을 이용하여 계속 움직였다.

북부 유저들의 배가 돛을 활짝 펴고 다가오려고 해도 거리는 오히려 더 멀어진다.

베키닌의 3마리 미친 상어들은 제국 해군의 포격에 속수무책이었다.

"이런 빌어먹을!"

"우리라도 나가자. 우리 배는 저것들을 따라잡을 수 있잖아. 전열함은 느리다고."

"안 돼. 우리만 앞서가면 일제 포격을 당하고 말 거다."

베키닌의 3마리 미친 상어들은 북부 유저들이 모인 선단의 중심이었다.

그들까지 격파되고 난다면 어떤 수단도 남는 것이 없다.

거대한 북부 유저들의 선단이 한 덩어리로 모여 있었지만 제국 해군은 그들을 말 그대로 지워 나가고 있었다.

육지에서 유저들이 죽음을 경험하면 레벨과 숙련도, 아이템을 잃어버리는 페널티를 받지만 되살아난다.

하지만 바다에서는 침몰하거나 부서진 배들은 다시 복구되지 않았다.

아르펜 왕국에서 지금까지 키워 온 해상 전력. 그 대부분의 배들이 네리아 해의 깊은 바다로 사라져 가고 있었다.

드넓은 바다에는 격침당한 배들의 잔해로 가득했다.

헤르메스 길드의 유저들과 제국 해군은 얼굴에 미소가 가득했다.

"이겼다! 우리 측의 피해는 한 척도 없이 저것들을 전부 가라앉혀 버리자고."

"해전의 역사에 길이 남을 전쟁이 되겠지. 놈들은 이미 멀리 와서 다시 아르펜 왕국으로 돌아가지도 못한다."

제국 해군은 만약 북부 유저들이 뱃머리를 돌려서 도망치더라도 끝까지 쫓아갈 작정이었다.

이미 승리를 대비하여 포탄과 물, 식량을 갖춘 수송선까지도 따라왔다.

헤르메스 길드에서 해상 교역을 중심으로 하는 상단 '영광의 바다'가 선박을 전부 이끌고 왔던 것이다.

"풀죽, 풀죽, 풀죽!"

북부 유저들은 돛을 활짝 펼치고 최대한의 속도를 냈지만 물러서면서 포격하는 제국 해군의 밥이 되고 있었다.

까우우우우!

그때, 먼바다에 들리도록 세차게 울부짖는 조인족이 있었다.

조인족 유저 중에서 최고로 꼽히는 날쌘 찬바람.

찬바람의 종족은 제비로서 최초로 날쌘이라는 수식어까지 얻은 조인족이었다.

"작전 개시다앗!"

북부 유저들의 돛과 갑판에서 조인족들이 일제히 날아오르기 시작했다.

머리를 붉게 염색한 조인족들이 선두가 되어서 새들이 하늘 높이 솟구쳤다.

"돌격!"

조인족들은 충돌 파괴력을 증가시켜 주는 왕관을 착용한 채로 제국 해군을 향하여 덤벼들었다.

조인족에게 맞는 방어구이면서 공격력 향상 아이템!

"배를 보호하라."

제국 해군의 마법사들은 조인족들에게 공격 마법을 발동시켰다.

수많은 화염과 빛줄기들이 하늘로 솟구쳤으며, 일부의 마법사는 전열함을 옅은 보호 마법으로 감쌌다.

"산개해서 무너뜨려!"

꼬끼요옷!

조인족들은 마법 공격을 피하여 흩어져서 배로 돌진했다.

공중에서 적중되어 회색빛으로 변해서 사망하거나 튕겨 나가는 조인족들!

그럼에도 절반 가까운 조인족들이 전열함으로 접근하는 데 성공했다.

꾸에에엑!

조인족들이 단단한 전열함의 갑판에 충돌했다.

쿠우우웅!

전열함에 미미한 미동이 생기기는 했지만 갑판은 뚫리지 않고 멀쩡했다.

헤르메스 길드 유저 중의 1명이 큰 소리로 웃었다.

"멍청한 놈들! 너희들의 전술이야 빤한 거 아닌가. 이거 강철로 강화된 배다!"

중갑을 둘러서 강화된 전열함!

그 말을 들은 조인족 유저 뚤치는 죽기 직전에 통신 채널을 통해 알렸다.

> 뚤치: 강철로 강화된 배라고 합니다. 부딪친 머리가 아픕니다. 무모한 돌격은 의미가 없… 크윽!

조인족들은 이미 돌진하고 있었다.

수많은 마법 공격에 의해 당하고 있었기에 지금 다시 하늘로 날아간다면 돌이킬 수 없는 피해를 입게 된다.

> 찬바람: 선체가 안 된다면 돛이라도 부숩시다. 우리가 할 수 있는 모든 걸 합니다.

바람을 가르며 아래로 내리꽂히는 조인족의 눈동자와 부리에 힘이 잔뜩 실렸다.

북부 유저들 대부분이 그렇지만, 조인족들은 특히 용감했다.

애초에 생명력은 적지만 빠르게 날개를 펼쳐서 날아다니는 직업이다.

그 속박되지 않는 자유로운 영혼들!

조인족들은 서윤을 만나서 말을 들었던 적도 있었기에, 기꺼이 그녀를 위해 목숨을 내던지기로 했다.

조인족들이 일제히 전열함에 내리꽂혔다. 갑판에 부딪치는 건 의미가 없었기에 대포를 장전하는 수병들에게 부딪치거나 돛을 묶어 둔 밧줄을 쪼았다.

따다다닥!

"안 돼, 이놈의 새들!"

조인족들은 놀라운 솜씨와 빠르기로 밧줄을 쪼아서 돛을 떨어뜨려 버렸다.

건물에 비교할 수 있을 정도로 육중한 전열함은 하부에 노를 젓는 시설이 없었다.

넓고 큰 돛을 3~4개씩 달아 놓았는데 하나만 떨어져 나가더라도, 그렇지 않아도 느린 기동력에 큰 장애가 생긴다.

"쯧. 예상은 했던 대로군."

칼맨은 돛이 뜯겨 나가거나 구멍이 뚫린 전열함들의 상태를 보며 눈을 찌푸렸다.

"대비는 했어도 완전히 막진 못했나. 그래도 이 정도라면 상관할 바는 아니지."

조인족들을 해치웠으니 변수는 대부분 사라졌으리라.

"우현전타. 돛에 피해를 입은 선박들은 전장을 빠져나가서 완벽히 수리하고 돌아온다."

제국 해군이 시간을 끄는 사이에 절반 정도의 전열함이 전투 지역을 이탈했다.

북부 유저들에 둘러싸여서 벌 떼 공격에 당해 주지 않기 위해, 느리지만 미리 움직인 것이었다.

전열함과 전투형 범선들이 포격을 뿜어내는 사이에 안전하게 적당히 거리를 두고 멀어졌다.

큰 메인 돛을 선원들이 다시 올리고, 그사이에 수송함으로부터 포탄도 보충하려 했다.

북부 유저들의 선단은 전속력으로 접근하고 있었지만 제국 해군은 물러서면서 포격을 계속했다.

천둥 벼락을 치는 것 같은 굉음 속에서 날아온 포탄들이 북부 유저들의 선박을 산산조각 냈다.

헤르메스 길드 유저들이 의외로 너무 쉬운 싸움이라는 생각을 했던 바로 그때였다.

크르르릉!

무언가가 크게 걸리는 소리와 함께 전열함들의 선체가 일제히 기우뚱 흔들렸다.

"무슨 일이냐!"

"배가 움직이지 않습니다."

"그럴 리가……."

칼맨이나 헤르메스 길드 유저들은 처음으로 당혹스러웠다.

바다에서 가장 두려운 상황 중의 하나가 배가 움직이지 않는 것이다. 하필이면 그것도 전투 중에!

헤르메스 길드 유저들은 바람에 팽팽하게 펼쳐진 돛을 보며 이상하게 여겼다.

"바람은 정상인데, 무슨 일이지?"

"물속에 어떤 문제가 생긴 것 같습니다."

그들이 미처 알지 못한 사실이지만, 수중에도 북부 유저들이 있었다.

풀죽신교 비상 전략 상황실.

해군 전투 지휘반에 전 세계의 해군 엘리트들이 모였다.

"해전은 우리의 전력으로는 무리입니다. 선박의 배수량에서 부터 무기 체계까지 격차가 너무 큽니다."

"그래도 우리가 숫자는 많지 않습니까?"

"북부 유저들은 제대로 된 무장 상태가 빈약합니다. 모험가 나 상인들의 배가 압도적으로 많을 것이고, 게다가 대포를 장착하지 않은 경우가 대부분입니다."

"중대한 전력에 차이가 나는 부분이죠."

아르펜 왕국은 조선소의 기술력이 중앙 대륙에 비해 크게 뒤

떨어졌다.

조선 장인들은 조금씩 빠르고 큰 배를 만드는 데 급급한 수준으로 대포는 주문하는 경우마저도 드물었다.

꼭 필요하면 베키닌처럼 해적들이 들끓는 도시에 가서 장착하고 오는 경우가 일반적이었다.

북부 유저들은 배에서 대포를 아예 없애고 교역을 위해 창고의 적재함을 늘렸고, 배의 기동력을 향상시켰다.

포술을 제대로 익히지 못한 선장들이나 선원들도 흔했던 것이다.

"조인족들의 도움을 받을 수 있지 않을까요?"

"그들만으로 제국 해군을 제압할 수는 없습니다."

"전투 진형을 잘 짜는 것은?"

"제국 해군이 바보들 집단이 아니라면 외곽에서부터 무너뜨리겠죠. 제대로 싸워 주지 않을 겁니다. 아시다시피 대포와 배, 숙련된 선원. 해전의 중요한 요소들에서 우리가 극도로 불리합니다."

"그러면 어떻게 해야 합니까. 상륙작전을 막아야 할까요?"

"우리가 가진 모든 걸 이용하여 작전을 잘 짜 봐야 되겠죠."

해군 엘리트들이 한자리에 모여 네리아 해에서 벌어질 해전을 연구했다.

전쟁은 벌어지기 전부터 준비해야 한다고 믿는 그들이었다.

밤낮으로 회의한 그들은 어려운 결론을 내렸다.

"승리를 위해서는 우리가 원하는 장소에서 놈들과 싸우도록 해야 합니다. 최대한의 준비를 해 놓고 말이죠."

"망망대해에서 그게 가능할까요?"

"예. 가능하도록 해야죠."

"해상 전술이 좀 어려운 것 같은데요. 바람과 해류까지 감안하여 시간을 맞추기가 힘듭니다."

"북부 유저들이 복잡한 전술을 따르도록 하는 게 아니라, 큰 배를 가진 몇몇이 전체 무리를 이끌도록 해야 합니다."

"으음… 그런 방식이라면."

"그리고 효과를 극대화시키기 위해 마지막에는 위드 님이 등장하시면 좋습니다."

"위드 님까지요?"

"계획이 성공적으로 이루어졌을 때, 제국 해군을 완전히 수장시키기 위해서죠."

깊은 바다.

어둡기까지 한 해저에는 많은 물고기들이 돌아다녔다.

그 바다를 자기 집 안방처럼 여기는 유저들이 있었다.

"언니, 여긴 해산물이 많아."

"응. 다 따서 수산시장에 팔면 대박이겠다."

"나중에 캐 가자."

"그래."

아르펜 왕국의 해녀들로 이루어진 꼬막죽, 해초죽, 미역죽, 전복죽 부대에서도 최고의 실력자들!

최대 1시간이나 잠수가 가능한 그녀들은 가끔씩 수면 위로 올라오면서 북부 유저들의 선단과 제국 해군이 오기만을 기다렸다.

"아직도 멀었네."

"슬슬 오고 있는 것 같아. 조금 전에 지나가던 우럭이 알려줬어."

"그럼 준비하자."

800여 명으로 이루어진 꼬막죽 유저들은 해저에서 대게와 새우를 잡아서 한곳에 묶어 놓았다.

네리아 해의 심해에서 갓 잡은 해산물들!

곧 전투가 벌어진다지만 부지런한 해녀들에게는 가만있을 수 없는 일이었다.

이윽고 북부 유저들과 하벤 제국 해군의 선단들이 전쟁을 벌였고, 그 여파는 수면 아래로 고스란히 전달되었다.

배를 박살 내면서 터지는 포탄과 물기둥.

침몰하여 깊은 바다로 가라앉는 북부 유저가 타고 있던 선박의 파편들.

"아······."

"기다리자. 복수는 꼭 할 거야."

해녀들은 조용히 기다렸고 약속했던 대로 일부의 전열함이 물러나고 나서 움직였다.

전장에 머무르며 포격을 하고 있던 제국 해군의 선단들. 그들의 선체 아랫부분을 쇠사슬로 다른 배나 해저의 암초에 단단히 묶어 놓았다.

"배들이 움직이지 않습니다!"

"돛을 확인해!"

"멀쩡합니다. 키가 말을 듣지 않는 상태입니다. 어어어!"

전열함들은 추진력을 잃고 제멋대로 뒤엉켰다.

몇몇 선박은 이동 자체가 불가능했고, 나머지는 원하는 방향으로 가지 않았다.

"돛을 완전히 펼쳐!"

조타수가 키를 돌리면서 돛에 바람을 한껏 받았는데 무언가가 강하게 잡아끄는 느낌이 났다.

"배가 다가온다, 피해라!"

"으아아악! 오른쪽 측면! 측면!"

갑판에 있던 선원들이 비명을 질렀다.

그들의 오른쪽에 있던 전열함 샤렛호가 자신들을 향해 정면으로 덤벼들고 있었다.

"충돌한다! 어서 배를 멈춰!"

"우리 마음대로 안 돼!"

선장과 항해사들이 외쳤지만 상대 전열함은 이미 가까이 다가와 있었다.

"뭐든 잡아라!"

"전원 충돌 대비!"

전열함끼리 정면으로 부딪치면서 선체가 크게 파손되었다.

다른 전열함들도 갈피를 못 잡고 원하는 방향으로 움직이지 않고 빙글빙글 돌고 있었다.

"바다에 뭐가 있다!"

누군가가 전열함들끼리 묶여 있다는 걸 깨달았지만 당장 손을 쓰기는 어려웠다.

그때 북부 유저들의 선단은 계속 다가왔다.

칼맨은 전체 통신 채널로 명령을 내렸다.

―포격을 계속한다. 일부는 바다로 뛰어들어서 문제를 해결한다.

전열함들과 전투선들이 도열하여 북부 유저의 선단을 향해 불길을 내뿜었다.

배의 양쪽 측면에 대포가 배치되어 있기에 일부는 사용할 수 없었지만 그럼에도 강력했다.

반면에 바다로 뛰어든 유저들은 고역을 면치 못했다.

"으악. 그물에 몸이 엉켰다!"

"해파리가 붙어서 떼어지질 않아……."

높은 레벨의 헤르메스 길드 유저들이라도 해저에서의 활동은 어려웠다.

포격용으로 개조한 카락을 가지고 해적이나 바다 괴물을 사냥하며 해상에서 빠르게 레벨을 올리는 게 정석이었다.

배를 모는 스킬은 뛰어났어도 해저에서의 사냥은 전문 분야가 아닌 것이다.

"우리 할 일은 다 했네."

"언니, 슬슬 마감 치자."

해녀들은 그들과 싸우는 걸 포기하고 멀리 떨어져서 전복을 따기 시작했다.

해군 특수부대 출신 유저들도 〈로열 로드〉를 했다.

현실에서 국가마다 최고라는 자부심이 있던 그들이 아르펜 왕국에서 하나로 뭉쳤다.

"전쟁이라면 반드시 이겨야 하지 않겠습니까?"

"당연하지요. 적들의 물량이 우리를 넘어서더라도 문제없습니다. 열악한 보급이나 장비가 어디 하루 이틀의 문제도 아니고요."

"바다의 제왕은 우리입니다."

해군 특수부대 출신 유저들은 주로 상어죽 부대에 가입해 있었다.

상어죽 부대는 위험한 임무를 부여받고 전투가 벌어지기 전에 일찌감치 조인족들에게 매달린 채로 네리아 해의 한복판에 투입되었다.

"수면과의 거리 34미터."

"낙하!"

공수부대처럼 바다에 뛰어든 그들은 오리발과 물갈퀴를 착용했다.

하벤 제국군이 정찰하지 않는 범위임에도 불구하고 얼굴을 시커멓게 칠한 상어죽 부대!

바다의 수많은 물고기들이 그들의 곁을 맴돌다가 지나쳤다.

"목표물은?"

"정찰병의 보고로는 3킬로미터 떨어져 있답니다. 지금 남쪽으로 이동 중입니다."

"빠르게 따라잡는다."

상어죽 유저들은 헤엄을 치며 고속으로 이동했다.

대형 바다 괴물.

뱃사람들이 두려워하는 몬스터인 크라켄 무리를 잔뜩 끌고 오기 위해서다.

당연히 위험부담이 높은 임무였지만 상어죽 부대는 해야 할 일을 알고 나서 웃었다.

북부 유저들, 아르펜 왕국을 위해 멋지고 중요한 임무를 해낸다는 자부심이 가득했다.

⁂

제국 해군은 느리게 움직이면서 포격전을 벌였다.

북부 유저들의 선단이 점점 가까워지고 있었지만 헤르메스 길드 유저들에게 위기감은 별로 없었다.

'놈들의 실력은 대충 파악되었다. 싸구려 대포에 명중률도 형편없고… 우리 배들의 방어력이라면 버틸 수 있다.'

오히려 북부 유저들의 선단이 가까워지면서 제국 해군의 포격 명중률과 파괴력이 대폭 늘었다.

꽈과과광!

제국 해군의 대포가 일시에 불을 내뿜으면 북부 유저들의 선단 한 무리가 격침되었다.

산산조각이 난 배들의 잔해가 다른 유저들의 항로를 가로막기도 해서 거리가 쉽게 좁혀지지 않았다.

칼맨이 그 광경을 보며 싱긋 웃었다.

"애초에 너무 신중하게 싸웠나? 그냥 정면으로 돌격을 했더라도 피해는 있었겠지만 지진 않았을 것 같군."

1등항해사 곤잘로도 그 의견에는 동감이었다.

"강제로 적의 중심을 부수는 전술이 해전의 묘미이긴 하죠."

"지금이라도 시도해 볼 수 있는 전술 같은데."

"가능은 할 것입니다."

우월한 배의 성능을 바탕으로 적의 함대의 정중앙을 뚫고 들어간다.

양쪽 갑판에 배치된 대포들이 한꺼번에 포탄을 토해 내면 괴멸적인 피해를 입힐 수 있었다.

그 과정에서 적의 병력이 배에 오르면 백병전이 벌어질 수도 있겠지만, 카락급이라면 몰라도 전열함은 갈고리를 걸어도 갑판에 올라오기 어렵다.

물론 올라오더라도 제국 수군은 백병전에도 단련이 되어 있어서 문제가 없었다.

끝없는 물량 공세를 펼칠 수 있는 평원에서의 회전과는 다르다. 배에서의 전투는 헤르메스 길드 유저가 일당천의 위력을 발휘할 수 있었다.

백병전으로 버티는 사이에 포격을 계속 뿜어내다 보면 남아 있는 적선은 없게 될 것이다.

"그렇더라도 지금의 상황을 유지하도록 한다. 일부의 전열함이 이탈한 상태이기도 하고, 이대로 1시간 정도만 버티면 완벽한 승리를 거둘 수 있겠어."

칼맨에게 전체 전장의 그림이 그려졌다.

시간이 조금만 더 흐르고, 침몰하는 북부 유저들의 배가 더욱 많아진다면 그때부턴 어떤 전술이든 마음껏 보여 줄 수 있었다.

"카락들에 추격전도 준비하도록 하게. 아르펜 왕국의 항구까지라도 쫓아가서 격침시키도록 해야지."

"예. 전달하겠습니다."

칼맨은 느긋하게 전장을 지켜보고 있었다. 그런데 전열함이 모여 있는 갑판 위로 무언가가 툭 던져졌다.

꿈틀꿈틀.

수박만 한 크기의 귀여운 문어가 다리를 움직이면서 옆으로 기어갔다.

"이건 문어? 구워 먹으면 맛있겠군."

수병 1명이 문어를 두 손으로 붙잡았다. 그리고 그와 비슷한 광경이 여러 전열함에서 동시에 벌어지고 있었다.

용감한 상어죽 부대!

네리아 해에 있는 각 크라켄의 서식지로 1,000여 명이 파견을 가서 절반이 넘는 유저들이 희생되었다.

그럼에도 새끼 크라켄들을 무사히 잡아 와서 전열함 위로 던져 올리거나 배의 측면에 단단히 묶어 두었다.

"우리 할 일은 다 한 거 같군."

"마지막 임무가 남았습니다."

"그렇지. 최후의 임무를……."

상어죽 부대는 전열함의 측면으로 올라서 포실 내부로 침투했다.

"침입자들이다!"

제국 수병들이 있는 곳은 헤르메스 길드 유저도 지키고 있었다. 그들끼리 전투가 벌어지는 사이에 상어죽 유저들은 대포를 조종했다.

"이쪽인 것 같은데……."

"일단 마구 쏴!"

상어죽 유저들은 대포의 방향을 바로 옆에 있는 전열함으로 틀었다.

"발사!"

대포의 포탄들이 가까운 거리에 있던 전열함의 갑판과 선체를 꿰뚫고 들어갔다.

"놈들을 제거하라."

헤르메스 길드 유저들이 수병들을 이끌고 들어오는 것을 악착같이 방어했다.

레벨과 전투 능력으로는 애초에 상대가 안 되기 때문에 대포를 사방으로 날렸다. 심지어는 화약을 안고 직접 터트리기까지 했다.

상어죽 유저들의 활약에 침몰하거나 반파된 전열함만 7기.

"여기까지인 것 같군."

한국의 전설적인 경력을 가진 해군 특수부대 대위 곰장어를 향해 상어죽 유저들이 경례를 붙였다.

"수고 많으셨습니다."

"나를 따라 줘서 고맙다."

"통닭집에서 뵙겠습니다."

상어죽 부대는 일을 마치고 종로에 있는 통닭집에서 만나기로 했다.

그들이 죽은 이후에 벌어질 네리아 해의 해전을 보면서 치킨에 맥주 한잔이 약속된 계획이었다.

✾✾✾

"반항이 제법 거세군."

칼맨은 기함인 빅토리아호의 갑판에서 전황을 살폈다.

일부 점거당한 전열함들이 아군을 공격하고, 그에 대한 반격과 진압이 이루어지면서 좌초하는 배들이 있었다.

"북부 유저들이나 아르펜 왕국은 과연 무시할 수 없군. 호락호락하게는 죽지 않는단 말인가."

칼맨은 하벤 제국이 과거에 싸울 때마다 어째서 실패를 거듭했는지를 알 것도 같았다.

"상대의 전력을 우습게 보고 덤볐다가는 예상하지 못한 일들이 자꾸 벌어지게 된다. 준비가 부족하다면 당황할 수밖에 없는 거지."

제국군의 육상 전력은 한꺼번에 모이기 힘들 정도로 가공했다. 반면에 해상 전력은 처음부터 아르펜 왕국을 제압하는 방향으로 성장했다.

'그래. 이 정도는 해 줘야지. 명승부라고까지는 할 수 없겠지만, 저항을 해 줄수록 완벽한 승리를 거둔 내 이름이 더 빛날 것이다.'

해전에서 박빙의 승부를 연출하고, 방송 장면을 만들기 위해 마음 같아서는 데미캐논 몇 기라도 빌려주고 싶을 정도였다.

'적들이 내놓을 수 있는 카드는 다 꺼냈나? 전투의 후반은 조금 졸렬해지겠군.'

북부 유저들의 배들 중에서 그나마 덩치가 큰 교역선이나 중형 범선이 파괴되면 낚싯배들 따위야 고려의 대상도 아니었다.

"끝났군."

"크크. 아르펜 왕국의 바닷가를 초토화시켜 버리자고!"

전열함의 갑판에 서서 신이 나 있는 헤르메스 길드 유저들이었다.

그들의 곁에 거대한 촉수들이 지나가며 배의 갑판과 돛대를 움켜쥐었다.

콰드드드득.

"스, 습격이다!"

대포를 장전하던 수병들이 깜짝 놀라서 고함을 질렀다.

다음 순간, 바다에서부터 솟구친 촉수들이 전열함을 단단히 감쌌다.

"이건… 크라켄?"

"크라켄의 습격이다!"

대형 바다 괴물 크라켄!

크라켄의 습격을 받았습니다.
네리아 해의 전설!

　자욱하게 해무가 깔리고 나면 바다를 조심해라. 깊은 바다에서 끔찍한 그
　무언가가 먹잇감을 노리기 위해 올라오고 있다.

모든 수병들의 사기가 85% 저하됩니다.

크라켄의 등장.

헤르메스 길드 유저들에게도 비상이 걸렸다.

"하필 이런 때에……."

"물리치는 건 어렵지 않지만 발이 묶이겠다."

"여긴 크라켄 출몰 지역이 아닌데. 설마하니 북부 유저들이 크라켄까지도 몰고 온 것인가?"

제국 해군은 바다를 안정시키는 임무를 달성하는 와중에 크라켄을 퇴치한 여러 번의 경험이 있었다.

"침착하게 대응하라. 크라켄이라고 해도 우리의 함대에는 별게 아니다."

칼맨이 고함을 치며 병력을 격려했다.

수병들의 사기가 50% 회복됩니다.
대포의 장전 속도가 빨라집니다.

바다 생명체 중에서도 크라켄은 극도로 짜증이 나는 몬스터 중의 하나였다.

바다 깊은 곳에서 촉수 같은 다리를 움직이면서 배를 붙잡아 파괴해 버린다.

제국 해군이 맹렬하게 공격을 하더라도 막대한 생명력을 가진 크라켄은 다시 바다에 잠수하여 유유히 떠나 버리는데 귀찮기 짝이 없었다.

"대충 쫓아 버려라."

헤르메스 길드 유저들도 검을 들고 뱃머리까지 올라온 크라켄의 두꺼운 다리들을 제거했다.

크라켄만 내보내면 더 이상의 변수는 없으리라!

칼맨과 헤르메스 길드 유저들은 그렇게 바라고 있었지만, 전열함이 모여 있는 부대의 도처에서 크라켄의 다리들이 슬금슬금 올라왔다.

"더 등장했다."

"많다! 1~2마리가 아니야."

적어도 10여 마리가 넘는 크라켄들이 전열함이나 카락을 붙잡고 있었다.

크라켄의 다리에 붙잡힌 배들은 부서지거나 이동이 불가능했다.

칼맨과 헤르메스 길드의 유저들도 발등에 불이 떨어졌다.

"격퇴해! 북부 놈들은 뒤로 미루고 크라켄들부터 처리하는 게 우선이야."

크라켄은 공격하다가도 먹이가 호락호락하지 않다고 느끼면 물러간다. 그렇기에 마법이나 대포로 뜨거운 맛을 보여 주면 퇴각하리라고 봤다.

"피해라!"

크라켄들의 다리는 돛대를 쳐서 부러뜨려 버리고, 수병들을 휩쓸어서 바다에 빠뜨렸다.

우으어어!

기괴한 울음소리를 내면서 전열함들을 붙잡았다. 끈끈한 다리의 촉수 부분이 배를 감싸고 바다 깊은 곳으로 끌어들이기까지 했다.

전열함의 복원력이 뛰어나서 쉽게 가라앉지는 않았지만 선체의 파손 부위를 통해 침수 피해가 잇따랐다.

전열함들은 아군의 배가 부서질 수도 있어서 대포로 공격하기도 힘들었다.

"이건 왜 이렇게……."

크라켄의 이유를 알 수 없는 집요한 공격에 의구심을 느낄 때였다.

전열함과 무장 카락 들이 밀집해 있는 제국 해군의 중심부의 바다에 잔잔한 파문이 일기 시작했다.

바다 한복판의 작은 소용돌이.

조금씩 안개가 일어나고, 맑은 하늘에서는 돌풍과 빗방울들이 떨어진다.

헤르메스 길드 유저들은 배에 달라붙은 크라켄들을 물리치느라 정신이 없어 늦게 알아차렸다.

일찍 알았다고 해도 어찌할 방법은 없었을 것이다.

미친바람과 소용돌이.

바다를 배경으로 펼쳐지는 대작의 조각품을 파괴하여 대재앙의 자연 조각술이 펼쳐진 후였기 때문이다.

위드는 베키닌의 3마리 미친 상어가 모는 해적선의 갑판에서 있었다.

네리아 해전!

며칠 전, 프렉탈로부터 계획을 보고받고 당연히 참석하기로 했다.

"저, 정말이십니까! 와 주시는 겁니까?"

"예."

"위드 님이라면 바쁘실 줄 알았는데, 시간을 내주셔서 고맙습니다."

"헤르메스 길드에 나쁜 짓을 한다는데, 있던 약속이라도 취소해야죠."

"과연 성실한 나쁜 놈 같으니!"

베키닌의 3마리 미친 상어의 존경심이 더욱 깊어졌다.

정확한 시간에 유린을 데리고 그들의 해적선에 등장했을 뿐만 아니라, 심지어는 대재앙을 일으킬 대작의 조각품까지도 현장에서 순식간에 뚝딱 만들었다.

갑판에서 고작해야 30분 정도 만에 대작의 조각품이 만들어지는 모습은 경이로움 그 자체였다.

위드는 자연 조각술로 바닷물을 공중에 띄워 놓고 조각칼로 깎았다.

잠시도 쉬지 않고 조각칼을 잡은 손이 움직일 때마다 물방울이 깎이고 다듬어지면서 형태가 바뀌었다.

짙은 안개와 무시무시하게 깊은 소용돌이.

그중 백미라고 할 수 있는 건, 물을 깎아서 표현한 크라켄들!

크라켄들이 소용돌이에서 날뛰는 무서운 대작 조각품이 만들어졌다.

대재앙을 일으키는 데 크라켄이 필요한 건 아니었지만 일종의 장식품이었다.

보드미르가 침을 꿀꺽 삼키면서 물었다.

"이번 계획에서 재앙을 일으키는 건 굉장히 중요한 부분인데요. 조각품이 실패하면 어떻게 하려고 하셨습니까?"

"실패요?"

"원숭이도 나무에서 떨어지잖습니까. 아무리 위드 님이라도 실패하면 어쩌시려고요?"

베키닌의 3마리 미친 상어들만이 아니라, 해적들조차도 위드가 대답할 말에 관심을 가졌다.

조각술, 예술이란 언제든 원한다고 결과물이 만들어지는 게 아니지 않은가. 그런데도 현장에서 만들다니 뭔가 다른 대책도 있었을 거라고 믿었다.

위드의 입가에 잔잔한 썩소가 머물렀다.

"예술이란 말입니다. 절대 실패하지 않을 때가 있습니다."

"그럼 순수하게 실력에 대한 자신감으로……."

"예. 지금이 바로 그 순간입니다. 나쁜 짓을 할 때는 예술적인 영감이 솟구친단 말이죠."

헤르메스 길드에 엿을 먹여 줄 생각에 멋지게 완성된 대작 조각품!

대재앙의 자연 조각술이 파괴력을 발휘하면서 바다에서 거대한 소용돌이를 수십 개나 일으키고 있었다.

크라켄에 의해 발이 묶인 제국 해군은 휩쓸리지 않을 수가 없었고, 그것은 곧 괴멸적인 결과를 만들어 냈다.

"돛을 걷어라."

"파도가 너무 높다. 뭐든 잡아!"

소용돌이에 휘말리면 전열함이라도 빨려 들어갈 수밖에는 없었다.

"전력 질주. 이 지역을 벗어난다."

선장과 항해사들이나 조타수들은 어떻게 해서든 피해 보려고 했다.

소용돌이를 이용하여 오히려 속도를 높여서 단숨에 빠져나가려고 했지만, 밀집해 있는 다른 배들이 나타나서 진로를 가로막았다.

"피해, 이 멍청아! 왜 이쪽으로 와서……."

"키가 말을 안 듣는다."

"충돌 대비! 충돌한다아아아아!"

"어어어어. 크라켄이다!"

제국 해군은 사방에서 아우성을 쳐 댔다.

미친바람에 소용돌이.

기우뚱거리는 제국 해군들이 빙글빙글 돌면서 소용돌이의 중심부로 끌려 들어간다.

콰지지직, 콰드득.

전열함들은 소용돌이 속에서 부딪치고 파괴되었다. 단단한 선체는 여러 번의 충돌에도 버텨 냈지만 다른 배들과 부딪치면서 내구력을 상실했다.

구조물들이 부서지는 것은 물론이었고, 수병들은 배가 기울어지고 파도에 휩쓸려서 바다로 떨어졌다.

"으아아아아아아악!"

"살려 줘. 여길 벗어날 거야!"

소용돌이의 영역에는 돌풍이 부는 소리와 비명 소리가 가득했다.

"……."

반경 3킬로미터를 아우르는 대재앙의 영역.

북부 유저들의 선단은 멀찌감치 떨어져서 구경만 하고 있었다. 감히 가까이 다가갈 엄두도 나지 않았다.

"위, 위력이……."

"상상을 초월한다. 이건 진짜……."

"무슨 이게 조각술이야!"

북부 유저들을 격침시키던 제국 해군이 엉망진창으로 당하고 있었다.

베키닌의 3마리 미친 상어들은 저도 모르게 이를 딱딱 부딪치기까지 했다.

'우리가 저기에 있었다면…….'

'죽음이다, 죽음.'

'배는 물론이고 몽땅 다 잃었겠지.'

위드도 솔직히 이 정도 위력일 줄은 몰랐다.

'대작의 조각품. 그리고 조각술을 마스터한 덕분일까.'

적군과 아군을 가리지 않는 대재앙.

바다에서 크라켄과 해녀들의 활약으로 발을 묶어 놓고 쓰니 완벽하게 위력을 담아냈다.

위드의 입가에 썩소가 진해졌다.

'나쁜 놈이 나라서 다행이야. 다른 놈이 이런 재앙을 나한테 썼으면… 아마도 뒤통수를 맞고 상당히 억울했겠지.'

남들이 못 하는 치사하고 못된 짓을 저지를 수 있기에 드는 안도감!

대재앙이 유지되는 시간은 불과 5분 정도지만, 제국 해군들의 입장에서는 지금까지 전투를 펼친 기간보다도 훨씬 길게 느껴질 것이다.

재앙이 조금씩 잦아드는 와중에도 전열함들이 빙글빙글 돌고 있었다. 수십 척을 넘는 배들이 소용돌이에 깊은 바다로 가라앉고, 그보다 많은 숫자가 파괴되었다.

바람에 의해 돛이 3년 동안 마당을 닦은 걸레처럼 찢겨 나가면서 멀쩡한 배들을 찾아보기 힘들 정도였다.

크고 웅장하던 선체들이 지금은 고물상에 가야 할 정도로 험악하게 망가졌다.

위드가 사자후를 터트렸다.

"전원 돌격! 정의의 힘으로 저들을 벌하라!"

역사적으로 정의란, 이긴 쪽의 것!

네크로맨서가 되었으니 언데드 소환 마법도 펼쳤다.

좀비, 구울, 스켈레톤을 일으키는 것이 아니었다.

위드는 조각 파괴술로 모든 스탯을 지혜로 몰아넣었고, 막대한 마력으로 유령선들을 소환했다.

조금 전까지만 하더라도 위풍당당하게 전장을 지배하던 제국 해군들의 배가 바다에서 유령선이 되어 다시 솟구쳤다.

전열함의 위에서는 뼈밖에 없는 스켈레톤들과 선장들이 배를 조종하고 있었다. 어떤 스켈레톤들은 찢어진 돛에 매달려서 밧줄을 타며 놀았다.

"키키킷. 대포를 쏴라, 대포를!"

유령선에서 발사된 포탄들이 제국 해군을 공격했다.

크라켄은 대재앙에도 불구하고 여전히 반쯤 부서진 전열함들에 달라붙어 있었다.

더구나 대재앙과 언데드 소환이라면 베르사 대륙에서도 단한 사람만 가능했다.

"전쟁의 신 위드. 그놈이 나타났다."

헤르메스 길드 유저들도 긴장하게 만드는 이름.

"위드 님의 등장이다!"

"모두 환호성을 올려라. 위드 님이 나타나셨다아!"

북부 유저들은 신나게 노를 젓거나 돛을 펼쳐서 전속력으로 유령선들과 제국 해군이 싸우는 곳으로 진격했다.

네리아 해전!

칼맨이 원하던 박진감 넘치는 영상은 넘치도록 나왔다.

북부 유저들의 선단이 접근했지만, 제국 해군의 자존심은 남아 있었다.

"싸워라. 우린 자랑스러운 제국군이다!"

"북부의 시골뜨기들에게 당할 수는 없지. 끝까지 명예를 지킨다!"

침몰하는 전열함들이 바다에 잠기는 마지막까지도 대포를 쏘면서 북부 유저들을 공격했다.

칼맨도 냉정하게 명령을 내렸다.

"일부의 배는 포기한다. 배 안에 있는 포탄을 모두 한꺼번에 폭파시켜라!"

전열함을 자폭시키면서 막대한 생명력을 가진 크라켄을 물리쳤다.

유령선들도 전장을 배회했다.

"킬킬. 목숨을 내놓아라. 동료로 삼아 주마! 돈도 있다면 좀 주고."

어딘가 어설픈 스켈레톤 해적 선장들!

위드의 네크로맨서 스킬이 낮아서 스켈레톤들의 숫자도 조금은 부족했고, 전문성도 떨어졌다.

항해사들에게는 필수적인 조타 능력이나 포술이 형편없는 스켈레톤들.

"뜨거운 맛을 보여 주지. 대포를 장전해라."

"케헷. 포탄이 떨어졌는데요."

"그럼 잠깐 대포 안에 들어가 봐."

"예에. 알겠습니다, 선장."

"크흣. 좋다. 발사!"

부서진 스켈레톤들이 바다 위를 날아다녔다.

유령선 자체적인 포격으로는 전열함을 침몰시키지 못했지만 북부 유저들의 배가 접근하는 데 시간을 벌어 줬다.

끝없이 밀려드는 북부 유저들의 배.

제국 해군의 절반이 넘는 대포들이 소용돌이에 휘말리거나 물에 젖어서 무용지물이 되었다.

칼맨은 함대의 지휘력과 이동 속도를 일시적으로 높여 주는 선장의 검을 뽑아 들었다.

"이런 것까지도 준비를……. 역시 위드란 말인가. 움직일 수 있는 배는 끝까지 싸워라."

제국 해군의 함대는 북부 유저들의 배를 중앙으로 돌파했다.

좌우의 포문을 열고 연속으로 쏘아 대는 대포는 북부 유저들에게 큰 타격을 입혔지만, 잠시뿐이었다.

북부 유저들의 배가 전열함을 사방에서 감싸 버리고 갈고리를 걸고 사람들이 올라왔다.

"우리가 헤르메스 길드다!"

"풀죽, 풀죽, 풀죽!"

백병전에서 압도적인 위력을 발휘하는 헤르메스 길드.

제국 해군은 이미 수많은 배들에 가로막혀서 오도 가도 못하는 상황이었다.

퇴로가 없는 전투!

헤르메스 길드 유저들은 불리해져 간다는 느낌을 떨쳐 버릴 수가 없었다.

어느 순간부터 이길 수 없는 전투라는 생각은 했지만, 갑판 위로 뛰어드는 유저들의 숫자나 수준이 갈수록 위협적이었다.

전투가 벌어지고 나서 북부 유저들의 배는 꽤나 많이 침몰당했다.

하지만 그 배에 타고 있던 모든 인원이 죽은 건 아니었다.

침몰 직전에 바다에 뛰어들었던 유저나 선원들. 그들을 다른 배에서 구출해서 살리고 전투력도 보존했다.

"가자. 우리가 바로 독버섯죽의……."

"죽어!"

"큭… 아직 소개도 못 했는데."

북부 유저들이 죽어 나가는 이상으로, 새로운 전투 인원들이 계속 보충되었다.

칼맨이나 제국 해군은 충분한 선원을 보유하고 있었기에 전투의 승리만을 염두에 두었다.

부하들을 구하기 위해 배를 멈추지 않았고, 그럴 필요도 없었지만 북부 유저들은 끈끈한 의리와 정이 있었다.

비록 자신의 배가 부서지더라도 다른 사람들이 구해 줄 거라는 믿음!

사전에 계획된 전략이나 전술을 떠나서 승리를 위한 원동력이었다.

위드도 바하모르그와 조각 생명체들을 데리고 전열함들을 점령했지만, 북부 유저들도 바삐 움직였다.

"백병전이 우리 전문이지. 이 배는 우리 베키닌의 미친 상어들이 강탈한다!"

"해적선으로 쓰기에는 아주 그만이구만!"

해적들에게는 전열함을 빼앗을 기회였다.

가까이 붙어 있는 배들을 건너가기 위해 돛대에 묶어 놓은 밧줄을 잡고 날아다녔다.

네리아 해전에서의 아르펜 왕국의 승리!

〈로열 로드〉를 하는 거의 모든 유저들이 관심을 갖고 지켜본 전투였다.

—드디어 벌어집니다. 북부 유저들과… 하벤 제국! 〈로열 로드〉에서 많은 전쟁이 일어났지만 이렇게 규모가 큰 해전은 처음입니다.

—어느 쪽이 유리할까요?

—하벤 제국의 손을 들어 주고는 싶지만, 아르펜 왕국은 또 어떤 의미에서는 지금까지 불패의 신화를 써 오고 있었습니다.

—위드와 풀죽신교 덕분이죠.

—〈로열 로드〉에서는 기적이 자주 일어납니다. 이번 해전에서도 기적이 일어날까요? 확실한 점은, 이 전투의 승자가 앞으로 꽤 오랜 시간 동안 바다를 지배할 것입니다!

방송국들의 입장에서도 사실 어제부터 꼬박 밤을 새워야만 했다.

"네리아 해전? 그게 뭔데 이 난리야?"

"북부의 해양 유저들이 일제히 상륙작전을 펼치고 제국 해군이 출동해서 막는다고? 갑자기 왜 이런 사건이… 아니, 어쨌거나 중계부터 준비해!"

"벌써 준비하고 있습니다. 시간대도 비워 놓으려고 합니다."

"부족해. 진행자, PD, 작가들. 섭외 제대로 하고 스튜디오부터 완전히 해전 분위기에 맞춰서 세팅하자고!"

방송국마다 네리아 해전에 총력을 기울였다.

네리아 해전에 참여한 유저들과 접촉하여 실시간 영상을 받아 내는 것은 중요한 부분이었다.

어떤 유저의 관점에서 보느냐에 따라 전투의 긴박감이 달라진다.

"인기는 북부 유저들이 높은데……."

"헤르메스 길드에도 섭외 요청을 해야겠죠?"

"당연하지. 손이 닿는 사람에게는 모두 이야기해 봐."

모든 방송국들이 생중계를 했고, 시청자들은 다양한 시점에서 전투를 구경할 수 있었다.

하벤 제국의 전열함에서 대포를 쏘며 북부 유저를 격침시키는 관점.

반대로 전열함들이 우글거리는 지역을 향해 나아가는 낚싯배에 이르기까지 방송국마다 편성에 차이를 두었다.

전투의 초반에는 북부 유저들이 재미를 못 봤다.

제국 해군과 거리가 가까워지기만 하면 날아온 포탄에 의해 격침이 되어 버리기 일쑤였다.

그러면서 침몰한 배를 아군이 구해 주기는 했지만 이때만 해도 일방적인 해전으로 흘러가리라고 예상했다.

—아르펜 왕국의 승산이 어둡습니다. 배와 대포의 격차. 이것을 숫자로만 극복하는 것은 무리였습니다.

—격침! 이번에는 중형 범선이 완전히 반파되고 말았습니다.

〈로열 로드〉와 관계된 거의 모든 사람들이 보고 있었기에 시청률이야 말할 것도 없이 최고였다.

네리아 해전으로 인해 〈로열 로드〉의 유저들도 사냥을 하러 다니기보다는 선술집에 앉아서 수정 구슬을 봤다.

각 방송국들은 치열하게 전투를 중계했고, 북부 유저들의 계획이 드러나면서 경악을 금치 못했다.

—전열함의 발을 묶습니다.

—일부의 전력 이탈!

—원거리 화력이 감소했습니다. 하지만 이 정도로 승기가 바뀌리라고는 예상을 못…….

—크라켄! 그리고… 바다가 심상치 않습니다.

—재앙입니다. 대재앙!

예상하면서도 바라던 위드의 등장까지!

언데드들의 활약이 뛰어난 건 아니지만 그래도 제국 해군을 귀찮게 했다.

게다가 북부 유저들은 처음부터 끝까지 희망을 잃지 않고 밀어붙였다.

—아르펜 왕국으로 전력의 추가 크게 기울었습니다.

—전열함들이 제대로 포탄을 쏘지 못합니다.

—북부 유저들이 몸에 밧줄을 걸고 배 사이를 뛰어다닙니다. 저들의 용기는 도대체 어디서 나온 걸까요?

—바다를 보십시오. 바다에서 북부 유저들이 올라옵니다. 무모합니다! 정말 어처구니가 없습니다. 이 거친 파도와 배들 사이에서 헤엄을 쳐서 제국 해군의 카락에 승선하고 있습니다.

마침내 북부 유저들이 제국 해군을 섬멸했다!

그뿐 아니라 제국 해군의 전열함과 전투용 카락을 250여 기나 강탈했다.

바다에 저녁노을이 짙게 질 무렵.

부서지고 불타는 전열함들을 배경으로, 수많은 북부 유저들의 선단이 네리아 해를 가득 채웠다.

"만세! 우리가 이겼다."

"풀죽신교가 승리했다!"

"풀죽, 풀죽, 풀죽!"

"위드 님도 만세요. 게죽 끓여 주세요!"

살아남은 북부 유저들이 함성을 질렀다.

어느덧 해가 완전히 저물고 전열함이나 교역선과 같은 큰 배의 갑판에서 북부 유저들이 모여서 선상 파티를 벌인다.

해녀들이나 유저들이 낚시로 건져 올린 해산물에 시원한 맥주와 모라타산 꼬냑!

어두워진 바다를 훤히 밝히는 불타는 전열함들을 배경으로 북부 유저들의 파티가 벌어졌다.

그러한 광경들까지도 방송국이 중계하면서 시청자들의 반응이 타올랐다.

—그분들이 이 어려운 걸 또 해냅니다.
—풀죽신교에 불가능은 없는 듯.
—평범한 사람들이 모이면 기적은 이루어진다는 걸 증명하는 듯요.
—저분들이 평범하진 않은 것 같은데요. 전쟁에 참여할 정도인데.
—쪼그만 낚싯배 못 보셨음? 저거 바다 가면 그냥 뒤집어지는 건데.
—하벤 제국. 또다시 한 방 맞다.
—크으. 이 맛이지. 이거야, 이거.
—전투가 벌어지기 전에 하벤 제국 편들었던 진행자들 또 벙어리 됐음. 맨 날 반복되는 패턴.

시청자 게시판에는 다 확인하기도 힘들 정도로 많은 게시물들이 올라오고 있었다.

〈로열 로드〉 명예의 전당에도 전쟁에 참여했던 유저들이 자신들의 영상을 공개하며 조회 수가 폭발했다.

의외라고 할 수 있는 부분은 패배한 헤르메스 길드 유저들도 전투 영상을 올린 것이다.

그들이 북부 유저들의 배를 뛰어다니면서 백병전을 펼치고, 대포를 조준해서 상대를 격침시켰다.

헤르메스 길드 유저들의 조회 수도 상당히 높았다.

—캬아. 해전이 멋지긴 하다.
—바다의 낭만. 먼바다로 나가면 지루하긴 하지만.
—해군과 해적. 〈로열 로드〉의 바다는 바로 이것이죠.
—모험가들도 빼놓지 마세요.
—헤르메스 길드 유저들도… 바다 유저들은 쿨한 듯. 멋지게 싸우네요.

치킨 포럼.

이곳도 위드 덕분에 대단한 호황이었다.

―오늘은 치킨이 땡김. 무슨 치킨이 맛있나요?

―전 이미 닭 다리 뜯고 있음.

―이럴 땐 뭐든 맛있죠. 꿀맛! 근데 배달되는지부터 확인하셔야 할 듯.

―현직 치킨집입니다. 향후 5시까지 예약 완료요. 치킨 튀기다 잠들 뻔.

―저도 치킨집 합니다. 냉장고에 있던 치킨을 다 써서 문 닫고 쉬고 있네요.
  문밖에 사람들이 우글우글합니다.

―아직 개업하신 지 얼마 안 되신 듯. 풀죽신교, 위드가 나오면 무조건 냉장
  고 가득 채우세요. 1시간에 100마리 정도 튀길 각오 하셔야 됩니다.

―치킨 장사 하는데요. 아빠만 보면 치킨 냄새 난다고 도망가던 아들, 딸이
  치킨 튀겨 오라네요.

―치킨 포럼에서 위드한테 단체로 상패라도 수여해야 하는 거 아닙니까?

―물론이죠. 기꺼이 치킨 1마리 쾌척합니다.

―쿠폰 500장 쏨.

강철 기사단의 출현

위드와 북부 유저들은 네리아 해의 무인도에 상륙했다.

하벤 제국 해군을 몰살시키며 얻은 이익은 정산하기도 힘들 정도였다.

빼앗은 배, 전투 물자.

이것만 나눠 가지더라도 큰 이득이 되는데 무엇보다도 큰 수익은 해상교역로의 독점에 있었다.

먼바다를 항해하며 전투와 교역을 할 수 있는 배는 건조하는 데 많은 자원과 인력, 시간을 필요로 했다.

하벤 제국에서 해군을 복구하려면 엄청난 노력이 필요할 것이고, 앞으로 바다는 아르펜 왕국의 것이었다.

"제국은 해상운송이 불가능해졌으니 교역로를 북부 유저들이 자유롭게 활용할 수 있습니다."

유린의 도움으로 무인도에 온 마판은 배를 씰룩이며 입이 찢어져라 웃었다.

"바다를 이용하여 북부의 상단들은 운송 비용을 크게 절감하게 되었죠. 그리고 밀무역을 할 수 있게 되었으니 바다와 인접한 지역에서의 이득은 대단할 겁니다."

제국에 세금을 납부하지 않는 밀무역!

상인들에게는 걸리면 악명이 쌓이고, 나쁜 호칭이 붙지만 또 성공하면 그만큼 거래에서 큰 이득을 거둔다.

상인이 빨리 성장하는 방법으로 밀무역 한 방을 추천하는 사람들도 있을 정도였다.

위드의 얼굴도 방금 치킨을 뜯은 사람처럼 편안했다.

"상인들이 부유해지면 결국엔 북부에 부가 쌓이겠군요."

"제국의 것을 빼앗아서요. 반란군으로 골치가 아플 텐데, 북부 상인들까지 단속하긴 힘들 겁니다."

"이럴 때일수록 몰아붙여야 합니다."

"예! 마지막 1쿠퍼까지 털어 내려고 노력하겠습니다."

그 광경을 보고 있던 위드의 동료들은 곰곰이 생각했다.

'내가 만약 헤르메스 길드에 가입해 있고, 위드 님의 실체를 지금 알았다면 기분이 어떨까.'

끔찍!

언젠가 반드시 호주머니를 털러 오는 사람이 있고, 그가 바로 위드라면?

심지어 위드는 가뭄처럼 순수하고 착한 상인의 존경을 받았으며 풀죽신교까지 등에 업고 있었다.

'배트맨이나 슈퍼맨에 나오는 나쁜 놈들과는 달라. 최첨단 악당이야. 악당의 현자라고 할까.'

'평범한 유저들의 지지를 받고, 언론도 도와주지. 알면서도 따르게 하다니… 최종 완성형 악당인가.'

'성공한 악당은 누구도 비난하지 못한다.'

위드는 북부의 유저들에게 배를 수리하도록 권했다. 중요한 작업이라서 오래 늦출 수가 없었으며, 조선 스킬을 익혔으니 직접 망치를 가지고 참여도 했다.

'역시 좋은 배를 손봐야 스킬 숙련도가 잘 늘어나.'

전열함을 수리하면서 조선 스킬도 늘리고, 속사정을 모르는 유저들은 위드도 자신들처럼 몸으로 참여한다며 기뻐했다.

정치인들이 선거 때만 되면 꼭 방송에서 티를 내며 자장면이나 국밥을 맛있는 척 먹는 이유가 있는 것이다.

"자, 중앙 대륙을 약탈하러 갑시다!"

"아싸!"

"풀죽, 풀죽, 풀죽!"

대형 퀘스트와 고된 노동에 익숙한 북부 유저들.

그들은 무인도에 있는 나무를 몽땅 베어서 선체 수리에 동원했다.

워낙에 많은 유저들이 있기에 배를 기본적으로나마 수리하는 데는 그리 시간이 걸리지 않았다.

해군과 전쟁을 벌일 일도 없기 때문에 그저 바다에서 가라앉지 않고 떠 있기만 하면 되는 정도였다.

"바람이 좋습니다. 출항합시다!"

"출항!"

"오늘 저녁은 리튼 지역에서 먹읍시다."

"대륙 정복!"

낚싯배나 뗏목을 타고 왔던 유저들이 전투용 카락이나 전열함의 갑판에서 시원한 바람을 맞았다.

풀죽신교에 가입해서 아르펜 왕국의 유저로 활동하면서 행복했다.

〈로열 로드〉에 접속하기만 해도 모든 스트레스가 확 풀릴 정도였다.

클라우드 길드, 사자성, 로암 길드, 블랙소드 용병단, 흑사자 길드.

과거 명문 길드의 세력에 있던 그들은 상황이 묘해졌다.

클라우드 길드의 샤우드가 한숨을 내쉬었다.

"우리가 이렇게 한가롭게 다리 쭉 뻗고 앉아 있어도 되는 겁니까?"

"그러면요. 가만히 있으라는 요청이 들어왔는데요."

"그게 언제 적 일입니까. 게다가 우리가 위드, 그자의 부하도 아니지 않습니까?"

샤우드가 분통을 터트렸다.

헤르메스 길드가 세율을 인하하고 나서부터는 그들의 운명이야말로 볼품없게 되어 버렸다.

중앙 대륙의 유저들은 헤르메스 길드를 싫어하더라도 기존의 명문 길드를 따르진 않았다.

넓은 영토를 지배하기는 했지만 다 망해 버린 세력들.

신규 유저가 들어오지도 않았고, 그나마 있던 쓸 만한 인재들도 빠져나갔다.

절반 정도는 아르펜 왕국으로, 나머지 일부는 헤르메스 길드나 자유 소속으로.

베르사 대륙이 넓기에 신분을 감추고 방랑자가 되어 사냥과 교역을 하는 세력으로 남기가 호락호락하지 않았다.

과거의 명문 길드는 잔재일 뿐. 매일 시간이 지날수록 세력은 줄었다.

샤우드가 입술을 아프도록 깨물었다.

"지금 이 지경이 된 것도 위드가 원하는 대로 따랐기 때문 아닙니까?"

그는 전성기에 비해 쪼그라든 클라우드 길드를 떠올리며 분노하고 있었다.

사자성의 군트도 그 의견에 동조하며 위드를 비난했다.

"애초에 우리들끼리 힘을 모아서 한 지역을 차지했더라면 이 지경까지 되진 않았을 겁니다. 동맹 관계도 아닌 자의 말을 믿었던 게 잘못이에요."

로암과 미헬, 칼리스는 그들과는 다르게 생각하고 있었다.

'세력이 줄어든 거야… 헤르메스 길드에 밀려서 그런 거지.'

'영토도 없고, 아무것도 없지.'

'힘을 모아서 한 지역을 차지해? 헤르메스 길드가 바로 공격을 해 오면 무슨 수로 막고? 게다가 우리의 뜻도 제대로 안 합쳐지는데.'

명문 길드들의 쇠락에는 제대로 된 동맹 관계가 아니었던 점도 한몫했다.

　하기야 한때는 대륙의 패권을 놓고 다투던 처지에 진심 어린 협력 같은 게 될 리가 없었다.

　흑사자 길드의 칼리스가 조심스럽게 말했다.

　"슬슬 우리에게도 기회가 오지 않겠습니까?"

　"어떤 기회요?"

　샤우드가 날카롭게 되물었지만 기대심을 숨기진 않았다.

　"헤르메스 길드가 일반 유저들로부터 외면당하고 있습니다. 방송국들이 나서고 있고, 아르펜 왕국이나, 사막 지역이나 공격을 하니까요. 전력이 분산되겠죠."

　"그때를 노려서 재기하자는 말씀입니까?"

　"그건 아니고……."

　칼리스는 옅은 한숨을 내쉬었다.

　과거의 영광!

　왕처럼 군림하던 시절을 떠올리면 오래전도 아니었는데 아득한 느낌이었다.

　"헤르메스 길드의 전쟁 수행 능력을 보십시오. 우리가 잃었던 땅을 되찾기는 간단하지 않으리라고 봅니다."

　"그러면요?"

　"위드의 말을 잘 따라서 헤르메스 길드에 타격을 줄 수 있도록 해야죠."

　"타격이야 주겠죠. 그다음은요?"

　"아르펜 왕국이 전쟁에서 이기도록 돕고, 위드 밑으로라도 들어가야……."

"칼리스 님, 무슨 헛소리입니까!"

샤우드가 버럭 소리를 질렀다.

"정말 엉터리 같은 의견이군요."

군트도 못마땅한 기색을 숨기지 않았지만, 로암 길드의 로암이나 블랙소드 용병단의 미헬은 아무런 표정의 변화가 없었다.

그들은 대세를 아는 것이다.

로암이 조심스럽게 입을 열었다.

"헤르메스 길드가 소멸된다고 해도 우리에게는 기회가 안 올 겁니다. 그들을 싫어하는 대부분의 유저들이 아르펜 왕국이나 풀죽신교를 따르겠죠."

"하지만 우리들에게는 아직 최고 수준의 유저들이 많이 남아 있습니다. 다섯 길드가 힘을 합하면……."

군트의 항변을 미헬이 잘랐다.

"더 이상은 어렵습니다."

"예?"

"희망이 있어야 싸울 거 아닙니까? 블랙소드 용병단은 무턱대고 헤르메스 길드와 맞서 싸우자고 하면 이탈자가 속출할 겁니다."

"우리 길드도 마찬가지입니다."

흑사자 길드의 칼리스도 동의했다.

헤르메스 길드를 상대로 패배를 거듭하면서 최상위권 유저들의 불만이 쌓일 대로 쌓였다.

로암이 고개를 절레절레 저었다.

"더 이상 전쟁은 무리입니다. 우리 길드들의 깃발을 걸어 봐야 오지도 않을 테니 말입니다. 하지만 아르펜 왕국의 깃발을 내건다면… 지금의 반란군을 흡수할 수 있을 겁니다. 어쩌면 그 이상도."

"으음!"

"그걸 그렇게……."

샤우드와 군트도 생각의 방향이 바뀌어 가고 있었다.

현실에 자신들의 이름을 내건 왕국을 만들지 못한다면 살길이라도 찾아야 하지 않겠는가.

"……."

"졌군요."

"허… 그것참."

헤르메스 길드의 수뇌부.

정복 전쟁 체계로 바뀌면서 대영주들까지 참석했다.

중앙 대륙의 절대적인 지배와 북부로의 진격!

두 가지를 놓고 임무를 나누려는데 해군이 패배하는 광경을 영상으로 보고 만 것이다.

"반드시 이길 줄 알았던 해군이 몰살당했으니… 이제 최소한 바다 쪽에서는 앞으로 3개월 이상 아무 방법도 없겠군요."

라페이의 눈빛이 날카로웠다.

패배는 충격이었지만 손익 계산은 빨리 이루어졌다.

하벤 제국은 점령을 통해 발전한 국가, 바다를 개척하지 못한 면이 오히려 피해를 줄이는 측면이 있었다.

"우리가 해야 할 일만 신경 쓰도록 합시다."

라페이는 주의를 환기시켰다.

"크레볼타 님. 브리튼 지역을 부탁드립니다. 반란군이 모일 때까지 기다릴 필요도 없습니다. 조금이라도 조짐이 보이면 전부 쓸어버리십시오."

"알겠습니다."

크레볼타는 〈로열 로드〉 10위 안에 드는 랭커였다.

강한 실력을 갖추고 있었지만 최상위권에 속한 유저답게 큰 전쟁이 아니라면 평소에는 잘 나서지 않았다.

크레볼타가 움직이는 것 자체가 헤르메스 길드에서 제대로 칼을 뽑아 든 것을 의미했다.

"칼쿠스 님. 툴렌 지역을 맡아 주셔야 되겠습니다. 지역의 군대 통솔권을 모두 드리겠습니다."

"학살이라면 제가 원하던 것입니다."

칼쿠스가 하얀 이를 드러내며 웃었다.

핸섬한 외모와는 다르게 그의 직업은 학살자!

많은 유저들을 죽일수록 그의 독창적인 능력인 광기와 공격성이 강화된다.

학살의 본능이 눈을 떴을 때는 바드레이라고 해도 무시할 수 없을 정도였다.

"젠터 님, 그라디안과 네스트 지역의 방위와 안정화를 부탁드립니다."

"예, 그렇게 하죠."

"헤로이드 님, 브레만과 수르 지역을. 해안 공격에도 대비해 주십시오."

"확실히 장악하겠습니다."

라페이는 주요 지역들에 대한 군권을 정리했다.

바드레이가 직접 출정하는 제국 중앙군을 제외한 영주들의 군대가 지역을 관할하게 될 것이다.

군대를 중심으로 통치를 하다 보면 결국 유저들과의 마찰이 벌어질 수밖에 없다.

헤르메스 길드 유저들의 평균적인 성향을 고려해 보고, 힘을 가진 자들이 이를 함부로 쓰지 않기를 바라기는 무리니까.

'너희들이 우리의 칼을 뽑게 만들고 말았지. 대륙을 지배하며 온건한 방식으로 돌아서고 싶었는데… 더 이상 뒤는 돌아보지 않겠다.'

라페이의 눈빛이 번뜩였다.

안정된 지배와 통치!

바드레이를 중심으로 한 헤르메스 길드의 무력 중심을 정책으로 방향을 바꾸어 보려고 했지만 실패했다.

무차별 파괴와 정복, 헤르메스 길드의 본연의 모습으로 돌아와야 할 시간이었다.

학살자 칼쿠스는 제국군 4군단을 이끌었다.

흑사자 길드에서 지배하던 툴렌 지역은 반란군으로 악명이 높은 땅.

"반란군이 루가 강을 중심으로 형성되고 있는 것 같습니다."

"오늘도 포르모스 성을 공략할 계획이라고 하는군요."

"해군이 패배하고 나서 반란군들이 기가 산 모양입니다."

칼쿠스는 그저 우스울 따름이었다.

'헤르메스 길드는 〈로열 로드〉에서도 최고 정예들만 모인 집단이다. 그간 욕을 안 먹고 살아 보려고 했더니, 너희들이 불만을 표시해?'

죽고, 죽이면 될 뿐!

라페이가 생각이 너무 많아서 헤르메스 길드를 안 좋은 길로 이끌어 왔다고 판단하고 있었다.

'설혹 우리 길드의 철권통치에 반발하여 유저들이 북부로 떠나면 좀 어떻다고. 중앙 대륙을 확실히 다져 놓고 아르펜 왕국을 공격하면 되지.'

칼쿠스는 25만의 4군단을 진격시켰다.

병력의 숫자만 놓고 본다면 아주 대단한 규모는 아니다. 하지만 하벤 제국이 중앙 대륙을 정복하고 나서 1군단에서부터 5군단까지는 최정예병들로 재편되었다.

무엇보다도 4군단에는 의무적으로 배치된 헤르메스 길드 유저만 5,000명이었다.

어느 한 마을이나 도시에서는 거드름 좀 피워도 되는 헤르메스 길드 유저들이 이만큼 모였다.

과거라면 한 왕국도 공격해 볼 수 있는 전투력이었는데 반란군이라니 우습게 보였다.

"우리가 트럭이라면 상대는 달걀 정도밖에는 안 되겠지. 그 냥 다 쓸어버리자."

칼쿠스는 진격을 해서 반란군이 모이기로 한 루가 강 인근에 도착했다.

"이유는 묻지 않는다. 지금 이곳에 있는 유저들은 무차별 학살이다."

"예!"

4군단의 병력들과 헤르메스 길드 유저들이 출격했다.

"공격이다!"

"헤르메스 길드야. 그들이 나타났어!"

포르모스 성을 공략하려던 유저들은 급습을 받았다.

4군단의 병력은 일제히 돌격하여 유저들이 모여 있는 지역을 휩쓸었다.

"자, 잠깐! 우리는 그냥 구경만 하러 온 건데요."

"죽어라."

"살려 주십쇼! 그냥 집으로 돌아갈게요."

"이미 늦었다."

칼쿠스의 군단은 무차별로 학살을 했다. 어떤 변명이나 사정도 듣지 않았다.

'어설프게 몇 명 베어서 욕을 먹느니 이게 이익이지. 우리의 힘을 제대로 보여 주는 것이다.'

그들의 목표는 감히 포르모스 성을 도모하는 유저들의 전멸!

기병들이 먼 곳을 순찰하면서 단 1명의 도망자도 허용하지 않았다.

─헤르메스 길드의 전면 공격!
─학살자 칼쿠스의 4군단이 루가 강에 등장!
─모이기로 한 거 취소입니다. 모두 살고 싶으면 도망치세요!

〈로열 로드〉 내부나 방송국과 인터넷으로도 4군단의 출격을 알리는 이야기들이 퍼져 나갔다.

하벤 제국이 중앙 대륙을 통일하던 시절에 악명을 자자하게 떨쳤던 1, 2, 3, 4, 5군단!

헤르메스 길드와 싸워 본 이들은 존재 자체만으로도 이마에 주름살을 새겨 주던 그 군단들이 유저들을 살육했다.

이것만으로도 헤르메스 길드의 강함을 증명하고 인터넷을 떠들썩하게 만들기에는 충분했지만 화젯거리가 또 있었다.

"강철 기사단 출진."

헤르메스 길드가 최초로 공개하는 전투형 골렘!

두껍고 튼튼한 갑옷을 입고 있는 기사형 강철 골렘들이 금속으로 된 말을 타고 질주했다.

골렘 특유의 끔찍한 방어력과 생명력을 보유한 기사단.

강철 기사단은 적진을 그대로 밀고 나가면서 반란군 유저들이 정신을 차릴 수 없게 했다.

"이글거리는 화염의 벽!"

마법사 유저들이 불의 장벽을 두껍게 만들었지만, 강철 기사단은 그대로 뚫고 들어왔다.

강철 골렘은 화염을 몸에 단 채로 유저들을 학살했다.

결과는 포르모스 성을 공략하기로 했던 20만 정도의 유저들은 마법사나 비행 스킬을 가진 불과 몇 명을 빼고는 전멸.

추가로 모이기로 했던 유저들도 겁을 집어먹고 나타나지 못했다.

—헤, 헤르메스 길드!
—무지막지하게 강하다. 과거에 대륙을 정복하던 시절 그대로의 모습.
—그때보다도 더 강해진 듯.
—크으… 이것이 하벤 제국의 진짜 전력인 듯.
—그럼에도 불구하고 해군 몰살. 속 시원! 깨소금.
—하벤 제국은 원래 육상군이 주력이니까요.
—누가 저 군대를 감당할 수 있겠는가!
—CTS미디어를 보세요. 3군단의 전쟁도 나옵니다. 강철 기사단이 5만을 넘습니다!

방송국들이나 유저들은 정신을 차릴 수가 없었다.

하벤 제국에서 감춰 놓았던 전력을 꺼냈는데 그 전투력이 무지막지하다.

헤르메스 길드 유저들이나 군대가 강력해진 것은 물론이고, 강철 기사단은 감히 막기도 힘들 정도였다.

마법 공격을 당해도, 철퇴로 얻어맞아도 끄떡없이 일어나서 공격하는 강철 기사단!

막강한 생명력과 방어력을 무기로 돌격해 와 휩쓸리면 버틸 수가 없었다.

레벨 400대, 500대의 유저들도 강철 기사단에 짓밟혔다.

강철 골렘들은 일반적으로 느리고, 공격력도 낮은 축에 속한다. 하지만 특수하게 제작한 말을 타게 함으로써 단점들을 보완했다.

—저 장비들은 드워프제인 듯.
—토르에서 제작한 건 아닌 것 같은데요.
—중앙 대륙의 요정들이나 드워프들을 감금시켜서 연구한 것 같네요. 노예로요!
—악명이 엄청나게 쌓일 텐데… 누가 그런 짓을 해요?
—헤르메스 길드니까 가능하죠. 몇 명이 책임지고 악명을 쌓더라도 저런 걸 개발하고 생산시키면 되죠. 담당자들에게는 엄청난 보상을 해 주고요.
—돈과 시간, 악당들이 모이면 저 어려운 걸 해냅니다!

〈로열 로드〉를 하는 유저들이나 방송국의 관계자들이나 하벤 제국의 전력에 경악을 금치 못했다.

반란군의 무리는 몇 배나 되는 인원수에도 불구하고 제대로 싸우지를 못했다.

강철 기사단을 쓰러뜨리거나 파괴하기도 어려웠고, 심지어는 절반 이상 부쉈다 하더라도 금세 마나를 보충해서 잃어버린 육체를 회복시켰다.

—으아… 스멀스멀하면서 머리랑 한쪽 팔이 돋아나는 거 보셨어요? 진심 소름 돋았음.
—저런 건 어떻게 상대함? 무적 아님?
—강철 기사단이면 요새도 필요 없을 듯. 평원에서의 대회전이라면 무적!
—머리 숫자로도 저건 안 될 거 같네요. 골렘이니까 지치지도 않잖아요. 세상에나……

큰 전투가 벌어져도 강철 기사단 중에서 파괴된 골렘은 극소수였다.

하벤 제국의 해군이 몰살을 당하면서 크게 한 방 얻어맞은 건 사실이지만, 강철 기사단을 드러내는 것만으로도 전세는 바뀌었다.

아르펜 왕국은 물론이고 반란군조차도 강철 기사단에는 상대가 되지 못하리라고 생각했다.

위드는 구슬을 꿰면서 방송을 봤다.

띠링!

> 구슬 1,000개 꿰기 성공!
> 재봉 스킬의 숙련도가 증가하였습니다.

"강철 기사단이라……."

대단히 뛰어난 전투 병기라는 생각이 들었다.

하벤 제국은 중앙 대륙을 차지하면서 사냥터를 차지하고 세금만을 거두는 건 아니었다.

마법과 기술을 계속해서 발전시킴으로써 그 이점을 누리고 있다.

"저런 걸 뒤로 준비해 놓았구나."

위드의 언데드에게는 천적인 골렘.

시체가 생기지도 않고, 잘 파괴되지도 않는다.

아르펜 왕국이 믿는 건 인해전술뿐인데, 그조차도 강철 기사단에는 먹히지 않으리라.

"심지어는 월급을 안 줘도 돼. 영원히 부려 먹을 수 있는 거잖아."

실컷 착취해도 고용부에 걸리지 않는 존재들!

"저런 골렘을 만들어야 했는데."

위드는 한숨을 푹 쉬었다.

아마도 강철 골렘은 고급 마법 스킬과 대장장이 스킬의 조합으로 완성된 것이리라.

헤르메스 길드에는 전투에 최적화된 랭커들뿐만 아니라 대장장이를 비롯한 고급 직업군도 다양하게 분포되어 있었다.

대장장이 마스터인 헤르만과 파비오를 북부 대륙으로 끌어들이지 않았다면 최상위권 유저들끼리의 전투에서는 크게 불리했을 것이다.

유저들끼리의 대결에는 레벨과 스킬도 중요하지만 아무래도 장비발을 무시할 수 없기 때문이다.

심지어 전쟁에는 대장장이들이 만든 공성 무기도 대규모로 동원이 되기에 그들의 전력은 아주 중요했다.

"골렘 소환!"

위드가 네크로맨서 마법으로 골렘을 불렀지만 그냥 평범한 진흙 골렘 1마리가 나타났다.

레벨 100 이하의 네크로맨서들이 불러도 나오는 골렘!

"일을 찾는다."

"짐이나 들어."

위드는 골렘을 운반용으로 썼다.

반복해서 소환하더라도 스킬 성장이 굉장히 느린 마법 중 하나였다.

네크로맨서로도 너무 빨리 성장하다 보니 언데드 소환 외의 마법들까지는 갖추기가 어렵다.

그럼에도 현재의 언데드 소환은 중급 6레벨.

위드의 레벨도 드디어 500을 돌파했다.

거인들의 땅에서 돌아온 이후 헤르메스 길드 유저들을 사냥한 것과 악마 델암을 포함한 무지막지한 사냥터 순회 덕분이라고 할 수 있었다.

"그보다 이젠 좀 따라잡나 싶었는데……."

위드는 절대적인 강함을 추구하고 싶었다.

현실이야 조각사로서 나무토막을 깎아서 1실버, 2실버를 벌 때에도 마음만은 드래곤의 뒤통수를 후려갈길 정도였다.

"3달 정도만 사냥에 푹 빠질 수 있었으면… 헤르메스 길드의 상위 랭커들 수준은 될 텐데. 시간 여행도 좀 하고 말이야."

조각사를 마스터하고 빠른 성장이 가능한 네크로맨서가 되면서 조만간 다 따라잡아 줄 거라는 꿈을 꾸었다.

이젠 다른 일들은 전부 제쳐 두고 사냥터와 전투 퀘스트만 수행하여 최강이 되리라는 야망!

네크로맨서의 사냥 속도, 조각사의 부수적인 효과를 만끽하고 있었는데 하벤 제국과의 전쟁을 수행해야만 하는 처지였다.

위드의 인기를 제외하더라도 아르펜 왕국의 국왕이 빠질 수는 없었으니까.

"헤르메스 길드가 강해지기 전에 차라리 지금 싸우는 게 더 낫나? 저런 전투용 병기까지 공개할 정도면 하벤 제국도 쉽게 물러서진 않을 것 같고. 흠. 강한 녀석들이 오래 참기 힘들긴 하지."

위드는 하벤 제국의 미래에 대해서 생각해 봤다.

중앙 대륙의 이권을 독차지하며 형성한 막대한 군사력을 드러냈다.

'제국을 세우고 나서 돈이나 병력, 모든 걸 갖춰 가고 있었겠지. 그들은 나와는 다르게 조직이 있으니 훨씬 쉬웠을 거야.'

중앙 대륙에 있는 반란군은 제국군이 전면적으로 나선 이상 토벌을 당하고 말 것이다.

그렇지만 하벤 제국은 바로 칼끝을 돌려서 아르펜 왕국을 노리게 되리라.

헤르메스 길드나 위드나, 서로 더 이상 물러서기에는 판이 너무 크게 펼쳐진 것이다.

"내가 유리한 건… 어쨌든 전쟁을 주도할 수 있다는 점인데."

하벤 제국의 전쟁에 대해 방송국마다 토론을 벌이고 있었다.

군사력 자체만 놓고 보면 절대적인 하벤 제국의 우위, 그럼에도 반란으로 생산이 저하되고 유저들이 떠날 테니 오랫동안 버티면 아르펜 왕국이 유리하다고 봤다.

위드는 다른 관점에서 생각했다.

'전체적인 국면은 좋다. 하벤 제국은 자기네 땅을 지켜야 하지. 그리고 빼앗긴 땅도 되찾아야 하고… 아르펜 왕국도 정복해야 해.'

남부 사막 지대도 소란스럽고, 중앙 대륙에는 반란군이, 북부 지역에는 성난 아르펜 왕국 유저들이 공격해 오고 있다.

막강한 전력을 가졌지만 야금야금 뜯어먹으려는 빚쟁이들이 많다.

세상에서 가장 무섭다는 빚쟁이들!

'지금의 기회. 서윤이 만들어 준 기회를 놓치고 어느 하나 잠잠해진다면 그 뒤의 미래는 없겠지.'

칼라모르 지역.

중앙 대륙에서 새롭게 떠오르면서 북부 못지않은 활기를 띠는 지역은 다인이 다스리고 있었다.

훌륭한 총독!

지역 주민들의 전폭적인 지지를 얻는 그녀는 지역에 대한 놀라운 장악력을 자랑했다. 그럼에도 불구하고 헤르메스 길드의 지배하에 있기에 반란군들이 출몰했다.

"전쟁 체제가 되면서 반란군에 대해서 더 이상은 용납되지 않습니다."

"대화로 설득할 수 있어요. 아직은 큰 피해가 생기지도 않았고요."

"칼라모르 지역의 사정이 다른 곳에 비해서 좋다는 건 압니다. 하지만 반란군을 방치해 둘 경우, 넓게 확산될 여지가 있습니다. 중앙에서 진압을 명령했으니 총독은 이에 대해 따라야 합니다."

"……."

"군대의 통솔권과 전투 권한만 회수하도록 하겠습니다. 내정에 대해서는 관여하지 않을 것입니다."

길드 행정부에서 나온 기가드가 다인이 가지고 있던 통치권의 일부를 가져갔다.

좋은 기사들이 탄생하는 칼라모르 지역의 뛰어난 인재들을 제국군에 포함시키기로 했다.

"휴우."

다인은 한숨만 쉬고 막지 못했다.

그녀는 이른바 낙하산!

칼라모르 지역을 잘 다스린 공로가 있다고는 하지만 헤르메스 길드의 최상위층이 임명해 줘서 자리를 잡았으니 내부에 시기하는 이들이 많았던 것이다.

칼라모르 지역은 안정되어 있었기에 제국군이 내려오지 않고 자체적으로 영주들의 진압군이 움직였다.

"전부 제거한다!"

"메폰 강의 통행은 금지되었다. 칼라모르가 다른 지역에 꿀리지 않는다는 걸 보여 주자."

헤르메스 길드의 영주들과 유저들은 그동안의 속박에서 벗어나서 자유롭게 날뛰었다.

대외적으로 공적을 세우기 위해 반란군 무리를 처형하며 때때로 흥분해서 무리한 전투도 벌였다.

"굳이 이럴 필요가 있나?"

"그러게. 축제까지도 벌이면서 우린 잘 호응해 주고 있잖아."

"싸움도 안 나고 평화로운 지역인데… 완전 망치고 있네."

돌다리처럼 단단하던 칼라모르 지역도 하벤 제국의 다른 영토처럼 유저들의 반감이 깊게 일어나고 있었다.

"큰 전쟁이라면 우리들이 무언가를 해내야지."

"너무 놀고만 있었던 거 같습니다. 검의 녹슨 때를 벗겨 내야지요."

"흠흠. 인기를 얻기 위함은 아니다. 여자들에게 자랑하기 위해서도 아니다. 그저 있는 힘껏 싸우기 위해서 우리는 산다."

"물론 그렇지요!"

"자! 그러면 실력 발휘 좀 해 보자꾸나."

검치는 사범들을 모두 데리고 사막 지역으로 왔다. 사막 전사들을 불러 모아 제대로 하벤 제국과 붙기 위함이었다.

남부 사막 지역은 먼저 온 수련생들이 탄탄하게 기반을 다져 놓았다.

이곳에서 활동하는 유저들은 아르펜 왕국에서 검치와 사범들이 왔다는 소식에 민감하게 반응했다.

"싸움 나는 거 아니야?"

"지금 체제가 딱 좋았는데… 약탈도 잘하고 말이야."

"일스 대평원 약탈은 꿀이었지. 지금도 중앙 대륙이 어수선해서 침략할 기회가 많이 보여."

"제국군이 강하다고 해도 우린 안 싸우면 되니깐. 낙타의 기동력을 이용해서 말이야."

"괜히 지금의 체제가 흔들리는 것은 아닐까."

사막의 유저들은 숫자가 아직 적었고, 그래서 검치의 등장에 불안해했다.

수련생들과 사막에서의 전통과 체계가 흔들리는 상황을 걱정했지만 그럴 필요가 없었다.

"스승님, 오셨습니까!"

사막에서 양쪽으로 도열한 수련생들이 검치와 사범들을 맞이했다.

가죽옷을 입은 건장한 사내들이 허리를 굽혀서 인사를 올리는 광경!

은링, 벤, 엘릭스로 이루어진 모험가 파티는 그 광경에 할 말을 잃었다.

"저런 사람들이 더 왔어요."

"인류 전체를 뒤져서 505명으로 구성된 것 같군요."

"뇌가 근육으로 이루어진… 크흠."

검치는 검오치와 수련생들이 몸에 착용한 표범이나 호랑이 가죽옷에 시선을 두었다.

"옷이 좋아 보인다."

"크흐흐. 직접 잡은 놈들입니다. 역시 사막에서는 가죽옷이죠. 스승님 것도 준비해 놨습니다."

정글도 아닌 사막에서의 가죽옷!

검치는 그들이 뭔가 멋있어 보였기에 그것이 뛰어난 판단이란 생각이 들었다.

그들끼리는 이런 식으로 넘어가는 일들이 상당히 많았다.

"그동안 고생이 많았겠구나. 여기서는 어떻게, 뭘 하고 놀아야 하느냐?"

"뭐, 별거 있습니까. 때리고 부수면 되는 거죠. 스승님께서 오셨으니 전부 믿고 맡기겠습니다."

"의뢰를 하고 있다고 들었다."

"별건 아닙니다. 팔로스 제국의 건국이라고 합니다."

팔로스 제국은 사막의 영광을 누리며 방대한 땅에 영토를 둔 강대한 국가였다.

중앙 대륙의 영토는 잃어버렸다고 해도 부족들이나 도시들로 이루어진 사막 지역의 영역도 대단히 넓다.

유목민들이나 방랑자들까지도 인구로 포함하였으니 제국의 건국은 대단한 퀘스트.

검치가 뒷짐을 진 채로 흐뭇하게 웃었다.

"즐거운 일이로구나."

"예. 어릴 때 쇠파이프를 들고 동네 깡패들에게 쳐들어가던 이후로… 앗! 죄송합니다, 스승님."

"괜찮다. 누구나 철없던 시절은 있지 않느냐. 열 살이면 쇠파이프 정도는 한번 들어 보기 좋은 나이지."

"과연 스승님이십니다."

검둘치는 사막 지역의 전사들에 대한 편성을 담당했다.

검치의 수제자로서 도장의 사범으로 오랫동안 일해 온 그에게는 사막 전사들을 다루는 일도 그리 어렵지 않았다.

유저들의 경우에는 그냥 몇 마디 시키면 된다.

"잘 싸우세요."

"예옛! 모, 목숨 걸고 싸우겠습니다."

"전투가 벌어져서 불리하더라도 도망치지 말고요."

"팔다리가 부러지면 이빨로라도 싸울 겁니다!"

검둘치는 분명히 자상하게 이야기를 했는데도 불구하고 받아들이는 유저들은 뼛속 깊은 곳까지 새기게 되었다.

인간에게 이성이 있다고는 하지만 검둘치를 만나서 이야기해 보면 잠자고 있던 짐승 같은 본능이 깨어났다.

'거스르면 죽일 것 같아. 가볍게 넘어뜨려 놓고 주먹을 휘두르기 시작하면…….'

'맞으면 죽는다. 최소 사망이고, 식물인간이다. 차라리 죽는 게 낫다고 생각할 정도로 맞는다.'

'세상에서 절대 적으로 돌려서는 안 될 사람.'

검둘치는 여자 친구까지 생겼지만 세간의 인식은 크게 달라지지 않았다.

그가 기분 좋게 웃으면 유저들은 더욱 공포에 떨었다.

"뭐 불편한 거 없으세요?"

"부, 불편이라니요. 편하게 잘 살고 있는데요."

"필요한 게 있으면 언제든 말씀만 하세요."

"진짜 행복! 하게 잘 지내고 있습니다."

검삼치와 검사치, 검오치는 그의 리더십을 부러워했다.

"화만 내는 우리랑은 달라."

"음. 배울 점이 크죠, 대사형에게는."

"근데 예전에는 많이 패기도 했지 않습니까? 쇠파이프 올바르게 쥐는 법, 대사형한테 배웠는데 말입니다."

"사치야, 무슨 소리야? 난 그런 기억 없는데."

"같이 배우셨는데… 아, 그때 머리를 좀 맞으셔서."

"아하. 그래서 기억에 없구나!"

* * *

사막 전사들의 결집!

하벤 제국의 남쪽 국경에는 수많은 전사들이 몰려들었다.

"이번에도 약탈하러 가는 겁니까?"

"예! 한 건 하러 가죠."

사막에서 활동하는 유저들도 대부분 참여했다.

아무래도 중앙 대륙이나 비옥한 북부 대륙에 비해 거칠고 황량한 사막은 차이가 날 수밖에 없었다.

뜨거운 햇볕이 내리쬐는 사막에서 활동하다 보면 저절로 중앙 대륙 약탈을 꿈꾸게 된다.

"대장은요? 역시 검오치 님입니까?"

"아뇨, 검치 님입니다."

"이름은 비슷한데 잘 모르는 분이네요."

"이 지역에서 명성은 좀 낮지만 진정한 강자죠. 위드 님의 검술 스승이라고 합니다."

"허어… 정말요?"

"예. 확실할걸요."

검치와 사범들, 수련생들은 남부 사막의 핵심 전력들을 소집했다.

"이곳에 오면 칼을 받을 수 있다고 들었습니다."

"좀 휘두를 줄 아나?"

"예. 그것만 하고 살았습니다. 부족을 지키기 위해서 남자들이 해야 할 일이었죠."

사막에서는 큰 명성을 가진 영웅에게 전사들이 부하로 거두어 달라며 나타난다.

사막 지역의 특성상 뛰어난 전사들이 많이 배출되어 전투와 전쟁을 치르며 성장했다.

전쟁으로 업적을 달성하면 그만큼의 병력을 모을 수 있기 때문에, 경제력이나 인구 규모로는 다소 부족하더라도 막강한 전투력을 발휘한다.

검치의 휘하에 모인 사막 전사들만 물경 50만!

"크흐흐흠."

검치와 사범들은 적잖게 부담이 되었다.

"이것들의 목숨이 우리에게 걸려 있단 말이지."

"예, 스승님."

"한 방에 털어 넣으면 어떻게 되는 거냐."

"여긴 싹 다 망할 것 같습니다."

사막 지역의 운명을 건 결전!

일스 대평원의 약탈과 아르펜 왕국의 교역을 통해 조금씩 생산 기반을 갖춰 나가는 사막 지역이었다.

이 많은 사막 전사들이 목숨을 잃는다면 몬스터들의 침략에 시달리고 팔로스 제국의 건국도 먼 이야기가 되리라.

"스승님, 도로 물릴까요?"

"아니다. 남자가 칼을 뽑았으면 단무지라도 잘라야 하지 않겠냐."

검치와 사범들, 수련생들이 지휘하는 사막 전사들이 하벤 제국의 영토를 습격했다.

그들 중 절반 정도는 낙타를 탄 기병대로 이루어져 있었다.

신속한 기동력으로 성벽이나 요새를 우회해서 마을과 곡창 지대를 약탈하려는 사막 전사들의 대규모 습격!

경축! 팔로스 제국의 여러분들을 환영합니다.

어서 오세요. 풀죽, 풀죽, 풀죽.

우리는 사막의 친구입니다.

위드 만세!

검치와 사막 전사들을 반겨 준 것은 도시와 요새에 걸려 있는 플래카드들이었다.

"뭐냐, 이것들은……."

"싸울 적이 없습니다, 스승님!"

"있던 놈들은 다 어디로 갔어?"

"도망쳤다는데요. 남은 애들은… 어째 우리를 반기는 것 같고요."

일스 대평원과 소규모 공국 지역의 영주들.

그들은 1차로 털리고 나서, 2차로 대규모 사막 전사들이 결집하는 걸 방송으로 봤다.

"이놈들이 또 쳐들어오려는 모양인데 어떻게 하죠?"

"헤르메스 길드는요?"

"수비군을 보내 준다고는 합니다만… 아무래도 얼마 안 될 거 같습니다."

"또요?"

"그놈들이 우릴 얕잡아 보는 게 하루 이틀입니까? 게다가 이미 저번에 털려서 지킬 가치도 없다고 보는 것 같고요."

헤르메스 길드는 반란군에 30% 정도, 아르펜 왕국과의 전쟁에 60%의 전력을 배치하고 있었다.

남부의 사막 지역에서 전사들이 습격한다고 해도 영토를 뺏기는 건 아니다.

도시에는 큰 피해가 없고, 이미 곡창지대는 털린 후였으니 잃을 게 많지 않다고 본 것이다.

반면에 사막 전사들을 막으려고 한다면 넓은 지역에 걸쳐서 방어선을 펼쳐야 했다.

성을 정복하기 위해 공성전을 벌이지도 않기 때문에 넓게 휘젓고 다닌다.

하벤 제국군도 기병들을 위주로만 막아야 하는데, 그러자면 너무 많은 전력을 분산시켜야 한다는 약점이 생기고 만다.

라페이와 수뇌부는 아르펜 왕국에 집중하기로 했다.

위드에게 또다시 승리의 신화를 안겨 주고 싶진 않았기에 전략적으로 남부의 땅은 버려 놓은 것이다.

그럼에도 영주들이 전력을 다해서 막으려고 한다면 성이나 도시는 사막 전사들로부터 지킬 수 있었다.

"진짜 해도 너무하네. 우리끼리 전쟁 준비하려면 너무 벅찬데… 가진 거 다 털어 넣어서 살아남으라는 거 아냐."

"우릴 버렸는데 왜 제국을 위해서 싸워 줍니까?"

"그냥 확 넘어가 버릴까요?"

"어디로요? 여긴 아르펜 왕국과 거리도 먼데."

"사막으로요. 제가 입수한 소문에 의하면 사막 지역도 위드의 그림자가 짙게 드리워져 있는 듯한데요."

"그래요? 자세히 좀 말해 보세요."

"노들레와 힐데른 퀘스트부터 사막은 위드로 인해 발전하게 되었는데… 속닥속닥… 게다가 사막 전사들을 지휘하는 이들이 위드의 지인이랍니다."

"그래요?"

결국 영주들은 하벤 제국으로부터 이탈하기로 결정했다.

여차하면 재산을 처분하여 도망갈 수도…….

영토 정복!
네드로 성이 사막 지역의 영토로 편입됩니다. 주민들은 사나운 전사들에 대한 소문으로 불안에 떨고 있습니다.
치안: +24.
도시 발전도: -16.
종교 영향력: -20.
문화: -15.
경제력: -40.

영토 정복!
도시 고소메가 사막 지역의 영토로 편입됩니다. 사막 전사들이 성문으로 들어오면서 주민들은 외부 활동을 자제하고 있습니다. 울고 있는 아이들까지 눈물을 뚝 그치고 꼭꼭 숨었습니다.
치안: +31.
도시 발전도: -21.
종교 영향력: 30.
문화: -19.
경제력: -44.
고소메는 일스 대평원의 대도시로 인구 23만이 살고 있는 곳입니다. 팔로스 제국의 영토가 확장되며 모든 전사들에게 업적으로 힘과 민첩, 체력, 투지가 7씩 증가합니다.

팔로스 제국의 건국 퀘스트를 하는 검오치와 수련생들은 깃발을 성에 꽂았다.

"이런 스탯이…….'

"쌓이면 좋은 거냐?"

"위드가 그러던데요. 남는 건 스탯뿐이라고요."

"막내가 말했으면 맞겠지."

검치와 검둘치의 위드에 대한 신뢰는 대단했다. 심지어 아끼는 검을 달라고 해도 줄 정도였다.

"둘치야, 막내 덕분에 잘하면 장가갈지도 모르겠다. 그 녀석이 아니었다면 이런 세계가 있는지도 몰랐을 것이야. 텔레비전 리모컨도 복잡한데 말이다."

"저도 그렇습니다, 스승님."

"막내가 결혼식 사회를 봐 준다면 끝내주겠지?"

"꼭 맡겨야지요."

현실에서 위드가 결혼식 사회를 봐 준다면 방송국들이 중계를 할지도 모른다.

〈로열 로드〉에서도 결혼식을 올린다면 대지의 궁전에서 수십만 이상의 인파를 참여시킬 수도 있었다.

"근데 이 땅들 정복하면 우리가 어떻게 다스리냐? 영주들이 항복하긴 했지만 병력을 남겨 놓을 수도 없고."

"우리가 떠나면 다시 마찬가지이기는 합니다."

"그러면 정복하나 마나잖아?"

검치와 검둘치는 이야기를 하다가 중요한 사실에 직면하고 말았다.

사막 전사들의 특성상, 원래는 영토와 국경에 연연하지 않는 편이었다.

바람처럼 병력이 움직이는데, 항복한 도시들과 성이 다시 하벤 제국으로 넘어가더라도 어찌할 수 없었다.

물론 하벤 제국의 영주들도 그러한 속셈이 있었기에 쉽게 항복을 한 것이기도 했지만.

"머리가 아파지려고 하는데, 위드에게 물어보자."

"그러면 되겠군요."

위드에게 귓속말로 사정을 설명하고 답을 기다렸다.

그들끼리는 해결하지 못할 난제였는데 무려 15초 만에 해답이 전해졌다.

—사막 전사답게 싸우세요.
—사막 전사답게?

> ─제가 팔로스 제국을 건국할 당시에는… 크흠. 물론 그게 시간을 여행해서
>   그런 것이기는 합니다만, 좀 잔인무도했습니다.
> ─봤다. 아주 전부 쓸어버렸지.

방송으로 중계되면서 자칫 위드의 인성이 폭로될 뻔했다.

〈로열 로드〉를 하는 지금이야 현명한 왕이나 위대한 모험가로 추앙을 받고 있지만, 〈마법의 대륙〉 시절에는 폭군이 따로 없었다.

단지 행패를 당하는 대상이 지탄받는 명문 길드 위주라서 일반인들 사이에는 평판이 좋았다.

그들을 대신해서 속 시원하게 싸워 주었기 때문이다.

> ─군대를 키우세요. 항복한 지역에서 가지고 있던 병사들을 강제로 징집하
>   세요. 검술을 익힌 주민이나 용병 출신 등 전부 끌어들이셔야 합니다.
> ─뭐, 가능은 하겠지만… 지금도 병력은 많은데?
> ─싸워야 할 땅이 넓으니 많으면 많을수록 좋습니다. 어릴 때 골목대장을 할
>   때에도 부하들이 5명보다는 10명이 좋았잖아요.
> ─그렇긴 하지. 음.
> ─영주들이 항복한다면 그들의 병력을 받아서 계속 키우세요. 몇 지역만 병
>   력을 거둬들여도 그다음에는 웬만하면 저항하기 힘들 겁니다.
> ─우리 측의 병력이 그만큼 늘어나니 말이지.
> ─맞습니다. 일스 대평원을 지나면 제국에서도 적극적으로 막아설 겁니다.
>   중앙 대륙 전체가 뚫리게 되니까요. 그때부터는 무자비하게 악랄해서 전
>   투 물자를 챙기고, 병력도 계속 늘려 가면서 싸우면 됩니다.
> ─흠…….

검치의 머릿속에 그림이 그려졌다.

하벤 제국.

강대한 힘을 가진 제국을 거친 사막의 전사들이 약탈하는 장면들이!

　'그거 좀 멋진 거 아닌가?'

　실제로 위드가 사막의 대제왕 시절에 보인 모습이기도 했고, 방송을 타면서 수많은 사나이들의 로망이 되었다.

> ─재미있겠구나.
> ─예. 싸우다가 지면 그걸로 끝이지만, 인생 뭐 있겠습니까. 칼을 뽑았으면…….
> ─단무지라도 썰어야지.

　위드는 검치와 수련생들을 배후에서 조종하는 것으로 하벤 제국과의 싸움을 적당히 할 생각은 없었다.

　'어쩌다 벌어진 전쟁이지만… 내가 제국을 공격한 거야.'

　대충 끝나지는 않을 전쟁!

　'하벤 제국이나 헤르메스 길드에 대한 전력은 상당히 드러나 있다. 강철 기사단처럼 숨겨진 녀석들도 있겠지만…….'

　위드라고 해도 헤르메스 길드처럼 숨겨 놓은 전력 몇 가지는 있을 것 같았다.

　넘치는 돈이 있고, 중앙 대륙을 아우르는 조직과 정보망이 있다면 퀘스트든 뭐든 이용해서 전력을 확보해 놓아야 정상이었다.

　엠비뉴 교단처럼 극단적인 힘을 봉인해 놓았다고 해도 지나치지 않았다.

'몇 개나 숨겨 놓았을까. 2개? 3개? 이 정도는 조금 적은데. 8개나 10개 정도? 중앙 대륙을 통일하고 나서 시기상으로 그만큼은 준비를 못 했겠지.'

퀘스트는 모험가나 발굴가들이 잘 찾아낸다.

위드처럼 특별한 직업과 명성을 가진 유저도 있지만 전 대륙에 파급효과를 미치는 퀘스트나 봉인된 기술 같은 건 그리 흔하진 않은 편이었다.

'아마도 5개는 될 것 같고, 대충 그 언저리에서 준비해 놓았겠지. 강철 기사단이 그중 하나일 것이고.'

라페이가 중국집에서 자장면 배달을 받아서 안 쓰고 챙겨 놓은 나무젓가락 개수까지 간파할 정도의 눈치!

'헤르메스 길드 유저가… 걔들 홈페이지에서 보면 752,300명 정도. 제국군이 300만이다.'

왕국을 통치하는 입장에서 보면 터무니없을 정도로 막강한 병력이었다.

심지어 여기에는 영주들이 독자적으로 보유한 군대는 포함도 안 된 수치였다.

'서윤의 희생으로 정세가 유리해졌지. 그들은 지역방위를 위해 절반은 요새나 성 같은 곳에 주둔시켜 주어야 하니, 전쟁에 동원할 수 있는 병력은 나머지다.'

위드의 머릿속에 큰 그림이 그려지고 있었다.

최강의 병력을 가진 하벤 제국군.

강철 기사단 같은 존재가 드러났다고 해서 그들에게 관심은 안 생겼다.

　아르펜 왕국군이나 남부 사막 전사들. 반란군들까지 묶어서 제국의 땅을 사냥하는 것이다.

　"안 그래도 중앙 대륙을 차지해서 배가 아팠는데… 나처럼 배 아픈 녀석들이 많이 있겠지!"

✣

　하벤 제국군의 정예들이 하르판과 리튼 지역으로 속속 모여들고 있었다.

　하르판 지역은 어느새 40% 정도가 북부 유저들에 의해 정복되었고, 리튼 지역은 상륙작전이 한창 펼쳐지고 있었다.

　"여기가 리튼 지역입니다. 내리세요!"

　"우와… 중앙 대륙이다."

　"해안가에 별장들 좀 보세요. 완전 이쁘다."

　"이래서 중앙 대륙, 중앙 대륙, 하는구나."

　치열한 공방전이 벌어지는 상륙작전과는 다르게 커다란 범선에서 북부 유저들이 느긋하게 내리고 있었다.

　상륙한 북부 유저들은 해안가의 도시 상점으로 가서 물품들을 구경하기도 하며 쇼핑을 즐겼다.

　하벤 제국에서 빼앗은 전열함과 무장 카락도 북부 유저들의 운송에 나섰다.

　"승차감 좋은 전열함! 파도에도 들썩거리지 않습니다. 리튼 지역까지 7골드에 모셔요!"

달빛 조각사

"30분 후에 출항합니다. 저녁은 중앙 대륙의 항구 라덱에서 드실 수 있어요."

"갓 잡아 올린 싱싱한 회를 드시고 싶으신 분은 이 배를 타세요. 선장이 중급 7레벨의 낚시꾼입니다! 바다에서 크라켄 빼고는 다 낚아요!"

상인들이나 모험가들은 북부 유저들의 운송을 통해 짭짤하게 수입을 거뒀다.

덤으로 식료품을 비롯한 교역품들도 대량으로 가져와서 판매하며 막대한 부를 일구었다.

하벤 제국은 반란군이 일어나면서 채광을 비롯해서 곡물 수확량, 물자 생산까지 줄어들고 있었다.

실제로 아직까지는 생활에 필요한 물품들이 부족한 사태까지 벌어지지 않았지만, 그럼에도 기본적인 생필품들을 비롯한 가격이 30% 이상 상승했다.

중앙 대륙의 대부분 도시들이 아르펜 왕국의 물품을 비싸게 구입했고, 심지어는 특산품의 효과까지 누렸으니 상인들에게는 대박이었다.

돈을 좇는 상인들에게는 아르펜 왕국의 남는 물자들을 하벤 제국에 팔아서 큰 재산과 성장을 이룰 기회였다.

"이분들이 북부 유저들……."

"새로운 활기가 있네요. 사람이 많아지니깐 좋아요."

중앙 대륙의 유저들은 새로운 이들을 반겼다.

아르펜 왕국의 지배가 되면서 세금이 절반 이하로 줄었다.

공식적인 세율 외에도 각종 부가세나 도시 이용 요금, 교역세 등이 감면된 것이다.

제국이 세율 인하를 하기 전이었다면 몇 배나 되는 효과를 누렸겠지만 현재로써도 막대한 이득.

"풀죽, 풀죽, 풀죽!"

중앙 대륙의 유저들도 풀죽을 외치면서 기꺼이 합류했다.

"근데 우리들은 무슨 죽이죠?"

"전 죽순죽이 좋던데……."

"따로 가입 절차를 밟기도 어렵잖아요. 게다가 우리도 뭔가를 하면 좋을 것 같은데."

"풀죽신교에 모여 있는 죽 단체만 130여 개라고 합니다. 새로운 게 있을까요?"

"음… 우린 꽃죽으로 하는 건 어때요?"

"꽃죽이요?"

"예. 땅에 피어 있는 풀이나 꽃… 조화가 괜찮게 어울리잖아요. 이쁘기도 하고요."

중앙 대륙 유저 몇 명이 시작한 꽃죽 부대의 창설!

그들은 머리에 꽃을 꽂는 것으로 풀죽신교의 꽃죽 부대임을 드러냈다.

불과 몇 시간, 하루 만에 꽃죽 부대는 대대적으로 늘어나게 되었고 리튼 지역에 돌아다니는 유저들은 모두들 머리에 꽃을 꽂았다.

엘프족이나 요정족은 꽃 장식을 머리에 하면서 귀여운 아름다움을 드러냈다.

그러나 키가 큰 바바리안이나 근육질의 워리어들까지도 머리에 꽃을 꽂는 사태가 발생!

리튼 지역의 작은 어촌 마을 브룬델하임.

레벨 70대의 북부의 초보 모험가 유저 7명이 들어왔는데, 저녁이 될 무렵 마을 전체의 분위기가 바뀌었다.

이곳에서 활동하는 유저 1,000여 명이 모두 머리에 꽃을 꽂고 다니는 것이다.

"풀죽신교가 이런 느낌이었군요. 전혀 다른 남과도 뭔가 하나처럼 이어진 것 같은 기분."

"혼자가 아니죠. 우린 다 같이 살아가는 거니까요."

소므렌 자유도시 해방전

하벤 제국군의 리튼 지역 정벌은 3군단의 정복자 트라키스가 맡았다.

"일주일 내로 철저히 파괴한다. 아르펜 왕국을 이 땅에서 몰아낼 뿐만 아니라 여차하면 역으로 침공할 것이다."

트라키스는 휘하 부대장들에게 공언했다.

그가 이끄는 군대는 3군단 25만의 최정예 병력을 바탕으로 했다.

하벤 지역의 영주로서 인근 도시들에서 징발한 병력 10만, 수뇌부에서 배치한 제국군이 10만 명이 더 충원되었다.

총 45만의 막강한 병력!

강철 기사단도 5만이나 따로 뒤따르고 있었다.

"리튼 지역에 상륙한 북부 유저들은 약 100만 정도로 추산!"

"전체적인 레벨 수준은 100대에서 300대까지 다양합니다."

"레벨 400대 이상의 유저들은요?"

"약 5% 정도로 보고 있습니다."

리튼 지역에서 활동하는 첩보원들의 보고도 속속 올라왔다.

중앙 대륙을 정복할 당시에는 헤르메스 길드에서 적극적으로 첩보원을 활용했다.

리튼 지역에 파견을 나간 첩보원들도 100명이 넘기 때문에 어떤 정보라도 그대로 들어왔다.

"이건 그냥 밟아 버리면 될 텐데……."

트라키스는 〈로열 로드〉에서 레벨로 20위권 안에 드는 랭커였다. 그럼에도 전쟁을 벌이기 전에 차분히 생각했다.

'전투력으로 본다면 우리의 10%도 미치지 못할 것이다. 그런데 각종 변수들이 추가되겠지.'

얼마 전 북부 정벌군이 대지의 궁전을 정복해 가는 광경을 방송으로 보며 승리를 확신했었다.

그러다가 대지의 궁전 붕괴와 함께 거대한 군대가 소멸하던 광경은 트라키스에게도 적잖은 충격을 줬다.

극적인 순간, 말도 안 되는 대반전이 벌어진 것이었다.

'위드가 개입을 할 가능성은 어느 때보다도 높다. 북부 유저들도 계속 넘어올 것이고… 그렇다면 속전속결. 전쟁 준비를 할 시간을 주지 않는다.'

트라키스는 시간을 끌면 전투가 어려워진다고 생각했다.

그럼에도 방송국들과 관련된 인터뷰에서는 내심을 숨기며 말했다.

"위드와 북부 유저들? 그들은 아무것도 아닙니다."

"전투 전에 자신감을 갖고 계시는군요."

"그럼요. 저는 싸우러 가는 게 아니라 밟아 주기 위해 가는 것입니다."

아군의 사기나 스스로의 유명세를 위해서라도 호언장담을 했다.

CTS미디어의 현장 리포터 나예슬. 특이하게 곰 종족을 선택한 그녀가 웃으며 물었다.

"트라키스 님과 전쟁의 신 위드 님의 대결. 모두가 기대하는 게 당연한데요. 만약 일대일의 승부가 벌어진다면 하실 용의가 있으세요?"

"……."

트라키스는 잠시 말을 멈췄다.

'일대일의 승부라고?'

인터뷰에서 괜찮다고 한다면 전투가 벌어지기 전에 위드와 한판 붙어야 할 상황이 올 수도 있었기에 신중해졌다.

자기 자신의 목숨이 오가는 것은 물론이고, 일이 잘못되면 3군단이 제대로 싸워 보지도 못하고 패배할 수도 있었으니까.

'이건 많이 껄끄러운데…….'

트라키스의 머리가 도둑질하다 걸린 사람처럼 재빨리 돌아갔다. 〈로열 로드〉 최정상권 랭커지만 위드와 싸우는 건 피하고 싶었던 것이다.

위드의 전투력이라는 게 일반적으로 예측이 불가능하다.

재앙을 일으키거나 종족이나 형태를 바꾸는 등으로 강해진다. 심지어 어떤 소문으로는 시간을 멈추게 만드는 능력까지 보유했다고 한다.

"이상해. 분명히 내 스킬이 적중되기 직전이었는데… 오히려 그 순간 내가 죽었어."

"단거리 순간 이동 스킬? 그거랑은 느낌이 조금 다른데. 일반적으로 이동과 동시에 스킬 공격이 적중되진 않잖아."

"마법을 봉인해도 안 되고… 뭘 해도 그 움직임을 막을 수는 없어."

직접 위드와 싸워 본 헤르메스 길드 유저들이 이구동성으로 했던 발언이다.

그들도 상당히 강한 편이었지만 위드는 닿지 않는 신기루처럼 느껴졌다고 했다.

"위드와의 싸움? 저도 무척 기대됩니다. 그렇지만 아쉽게도 큰 전투를 앞두고 지휘관이 경솔하게 나설 수는 없지요."

"아, 네. 그러시군요. 위드 님과 싸우는 건 좀 부담스러우시겠죠."

"그게 아니라……."

"그럼 위드 님이 결투를 신청하면 승낙하시겠어요?"

"……."

트라키스가 이끄는 하벤 제국군은 밤낮을 가리지 않고 신속하게 이동했다.

"더 빨리 움직여!"

3군단은 특별히 제작된 갑옷까지 착용했다.

재앙에 대비하여 자연에 대한 저항력을 상승시켜 주며, 생명력을 극도로 끌어 올린 장비들!

'어느 정도라면 재앙 때문에는 거의 죽지 않는다. 바다에서처럼 피해를 극대화시킬 요소도 없고······.'

트라키스는 정찰병을 대규모로 운용하며 기습에 대비했다.

협곡이나 강, 늪지와 같은 지역은 조금 멀리 돌아가더라도 가능한 한 피했다.

말과 마차를 최대한 동원하여 멀어진 거리는 이동 속도로 복구하려 애썼다.

텔레포트 게이트도 중간에 설치되어 있었기에, 단 이틀 만에 하벤 제국의 중심부에서 리튼 지역의 경계에 도착!

"자잘한 마을들의 복구는 나중에 한다. 리튼 지역의 중심부인 셸지움으로 전속 진격한다."

북부 유저들은 옛 리튼 왕국의 수도였던 셸지움까지 정복한 후였다.

정확히 말하자면 정복이란 표현은 옳지 않은 것이, 북부 유저들이 수십만 명이나 셸지움으로 접근했다.

"드디어 은혜를 갚을 날이 왔군."

그리고 셸지움의 터줏대감과 같은 유저가 있었다.

만돌!

그는 태어나지 못한 딸을 조각해 달라고 위드에게 부탁했던 적이 있다.

어떤 대가라도 치를 셈이었지만 의뢰 비용은 1쿠퍼.

'설마 대충 해 주는 건 아니겠지?'

만돌은 불안해하면서도 작품의 완성을 기다렸다.

1쿠퍼짜리 조각품은 딸의 일생을 다룬 신화적인 조각품.

모라타에 예술 회관까지 건립이 되면서 만돌은 아내와 같이 아르펜 왕국에 정착했다.

풀죽신교가 진군을 시작하자 만돌은 그 누구보다도 먼저 앞장섰다.

"갑시다. 헤르메스 길드에 복수를!"

만돌이 선두에 서자, 풀죽신교의 어린 유저들이 두려워했다.

"뭐야. 저 아저씨… 무서워."

"어, 엄청 무섭게 생겼다."

인상이 험악한 아저씨라는 이유만으로 같은 편까지 두렵게 하는 만돌.

그가 원래 살던 고향이었던 셀지움에 도착하자, 이곳에 있던 유저들이 알아서 마중을 나왔다.

"만돌 형님!"

"드디어 오셨습니까. 기다렸습니다."

만돌이 인상파이기는 해도 착하고 배려심이 깊었다.

〈로열 로드〉를 하면서 같이 성장하거나 그의 도움을 받은 유저들이 셀지움에는 널려 있었다.

"만돌 형님 일이라면 우리가 도와야죠."

"암, 그래야지. 게다가 아르펜 왕국이 지배하는 건 나쁜 일도 아니잖아."

셀지움의 유저들까지 집단 봉기의 조짐을 보이면서 도시를 통치하던 총독 베거스는 성문을 열고 야반도주를 선택했다.

돈과 인맥으로 자리에 오른 낙하산 인사의 최후라고 대외적으로는 알려져 있지만, 사실은 길드 수뇌부에서부터 계획된 것이었다.

"전쟁을 길게 끌어선 안 됩니다. 제국군의 위세를 보이기 위해 반란군을 한꺼번에 잠재워야 하고, 아르펜 왕국을 제압해야 합니다."

당장은 총독부의 수도 셀지움을 무혈입성하도록 내준다.

북부 유저들을 그곳에 가두어 놓고 공격하여 전부 몰살시킨다는 계획!

"개미 1마리 빠져나가지 못하도록 해야 합니다."

공성전에서 성을 끼고 수비하는 쪽이 몰살당하는 건 힘의 격차를 그대로 드러내는 것이었다.

셀지움 공성전!

북부 유저들과 하벤 제국군이 맞붙는 날이 밝아 왔다.

"크으… 저 많은 천막들 보소."

"제국군의 위용이잖아. 놀랍긴 하다."

셸지움의 성벽에는 북부 유저들이 서 있었다.

1만 개가 넘는 제국군 천막을 보면서도 긴장감은 존재하지 않았다.

"실컷 밥이나 먹자."

"그래. 죽기밖에 더 하겠냐."

북부 유저들은 심지어 패배마저도 두려워하지 않았다.

그들은 풀죽신교의 선발대!

진정한 본대는 하벤 제국과의 국경에서부터 차근차근 내려오는 중이었다.

"돌이 부족합니다!"

"이 근처에 채석장으로 쓸 만한 산이 있을까요?"

"2킬로 정도 떨어진 곳에 있습니다. 강에도 돌이 많은데요."

"그럼 모조리 캐 오죠!"

풀죽신교의 본대는 하벤 제국으로 이어지는 길까지 닦으며 진군하고 있었다.

애초에 위드가 하벤 제국을 정벌하자고 이야기했다면 1,000만 명 정도의 원정군은 간단히 따라나섰을 것이다.

서윤의 희생을 방송에서 대대적으로 중계한 까닭에 북부 유저들의 절반 이상이 분노하며 남하했다.

수천 개의 무리로 내려오다 보니 정확한 인원은 도저히 계산 불가능!

건축가들이 본대의 빠른 이동을 위해 아예 도로를 깔고 있어서 교통로까지 확보한 셈이었다.

"우린 죽어도 돼. 하지만 우리가 하벤 제국의 최전방 해방군이다."

"음. 맞아."

"우리 희생은 〈로열 로드〉의 역사에 남게 될걸."

성벽에 있는 레벨 400대 후반의 유저 크로워가 동료인 젠탈과 이야기를 나누었다.

이번 전투는 승산이 없다.

풀죽신교의 비상 전략 상황실은 하벤 제국과의 싸움을 분석했다.

양측의 병력 상황을 계속 확인했지만, 아무래도 본대가 도착하기 전에 선발대의 전력으로는 점령 지역을 지키기가 어렵다는 판단을 내린 것이다.

한국군에서 급식 재료 비리를 신고하고 쫓겨난 소위가 의견을 냈다.

"셸지움을 버리고 물러나는 것이 최선입니다. 헤르메스 길드에 승리를 넘겨주더라도 말입니다."

셸지움에 있는 대표적인 유저들도 양측의 전력 차이에 대해 의견을 모았다.

"헤르메스 길드가 셸지움을 내주자마자 3군단이 여기로 진군해 오는 건 계획된 움직임이 분명합니다. 퇴각해야 합니다."

하지만 풀죽신교의 선발대와 만돌은 그런 계획에 따르지 않기로 했다.

"우린 물러나지 않습니다."

"이건 너무 무모하다니까요."

"풀죽은 신화입니다. 풀죽, 풀죽, 풀죽!"

선발대의 핵심은 풀죽 광신도들!

그들은 중앙 대륙에 오자마자 다시 물러나는 상황을 원치 않았다.

만돌도 미소를 지었다.

"실컷 싸울 수 있다니 재밌습니다. 전 참여합니다."

"만돌 님……."

"아무도 강요하는 사람은 없습니다. 참여하고 싶지 않은 사람은 당분간 접속을 하지 않거나 셀지움에서 철수하면 됩니다. 남기로 한 사람들은 절대 원망하지 맙시다. 우리의 마음이 시켜서 하는 일 아닙니까."

만돌의 말을 듣고 중앙 대륙의 유저들은 고민했다.

레벨이 높은 그들에게 죽음은 대단히 큰 손해였다. 하지만 막상 꼬리를 말고 도망치기에는 자존심이 상했다.

"희생양이라……. 희생양이 아니죠. 하벤 제국을 상대로 싸우는 전사가 되겠습니다."

"기꺼이 싸우죠."

셀지움에 있던 고레벨 유저들은 절반 정도가 동참했다.

막상 결심하니 후회 없이 싸우고 싶다는 생각뿐이었다.

―셀지움 공략이 시작되었습니다.

ー하벤 제국군이 성벽으로 몰려들고 있습니다.

　ー공성 무기. 화염차와 빙축기가 사용되었습니다.

　ー원거리에서 집채만 한 불덩어리와 얼음덩어리들이 쏘아져서 성벽을 넘어 도시 건물까지 타격하는 모습을 보십시오!

　ー중앙 대륙 정복 전쟁이 벌어진 이후에는 봉인되었던 무기죠.

　ー화염차 공격이 날아들 때마다 북부 유저들 수십 명이 한꺼번에 죽고 있습니다.

　셸지움 공략을 〈로열 로드〉와 관계된 대부분의 방송국들이 중계하기 시작했다.

　하벤 제국과 아르펜 왕국!

　위드도 참여할지 모르는 전투였기에 방송국들은 빠질 수 없었고 시청자들의 관심도 대단히 높았다.

　위드는 한숨을 쉬었다.

　'셸지움은 포기하는 편이 나은데…….'

　대재앙의 자연 조각술이 일반 평지에서 하벤 제국군을 휩쓸어 버릴 정도는 아니다.

　양측의 전력 차가 커서 조각 부활술이나 생명 부여까지 잔뜩 쓴다면 극복할 수는 있겠지만, 그러자면 전투 한 번에 레벨이 20개는 떨어질 게 아닌가.

　아무리 네크로맨서라고 해도 감당이 불가능한 상황!

　셸지움에서 선봉대는 위드가 없더라도 최선을 다해서 싸울 것이다. 그리고 전멸하고 말 것이다.

　'셸지움의 유저들과 북부 유저들이 다 죽으면 헤르메스 길드는 회식이라도 하겠구나.'

방송을 통해서도 북부 유저들이나 아르펜 왕국의 패배로 포장이 될 것이다.

위드는 셀지움을 넘겨주는 대가로 다른 걸 얻길 원했다.

'못 먹는 감은 발로 걷어차 주지.'

이미 확실히 믿을 만한 사람 몇 명, 중앙 대륙에서 활동하는 유저들에게 연락을 했다.

흑기사 길드의 칼리스, 로암 길드의 로암은 귓속말을 받자마자 전력을 데리고 왔다.

그들이 모인 장소는 브리튼 연합 지역!

무역과 상업의 중심이 된 자유도시, 베르사 대륙의 경제권을 3할 정도나 가지고 있는 요충지였다.

위드는 지하 하수구, 레벨 35 이하의 초보들이나 찾아가는 던전에서 1,000명의 고레벨 유저들과 만났다.

주먹만 한 바퀴벌레가 기어 다니는 하수구 던전의 가장 깊은 곳이었다.

"우린 소므렌 자유도시를 먹습니다."

"으음."

로암과 칼리스는 조용히 듣기만 했다.

머릿속은 복잡하겠지만 어쨌거나 소므렌 자유도시라면 거대한 먹이다.

'고작 1,000명으로… 소므렌 자유도시를?'

'그곳의 군대가 몇 명이더라? 꽤 많은 것으로 알고 있는데. 4만은 족히 넘겠지.'

중앙 대륙에서도 최고의 명성을 날리던 그 둘이 얌전히 있으니 다른 유저들은 질문도 던지지 못했다.

궁금한 것들이야 산더미처럼 쌓여 있었지만 위드가 직접 추진하는 일이었다.

'뭔가 계획이 있을 거야.'

'우리에게도 알려 주지 않은 카드들을 잔뜩 준비해 놓았을 거야. 불패의 신화를 기록한 주인공이잖아.'

'셀지움까지 포기하고 도모한다면 도대체 얼마나 큰일이기에……. 이런 전투에 포함된 게 영광스럽다. 여자 친구, 부모님들에게 자랑해야지.'

1,000명 정도는 헤르메스 길드가 알아차리지 못할 만큼 소수였고, 전력상으로도 부족했다.

페일과 파이톤, 로뮤나와 같은 일행도 연락을 받고 끌려와 있었다.

"일주일 정도 사냥 갈까요?"

"아, 아뇨……."

"브리튼에서 헤르메스 길드를 상대로 전투를 할 건데."

"아, 그건 하겠습니다."

눈앞이 캄캄한 순간, 전투에 참여하게 되었다.

어둠 속에는 양념게장도 몸을 숨긴 채 위드의 말을 듣고 있었다.

"1단계 계획은 소므렌 자유도시의 중앙 광장에서 시작합니다. 유동인구가 대단히 많은 곳이죠."

"으음."

자리에 모인 유저들은 고개를 끄덕였다.

레벨이 500대를 넘거나 그 언저리에 있는 최정예들만이 모였다.

위드의 인맥이나 풀죽신교에서도 최상위권에 속한 유저들.

하벤 제국이 중앙 대륙을 통일하기 전에 소므렌 자유도시를 방문하기도 한 경험이 있어서 얼마나 번화한 지역인지를 안다.

브리튼 연합 지역이야말로 중앙 대륙의 경제를 좌지우지하는 심장이나 마찬가지였다.

"2단계, 3단계 계획은 보안 때문에 적절한 시기가 되면 공개하겠습니다."

"음."

위드의 의견은 어떠한 반론도 없이 통과되었다.

파파밧!

소므렌 자유도시의 텔레포트 게이트를 통해서 속속 도착한 유저들!

"꽃 사세요. 배고프면 먹을 수도 있는 꽃이요."

"미역이 정말 쌉니다. 빵이 귀찮으신 분들은 던전에 가서서 미역을 삶아 드세요. 건강에도 좋고 체력 회복 속도도 높여 주는 효과도 있습니다."

"부러진 철검, 전문적으로 수리해 드려요. 딱 수리비만 받습니다!"

"조각품 팔아요! 조각술 마스터 위드가 만든 조각품과 똑같은 제품! 아는 사람에게 선물하기 좋습니다. 1골드의 저렴한 가격에 모십니다."

유저들은 광장 주변에서 장사하는 좌판들을 지나쳤다.

브리튼 지역은 자유무역으로 성장했고, 관광과 산업이 발달했다.

도시의 번화함 때문에라도 여전히 초보 유저들을 포함하여 많은 이들이 활동하고 있었다.

"흠. 저건……."

몇몇 유저들은 탐나는 물품들을 발견하기는 했지만 그대로 지나쳤다.

광장에는 장사를 하는 유저들이 많았고, 그들은 한결같이 수정 구슬을 보고 있었다.

텔레비전으로 먼 곳에 있는 셸지움의 전투를 구경하는 것이었다.

"우와… 하벤 제국군 보소. 그냥 물량을 쏟아붓네."

"공성 무기로만 초토화시켜 버리겠다. 저러면 나갈 수도 없잖아."

"단단히 벼르고 준비한 느낌이야. 그래도 위드라면 쉽게 지진 않겠지."

"위드와 바드레이의 전투. 그게 또 벌어지면 정말 재미있을 텐데."

광장의 유저들끼리 수정 구슬을 보며 이야기를 나눴다.

도시의 식당가나 숙박업소에서도 수정 구슬을 보며 셀지움의 전투를 구경하는 유저들이 대부분이었다.

아마도 이 순간에는 던전에 있더라도 사냥을 잠시 멈추고 방송을 시청하리라.

일반 유저들은 아르펜 왕국과 하벤 제국이 제대로 한판 붙을 것이라고 생각했다.

실제로 칼쿠스도 그런 의도를 가지고 3군단을 진군시켰지만 말이다.

"슬슬 자리를 잡고 기다리죠."

"음. 그래요."

텔레포트 게이트를 통해서 온 유저들은 허술한 계획대로 광장의 구석에서 기다렸다.

몇 개의 텔레포트 게이트들이 불이 번쩍일 때마다 유저들이 도착한다.

소므렌 자유도시는 대단히 번성한 지역이기 때문에 이상한 일은 아니었다.

그럼에도 대업에 참여한 유저들은 몇 개나 되는 텔레포트 게이트를 돌고 돌아서 수상하지 않게 도착했다.

위드와 그 일행들, 몇몇 유저들은 유린의 그림 이동술을 이용하여 도착했다.

간단히 도시를 둘러보는 것만으로도 대단히 발전한 지역임을 알 수 있었다.

무기와 방어구들은 세련되었고 성능도 뛰어났다.

교역품의 경우에도 물품들이 다양하고 고급스러운 제품들이 많았다.

상인들이라면 소므렌 자유도시에서 물건을 사서 멀리 떨어진 곳에 가서 팔아 큰 수익을 거두었다.

"이 지역의 군대는 53,000 정도입니다. 문제는 헤르메스 길드원들이 좀 많은데… 소속된 유저가 4,000명 정도라고 합니다. 다만, 지금 부근에 얼마나 있을지는 알 수 없지요."

페일이 정보통의 역할을 맡았다.

메이런을 통해서 방송국의 정보들을 입수할 수 있었고, 다리우스와도 연락의 끈이 닿은 덕분이었다.

다리우스는 어떻게든 위드에게 잘 보이기 위해 그 동료들에게 선물 공세를 하며 자신을 알렸다.

"추적, 관통, 사거리, 폭발. 이런 명품 화살을… 저한테 주셔도 됩니까?"

"예! 크흐흐. 좋은 물건은 주인을 알아보니까요. 헤르메스 길드에서도 이 화살을 쓰는 유저는 별로 없습니다."

"고맙습니다, 다리우스 님."

페일은 로자임 왕국에서 퀘스트를 같이한 적이 있었지만, 이후로 수많은 사람들을 만나 처음에는 다리우스를 못 알아봤다.

"근데 제가 별 권한은 없어서요."

"위드 님과 가장 친한 동료이지 않습니까. 하핫."

"친한 건 맞지만 동료이기보단 노예……."

"그게 그거죠."

선물을 뇌물이라고는 생각하지 않고 부담 없이 받았다.

'영주 자리를 원한다고? 휴우… 이건 뭐, 내가 뭐라고 말할 건 아니네. 주는 건 그냥 받아야지.'

그런데 위드에게 다리우스에 대해 보고하다 보니 옛 기억이 떠올랐다.

"아… 그분이었군요."

"예. 그 싸가지였던 거 같습니다."

그들과 다리우스와 인연이 극단적으로 엇갈리진 않았다.

천공의 섬을 발견하는 과정에서 좋은 사이는 아니었지만 문제는 검치와 수련생들이었다.

"다리우스 님을 영주로 받아들이면 그분들이 싫어하지 않을까요?"

"뒤끝이 긴 분들은 아니라서요."

"그래도…….."

"한두 달 몸이 좀 고생하면 괜찮을 겁니다. 최선은 안 마주치는 것이지만, 우리가 신경 써 줄 필요는 없죠."

"…….."

페일은 다리우스를 오히려 더 불쌍하게 여길 정도였다.

'헤르메스 길드를 떠나고 위드 님한테 이용당하겠구나. 어느 쪽이 좋다고는 차마 말 못 하겠다.'

그 이후로 다리우스와 수시로 연락하면서 헤르메스 길드의 내부 사정이나 병력 배치도 등을 받았다.

조금씩 바뀌더라도 기본적으로 주둔하는 병력에 대한 정보는 크게 틀리진 않을 테니까.

"군대가 53,000. 헤르메스 길드원들이 절반 정도만 근처에 있다고 해도 2,000. 운이 나쁘면 3,000 정도군요."

"예."

"그렇다면……."

광장에 흩어져 있는 유저들은 위드의 말을 기다렸다.

위드가 하는 말들은 가까이 있는 유저를 통해 단체 통신 채널로 모두에게 전파되고 있었다.

2차, 3차, 4차.

소므렌 자유도시를 공략하기 위한 완벽한 계획을 기다렸다.

"다 모였으면 영주 성으로 진격합시다."

"예?"

"뭘로요?"

황당해하는 유저들을 향해 위드는 배낭에서 커다란 상자를 꺼냈다.

"자, 이걸 나눠 드리죠."

그래도 0.1초 정도는 뭐라도 준비했다는 느낌을 받았다.

'공성 무기인가?'

'너무 작은데. 혹시 전설급 마법 무구?'

'우리에게 엄청난 아이템을 주시는 거야?'

위드가 유저들에게 골고루 나누어 준 것은 천으로 짠 깃발이었다.

풀이 무성하게 자란 아름다운 평원과 도시가 그려진 깃발!

풀죽신교의 공식 깃발 같은 건 없으니 북부의 도시들을 표현했다.

이 과정에는 마판으로부터 착취당한 재봉사들이 있었다.

"이 깃발로 어쩌자고요?"

"그걸 들고 진격하는 겁니다."

"예?"

평범한 재봉 아이템이었지만 높이 드니 신기하게도 알아보는 유저들이 있었다.

"어! 저건… 풀죽신교?"

"풀죽 깃발이다."

"뭐야. 풀죽신교가 왜 여기에… 잠깐. 저건 전쟁의 신 위드 님이잖아!"

광장에 모여 있던 상인들 몇 명이 큰 소리로 외친다.

페일과 로무나는 순간적으로 의심이 스치고 지나갔다.

'평범한 외모 탓에 자주 얼굴을 본 나도 잘 못 알아보는데, 어떻게 위드 님을 바로 알아봐?'

'이상해. 풀이 그려진 깃발 몇 개를 들었는데 어떻게 풀죽신교를 바로 연상하는 거야? 공식 깃발도 없을 텐데…….'

상인들의 정체에 대해 따져 볼 것도 없이 위드가 나타났다는 소란에 광장에는 빠르게 유저들이 모여들었다.

장사를 하던 유저들이나 선술집에서 수정 구슬로 방송을 보던 이들까지 모이고 있었다.

"우와아… 진짜 위드 님이다. 셀지움에 있는 줄로만 알았는데요."

"위드 님! 위드 님 맞아요? 예전에 프레야 교단에서 퀘스트 받으실 때 저도 근처에 있었는데."

"위드 만세!"

"아르펜 왕국이여. 영원하라!"

소므렌 자유도시에서 위드의 인기는 그야말로 절정!

자유도시 출신의 유저들에게는 위드야말로 가장 닮고 싶은 영웅이었다.

"뭐야. 이거 어떻게 되는 거야?"

"왜 이래. 정체를 발각당하면 기습의 효과가 없는데."

위드를 믿고 따라온 유저들만 불과 몇십 초 사이에 벌어진 변화에 멍해 있었다.

"자, 조각품이 단돈 50골드! 재고가 많지 않으니 서두르세요. 딱 세 분께만 팔겠습니다."

"……"

심지어 그가 왔다는 소식이 퍼질 때까지 바가지 조각품 장사를 시작했다.

조각사 마스터로서 품위가 떨어지게 푼돈 벌이를 한다고 생각하면 오산!

초보 조각사 시절부터 반복으로 만들어 온 여우, 토끼, 사슴과 같은 조각품들은 1시간에 200개씩 빛의 속도로 제작이 가능했다.

6분 동안 980개를 팔아 치우는 위업까지 달성했다.

이 동네는 돈이 많았고, 선물용으로 10개, 20개씩 구매하는 유저들이 줄을 이은 덕분이었다.

"위드 님이 오셨다!"

"풀죽신교의 등장이다."

그사이에도 도시에 위드가 나타났다는 소문이 퍼지면서 유저들은 더욱 모여들었고 분위기가 후끈 달아올랐다.

"조각품 판대?"

"벌써 다 팔렸어!"

"으와… 조각품 꼭 사고 싶었는데."

쉬운 먹잇감이 되는 순진한 어린양들!

위드는 조각품을 다 팔아 치우고 두 손을 높이 들었다.

"왔노라. 팔았노라. 벌었노라!"

"위드! 위드! 위드!"

소므렌 자유도시의 유저들이 묘한 분위기 속에 열광했다.

뭔가 자세히는 모르겠지만 조각사 마스터이며 대륙 최고의 인기인인 위드가 나타나서 좋았다. 심지어 위드가 떼돈을 벌었는데 자신이 번 것처럼 뿌듯하기까지 했다.

정치인들이 괜히 거리 유세 같은 걸 하는 게 아닌 것이다.

> 위드: 깃발을 높이 드세요.

위드는 단체 채팅 채널에서 깃발을 높이 들어 달란 주문을 했다.

페일과 로뮤나를 비롯해서 파이톤까지도 깃발을 양손으로 높게 들고 흔들었다.

200개 정도의 깃발이 흔들렸고, 기본 분위기 조성은 충분히 되었다.

위드가 벼락같은 사자후를 터트렸다.

"소므렌 자유도시! 그동안 잃어버렸던 자유를 되찾으러 왔습니다.”

“위드! 위드! 위드!”

페일은 군중의 반응을 보며 전율을 느꼈다.

과거에 로자임 왕국에서 피라미드를 건설하자고 할 때와 분위기가 비슷했다.

뭔가 홀린 듯 사기를 당하는 이런 느낌!

“여러분들을 위하여 저는 싸울 것입니다.”

“위드! 위드! 위드!”

“제 이름만 부르지 마세요. 사람들이 모두 행복하고 잘 살기를 바랍니다.”

“풀죽! 풀죽! 풀죽!”

떨어지는 아이스크림이 공중에서 녹아 버릴 듯한 열기.

위드가 등장하고 몇 분 되지도 않았는데 소므렌 자유도시의 광장에 있는 유저들은 마성의 분위기에 빠져들고야 말았다.

“잃어버린 우리의 자유를 되찾읍시다. 우리의 손으로!”

“우와아아아아!”

위드가 사자후를 터트릴 때마다 유저들의 함성이 바로 뒤를 따랐다.

“작은 힘이라도 보태 주면 좋습니다. 무섭다면 뒤에서 따라오기만 해도 됩니다. 저 오만한 헤르메스 길드에 우리의 긍지를 보여 주는 겁니다!”

위드는 정말 눈 깜짝할 사이에 광장에서 무려 4만 명의 군대를 결성했다.

“영주 성으로 진격!”

"가자!"

위드가 앞서고 무기를 든 유저들이 뒤따랐다.

영주 성으로 향하는 길에 마주치는 유저들, 소식을 듣고 달려오는 유저들이 전부 무리에 합세했다.

직업이나 레벨에 따른 편성도 되지 않은 상태였지만 그런 것은 아무래도 상관없었다.

사람들이 모이고 있었으며, 그 파괴력은 짐작할 수가 없었기 때문이다.

훗날 마판은 이 순간을 대화 형식으로 회고록에 썼다.

사전 준비 과정? 딱 30분 걸렸습니다. 그냥 일당 3골드를 주면 되는 초보 유저들을 섭외하는 것으로 충분했죠. 100명 정도 되었나? 전 1,000명 정도 준비하려고 했는데 그마저도 위드 님이 돈이 아깝다며 줄인 거죠. 그럴 때면 제 돈인데도 아껴 주는 위드 님이 참 좋았습니다.

그들이 할 일요? 가르친 것이요? 없어요. 그냥 위드 님이 오면 큰 소리로 이름만 부르라고 했습니다. 그걸로 모든 준비는 다 됐죠.

군대를 따로 결성할 필요도 없고, 전투 물자를 보급하지 않아도 되었습니다. 만약 소므렌 자유도시의 군대가 막아 내면 어떻게 하느냐고요?

뒤통수를 세게 맞는데 어떻게 막습니까. 근데 막아도 큰 의미는 없었을 겁니다. 위드 님이니까요. 더 아프게 때렸을 거니까요.

2차, 3차, 4차 예비 계획들이 발동되지 않았겠냐고요?
그런 거는 없다니까요. 위드 님의 장점은 철저한 준비성도 있지만 때때로 저지르는 파격입니다.

그래요. 위드 님이 말씀하신 적이 있죠. 기적이란 열심히 사는 눈치 빠른 자가 만든다고요. 대충 눈치로 때려 맞히면서 대응하는데 이게 의외로 굉장하다니까요.

전투는 타이밍!

소므렌 자유도시의 영주인 크골타는 누워서 수정 구슬을 보고 있었다.

"이번에는 설마 이기겠지. 위드가 하늘을 나는 재주가 있더라도 말이야. 크크큿."

크골타나 헤르메스 길드 유저들은 위드의 패망만을 기다리고 있었다.

이 베르사 대륙에서 위드와 아르펜 왕국만 존재하지 않는다면 그들의 적수는 없으니 말이다.

심지어 반란군 사태도 구심점이 존재하지 않는다면 수뇌부에서 어떻게든 무마시킬 수 있으리라고 생각했다.

"큰일입니다! 반란이 일어났습니다!"

"음… 하필이면 이럴 때에."

크골타는 상인 출신이라 크고 무거운 몸을 일으켰다.

"규모는?"

"아직 집계가 안 됩니다. 10만 정도로 추산하고 있습니다."

"그 정도라면 뭐……."

크골타는 반란군의 규모가 커서 떨떠름하긴 했지만 금방 막을 수 있으리라고 봤다.

소므렌 자유도시에 쌓이는 부는 다 쓸 곳이 없을 지경이라 성벽과 방어 시설의 개보수도 철저히 이루어졌다.

'대충 도시의 군대로 막아 내고 나면 전리품의 이익이 상당하겠지.'

상황이 나빠지면 길드로 도움을 요청하면 될 것으로 봤다.

하지만 곧 침실로 들어온 부관이 외쳤다.

"반란군을 이끄는 수장이 위드입니다."

"위드? 그래. 흔한 이름이지만 이 근방에서는 들어 본 적이 없는데."

"전쟁의 신 위드입니다."

"허… 그런 호칭을 단 유저도 있나? 어디서 멋진 걸 주워 달긴 했네."

"전쟁의 신 위드 모르십니까? 바드레이 님과도 싸웠고, 아르펜 왕국의 국왕 말입니다."

"위드는 알지. 누가 몰라. 〈로열 로드〉에서 제일 유명한 사람인데."

부관이 답답하다는 듯이 가슴을 쳤다.

"그러니까 그 위드가 쳐들어왔다고요!"

크골타는 자리에서 펄쩍 뛰었다.

"뭐라고? 그놈이 왜, 어째서, 어떻게?"

"저도 모릅니다."

"셀지움 공성전을 지휘해야 할 자가… 생방송으로도 나오고 있는데."

"그게 중요한 게 아닙니다. 어서 막아야죠!"

크골타는 일찍부터 막대한 부를 일구고 소므렌 자유도시의 중심가에 상점들을 소유했다.

하벤 제국에 줄을 대서 총독의 자리에 오른 후에는 돈을 쓸고 담는 중이었지만 전쟁에 대한 관심은 적었다.

"위드가… 쳐들어온다고?"

"몇 번을 말해야 합니까. 반란군을 이끌고 있다니까요."

"싸워야 되겠지?"

"도시를 그냥 내줄 게 아니라면 당연하죠."

소므렌 자유도시의 행정을 맡는 부관, 행정부 공무원 출신인 그는 현실에서의 능력을 인정받아서 승진한 케이스였다.

답답한 총독을 만나서 고생하는 전형적인 능력 있는 부하!

"누가 막지?"

"모르겠습니다. 부시리가 그나마 지금 접속해 있는 유저 중에서 가장 강합니다. 직업도 기사고요."

"부시리가 지난번 연회에서 자랑하기를 레벨 512라고 했지. 그가 막을 수 있을까?"

"희망적이진 않습니다. 쉽게 잡힐 거면 헤르메스 길드에서 그렇게 노렸겠습니까?"

"그, 그렇지. 그래도 수비군이 막는 사이에 길드에 지원을 요청하면?"

"허겁지겁 오기는 올 겁니다. 근데 이 도시는 빼앗기고 난 후겠죠."

셸지움을 생중계하던 방송국들에 날벼락이 떨어졌다.

"빨리 소므렌 자유도시로 연결해!"

"위드다. 위드가 그쪽에 등장했어!"

"말이 돼? 위드가 왜 거기에 나타난 건데?"

"광장에서 유저들을 모아서 영주 성으로 진격하고 있단 소식입니다."

"당장 B팀 준비시키고, 가능하면 동시 생중계로… 빌어먹을! 셸지움도 중요한데, 소므렌 자유도시도 긴급이잖아. 어느 쪽을 방송해야 하지? 다른 방송국들의 반응은 어때!"

방송국들은 급하게 소므렌 자유도시의 생중계를 결정했다.

KMC미디어, CTS미디어 같은 곳은 대형 방송국임에도 불구하고 셸지움을 포기하고 소므렌 자유도시로 중계를 옮겼다.

다행히 브리튼 연합 지역은 다수의 유저들이 활동하는 만큼 취재원들도 이미 현지에 있어서 방송이 5분도 되지 않아 준비되었다.

"셸지움 공성전은 지금 하벤 제국의 파상공격이 계속되고 있습니다. 현재 외성벽이 무너진 상태이고 제국군 보병들이 도시로 진입하고 있는데요. 오주완 씨, 북부 유저들의 저항이 완강하죠?"

"네, 그렇습니다. 전투력의 차이가 크긴 합니다만 악착같이 버티고 있습니다. 심지어는 잔해 속에서도 적을 상대하기 위해 숨어 있습니다."

"셸지움 공성전이 한창 벌어지고 있습니다만 현재 위드 님이 소므렌 자유도시에 등장했다는 소식이 들어왔습니다. 잠시 중계 화면을 소므렌으로 옮겨 보겠습니다."

위드의 등장을 기다리며 텔레비전을 보고 있던 시청자들도 소므렌 자유도시에 관심을 갖게 되었다.

"정복하자!"

"소므렌을 다시 자유도시로!"

"우리는 지배를 원하지 않는다!"

위드가 불을 붙이기는 했지만 군중은 장작처럼 쌓여 있던 분노에 스스로 폭발하며 타올랐다.

광장을 나오자마자 10만으로 늘어난 유저들의 진군, 게다가 뭔가 될 것 같다는 느낌을 준 때문인지 도시에서 활동하는 이들이 계속 합류했다.

영주 성을 앞에 두었을 때는 13만, 잠시 머뭇거리는 동안 17만이 넘는 인원이 되었다.

위드의 등장에 광장이나 길거리에서도 속속 접속하는 유저들이 있었고, 성문에서도 사람들이 들어왔다.

"타도 헤르메스 길드!"

"우리는 풀죽신교다. 소므렌죽이다!"

위드를 따르는 유저들은 길가에서 풀이나 꽃을 꺾어 머리에 꽂았다.

"공격!"

소프렌 자유도시를 다스리기 위해 하벤 제국에서 새로 지은 영주 성이 타도의 목표가 되었다.

높고 단단한 성벽, 마법을 시전하는 최첨단 방어 시설!

궁수 탑에서 강력한 중형 화살이 빗발치듯이 쏘아져 군중을 꿰뚫었다.

"접근을 막아라. 뜨거운 기름을 준비하고, 모든 병력들이 출동한다!"

"옛!"

부시리는 지휘력이 뛰어난 기사답게 병사들을 데리고 수성에 들어갔다.

브리튼 연합 지역에서도 손에 꼽히는 큰 영주 성.

하벤 제국이 일부러 막대한 돈을 들여서 인근 지역까지 관할하도록 건축한 요새이기도 했다.

제국군이 성벽과 요충지마다 배치되면서 유저들과 전투가 벌어졌다.

"마법을 집중시켜서 성문을 뚫어요!"

"궁수와 레인저 직업을 가지신 분들은 앞에 나서지 마세요! 사거리가 되면 도시 건물에 올라가서 성으로 쏘세요!"

자유도시의 유저들은 지휘 체계가 갖춰지진 않았지만 저마다 할 일을 찾아가고 있었다.

도시의 각 지역에 주둔하고 있는 군대를 물리치기도 했다.

위드는 페일과 함께 마법사의 탑에 올랐다.

"흠… 전망이 좋군요."

"소므렌 자유도시는 확실히 번화한 곳이죠."

둘의 눈에는 아름다운 중세 시대의 도시 건축물들이 보였다.

〈로열 로드〉의 문이 열리고 나서 이 도시에 쌓인 막대한 부는 호화로운 건축물들로 바뀌었다.

프레야 교단을 비롯한 신전들이나 상점가, 길드 등이 도시에 골고루 건설되어 있다.

귀족들이나 부자들의 저택들도 만들어져서 멋진 경치를 자랑했다.

"적들을 물리쳐라!"

"총공격이요. 물러서지 말고 장벽을 넘어요!"

헤르메스 길드 유저들과 지역 유저들의 고함 소리가 들렸다.

도시의 곳곳에서 방화가 일어나 불길과 시커먼 연기가 하늘까지 솟구쳤다.

전쟁에 빠져 버린 소므렌 자유도시!

페일은 곁눈질을 하며 힐끔 위드의 얼굴을 봤다.

'그저 위드 님이 왔을 뿐인데 이런 전투가 벌어지다니… 이것이 존재감인가.'

페일이 복잡한 생각을 하기도 전에 위드가 말했다.

"슬슬 시작해 봐야겠군요."

"뭘요?"

"언데드죠. 대규모 전투에는 언데드가 제격 아니겠습니까?"

중앙 대륙의 뛰어난 유저들이 싸우는 전장.

수비군이나 반란군.

어느 쪽이 죽어 나가든 그들의 시체를 언데드로 만들어서 일으킬 수 있다.

높은 등급의 언데드를 잔뜩 소환하고 싸우도록 지시하면 쌓이는 경험치와 스킬 숙련도!

심지어 도시의 유저들이 죽는 건 결국 하벤 제국의 손해이기도 했다.

이들이 반란군으로서 정상적으로 살아가지 못하고 아르펜 왕국에라도 온다면 바드레이나 라페이로서는 땅을 치고 한탄할 일!

지금 전투가 벌어지고 있을 셀지움이 파괴되는 것도 따지고 보면 하벤 제국의 손해이다.

장기적으로 본다면 하벤 제국은 북쪽에서는 아르펜 왕국을, 남쪽에서는 사막 전사들을 막아야 한다. 여기에 제국 내부에도 위험한 전선이 형성되는 것이다.

치고받고 싸울 때마다 손해를 보며 전력이 깎여 나가게 될 하벤 제국!

유저들을 잃고, 민심도 잃고, 영토까지 빼앗긴다.

'크… 사악하다. 이래서 마판 님이 항상 자신은 위드 님에 비해 부족하다고 했구나. 겸손이 아니었어.'

이것이야말로 500원을 뽑기 기계에 넣고 통째로 가져가는 것과 무엇이 다르겠는가!

소므렌 자유도시의 공방전!

부시리가 이끄는 수비군은 훌륭하게 잘 막아 냈지만, 도시 유저들의 집중 공격을 버티는 정도였다.

　"너희가 살아서 움직이던 땅으로 돌아오라. 이곳은 어두운 곳. 검고 부패한 땅. 영영 사라지지 않을 암흑의 율법을, 모든 이들에게 새길 수 있도록 하라. 언데드 라이즈!"

　위드는 데스 나이트와 스펙터들을 소환했다.

　언데드 소환이 중급 7레벨에 오르면서 대형 망치를 든 늑대 돌격 전사들도 소환이 되었다.

　"싸워라. 짓밟아라. 나에게 바칠 것은 없다. 전부 댜 없애 버려라!"

　조각 파괴술로 예술 스탯을 지혜로 몰아넣었다.

　언데드를 끊임없이 투입하는 위드!

　스켈레톤 궁수들도 수백 마리씩 소환하여 원거리 공격을 시켰다.

　스켈레톤들은 대형 공성 무기가 작렬하더라도 다시 뼈다귀를 맞추고 일어났다.

　"클클클. 우린 죽지 않는다. 왜냐면 이미 죽었기 때문이지!"

　"불멸의 전사가 부른다. 우리와 싸울 자들은 누구인가!"

　약해 빠진 스켈레톤이라지만 뼈 화살을 끊임없이 쏘아 대는 존재는 위협적이었다.

　그들을 해치우기 위해서는 성벽 밖으로 수비군이 나와야 한다. 하지만 헤르메스 길드 유저들은 스스로의 안위를 생각해서 나가지 못했다.

　시도를 하지 않은 건 아니었지만 나가자마자 목숨을 잃었다.

위드의 부하인 워리어 바하모르그!

일대일로 그를 상대할 수 있는 유저는 이곳에 없었다.

전장을 떠도는 암살자 양념게장.

전사 파이톤.

그 외에 헤르메스 길드에 원한을 품고 있는 다수의 고레벨 유저들.

도시의 유저들도 쌓인 게 많다 보니 헤르메스 길드 유저들이 나오자마자 집중 공격을 했던 것이다.

"성 내부까지 길이 뚫렸다!"

성벽의 부서진 틈, 건물로는 보이지 않는 위치에 구멍이 생겼다.

도시 유저들이 진입하게 되면서 소므렌 자유도시 공방전은 끝을 향해 달려갔다.

영주 성의 수비 병력은 지치고 줄어들고 있었지만 반란군은 시간이 갈수록 오히려 늘어만 갔다.

위드가 빛의 날개를 타고 다니며 하늘에서 사자후를 터트린 것이 결정적이었다.

"우린 항복한 이들을 용서해야 합니다!"

"……?"

무슨 뜬금없는 소리인지 모르는 일.

실컷 싸우고, 언데드를 소환하여 수비군과 헤르메스 길드 유저들을 때려잡고 있던 위드의 입에서 엉뚱한 말이 나왔다.

"우리가 싸워야 할 적은 몇 명의 사람이 아닙니다. 그동안 베르사 대륙에서 사라졌던 정의를 위해 노력해야 합니다!"

초등학생도 믿지 않을 말!

어린아이들이 휴대폰만 켜도 세상이 얼마나 험악한지를 깨닫는 시대였다.

"싸워야 할 때는 싸웁시다. 하지만 만약에 저들 중에서 더 이상 싸우지 않겠다고 하면 용서를 해 줍시다. 끝없는 보복만이 세상을 이롭게 만들지는 않을 것입니다!"

위드의 정의!

공감하는 유저들이 많진 않았지만, 성벽이 뚫리고 영주 성에 갇혀서 몰살을 기다리던 헤르메스 길드 유저들에게는 고민거리였다.

'항복하면 살려 준다고?'

그들은 마음으로 갈등했다.

한 번의 죽음을 피하는 가치와 헤르메스 길드를 이탈하게 되는 손해.

어느 쪽이 크냐면 당연히 헤르메스 길드를 이탈하며 생기는 손해가 더 막대하다.

그런데 막상 브리튼 지역에서 꾸준히 활동했던 헤르메스 길드 유저들에게는 달랐다.

그들은 하벤 제국이 중앙 대륙을 장악하고 나서 가입을 하게 된 유저들.

다른 명문 길드에 속해 있었지만 능력을 인정받아서 말을 옮겨 타게 된 경우다.

'쭉 이 지역에서 활동하려면… 만약 위드가 이쪽 지역을 다 해방시켜 버리면 어떻게 하지?'

고향을 버리고 헤르메스 길드가 지배하는 땅으로 옮겨야 할 가능성이 있었다.

반대의 경우에는 아르펜 왕국으로 이사를 가야 할 테지만 어쨌든 당장 죽지는 않아도 된다.

게다가 지금 살아남는다면 재산을 처분해서 손해를 줄일 기회도 얻게 되지 않겠는가.

격렬한 전투 중 위드의 말 한마디에 무기를 버리는 유저들이 나타났다.

"항복합니다!"

"저는 더 이상 안 싸울 겁니다!"

헤르메스 길드 유저들 사이에서의 이탈로 방어진은 급격하게 와해되었다.

끝까지 버틴 이들이 삼분의 일 정도는 되었지만 나머지는 살아남은 대신에 헤르메스 길드를 떠났다.

정복자 트라키스!

그는 3군단의 병력을 지휘하면서도 긴장의 끈을 놓을 수가 없었다.

"위드와 싸워야 한다. 어떤 변수를 만들어 낼지 모르고⋯ 물론 어떤 변수를 만들어 낸다고 해도 이번만큼은 나의 승리가 되겠지만."

셀지움을 내준 것부터가 전술의 일환.

하벤 제국에서 우수한 성능의 공성 무기를 잔뜩 가져와 외곽에서부터 포격으로 무너뜨리고 있었다.

강철 기사단의 존재도 든든하기 짝이 없었고, 이곳이라면 북부 유저들의 인해전술도 한계가 명백했다.

'전투의 책임자로 나를 임명해 준 건 고마운 일이지. 오늘이 지나면 난 위드와 아르펜 왕국을 싸워서 이긴 명예를 얻을 것이다.'

헤르메스 길드의 쟁쟁한 다른 유저들보다도 앞서 나갈 수 있는 기회.

성벽을 무너뜨리고 도시 자체를 초토화시켜 버릴 각오로 공성 무기들을 조금씩 전진시켰다.

트라키스가 잔뜩 분위기를 잡고 전장을 주시하고 있는데, 헤르메스 길드 유저 탄멜이 말했다.

"군단장!"

"왜! 지금은 전투 지휘 중인데. 중요한 일이 아니면 한시라도 긴장을 풀어서는……."

"그게 아니고, 위드가 소므렌에 나타났다는데!"

"뭐야?"

트라키스는 공성전을 진행하는 와중에 위드가 소므렌 자유 도시에 등장했다는 소식을 들었다.

처음에는 믿기지가 않았다.

하지만 곧 수정 구슬을 통해 각 방송국들의 생중계로 소므렌으로 옮겨 간 것을 확인했다.

바짝 날이 서 있던 긴장이 허망하게 풀렸다.

'위드가 이곳을 버렸다. 그렇다면 여긴 북부 유저들이 좀 남아 있을 뿐인 곳.'

북부 유저들이라고 해 봐야 인원수도 그리 많지 않았다.

그들 중에는 레벨 100 이하짜리도 많았으니 그냥 싸우더라도 어렵지 않게 이길 상대에 불과했다.

'하벤 제국이 중앙 대륙 정복 전쟁을 벌일 때에 비한다면 얼마나 쉬운 싸움이란 말인가.'

트라키스는 제국군에 총공격을 명했다.

"전부 부순다. 이 전투를 오늘 밤까지 끌고 가는 건 우리 제국군의 수치!"

공성 무기가 진격하며 불과 얼음덩어리들을 토해 냈다.

강철 기사단과 제국군이 동시에 전진하며 북부 유저들을 학살했다.

"풀죽, 풀죽, 풀죽!"

"아직 끝난 게 아니에요. 끝까지 싸워 봐요!"

북부 유저들은 장렬하게 싸우다가 죽어 갔다.

상대가 불가능한 막강한 군사력.

트라키스가 이끄는 3군단은 셀지움에 모여 있던 유저들을 힘으로 찍어 눌렀다.

가끔씩 항복하는 유저들도 나왔지만 대부분은 싸우다가 목숨을 잃었다.

3군단은 계획대로 밤이 되기 전에 전투를 마무리 지을 수 있었다.

도시는 초토화되었고, 모여 있던 수많은 유저들이 몰살당했다. 그에 비해 제국군의 피해는 2만 명이 채 되지 않을 정도로 압도적인 승리였다.

마판은 장사를 하면서 셸지움과 소므렌 자유도시의 전투를 구경했다.

"크으. 역시 위드 님!"

그저 감탄밖에는 안 나왔다.

상대의 뒤통수를 치는 것 역시 때리는 각도와 힘, 위치가 절묘했으며 뒤처리까지도 완벽했다.

마판의 부하인 숨긴돈, 〈로열 로드〉로 끌어들인 사촌 동생이 물었다.

"근데 형, 있잖아."

"어."

"왜 위드 님이 저 사람들을 살려 준 거야? 형이 말해 준 대로라면 당연히 경험치와 스킬 숙련도라고 때려잡아야 했잖아."

"그건 위드 님을 단순하게 본 것이지."

마판은 배를 출렁거리면서, 위드에게서 배운 썩소를 따라 지었다.

"경험치와 숙련도는 한번 오르면 다야."

"그렇지."

"위드 님은 말 한마디로 싸움을 끝낸 영향력을 과시했고, 자비로운 모습까지도 보였어. 그건 베르사 대륙 전체에 파장을 주게 돼."

"평소와는 다른데. 그런 걸로는 좀 아깝지 않나?"

숨긴돈은 고개를 갸웃했다.

그가 그동안 들어 온 위드의 인성이라면 양심에 따라 판단했을 리가 없기 때문이다.

옅고 희미한 가치를 위해 눈앞에 있는 확실한 이득을 놓쳐 버리다니!

숨긴돈에게는 위드에 대한 판단을 다시 내리게 할 정도로 큰 부분이었다.

'내가 따를 사람이 아니라면 떠나야겠지.'

마판은 다 알고 있다는 듯이 턱살을 푸들거리며 웃음을 감추지 않았다.

"저들은 위드 님의 자산이 될 거다."

"응?"

"헤르메스 길드가 저들을 다시 받아 주겠냐? 앞으로는 아르펜 왕국을 위해 사냥하고 퀘스트도 하고 전투도 하게 되겠지."

"그래도 위드 님 스스로의 성장이 아까운데!"

"후후."

마판은 숨긴돈의 욕심에 흡족했다.

무릇 그 정도의 욕망은 있어야 바람직한 상인이라고 할 수 있었다.

"위드 님이 존경받아야 할 이유가 바로 그거지."

"응?"

"얼마 남지 않은 패잔병들. 저걸 언데드로 다 쓸어버리면 분명 시기하고 질투하는 유저들이 북부 유저들 사이에 생기게 될 거야."

"아……."

"공짜 밥을 얻어먹을 때 주의해야 하는 법칙이지. 마지막 한 숟가락은 눈칫밥이니 절대 먹지 않는 거야. 그러면 또 다른 공짜 밥이 생기니까."

눈에는 눈

3개의 전선!

아르펜 왕국과 사막 전사들.

거기에 위드가 등장하면서 브리튼 연합 지역의 대도시들이
속속 해방되고 있었다.

'이런 식으로 뒤통수를……'

전쟁을 벌이며 국경을 무시하고 전선을 확장하는 방식에 라
페이는 뒤통수를 강하게 얻어맞고 말았다.

아르펜 왕국에 정복된 지역의 유저들이 이탈했다.

브리튼 지역의 유저들도 하벤 제국의 질서를 따르지 않게 되
었고 기꺼이 반란군에 가담하는 상황이었다.

'제국의 인구나 경제력… 이런 방식으로는 어렵게 쌓아 왔던
공든 탑이 그냥 다 무너지는군. 강철 기사단을 꺼내 놓으면서
형성하려고 했던 주도권을 빼앗겼다.'

꼼수 한 번에 뒤집어지는 전세!

라페이는 고심에 잠긴 후에 결정을 내렸다.

"전쟁의 주도권을 잡으려고 했지만 상상외로 교활하게 대처했군요. 이제 5대 수호 비책 중 하나를 더 열겠습니다."

"크흠… 또다시."

"아니, 벌써 말입니까?"

"강철 기사단은 아직 제대로 벌어진 전투에 참여하지도 못했습니다."

수뇌부에서도 반대가 나올 정도로 파격적인 결정이었다.

5대 수호 비책은 헤르메스 길드가 막대한 자금과 인력을 투입해서 만들어 낸 비장의 무기였다.

"강철 기사단은 훌륭한 전력입니다만 더 이상 주목을 받지 못합니다. 게다가 며칠간 전황이 급변했으니… 제국은 더 강한 힘을 보여 줘야 합니다."

"지금도 여전히 적을 이길 수 있는데요. 주력군이 있는 곳에는 패배가 없습니다."

"적들과 비슷한 힘을 보여 줘서 제국의 미래는 없습니다. 상대가 3 정도의 힘을 가지고 있다면 우린 10이나 20을 보여 줘야 합니다. 위드의 선동이 얼마나 큰 효과를 발휘할 수 있는지를 감안하면 말이죠."

하벤 제국은 넓은 영토와 인구가 큰 약점이었다.

위드와 아르펜 왕국은 이해할 수 없을 정도로 대단한 인기를 끌고 있었으니, 그들이 분위기를 주도하는 것을 경계하지 않을 수 없었다.

'딱히 세금을 낮춘 것 외에는 다른 편의는 제국에 비해 많이

뒤질 텐데도… 이것이 건국의 저력인가.'

폐허였던 모라타가 재건되고 유저들의 힘이 모여 아르펜 왕국이 건국된 이야기.

이 짧은 역사가 주는 강력한 동기부여는 하벤 제국의 통치 방식과는 다른 차별점이었고, 하벤 제국으로서는 따라가지 못하는 경쟁력이었다.

라페이는 악순환을 끊어 버리기 위한 결단을 내렸다.

"남은 네 가지의 비책 중에서 가장 위험한 한 가지는… 그 파괴력을 짐작하기가 힘듭니다. 그러므로 마지막 수단으로 아껴 놓도록 하죠."

"찬성입니다."

"지금은 팔마 그림자 부대를 소환하도록 하겠습니다."

"그렇게 강한 카드를……."

팔마 그림자 부대!

베르사 대륙의 역사에서 가장 강성했던 마녀 집단과 암살자들이 결합하여 만든 단체다.

헤르메스 길드는 S급 난이도의 퀘스트를 발굴하던 중에 알아냈고, 그들과 거래를 했다.

병력을 키울 수 있는 비밀 묘지와 보급품을 주는 대신에 원하는 대상이나 지역을 파괴해 주는 약속!

"팔마 부대에는 인해전술이 오히려 역으로 작용하게 되죠. 북부에는 상극이라고 할 수 있으니 어렵지 않게 아르펜을 쑥대밭으로 만들어 놓을 것입니다."

풀죽신교의 본대가 남쪽으로 서서히 내려오고 있었다.

방송국의 취재원들은 마법 스크롤을 이용해 하늘 높이 날아서 그 광경을 담으려고 했지만 불가능했다.

산과 평원, 강, 호수.

그 모든 영토를 덮어 버리면서 인간들의 해일이 남쪽으로 진군을 하고 있다.

모든 것을 먹어 치운다는 불개미 떼를 연상시킬 정도였다.

"북부 유저가 이렇게 많았나?"

"세상에… 이건 진짜 몇천만은 된다."

인간들의 뒤를 따라오는 오크들도 있었다.

"취익. 새로운 번식지가 필요하다."

"어디든 가고 보자. 못 살겠다. 취췻!"

어느새 부하들을 대대적으로 번식시키는 데 성공한 오크 로드들. 빠르게 성장하는 레벨과 지휘력을 바탕으로 전사와 투사들을 키워 냈다.

"오크 군단이 간다. 췻!"

"나도 우리 애들이 무섭다. 취이익!"

용맹한 오크들은 기꺼이 참전했다.

오크 로드들의 입장에서는 밥그릇을 줄이기 위해서라도 싸움을 마다할 형편이 결코 아니었다.

드워프, 엘프, 바바리안, 요정족.

온갖 종족들과 직업을 가진 유저들이 남하하고 있었다.

하벤 제국군 2군단을 이끄는 제롬.

그가 맡은 임무는 북쪽으로 진격하여 하르판 지역을 복구하는 것이다.

그의 군대는 25만의 인원을 가진 2군단에, 강철 기사단 10만, 마법병단 3만이 뒷받침되었다.

하벤 제국의 수도 부근 영주들도 무려 20만이나 되는 병력을 내놓았다. 제국의 막강한 군사력 중에서 약 10%가 그의 휘하에 있었다.

"영주들의 상태는 어떻습니까?"

"약 127명이 아르펜으로 넘어갔습니다."

"남은 영주들에게 통보하세요. 제국군이 가고 있다고 말입니다. 아르펜에 넘어간다면 그들은 척살령을 받는 것은 물론 다시는 중앙 대륙의 땅을 밟지 못할 것입니다."

"예!"

제롬은 중앙군을 전진시키며 주변으로 몇 개의 부대를 퍼뜨렸다.

하르판 지역에 펼쳐져서 신이 난 북부 유저들을 만 명 정도의 병력이 이동하며 사냥했다.

"싸웁시다!"

"풀죽, 풀죽, 풀죽!"

북부 유저들이 버텨 봤지만 제국군의 정예인 2군단을 상대하기는 무리였다.

"강철 기사단을 출진시킨다."

"옙!"

강철 기사단에는 속수무책으로 북부 유저들이 반격도 못 하고 무너졌다.

제롬의 군대는 중앙 대륙 정복을 할 당시에도 용맹함으로 이름이 드높았다.

"돌격하라. 전쟁은 용기로 하는 것이다."

수많은 유저와 병사들을 이끌어서 전투를 수행했던 군단장!

그는 사기의 중요성을 누구보다도 더 잘 알고 있었다.

중앙 대륙 정복 전쟁에서도 앞장서서 싸우며 기선을 제압했으며, 제롬의 군대와 싸우는 이들은 전투가 벌어지기 전부터 패배를 두려워했다.

지금은 정예병이 쌓이고 쌓여서 무적 중에서도 무적이라고 불렸다.

하루에 열두 번의 전투, 북부 유저들을 수만 명씩 어렵지 않게 쓸어버리면서 하르판 지역을 장악해 갔다.

"전쟁 준비를 위해 병사들을 키우기에는 정말 좋군."

제롬은 북부 유저들을 사냥하며 만족스러워했다.

2군단이 하르판 지역을 토벌하는 사이에, 팔마 그림자 부대가 하벤 제국에 등장했다.

마녀와 암살자들.

수백 년 전부터 갇혀 있었던 흉악한 범죄자들과 마수들이 풀려나서 북쪽으로 이동을 시작했다.

그 숫자만 10만 정도에 달하기에 금세 유저들 사이에 입소문이 퍼졌다.

그들이 지나간 곳은 악취가 풍겼으며, 꽃과 풀, 나무까지 시들었다.

소문을 들은 유저들은 모여서 크기가 5미터에서 7미터에 이르는 마수들이 북쪽을 향해 걸어가는 광경을 멀리서 봤다.

레벨 470대를 넘어가는 레인저 다크포드.

그는 유저들 틈에서 장거리 관찰 스킬로 팔마 그림자 부대를 살폈다.

"에… 저것들 엄청 강합니다."

"어느 정도인데요?"

"레벨이 600에서 700 정도? 마녀 몇 명은 측정이 안 됩니다. 지금 유저들의 수준으로는 상대하기가 힘들 정도네요."

"저런 놈들이 어디서… 허."

팔마 그림자 부대가 북쪽으로 진군해 가면서 인근의 도시와 마을들에도 피해가 있었다.

벤조임, 타렉, 바하나.

세 마을이 병력을 모아서 맞서다가 다른 곳으로 유인하려고 했지만 전멸!

마을마저도 철저히 파괴되었고 마녀들은 그 제물들을 바쳐서 더 많은 마수들을 제조했다.

이에 헤르메스 길드는 인근의 영주들을 대상으로 칙령을 내렸다.

전투 금지. 이동 경로의 모든 것들은 비워 두도록 한다.

놈들이 풀죽신교의 본대와 마주치도록 내버려둬라.

방송국이 주목하고 있었기에 몇몇 입이 싼 영주들을 통해 비밀 칙령이 그대로 공개되었다.

—팔마 그림자 부대! 헤르메스 길드는 위험한 자들을 퀘스트를 통해 불러들였습니다. 그들의 목표는 풀죽신교!

—일부의 마수 몇 마리가 무리에서 떨어져서 헤매고 있는 것을 아골타의 용감한 유저들이 습격했습니다. 승리를 하기는 했지만 놀랍게도 마수들의 레벨도 개별적으로 500을 넘어간다는 소식입니다.

—팔마 그림자 부대에 대해서 새로 들어온 소식입니다. 저들이 아르펜 왕국을 장악하게 되면 특별한 의식을 펼친다고 합니다.

—그 의식이 무엇인가요?

—마수의 대결계. 북부 대륙 전역을 마수들이 살기에 좋은 땅으로 만드는 것입니다.

—그럼 아르펜 왕국의 영토는 어떻게 되는 거죠?

—불모지가 될 것 같습니다. 사람이 살 수는 있겠지만 마수들로 가득 찬 땅에서 생존을 위협받아야 할 겁니다.

일찍 비밀들이 알려진 것만큼은 다행이었지만 위드나 풀죽신교 유저들에게는 발등에 불이 떨어진 거나 마찬가지인 상황이었다.

그러면서 중앙 대륙의 헤르메스 길드에 대한 인식도 대단히 나빠졌다.

〈로열 로드〉를 즐기면서 욕심을 내서 전쟁이나 지배에 열을 올리는 것까지는 이해할 수 있었다.

평범한 유저들은 세금이 오르거나 하면 피해를 입긴 해도 워낙에 즐겁기에 그 정도는 참아 줄 수가 있었던 것이다.

　하지만 북부 대륙 전체를 마수들의 땅으로 만드는 일까지 저지르려고 하는 헤르메스 길드에 대한 반감은 돌이킬 수 없을 정도가 되었다.

⁂

　"팔마 그림자 부대라……."

　위드는 소식을 접하자마자 마판에게 모라타의 대도서관에 있는 기록들을 살펴 달라고 부탁했다.

　초보부터 고레벨까지 무수히 많은 유저들이 사소한 정보들까지도 기록하고 보관하는 대도서관!

　마판 상회에 소속된 새끼 상인들이 무서운 악당들에 대한 조사를 해 보니 팔마 그림자 부대에 대한 정보들도 잘 정리되어 있었다.

베르사 대륙을 위험에 빠뜨렸던 존재들 #22

　팔마 그림자 부대

　세상을 증오하는 마녀들과 암살자들이 모든 왕국들을 파괴하기 위해 뭉쳤다.

　그들의 존재에 대해 조사된 것은 적지만 역사에 기록된 대단한 살상으로 존재를 알렸으며, 팔마라는 이름의 군주에게 지배를 받고 있다.

인간의 생명력과 육체를 개조하여 강인한 마수로 만들기에 각 왕국들은 강력하게 대처를 하여 그들을 봉인하는 데 성공…….

위드는 자료를 보는 순간 딱 견적이 나왔다.

"엠비뉴 교단의 수준은 아니지만 그래도 상당히 강력한 놈들이군."

지금까지 베르사 대륙의 평화를 위협하는 다양한 세력들을 격파하며 축적한 경험!

사막의 대제왕 시절에는 직접 대륙 평화를 위협한 적도 있어서 잘 알았다.

"마법사들은 많이 상대해 봤지만, 암살자라… 이건 좀 까다롭겠어."

최고의 암살자들.

어쩌면 암살자 마스터가 1~2명 정도는 속해 있으리라고 예상을 해도 좋으리라. 이런 세력이 북쪽으로 밀고 들어온다는데 기분이 썩 좋지 않았다.

"풀죽신교가 이들과 전투를 벌인다면… 흠."

아르펜 왕국의 영토에 발을 들인다면 북부 유저들이 기꺼이 나서서 주긴 하리라.

풀죽신교는 약한 유저들로 이루어져 있기에 대형 마수들을 상대로는 약한 편이었다.

"눈에는 눈. 이런 식으로 나온다면 나도 방법이 있지."

팔마 그림자 부대의 정체!

베르사 대륙의 안정을 위협하는 존재들의 출현!

헤르메스 길드. 수단과 방법을 가리지 않는 악랄한 공격을 저지르다!

위대한 모험가의 산증인 위드. 이번에도 무사히 막아 낼 수 있을까?

풍전등화와 같은 아르펜 왕국!

이현은 바쁜 와중에도 인터넷을 통해서 신문 기사들을 찾아 읽었다.

〈로열 로드〉가 초미의 관심사가 되어 있다 보니 어디서나 관련 기사들을 찾아볼 수 있었다.

"흠… 일단 여론은 우리 쪽에 유리하고."

이현은 매일 아침 서윤이 직접 갈아서 만들어 준 오렌지주스를 마시고 있었다.

지금 그가 사용하는 컴퓨터는 예전에 전자상가 뒷골목에서 부품을 주워 만든 것이 아니었다.

CTS미디어에서 강제로 뜯어낸 최첨단 컴퓨터!

최고 성능의 컴퓨터로 지뢰 찾기 신기록을 세우고, 인터넷 검색에도 사용하고 있었다.

"사람들도 아르펜 왕국을 아끼는 반응들이야."

댓글들을 읽어 봐도 다분히 아르펜 왕국에 호의적이었다.

아르펜 왕국이 파괴될 줄 알고 가슴을 졸이는 댓글들이 대부
분이었다.

팔마 그림자 부대가 북부 대륙을 장악하면 그들은 더 이상
터전에서 살지 못하고 쫓겨나게 되는 것이다.

그만큼 헤르메스 길드가 위협적인 수단을 사용했지만 이현
은 느긋했다.

"먼저 나쁜 짓을 저질러서 욕을 먹었단 말이지."

팔마 그림자 부대!

그들의 특성에 대해서는 대도서관의 자료를 통해 미리 파악
했으니 대처할 방법이 없진 않았다.

"세상에 나쁜 짓을 할 줄 몰라서 하지 않는 것도 아니고. 얼
마든지 그 방법을 써도 되겠군."

그날 밤, 이현은 느긋하게 꿀잠을 잤다.

시원하게 헤르메스 길드의 뒤통수를 후려갈기는 꿈을 꾸었
던 것이다.

아골타 지역!

중앙 대륙의 북서쪽 끝에 펼쳐진 드넓은 초원을 부르는 지명이었다.

얕은 바다를 넘으면 북쪽 대륙으로 접어들게 되는데, 도시가 없던 이 지역으로 꽤 많은 유저들이 몰려들고 있었다.

암살자와 마녀, 마수 들로 이루어진 강력한 군단이 북쪽을 향하고 있었다.

풀죽신교와의 큰 전쟁이 벌어질지도 모르기에 이를 구경하기 위해 유저들이 나섰다.

"이 싸움 진짜 기대되네."

"북쪽 대륙의 운명이 걸린 대결전. 여기에는 위드 님도 나오겠지?"

"그러게. 근데 약한 초보들은 오히려 거추장스럽기만 할 텐데. 어떤 식으로 싸울지 모르겠다."

"뭐, 이기지 않겠냐. 엠비뉴 교단도 막아 냈는데 말이야."

"그때 보통 고생을 한 게 아니잖아. 시간도 오래 걸렸고. 운이 없으면 아르펜 왕국이 멸망할지도 모르지."

중앙 대륙의 유저들이나 북부의 유저들이나 팔마 그림자 부대의 이동을 멀찌감치 따라갔다.

산 하나 정도 떨어진 거리였지만 몬스터 군단을 구경하는 재미가 있었다.

"닭꼬치 팝니다!"

"감자 있어요. 굽고, 삶고, 튀긴 감자 드세요!"

부유한 중앙 대륙의 유저들은 느긋하게 간식거리들을 사 먹었다.

어느새 아골타 지역까지 북부의 상인들이 넘어와서 간식거리들을 팔고 있었지만 그 맛에 푹 빠졌다.

"이거 북부 포도주예요?"

"네, 모라타산 포도주입니다."

"크… 그래서인지 역시 맛이 기가 막히구나."

"쥐포도 있습니다. 하수구에서 뛰어노는 싱싱한 쥐를 잡아서 만든 모라타산 특산품 중의 하나죠!"

구경하던 유저들은 팔마 그림자 부대가 지나가고 나서 뒤를 따르는 대규모 군대를 발견했다.

"뭐지, 저들은?"

"장비들을 보면 북부의 군대는 아니고…….'"

"깃발이 보인다. 불타는 검이 그려져 있어. 제국군이다!"

하벤 제국군 5군단!

수도 아렌 성에서 출정하여 팔마 그림자 부대를 계속 따라온 것이다.

군단장 버킹이 수뇌부로부터 부여받은 임무는 팔마 그림자 부대의 퇴치 같은 건 아니었다.

버킹은 라페이와 나누었던 대화를 떠올렸다.

"위드는 물론이고 북부 유저들도 팔마 부대에 전력을 다해야 할 겁니다."

"예. 그렇겠죠."

"팔마 부대를 따라가서 기회를 노리세요."

"5군단 전체가 말입니까?"

"그렇습니다. 5군단은 그 뒤를 따르다가 위드를 죽이거나, 아니면 팔마 부대와 싸우는 틈을 타서 북부를 초토화시키는 것입니다."

"과연……."

버킹은 라페이의 의도를 파악하고 크게 감탄했다.

'위드는 팔마 부대를 막기도 버거울 것이다. 그런데 우리까지 나선다면… 아르펜 왕국은 철저히 짓밟히게 되겠지. 그동안의 번영은 무성한 폐허 같은 걸로만 남게 되지 않을까.'

상황이 좋게 돌아간다면 5군단이 개입하여 아르펜 왕국과의 전쟁을 압도적으로 종결지을 수도 있다.

'좋은 포석이야. 머리 좋은 놈이라 여러 가지의 경우의 수를 두는군.'

⁂

위드는 와삼이를 타고 아골타 지역에 와 있었다.

"에휴. 이제 레벨 500을 넘겼는데, 여기서 손해를 봐야 한다는 거야?"

베르사 대륙에서 최상위권의 유저들이라면 레벨 500을 달성하는 것이 하나의 기준점이었다.

오랫동안 사냥터와 퀘스트를 독점해 온 헤르메스 길드에는 레벨 500내의 유저늘이 제법 있었다.

하지만 일반 유저들 중에서 500대의 유저는 불과 1,000명 정도였다.

"네크로맨서로 전직하고 나서 레벨을 올리기 쉬워졌다고는 하지만 그래도 너무 아쉽군."

헤르메스 길드가 꺼내 놓은 비장의 카드.

팔마 그림자 부대!

이들을 막고 역습까지 가하기 위한 최선의 전략을 떠올리며 밤새 제대로 잠을 못 잤다.

너무 즐거워서!

'그동안 상상만 했지. 너무 나쁜 짓 같아서 헤르메스 길드를 상대로도 차마 먼저 저지를 수는 없었어.'

위드는 비열한 미소를 지으며 와삼이의 머리를 쓰다듬었다.

"상상만 해도 즐겁지 않냐?"

꾸우우?

와삼이의 커다랗고 맑은 눈동자가 불안하게 흔들렸다.

도대체 이 주인은 또다시 어떤 위험한 짓을 저지르려고 한단 말인가.

"너에게는 이야기해 주지. 조각 부활술이라는 게 있어. 오래전에 살았던 이를 되살리는 거지."

고전적인 악당 만화에서나 나올 법한, 애완동물에게 계획 털어놓기!

위드는 막상 해 보니 콧노래가 흘러나올 정도로 즐거웠다.

혼자만 머릿속에 구상했던 음험한 계획을 실행하기 전에 가까이 있는 이에게 먼저 이야기하는 것이다.

"수많은 영웅들이 베르사 대륙에 살았겠지만 말이야. 꼭 착한 사람만 살았던 건 아니야. 옛날 옛날에 어둠의 주술사 바르칸이라는 사람이 있었단다."

와삼이는 잠시 누군지 생각해 보다가 그 이름의 주인을 떠올리고 비명을 터트렸다.

꾸에에에엑!

바르칸 데모프!

와이번들은 태어나자마자 바르칸의 제자인 샤이어가 이끄는 불사의 군단과 싸웠다.

끊임없이 일어나는 언데드, 그 지배의 정점에 있던 자!

"그래. 바르칸을 되살릴 거다."

"안 된다, 주인."

"된다. 그리고 어떤 이유로든 하지 말라고 말해도 소용없어."

"어째서인가?"

"말리면 더 하고 싶거든."

팔마 그림자 부대에 맞서기 위한 위드의 계획은 바르칸의 부활이었다!

어둠의 마나에 잠식된 바르칸 데모프는 지독하게 위험하고 다루기도 곤란한 존재다.

어쩌면 사막의 전사 헤스티거가 쓸모가 있을지 모르지만 한 번 부른 인물을 다시 부르진 못한다.

부하였던 헤스티거와는 영영 다시 만나지 못할 완전한 이별을 고했다.

조각 부활술의 스킬 레벨이 더 오르면 또 모르지만 여간해서는 불가능이라 보고 있었다.

'전쟁이다. 다른 사막의 대제왕 시절의 부하보다는 바르칸이 낫지.'

바르칸과 불사의 군단의 전쟁 수행 능력을 따라올 만한 존재는 없다.

1명만 되살리는데도 불사의 군단이라는 종합 선물 세트가 패키지로 등장할 것이다.

'그 무시무시함은… 음. 비싼 값에 팔렸지.'

이미 바르칸 계획을 발동시키면서 KMC미디어와 몇몇 방송국들에 독점 중계권도 팔아먹은 후였다.

위드는 조각칼을 꺼내 들고 근처에 있는 바위로 조각을 시작했다.

'인생 뭐 있어? 저지르고 나면 어떻게든 되겠지.'

스스스슥!

몸의 일부가 되어 춤을 추듯이 움직이는 조각칼에 단단한 바위가 깎여 나갔다.

어둠의 주술사이며 불사의 군단의 지배자.

리치가 되기 직전의 마법사 바르칸을 조각하는 것이었다.

"커허험."

위드는 막상 조각을 마치고 나니 심장이 떨렸다.

충성스러운 헤스티거처럼 다루기 쉬운 인물이 아닐 테니 말이다.

입술에 침을 바른 아부로도 다루기 힘든 극도로 위험한 존재인 것이다.

"만들고 바로 튀면 돼. 이게 최고의 작전이야. 조각 부활술!"

조각 부활술 스킬을 사용하였습니다.
어둠의 주술사이며 언데드의 군주 바르칸 데모프, 그가 예술의 부름을 받아 이 땅에서 다시 움직이게 될 것입니다.
예술 스탯 45가 영구적으로 사라집니다. 신앙 스탯 10이 영구적으로 줄어듭니다. 레벨이 3 하락합니다. 생명력과 마나가 18,000씩 소모됩니다.
조각 부활술에 의하여 되살아나는 인물은 생전의 지식과 능력을 가지고 있습니다. 정해진 짧은 시간이나마 세상을 다시 볼 수 있고 움직일 수 있게 해주는 것에 대해 고마워할 수도 있고, 그렇지 않을 수도 있습니다.

조각 부활술 스킬의 숙련도가 향상되었습니다.

바르칸의 부활!

그가 움직이자마자 와삼이는 날개를 활짝 펼쳤다.

"잘 있어라, 주인!"

"같이 가자!"

위드는 조각 부활술로 바르칸 데모프를 되살려 놓고 와삼이와 같이 튀었다.

마법사들은 지능이 높아서 헤스티거처럼 단순하게 다루기가 힘들었다. 설득이 실패할 경우를 생각해서 아예 내버려두기로 한 것이다.

"이제 아무것도 안 해도 되나, 주인?"

"응. 진인사대천명이라고 했지."

"…이해하기 어려운 말이다."

"로또를 사 놨으면 토요일까지 기다리란 이야기야."

위드는 와삼이를 타고 먼 하늘에서 날면서 지상을 지켜봤다.

조각상의 모습에서 천천히 생명이 부여되며 살아난 바르칸 데모프!

검은 로브 차림의 창백한 남자의 모습이었지만 그는 베르사 대륙을 혼란으로 이끌어 갔던 존재다.

'자, 어떻게 될까.'

위드가 와삼이와 하늘 높이 도망치고 나서 잠깐의 시간이 지나자 땅이 뒤흔들렸다.

팔마 그림자 부대.

마녀와 암살자, 거대 마수 들이 아르펜 왕국으로 가기 위해 바르칸이 살아난 장소로 달려오고 있었다.

'이제 만났다.'

높은 하늘에서 지켜보니 바르칸을 발견한 팔마 그림자 부대 측에서 먼저 움직였다.

몇 마리의 대형 마수들이 무리에서 뛰쳐나와 평원에 서 있는 바르칸을 짓밟아 버리려고 질주해 오는 것이다.

"과연. 양측 모두 원활한 대화나 설득 같은 건 필요하지 않은 거지."

질주하는 대형 마수들의 접근.

되살아나서 잠시 멍하니 서 있던 바르칸이 마수들을 향해 손 짓했다.

"속박하라."

땅에서부터 가시넝쿨들이 무시무시한 기세로 자라나 그물처럼 마수들의 몸을 덮었다.

쿠오워어어어억!

가시넝쿨들이 겹겹이 자라나서 마수들을 옥죄어 움직일 수 없게 만들었다.

"육체 파괴. 피와 뼈를 바스러뜨린다."

바르칸이 주문을 외우자 저주 마법이 발동되었다.

괴로움에 울부짖는 마수들!

결국 고통을 버티지 못해 죽어 버린 마수들의 시체가 분해되더니 100여 명의 스켈레톤 전사들로 일어났다.

지금까지 위드가 소환했던 스켈레톤들과는 태생적으로 뭔가 달랐다.

끄륵…….

텅 빈 해골에서 위협적인 검붉은 안광이 번뜩였으며, 뼈로 된 강력한 갑옷까지 착용하고 있었다.

"불사의 주인을 뵙습니다."

스켈레톤들은 바르칸을 향해 일제히 기사들처럼 정중하게 인사를 올렸다.

그리고 곧 마수들과 맞붙어서 싸우기 시작했다.

강력한 마수들의 힘과 덩치에 스켈레톤들이 밀리긴 했지만 곧 조직적으로 진형을 펼쳤다.

스켈레톤 워리어들은 정면에서 힘을 겨루고, 궁수들은 주변을 뛰어다니며 화살을 쏜다.

전사들은 뼈마디가 부서지더라도 마수들의 몸을 타고 올라가서 미친 듯이 칼을 휘둘렀다.

부서진 스켈레톤들은 파괴되어도 1초도 되지 않아 몸을 복구하고 다시 싸웠다.

끝없는 생명력을 가진 언데드들의 전투.

스켈레톤들이 광란의 전투를 벌이며 마수들을 1마리씩 제압했다.

땅에 쓰러진 마수들은 저주에라도 걸린 것인지 금방 사체들이 분해되었고, 40명이나 50명 정도의 스켈레톤으로 변해서 일어났다.

잠깐 사이에 수천 마리의 스켈레톤들이 번식을 거쳤다.

"우리의 길을 막는 마법사가 있다."

"치워라. 죽음의 길로 안내한다."

마녀들과 암살자들도 도착하면서 전투가 더 크게 벌어지기 시작했다.

"벌레 폭발!"

"음습한 지저귐!"

"증오의 심화!"

마녀들이 온갖 공격 마법과 저주들을 바르칸에게 퍼부었다.

보라색 기운이 너울처럼 밀려든다.

바르칸은 손짓과 주문으로 도중에 마법을 막아 버리고 역으로 강력한 저주를 걸었다.

"피할 수 없는 독의 숨결을 받아라."

목을 감싸 쥐며 울부짖는 마녀들.

보이지도 않는 암살자들이 빠르게 침투했지만 바르칸의 몸 주위에는 비명을 지르는 마수들로 만든 영혼의 벽이 설치되어 있었다.

끼야아아악!

암살자들은 영혼의 벽에 붙잡혀서 끔찍하게 고통스러워하다가 죽었다.

그리고 곧 그들의 시체는 둠 나이트가 되어서 일어났다.

바르칸에게 절대적으로 복종하는 지옥의 기사들!

보통의 둠 나이트도 아니고 저마다 이름을 가진 준보스급 몬스터들의 등장!

"삶과 죽음의 지배자시여, 명령을."

"다 없애라."

"알겠습니다."

둠 나이트들이 팔마 그림자 부대를 향해 쇄도했다.

그들이 달려가는 동안 바르칸의 온갖 강화 마법들이 적용되었다.

태어나면서 전부 갖춘 금수저 언데드들!

위드는 둠 나이트들에게 목숨을 잃은 암살자와 마녀 들에게서 붉은 기운이 빠져나와 바르칸에게 흡수되는 것을 봤다.

"생명력과 마력을 빨아들이는 것 같군."

"응. 마법사가 마나를 늘리는 이유가 뭐겠어. 뭔가 한 방을 날리려는 거겠지."

위드는 진지한 얼굴로 배낭에 손을 넣었다. 그리고 말린 사과를 꺼내서 씹어 먹었다.

"싸움 구경에는 역시 간식이지."

"말고기도 있으면 좀……."

"먹어."

"고맙다, 주인."

"올해 승차 요금이야."

위드와 와삼이는 느긋하게 바르칸이 싸우는 걸 구경했다.

'위험한 인물이긴 하지만 나랑만 상관없으면 되지. 어쨌거나 조각 부활술의 효과는 하루면 사라지니까, 뭐. 이렇게 불러서 써먹을 수 있으니 좋군.'

솔직히 헤르메스 길드가 있는 곳에 바르칸을 소환하는 것도 생각해 본 적은 있었다.

혼자 당할 수는 없는 법!

그런데 막강한 전력을 가진 헤르메스 길드가 신성 마법을 퍼붓거나 해서 바르칸을 사냥해 버릴 수도 있으니 참았다.

위드도 검치나 사형들의 도움이 있었지만 바르칸의 사냥에 성공하긴 했던 것이다.

'근데… 그때보다도 좀 강해진 거 같네.'

바르칸의 언데드 군단은 시간이 갈수록 늘어났다.

초기에는 팔마 그림자 부대에 맞서 싸우기에는 한 줌도 되지 않을 병력이었다.

시간이 갈수록 기하급수적으로 언데드의 숫자와 질이 향상되더니 어느새 팔마 그림자 부대와 박빙을 이룬다 싶었다. 그리고 그 균형의 추는 한순간에 바르칸에게 넘어갔다.

언데드들이 압도하기 시작하면서, 헤르메스 길드가 꺼내 놓앉던 강력하고 위험한 카드인 팔마 그림자 부대가 사방에서 무너지고 있었다.

"역시 언데드란……."

위드는 감탄하며 지켜봤다.

네크로맨서의 정석과도 같은 전투 진행!

전력의 불리함 따위는 전투가 계속되면 완전히 뒤집혀 버리는 것이 아니던가.

바르칸이 시체들을 모아서 본 드래곤까지 소환하자 구경하는 게 위험해져서 더욱 멀리 떨어져야만 했다.

"본 드래곤도 이렇게 쉽게 소환할 수 있는 건가? 이건 견적이 조금 수상한데……."

―불사의 군단의 주인, 바르칸 데모프가 나타나서 팔마 그림자 부대를 막고 있습니다.

―하늘을 보십시오. 와삼이와 위드입니다.

―전쟁의 신 위드 출현!

―위드가 바르칸을 불러왔습니다.

―위드. 통쾌한 한 수로 헤르메스 길드의 음모를 막아 냅니다.

팔마 그림자 부대를 지켜보던 방송국들이 생중계를 하고, 가까이에서 따르던 유저들도 환호성을 질렀다.

"전쟁이다. 그것도 언데드들의!"

"고급 언데드들이 다 모였어."

"저건 불사의 군단이다. 해골들의 박력이 끝내주네."

물론 유저들도 바르칸의 눈에 띄지 않기 위해서 아주 먼 곳까지 물러났다.

바르칸의 언데드 소환 마법이 펼쳐질 때마다 수십 기의 데스나이트나 둠 나이트들이 등장했다.

마녀, 암살자, 마수 들이 아니라 땅에 오래전에 묻혀 있던 짐승의 사체들도 언데드가 되어 일어났다.

위드는 팔마 그림자 부대가 어느새 십분의 일 정도로 줄어든 걸 보며 미소를 지었다.

구경을 멈추고 떠나도 될 시기, 마침 말린 사과도 떨어진 참이었다.

"이걸로 잘됐어. 바르칸과 불사의 군단이 이 아골타 지역을 혼란에 빠뜨리겠지."

조각 부활술이 한계에 달하자마자 사라지겠지만 말이다.

어쩌면 헤르메스 길드는 조각 부활술의 시간제한이 짧다는 사실을 모를 수도 있다.

그렇다면 팔마 부대를 따르던 5군단이 언데드들의 세력이 더 늘어나기 전에 서둘러 전투에 나서게 될 것이다.

"불사의 군단은 내부부터 무너뜨리거나 뒤통수를 쳐야지. 정면에서 공략해서는 여간해서 이기기 힘들어. 신성 마법이 준비되어 있지 않다면 아예 안 건드리는 게 최선이고."

바르칸은 역사상 최고의 네크로맨서이기에 막강한 전쟁 수행 능력을 가졌다.

이윽고 팔마 그림자 부대를 이끄는 총대장 팔마까지도 바르칸의 수십 개의 저주 마법에 고통받다가 본 드래곤들과 둠 나이트의 연합 공격에 목숨을 잃었다.

도망치려고 했지만 신전의 기둥처럼 솟구치는 뼈의 감옥에 팔마 부대는 1명도 빠져나가지 못했다.

스펙터들의 비통한 절규에 사로잡혀서 모두가 괴로워하다 사망했다.

―팔마 그림자 부대 괴멸!

―바르칸 데모프. 괴력을 가진 마수들의 전력을 소멸시켰습니다. 아니, 정정하겠습니다. 언데드로 바꿔 놓았습니다.

―믿기지 않는 전투군요! 바르칸은 손끝 하나 다치지 않고 전투를 마쳤습니다.

―이런 전투를 벌일 수 있는 것이 네크로맨서라니… 정말 경이롭습니다. 물론 검술 마스터들끼리도 격차가 큽니다. 네크로맨서가 단순히 언데드 소환 마법을 마스터한다고 해서 이 정도의 강함이 생기진 않을 것입니다만…….

"이제 내 일은 끝났군."

위드가 나머지 일은 흘러가는 대로 놔두고 떠나려고 했다. 그때 지상에 있던 바르칸이 낮은 목소리로 중얼거렸다.

"이 안타까운 육체는… 죽음을 넘어서지 못했군."

조각 부활술로 되살린 몸.

그 제한을 바르칸은 정확히 인식한 것이다.

"영원한 불멸의 삶을 죽음으로부터 구한다. 끝이 없는 마나의 힘으로 삶과 죽음의 경계를 뛰어넘는다."

바르칸의 육체에서 시커먼 기운이 피어나더니 하늘 높은 곳까지 솟구쳤다.

"어라."

태양이 검은 구름에 가려지면서 위드와 와삼이가 있는 하늘까지 암흑이 드리워졌다.

'빛이 잡아먹힌 듯이… 바르칸의 능력이 이 정도였던가?'

위드의 생존 본능이 미친 듯이 경고하고 있었다.

'뭔가 잘못됐어! 바르칸이 예상보다도 강하고… 수상해!'

지금까지 뭐든 예상 밖의 일이 벌어지고 나면 순조롭게 끝났던 적이 없었다.

세상살이가 쉬운 게 아니다. 시세보다 낮은 가격에 반지하 월세를 얻었더니 실은 바퀴벌레의 서식지!

1센티가 넘는 곰팡이에 벽이 무너질 걸 걱정한 적도 있었다.

경험을 통해 일이 잘 풀릴 때면 오히려 경계하게 되는데, 그럴 때의 본능은 대부분 적중했다.

왜, 불길한 예감은 항상 틀리지 않는다는 말도 있지 않은가.

반면에 아무리 조심을 하더라도 방심하는 순간이 있는데, 그럴 때면 반드시 사고가 터졌다.

'어딘가 문제가 생겼다.'

위드와 와삼이는 어떤 상황에도 대비하기 위해 까마득히 먼 곳에서 날고 있었다.

구경을 위해 지상에 모인 유저들보다도 족히 3배는 더 먼 안전거리.

'바르칸이 날 공격하진 않을 것 같아. 근데 무슨 짓을 벌이려는 거지?'

바르칸의 몸에서 산처럼 끝없는 암흑이 솟구치고, 불사의 군단은 경배라도 하듯이 그를 감싸며 모여 있다.

둠 나이트들!

최정예 언데드 기사들이 주변을 삼엄하게 경계하고 있기도 했다.

'확실해. 심각한 일이 벌어지고 있다.'

위드는 와삼이와 조금 더 멀리 이동해서 관찰했다.

"와삼아."

꾸우우우.

"심상치 않으면 바로 튀는 거다."

"알겠다, 주인."

지상에 있던 유저들도 충분히 수상함을 느끼고는 있었다.

"뭐야, 저거?."

"언데드들이 왜 저렇게 모여 있는 건데?"

"좀 위화감이……."

그저 뭔가 벌어지고 있는 건 알았지만 도망치지 않았다.

재난이 일어난 것 같으면 호기심 때문에라도 발길이 떨어지지 않는 법!

—바르칸 데모프의 상태가 이상한 것 같습니다.

—전투가 끝났는데 무슨 일일까요?

—어떤 고위급 마법 의식의 일종으로 보이는데…….

방송국에서도 관심을 가지고 보도하고 있었다.

바르칸에게서 암흑의 기운이 넓게 퍼져 나갔다.

그리고…….

띠링!

생명력을 83,329 빼앗겼습니다.

가까이 있던 유저들이 생명력의 절반 가까이를 갈취당했다.

불사의 군단, 소환된 언데드들은 일제히 생명력을 빼앗기고 모래처럼 바스러져서 사라졌다.

그 직후, 바르칸의 육체도 변하기 시작했다.

바르칸의 피부가 급격히 나이를 먹은 듯 쭈글쭈글해지더니 구정물처럼 녹아내렸다.

"어라?"

몸은 뼈가 고스란히 드러나고 붉은 기운이 감돌기까지 했다.

어딘지 익숙한 광경!

구경하고 있던 누군가가 말했다.

"저거… 해골이면 스켈레톤인데. 좀 고급스러운 느낌이라면 리치 아닌가?"

"리치라고?"

"어. 위드 님이 변신한 적도 있었잖아."

콰콰콰콰콰콰!

바르칸을 중심으로 대폭발이 일어난 것처럼 강렬한 충격파가 반경 수 킬로미터까지 퍼져 나갔다.

거대한 죽음의 기운을 접했습니다.
신체 능력의 83%가 일시적으로 감소됩니다. 생명력의 최대치가 이틀 동안

> 41%로 줄어듭니다. 굶주림! 공포! 어지러움! 네크로맨서 마법에 대한 저항력이 최저치로 낮아집니다. 정신 집중이 되지 않아 마법이나 스킬의 성공률과 파괴력이 감소합니다. 신앙심의 효과가 저하됩니다.

"뭐, 뭐야!"

"이건 무슨……."

바르칸이 공격 마법을 쓴 건 아니었다.

그저 아골타 지역에 어마어마한 무언가가 발현되면서 퍼지는 부수적인 효과.

띠링!

> 지독한 어둠의 잔재들이 한자리에 모였습니다.
> 바르칸 데모프! 그가 죽음의 경계를 부수고 아크리치로 변신하는 데 성공했습니다.

아크리치.

리치보다도 단계가 높은 우월한 존재였다.

보통 리치만 되더라도 상대하기가 굉장히 어려운 보스급 몬스터에 속한다.

네크로맨서 계열의 리치들이 가장 많지만, 흑마법을 익힌 리치도 어지간해서는 안 죽는다.

막강한 마력을 발휘하고, 무한대에 가까운 생명력을 보유했기에 개인이나 소수의 파티가 아니라 군대를 동원해도 승리를 장담하지 못하는 존재였다.

위드가 리치 샤이어를 제거했던 적도 있지만, 그때도 다크 엘프와 오크 종족, 성물의 도움을 만만찮게 받았다.

그런데 본래 끔찍하게 강했던 바르칸이 아크리치가 되었다.

조각 부활술의 제한이 강제로 해제되었습니다.
바르칸 데모프! 그가 제한된 생명력에서 벗어났습니다. 16시간 후에 사라질 예정이었던 운명이 바뀌어서 불멸의 삶을 얻었습니다.

"……."

위드는 메시지 창을 보며 아무 말도 하지 않았다.

'망했다.'

네크로맨서의 정점에 달한 존재.

베르사 대륙의 평화를 위협할 만한 역사적인 보스급 몬스터를 부르고 말았다.

'예전에 바르칸을 해치운 적이 있긴 하지만… 그땐 상황이 많이 달랐지.'

역사상으로 바르칸을 막기 위해 모든 교단과 종족이 힘을 합쳤다. 그 결과, 루의 신검이 가슴에 박혀서 크게 약해졌다.

'맞아. 루의 신검이 문제였구나! 되살린 바르칸은 온전한 상태라서 능력이 약해지진 않았으니까.'

지금은 마법력이나 육체적으로 완전할 뿐만 아니라 갓 태어나서 뼈마디가 참기름이라도 바른 것처럼 싱싱했다.

'그래도 그 시절보단 유저들의 수준이 크게 올랐지. 절대 못 해치울 바는 아냐. 다만 희생이… 어마어마하겠지.'

바르칸이 북쪽으로 올라오면 그건 헤르메스 길드보다도 더한 재앙이었다.

스켈레톤들이 푸홀 워터파크에서 수영을 하고, 데스 나이트들이 모라타의 길거리들을 장악할 것이다.

팔마 그림자 부대 정도를 제거하려고 했는데 베르사 대륙의 안전을 통째로 위협하게 되고 만 것이다.

'이건 예상하지 못했던 상황이지만… 어떻게든 내게 유리한 쪽으로 이끌어야 한다. 그렇다면 방법은…….'

위드의 눈동자가 선거철에 시장을 방문한 정치인처럼 번뜩였다.

바르칸!

그는 넘치는 마력으로 다시 언데드들을 소환했다.

"피를 원한다!"

"피를!"

"시체들의 밤을 열라!"

"시체를!"

언데드들이 시체들을 쌓은 탑 위에서 소리쳤다.

둠 나이트, 데스 나이트들을 비롯하여 스켈레톤들이나 유령들까지 소란을 피웠다.

본 드래곤들도 하늘을 날아다니며 강렬한 독을 사방에 뿜어내고 있었다.

불사의 군단이 재림하며 벌어지는 무시무시한 광경.

"이거 뭐야. 너무 무서워……."

"바르칸이잖아. 바르칸이 되살아난 거야?"

"으어… 불사의 군단이다."

두려움에도 불구하고 구경하던 유저들이 슬금슬금 도망치고 있었다.

레벨이 꽤 되는 유저들조차도 바르칸의 눈에 띄지 않도록 땅바닥에 납작하게 엎드렸다.

"이렇게 죽는구나."

"배고픈데 밥 안 먹고 있어야지. 어차피 죽을 거니깐."

"내 시체면 데스 나이트 정도는 나오겠지."

"언데드가 돼서 도시를 습격하다 보면 방송으로도 나오지 않을까."

유저들은 죽기 전에 유언이라도 남겨 두어야 할 상황이었다.

당장은 바르칸의 눈에 띄지 않았다고 해도, 본 드래곤이 하늘을 날아다니는 이상 빠져나가기란 불가능한 것이다.

"어? 누가 온다."

"유저인가? 위험하다고 알려 줘야 하는 거 아냐?"

"유저는 아닐 거야. 자세히 봐. 저것도 리치잖아."

구경꾼들은 땅에 엎드린 채 숨죽여 지켜만 보았다.

1마리의 리치가 유령마를 타고 빠르게 달려오고 있었다.

본 드래곤들이 멀리서부터 이를 발견했고, 곧 바르칸의 눈에도 띄었다.

"샤이어! 나를 배신하고 겁도 없이 내 앞에 나타났구나!"

리치를 바라보는 바르칸의 해골에서 붉은 광망이 번뜩였다.

위드에게 목숨을 잃어버린 샤이어!

샤이어의 모습을 한 것은 조각 변신술을 펼친 위드였다.

위드는 안전거리라고 여겨지는 2킬로미터 정도나 떨어진 거리에서 멈춘 다음, 사자후를 터트렸다.

"스승님, 오해가 있으신 것 같습니다. 저는 다 스승님을 위해서 했던 겁니다."

"닥쳐라. 너의 영혼을 지옥의 밑바닥까지 떨어뜨려 주겠다."

샤이어는 생명의 탐구자였던 바르칸이 쌓아 왔던 모든 공을 물거품으로 만들고, 그를 어둠의 마나에 빠뜨려 버린 자였다.

띠링!

퀘스트가 발생했습니다.

바르칸의 위험한 제자

불사의 군단의 2인자인 리치 샤이어! 그는 스승 바르칸 데모프를 어둠의 힘으로 물들여서 타락으로 이끌었습니다. 그의 간교함은 바르칸으로 하여금 새로운 삶에 억지로 눈을 뜨게 했습니다.

—스승님, 죽음으로서의 삶입니다. 불사의 생명을 꿈꾸었지만 이것도 완전한 실패는 아니지 않습니까?

바르칸에게 리치의 삶을 받아들이게 했으며, 전 대륙과 전쟁을 일으키도록 부추겼습니다.

바르칸은 당신을 극도로 증오합니다. 하지만 그는 리치가 되어 새로운 세상을 여는 원대한 꿈을 갖게 되었습니다. 바르칸을 설득하여 용서받은 후 불사의 군단을 재건하여 베르사 대륙을 정복하겠습니까?

난이도: S.

보상: 바르칸의 이유 퀘스트로 이어지게 된다.

제한: 바르칸의 부활. 리치 샤이어.

명성이 높아지거나 강해질수록 타락하는 퀘스트가 자주 발생한다.

　위드는 물론 언데드를 이용한 대륙 정복 같은 건 전혀 관심이 없었다.

　아르펜 왕국의 이름으로라면 모를까, 언데드들이 정복해 봐야 스켈레톤들의 무덤에 월세도 받을 수 없는 것!

　위드는 유령마를 탄 채로 바르칸을 보며 웃음을 터트렸다.

　"하하하. 다시 죽음에서 돌아오다니 끈질기군요."

　"가증스러운 놈. 너 역시 죽음으로도 도망치지 못한다. 이제 다시 나를 따라라. 그러면 너의 잘못도 용서해 줄 것이다."

　"전 스승님과는 다릅니다. 스승님은 실패했습니다. 추악한 언데드라니… 그건 덜 썩은 뼈다귀일 뿐, 어떻게 불사의 생명입니까?"

　띠링!

<blockquote>퀘스트가 거부되었습니다.</blockquote>

　"건방지구나! 샤이어!"

　바르칸이 마법 주문을 외우려고 했다.

　뭔지 모르지만 순식간에 완성되어 가는 마법에 위드는 유령마를 서둘러 남쪽으로 몰았다.

　"절대 나를 잡진 못할 것입니다. 내게는 믿을 수 있는 인간 동료들이 많으니까요."

　태연한 척은 했지만 전력을 다해 유령마를 몰았다.

　바르칸이 불사의 군단에 명령했다.

"쫓아라. 지옥 끝까지라도."

본 드래곤들이 날개를 넓게 펼치면서 날아올랐고, 둠 나이트와 데스 나이트 들이 유령마를 몰아서 쫓아왔다.

불사의 군단이 추격전을 개시했다.

"끼엣호!"

"처절한 살육이다. 크크큿."

스켈레톤들은 높이 도약하며 달렸다.

두두두두!

지축을 뒤흔드는 추격전.

지치지 않는 체력을 가진 언데드들이라서 속력이 조금도 줄어들지 않았다.

심지어 바르칸도 비행 마법을 펼치면서 무시무시하게 속도가 빨랐다.

위드는 뒤를 힐끔 보고는 가슴이 서늘했다.

'가까워지고 있어. 이대로라면 잡히겠지.'

온전한 바르칸, 거기에 고위급 언데드들.

유령마보다도 2배에 가까운 속력을 내고 있다.

불사의 군단은 사막의 대제왕 시절의 위드였다고 해도 감당하기 까다로운 전력!

언데드를 완전히 소멸시키지 않으면 계속 일어날 것이고, 수십 가지의 저주 마법에 고통받으며 전투력을 발휘하지도 못할 테니 말이다.

위드는 몸을 숙이며 유령마를 평원으로 최대한 빨리 몰았다.

'자, 슬슬 나타날 때가…….'

야트막한 언덕을 넘자마자 넓게 펼쳐진 5군단의 진영이 보였다.

　팔마 그림자 부대를 뒤따라오다가 바르칸의 등장으로 닭 쫓던 개가 되어 버린 이들.

　헤르메스 길드의 수뇌부로부터 다음 명령을 기다리고 있던 그들에게 유령마를 타고 등장한 위드가 나타났다.

　"저건 누구야?"

　"리치잖아."

　"네크로맨서? 우리 길드 소속인가?"

　위드가 조각 변신술로 샤이어의 모습을 하고 있었기에 알아보질 못했다. 그래서 먼저 헤르메스 길드원들을 향해 반갑게 손을 흔들며 인사를 건넸다.

　"안녕하세요! 길드 여러분, 좋은 하루입니다."

　"아… 예. 리치시군요."

　"네크로맨서인데 잠깐 사정이 있어서요."

　"근데 어떻게 오셨습니까?"

　헤르메스 길드원들도 큰 의심 없이 말을 걸어왔다.

　위드가 착용한 네크로맨서의 장비들이 상당히 좋은 것들이어서 같은 헤르메스 길드의 실력자로 본 것이다.

　네크로맨서들은 길드 사냥이나 대규모 레이드에도 별로 합류하지 않는 편이라 그로비듄의 얼굴도 잘 알지 못하는 형편이었다.

　"그냥 우연히 지나가던 길인데요. 수고하세요."

　"아. 예……."

위드는 유령마를 탄 채로 5군단의 외곽을 돌아서 스쳐 지나 갔다.

"누구야, 근데?"

"리치화를 성공한 유저라면 꽤나 이름이 알려졌을 법도 한데 말이지."

"도무지 모르겠네. 비슷한 이름도 안 떠올라. 무슨 특별한 퀘 스트 중일까?"

위드에게 관심을 오래 줄 여유도 없이 언덕 너머에 바르칸과 언데드들이 출현했다.

어둠의 주술사

"언데드……."

"저게 뭐야? 어마어마하게 많잖아!"

5군단의 유저들은 바르칸이 일으킨 불사의 군단을 보고 경악을 금치 못했다.

언데드들은 인간들을 발견하고는 미친 듯이 달려왔다.

"크웨웰!"

"살아 있는 자에게 죽음을!"

"너희의 무가치한 생명은 내가 끊을 것이다!"

바르칸과 언데드들!

위드를 뒤쫓는 중에 인간들이 보이자 대화는 시도도 하지 않았다.

"인간들이여, 나는 지옥의 기사 울룸보다. 우리의 군대에 합류하는 것을 환영하노라!"

"파멸의 돌진을 시작하라."

둠 나이트들이 탄 유령마가 넓게 펼쳐져서 소리 없는 돌격을 개시했다.

그 뒤는 방대한 숫자의 데스 나이트와 스켈레톤 군단이 따랐는데, 팔마 그림자 군단의 대형 마수 언데드들도 대지를 울리며 달렸다.

둠 나이트 기사단장 카르슈타인이 부러진 검을 들어 올리며 소리쳤다.

"불사의 군단이여. 전군 돌격이다."

쿠우와아아아!

저주받은 보랏빛 기운이 불사의 군단을 뒤덮었다.

이것만으로도 언데드의 속도와 생명력을 갈취하는 능력이 향상됐다.

"뭐라고요? 위드가 나타났었다고요?"

군단장 버킹은 수뇌부와 연락을 주고받던 참이었다.

팔마 그림자 부대에 대한 소식을 늦게 접한 탓에 방금 지나간 리치가 위드라는 사실을 이제야 알아차렸다.

"이럴 수가! 그걸 놓쳤단 말인가?"

버킹은 아쉬움에 탄식이 나올 지경이었지만 이미 돌격해 오는 불사의 군단이 코앞이었다.

"피하기는 늦다. 단단히 막아라. 방패병을 앞세우고 기사들을 우회시킨다."

보병 병력이 자리를 굳건히 지키면서 언데드의 돌진을 막아내려 했다.

본 드래곤을 비롯하여, 둠 나이트 등의 언데드 기병들이 많기에 도망치는 건 도저히 무리라고 봤던 것이다.

"젠장, 왜 이런 놈들과……."

"길드 채널에서 저것들이 불사의 군단이라는데."

"설마, 절대 아니겠지!"

헤르메스 길드원들도 얼굴을 딱딱하게 굳힌 채로 전투에 대비했다.

"그날이 오리라. 너희들이 믿고 있는 모든 것이 무너지리라. 가족에게 배반당할 것이며, 괴로움과 고통 속에 죽어 가리라. 멸망의 파괴곡."

바르칸이 뼈 지팡이를 휘저으며 흑마법을 외웠다. 그러자 스펙터들이 사방에서 비명을 지르기 시작했다.

잘 훈련된 오케스트라의 연주처럼 울려 퍼지는, 신경을 거스르는 끔찍한 소리들!

귀를 마비시킬 정도로 소리가 클 뿐만 아니라 몸까지 무겁고 아프게 만들었다.

> 멸망의 파괴곡을 듣고 있습니다.
> 극도의 쇠약 상태! 신체 능력이 저하됩니다. 공격력 및 방어력 약화. 정신계 마법의 저항력이 약해지며, 모든 스탯이 22% 이상 감소합니다. 매초 6,492의 생명력이 감소합니다.

언데드를 이용한 흑마법의 저주 주문.

제국군 병사들이 버티지 못하고 밀려오는 파도처럼 목숨을 잃어 갔다.

"불사의 영광을 안겨 주마!"

"바르칸 님의 명령이다. 살아 있는 자들아."

둠 나이트들은 5군단의 방패병들이 세운 장벽을 힘으로 꿰뚫었다.

거센 돌진에 부딪친 병사들이 목숨을 잃으며 사방으로 날아갔다.

"방패병들이 무력화되었습니다!"

"더 간격을 촘촘하게 서라! 스킬이라면 뭐든 써서 막아! 행군 중이었는데 본진으로 진입하면 엉망진창이 된단 말이야."

둠 나이트들은 제국군의 진영을 꿰뚫었다.

창병과 방패병에 막혀도 힘이 다하는 순간까지 전진했다. 자신의 목이 잘리더라도 상대의 가슴에 검을 꽂았다.

언데드들은 바르칸이 제공하는 무한한 생명력과 마나를 얻을 수 있기 때문에 결과적으로는 언데드의 숫자가 늘어나는 효과가 생겼다.

"어, 언데드들이!"

목숨을 잃은 병사들은 언데드가 되어서 되살아났다.

둠 나이트들도 축복이나 정화가 없다면 다시 생명력을 얻으며 자리에서 일어나 유령마에 올라탔다.

이것만으로도 정신이 없을 지경이었는데 바르칸이 또다시 주문을 외웠다.

"쇠약한 생명을 영겁의 존재인 나에게 바쳐라. 나는 너희 모두에게 불멸의 삶을 나누어 줄 것이다. 사신의 선물."

5군단의 삼분의 일 정도 되는 병사들의 이마에 시커먼 낫을 든 유령의 형태가 선명하게 새겨졌다.

사신의 선물이 주어졌습니다.
생명력과 마나의 일부를 매초 흡수당합니다. 부상을 입었을 시에는 피해량
이 커집니다. 생명력이 20% 이하가 되었을 경우, 높은 확률로 갑작스럽게
사망합니다.

"으으. 이런 네크로맨서 마법이……."

"신성 마법을! 빨리 이것부터 지워 줘!"

5군단에 속한 헤르메스 길드 유저들은 경악과 전율을 금치
못했다.

보스급 몬스터들을 하루 이틀 잡아 본 것도 아니었지만 바르
칸의 독보적인 존재감은 겪어 본 적이 없었던 것이다.

무엇보다도 그들이 일찍이 겪어 보지 못한 광역 저주와 언데
드에 대한 지배력!

바르칸에게 집중되는 생명력과 마나는 다시 나누어지며 언
데드 전체를 강화시켰다.

흑색과 보라색의 오라를 몸에 휘감고 싸우는 언데드들은 데
스 나이트라고 할지라도 무지막지한 전투력을 발휘했다.

둠 나이트들은 패왕처럼 제국군 진영을 무자비하게 헤집고
다녔다.

'위드가 이런 걸 잡았단 말인가?'

'말도 안 돼. 이건 완전 강하다.'

'언데드를 물리치는 건 불가능해. 죽여도 더 강해지며 되살
아나잖아. 해답은… 바르칸을 제거하는 거야!'

헤르메스 길드 유저들 중 몇 명은 바르칸이 핵심이라는 사실

을 깨닫고 재빨리 공격에 나섰다.

"죽여!"

"헤르메스 길드는 최강이다!"

방송을 감안하여 고함을 지르면서 뛰어든 헤르메스 길드 유저들.

언데드들이 그들을 막으려고 했지만, 스킬을 있는 대로 써 가면서 돌파했다.

5군단에는 나름 유명한 유저들도 많이 섞여 있었던 것이다.

"울부짖는 시체들의 요새."

헤르메스 길드 유저들의 과감한 공격에 바르칸이 마법을 시전했다.

바르칸이 서 있던 땅이 흔들리더니 수많은 뼈들이 엉킨 기둥들이 수십 미터씩 솟구쳤다.

이윽고 뼈로 이루어진 거대한 언덕이 만들어졌다.

울부짖는 시체들의 요새가 생성되었습니다.
큰 피의 희생을 치러야만 발휘할 수 있는 흑마법이 이 땅을 죽음의 저주로 물들이고 있습니다. 살아 있는 자들의 물리, 마법 공격력을 74% 감소시킵니다. 울부짖는 원혼들이 맴돌며 언데드들의 방어력을 높입니다. 언데드들의 생명력이 30% 향상됩니다.
심각한 전염병 발생! 알 수 없는 전염병이 퍼지게 됩니다. 가려움과 현기증, 어지러움, 두통, 발진, 부패, 관절 약화가 이루어집니다.

바르칸은 높이 90미터 정도 되는 뼈의 언덕에 섰다.

"말이 안 되잖아, 이건……."

"위드도 사냥했던 몬스터인데."

헤르메스 길드 유저들은 절망스러웠다.

바르칸에게 다가가기 위해서는 스켈레톤이나 데스 나이트의 무리를 뚫은 후에도 높은 뼈의 언덕을 올라야 했다.

언데드가 된 팔마 그림자 부대의 마수들도 일제히 질주해 오고 있었다.

위풍당당하게 하늘을 날던 본 드래곤마저도 지상으로 내려오는 게 보였다.

"이건 도저히 답이 없잖아."

"튀자."

헤르메스 길드 유저들은 재빠르게 판단을 내리고 전장을 이탈하려고 했다.

5군단의 전력이 남아 있긴 했지만 그건 어디까지나 버킹이 알아서 할 문제라고 생각했다.

그나마 올바른 선택을 한 것이지만, 바르칸의 마법은 그들을 벗어나게 해 주지 않았다.

"너희들이 벗어날 곳은 없다. 죽은 자의 운명을 받아들여라!"

바르칸을 중심으로 가까이 있던 모든 생명체들에게 낙인이 찍혔다.

> 죽음의 낙인!
> 어둠의 주술사 바르칸 데모프! 그는 살아 있는 생명과 사체들을 제물로 바쳐서 흑마법의 주술을 완성시켰습니다. 바르칸을 죽이지 않고 도망치면 3시간이 지난 후 사망합니다.

흑마법에 대한 책에 기록되어 있긴 하지만 헤르메스 길드 유저들은 당해 본 적 없는 마법이었다.

바르칸이 건 흑마법이라면 대사제급의 신성 마법이 없는 한 해소가 불가능하리라.

"이런 건 대체… 이판사판이다."

"죽여!"

헤르메스 길드 유저들이 다시 덤벼들었다.

"싸워라. 이길 수 있다."

버킹도 그 기세를 몰아서 5군단으로 하여금 적극적으로 싸우게 했다. 그렇지만 어느새 제국군의 15% 이상이 언데드로 바뀌어 버린 후였다.

도망칠 수도 없어서 전투를 벌이기로 했지만 쉬지 않고 죽어 나가는 것은 결국 제국군뿐.

바르칸이 뼈의 요새에서 주문을 외울 때마다 절망스러웠다.

"모든 마나의 흐름이여, 지금 생명들의 종말을 제물로 바치나니 소멸과 거스름의 원리에 따라서 움직여라!"

절대 마법 방어.

바르칸에 의해 신성력과 공격 마법까지도 차단되었다.

언데드들은 5군단을 잡아먹으며 세력을 더욱 불렸다.

녹슨 칼을 휘두르는 스켈레톤과 오염된 좀비들이 전장을 장악해 갔다.

위드는 유린의 그림 이동술을 이용해서 모라타로 돌아왔다.

"아저씨, 통닭 되죠?"

"예, 그럼요. 빈자리에 앉으십시오."

─불사의 군단. 바르칸 데모프! 엄청나게 강합니다!

─언데드들의 급습. 이건… 절대적입니다. 이길 수 없습니다.

방송이 나오는 수정 구슬을 보며 시원한 맥주에 치킨!

"이 맛에 사는 거지."

위드는 닭 다리부터 뜯었다.

채널을 돌리면 방송국마다 당연하게도 불사의 군단을 생중계하거나 속보로 내보내고 있었다.

─아무리 그래도 바르칸이 너무 강한 것 아닙니까? 5군단이 맥을 못 추고 전멸할 정도라니요.

─이 정도면 지금까지 방송에 나온 몬스터 중에서 단연 최고로 꼽을 수 있을 것 같습니다.

─이해가 안 가는 것도 아니죠. 바르칸은 역사적으로 베르사 대륙을 파멸로 이끌 정도의 몇 안 되는 존재였습니다.

─엠비뉴 교단도 대단했습니다만 그들은 대단히 방대한 조직이었고, 바르칸은 혼자였다는 점에 차이가 있죠. 역사적인 기록들이라 정확도는 좀 낮습니다만.

─예전에는 가슴에 꽂혔던 성검의 효과가 굉장히 컸던 것 같습니다.

─성검이요?

─예. 그렇게밖에 추측이 안 됩니다. 지금의 바르칸은 예전과 비교해도 너무 강력합니다.

위드는 방송으로 바르칸이 5군단을 박살 내는 걸 보며 혀를 내둘렀다.

"네크로맨서는 확실히 강해."

똑같은 스킬 마스터들이라고 해도 실력의 차이는 있었다.

검술의 마스터들끼리도 레벨이나, 스탯, 전투 감각 등에서 역량의 차이가 크게 벌어진다.

바르칸은 평범한 네크로맨서 마스터 정도도 아니고 최고 중의 최고.

"다시 싸울 자신은 없군. 절대 저것과는 싸우지 않아야 해."

바르칸과 언데드들이 5군단과 싸우기 전까지만 해도 일단은 숫자가 많았다.

둠 나이트나 스펙터, 본 드래곤이 있긴 했지만 다수를 이루는 주력은 스켈레톤과 좀비였다.

지금은 제국군 기사들이 언데드가 되고, 헤르메스 길드 유저들까지 쓰러지면서 고급화가 이루어지고 있다.

'저건 내버려두면 끔찍한 세력이 될 수 있어. 내버려두면 국가의 운명을 좌우할······.'

엠비뉴 교단을 능가할 수 있는 위험도.

바르칸은 둠 나이트 수준의 보스급 언데드를 시체만 있다면 통조림 찍어 내듯이 제조할 수 있을 것 같았다.

루의 성검이 가슴에 박혀 있지 않으니 지금은 언데드 소환이나 흑마법의 한계도 예측이 불가능했다.

'성검이 가슴에 박혀 있기라도 하면 승산이 있겠지만… 그걸 누가 하지?'

어지간한 난전이 아니고서야 바르칸의 가슴에 성검을 박을 수 있을 정도로는 접근 자체가 어렵다.

위드가 사막 전사들을 이끌던 대제왕 시절의 전성기라고 해도 쉽게 할 수 없는 일이다.

끝도 없는 언데드와 저주, 흑마법.

리치는 막대한 생명력과 회복력 때문에 여간해서는 죽이지도 못할 테니 정말 끔찍한 존재였다.

'바르칸이 되살아났는데, 이제 앞으로 어떻게 될까?'

어쩌면 한 지역에 웅크릴 수도 있지만 대륙 정복을 하겠다고 나설지도 모를 일.

위드가 닭 날개를 뜯고 있는 동안 방송 화면에는 5군단의 병력이 형편없이 패배하고 도망치는 것이 보였다.

그들의 선택은 당연히 하벤 제국이 있는 남쪽!

바르칸과 불사의 군단도 살아 있는 이들을 쫓아서 남쪽으로 내려갔다.

"음. 이렇게 되면 더 이상 생각할 필요가 없겠군. 헤르메스 길드가 알아서 하겠지!"

스스로 저지른 일이기는 하지만 이럴 때의 뒷감당은 남에게 떠맡기는 쪽이 속이 편했다.

5군단과 전쟁을 벌이는 바르칸과 언데드들.

둠 나이트만 수천 기, 데스 나이트나 스켈레톤들은 평원을 가득 채워서 세기 힘들 정도였고, 본 드래곤이 30마리나 하늘을 날아다녔다.

"크으. 끝내주네."

"대박이다, 대박."

"베르사 대륙 멸망의 첫걸음을 우리는 보고 있는 것인가."

멀리서 구경하는 유저들의 무리는 더욱 많아졌다.

아골타 지역은 하벤 제국의 북쪽 끝이며, 넓지 않은 바다를 건너면 아르펜 왕국의 경계에 닿는다.

동쪽으로는 아르펜 왕국이 차지하고 있는 하르판이나 리튼 지역에 도달하게 된다.

바르칸과 불사의 군단이 어느 곳으로 향하느냐가 초미의 관심사.

"아르펜 왕국으로 갈까?"

"설마… 그래도 바다가 막고 있잖아."

"바다라고 해 봐야… 언데드들은 그냥 건너지 않나? 본 드래곤은 날개만 펴면 금방이고 말야."

"음. 숨을 안 쉬어도 되니 스켈레톤이 바닷물 밑으로 걸어서도 건너기는 하겠다."

"그건 좀 무섭네."

바르칸과 불사의 군단이 어디로든 움직이리라.

살아 있는 생존자들이 허겁지겁 남쪽으로 도망쳤다.

언데드들은 자연스럽게 그들의 뒤를 따랐다.

구경꾼들은 숨 쉬는 것도 잊고 그 광경을 지켜봤다.

본 드래곤이 날아가고, 스켈레톤들이 절뚝거리면서 뒤를 따랐다.

"헤르메스 길드 난리 나겠네."

"응. 완전 망했네."

⚜

　방송국들은 갑자기 벌어진 사태에 당황할 수밖에 없었다.

　불과 1시간 전까지만 하더라도 팔마 그림자 부대와 제국군 5군단이 아르펜 왕국에 엄청난 타격을 입힐 것만 같았다.

　기적처럼 아르펜 왕국이 승리를 거두더라도 큰 피해를 입는 건 확실해 보였는데, 지금은 상황이 반전되었다.

　"바르칸 데모프!"

　"어둠의 주술사이며 언데드의 지배자, 그가 등장했습니다. 헤르메스 길드와 전쟁이 벌어질 것 같습니다!"

　진행자들의 목소리에는 잔뜩 힘이 실렸는데, 시청자들이 흥미롭게 여길 만한 전개였던 것이다.

　이럴 때의 시청률은 당연히 높을 수밖에 없었다.

　"방송 화면 준비해! 불사의 군단과 최대한 근접한 영상은 확보가 안 되나?"

　"위험해서 다가갈 수가 없습니다."

　"현상금이라도 걸어 봐. 뭐라도 해야지!"

　불사의 군단이 진군하는 속도는 대단히 빨랐다.

　바르칸의 마법에 의해 강화된 언데드들이 쉬지 않고 계속 움직인다.

　하벤 제국의 북부 요새에 도착한 불사의 군단!

　본 드래곤이 공중에서 브레스를 내뿜고, 스켈레톤들이 성벽을 기어오른다.

하벤 제국군은 중앙 대륙을 차지한 강력한 군대였다.

수많은 전쟁을 거치면서 병사들의 수준도 높았지만, 언데드에 의해 허물어져 갔다.

바르칸이 철저하게 무너진 성채에서 고함을 질렀다.

—불멸의 삶. 이 땅에 나와 불사의 군단이 어떤 존재인지 알려 주리라.

크오오오오!

스켈레톤들이 녹슨 검을 흔들며 환호했다.

불사의 군단이 남하하자 헤르메스 길드에는 비상이 걸렸다.

레벨 400 이상 모든 길드원들에 대한 긴급 소집령을 내립니다.

중앙 대륙의 주요 도시들의 치안 확보, 아르펜 왕국이나 사막 전사들과의 전투를 위해 필요한 인원이 있다.

이들 중에서도 최소한만을 남겨 놓고 전원에 대한 소집령을 내렸다.

70만 명이 넘는 헤르메스 길드 유저들.

먼 지역에 있거나 특수한 퀘스트의 수행으로 어쩔 수 없이 참여하지 못하는 인원을 제외하고, 25만 명의 유저들이 이틀 만에 아렌 성으로 집결했다.

중앙 대륙을 장악한 헤르메스 길드이기에 모을 수 있는 최고 수준의 전력이었다.

"바르칸 데모프. 대략적인 레벨이 얼마나 되겠습니까?"

"알 수 없습니다. 그러나 거의 900대의 전투력을 가지고 있다고 봐야 할 겁니다."

"커험. 강하군요."

"모두 아시겠지만, 네크로맨서의 특성상 군단 규모의 전투력은 수십 배가 됩니다."

"언데드가 매일 늘어나고 있죠?"

"예. 언데드 무리를 뚫어야만 직접 타격을 줄 수 있습니다."

헤르메스 길드의 수뇌부는 자료를 살펴보며 바르칸의 전투력에 대해서는 경악을 금치 못했다.

5군단을 휩쓸어 버리는 광경은 그들에게도 엄청난 정신적인 충격을 안겨 주었다.

3대 마법인 데스 오라, 절대 마법 방어, 다크 룰!

언데드의 부활도 문제였지만, 생명력과 마나를 흡수하며 광역 저주 마법을 퍼붓기에 아군의 전력을 취약하게 만드는 것이 골치 아팠다.

"헤르메스 길드 유저들이 1만 이상 모이면, 아무리 레벨이 높더라도 잡기가 불가능하진 않지요."

"간단히 볼 게 아닙니다."

"뭐가 문제입니까? 이쪽의 피해가 좀 크더라도 신성 무구로 무장한 언데드를 뚫어 낼 수 있는 돌격대를 구성하면 충분히 가능하죠."

"바르칸은 아크리치이기 때문에 무한한 생명력이 봉인된 병부터 깨뜨리지 않으면 제거하기가 대단히 어려울 겁니다."

"그 병이 어디에 있죠? 어느 던전인지 파악해서 먼저 해결해야 되겠죠."

"바르칸이 직접 가지고 다니는 것으로 보입니다."

"……"

언데드들을 뚫고 다가가서 바르칸의 생명의 병을 깨뜨리기란 당연히 쉬운 일이 아니다.

"언데드의 전력도 고정된 게 아닙니다. 우리 측에 인원 피해가 있으면 그들은 고위급 언데드로 되살아나서 동료들을 공격한다는 점도 감안해야 합니다. 시체 폭발도 피해가 큽니다."

바르칸의 시체 폭발은 고위 마법사의 화염 전소 마법과 비슷한 위력을 발휘했다.

"신성력으로 타격하면요?"

"성수나 신성력을 지닌 무기에 언데드는 취약하죠. 그러나 바르칸이 예전에 루의 성검이 가슴에 꽂힌 상태에서도 활동했다는 점을 감안해야 합니다."

"마나 한계도 없습니다. 언데드들로부터 생명력과 마나를 끝도 없이 흡수한답니다."

"허! 답이 없는 몬스터로군."

"바르칸이 영악하게 싸운다면 우리에게 희망은 없을지도 모른단 말이 되겠죠."

라페이와 바드레이, 그 외에 자리를 잡은 친위대 유저들은 계획을 짜며 표정이 무거웠다.

베르사 대륙의 최강자로 불리는 인물들이지만 바르칸 사냥은 만만하지 않은 것이다.

"위험하고, 변수가 무궁무진할 것 같습니다."

"하필 이런 몬스터가 우리 쪽으로……."

헤르메스 길드원들이 어째서 무리를 해 가면서도 중앙 대륙 전체에 소집령을 내렸는지 알 것 같았다.

그럼에도 바르칸에 의해 제국의 수도인 아렌 성이 초토화된다면, 그건 상상하기도 힘든 피해였다.

황궁이 이미 무너졌고, 오래전부터 수도 역할을 하던 아렌 성까지 언데드에게 정복당한다.

중앙 대륙의 지배자를 자처하는 입장에서 그 얼마나 창피한 일인가.

"바르칸의 한계. 언데드의 한계. 아직은 이것을 공략하는 것이 가능합니다."

라페이는 넓은 벽면을 가득 채운 종이들을 뒤로 넘겼다.

수학의 수식이나 전력 분석에 대한 기록들이 빼곡하게 자리를 잡고 있었다.

모라타의 대도서관만큼 방대하진 못하지만 헤르메스 길드도 모험이나 몬스터에 대한 고급 정보들을 따로 모아 놓았고, 이것을 통해 바르칸에 대해 분석했다.

"언데드들이 감당하기 힘들 정도로 강력한 전력을 여러 갈래로 집중해서 돌파하는 게 최선입니다."

아크힘의 목소리가 무거웠다.

"돌파라. 위험하겠군요."

"그렇지만 불사의 군단과 바르칸에 맞서서 방어 진형을 펼치는 건 전혀 의미가 없습니다."

"저주와 부활 때문에⋯⋯."

"예. 그래서 헤르메스 길드에 총집결 명령을 내렸습니다. 최대한의 전력을 집중시켜서 단기전의 승부를 봅니다. 그리고 네크로맨서가 힘을 발휘하기 위해서는 활용할 시체가 있어야만 한다는 태생적인 한계를 갖습니다."

네크로맨서의 약점!

뛰어난 공격력이나 생명력과 마나 흡수, 언데드 부하들을 거느리지만 모두 시체들을 필요로 한다.

"압도적인 전투력으로 언데드들을 외곽에서부터 녹여 버리고 약화시키면서 바르칸을 공격합니다. 이 모든 것은 한순간에 동시에 벌어져야 합니다."

"가능하겠습니까?"

"네. 이번 사태를 해결하기 위해 가능한 한 모든 교단으로부터 성물들을 빌릴 겁니다. 성기사단과 사제들도. 공헌도의 손실이 크겠지만 바르칸을 사냥한다면⋯ 그건 우리에게 큰 선물이 될 수 있겠죠."

라페이는 여러 방송국들과 생방송을 위한 협약을 진행했다.

큰 전투를 앞두고 그건 당연한 일이었고, 불사의 군단과 싸워서 멋지게 이겨 내면 헤르메스 길드는 악명을 낮추고 인기를 얻는 반전의 기회를 마련하게 되는 것이었다.

"지금까지 많이 수세적인 위치에 놓여 있었습니다. 하지만 이번 전투를 이겨 내면 헤르메스 길드는 주도권을 되찾을 수 있습니다. 힘의 증명 그리고 베르사 대륙을 지배할 정당성을 얻을 겁니다."

바르칸을 부활시켜서 불사의 군단을 일으킨 건 전적으로 위드다.

이에 대해 헤르메스 길드 유저들은 맹비난을 받아 마땅한 위드의 행동에서 비롯된 일이라고 생각하고 있었다.

라페이가 좌중을 돌아보다가 바드레이에게 시선을 맞췄다.

"이번 전투는 바드레이 님이 총대장의 역할을 맡아 주셔야 합니다."

헤르메스 길드의 상위권 랭커들은 아쉬워했지만 어쩔 수 없는 일이라고 생각했다.

바르칸과 불사의 군단과의 전쟁은 길드의 운명을 건 일이다.

패배하리라고는 생각하지 않았지만, 일이 잘못되면 언데드가 아렌 성이나 제국의 중심을 휩쓸게 될 것이다.

하벤 제국의 명성은 추락할 것이고, 불사의 군단은 감당하기 힘들 정도의 골칫덩이로 커질 수 있기에 바드레이가 맡는 것도 당연하게 봤다.

헤르메스 길드의 최상위 랭커들이 바드레이의 눈치를 봤다.

'바드레이 님이라면 믿을 수 있지.'

'그동안… 대체 얼마나 강해졌을까? 중앙 대륙의 모든 특권을 누렸는데.'

'헤르메스 길드의 완벽한 지원을 받으면서 성장했다. 전투 장면들을 보이지 않은 지도 오래되었지. 방송국들의 취재 경쟁이 엄청나겠구나.'

바드레이는 중앙 대륙 정복 이후로는 전면에 나서지 않았다.

개인의 성장에 초점을 맞춰서 살아왔고, 그의 목표는 별명 그대로의 무신이 되는 것이었다.

이미 투신 바탈리의 인정을 받은 최고의 강자!

바드레이도 이번 전투에 대해서는 적잖게 긴장했다.

"바르칸 데모프. 재미있겠군."

헤르메스 길드는 불사의 군단과 발키스 성에서 붙기로 했다.

아골타 지역을 벗어난 바르칸과 불사의 군단은 돌아다니는 몬스터들을 처치하며 조금씩 세력을 확대 중이었다.

드넓은 평원을 통과하는 불사의 군단에 몬스터들은 무언가에 홀리기라도 한 듯이 다가와서 죽는다.

둠 나이트들이 이끄는 기사단이 사냥터나 던전을 돌며 시체들을 가져오면 바르칸에 의해 언데드가 되었다.

눈덩이가 구르듯이 커지는 불사의 군단에 시간을 주지 않기 위해 헤르메스 길드는 최대한 빨리 준비해서 발키스 성에서 요격을 나섰다.

모든 방송국들이 중계하고, 중앙 대륙의 유저들도 대거 구경꾼으로 참여했다.

헤르메스 길드와 불사의 군단!

발키스 성에는 3일간 제국의 모든 자원이 집중되어 성벽을 강화하고 마법진들이 새겨졌다.

바드레이와 헤르메스 길드의 최정예 유저들이 미리 와서 성벽에 도열해 있었다.

제국군 평기사들이나 병사들은 별 도움이 되지 않기에 전부 후방으로 빼 놓았다.

마법병단과 고위 마법사들 역시 바르칸의 절대 마법 방어를 뚫을 수 없기에 대기만 했다.

"오늘 승부가 벌어지겠네."

"베르사 대륙 최대의 전투가 될 거야."

헤르메스 길드는 철저히 장비를 무장한 채로 기다렸다.

이윽고 고룸 산에 정찰을 위해서 나선 듯 스켈레톤들이 몇 마리 등장했다.

"언데드다!"

"불사의 군단이 나타났다."

스켈레톤들이 보이고 나서 얼마 후, 고위 언데드들이 산 전체를 뒤덮으며 진군해 왔다.

본 드래곤들은 뼈의 날개를 펄럭이며 공중에서 당당하게 불사의 군단을 호위하고 있었다.

바르칸은 어둠의 구체를 밟고 하늘을 날았다.

흑색의 오라에 뒤덮인 불사의 군단을 이끄는 아크리치. 역사서에 기록되었던 위용을 그대로 재현해 내는 광경이었다.

"인간들. 아직도 희망을 가지고 있구나."

바르칸의 목소리가 음울하게 전장에 깔렸다.

"인간들은 삶의 구속을 벗어나기 전까지는 희망을 잃지 않지. 오늘… 너희들의 희망을 잡아먹어 주마. 불사의 군단이여, 진격하라!"

"……!"

헤르메스 길드 유저들은 언데드의 대군이 쇄도하는 걸 보며 얼굴이 새하얗게 질렸다.

바드레이와 고위 랭커들 역시 다른 이유에서였지만 마찬가지였다.

'빌어먹을. 멋진 말을 연습해 놨는데.'

'난 노래까지 준비했다고.'

위드가 큰 전투를 앞두고 노래를 부른다.

그 행동을 따라서 아군의 사기를 끌어 올리는 대사와 노래를 연습했는데 불사의 군단이 곧바로 쳐들어오며 무용지물이 되었다.

"전 제국군에 명한다. 대륙을 지키기 위한 전쟁을 시작한다!"

바드레이가 포효성을 터트렸다.

효과는 사자후와 비슷하지만 훨씬 더 넓은 전장에 영향을 미치는 스킬.

둥. 둥. 둥. 둥!

발키스 성에서 전쟁을 알리는 북소리가 울려 퍼졌다.

"시작이다. 전투 계획에 따라 화살을 쏘지 마시고 그 자리를 지키세요."

"흑마법에 저항하기 위해 미리 보호 스킬을 거십시오."

불사의 군단은 이름값을 하는 듯이 둠 나이트 돌격대가 무서운 기세로 성문에 부딪쳤다.

스켈레톤 궁수들의 뼈 화살들도 성벽 위로 빗발치듯이 날아들었다.

성벽을 기어오르는 스켈레톤, 듀라한, 좀비들.

하급 언데드이긴 하지만 불사의 군단에 속한 이상 기사들도 잡아먹히는 대상이 된다.

바르칸은 뼈 지팡이를 높이 들어 올렸다.

"가련한 인간들이여, 너희들에게 새로운 삶을 안겨 줄 불사의 군단을 똑바로 보라."

절망의 갈구자!
정신이 어두운 내면으로 가라앉고 있습니다. 그동안 저질렀던 죄의 대가가 돌아오고 있습니다. 악명에 따라 정신적 능력 저하! 마나의 최대치가 감소하고 지식과 지혜가 절반으로 줄어듭니다.

되살아난 환영!
무언가 무서운 것이 보입니다. 과거에 당신에게 죽음을 안겨 준 적이 있는 몬스터나 적의 환영들이 나타나서 돌아다니고 있습니다. 그것들이 당신을 먹어 치우기 전까지 축복으로 물리치거나, 아니면 완전히 없애야만 합니다.

참을 수 없는 떨림!
바르칸 데모프. 죽음과 삶을 결정하는 그의 마력에 거대한 두려움을 느끼고 있습니다. 그동안의 악행으로 인해 저항하지 못합니다. 모든 스탯 35% 감소! 피해를 입을 때마다 4.5%의 생명력과 마나가 바르칸에게 흡수됩니다. 전체 생명력의 30% 이상의 피해를 입었을 시에는 매초 입은 피해량의 2%씩의 생명력이 빠져나갑니다.

바르칸은 한 번의 주문으로 지역 전체에 해당하는 광역 저주 3종 세트를 시전했다.

"축복! 저주 해소 좀요!"

"사제님, 어서 빨리!"

헤르메스 길드 유저들이 애타게 사제들을 불렀다.

성기사들은 스스로에 대한 저항력이나 축복으로 버틸 수 있었지만 다른 유저들은 흑마법 저항이 있는 장비를 착용했더라도 상상외로 손해가 막대했다.

전투력을 온전히 발휘하지 못하는 정도를 떠나 수준을 서너 단계씩 낮춰 버리는 가공할 권능이었다.

그사이 100만에 달하는 스켈레톤들이 성벽을 타고 기어 올라왔다.

사다리가 필요한 인간 병사들과는 달리 뼈밖에 없는 손발을 이용하여 부지런히 성벽을 오른다.

헤르메스 길드의 유저들은 공격 스킬을 이용하여 이를 저지했다.

"폭뢰참!"

"천둥 해머!"

"가메쉬의 활!"

바르칸에 의해 강화된 스켈레톤들은 데스 나이트와 맞붙어도 지지 않는다. 그럼에도 헤르메스 길드 유저들은 성벽의 유리함과 무력으로 어렵지 않게 물리쳤다.

"확실히 소멸시키십쇼! 그냥 성벽에서 밀쳐 내는 건 아무 의미 없어요."

"제압해."

헤르메스 길드 유저들은 강대한 스킬로 성벽에 올라온 스켈레톤을 녹이거나 가루로 만들었다.

불사의 군단과 싸워서 이기기 위해서는 철저히 시체를 없애는 수밖에 없었다.

"둠 나이트 부대. 성문을 절반쯤 파괴했습니다!"

"아니, 벌써?"

"수비 부대 빨리!"

둠 나이트들의 진격은 헤르메스 길드 유저 중에서도 워리어나 기사들 중의 실력자들이 맞섰다.

요새의 곳곳에 신성력과 마법의 불길이 타오르면서 진군해 오는 언데드들을 위축시켰다.

"하늘이다!"

"조심해. 몸을 숙여!"

30마리의 본 드래곤들이 하늘에서 날아다니면서 일제히 산성 브레스를 뿜어냈다.

발키스 성의 곳곳은 부패한 가스가 피어오르며 오염되었다.

—크르르르. 떠올라라. 불신자의 그릇이여… 삶을 가진 모든 이들은 악랄함을 저지르기 위해 존재하느니.

울부짖는 유령들이 끔찍한 소리를 내며 살아 있는 이들을 저주했다.

"부상!"

"생명력 60% 이하는 뒤로 빠져라!"

헤르메스 길드는 성벽에 50미터 간격마다 회복 거점을 마련해 놓고 다수의 사제들을 배치했다.

각 교단에 쌓여 있던 공헌도를 사용하여 신성력을 발휘하는 사제들을 최대한 끌어온 것이다.

부상자의 치료도 원활하게 이루어지는 광경이 발키스 성의 중앙 탑에서 보였다.

"생각보다는… 고전하고 있지만 할 만하군요. 스켈레톤이라도 능력이 대단합니다만."

"예. 수성이라 둠 나이트들만 특히 조심하면 되니 말입니다."

"불사의 군단이 100만 정도. 시체를 마련하기 위해 흩어진 둠 나이트들이 돌아오면 몇만 정도는 더 늘어나겠지만 격퇴할 수 있을 것 같습니다."

뮬을 비롯한 헤르메스 길드 최고의 권력자나 랭커들이 중앙 탑에 모여 있었다.

"활개를 치는 본 드래곤이 마음에 걸리기는 한데…….'

"지금 공격하는 건 낭비에 가깝습니다. 한 번에 죽이지 못할 바에야 내버려두고 하급 언데드를 제압해야지요. 그리고 바르칸만 제거하면 끝나는 싸움인데요."

헤르메스 길드 유저들은 승리를 확신하며 조금씩 굳어 있던 마음이 풀렸다.

불사의 군단이 대륙을 초토화시킬 수도 있을 거란 걱정을 했는데 막상 붙어 보니 잘 막아 냈다.

언데드들이라 육체가 완전히 파괴되지 않으면 끊임없이 부활하기에 당연히 까다롭기는 했다.

어지간히 생명력의 타격을 받더라도 바르칸에 의해 회복이 이루어져서 금방 멀쩡해진다.

본 드래곤과 같은 강한 대형 몬스터들에, 둠 나이트들로 구성된 부대의 끔찍한 공격력을 최고의 강자들인 헤르메스 길드 유저들이 뭉쳐 막아 내고 있었다.

성벽을 기어오른 스켈레톤들은 소멸시키고, 멀리서 날아오는 뼈 화살은 보호 스킬이나 검으로 쳐서 떨어뜨린다.

둠 나이트들도 까다롭긴 하지만, 유저들 여럿이서 합공해 기회가 닿을 때마다 가능한 한 1마리씩이라도 소멸시켰다.

그들이 중앙 대륙을 차지한 헤르메스 길드의 강함을 확실히 증명하고 있다고 믿을 때!

바르칸의 저주 마법에 의해 성벽에 있던 1,000여 명의 유저들의 생명력이 한꺼번에 갈취당했다.

마법 저항력이 있었기에 죽진 않았지만 더 이상 전투를 한다면 목숨이 위태로워질 것이다.

"과연 저 정도는… 전설적인 몬스터답군요."

"죽은 사람은 없습니다. 생명력을 바닥까지 떨어뜨리지만 죽이진 못하는 스킬 같습니다."

"흑마법이나 저주를 막는 장비들을 총동원했으니까요. 방심했다면 죽었겠죠."

헤르메스 길드는 그동안 모아 놓은 자금의 15%가량을 이번 전투를 위해 지출했다.

경매장, 개인 유저, 상점을 가리지 않고 급하게 돈을 쓰며 흑마법과 저주에 저항하는 아이템을 사서 모았다.

'이길 수 있다. 이대로라면 승리.'

'불사의 군단마저 제패한다.'

헤르메스 길드 유저들의 눈에 투쟁심이 가득했다.

불사의 군단이 공성전을 벌이며 전열이 무너졌을 때, 핵심 주력들이 돌입하여 바르칸을 제거할 테니 그 순간을 기다리며 긴장했다.

하지만 바르칸 정도 되는 고위 몬스터라면 끝까지 방심하지 말아야 하는 법!

"이 땅은 내 암흑의 율법이 지배한다. 영원한 불사의 힘이 장악하리라. 다크 룰!"

바르칸이 3대 마법 중 하나를 발현시켰다.

지역 전체의 모든 시체들을 언데드로 만들어 일으키는 네크로맨서 마법!

중앙의 방어 탑이나 성벽, 성문에서 싸우는 헤르메스 길드 유저들은 마법이 발동되는 모습을 봤다.

"효과는 없겠네."

"철저히 대비했지. 이런 식이라면 다른 3대 마법도 봉인할 수 있는 것이나 마찬가지야."

전투가 벌어지면서 죽은 유저들은 많지 않았다.

그에 비해 스켈레톤들은 20% 이상이 소멸되었고, 둠 나이트들도 손실이 꽤 됐다.

언데드 소환의 최상위 마법인 다크 룰을 경계하긴 했지만 전투를 잘 이끌어 왔으니 효과가 없으리라고 본 것이다.

다크 룰이 시전되고 나서 발키스 성의 광장이나 성문의 땅이 지진이라도 난 것처럼 일제히 들썩거리기 시작했다.

"무, 무슨……."

성벽이나 성문에 붙어서 싸울 수 있는 유저의 최대치는 65,000.

나머지 유저들은 예비 병력으로 준비되어 기다리던 중에 공터에서 뼈로 된 손이 쑥 올라오는 걸 봤다.

크웰.

쿠워어어어어억!

뼈마디가 삭은 오래된 스켈레톤들.

머리카락마저 몇 개 안 붙어 있는 좀비와 구울들이 땅을 파헤치며 일어났다.

상점 거리와 광장, 영주 성을 막론하고 발키스 성 전역에서 벌어지는 일이었다.

바르칸의 언데드 소환 마법은 오래전 발키스 성에서 죽은 시체들까지도 전부 일으키고 있었다.

헤르메스 길드의 전략은 불사의 군단에 있는 언데드들을 소멸시키면서, 바르칸을 목표로 한 최정예 공격대를 돌진시키는 것이었다.

미리 편성한 워리어 유저들이 길을 뚫고, 바드레이를 중심으로 한 성기사 유저들이 바르칸을 제압한다.

안전을 생각한다면 언데드들부터 먼저 전부 없애는 편이 옳았지만 불사의 군단은 바르칸이 중심이 된다.

만약에라도 바르칸이 언데드를 잃고 전장에서 떠나는 걸 걱정해서 기회만 노리고 있었던 것이다.

"불사의 군단이……."

"언데드들이 너무 많이 일어나고 있습니다!"

헤르메스 길드의 계획은 다크 룰 마법이 발현되자마자 어긋나고 말았다.

그들의 예상을 훨씬 초월하는 끝도 모를 언데드들.

옛 역사에 기록된 전투들, 〈로열 로드〉가 열리고 나서 발키스 성의 소유권을 두고 수많은 전쟁들이 벌어졌다.

그동안 쌓여 있던 시체들이 모조리 일어나고 있었기에 발키스 성의 내부나 성벽 바깥이나 금방 언데드들로 가득 찼다.

대부분이 하급 스켈레톤이긴 했지만 능력을 향상시켜 주는 데스 오라에 의해 무지막지한 괴력을 발휘하며 건물을 부수고 불을 질렀다.

좀비와 구울 들은 건물 사이를 뛰어다니면서 유저들을 공격했다.

"옥상이다!"

"천장에서 좀비들이 떨어집니다."

"이쪽 광장은 좀비들로 가득 찼습니다."

역사서에도 기록된 적이 없는 언데드의 시가전.

스켈레톤 메이지와 궁수 들이 화염구나 불화살을 주위로 쏘면서 발키스 성의 주택과 주요 시설물들에는 걷잡을 수 없는 화재가 일어났다.

"불길이 퍼지고 있습니다. 정령사들은 물의 정령을 소환해서 화재부터 진압 바랍니다."

"신성력을 가진 소모품들을 아끼십시오! 성수를 퍼붓지 마세요. 장기전에도 대비해야 합니다."

헤르메스 길드는 대지에서 일어나는 언데드들 때문에 사방에서 정신없이 싸워야 했다.

반면에 바르칸은 끝을 모르도록 흡수되는 생명력과 마나를 바쳐서 흑마법을 발키스 성으로 계속 퍼부었다.

"영겁의 부패에서부터 피어나 존재의 모든 것을 썩게 해라! 굴탄의 안개."

발키스 성의 대지가 다시 한 번 크게 갈라졌다.

땅에서부터 솟구친 어두운 자줏빛 기운이 발키스 성을 뒤덮는 모습은 대단한 장관이었다.

굴탄의 안개를 마셔서 중독되었습니다.
매초 생명력을 349씩 잃어버립니다. 방어력과 마법 저항력이 계속 감소합니다. 푸른 산호 갑옷의 내구도가 3 줄어들었습니다. 황금 날개 부츠의 내구도가 2 줄어들고, 모든 능력치가 저하됩니다.

단단하던 성벽에 검붉은 곰팡이가 피어나더니 전체를 부식시키며 내구력을 약화시켰다.

전 지역에 대한 오염으로 생명체나 구조물에 타격을 주었다.

쿠르르릉!

대지가 뒤흔들렸다.

발키스 성의 건물과 성벽들이 부식되어 마구 무너져 내리고 있었다.

본 드래곤들이 울부짖으며 하늘에서 동시에 지상으로 브레스를 내뿜었다.

"수비 지역을 사수한다. 조만간 성기사들이 나설 것이다."

"공격! 어서 서둘러!"

베르사 대륙의 각 교단으로부터 지원받은 성기사들이 출동했다.

신성력의 가호로 언데드를 상대로 3~4배의 전투력을 발휘하는 성기사들이 목숨을 걸고 불사의 군단을 향해 덤벼들었다.

저주와 흑마법으로 1만에 가까운 유저들이 사망했고, 본 드래곤이나 둠 나이트에 의해서도 그만큼의 병력이 줄었다.

그들이 고위급 언데드가 되어서 일어나고 있었으니, 헤르메스 길드의 계산이 크게 빗나간 전개였다.

"이렇게 되면 곤란하군."

"좋은 기회가 나오지 않는 것 같군요."

발키스 성이 내려다보이는 언덕에는 헤르메스 길드의 최정예 공격대가 기다리고 있었다.

불사의 군단이 공성전을 벌이며, 진형이 무너지면 바르칸을 칠 기회를 노리는 중이었다.

"발키스 성의 피해가 생각보다 큽니다."

"저들이 죽는 건 상관없지만… 오래 기다리다 보면 언데드가 더욱 늘어날 수 있을 것 같습니다."

공격대에 속한 유저들은 솔직히 위험한 임무라서 떠나고 싶은 마음도 컸다.

바드레이가 직접 참여하고, 방송으로까지 중계되는 전투라서 빠질 수 없는 싸움이었다.

친위대의 아크힘이 바드레이에게 말을 걸었다.

"계획보다 상황이 안 좋습니다."

"완벽한 기회만 노릴 수는 없겠지. 시간을 오래 끌수록 우리 쪽이 더 불리해질 것 같아. 흑마법이라는 게 어떤 것이 나올지도 모르고."

"그러면 시작할 겁니까?"

"지금 가지. 더 늦기 전에."

"그러면 공격대를 움직이겠습니다."

아크힘은 친위대의 통신 채널, 헤르메스 길드의 전투 채널을 통해 소식을 전했다.

아크힘: 사냥 시간이 왔다.

바드레이를 비롯한 공격대가 말을 타고 언덕에서 질주를 시작했다.

"우리의 목표는 바르칸이다."

"언데드를 제거하라!"

발키스 성에서도 숨겨 놓았던 병력들이 일제히 일어났다.

이 순간, 헤르메스 길드 유저들이 적극적으로 전투에 참여해서 언데드를 제거해 나갔다.

둠 나이트라면 팽팽하게 싸움이 벌어졌지만 그 미만 급의 언데드들은 마나 소모를 아끼지 않고 빠르게 제거했다.

"길을 열어!"

"황제가 나섰다."

치밀한 계획하에 공성전을 벌이던 헤르메스 길드 유저들이 성벽을 미끄러져 내려왔다.

그들이 위험을 무릅쓰고 언데드들의 주목을 받는 사이에, 바드레이와 공격대는 후방을 공격했다.

불사의 군단 중앙에 있는 바르칸을 공략하기 위해서 스켈레톤의 바다를 뚫고 들어갔다.

"흑마법이나 저주 계열에 대비."

"선두의 유저들은 최악의 경우에는 전진해서 저주를 몸으로 막으세요."

스켈레톤들은 광역 스킬로 제거했지만, 금세 바르칸과 본 드래곤의 주목을 받았다.

"가증스러운 인간들이 바르칸 님을 노리고 있다."

"썩어서 한 줌의 물로 만들어 줄 것이다."

발키스 성을 공략하던 본 드래곤들이 급히 선회하여 바드레이와 공격대를 향해 날아오고 있었다.

"필멸자들이여, 오너라! 너희들에게 기꺼이 불사의 생명이 무엇인지 알려 주겠다."

쿠르르릉!

바르칸이 주문을 외워, 울부짖는 시체들의 요새를 소환했다.

땅에서 거대한 뼈가 솟구쳐서 지형이 바뀌어 버리는 대마법.

불사의 군단에 포함된 언데드가 많아지면서 뼈의 요새는 과거보다도 훨씬 거대해져서 무려 150미터의 높이가 되었다.

그 인근에 바르칸을 호위하는 언데드들도 시체들의 요새 효과에 의해 더 강해졌다.

"젠장."

헤르메스 길드의 공격대는 언데드 무리를 제거하며 달려오고 있었지만, 이 무시무시한 광경에는 침을 꿀꺽 삼킬 수밖에 없었다.

거대한 뼈의 요새에 바르칸이 의자를 두고 앉아 있었다.

둠 나이트와 스펙터를 비롯한 수많은 고위급 언데드들이 높은 곳에서 아래를 내려다보았다.

본능적으로 언데드의 바다에 파묻혀 버릴 것 같은 위기감이 들게 만들었다.

"돌격! 후퇴는 없다."

헤르메스 길드에서 고르고 고른 공격대는 잠시 머뭇거리기는 했지만 바드레이를 보호하며 뼈의 요새를 향해 달려갔다.

"몬스터들의 접근을 경계하고… 본 드래곤들에게서 한시도 눈 떼지 마!"

"워리어들! 방패를 들고 본 드래곤의 브레스를 막을 준비."

"언데드들은 지나가는 것만 목표로 하고, 우리 목표는 바르칸이다. 바르칸을 향해 달려라!"

헤르메스 길드의 공격대는 베르사 대륙의 최상위권 유저들로만 구성되어 있었다.

평범한 유저들은 본 적도 없는 고급 기술과, 검술의 비기까지 사용해 가며 언데드들을 돌파했다.

놀라울 정도로 대단한 돌파력을 발휘했는데, 잠깐이라도 시간을 끄는 것이 불리하다는 사실을 잘 알고 있었기 때문이다.

"선두. 더 빨리 속도를!"

"13조는 여기 남아서 언데드의 후방 합류를 끊어라!"

공격대는 뼈의 요새에 도착하자마자 오르기 시작했다.

산처럼 높은 뼈의 요새는 시간이 갈수록 높아지고 있었다.

"죽음의 기사 빌헬름이다."

"바쁘니까 꺼져!"

데스 나이트와 듀라한 들이 덤벼드는 것을 밀쳐 땅으로 떨어뜨렸다.

"주제를 모르는 인간들이여! 너희가 영겁의 죄악을 저지르려고 하는구나!"

본 드래곤이 돌풍을 일으키면서 스쳐 지나갔다.

헤르메스 길드원들은 공격을 당하면서도 앞으로 달렸다.

일부 유저들은 용감하게 본 드래곤의 등에 올라타서 공격하기도 했다.

최고 수준의 랭커가 되기 전까지 수많은 던전과 사냥터를 오갔다.

그들도 각자의 임무가 무엇인지 알고, 방송으로 이 광경을 수억 명이 보고 있으리란 걸 알기 때문에 몸을 사리지 않았다.

"둠 나이트 기사단이다."

"그것도… 인원이 100명 이상이야!"

"놀랄 것 없어, 뚫어!"

바드레이를 호위하는 친위대를 제외한 공격대가 앞으로 달려가서 둠 나이트와 전투를 벌였다.

가까이 다가갈수록 바르칸의 공포에 짓눌려 공격 스킬의 위력이 대폭 떨어졌다.

"부숴! 되살아나더라도 신경 쓰지 말고 길만 열어라!"

서늘한 안개와 으스스한 귀곡성이 울려 퍼지는 뼈의 요새에서 둠 나이트들과 육박전!

"가소로운 인간들. 나약한 육신이 고통스러워하는 게 느껴지는구나!"

바르칸의 데스 오라에 가까이 있는 둠 나이트들은 무지막지한 전투력을 발휘했다.

둠 나이트들은 그 자체로 보스급 몬스터라고 부를 수 있을 정도였다.

"크억… 이렇게 힘이…….”

"베어도 죽지 않아! 때려도 거의 피해를 안 입어. 어떻게 해야 돼!"

언데드들에 의한 희생자들이 생기고, 뼈의 요새에서 추락하는 유저들이 속출했다.

"시간 없어! 계속 밀어붙인다."

공격대는 바르칸의 저주 마법이 발동될 수도 있기에 마음이 급했다.

거리라도 멀리 떨어져 있으면 모를까, 뼈의 요새를 오른 지금으로써는 강력한 저주 마법에 걸렸다가는 자칫하면 몰살이니까.

둠 나이트들이 막을 수 있는 범위는 한계가 있었기에 헤르메스 길드 유저들은 그대로 뛰어넘거나 우회해서 달렸다.

헤르메스 길드 유저들 중에서도 사망자가 속출하고 있다는 걸 알지만 지금은 그냥 지나쳤다.

바르칸과의 거리가 50미터 정도 남았을 때, 또다시 둠 나이트들의 무리가 등장했다.

"불사의 지배자를 호위하라!"

하늘에 3마리가 넘는 본 드래곤이 날아오는 광경이 보였다.

베르사 대륙에서는 1마리도 구경하기 힘든 고위급 언데드였는데 여기는 널려 있었다.

"더 다가가야 해."

"그럴 시간 없어. 여기서 시작해!"

공격대의 일부는 무리에서 이탈하며 물건을 꺼냈다.

그들의 임무는 각 교단의 성물들을 활용하여 언데드들의 이목을 끄는 것이었다.

"발할라의 전투 망치!"

"여긴 프레야 교단의 성물이다."

"루의 방패는 이쪽으로……."

뼈의 요새에서 성물을 든 유저들이 사방으로 뛰쳐나갔다.

"추악한 기운을 흘리는 인간들……."

"도망가게 놔두지 마라. 전부 죽여라!"

둠 나이트들이나 본 드래곤의 적대도도 당연히 그들을 향하게 되었다.

맹렬한 분노와 복수심.

신성력은 그들의 천적이었기에 바드레이와 호위대를 놔두고 바람이 갈라지듯이 흩어졌다.

바드레이와 중앙의 공격대는 둠 나이트의 얇은 방어벽을 뚫고 바르칸에게 접근했다.

"끝이다. 바르칸!"

바드레이가 멋있게 보이기 위해 본능적으로 루의 성검을 뽑아서 바르칸에게 당당히 겨누었다.

든든한 지원군이 옆에 있었기에 전투가 벌어지기 직전에 짧게나마 폼을 잡으려고 한 것이다.

바르칸이 곧바로 마법을 펼치지 않고 장하다는 듯이 입을 열었다.

"인간. 이곳까지 오다니 제법 기특하구나. 그렇지만… 나와 싸우기에는 너무 약하군."

바드레이도 맞받아쳤다.

"헛소리. 충분히 너를 꺾을 수 있다."

"한없이 나약한 인간의 몸으로 쓸데없는 자신감을 부리는군. 그렇다면 혼자서 덤벼 볼 것이냐?"

그 순간, 묘한 분위기가 흘렀다.

바드레이와 바르칸의 일대일 승부를 모든 시청자들이 기대했다.

장대한 뼈의 요새에서 벌어지는 제국의 황제와 리치의 혈투!

헤르메스 길드 유저들조차도 혹시나 바드레이가 바르칸을 일대일로 제압하는 것은 아닐까 기대했다.

'계획은 아니었지만, 설마?'

'뭐지, 지금 결투를 벌이겠다는 건가?'

한편으로 바드레이는 섬뜩한 기분을 느끼고 있었다.

다 같이 바르칸을 처치하고 그 공으로 명성을 떨치려고 했는데, 일대일의 결투라니 너무 일이 커졌다.

'일대일 싸움에서 패배한다면 바르칸을 그 이후에 처치하더라도 내 자존심은 망가지고 만다.'

바드레이는 굴욕적이기는 했지만 냉정하게 판단해서 공격 명령을 내렸다.

"상대는 네크로맨서. 야비한 수단으로 시간을 버는 것이다. 어떤 흑마법이나 언데드를 일으킬지 모르니 즉시 제거한다!"

사제들은 약속된 희생 주문을 외우며 전투를 준비했다.

레벨과 스탯 일부를 포기하지만 순간적으로 10배나 강력한 신성력을 보유하게 하는 기적!

"가라."

"일제히 공격해!"

바드레이와 200여 명의 공격대 유저들이 흩어지며 바르칸을 공격했다.

세상에 공개된 적 없는 공격 스킬들의 향연이 펼쳐졌다.

"어리석은 인간들. 너희들은 불사의 힘을 믿지 못하는구나!"

바르칸은 흑암의 장막을 쳐서 공격 스킬들을 막아 냈다.

화려한 무기들과 스킬들이 바르칸과 그 부근에 사정없이 작렬했다.

뼈의 요새가 흔들리고 일부가 무너질 정도로 거센 충격파가 흘렀다.

바르칸에게는 언데드 군단으로부터 생명력과 마나가 계속 공급되고 있기에 일부의 피해가 있더라도 쉽게 당하지 않았다.

"끝없는 절망. 인간의 존재로는 알지 못하는 그 너머를 너희들에게 보여 주겠다."

바르칸이 흑마법을 외우기 시작했다.

"지금이야!"

그 순간, 바드레이는 신성 무구의 도움을 받아서 단거리 순간 이동을 했다.

바르칸과의 전투를 벌이기 전에 시간은 짧았지만 많은 분석을 했다.

어마어마한 생명력과 절대적인 마법력.

끝도 없는 언데드 군단의 호위.

이것을 뚫고 타격을 입힐 수 있는 기회는 여러 번 오지 않는 것이었고, 힌트도 있었다.

'바르칸의 몸에, 그의 마력을 약화시킬 수 있는 성검을 꽂아야 한다.'

흑마법을 펼치기 위해 가장 약해지는 찰나!

"초월의 타격!"

사제들의 신성력이 일제히 바르칸에게 집중되었다.

새하얀 신성력들이 흑암의 벽을 강타하고, 아크리치의 육체에 스며들었다.

바르칸은 꿈쩍도 하지 않고 버텼지만, 바드레이가 바로 그의 뒤에 순간 이동으로 나타났다.

"끝이다."

푸우욱!

루의 신검이 바르칸의 등에 깊게 꽂혔다.

"됐다, 이걸로!"

"바르칸을 해치웠다."

공격대는 물론이고, 헤르메스 길드 유저 모두의 고함이 터져 나왔다.

리치와 같은 몬스터에는 천적이나 다름없는 성검!

일찍이 위드가 루의 성검이 박힌 바르칸을 처치했던 경험도 있었다.

'이걸로 죽지 않는다고 해도 약해진다. 정면으로 싸워도 이긴다.'

수차례나 계획을 짜고 연습했는데, 그중에서도 최상의 결과였다.

엘리베이터도 두드려 보고 타는 위드라면 상상하기도 힘든 경솔함!

바르칸이 루의 성검이 박힌 채로 턱뼈를 달그락거렸다.

"크크크큿. 너희들 모두가 제물이 될 것이다. 내 육체를 바쳐서 깊은 어둠을 이 땅에 부르니… 존재하는 모든 것들은 사라지거라."

남아 있는 모든 생명력과, 마나를 전부 소모하는 네크로맨서의 궁극 기술. 대소멸.

그오오오오오.

바르칸의 육체가 먼지가 되어 부스러졌다.

그 자리에 검붉은 점이 생겨나더니 급속하게 넓게 퍼졌다.

폭발의 파괴 범위에 있는 언데드와 살아 있는 생명체들을 분해하면서 대소멸의 주문은 위력을 키워 나갔다.

뼈의 요새까지도 통째로 녹여 버리는 궁극의 폭발 마법.

바드레이는 순간적인 눈치로 마법 망토에 봉인해 둔 '절대 보호'와 부츠에 있는 '태양 이동'을 사용하여 발키스 성으로 도피했다.

> 전율적인 피해!
> 저항할 수 없는 위력의 마법에 의해 생명력에 중대한 손실을 입었습니다. 생명력이 1,203,933만큼 감소하였습니다. 극심한 부상으로 일시적인 전투 불능 상태가 되었습니다.

반응이 빨랐음에도 생명력에 100만 이상의 피해를 입었지만 죽진 않았다.

전투에 돌입하기 전에 사제들의 희생 주문으로 몇 개의 축복과 보호 마법, 생명력 증가 마법 들이 걸려 있었기 때문이다.

공격대와 부근에 있던 헤르메스 길드 유저들 중에서도 미처 피하지 못한 이들이 떼죽음을 당했다.

잠시 후, 바르칸이 있던 곳에는 바닥을 알기 힘든 반경 수백 미터짜리 구덩이가 파여 있었다.

지형까지 바꾸어 버린 대소멸 주문의 위력!

처음 경험하는 마법의 위력에 헤르메스 길드 유저들도 얼이 빠졌지만 곧 정신을 차렸다.

"이겼다……!"

"바르칸을 해치웠다."

"만세!"

"바드레이 님이 해냈어!"

바드레이도 체력과 생명력이 그리 남아 있진 않은 상태였다. 그래도 기쁨을 만끽하기 위해 성벽에 서서 오른손을 번쩍 들어

올렸다.

"내 손으로 바르칸을 제압했다!"

바드레이의 포효성에 헤르메스 길드 유저들이 일제히 승리의 함성을 내질렀다.

불사의 군단이 아직 절반 넘게 남아 있긴 했지만 누구도 신경 쓰지 않았다.

최후의 폭발과 같이 바르칸이 사라진 이상, 남은 언데드들따위야 간단히 처리할 수 있지 않겠는가.

바드레이가 힘든 와중에도 계속 포효성을 터트렸다.

"언데드들을 모두 제압하고 사흘 동안 축제를 연다! 발키스성은 바르칸과 불사의 군단을 제압한 성지로 삼을 것이다."

"헤르메스 길드 만세!"

바르칸의 전투를 위해 모인 유저들의 사기는 대단했다.

강력한 적을 꺾고 나서 생겨나는 긍지.

아르펜 왕국처럼 전투에 승리를 거두고 사람들과 축제를 벌이리라.

헤르메스 길드원들은 자부심으로 가득했고, 긴장이 조금 풀어졌을 때였다.

"인간들이여, 어리석기가 끝이 없구나."

바르칸의 음침한 목소리가 전장을 울렸다.

바드레이와 헤르메스 길드 유저들이 놀라서 소리가 나는 곳을 찾았다.

바르칸은 멀쩡하게 불사의 군단의 한복판에서 호위를 받으면서 서 있었다. 루의 성검마저도 몸에 박혀 있지 않았다.

"어떻게……."

"바르칸이 살아 있다!"

"방금 완전히 죽었잖아. 어떻게 저런……."

바르칸은 새로운 불사의 마법을 자신에게 걸어 놓은 상태였던 것이다.

목숨을 봉인해 놓은 생명의 병이 파괴되지 않는 이상 다섯 번의 부활을 하게 되는 끔찍함.

그사이 다크 룰에 의해 조금 전에 죽은 유저들도 둠 나이트나 데스 나이트가 되어서 일어났다.

바르칸의 목소리가 모든 이들에게 또렷하게 들렸다.

"꿈을 꾸어라. 악몽은 영원히 끝나지 않을 것이다."

칼리스 성의 전투!

헤르메스 길드와 불사의 군단과의 격돌.

장장 35시간의 혈투가 벌어지리라고는 누구도 사전에 예상하지 못했다.

"뭐야. 아직도 싸워?"

"어… 안 끝나네."

"오늘 내로 끝나긴 해?"

"몰라. 아직 바르칸 부활, 두 번 더 남았어."

칼리스 성 근처까지 구경하러 왔던 유저들이 먼저 지쳐서 떨어져 나갔다.

방송국들은 전투의 중요도를 감안해 생중계를 이어 나가다가 출연자와 제작진들이 지쳐서 더 이상은 무리라는 판단에 정상 편성으로 돌아왔을 정도다.

바르칸을 다섯 번이나 제압하기 위해서 헤르메스 길드는 크나큰 손해를 봤다.

성기사들과 사제들은 최후의 희생 주문까지 쓰면서 1명도 남김없이 전멸.

전투에 참여한 고레벨 유저들도 8할 이상이 사망했다.

결국은 최후의 합공으로 바르칸을 제거할 수 있었지만 헤르메스 길드원들은 승리의 기쁨을 누리기도 전에 주저앉았다.

"아… 쉬고 싶다."

"끔찍한… 전투였어."

"언데드는 진짜 최악이야. 역겨운 냄새에 생명력에… 다시는 안 싸워야지."

"위드도 네크로맨서잖아. 싸워야 될걸."

"야, 그런 얘기는 하지도 마라."

살아남은 유저들은 완전히 부서진 칼리스 성의 폐허에 아무렇게나 드러누웠다.

바드레이도 목숨의 위기를 몇 번은 넘겼고, 바르칸의 공격이 집중되어 그의 친위대들은 특히 살아남은 이가 드물었다.

전투 업적!
바르칸 데모프의 제압을 달성하였습니다. 역사적인 대전쟁을 승리로 이끌었습니다. 전투에 참여한 모든 이들의 명성이 12,790만큼 증가합니다.

전 스탯이 6씩 증가합니다. 전투에 참여한 교단과의 관계가 우호적으로 바뀝니다. 높은 공헌도를 쌓았습니다. 투신 바탈리의 축복이 일주일 동안 부여됩니다!

끝내 업적을 이룩해 내서 전투 명성이나 스탯을 얻긴 했지만 보상이 눈에 들어오지 않았다.

너무나도 처절한 싸움에 당장은 이겼다는 기분도 별로 들지 않았다.

"뭐야. 왜 이런 것밖에 안 나와!"

막타를 날려 바르칸을 해치운 랭커 봉달이도 절규했다.

역사를 좌우했던 최상급의 보스 몬스터!

이런 몬스터를 제거했다면 빠뜨릴 수 없는 즐거움이 전리품이었다.

흰 코끼리의 가죽 두 장을 얻었습니다.

알록달록한 사슴 가죽을 획득했습니다.

반짝이는 돌멩이를 얻었습니다.

61실버를 주웠습니다.

바르칸이 소멸되고 얻은 건 가죽 몇 장과 돌멩이, 실버 조금!

"진짜야? 누가 거짓말이라고 해 줘!"

마법사들이 어마어마한 가치를 가진 마법 무구나 보물을 소유하고 있는 것과는 너무나도 다른 충격적인 결과였다.

심지어 데스 나이트, 둠 나이트 들이 죽고 나서 떨어뜨린 물건보다도 가치가 적다.

되살아나기는 했지만 위드에 의해 바르칸은 귀한 아이템을 잃어버리고 개털이 되어 있었던 것이다.

"으아아아아아아!"

헤르메스 길드의 주력이 총동원되어 전투를 치렀는데 인건비도 나오지 않는 상황이었다.

게다가 2군단으로부터 최악의 소식까지도 전해지게 되었다.

정면 승부

아르펜 왕국에서부터 풀죽신교의 본대가 하르판 지역에 도착했다.

"풀죽, 풀죽, 풀죽!"

평원을 뒤덮으며 내려오는 끝도 알 수 없는 무리들.

전투 계열 직업만이 아니라 온갖 종족과 직업을 가진 유저들이 밀려왔다.

모라타와 새벽의 도시에서 〈로열 로드〉를 시작하고 100일도 안 된 유저들도 있었다.

"이런 이벤트에 안 끼면 언제 끼겠어."

"응. 무조건 재밌지!"

"전 돌아갈게요. 길 좀 비켜 주세요. 벌써 이틀째 밀려 내려왔어요!"

"저도 고구마 팔다가 하루 종일 밀리고 있습니다. 흑흑. 제발 부탁요."

풀죽신교의 본대는 어느새 새벽안개처럼 하르판 지역을 뒤 덮고 있었다.

2군단을 이끄는 제롬이 굶주린 승냥이처럼 주위를 돌며 공 격했지만 실속이 적었다.

1만 명을 죽이는 사이에 10만 명 이상의 유저들이 늘어났다.

이것도 상당한 피해라고 볼 수 있지만 제롬은 이에 만족하지 못했다.

그들이 상대한 유저의 대부분은 레벨 100 이하의 초보였고 레벨이 200만 되더라도 잘 걸려들지 않았다.

초보자들이 발길에 차이다 보니 실력자들은 그사이에 전부 도망쳐 버리는 것이다.

"적의 규모는요?"

2군단 작전 회의를 위한 천막.

제롬의 질문에 마법사 로냐그가 대답했다.

"대략 7,000만 정도 되는 거 같습니다."

"인원 뻥튀기가 심하군요. 방송으로도 심하게 과장이 된 것 같고."

"미국 국방부에서 파악한 통계입니다."

"…걔들이 왜 그걸 세고 있죠?"

"현실에서 풀죽신교의 영향력이 어떻게 반영되는지 이해하 기 위해서였다는군요."

2군단의 작전 회의실에 무거운 침묵이 내려앉았다.

어지간한 국가의 인구보다도 많은 적을 상대로 싸워야 한다 는 정신적 압박감!

'이거 이기고 나면 소문나서 동네에서 발붙이고 못 사는 거 아닐까?'

'앞으로 학교도 못 다니는 거 아냐?'

헤르메스 길드 유저들은 7,000만이라는 숫자를 머릿속에 그려 보다가 포기했다.

풀죽신교의 본대가 대대적으로 밀고 내려오는 중이었다.

말로는 수천만의 규모를 이야기하고 전투력을 평가할 수 있지만, 막상 보게 된다면 정신이 멍해질 정도의 규모다.

정면에서 싸울 자신이 없기에 외곽을 공략했지만 피해를 입힌 흔적도 나타나지 않았다.

풀죽신교의 본대는 계속 남하하고 있었고, 위협은 오히려 2군단에서 더 강하게 느껴졌다.

"이런 방식으로는 한계가 있습니다. 분명 막고는 있지만 막는 거라고 볼 수도 없습니다."

전투가 벌어져도 그 주위를 둘러싼 북부 유저들이 계속 남하를 하고 있다.

이제 풀죽신교의 본대가 하르판 지역을 전부 장악하는 건 시간문제였다.

"특단의 조치로… 풀죽신교의 본대를 일점 돌파하는 방법을 제안합니다."

제롬은 풀죽신교를 난장판으로 헤집어 놓기로 결심했다. 군대 전체가 적진을 돌파하고 그대로 벗어나자는 것이다.

"너무 위험한 것 같습니다만……."

"반대입니다. 중앙 대륙을 정복할 때는 우리 군단의 용맹이 크게 효과를 봤습니다. 그러나 지금은 적의 규모가 너무 거대합니다!"

제롬의 2군단은 기사단이 주력이었다.

정복 전쟁에서 적진을 돌파하고 와해시키면서 전투 공적을 톡톡히 세웠었다.

"우리 군의 최대 장기는 기동력과 화력의 집중 아닙니까? 설마 우리가 돌파하리라고 누가 생각이나 하겠습니까. 귀찮은 자들은 길게 상대하지도 않고 그대로 꿰뚫습니다."

"우리들도 피해가 있을 텐데요."

"피해야 있겠지만 성공적으로 풀죽신교의 본대를 관통했다고 생각해 보십시오. 저들의 충격이 더 클 것이고, 2군단은 〈로열 로드〉 최강의 군대가 될 겁니다."

"그것은……."

반대하던 유저들도 조금은 잠잠해졌다.

그들은 헤르메스 길드의 핵심 주력이라서 위드나 아르펜 왕국의 명성을 익히 들었다.

하지만 그들 중 대부분이 직접 경험해 보지는 못했다.

"확실히 많지만 약한 적들이 대다수인데."

"돌격을 멈추게 하지 못할 겁니다. 정 불리해지면 중앙이 아니라 외곽을 꿰뚫는 것도 방법이 되겠습니다."

제롬이 설득을 거듭하자, 헤르메스 길드 유저들도 마음이 동했다.

2군단에 소속된 유저들은 아직까지 패배를 경험해 본 적이 단 한 번도 없었다.

"놈들은 우리의 기동력을 따라오지 못합니다. 멋지게 싸워 봅시다. 모든 방송국들이 우리를 주목하고 있으니 말이죠."

"옛!"

2군단은 하르판 지역의 울르프 대평원에서 풀죽신교의 본대를 맞이했다.

"돌격!"

제롬은 용감하게 2군단을 이끌었고 계획대로 중앙 돌파 작전을 펼쳤다.

멀리서 보면 한없이 무모한 것 같지만, 성공만 한다면 〈로열 로드〉 전체에 이름을 남길 만한 위업을 달성하는 것이었다.

"모든 것을 걸어라. 우린 2군단이다. 제국군의 자부심과 긍지를 바탕으로 우리 모두가 송곳이 되어 적진을 꿰뚫는다!"

제롬과 2군단이 끝을 모르는 무리인 풀죽신교의 본대를 향해 밀려갔다.

풀죽신교에는 고위 군인 출신의 전쟁 전문가들이 많이 있었고, 그들은 싸우는 방식에 따라 결과가 크게 달라질 것임을 알고 있었다.

"골치 아픈 건 지금처럼 제국군 2군단이 우리의 손발을 계속 끊어 내는 겁니다. 하르판 지역에 퍼진 유저들을 학살하면서 불안정을 확산시키는 전술은 위험합니다."

"의기로 일어선 유저들이지만 시간이 지체되고 대여섯 번씩 죽는다면 소문이 퍼질 겁니다. 진군이 멈춰지면 그걸로 허무하게 끝입니다."

"사람들이 많으면 분위기의 변화에 민감하게 휩쓸리게 되죠. 북부 유저들에게는 헤르메스 길드의 강함이 충격으로 느껴질 수 있습니다."

"으음. 중앙 대륙을 장악한 헤르메스 길드는 정말 강하죠. 그들 모두가 백 번 이상의 전투를 경험한 정예입니다."

"레벨 400대나 500대의 유저가 강한 건 알 겁니다. 근데 그들이 모이면 얼마나 충격적인지 겪어 보지 않으면 모르는 사람들이 많습니다."

전쟁 전문가들은 풀죽신교를 위한 작전을 연구하고 있었다.

그 와중에 제롬의 2군단은 풀죽신교의 본대에 정면으로 돌격했고, 파죽지세로 뚫고 들어왔다.

"말을 달려라. 우리의 발길을 붙잡을 수 있는 자들은 없다!"

제롬이 기사단의 지휘를 발동시켰다.

범위 내에 결속해 있는 아군의 공격력과 기동력을 높여 주는 전쟁 스킬.

2군단은 사기가 충천해서 풀죽신교의 유저들을 공격하며 적진을 꿰뚫었다.

"크하하하. 다 덤벼라!"

헤르메스 길드 유저들이 신이 나서 날뛰었다.

선두에 선 제롬이나 2군단 최고의 유저들도 즐거웠다.

스킬 한 번에 수십 명씩을 제거하며 말을 달렸다. 이런 통쾌한 진격을 위해 기사가 된 것이었다.

"적들은 마법도, 화살 공격도 못 할 것이다. 원거리 공격이 안 된다면 직접 전투에서는 스치면 죽음이지."

"원거리 공격을 해 주면 더 좋습니다. 우릴 겨냥하더라도 빗나간 공격들이 더 많을 테니 아군에게 공격을 받게 되어 난장판이 될 테니까요."

2군단은 풀죽신교의 본대를 3킬로미터 넘게 밀고 들어갔다.

전장을 꿰뚫는 최정예 군단!

강철 기사단은 지치지도 않고 싸우면서 길을 뚫었으니 전력도 그대로 보존하고 있었다.

"도망치자!"

"싸워. 끝까지 버티면 이길 수 있어!"

풀죽신교 유저들이 나서더라도 워낙 힘의 격차가 커서 2군단의 진군을 감당하지 못할 정도였다.

"방패를 들고 막아!"

"소용없어. 그대로 다 뚫려 버리잖아."

풀죽신교의 본대는 허무하게 무너지고 있었다.

고레벨 유저들이 산발적으로 나선다고 해 봐야 2군단의 돌격을 막을 정도는 아니라서 집중 공격을 당하고 회색빛으로 변해 사라져 버린 것이다.

광역 스킬 한 번에 목숨을 잃는 초보 유저들까지 수천 명 단위로 몰려 있어 대책을 세우기도 전에 전멸하는 일들이 벌어지고 있었다.

"우리에게 정면 돌격을 하다니……."

"적이지만 기발한 방법입니다. 손발을 끊어 내다가 갑자기 이동하고 있는 본대를 꿰뚫는 것은 말입니다."

풀죽신교의 전쟁 전문가들은 제롬의 수단을 높게 평가했다.

전략적으로나 전술적으로 쉽지 않은 일이었는데 제대로 허를 찌른 것이다.

솔직히 만일의 경우를 예상하긴 했지만 수천만의 유저들이 대비를 갖춘다는 건 현실적으로 불가능했기에 내버려둔 일 중 하나였다.

"지금이라도 진형을 갖추어야 합니다. 저들과 싸울 수 있는 고레벨 유저들이 전선에 나서도록 합시다."

"선봉에 설 수 있는 전사들을 모으는 데만 해도 수십 분은 걸릴 겁니다. 그들이 나서더라도 돌격해 오는 적 앞에 그대로 내주었다가는 이후부터 속수무책으로 꿰뚫리게 됩니다."

"시간과의 싸움이군요. 이건 몇백만이 죽을 수도 있습니다. 아니, 반드시 죽게 될 겁니다."

풀죽신교의 본대는 제롬과 2군단의 맹렬한 공격 앞에 허술하게 꿰뚫렸다.

중앙 대륙 정복 전쟁에서도 막강한 공격력과 기동력을 발휘했던 2군단이었는데, 그들의 질풍과도 같은 돌진이 허를 찌르며 막대한 효과를 발휘했다.

풀죽신교에는 안 되면 몸이라도 던지는 용맹한 선봉대인 독버섯죽과 같은 유저들이 있었지만, 그들은 먼저 남쪽으로 내려갔던 것이다.

"약점을 공략당했으니 어쩔 수 없습니다. 피를 흘리는 수밖에는……."

"차선책이라도 찾는 게 맞겠죠."

2군단의 힘과 속도를 전혀 감당하지 못한다. 그렇기에 풀죽신교의 수뇌부는 당해 주기로 마음먹었다. 그러면서도 반격을 준비했다.

"건축가들을 비롯한 지원부대에 부탁하겠습니다."

"평범한 사람들의 무서움을 보여 줍시다."

2군단은 풀죽신교의 본대를 파죽지세로 꿰뚫으면서 느꼈다.

'전혀 대비하지 못했구나!'

'우리가 이들의 숫자에 겁을 먹은 만큼, 절대 돌진해 오지 못할 거라고 믿었던 모양이야.'

풀죽신교의 유저들이라고는 허무하게 죽어 나가기만 할 뿐이었다.

제롬이 뒤를 따르는 헤르메스 길드원들을 향해 외쳤다.

"더 가겠는가!"

"한번 가 봅시다. 여기서 발걸음을 돌리기엔 너무 아쉽지 않습니까."

북부 유저들을 살육하며 예정보다도 5킬로미터 정도를 더 전진했다.

제롬과 그 뒤를 따르는 강자들은 창과 검을 양손에 들고 휘두르며 돌파하고 있었다.

"정면으로 계속 간다!"

"우리의 업적을! 2군단이 있음을 보여라!"

기사단이 전광석화처럼 뒤를 따르며 멍하니 서 있는 북부 유저들을 학살했다.

"이렇게 빨리……."

"막아야 되는데."

망연자실하게 서 있는 유저들.

스킬 한 번에 아군이 수십 명씩 죽어 나가는데 제대로 버틸 리 만무했다.

아르펜 왕국에서 헤르메스 길드와 싸워 본 적이 있긴 했지만 속도와 돌파력을 감당하지 못했다.

헤르메스 길드 유저들도 계속 체력과 마나가 소비되는 스킬을 쓸 수는 없었지만 유저들이 밀집한 곳을 뚫는 용도로는 충분했다.

선두에서 막강한 위력을 보이면 싸우려는 의지가 흔들리게 된다. 그러고는 후속 부대가 말을 달리며 추수를 하듯이 베어 버리면 끝나는 것이다.

"더 앞으로 간다!"

"우릴 막을 수 있는 자들이 누가 있는가!"

중앙 대륙에서 북부로 이주한 고레벨 유저들이 산발적으로 나섰지만 돌격해 오는 기사단의 제물이 되었다.

2군단이 휩쓸고 지나간 자리에는 시체들만이 남겨질 뿐.

'너무 걱정할 필요는 없었구나. 이들은 많지만 약하다.'

'숫자가 군대의 힘을 나타내는 것이기는 하지. 하지만 싸우는 방식에 따라서… 그걸 우습게 만들 수도 있어.'

제롬과 2군단 유저들의 머릿속에 스치는 생각이었다.

골렘으로 이루어진 강철 기사단이 후방을 지키며 따라오기에 뒤를 걱정하지도 않는다.

"날카로운 창이 되어 풀죽신교를 꿰뚫는다. 우리는 오늘 신화가 될 것이다!"

제롬이 창을 들고 고함을 질렀다.

2군단의 유저들은 조금 지치기는 했지만 체력과 마나가 넉넉하게 많이 남아 있었다.

"적진을 돌파하라!"

2군단의 목표는 풀죽신교의 정중앙을 돌파하는 것으로 바뀌었다.

적에게 영향을 주는 병력의 손실도 상당할 테지만, 멋진 전투 업적을 달성하려는 것이다.

경험으로 정중앙을 꿰뚫린 군대는 의지가 꺾인다.

상대를 두려워하게 되고, 싸워도 이길 수 없다는 공포에 빠져드는 것이다.

"우리의 방식대로 싸우자!"

2군단이 적진을 돌파하는 화려하고 멋진 광경은 방송으로 수없이 중계되면서 자신들이 어떤 존재인지를 알려 주리라.

수천만의 대군이 밀집한 곳을 관통하는 위업!

제롬과 2군단의 진격이 계속되면서 풀죽신교의 혼란도 계속되었다.

"방패병! 방패를 들 수 있는 사람이 앞으로!"

"이쪽으로 모이세요. 이쪽에 저지선을 만들 겁니다!"

유저들끼리 방패병들을 구성하여 기사단의 돌진을 막으려고 해도, 전쟁 경험이 많은 제롬과 2군단은 그 지역을 좌우로 지나쳐 버리는 것이다.

일부 강철 기사단에는 방패병들을 남김없이 전멸시키고 따라오도록 했다.

속수무책으로 당하는 풀죽신교였지만 길드 채팅은 활발하게 이루어졌다.

> 하일론: 이렇게 무너지지 맙시다, 여러분. 움직이지 말고 그 자리에서 싸워야 돼요!
> 렉탑: 잠깐. 잠깐이라도 버텨 주십시오. 병력은 계속 모이고 있습니다. 싸울 사람은 많아요.
> 반달곰: 우린 무적의 풀죽신교입니다. 흔들리지 마세요!

활발한 길드 채팅은 북부의 유저들이 겁에 질려서 사방으로 도망치며 무너지는 것만큼은 막아 주었다.

그사이에 건축가들을 비롯한 유저들은 임무를 수행했다.

"더 깊게 파세요. 놈들이 재미를 본 이상 분명히 이쪽으로 옵니다."

"함정을! 우리들이 당장 할 수 있는 건 이겁니다."

건축가들은 주위의 유저들과 함께 땅을 팠다.

노가다에 익숙한 북부 유저들이 삽 한 자루씩은 가지고 다녔던 것이 천만다행이었다.

2군단에서 정면으로 돌파하지 않고 실컷 본대를 유린하다가 빠져나가면 소용이 없어질 함정이다.

하지만 2군단이 정면 돌파를 끝까지 고수한다면 반드시 올 수밖에 없는 중앙 지역에 넓고 깊은 함정을 팠다.

두두두두두!

2군단의 말발굽 소리가 들렸고, 건축가들과 가까이 있던 유저들의 입가에는 미소가 그려졌다.

"오는군요!"

"여기서부터 반격입니다."

2군단의 병력은 건축가들과 다른 유저들까지 그대로 돌파해 버렸다.

지금까지 수없이 많은 유저들을 학살했기에, 밀집해 있는 이들에게 광역 스킬을 사용하며 돌파하는 데 주저함이 없었다.

2군단의 병력이 막 그 지역에 발을 디뎠을 때, 대지가 한꺼번에 무너지기 시작했다.

"따, 땅이……."

"함정이다!"

"멈춰! 함정이야!"

뒤늦게 제자리에 서려고 했지만 전력에 가까운 무서운 속도로 돌파해 오던 2군단은 멈추지 못했다.

수천 명 이상의 병력이 여기저기 파 놓은 구덩이에 빠지면서 진형이 무너졌다.

구덩이 내부나 땅에도 건설용 날카로운 강철못들이 사방에 뿌려져 있었다.

"더 뿌려요! 계속!"

주변에 있던 북부 유저들도 가지고 있던 강철못을 땅에 내던지듯이 뿌렸다.

헤르메스 길드의 유저들은 멀쩡했지만 말들은 달릴 수 없게 되었다.

"공격하자!"

"동료의 복수를!"

풀죽신교의 유저들은 2군단을 향해 해일이 되어 거세게 밀려들었다.

궁수들과 마법사들까지도 무자비한 원거리 공격을 했다.

"풀죽, 풀죽, 풀죽!"

"반격이다. 모든 군고구마죽 부대여. 오늘 뜨거운 맛을 보여 주자!"

"커피죽 부대도 집결. 출동 준비 완료했습니다!"

풀죽신교의 본대가 살아 있는 생명처럼 자신들이 할 일을 찾아서 모이고, 공격을 시작한다.

막강한 전력을 가진 2군단이었지만 그들의 최대 장점인 기동력이 막혀 버린 상태였다.

"그래 봐야 쓸어버리면 된다. 별로 달라질 것도 없어."

2군단은 재빨리 방어 진형으로 바꾸면서 구덩이에 빠진 이들을 구출하고, 강철못들을 주웠다.

원형진을 펼친 채 싸움을 벌이는데, 북부 유저들의 공격이 짧은 시간에도 대단하게 매서워지고 있었다.

2군단이 움직이지 않으니, 북부의 강자들이 집결하고 있는 것이었다.

"상황이 심상치 않은 것 같습니다."

"여기서 언제까지 싸울 겁니까?"

헤르메스 길드 유저들은 사방에서 덤벼드는 무시무시한 숫자의 병력에 기가 질렸다.

　뚫고 지나갈 때에는 약해 보였지만 그들이 멈춰 있으니 초보 유저들이 무섭게 돌격해 오고 있었다.

　게다가 수천만에 달하는 풀죽신교 본대가 2군단을 중심으로 에워싸고 있었다.

　2군단의 기사단장들이 제롬에게 달려갔다.

　"북부 유저들을 전부 죽일 게 아닌 한, 이 자리에서 계속 싸우는 건 무립니다."

　"알지만⋯⋯."

　"지금 물러나야 됩니다."

　"여기서 전부 빠져나가진 못할 겁니다. 적진 한복판에서의 퇴각은 가장 큰 피해를 입는 것인데요."

　"그래도요. 다른 선택이 없지 않습니까."

　제롬은 이를 악물고 전장 이탈 명령을 내렸다.

　어쩔 수 없는 상황에서의 명령이었지만, 완전히 멈췄던 2군단이 다시 움직이는 건 거센 저항을 받았다.

　"도망치려고 한다!"

　"헤르메스 길드 놈들을 잡아라!"

　"더러운 놈들. 당할 만큼 당했다. 다 죽여 주마!"

　집요한 북부 유저들의 공격에 2군단의 허리가 끊기며 후방의 병력은 따라오지 못했다.

　제롬과 기사단은 그걸 보면서도 전 병력의 발길이 묶일 상황이었기에 서둘러 포위망을 뚫고 빠져나갔다.

남겨진 이들은 사투를 벌였지만 북부 유저들의 파상 공세에 의해 전멸하고 말았다.

그 피해만 2군단의 절반에 육박했고, 비장의 무기인 강철 기사단도 3할 이상을 잃어버렸다.

강철 기사단은 어떻게 해도 제압이 어려워서 북부 유저들은 다시금 방법을 찾아냈다.

"묻어요!"

인근에 있던 유저들이 일제히 구덩이를 파고, 정령사들이 물을 채우는 방식으로 해결을 봤다.

엄청난 격전이 일어났지만, 결과적으론 풀죽신교 본대의 대승리로 집계되었다.

풀죽신교에서는 초보 유저들이 대량으로 죽어 나갔지만, 헤르메스 길드에서는 핵심 전력 중의 하나가 큰 손상을 입었던 것이다.

이 전투도 방송국들이 중계하면서, 바르칸을 제거하고 기세를 타려던 헤르메스 길드의 계획이 차질을 빚게 되었다.

❋❋❋

위드는 사막 전사들이 진군하는 일스 대평원에 합류했다.

"사형들, 잘 지내셨죠?"

"잘 왔다, 막내야. 군대나 지휘해라."

"군대요? 사형들이 있는데 어찌 제가……."

"크크크. 우린 실컷 싸울 수만 있으면 된다."

검치나 사범들, 수련생들은 기꺼이 위드에게 전쟁 지휘권을 일임했다.

귀찮은 일은 머리 좋은 이들에게 맡기고 나면 훨씬 좋은 결과가 생긴다는 걸 자주 겪어 봤던 것이다.

"그럼 스승님을 아르펜 왕국의 국방부 장관으로 임명하겠습니다."

"오, 좋구나."

"스승님처럼 강한 분이 딱 적격이죠. 둘치 사형. 사형은 외교부 장관입니다."

"허험."

"삼치 사형. 전쟁부 장관을 맡아 주십시오."

"음. 그래."

위드는 스승과 사형들에게 듬뿍 관직들을 나눠 주었다.

57개의 장관과 총독, 301개의 원장, 처장, 협회장, 상장 자리를 만들었고, 부족한 건 기사단장 자리로 메꿨다.

실제로 검치나 사형들이 낙하산이 되어 아르펜 왕국의 행정을 전담한다거나 하는 건 당연히 아니었다. 그저 명함만 파면 되는 일.

'원래 우리 사형들이 관직을 좀 좋아하긴 하지.'

몇몇 사형들은 욕심을 부리며 자리를 더 달라고 했다.

"요즘 만나는 여자 친구가 있는데 말이다. 뭐 하냐고 물어보면 이야기할 게 있어야 하는데… 너도 알다시피 이력서에 쓸 게 없잖냐."

"알겠습니다."

위드는 즉석에서 존재하지도 않는 협회를 만들어서 임원들을 임명했다.

베르사 대륙 평화 조직 위원회.

아르펜 왕국 몬스터 퇴치 협회.

드래곤 사냥 협회.

조각 예술 협회.

던전 사냥 전문직 협회.

"고맙다. 역시 막내뿐이구나."

검치나 사형들의 환심을 사는 일이야 동네 꼬마들 사탕 뺏기보다 쉬운 일!

위드는 바드레이가 불사의 군단과 싸우는 며칠 동안에 사막 전사들과 제국의 남부 지역을 휘젓고 다녔다.

"만세!"

"하벤 제국을 어서 해방시켜 주세요, 위드 님!"

"풀죽, 풀죽, 풀죽. 위드 님을 뵙게 되어서 영광입니다."

중앙 대륙의 유저들은 위드가 이끌고 온 사막 전사들을 열렬히 환호했다.

실제 전쟁이었다면 식량이나 돈을 얻기 위해서 죽이고 약탈을 해야 했을 테지만, 이곳은 〈로열 로드〉의 세상!

위드가 사막 전사들과 같이 도시에 들어오면 중앙 대륙의 유저들이 합류했기에, 하벤 제국의 영주들은 도망치기 바빴다.

띠링!

가덴트로 도시를 정복했습니다!

"위드 님, 무명소졸 꼼냥이라고 합니다. 같이 싸워도 되겠습니까?"

"예."

"같이 싸우게 되어 영광입니다. 평소 존경하고 있었습니다!"

사막의 대제왕 시절에는 전투병을 만들기 위해 항복한 병사들이나 주민들도 강제로 군대로 영입했다.

그러나 지금은 중앙 대륙의 유저들이 자발적으로 사막 전사들과 같이하려고 한다.

사막에서 출정했을 때보다도 10배 많은, 하벤 제국으로서도 만만하게 볼 수 없는 병력이 모였다.

검치가 진지하게 비결을 물어봤다.

"막내야. 지휘력이 심상치 않구나. 부하들을 이렇게 많이 늘릴 수 있는 원동력이 무엇이냐?"

"어떻게 얻어걸린…이 아니라, 환상을 보여 주는 것입니다."

"환상?"

"세상을 바꿀 수 있다는 환상. 사람은 바퀴벌레가 가득한 반지하 방에서 밥을 굶더라도 희망이 있으면 살아남을 수 있죠."

"꿈을 말하는 것이구나."

"예. 모두가 모이면 바꿀 수 있다고 믿게 만드는 겁니다."

검치는 장하다는 듯이 웃었다.

그러다가 한참 후에 물었다.

"못 바꾸면……?"

"어쩔 수 없는 거죠. 현실이 이 모양인 걸 제가 어떻게 하겠습니까."

북쪽에는 아르펜 왕국, 남쪽에는 사막 전사들이 중앙 대륙을 공략하고 있었다.

'헤르메스 길드는 일찍 독재와 착취를 시작했지. 난 아직 하지 않았으니 인심이 따라 주는군.'

중앙 대륙 유저들은 알려진 것보다도 훨씬 많았다.

그들 중에는 최근 몇 달 동안 접속하지 않은 이들도 있었는데 위드와 사막 전사들이 온다는 소식을 듣고 다시 돌아왔다.

"위드 만세!"

"우리를 구해 주세요. 순수하고 즐거운 〈로열 로드〉를 만들고 싶어요."

〈로열 로드〉는 초창기부터 전무후무한 큰 인기를 누렸다.

새로운 모험의 세계에서 누리는 즐거움 때문에 돈이 있는 사람이라면 당연하게도 캡슐을 샀고, 시간이 생기면 잠깐이라도 캡슐방에 가서 즐겼다.

〈로열 로드〉는 전 세계 사람들이 누리는 새로운 문화의 일부라고 할 수 있었다.

그 수많은 유저들 중 일부는 북부로 왔지만 그대로 머물렀던 이들이 기꺼이 합류했다.

몇 개의 도시를 지날 때마다 엄청난 병력이 모여들었다.

위드는 그들에게 싸우라고 명령을 내리지 않았고 알아서 하도록 내버려두었다.

하벤 제국을 몰아내는 건 거대한 목표다.

이 목표를 이루기 위해 그냥 구경하러 따라오는 사람마저도 상대에게는 큰 압박이 되는 것이다.

'명령을 내리더라도 잘 듣지도 않겠지. 누가 감시하는 것도 아니고 말이야.'

인력시장을 다니면서 터득한 요령 중 한 가지가 있었다.

사람을 10명만 모아 놔도 꼭 3~4명은 노는 사람이 있다.

그들에게 이래라저래라 해 봐야, 어차피 놀 사람은 놀고 일할 사람은 일한다.

아무리 잔소리를 해도 말을 안 듣는 사람은 더 열심히 안 듣는다.

"위드 님은 우리에게 바라는 게 없어."

"어… 원하는 대로 살아라. 이 말, 왜 이렇게 멋져 보이냐."

하벤 제국을 몰아내겠다고 모인 유저들은 위드의 무관심에 더 환호했다.

"전쟁은 처음인데… 뒤에서 화살만 쏴도 되죠?"

"치료는 해 줄 수 있습니다. 죽이지는 않을게요."

전투 경험이 없는 유저들도 조금씩 나섰다.

"여기 가입하면 진짜 커피 공짜인 거 맞나요?"

"케이크 쿠폰은 언제 보내 줘요?"

"……?"

알 수 없는 이야기를 하는 유저들.

위드가 의도한 바는 아니었지만 이번 전쟁은 현실 세상에도 큰 영향을 미치고 있었다.

풀죽신교의 인원은 대단히 많았고, 기업들의 상업적인 마케팅 수단으로도 쓰였다.

* 베르사 대륙 해방 전쟁! 참여하신 분에게는 커피가 공짜!
* 치킨 1+1 행사해요. 풀죽신교 한정.
* 신규 풀죽 회원님들을 환영합니다. 머리에 꽃을 꽂고 인증하면 수영장 입장료를 면제해 드립니다!
* 곰팡이죽 유저분들에게는 신나호텔 이용 요금 절반에 아침식사 제공합니다.
* 벌레죽이여. 싼값에 곱창을 먹을 시간이 왔도다!

기업 차원에서, 동네 가게들도 만만치 않게 마케팅을 했다.

풀죽 아이스크림, 풀죽 버거, 풀죽 치킨, 풀죽 떡볶이, 풀죽 족발, 풀죽 감자탕.

"풀죽신교가 전쟁을 하니깐 더 활발해진 거 같다."

"응. 자주 싸웠으면 좋겠어."

초등학생들도 풀죽, 풀죽, 풀죽, 하면서 다닐 정도였으니 현실에서의 영향력은 〈로열 로드〉를 넘어가고 있었다.

"하벤 제국의 통치를 무너뜨리자!"

"자유와 진리, 풀죽신교를 위해!"

불사의 군단을 물리친 헤르메스 길드의 유저들은 여기저기 방송에 출연하고 있었다.

"바르칸과 싸울 때는 목숨을 걸어야 했습니다. 어디라도 시체들과 유령들이 날뛰었으니 안전지대 따위는 없었습니다."

거인 기사 보에몽. 현실에서는 차분한 인상의 20대 후반인 그가 CTS미디어에 출연했다.

배우 출신의 진행자 한승빈은 대본을 보며 말을 이어 갔다.

"저도 〈로열 로드〉를 즐기고 있는데요. 이런 큰 전투는 경험하지 못해서 궁금해요. 도망치고 싶지 않으셨어요?"

"네. 그런 마음은 전혀 없었습니다. 질 수 없는 전쟁이었죠. 베르사 대륙의 평화를 위해서 말입니다."

그 옆에는 헤르메스 길드의 유저들 4명도 각자의 차례를 기다리고 있었다.

목숨을 잃기도 한 아크힘의 차례도 돌아왔다.

"바르칸이 예상보다도 훨씬 강했는데요. 승리의 요인은 어디에 있다고 보십니까."

"헤르메스 길드이기에 이겼습니다. 우린 피할 수도 있었지만 유저들의 피해를 최소화하기 위해서 불리한 걸 알면서도 발키스 성에서 싸웠습니다."

출연자들은 앞에 설치된 모니터로 시청자들의 실시간 의견도 볼 수 있었다.

> 크코: 허겁지겁 싸우다가 간신히 승리.
> 벨데가르: 와… 지들이 손해 보기 싫어서 발키스 성에서 싸웠으면서 뻔뻔하게 거짓말하는 거 보소.

"……."

헤르메스 길드의 유저들은 방송 모니터를 통해 바르칸과의 전투가 이미 유저들의 관심사가 아닌 것을 확인했다.

그들이 기대했던 건 바르칸을 해치우면서 베르사 대륙의 주도권을 장악하는 것이었다.

'어째서? 위드는 모험을 할 때마다 시청자들이 그렇게 띄워 주었는데?'

대륙을 휩쓸었던 엠비뉴 교단과 바르칸은 중대한 차이가 있었다.

헤르메스의 신속한 대처로 불사의 군단이 유저들에게 입힌 피해는 거의 없었고, 직접 본 이들도 소수였다.

사고를 친 위드를 비난하고자 해도 바르칸을 부른 자체가 팔마 그림자 부대 때문이었으니 항의하는 것도 우스울 일.

'고생은 우리가 했는데 유명세는 위드가 떨치는구나.'

바르칸과의 전투에 참여했던 유저들이 불만을 품었지만, 라페이나 수뇌부는 진지하게 고민하고 있었다.

"상황이 이렇게까지… 중앙 대륙의 유저들이 이렇게까지 열심히 아르펜 왕국으로 넘어갈 줄이야."

"정복 지역의 유저들은 그대로 아르펜 왕국의 편이 되었다고 봐야 할 것입니다."

간신히 바르칸을 막아 낸 건 다행이었지만 2군단과 5군단의 피해가 컸다.

하벤 제국이 유저들을 통치하기 위한 억제력이 사라지고 있었다.

아르펜 왕국의 정복 지역들은 너무나도 허무하게 통치권을 잃었으며, 사막 전사들의 진군로 역시 마찬가지.

팔다리가 끊어지는 피해를 입고 있는 상태에서도 어처구니가 없는 것은 하벤 제국에서 임명한 영주들이 축제까지 벌여 가면서 정복자들을 환영했다는 것이었다.

영주들은 각자 살길을 찾은 것이지만, 헤르메스 길드의 입장에서는 도처에 배반자들이 깔려 있다고 느낄 수밖에는 없었다.

일반 유저들도 아르펜 왕국 편에 서는 걸 망설이지 않았으니 위기감이 대단했다.

"전반적으로 위드나 풀죽신교의 전략이 너무나 뛰어납니다. 철저한 사전 계획에 따라 모든 일들이 진행되는 것으로 보이고 말입니다."

"확실히 그렇게 해석할 수밖에 없지요. 손발이 제대로 움직인다고 할까."

"풀죽신교의 최상층부를 위드가 장악하고 관리하는 것 같습니다. 게다가 개인들이 자발적으로 나서다 보니 손을 쓰기 힘들 정도로 빠릅니다."

헤르메스 길드는 풀죽신교를 이해할 수가 없었기에 최근에는 모든 게 위드의 음모가 아닐지를 의심하고 있었다.

바르칸을 처치하며 목숨을 잃었던 유저들과 바드레이의 표정도 좋지 않았다.

바드레이는 사투를 벌였지만 바르칸의 최후를 자신의 손으로 끊어 놓지도 못해서 여전히 분이 풀리지 않았다.

"하벤 제국이 그동안 아르펜을 봐준다고 생각했는데… 막상 붙어 보니 군사력도 무시하지 못하겠군."

"제대로 싸운 건 아닙니다. 예측할 수 없는 일들이 벌어져서지요."

보에몽이 불만을 토로했지만, 라페이가 씁쓸하게 말했다.

"전략과 인기도 실력의 일부라고 봤을 때 아르펜 왕국을 이제는 인정해야 합니다. 게다가 방송을 장악하고 여론을 이끄는 능력만큼은 완전히 우릴 압도하고 있습니다."

"우리의 군사력은요?"

누군가 항의를 했지만 라페이는 다시 옅은 한숨을 내쉬었다.

"지금은 너무 많은 유저들이 돌아서고 있습니다."

"중앙 대륙도 세금을 낮추고 각종 제한 조치들도 해제하지 않았습니까? 그런데 왜요?"

"우릴 그만큼 믿지 않기 때문이죠."

"크흠."

솔직히 잠깐 사탕을 줘서 달랠 뿐, 위드와 아르펜 왕국만 정리되면 원상 복구를 하려던 영주들의 말문이 막혔다.

"장기전으로 들어가면 훨씬 불리해지는 상태입니다. 만약에 몇 번의 전투에 더 패배해서 군대를 다 잃어버리면 우리는……."

라페이는 나머지 말을 하진 않았지만 그 의미는 모두들 알고 있었다.

군대가 사라진 헤르메스 길드!

손발이 잘린 채 홀로 맹수 우리에 던져진 검투사와 마찬가지였다.

지금에 와서 라페이의 전략 미숙이나 판단 착오를 탓할 수도 없다.

중앙 대륙을 정복한 이후로 그가 완벽한 모습을 보이지 못한 건 사실이었지만, 이유를 따지자면 위드가 항상 예측을 깼기 때문이었다.

누가 상대를 했더라도 위드와 풀죽신교를 격파하긴 힘들었으리라는 걸, 당하고 나서야 깨닫고 있었다.

바드레이는 속으로 생각했다.

'흑기사…의 효과가 있었을까?'

흑기사에게는 주민들과 부하들의 충성도를 낮추고 그들을 의심하는 퀘스트가 나온다.

스스로의 무력 향상을 위해 적극적으로 퀘스트에 임하긴 했지만, 그 손실이 현실적으로 드러나기도 전에 빠르게 제국이 위축되고 있었다.

바드레이는 무거운 목소리로 물었다.

"대책을 가진 사람은?"

라페이는 사람들의 시선을 받으며 오랫동안 침묵을 지켰다. 하지만 아무도 말을 하지 않으니 어쩔 수 없이 나섰다.

"확실한 방법은 하벤 지역으로 물러나는 겁니다. 중앙 대륙의 정복 지역들을 내주고 물러나면… 우리들에 대한 관심이 멀어지겠지요."

"그게 대책입니까?"

아크힘이 눈을 치켜뜨며 물었다. 그가 듣기에는 너무나도 터무니없는 소리였다.

중앙 대륙을 차지하기 위해 공들였던 시간을 감안하면 더욱 그랬다.

"가장 효과적이고 확실한 대책입니다. 지금의 위드나 풀죽신교의 인기도 영원하지 못할 겁니다. 중앙 대륙의 노른자 땅들을 차지하면 일반 유저들도 틀림없이 분열하고 싸우게 될 테니 몇 달 동안만 확실한 우리의 영토인 하벤 지역에서 조용히 힘을 축적하는 겁니다."

"……."

헤르메스 길드의 수뇌부는 그 뜻은 알지만 아무도 선뜻 동의한다는 말은 하지 못했다.

철수를 위해서는 길드 내에 수많은 영주들이 영토를 잃어야 하고 극심한 반발에 시달릴 것이다.

헤르메스 길드가 외부적으로도 막대한 자금을 지원받았기에 투자자들의 눈치를 봐야 하는 것도 문제였다.

"가장 확실히 이길 수 있는 방법이긴 하지만 실행이 불가능하겠죠."

라페이는 고개를 흔들며 스스로도 포기한 전략임을 밝혔다. 자신의 영향력이나 바드레이의 결단이 있더라도 실행하기가 힘든 방법이었다.

"차선책으로는 방어를 중심으로 한 전쟁으로 시간을 버는 것입니다."

"시간이 있으면 우리에게 유리해집니까?"

"수비전으로 나서면서 여러 가지 유언비어 유포나 매수, 여론전. 풀죽신교나 위드의 인기를 추락시키기 위해 우리가 할 수 있는 건 뭐든 다 하는 것입니다."

분위기는 무겁게 가라앉았다.

불과 얼마 전까지만 하더라도 베르사 대륙 전체가 자신들의 손안에 있는 것 같았는데, 어느새부터인가 패배를 걱정하고 있었다.

"제대로 큰 싸움 한 번도 못 해 봤는데… 다른 방법으로, 그냥 전투로 해결할 수는 없습니까?"

보에몽이 검을 뽑아서 땅에 꽂았다.

헤르메스 길드원들의 눈길도 그 순간 타오르기 시작했다.

전투!

강함을 추구하며 살아온 그들이었기에 자꾸만 패배하거나 피해를 입은 지금의 상황이 도저히 용납되지 않는 것이다.

"최고의 전력이 총집결해서 전투를 치르면 우리가 질 리가 없습니다."

"맞습니다. 바르칸마저 제압한 지금, 당장 올라가서 싸웁시다. 싸워서 다시 제국의 힘을 보여 줍시다."

"간단하게 위드를 죽이면 되는 거 아닙니까? 그러면 놈들이 의지할 구석도 사라질 테니 말입니다."

라페이도 뜨거운 분위기를 느꼈다.

'어쩌면 이것이 정답이 될지도…… . 머리를 써서 이득을 보려고 하는 건 한계가 있으니까.'

머리로 중앙 대륙을 얻었지만, 사람들의 미움을 샀기에 지금의 손해를 입는 게 아니겠는가.

전쟁으로 일어선 하벤 제국으로서 더 물러설 곳은 없는 것이나 마찬가지였다.

헤르메스 길드의 포고문이 발표되었다.

〈로열 로드〉는 꿈을 펼칠 수 있는 새로운 세상이다.

초창기부터 신세계를 꿈꾸며 많은 유저들이 시작했고, 스스로를 성장하며 베르사 대륙에서의 삶에서 즐거움을 찾게 되었다.

전쟁과 세력들끼리의 다툼을 벗어나 간신히 안정을 찾고 있는 중앙 대륙! 우리의 터전이 되는 땅이 북부의 침략으로 흔들리고 있다.

헤르메스 길드는 이에 결연히 맞서며 정면으로 싸울 것임을 선언한다!

유저들이 살아가는 수많은 도시와 마을들이 전쟁으로

파괴되어서는 안 될 것이다. 더 이상의 혼란과 피해를 막기 위해 헤르메스 길드는 전력을 이끌고 가르나프 평원으로 달려갈 것이다.

위드와 아르펜 왕국은 이에 상대할 용기가 있다면 기꺼이 응하라.

힘 대 힘.

하벤 제국의 영토를 빼앗고 싶다면 스스로의 강함을 마땅히 증명해야 할 것이다.

전격적인 포고문이 중앙 대륙의 각 성과 도시마다 내걸렸다.

방송국의 긴급 속보를 통해서도 일반인들에게 알려지게 되었고, 곧 〈로열 로드〉의 대부분의 유저들에게 퍼졌다.

"으아아. 정면 승부라고?"

"미쳤다. 진짜 총력전을 펼치려는 건가?"

"얼굴 구경하기도 힘든 랭커들이 다 모이고, 중앙 대륙을 통일할 때 동원된 군대도 싹 출동하는 거야?"

"그렇게 되면… 이 싸움에서 이기는 쪽이 대륙을 통일하는 거잖아?"

"그건 잘 모르겠는데… 이런 전투에서 풀죽신교는 져도 되지만, 헤르메스 길드는 지면 미래가 없는 거 아닌가?"

"풀죽신교도 유리한 것만은 아닌 것 같은데. 인해전술도 바드레이를 비롯해서 최강 전력들이 전부 출동한다면 어렵지 않겠어?"

광장이나 선술집마다 유저들끼리 모여서 떠들썩하게 대화를 나누었다.

"헤르메스 길드에 맥주 한 통 건다!"

"난 풀죽신교. 풀죽신교야말로 진짜 무패의 전설. 한 번도 진 적이 없지."

"중앙 대륙에서 싸우는 거잖아. 이번에는 상황이 달라서 쉽지 않을걸."

"승부는 가늠하기 어렵지. 팔마 그림자 부대. 바르칸 같은 걸 떠올려 봐. 이 전쟁에는 무슨 수단이 나올지 모른다고."

"위드도 재앙을 일으킬 거고."

"그렇게 해서 뒷감당이 되나?"

"모르지. 모르니까 흥미진진한 거 아냐."

"캬… 보고 싶다."

가르나프 평원은 하벤 지역의 동쪽, 하르판 지역의 남쪽에 위치해 있었다.

넓은 평지라서 대규모 전투를 펼치기에는 최적의 장소였으며, 어떤 비열한 수단도 허락되지 않는 지역이었다.

⁂

풀죽신교의 비상 전략 상황실은 헤르메스 길드의 포고령을 듣고는 웃어넘겼다.

"터무니없는 소립니다. 하벤 제국과의 총력전이라니요. 그럼 진짜 1억 명 이상이 모일지도 모르는데, 가능하겠습니까."

"인기에서 우리가 앞서고 있고, 시간도 우리 편이죠. 더 넓은 지역을 장악하고 천천히 인구를 늘리면……."

"아르펜 왕국의 영토는 확장되고 있습니다. 이대로면 중앙
대륙에서 단단히 자리 잡을 겁니다."

전략적인 관점에서 헤르메스 길드의 제안은 무시하면 될 뿐
이었다.

하지만 흥미를 느끼는 여론의 반응이 상상 이상이었다.

위드와 바드레이. 과연 최강의 유저는!

하벤 제국의 모든 군대들이 총집결할 것.

사상 최대의 전투가 조만간 열릴 것으로 기대.

〈로열 로드〉를 개발한 유니콘사에서 내건 상금의 주인
은 과연?

풀죽신교에 대해 호의적이던 방송국들도 메인 뉴스로 헤르
메스 길드의 포고령을 방송했다.

풀죽신교의 밑바닥 여론도 한번 싸워 보자는 소리들이었다.

"드디어 위드 님과 바드레이가 싸운다. 진짜 꿀재미가……."

"안 됩니다. 너무 위험합니다."

"헤르메스 길드에서 어떤 칼을 숨기고 있을지 모르는데 싸워
주는 건 순진한 생각입니다."

"도전하는데 안 받아 줘요? 게다가 이기기만 하면 중앙 대륙
전체를 해방시켜 줄 수 있는데요?"

"이미 풀죽신교와 헤르메스 길드는 싸우고 있죠. 언젠가 부
딪쳐야 한다면 기세가 오른 지금이 호기입니다."

풀죽신교에서 영향력이 상당한 유저들끼리도 의견 통합이 되지 않았다.

위드의 결정이 중요한 바!

위드가 싸우자고 하면 풀죽신교는 당연히 따를 것이고, 아니라고 한다고 하면 실망하면서도 받아들이긴 하리라.

사막 전사들과 같이 약탈을 하던 와중에 위드는 포고령 소식을 접했다.

중앙 대륙이 전장이 된 지금 상황에서는 리튼 지역이나 하르판, 브리튼, 일스 대평원. 어디든 유리한 장소를 옮겨 다니면서 싸울 수 있었다.

네크로맨서로서 언데드를 대규모로 소환하여 헤르메스 길드에 타격을 입히면서 이득을 추구했다.

야비함의 결정판!

그럼에도 성장 속도만큼은 다른 이들의 상상을 넘어설 정도였다.

지금까지 해 온 노가다의 결실을 맺고 있는 과정인 것이다.

"소문난 잔치에 숟가락을 들고 가 봐야 먹을 것이 없겠지."

위드는 상식적으로 간단히 판단하고 무시하려고 했지만, 그 생각이 바뀌는 데는 고작 전화 몇 통화면 충분했다.

"출연료가… 네? 정말입니까?"

위드와 바드레이.

둘이서 각자 자신의 군대를 이끄는 베르사 대륙의 사상 최대의 전투!

위드의 행동을 직접 관찰할 수 있는 방송권을 사기 위해 방송국들이 빠르게 제의를 해 왔다.

─5억 정도 드릴 의향이 있습니다만.

"5억이나요?"

심장을 빠르게 뛰게 만들기에 충분한 금액.

─네. 광고주들의 연락이 굉장히 많아서… 그리고 전쟁이 벌어지면 방송 시간도 길 것 아닙니까? 준비 과정도 찍어야 하구요.

"그렇죠. 그렇죠."

─10시간 방송을 기준으로 해서 5억 드리겠습니다.

톱 연예인들이 광고 한 편을 찍고도 5억씩은 받는다.

위드의 인지도나 방송을 함으로써 얻는 영향력이나 수익을 감안하면 방송국들의 입장에서는 많이 남는 장사였다.

몇 분 뒤에는 다른 방송국에서 전화가 왔다.

─저희 방송국은 8억 준비했습니다. 광고료 10%도 따로 드립니다.

─KMC미디어는 맞춰 줄 수 있는 한 최대치로 해 드리겠습니다. 12억. 광고료도 20%를 드립니다.

─CTS미디어입니다. 딱 잘라서 20억 어떻습니까. 광고료 부분도 협의할 의향이 있습니다.

위드는 전화 몇 통화에 수억씩 출연료가 뛰는 걸 보고 현실 감각이 조금 무너졌다.

"음… 〈마법의 대륙〉 계정을 팔 때와 조금 비슷한 느낌이군. 돈이 돈 같지 않게 느껴지는 기분 말이야."

방송국들 입장에서는 이때까지만 해도 사실 전면전쟁이 이루어질 가능성은 크지 않다고 봤다.

위드가 불리한 결정을 내리지도 않을 것 같았고, 설혹 응하더라도 준비 과정에서도 취소될 여지가 높은 것이다.

헤르메스 길드에서도 좀 더 현명하게 판단할 여지가 있었다.

북부 유저들이 대거 내려오고는 있지만 분노의 감정도 시간이 흐르면서 약해지기 마련이다.

한창 기세가 오른 그들과 싸우느니 일부의 땅을 내주고 시간을 끌다 보면, 하벤 제국은 다시 안정을 얻을 기회가 있으리라.

북부 유저들이 중앙 대륙의 도시와 영토에서 언제까지나 머무르면서 수비하기는 불가능하기 때문에 전략적인 후퇴가 유리한 상황인 것이다.

그럼에도 만약을 감안하여 방송국들은 나름 적당한 출연료를 제시했다.

정말로 베르사 대륙의 사상 최대 전투가 벌어진다면 출연료는 얼마를 지불하더라도 아깝지 않은 것이 방송국들의 입장이었다.

CTS미디어에서는 전무이사급에서 추가적으로 지시가 내려왔다.

"전쟁이 벌어지면 앞으로 몇 년간 최고 시청률을 찍을 거야. 광고도 최고가를 갱신할 거고… 그러면 방송국 홍보를 위해서 프로그램 수익을 전부 줘서라도 잡아야지."

"이 전쟁을 어떻게 중계하느냐에 따라 방송국의 등급이 달라질 수도 있어. 일단 위드는 잡아 놓고 봐!"

돈을 밝히는 위드의 성격에 대해서는 파악이 끝난 바!

방송국 관계자들의 섣부른 전화 몇 통에 위드는 헤르메스 길드와 정면으로 싸우기로 결심했다.

"이 전투만 이기면 건물주… 아니지, 시내 한복판에 빌딩을 사는 거야."

어릴 때부터 쭉 꾸었던 꿈.

부동산 투기와 건물주!

매달 세입자로부터 월세를 받아 가면서 돈 걱정 따위 없이 사는 삶.

"인생을 살다 보면 피해 갈 수 없는 싸움이 있다고 하지. 이 싸움이 바로 그것이로군."

영웅 집결

위드는 방송국 인터뷰를 통해 공식적으로 헤르메스 길드의 제의를 수락했다.

가르나프 평원에서 싸우자는 제의에 기꺼이 응한다.
단 15일 후의 토요일 저녁으로 하자.

라페이와 헤르메스 길드는 위드의 수락을 받고 오히려 당황스러웠다.
"모든 주력을 데리고 정면으로 싸우자고? 진심인가?"
"이거 위드가 말한 것이 맞습니까?"
"맞습니다. CTS미디어와 KMC미디어를 통해서 인터뷰 영상도 나오고 있습니다."
"허어……."
헤르메스 길드의 수뇌부 유저들은 이를 갈던 참이었다.

위드와 북부 유저들을 박살 내 버릴 기세였지만 이렇게까지 쉽게 제안을 받아들일 줄은 몰랐다.

사람들의 시선이 라페이에게로 모였다.

"정면 승부는 우리에게 크게 유리한 거 아닙니까?"

"절대적으로요. 우린 제국의 넓은 땅을 지킬 필요 없이 모든 전력을 한곳에 집결시킬 수 있습니다."

"근데 위드가 왜 이 전투를 간단히 수락한 겁니까?"

"……."

라페이는 작은 단서들을 모아서 상대의 의중을 꿰뚫고 음모를 계획할 줄 알았다. 하지만 이번만큼은 도저히 이해가 되지 않았다.

헤르메스 길드도 방송국들의 제안을 받았지만 그리 관심을 두지 않았다.

이미 여러 곳의 투자를 받아서 그들은 부자였다. 게다가 위드의 돈에 대한 집착이 그가 생각하는 상식보다 클 줄은 몰랐던 것이다.

"아마도… 이건 그동안 쌓은 명성은 버려도 된다는 생각으로 쓰는 속임수이거나……."

라페이는 자신감은 없었지만 그래도 가능성 있는 추측을 이어 나갔다.

"이 전투에서도 우릴 이길 자신이 있어서겠죠."

"그게 무슨 말입니까."

"어쩌면 위드는 인기에 대해 과신하고 있거나, 헤르메스 길드의 군사력에 대해 정확히 모를 수도 있겠습니다."

"그렇게 여러 번 싸웠는데도 말입니까?"

"솔직히 우리가 여러 번 졌으니까요."

"……."

"그러나 이번 전쟁은 오히려 인해전술로만은 극복하기 힘들 것입니다. 정예 병력. 무엇이든 뚫을 수 있는 창과 방패를 헤르메스 길드는 전부 동원할 수 있지요."

라페이는 아르펜 왕국과 정면으로 싸운다면 절대 지지 않으리라고 생각했다.

헤르메스 길드의 총전력은 넓게 분산되어 중앙 대륙 전체를 통치하고 있는 것이었다.

북부 유저들은 인해전술에 전적으로 의지하는데, 그것이 무적이 될 수는 없다.

2군단만 하더라도 피해를 입었지만 중반까지 대단한 전공을 세운 것도 사실이었다.

아크힘이 내키지 않는 목소리로 말했다.

"싸우기로 해 놓고 또 그, 바르칸 같은 녀석을 부르는 거 아닙니까?"

끔찍한 언데드!

결코 다시 싸우고 싶지 않은 존재였다.

"그건 아니라고 봅니다. 속임수를 쓰더라도 전쟁 자체를 하지 않는 쪽이죠. 전투가 벌어지면 풀죽신교나 아르펜 왕국을 따르는 유저들이 그 자리에 모일 겁니다."

"반드시 위드도 나타나야 하고, 사람들이 방해가 되어 바르칸 같은 몬스터를 소환하지 못하겠군요."

"그렇습니다. 바르칸 같은 걸 부르면 아르펜 왕국 스스로 자멸하는 겁니다. 아마 재앙도 일으키기 힘들 겁니다."

"도무지 이해가 안 가는군요."

"가르나프 평원과 같은 장소는 수작을 부리기에는 적합한 장소도 아닐 것입니다."

라페이와 헤르메스 길드 유저들이 원하는 답은 가까운 곳에 있었음에도 불구하고, 그들은 설마 했다.

'아르펜 왕국을 건국한 것만 봐도 장기적인 안목을 가졌다. 전투를 할 때마다 치밀하고 잔꾀가 많았어.'

'중계권? 돈? 당연히 의미가 없지. 그만큼의 명성이나 영향력을 가진 사람이…….'

라페이는 깊게 생각해 봐도 답이 떠오르지 않았지만 하벤 제국에는 좋은 상황이라 생각했다.

"우리가 먼저 제의했고 위드가 받아들인 이상 전쟁 준비만 남은 겁니다."

학살자 칼쿠스가 물었다.

"그런데 전투 날짜를 미룬 것은 무슨 의도일까요? 15일 후 토요일에 하자고 한 것 말입니다."

"그건 알 수 없습니다. 어떤 위험한 함정이 있을지도 모르겠습니다."

위드는 유린의 그림 이동술을 빌려서 가르나프 평원에 먼저 도착했다.

"오빠, 여기는 풀밖에 없네."

"그래. 잔꾀나 속임수가 많이 쓰일 곳은 아니군."

헤르메스 길드에서 선택한 전장이기에 인터넷으로 미리 조사해 봤다.

가르나프 평원은 넓고 시야가 탁 트여 있어서 함정을 파기가 어렵다.

드문드문 경사가 심하지 않은 언덕이 있지만 전투에 결정적인 영향을 끼칠 정도는 아니었다.

"대군이 모여서 한판 붙기 좋은 장소야."

안 그래도 악명이 자자한 헤르메스 길드는 결전을 제의하면서 엉뚱한 비난을 받고 싶진 않았을 것이다.

"그렇지만 나는 정정당당하게 싸우지 않을 거야."

위드는 평원을 보면서 생각에 잠겼다.

이번 전쟁만 승리를 거둔다면 대대손손 먹고살 돈이 생길 것이다.

'건물주, 지주, 집주인, 투기꾼… 그 무엇이든지 될 수 있어.'

어렸을 적에 막 부모님을 잃었을 때의 기분을 떠올렸다.

손가락 사이로 모든 행복이 빠져나가는 기분, 눈앞에서 세상이 흐려졌다.

버려지고 내쳐져서 찬물을 뒤집어쓴 것 같은 절망감.

'여기까지 올라왔구나.'

공장 일과 노가다를 하면서 세상의 무서움과 독함을 맛봤다.

약하고 가진 것이 없으면 얼마든지 짓밟혔다.

백화점이나 커피숍 같은 곳을 지나갈 때 보이는 사람들은 다른 세계에 사는 것만 같았다.

여동생을 데리고 번화가를 지나가면 그들만이 낙오자이거나 거지처럼 느껴졌다.

시험 성적이 나쁘거나 친구와 싸우는 건, 이 아픔이 며칠이 지나면 줄어들 테니 부러웠다.

'조각술을 마스터하고 힘겨운 퀘스트를 했던 것들. 이 모든 게 어쩌면 이번 전투를 위해서일지 몰라.'

위드는 과거 회상을 마치자마자 전투에 이기기 위한 계획을 수립하기 시작했다.

풀죽신교와 헤르메스 길드.

베르사 대륙의 양대 축이 맞붙는 전투였기에 변수들이 다양했다.

'전투가 벌어지면 내가 제어할 수 없는 일도 많이 벌어지게 될 거야.'

헤르메스 길드의 작전도 그렇지만, 풀죽신교가 얼마만 한 전투력을 발휘할 수 있을지도 싸워 보기 전에는 알 수 없다.

'내가 할 수 있는 일들을 한다. 조각사 마스터. 지금까지 배워 온 모든 능력이 총동원될 시간이다.'

야비하고 치사한 방법들이 숱하게 머릿속을 스쳐 지나갔다.

페널티가 큰 조각품에 생명 부여나 조각 부활술도, 필요하다면 당연히 사용해야 했다.

특히 조각 부활술의 경우에는 〈로열 로드〉의 역사상 가장 위대한 업적을 이룩해 낸 특별한 존재 정도는 되살려야 하지 않겠는가.

"살아나서 대충 놀다 가면 곤란하지. 무조건 나를 돕도록 만들어야 해."

대충 하는 아부란 얼마나 무성의한 것인가.

진정한 아부꾼이란 칭찬 한마디에도 영혼을 걸어 상대방의 십 년 묵은 변비가 나아 버릴 정도의 아첨을 해야 한다.

"큰 그림을 위해서 시간 조각술도 써야 되겠군. 딱 한 번이지만 써먹을 수 있는 존재가 있지."

평범한 전쟁 예측 정도는 헤르메스 길드도 당연히 하고 있을 것이다.

눈치 보기와 아부, 빌붙기.

탁월한 재능들을 바탕으로 베르사 대륙의 옛 역사까지 관통하는 거대한 그림이 그려졌다.

마판!

마판 상회를 이끄는 상계의 거두인 그에게 위드의 귓속말이 들어왔다.

—북부의 모든 상단에 전하세요. 가르나프 지역으로 최대한의 보급을 집중합니다. 무기와 전투 물자는 물론이고, 먹고 마실 수 있는 식재료를 충분히 동원해 주세요. 특히 술이나 음식이 3일 안에 도착해야 됩니다.

마판은 위드의 말이라면 의심하지 않았다.

무엇이든 금으로 만들어 버리는 미다스의 손!

'조각사를 괜히 한 게 아냐. 길거리에 떨어진 나무토막마저 주워서 조금 만지더니 비싸게 바가지를 씌워서 팔아먹는 직업이잖아. 조각사는 위드 님의 천직이었어.'

마판은 절대적인 믿음을 가지면서도 이유가 궁금했다.

—무기나 전투 물자는 있는 대로 끌어모아 보겠습니다. 모라타에 있는 물량을 싹 쓸어서라도 어떻게든 맞춰 봐야죠. 근데 따로 식량이 필요할까요?

가르나프 평원에서의 전투까지는 아직 2주나 남아 있는 시점이었다.

유저들도 각자 어느 정도의 식량을 가지고 있을 테니 굳이 보급의 의미가 있을까 싶었다.

—후… 이렇게 순수해서야.

마판은 그 말을 듣자마자 뭔가 크게 잘못 생각하고 있다는 판단이 들었다.

일반적인 관점으로 위드의 꿍꿍이를 이해하려고 한 것이다.

—가르나프 평원에 지정된 날짜보다 일찍 오는 유저들도 많겠죠.
—그렇겠죠?

하르판 지역을 장악한 풀죽신교가 가르나프 평원까지 내려가는 데 필요한 시간은 이틀이었다.

검치와 사막 전사들이 가르나프 평원에 도착하는데도 그렇게 긴 시간이 걸리진 않는다.

운명을 건 결전을 벌이기로 한 이상, 제국군과도 서로 싸울 이유는 없었다.

제국군이 열어 주는 길을 따라서 북상하고 텔레포트 게이트까지 이용한다면 금방 도착할 수 있었다.

—일찍 일어나는 새부터 잡아야죠. 술과 음식이 있다면 그들의 호주머니를 털 수 있는 기회가 아닙니까.
—오오. 그것은!

마판은 그 광경이 상상되었다.

어마어마한 군중이 가르나프 평원에 모일 것이다.

북부 유저들은 당연했고, 중앙 대륙의 유저들도 이 거대한 이벤트를 놓치지 않기 위해 달려올 것이다.

그 많은 인원이 모였는데 술이나 음식들이 제공된다면 어떻게 되겠는가.

—축제로군요!
—그렇습니다. 호주머니가 털려도 모를 정도로 흥청망청 놀고먹을 겁니다.
—여, 역시!
—사람들은 불안할 때 더 돈을 헤프게 쓸 수 있죠. 전쟁 결과가 어떻게 되든 간에 우리는 돈을 벌어야 합니다.
—존경스럽습니다. 항상 변치 않는 모습에 진심으로 감동하고 있습니다.
—제가 15일의 유예 기간을 둔 것은 중앙 대륙의 유저들도 다 같이 즐기자는 의미입니다.
—철저히 준비하겠습니다. 북부의 모든 상단들을 동원하여 베르사 대륙 최고의 축제로 만들어 보죠.

위드는 말하지 않았지만 이것도 전투 승리를 위한 중요한 꼼

수 중의 하나였다.

〈로열 로드〉 전체를 놓고 보면 베르사 대륙의 패권 같은 걸 신경 쓰지 않는 유저들이 은근히 많았다.

누가 지배를 하더라도 크게 신경을 안 쓰기도 하지만, 작은 도시 한 곳에서만 쭉 지내면 대륙의 정세는 자신들과는 상관없는 일이기도 하다.

특히나 전쟁에 지친 중앙 대륙 유저들에게 그러한 경향이 강하다.

평범한 유저들까지 눈이 뒤집혀서 달려오게 만드는 거창한 축제!

그렇게 와서 축제를 즐긴 중앙 대륙의 유저들은 약간의 바람만 넣어도 위드의 편에 설 가능성이 대단히 크다.

'이것만 해도 전력이 수십 퍼센트는 올라가는 거겠지.'

땅! 땅! 땅!

대장장이 마스터를 하고 나서도 경쟁하듯이 검을 만들고 있던 헤르만과 파비오.

"위드와 바드레이라……."

대장장이들에게 전쟁은 피해가 없다.

누가 지배하더라도 최고 실력을 가진 대장장이들에게 함부로 대할 순 없을 것이기 때문이다.

그럼에도 대륙의 최강자가 결정될지도 모른다고 하니 호기심이 생겼다.

"그럼 가 볼까."

농부 미레타스.

〈로열 로드〉에는 농기계가 존재하지도 않았으니 농부들이 황무지를 개간하고 작물을 수확할 때까지 모든 과정이 노가다로 이루어졌다.

넓은 땅을 경작하려면 쉬는 날이란 존재하지도 않는다. 여러 종류의 곡물과 수십 종이 넘는 과일, 관상용 나무들을 돌봐야 했다.

"아름답구나."

미레타스는 그의 땅에 바람이 일 때마다 출렁거리는 황금빛 벼들을 보았다.

"농부는 자연에 씨앗을 뿌리고 땀을 흘려 키워서 결실을 맺는 직업이지. 땅과 식물을 만지면서 사는 재미는 후회가 없단 말이야."

그의 이마는 노동으로 흘린 땀으로 흥건했다.

띠링!

> 신품종 개발!
> 새로운 쌀 품종을 탄생시켰습니다. 높은 영양분을 가지고 있으며, 밥을 지어서 입안에 넣으면 저절로 녹아 버리는 최고 등급의 쌀입니다. 1등급 식재료!

"이건 다른 농부들에게 나눠 줘야겠군."

농부는 같은 직업들끼리 큰 도움을 줄 수 있었다.

직접 개발한 품종이나 희귀한 묘목을 나눠 주면 그걸 재배하는 것만으로도 스킬 레벨이나 명성을 올릴 수 있다.

욕심을 부려서 혼자 키울 수도 있었지만 미레타스는 그러지 않았다.

농부들이 수확량을 늘리는 것은 곧 〈로열 로드〉를 풍요롭게 만드는 것이니까.

"가르나프 평원이라……."

미레타스에게 시급 2실버에 초보 조인족 참새들을 시켜서 발송한 위드의 초대장이 도착했다.

VIP 초대장

가르나프 평원에서 멋진 전투를 구경하세요.
그동안 아르펜 왕국을 위해 힘써 주신 바에 감사드리며
관람을 위해 와삼이의 넓은 등을 제공합니다.

"당연히 나도 가 봐야지. 농부를 우습게 보던 헤르메스 길드 놈들에게 복수해야 하니 말이야."

미레타스는 개량한 전투용 씨앗을 배낭 가득 채웠다.

농부는 전투를 하진 못하겠지만 간접적인 도움을 주는 건 가능하다.

식인 나무들로 구성된 숲을 조성한다거나, 마비 독초들이 들판 가득 자라나게 하는 방식을 통해서였다.

재봉사 드라고어.

그는 밀린 빨래를 하다가 초대장을 받았다.

"아쉽지만 일이 많아서 가기는 힘들겠는데."

어떻게든 재봉사 마스터 퀘스트를 하려고 했지만 산 너머 산이었다.

품위 있는 멋진 재봉사의 손이 부르틀 정도로 빨래를 했다.

빨래 퀘스트가 옷감과 친해지는 장점은 있었다.

이미 그의 손이 닿기만 하면 찌든 때가 쑥 빠지고 옷감도 부드러워진다.

"이번 일을 끝내고 멋진 퀘스트를 해야… 설마, 진짜 마스터까지 노가다만 하고 끝나진 않을 거 아냐."

드라고어는 빨래가 얼마나 남았는지 보려고 고개를 들었다.

"……."

조금도 줄어들지 않은 것 같은 더러운 옷들의 산!

"타, 탈출이다."

그는 가르나프 평원으로 즉시 달려가기로 결심했다.

풀죽신교의 요리사 엘크군.

그는 최고의 맛을 손끝에서 낼 수 있는 요리사였지만 풀죽을 마실 때마다 반성했다.

"담백하고… 더할 것도 뺄 것도 없다. 그저 한 끼의 허기를 때울 뿐이지만, 이조차도 없어서 먹지 못하는 사람들이 있을지니. 요리 재료를 낭비하지 말아야 할 것이다."

엘크군은 풀죽신교의 여러 죽 부대를 요리로 탄생시킨 장본인이기도 했다.

독버섯죽에서도 까다로운 몇몇 레시피들은 다른 요리사들은 알고도 만들지 못했다.

엘크군이 만든 요리만이 제대로 된 향긋한 흙냄새가 물씬 풍기는 독버섯죽이 되었다.

"북부와 중앙 대륙의 입맛은 다르지. 중앙 대륙 유저들에게 더 많은 독버섯죽을 먹여 주기 위해서라도 당연히 가 봐야 할 일이다."

건축가 미블로스.

그가 북부에 오면서 건축양식이 확 달라졌다.

크고 세련된 건물들이 도시의 풍경을 멋들어지게 바꿨다.

모라타의 수많은 판자촌들은 그의 손길에 개조되었다.

"낡은 건 추한 게 아냐. 형태를 바꾸면 이것도 충분히 가치가 높은 건축물이다."

판잣집들의 구조나 색을 조금씩 바꾸었다.

멀리서 보면 모라타의 집들이 한 폭의 그림처럼 여겨지는 멋진 풍경들을 만들어 냈다.

훌륭한 건축가는 화가이기도 하고, 조각사이기도 했기에 가능한 설계.

그가 기획 단계에서부터 참여한 새벽의 도시는 깔끔한 구획 정리와 함께 북부의 역사를 그대로 자아냈다.

얼음의 거리, 개척의 거리, 예술의 거리, 문화의 거리, 상업의 거리, 모험의 거리, 생산의 거리.

도시 건축에 있어서 거주하게 될 사람들의 행복이란 무척이나 중요했다.

"사람들이 이 도시에서 즐거운 꿈을 꾸며 행복하게 살아갈수 있기를."

도시가 멋지고 아름답다면 여기서 머무르는 사람들도 조금이라도 더 행복할 것이다.

살아가는 사람과 관광객들이 하루라도 더 머무르고 싶어 하는 도시.

미블로스는 새벽의 도시를 건설하다가 위드의 초대장을 받았다.

"당연히 가 볼 일이었는데… 흠흠."

아르펜 왕국과 하벤 제국의 결전이라는데 어떻게 빠질 수 있겠는가!

만약 하벤 제국이 이기기라도 한다면 그가 땀방울로 지은 대지의 궁전을 그들이 점령하고 사용할 게 아닌가.

미블로스는 최악의 경우에는 전부 부숴 버릴 각오까지 하고 있었다.

"초대장까지 보내 주니 좀 체면이 사는군. 아르펜 왕국에 와
서는 무시당하지 않아서 좋아."

조각사가 국왕이라서 그런지 생산직에 대한 대우가 아주 후
했다.

미블로스는 온 힘을 다해서 아르펜 왕국을 도울 작정이었다.

오베론.

〈로열 로드〉의 초창기부터 시작하여 차가운장미 길드를 창
설했던 장본인.

멋진 모험을 이끌기도 했던 그는 현재 아르펜 왕국의 벤트성
영주였다.

풀죽신교가 대거 남하하는 와중에도 성주로서 지역의 치안
과 유저들 지원을 위해 남았지만 초대장을 받았다.

"결전이 벌어진다고요? 그럼 무조건 가야죠."

그는 벤트 성의 총병력을 이끌고 남쪽으로 향했다.

오베론은 영향력을 최대한 발휘했으며 모라타의 광장에서는
명연설까지도 남겼다.

"우리가 싸우는 이유가 무엇입니까. 살아가는 이유가 무엇입
니까? 인생에 대해서는 아직 잘 모릅니다. 그러나 지금 검을
들지 않으면 우린 평생 부끄러워하며 살 겁니다. 당당하게 걸
어갑시다. 우린 풀죽신교입니다!"

파보와 가스톤.

북부의 건축가들을 이끄는 그들은 풀죽신교의 본대와 같이 움직였다.

"길을 놓아요. 여기는 앞으로 아르펜 왕국이 남쪽으로 진출하는 핵심 교역로가 될 거니까요!"

아르펜 왕국의 건설부장으로 임명되어 퀘스트를 만들 수도 있는 그들!

교역로 건설

아르펜 왕국의 국가 퀘스트. 남쪽 평원까지 이어지는 길을 건설하라. 건설 작업에 동원되는 노동자들은 공헌도를 인정받을 수 있다.

난이도: D.

보상: 국가 공헌도.

제한: 아르펜 왕국 주민 한정.

건축가들이 지나간 자리에는 도로가 만들어진다.

그들의 헌신 덕분에 풀죽신교의 본대를 빠르게 남하시킬 수 있었으며, 마차들이 필요한 만큼 속도를 올려 달릴 수 있는 수송로도 확보되었다.

"달리자. 취이익!"

오크 부대도 그 도로를 지났다.

끝도 없이……

모험가 체이서.

"작은 실마리를 얻어서 대륙 전체를 헤매는 게 모험가의 일이죠. 발굴의 짜릿함? 1초 후에는 사라질 기분이라도 그걸 위해서 사는 겁니다."

그는 니플하임 제국의 오래된 유물들을 꺼내서 아르펜 왕국에 가져왔다.

유물들의 효과로 경제력, 기술력, 상업이 빠르게 발달했다.

아르펜 왕국 발전의 공신 중 1명.

체이서의 이름은 북부 유저들에게 널리 알려질 정도였는데, 이번 전투에도 당연히 참석했다.

데이몬드.

대지의약탈자 길드장이자 〈로열 로드〉에서 최초로 S급 난이도 퀘스트를 받은 유저.

부활의 사제로 엠비뉴 교단의 마물을 이끌고 중앙 대륙으로 침략한 전적도 있었다.

하벤 제국에 의해 토벌을 당하고 나서 퀘스트의 페널티로 영원한 죽음으로 캐릭터마저 사라지고 말았다.

대지의약탈자 길드원들은 〈로열 로드〉를 다시 시작해서 레벨 100을 간신히 넘긴 상태였다.

과거의 강력함은 추억이 되었지만 모라타에서 시작해 던전을 돌며 열심히 성장 중이었다.

"여긴 천국이야."

"물가도 싸고… 제품의 품질도 높고."

"불량품이 있으면 수리나 교환을 해 준다는 게 놀랍네요. 헤르메스 길드의 상단은 그런 거 절대 없었는데."

중앙 대륙에서 살아갈 때와는 다르게 초보자인데도 살맛이 났다.

"대장, 우리도 가야 하는 거 아닙니까?"

"당연하지. 가자!"

헤겔, 벨라, 르미, 나이드.

한국 대학교 가상현실학과의 학생들도 모라타에 머무르고 있었다.

"우리… 가 봐야 하는 거 아냐?"

"훗. 가 보나 마나. 헤르메스 길드를 이길 수는 없어. 그 강대하던 흑사자 길드도 무너졌는데."

"헤겔아, 넌 왜 말을 그렇게 하냐."

"딱 보면 각이 나오는 걸 몰라? 세상에 무의미한 환상을 품고 살아선 안 되는 법이야."

"거참, 분위기 파악도 못 하고… 답답하다. 그러니까 너 친구가 없지."

"커억."

도둑 나이드는 슬그머니 자리에서 일어났다.

르미가 그 모습을 보며 눈을 반짝였다.

"어디 가?"

"가르나프 평원."

"멀잖아."

"그래도 구경해 보고 싶어. 안 보면 평생 후회할 거 같아."

"같이 가자. 그럼."

한국 대학교의 학생들도 자리에서 일어났다.

헤겔이 끝까지 남아서 버텨 보려고 했지만 붐비던 모라타의 거리가 한산했다.

성문에는 남쪽으로 몰려가는 마차와 황소 떼가 북적거렸다.

"에휴. 내가 가 준다, 가 줘. 딱히 궁금해서 가는 건 아니지만……."

"우리 형님께서 헤르메스 길드와 전투를?"

물빛의 화가 페트는 아렌 성의 하수구에서 그림 낙서를 하고 있었다.

그의 낙서는 치안 수준을 떨어뜨리고 주민들의 충성심까지 낮췄다.

"아마 그녀도 있을 테지……."

페트는 유린을 떠올렸다.

그러자 도저히 이러고 있을 수가 없었다.

"그럼 이동술로 당장 가자."

그리던 그림마저 대충 완성했다.

황제 바드레이가 홍게라면을 끓여서 아무에게도 나눠 주지 않고 혼자 먹는 그림이었다.

할마, 마르고, 레위스, 그랜.

세상에 아는 유저들이 그리 많진 않지만 이들에게 당한 이들은 치를 떨었다.

뒤치기 4인조!

"전쟁의 신 위드 님께서 무신 바드레이와 싸우다니……."

"그분에게 당한 것조차도 영광이다."

"야, 이번에 이기면 대륙 통일 아냐?"

"전투 한 번 진다고 중앙 대륙을 다 뺏기겠냐."

"그래도 제일 큰 싸움을 이기면 대륙 정복을 한 거나 다름없긴 하지. 이거 지고 나면 헤르메스 길드가 어떻게 막겠냐."

"크흐. 베르사 대륙의 황제라니……."

"우린 그… 황제가 되려는 사람한테 뒤치기를 하려 들었던 거야."

뒤치기 4인조는 주로 로자임 왕국에서 활동했다.

로자임 왕국만 하더라도 동쪽의 변방이지만 그래도 대단히 넓은 영토를 자랑했다.

수많은 마을과 도시, 성들이 있었고 발길이 닿지 않은 사냥터나 신비로운 퀘스트들이 남아 있었다.

한 왕국의 지배자만 되어도 대단한데 베르사 대륙의 통일 황제라면 얼마나 위대한 자리인가.

"가 볼까?"

"당연히 가 봐야지."

"가는 동안 만만한 녀석도 좀 알아보자."

"그래, 뒤통수칠 수 있는 기회는 항상 살펴야지."

은링, 벤, 엘릭스.

그들은 위드가 사막에 왔을 때 만난 적이 있었다.

"대지의그림자 파티가 아니십니까. 〈로열 로드〉를 시작하기 전에 그 명성은 자자하게 들었습니다."

"알아봐 주셔서 영광입니다."

엘릭스가 대표로 악수를 했다.

"도전장을 보내신 적도 있었는데."

"큼큼. 잠시의 호기로… 그랬던 적이 있긴 합니다."

은링과 벤은 시선을 피했다.

엠비뉴 교단과 엮인 일로 인해서 약간의 흑역사가 생기고 말았다.

결국 그들이 허송세월하는 동안에 엠비뉴 교단을 물리친 것은 위드였으니까.

"요즘에는 팔로스 제국의 건국 퀘스트를 하고 있습니다. 사막 지역에 제국을 세우는 일이죠."

엘릭스는 여전히 경쟁심을 떨쳐 내지 못하고 자랑했다.

드넓은 사막 지역의 통합, 전사들을 키워서 국가를 세우는 일. 아르펜 왕국의 건국에 비해서도 절대 가치가 낮지 않은 일이라고 생각하며 자부심을 갖고 있었다.

위드가 땅을 산 사촌처럼 환하게 웃었다.

"아. 그 퀘스트요."

"알고 계십니까? 검치분들을 통해 이야기를 들으셨으리라고……."

"저도 그 퀘스트 하고 있습니다."

"네?"

"팔로스 제국의 건국까지 딱 한 단계 남겨 놓고 있죠. 뭐, 남은 것도 그리 어려운 일은 아니고요."

"……."

"번거로운 일들을 다 처리해 주셔서 이다음 퀘스트에서는 도움을 많이 받겠네요."

대지의그림자 파티는 그렇게 눈 뜨고 당하고 말았다.

그들끼리 고난을 뚫고 어렵게 퀘스트를 진행해 왔더니 중간에 끼어든 경쟁자!

평범한 경쟁자라면 대지의그림자 파티를 당해 낼 수가 없겠지만, 문제는 위드였다.

온갖 직업 스킬과 노가다 스탯, 명성, 퀘스트 경험, 전투력에 인맥까지 빵빵한 위드.

위드가 끼어든 이상 뒤로 밀려나는 건 당연한 수순이었지만 어디다 하소연하기도 애매했다.

대지의그림자 파티가 사막까지 와서 퀘스트를 진행한 데에는 애초부터 위드의 공이 적지 않았으니까.

위드가 사막의 대제왕으로서 기반을 다져 놓지 않았더라면 퀘스트가 지금 단계까지 올 수도 없었으리라.

"에효. 헤르메스 길드와 전쟁이라니 가 보긴 해야겠죠."

"앞으로의 역사가 결정되는 순간이니 보긴 해야겠지."

"위드를 도와줘야 할까요?"

"헤르메스 길드가 잘되는 걸 볼 수 없으니 그래야겠지. 뭔가 또 내키진 않지만……."

로빈은 아르펜 왕국에 큰 복수심을 갖고 있었다.

"내 땅을 몽땅 빼앗아 가다니… 내가 어떤 노력으로 영지를 키웠는데."

하벤 제국이 북부의 점령 지역을 빼앗기면서 헤르메스 길드에 의해 임명된 영주들은 허공에 붕 뜬 신세가 되고 말았다.

위드와의 협상을 통해 자리를 보전하려고 했지만 결과는 최악이었다.

상대를 어리숙한 청년 정도로 생각했지만 철저한 오산.

협상에 반발해 도시를 불태우고 떠난 7인은 최악의 악당이 되어 베르사 대륙에 발을 붙이지 못했다.

그대로 남은 영주들은 수천만 골드를 아낌없이 퍼부어서 성장시킨 도시에서 거둬들인 세금을 70%나 바치고 있었다.

"그래도 도시를 운영하는 맛이 있긴 하지만……."

로빈은 아직 서윤을 포기하지 못했기에 중앙 대륙으로 돌아가지 않았다.

'그녀만큼 뛰어난 지성과 미모를 겸비한 사람은 없어. 무엇보다도 한눈에 반해서 빠져나올 수가 없다고.'

얼굴과 돈이 받쳐 주니 여자들과의 소개팅이나 직접적인 접근도 많았다.

일주일에 10명 이상, 한때는 도저히 서윤과의 거리가 좁혀지지 않자 다른 여자들도 만나 봤다.

그럼에도 서윤에 대한 생각만 더욱 깊어졌다.

그녀는 외모만이 아니라 특유의 아우라가 있어 다른 여자들과의 비교를 거부했다.

'언제까지 그녀가 이런 놈을 만나진 않을 거야. 그래, 맞아! 〈로열 로드〉가 문제지.'

로빈의 생각은 조금의 근거를 가지고 엉뚱한 곳까지도 향하게 됐다.

'그녀도 〈로열 로드〉에 푹 빠진 거야. 이해할 수 있는 일이지. 여긴 아주 재밌으니까. 외롭게 지낸 그녀에게는… 맞아. 천국이었을 거야. 그래서 위드처럼 강하고 명성이 높은 남자와 사귀게 된 거지.'

결론도 상당히 타당한 근거를 가지고 있었다.

〈로열 로드〉 외에 그 무엇으로도 위드에게 진다고는 납득할 수가 없었기 때문이다.

'〈로열 로드〉에서 성공하자. 그러면 더 이상 그녀가 그놈에게 붙어 있을 이유가 없지.'

로빈은 이를 악물고 다스리는 도시 아스에 투자했다.

"8,000만 골드. 환전해서 넣어. 다음 주에는 1억 골드 더 투자한다."

그에게도 부담이 되는 금액들이지만 아끼지 않았다. 막대한 자금을 투자하여 도시 아스를 개발한다면 이걸로 능력을 증명할 수 있으리라.

서윤이 아르펜 왕국의 실질적인 행정을 전담한다는 소식을 듣자 더욱 도시 개발에 열을 올렸다.

'가까운 곳에 있어. 이 도시가 북부 최고의… 아니, 대륙 최고의 도시가 될 것이다.'

로빈은 부모님으로부터 미리 증여받은 재산을 쓰고, 부동산도 팔아서 〈로열 로드〉에 집어넣었다.

도시의 영주가 자신이다 보니 허공에 날아가는 건 아니지만 재벌의 후계자임에도 불구하고 막대한 자금을 소모했다.

도시 아스에 주거지를 등록하면 1,000골드 증정.
초보자 여러분들이 퀘스트를 할 때마다 상금 500골드를 드립니다.
복지 혜택! 모든 물품 구매 시 20%의 금액을 환급해 드립니다.

　방문자 이벤트. 도시 아스에 찾아오는 모든 이들에게 여행 용품을 나눠 드립니다.

　식사를 나눠 드립니다. 오후 8시부터 10시까지 도시 아스의 모든 식당들이 공짜!

주민들을 위해 벽돌집을 지어서 무료로 분양해 주기도 했다.

이용자 숫자가 3명밖에 안 되는 해적들을 위해 길드도 개설했다.

그야말로 백년대계!

100년을 내다보지 않고서야 해서는 안 될 만한 투자들을 마구 했다.

'부족한 것보다는 넘치는 게 낫지. 모든 이들이 압도될 수 있는, 그런 도시를 만들자.'

영주 성도 호화로운 궁전으로 지어지고 있었다.

총 52개로 구역을 나누고 1구역부터 순차적으로 완성해 갈 계획이었는데, 완공 후의 전체 면적은 대지의 궁전을 능가할 정도였다.

궁전의 설계는 외국의 유명 건축사무소에 맡기기까지 했다.

그렇게 돈으로 바르고 있는 도시 아스는 북부 유저들이 들어오면서 매일 활기를 띠었다.

"여기 살기 좋네."

"응. 아르펜 왕국이잖아."

"도시가 깨끗해."

"아르펜 왕국이니깐."

"위드 님 덕분에 이렇게 훌륭한 도시까지 만들어지는 거야."

"위드 님한테 우린 정말 고마워해야지."

눈 뜨고 당한 느낌!

로빈은 울화를 참고 있었는데, 그러던 와중에 익숙한 얼굴을 발견했다.

교역을 위해서 방문한 상인, 그중에서 서윤의 아버지인 바트를 본 것이다.

"회장님!"

"허허. 회장 자리는 진작 내려놓았네. 솔직히 말하면 뺏겼지. 그러니 편한 대로 부르게."

"어떻게 그렇게 하겠습니까. 근데 이 도시는 무슨 일로……."

"올리브와 맥주를 좀 가져왔네."

바트는 타고 있는 마차와 뒤에 연달아 서 있는 짐마차를 손으로 가리켰다.

"〈로열 로드〉를 하시는 줄은 몰랐습니다. 상인으로 활동하고 계십니까?"

"그렇네. 조촐하지만 뒤늦게 재미를 만끽하고 있지."

"여기서 이럴 게 아니라 안으로 모시겠습니다."

로빈은 영주 성으로 바트를 안내하면서 기쁨을 감출 수가 없었다.

'도시에 투자한 보람이 있구나. 영주 성을 이렇게 멋지게 지은 걸 보면 대단하게 여기겠지.'

바트는 고급스러운 도시의 거리와 사치의 정점에 달한 영주

성을 보며 고개를 끄덕였다.

'H그룹을 이 녀석이 물려받으면… 거기도 오래는 못 가겠군. 기업을 한 번에 털어먹을 놈일세.'

그날 이후로 로빈은 바트를 극진히 모셨다.

바트가 가져오는 물건은 당연하게도 웃돈을 얹어서 매입했고, 방문 시마다 필요한 서비스는 모조리 제공했다.

"어르신을 위해 집을 짓고 있습니다."

"내 집까지?"

"예. 오실 때마다 별장이라 생각하고 편히 지내 주십시오."

상인을 위한 물품들도 전부 최고급으로 맞췄다.

레벨과 스킬에 따른 장비들을 밤새워 경매 사이트를 뒤져서 가장 좋은 것들로 구했다.

"자그마한 성의입니다."

"고맙네."

로빈은 바트가 기뻐할 때마다 더없이 행복했다.

'그녀의 아버지에게 인정받고 있어. 이제 그녀만 정신을 차리면 모든 조건은 완벽해진다.'

기다림을 참는 것이 힘들긴 했지만, 그 대상이 서윤이기에 행복했다.

그러던 중 위드가 헤르메스 길드와 가르나프 평원에서 싸운다는 소식을 들었다.

'하하. 이거였어. 이번에 바드레이에게 패배한다면 그걸로 그녀도 돌아올 것이다.'

로빈은 바트에게 같이 가르나프 평원에 구경을 가자고 제의했다.

"그래. 같이 가세."

"어르신. 근데 이번 전투에는 어느 쪽이 이길까요?"

묻기는 했지만, 그는 헤르메스 길드가 이길 것이라 확신하고 있었다.

도시 아스가 다시 하벤 제국의 영역으로 넘어가게 되면 그건 또 다른 멋진 결과이리라.

바트는 당연하다는 듯이 대답했다.

"위드가 이기겠지."

"위드가… 네?"

"난 이길 거라고 보네. 그는 기적을 만들어 내는 남자니까."

"……."

로빈의 얼굴이 구겨지는 건 어쩔 수가 없었다.

'어르신이… 설마 아니겠지?'

참으려고 했지만 이번에는 진심으로 궁금한 질문이 생겼다.

'남자답게 물어보자.'

로빈은 굳은 결심을 하고 입을 열었다.

"서윤. 따님에게 어울리는 남자는 역시 저 아니겠습니까?"

"위드가 잘 어울리네."

"예?"

"진국이지. 알수록 훌륭한 청년이야."

"……."

"둘이 잘 만났어. 내 딸과 행복하게 잘 살 거야."

페일은 결전의 날 가르나프 평원으로 갈 생각이 없었다.

'위드 님이 불러 주시면 가긴 가겠지만… 어디까지나 정중한 부탁을 먼저 하셔야 한단 말이지.'

세간에 퍼져 있는 소문을 그도 들은 것이다.

〈로열 로드〉의 명예의 전당에는 큰 인기를 끄는 동영상도 하나 등록되었다.

제목: 위드의 전투 노예 페일!

위드가 싸운 전장마다 페일이 나서서 싸운 장면들이 동영상으로 편집되어 나왔다.

초보 시절에 같이 사냥을 다녔던 영상도 있었는데, 조회 수가 무려 3억 7,000만!

위드와 〈로열 로드〉의 인기 때문에 어지간한 국가의 인구를 몇 배나 넘어섰다.

> ㄴ 빼박 전투 노예 인증 영상.
> ㄴ 노예라고 부를 수도 없죠. 인간이 아니라 꿀벌 수준입니다.
> ㄴ 혹시 음머어어 하고 울지 않나요?
> ㄴ 그보다 편집한 동영상의 길이가 19시간을 넘는 게 극혐 수준이네요.
> ㄴ 하루 종일 전투한 3초 정도로 컷했어도 이 정도.
> ㄴ 4시간 29분 43초. 달밤에 허리를 숙여서 전리품 줍는 광경이 어찌나 서글픈지…….
> ㄴ 위드 님이 강하다고 해도 뭔가 꼼수가 있으리라고 봤는데요. 생각을 바로 잡게 되네요. 전투 노예가 저 정도면 위드 님은 도대체…….

페일도 그 동영상을 보며 위드와의 관계에 대해 다시 생각하
게 되었다.

'세상에! 내가… 이렇게 착취당하고 있었던 거야?'

전리품들이나 경험치를 나눠 주지 않는 것만이 착취가 아니
었다.

자유와 시간을 빼앗는 것도 일종의 착취!

전투 노예 페일이 자아를 깨닫게 되었다.

'가르나프 평원에 가면 죽도록 싸워야 되겠지. 아르펜 왕국
을 지키기 위해서. 그런데 위드 님이 부르지도 않는데 가는 건
정말 노예나 할 짓이야.'

페일은 이제부터라도 정확히 선을 그을 생각이었다.

자신에게도 자유의지가 존재하고, 무리한 사냥 요청이나 부
탁을 한다면 단호하게 거절하리라.

'나도 이제 사람답게 살 것이다!'

페일은 아버지에게 귓속말을 보냈다.

—뭐 필요한 거 없으세요?

부모님들과 형제들, 사촌까지도 〈로열 로드〉에 강하게 중독이 되었다.

필요한 게 있거나 도움을 요청하는 경우도 있다 보니 가끔 먼저 귓속말을 보냈다.

—없다. 우린 신경 쓰지 마라. 넌 큰일을 해야 되잖니.
—예?
—가르나프 평원에서 멋지게 싸우는 광경 기대하고 있다. 네 엄마도 다른 여편네들에게 계 모임에서 얼마나 아들 자랑을 했는지 몰라.
—어, 어떻게요?
—내 아들이 바로 그 페일이라고!

페일은 침을 꿀꺽 삼켰다.

동네 주민들이 대부분 모여 있는 초대형 계 모임!

그곳에서 페일이 자신이라고 들키다니, 앞으로 마음 편히 마트를 가기도 틀렸다.

—아주머니들… 분위기는요?
—다들 엄청 부러워하지. 〈로열 로드〉를 하는 사람들 중에서 궁수 페일을 모르는 사람이 어디 있냐. 모라타와 대지의 궁전에 네 조각상도 세워져 있는데.

그 조각상도 문제였다.

위드의 옆에서 활시위를 당기는 광경이 영락없이 전투 노예의 광경이 아니던가.

—자식이 전투 노예라는데 화 안 나세요?
—화는 무슨 화? 네가 위드 님의 최측근이잖냐. 옛날 같았으면 정승이지. 지
금도 장관이나 대통령 비서실장이야.
—그거랑은 좀 경우가 다른 거 같은데…….
—그래. 다르지. 더 좋잖아. 네 덕분에 우리 가족이 아르펜 왕국에서 얼마나
혜택을 입고 사는데! 네 형이 상인이잖냐.
—예. 그렇죠.
—광장에서 전투 노예 페일의 친형이라는 깃발을 달고 장사를 하면 사람들
이 몰려들어서 10분도 안 되어서 물건이 동나 버린다.

페일은 낯이 뜨거워서 들 수도 없을 정도였다.

'아아. 내 명예와 긍지가…….'

—이런 이야기까지는 안 하려고 했는데… 네 대학 등록금도 위드 님이 마련
해 주신 거나 마찬가지야.
—예? 그건 또 무슨 말씀입니까?
—몇 달 전에 위드 님이 풀죽여신님과 같이 식당에 오셨잖냐.
—식당에요?

페일의 부모님은 교직에서 은퇴하고 지금은 곰탕집을 운영
하고 있었다.

지역 주민들과의 관계도 원활하고 공무원들도 자주 찾아서
그럭저럭 장사는 되는 집이었다.

—곰탕 두 그릇 먹고 가시고 그 이후로 방송까지 나가서 손님들이 미어터진
다. 저녁때 번호표 150번까지 내준 거 알고 있냐?
—그런 일이…….

페일은 도저히 위드가 펼쳐 놓은 그물을 빠져나갈 수 없음을

깨달았다.

자유의지?

그런 게 무슨 필요란 말인가.

자신은 충실한 전투 노예인데…….

페일은 갑자기 등이 서늘해지는 느낌이었다. 뭔가 떠오르는 게 있었던 것이다.

> —아버지, 근데 위드 님한테 밥값은 받으셨습니까?
> —수육까지 따로 포장해 가셨지. 잘 먹었다고 맛집으로 소문내야 한다고 하시더라. 앞으로 네 인생도 걱정하지 말라 하고.
> —그래서 밥값은요?
> —나는 안 받으려고 했지. 하지만 밥값은 떼먹으면 안 된다고 억지로 쥐여주고 갔다.

페일은 얼굴이 부끄러움으로 달아올랐다.

오랫동안 위드와 함께하고서도 잠깐이지만 의심했다.

'그런 분이 아니었지.'

자린고비이긴 했지만 무전취식은 하지 않는다.

남에게 함부로 대하는 것 같아도 정작 어려운 사람들에 대한 배려는 잊지 않는 사람이 위드가 아니던가.

'작은 지출들은 애써 아꼈지만 크게 써야 할 때 망설인 적은 없었어.'

전 재산을 털어서 모라타에 투자하거나, 푸홀 워터파크를 설립한 것만 해도 그렇다.

돈을 제대로 쓸 줄 아는 사람이 위드라고 생각했다.

만돌.

그는 셸지움에서 끝까지 싸우다가 죽은 유저들을 데리고 가르나프 평원으로 향했다.

"아, 괜히 싸워 가지고."

"레벨이 떨어진 건 참겠는데. 스킬 숙련도 진짜……."

"난 장비까지 잃어버렸잖아."

셸지움에서 대거 사망한 유저들이 불만으로 투덜거렸다. 좋은 일을 위해 나섰지만, 그럼에도 목숨을 잃고 나니 후회가 든 것이다.

"괜히 가서 또 죽는 거 아니겠지?"

"설마… 모이는 사람이 몇 명인데. 다 싸우지도 못할걸."

"흠. 어떻게 싸울지 궁금하긴 한데… 겁도 난다."

"죽으면 자기만 손해지."

유저들은 잘난 척 나서 봐야 정작 챙겨 주는 사람은 아무것도 없다고 불만을 품었다.

셸지움에서 사투를 벌이다가 죽었지만 그 후에 남은 건 후회밖에 없었다.

그들이 가르나프 평원에 막 발을 디뎠을 때였다.

이미 이곳에는 풀죽신교의 유저들이 그야말로 대초원처럼 모여 있었다.

어제까지만 해도 풀밭에 없던 한적한 평원에 상인들이 임시로 상업 지구를 조성해 놓았다.

숙식이 가능한 천막촌도 세워졌다.

최소 100만 명 이상이 가르나프 평원에서 이미 먹고 놀 준비를 하고 있다.

"와! 역시 풀죽신교 규모가 대단하네."

"스케일 봐라. 확실히 놀라워."

셸지움에서 온 유저들은 조용히 자리를 잡으려고 하는데, 그들을 발견한 유저들의 일부가 외쳤다.

"우와아… 영웅들이다!"

"영웅?"

"방송 못 봤어? 셸지움에서 싸운 분들이잖아. 재방송 몇 번이나 돌려서 봤는데."

"어, 맞네."

"박수 치자, 박수."

짝짝짝!

가까이 있던 몇 명의 사람들이 시작한 박수 소리, 땅에 앉아 있던 유저들도 일어나서 박수를 쳤다.

그 박수 소리가 일파만파로 퍼져서 가르나프 평원 전체에서 박수로 환영했다.

"어서 오세요!"

"용감하신 분들. 정말 고생 많으셨습니다!"

"피곤하시죠. 식사하고 싶으신 분은 오세요. 원하시는 음식 다 만들어 드립니다. 돈이요? 공짜로 다 드세요."

"고생하고 오신 분들한테 시원한 맥주 한잔이 빠질 수 없지. 순서 상관없이 제일 먼저 드리겠습니다."

셸지움에서 죽은 유저들은 영웅 대접을 받았다.

"뭐, 뭐야. 이거 왜 이래."

"진짜 우릴 환영해 주는 건가?"

축 늘어진 채로 온 그들은 당황하지 않을 수가 없었다.

사방에서 울리는 박수 소리만 하더라도 정신을 쏙 빼 놓을 정도다.

많은 유저들이 그들을 향해 서서 경례까지 하고 있었는데, 이런 대우는 처음이었다.

축제를 준비하던 마판은 소식을 듣고 뱃살을 출렁거리면서 뛰어왔다.

"셸지움 용사 여러분?"

"에엑, 마판 님이다."

셸지움의 유저들은 유명 인사인 마판까지 나온 걸 보며 깜짝 놀랐다.

만돌도 당황하고 있었다.

위드를 위해 싸우기는 했지만 이런 대접을 받길 기대한 건 아니었으니까.

"아… 네. 그런데요?"

"모두들 저녁에 약속이 있으십니까?"

"약속은 뭐…….."

만돌을 비롯한 유저들은 서로를 돌아봤다.

축제를 즐기고 사람 구경이나 좀 하려고 왔을 뿐, 대부분 딱히 약속이랄 게 없었다.

북부에서 시작한 친구나 가족들과 여기서 만나기로 한 이들도 있었지만 분위기에 압도당해서 말을 꺼내지 못했다.

마판이 기름진 볼살을 푸들거리며 말했다.

"여러분들의 저녁 식사를 위해 위드 님이 멧돼지를 잡는다고 하니 같이 드시겠습니까?"

"위드 님이 직접이요?"

"예. 멧돼지만이 아니라 이것저것 최고급 재료들을 준비해서 만찬을 차리실 거라고 합니다. 신선한 해산물들도 리튼 지역에서 급하게 공수되고 있고요."

"……."

말문이 막힌 셀지움의 유저들이었다.

이 광경은 가까이 있던 가르나프 평원의 유저들이 모두 보고 있을 뿐만 아니라, 방송으로도 중계되었다.

"저녁 식사 후에는 금메달 증정식도 있습니다."

"금메달은 또 뭡니까?"

"아르펜 왕국의 용사분들을 위해 위드 님이 직접 조각한 금메달을 달아 드릴 겁니다. 모든 사람들이 보는 앞에서 메달 증정식도 하고요."

셀지움의 유저들은 얼굴이 붉게 달아올랐다.

조금 전까지 목숨을 잃어서 후회하는 감정이 들었던 순간을 인생에서 영원히 지워 버리고 싶었다.

그 대신 아르펜 왕국을 위해 싸웠다는 자긍심이 마음에 가득했다.

"나… 집에도 알아주는 사람이 없는데."

"큭. 초등학교 이후로 처음 칭찬을 들었어."

"이런 기분이구나. 아르펜 왕국을 위해… 죽을 만했어!"

셸지움에서 살던 1만여 명의 유저들은 아르펜 왕국을 위해서라면 기꺼이 다시 한 번 죽을 수 있을 것 같았다.

그들이 품은 감정은 입소문과 방송으로 가르나프 평원 전역에 퍼졌다.

시간 조각술

베르사 대륙의 운명을 건 결전!

가르나프 평원의 대전쟁

〈로열 로드〉. 대륙을 통일하는 황제가 나타날까

15일 후, 억 단위를 넘어설 전쟁이 찾아온다

위드와 헤르메스 길드가 맞붙는 전쟁은 방송사들의 메인 뉴스를 장식했다.

북부와 중앙 대륙의 유저들이 가르나프 평원에 대거 모이고 있는 장면들이 텔레비전이나 수정 구슬에 나왔다.

"아르펜 왕국을 위해서 왔습니다. 싸움이 벌어지면 이 한 몸을 바칠 겁니다."

"저는 아직 참새지만 말입니다. 쨱! 그래도 이 날개만 있으면 어디든 날아갈 수 있지 말입니다."

"풀죽 한 그릇 드시고 가세요!"

수많은 유저들이 방송국 인터뷰를 하고, 가르나프 평원에서 큰 모닥불을 피웠다.

"진짜 위드 님이 바드레이와 싸우는 거야?"

"유저들이 총동원되어 전면전이 벌어지는데… 직접 만날 기회가 있을까?"

"난 싸웠으면 좋겠다. 근데 조각사에게 일대일 승부는 더 불리한 거잖아."

"조각사 마스터하고 지금은 네크로맨서도 하고 있으니 상관없지."

"네크로맨서도 단독으로 싸우기에 좋은 직업은 아니잖아."

"그렇긴 하네."

바드레이는 〈로열 로드〉의 초창기부터 무신이라는 별명을 갖고 최고의 강자로 군림했다.

다른 1명은 조각사로서 기적과 같은 퀘스트들을 성공시키며 유명세를 떨쳤으며, 작은 도시에 불과하던 모라타를 북부 전역을 장악한 왕국으로 키운 주역이었다.

〈로열 로드〉의 상징과도 같은 이 둘의 멋진 대결을 기대하는 유저들은 굉장히 많았다.

"위드 님이 이기실 거야."

"응. 위드 님은 어떤 경우에도 믿을 수 있어."

"불가능? 그건 위드 님의 사전에는 없다니까. 그분이 지금까지 걸어온 길 중에서 쉬운 건 하나도 존재하지 않았어."

"전설이지, 전설."

위드를 응원하는 유저들의 숫자는 압도적!

약자에게 동정심이 가기도 했지만 지금까지 쌓아 온 업적 덕분에라도 사람들은 응원했다.

정작 그 기대를 한 몸에 받고 있는 위드는 조각 생명체들과 무시무시한 꼼수를 계획 중이었다.

"내가 정정당당하게 싸울 수는 없지. 치사한 수법을 왜 사람들이 쓰는 줄 알아? 효과가 높기 때문이야!"

음머어어어.

골골골!

누렁이와 금인이를 비롯해서 조각 생명체들은 열렬히 호응해 주었다.

성질이 더러운 주인을 만난 탓에 조각 생명체들에게 아부란 필수 과목이었다.

"주인 잘못 만나긴 했다. 골골."

"기사의 의리만 아니어도… 자유를 찾아서 떠났을 텐데."

"지금까지 고생했는데 난 왕관 하나만 만들어 주면 안 되나. 이제 아이스 브레스도 잘 내뿜는데."

가르나프 평원 전투를 위해서는 위드에게 구박받던 조각 생명체들도 총집합!

철혈의 워리어 바하모르그를 비롯하여 어디에 내놓아도 아깝지 않을 녀석들이었다.

쿠으워어어어어!

화아아아아악!

킹 히드라가 뱀 같은 3개의 머리를 흔들면서 포효했다. 그러자 불사조가 타오르는 깃털을 눈이 내리듯이 사방으로 날렸다.

빙룡이나 데스 웜, 이무기, 불의 거인 등도 거대한 덩치 덕분에 서 있는 것만으로도 위압감이 이만저만이 아니었다.

위드는 대단한 위용을 자랑하는 조각 생명체 군단이었지만 영 미덥지 않았다.

"이 녀석들이 강하기는 하지만 헤르메스 길드의 1개 군단도 맡지 못하겠지."

조각 생명체들이 무능한 게 아니라 헤르메스 길드가 그만큼 강하다고 봐야 하리라.

위드와 조각 생명체들이 노력으로 성장해 온 시간만큼이나 대륙의 노른자위를 독점하고 커 온 강한 세력들이기에.

로자임 왕국에서 시작했을 때에는 헤르메스 길드와 맞선다는 건 상상도 못 했다.

"바르칸까지도 결국은 죽였는데. 이 녀석들로 끝낼 수 있는 전쟁이 아니긴 하지."

하지만 세상에서 꼼수란 불리함을 극적으로 뒤바꾸어 놓는 것이다!

세계적으로 유명했던 전쟁에서도 몇 개의 꼼수로 결과가 뒤바뀐 경우가 흔했다.

위드는 그 불세출의 전략가들을 보며 얼마나 감탄했던가.

'보통 잔머리가 아니구나.'

솔직히 자신은 머리 좋은 전략가의 유형은 아니기에 적절한 꼼수를 써야 했다.

'뛰어난 사람이 있다면 그들을 충분히 잘 활용해 주면 되지. 헤스티거처럼 말이야.'

조각 부활술을 바탕으로 큰 그림을 그렸다.

그것은 곧 역사적인 존재의 부활을 의미하는 것.

위드의 목소리가 묵직하게 깔렸다.

"너희들은 모든 조각 생명체들이 평화와 번영을 누리던 시대, 조각술의 영광을 이끈 황제께서 통치하던 바로 그 시기에 대해 들어 보았느냐."

졸고 있던 황금새가 고개를 들었다. 윤기가 흐르는 번쩍번쩍 빛나는 깃털이 광채를 발했다.

"게이하르 폰 아르펜!"

"그렇다. 황금새는 기억하고 있겠지. 위대한 조각 생명체들이 이 땅을 통일했던 영광의 시대. 모든 조각 생명체들이 존경을 받으면서 살아갈 때가 있었다."

베르사 대륙을 최초로 통일했던 황제 게이하르 폰 아르펜!

그는 놀랍게도 조각사로서 조각 생명체들의 힘을 모아 대륙을 통일했었다.

'상상만 해도 어려운 일인데. 얼마나 효과적으로 조각 생명체들을 부려 먹었을까. 착취의 깊이는 감히 짐작하기도 어려운 정도이겠지.'

역사서에는 다시 나타나기 힘든 착취자!

어쩌면 성공한 노예상처럼 느껴지기도 했다.

위드는 조각 생명체들을 향해 선언했다.

"조각 생명체들이 노예답게…가 아니고, 행복하게 살 수 있는 세상을 다시 만들 것이다. 전 대륙에 흩어져 있는 조각 생명체 종족들을 찾아라. 이번 전쟁으로 그들을 위한 세상을 만들

것이다!"

와이번과 비행이 가능한 조각 생명체들이 하늘 높이 날아올랐다.

데스 웜, 불의 거인, 켈베로스, 세빌, 엘틴, 게르니카 등도 당당하게 등을 보이며 떠나갔다.

각자가 지역을 제패할 만한 보스급 몬스터다운 위용들.

"잘 있어라, 주인. 음머어어."

"행운을 빈다. 조각 생명체가 있으면 꼭 찾아온다. 골골!"

누렁이, 금인이, 백호, 대형 악어 나일이나 시골쥐도 멀리 가려고 하는데, 위드가 붙잡았다.

"너희들은 가지 말고 남아 봐."

찌지직!

시골쥐가 불안한 눈동자를 굴렸다.

남게 된 조각 생명체들도 빨리 움직이지 못한 것을 한탄하고 있을 그때!

위드가 스킬을 사용했다.

"여행의 조각술!"

> 시공간을 초월한 여행의 조각술이 발동되었습니다.

수천 개의 빛줄기로 이루어진 포털이 생성되었다.

고급 시간 조각술로, 과거의 역사로 이동할 수 있는 스킬.

"너희들은 나랑 함께 가자."

"꼭 가야 하나, 주인?"

누렁이가 순박한 눈동자를 굴리며 위드에게 물었다.

"가기 싫어? 너희들의 자유의사를 존중하니 그럼 선택권을 줄게."

"고맙다, 주인."

"맞고 갈래, 그냥 갈래?"

"……."

애초에 주인을 잘못 만난 죄!

위드는 금인이와 누렁이를 차례대로 포털에 집어넣었다.

곧바로 유린의 그림 이동술을 통해 페일, 이리엔, 로뮤나, 수르카, 제피 등도 도착했다.

모험을 위한 최정예 멤버들.

메이런은 참석하지 못했는데, 위드와 헤르메스 길드 전쟁 중계로 바빴던 탓이다.

"가죠."

위드는 동료들을 먼저 포털로 진입시켰다. 친할수록 방심하지 말아야 한다. 중간에 튈 수 있기 때문에 당연한 일이었다.

페일은 포털을 통과하기 직전 단단히 각오했다.

'난 자아가 없는 전투 노예다!'

15일이라는 긴 시간 동안 사냥만 할 각오를 다졌다.

'단순하게 생각하자. 15일 후면 해방될 수 있어. 조금의 희망은 있다는 거야.'

제피는 이상하게 생각하고 있었다.

'이게… 사냥을 위한 멤버인가? 위드 님의 여동생님까지 오다니!'

만약 유린이 오지 않는다면 그대로 튀려고 했다.

그는 위드를 피하기 위해 낚시꾼으로 잠수 스킬도 따로 익혀 놓았다. 바다 깊은 곳에 있으면 절대 같이 사냥 가자는 말은 못 할 테니까.

'유린이 왔으면… 사냥이 아니라 퀘스트일 수도? 딱히 고생은 안 할 것 같은데.'

수르카는 그렇게 당하고도 순진무구했다.

'좋은 구경을 시켜 준다고 하셨어. 멋진 것들을 많이 보고, 경험할 수 있다고.'

어떻게 보면 위드에 대해 편견 없이 가장 긍정적으로 보는 사람이 수르카였다.

'입술이 말라 있었어. 거짓말이 아냐!'

위드가 이번에는 솔직하게 말했다는 확신을 가지고 있었다.

이리엔은 아무 의심도 없이 위드를 믿었다.

그가 이번 모험에는 같이 가자고 하니 기꺼이 따라나섰다.

거친 전투에 휘말릴수록 그녀가 필요하기 때문이었다.

페일을 비롯한 동료들이 포털을 통과해서 본 것은 입이 쩍 벌어지는 어마어마한 광경이었다.

"우와……."

"아……."

"대박!"

청명한 푸른 하늘에는 수백 가지 색을 가진 아름다운 새들이 끝도 없이 날아다녔다.

들판에는 꽃들이 피어 있었는데 일찍이 본 적 없는 무늬의 나비와 벌들의 생명체들이 있었다.

저 멀리 있는 평원에는 물소, 말, 코끼리와 비슷한 생명체들이 한가롭게 걸어 다닌다.

음머어어어.

먼저 도착한 누렁이와 조각 생명체들도 그 광경을 구경하고 있었다.

너무나도 평화롭고, 예쁜 모습들.

초식동물들이 여유롭게 풀을 뜯어 먹으면서 어린 새끼들을 돌본다.

보고 있는 것만으로도 미소가 지어지고, 스트레스가 날아가는 멋진 풍경이었다.

페일이 주저하며 말했다.

"위드 님, 이번엔 저것들을… 죽여야 합니까?"

사냥에는 익숙한 동료들이었지만 이곳에 있는 생명체들을 쓸어버리는 것만큼은 주저되었다.

위드는 날카로운 시선으로 생명체들을 살폈다.

"가죽은 좋군요. 뼈도 튼튼해 보이고… 조각 재료는 물론이고 대장장이 용도로도 쓸 수 있을 것 같습니다."

"허억."

"농담입니다. 그냥 풍경이 좋으니 잠시 구경하도록 하죠. 제가 요리를 만들겠습니다."

"예? 이번에는 입에 침도 안 바르고 그런 말씀을……."

"정말인데요."

위드는 요리 도구들을 꺼내고 불을 피웠다.

프라이팬을 이용하여 간단한 샌드위치와 김밥을 만들었다.

수르카가 과일 몇 가지를 따 와서 주스를 뽑아 주기도 했다.

"어머, 맛있겠다."

이리엔은 박수를 치며 좋아하는데, 호기심 많은 동물들이 모여들었다.

시골쥐와 악어 나일이를 보고도 피하지 않는 토끼, 사슴, 캥거루 같은 귀여운 동물들.

누렁이는 어느새 암컷 물소 1마리에 눈독을 들이고 옆에 앉아 있을 정도였다.

페일과 제피는 두려웠다.

"도대체 얼마나 부려 먹으려고… 벌써부터 이렇게 잘 먹이는 걸까요."

"한두 번 죽을 각오 정도는 해야 할 것 같습니다."

맨입으로 무언가를 해 주는 위드를 그들은 본 적이 없었다. 단단히 각오를 다지고 있는 와중, 지금의 풍경만큼은 충분히 즐기고 있었다.

"이런 분위기 좋네요."

"천국에 온 것처럼 좋군요. 쌓였던 피로까지 다 풀리는 기분입니다."

자연이 품고 있는 편안한 휴식 공간.

베르사 대륙에서는 자기가 원하는 대로 살아가기 마련이다.

위드는 모험과 사냥을 하며 수많은 던전이나 사냥터들을 다녔지만 그것만이 정답은 아니었다.

맑고 잔잔한 바다를 보며 오두막을 짓고 평화롭게 지내더라도 누가 뭐라고 하는 사람은 아무도 없었다.

"자, 천천히 드시죠."

"예."

"알겠습니다."

페일과 제피는 죽음을 각오하였기에 도리어 마음이 편했다.

위드의 식사 속도는 평소에 따라가기 힘들 정도로 빨랐지만 지금은 라면에 밥을 말아 먹은 사람처럼 느긋했다.

'죽으러 가는구나. 어쩌면 나를 산 채로 바칠지도.'

'그래. 어떤 보스급 몬스터를 잡으려고 가는 거냐. 이것도 영광이라면 영광이지.'

식사를 마치고는 위드를 따라서 들판을 걸었다. 가까이 있는, 시원한 바람이 부는 언덕에 도착했다.

그 너머에는 에메랄드빛 바다와 산호초 지대가 넓게 펼쳐져 있었다.

"우와앗."

"끝내준다."

> 세계의 비경에 도착하였습니다.
> 올호프 산호 지대의 발견! 루딘 해협에서 시작하여 알카드 해역까지 876킬로미터의 대륙 최대의 산호 지대. 수심은 3미터에서 최대 80미터까지 깊어지며, 600종의 산호들과 1,890종의 바다 생명체들이 살고 있다. 베르사 대륙의 9대 비경 중의 한 곳으로 일찍이 수많은 모험가들이 와 보기를 원하던 장소였다

모험에 따라 명성이 6,940 올랐습니다.

레벨이 올랐습니다.

역사적인 지형을 찾아냈습니다.
특별한 경험으로 지식과 지혜가 10씩 추가로 늘어납니다.

멋진 풍경으로 예술 스탯이 8 늘어납니다.

귀중한 발견을 보고하면 추가적인 보상을 얻을 수 있을 것입니다.

"헤에."

"레벨까지 올랐습니다. 이럴 수가……."

위드가 안내해서 조금 걸어온 것뿐인데 명성과 경험치가 어마어마하게 늘어났다.

바다에 비친 산호 지대는 입을 다물 수가 없을 정도로 아름다웠다.

메시지 창을 여유롭게 볼 수도 없을 정도로, 바다의 빛깔은 하염없이 구경하게 만들었다.

그때 바다에서 무언가가 솟구쳤다.

뿌우우우!

바다에서 푸른 돌고래가 뛰어올랐다가 다시 사라졌다.

무지개 돌고래를 발견하였습니다.

"꺅! 어쩜 좋아. 여긴 진짜… 인생에서 가장 예쁜 장소에요."

이리엔은 예상치 못한 감동으로 눈물까지 글썽일 정도였다.

"허… 이런 곳이 있다니. 놀랍지 말입니다."

페일도 괜히 따라 울었다.

어딘가 삶의 환희가 느껴지는 장소였다.

"음머어어어. 미역 먹고 싶다."

"강이 좋다. 바다는 헤엄치기 힘들다."

누렁이와 악어 나일이가 투덜거렸지만 그래도 깨지기 어려운 분위기였다.

"커피나 한잔하시죠."

"네."

위드와 동료들은 악어 나일이의 등에 줄줄이 앉아 커피 한잔의 여유를 즐겼다.

눈앞에는 바다가 있고, 모라타에서 나온 따뜻한 커피를 마신다. 누렁이는 풀을 질겅질겅 씹으며 나일이의 꼬리에 앞발을 척, 올려놓았다.

"그럼 이제 뭘 해야 됩니까?"

페일이 커피를 다 마시고 비장하게 물었다.

목숨을 버릴 각오까지 한 것인데, 지금까지 겪어 온 것이 있기 때문이었다.

위드는 늘어져라 기지개를 켰다.

"하고 싶은 것 마음대로요."

"예?"

"여기서 실컷 쉬세요. 낚시를 해도 되고, 수영하는 것도 좋겠죠. 저녁에는 바비큐 파티라도 열까 하는데, 가능하다면 참석하시고요."

"그, 그게 무슨 말입니까?"

페일의 눈이 휘둥그레졌다.

제피와 이리엔도 혹시나 하는 의심이 스쳐 지나갔다.

'거짓말일 거야.'

'사람이 갑자기 바뀌면… 설마?'

위드는 느긋하게 말했다.

"살다 보면 이런 여유도 있어야 하지 않겠습니까? 휴가죠, 휴가."

"……."

동료들은 말하는 사람이 위드라서 불안하긴 하지만 곧 받아들이고 즐기기로 했다.

'그래, 죽을 때 죽더라도 놀 수 있을 땐 놀아야지.'

'여긴 천국이다. 죽어서 온 셈 치자. 나쁘지 않아.'

산호 지대에서의 꿀 같은 휴가.

위드와 동료들이 휴가를 즐기는 영상은 그날 저녁 바로 방송 사들을 통해 생중계되었다.

"정말 예쁜 바다네요. 지상 낙원이라고 부를 수 있겠어요."

"햇빛과 바다만으로도 스트레스가 다 해소되는 것 같습니다. 저런 장소에 1시간만 머무르더라도 인생 경험이 되리라고 봅 니다."

"앗! 위드 님이 과일을 땄어요. 저런 장소에서 먹는 과일은 얼마나 맛있을까요?"

방송국 관계자들은 중계되는 영상을 보며 부러움을 감출 수 가 없었다.

바다 생명체들은 인간에 대한 아무 거부감을 갖지 않아서 자 유롭게 어울리기까지 했다.

돌고래를 타고 바다에서 수상 레포츠를 즐기는 페일과 제피.

대형 악어 나일이가 바다 수영에 도전하는 장면도 나름 꿀잼 이었다.

┗ 풍경 보소. 미쳤다. 미쳤어.
┗ 크으… 저렇게 놀고 싶습니다.
┗ 평생 기억에 남을 꿀휴가.
┗ 저기서 하루만 쉬고 싶다.
┗ 위드가 바다에 잠수해서 가재 잡는 거 봐요. 거의 사람만 함.
┗ 구워 먹으면 미식의 끝이네요.

시청자들의 부러움 가득한 댓글들이 거의 실시간으로 달리고 있었다.

하지만 의문을 가진 이들도 많았다.

> ㄴ 베르사 대륙의 운명을 건 결전을 앞두고 저렇게 한가롭게 쉬어도 됨?
> ㄴ 저곳이 어디죠? 저 항해사인데 저런 지역이 있다는 건 한 번도 본 적도, 들은 적도 없어요.
> ㄴ 산호 지대라면 배를 타고 지나가다가도 눈에 띌 텐데. 저런 명품 풍경이 알려지지 않은 게 말이 안 됩니다.

위드와 그 동료들의 휴식을 보고, 자신들도 가 보고 싶어 했지만, 그 누구도 가 봤다는 사람이 없었다.

그러던 와중에 누군가가 댓글을 달았다.

> ㄴ 셸지움 아닙니까? 해안 지형이 비슷한데.
> ㄴ 에이, 거긴 아니에요. 저 타탄 섬에서만 5개월 머물렀습니다.
> ㄴ 맞는 것 같은데요? 저 멀리 섬의 흔적도 보이는데.
> ㄴ 현직 지리학과 교수입니다. 토양의 구조와 육지의 식물들 그리고 일조량을 감안하면 가능성이 큰 추측 같습니다.
> ㄴ 저 해상운송 전문 상인입니다. 황금 거북이들 자주 보이잖아요. 자세히는 모르지만 셸지움 북쪽 바다에 등껍질에 황금 무늬 있는 거북이들 많이 삽니다.
> ㄴ 그래도 바다가 완전히 다른데…….

시청자들의 추적 조사도 진지하게 이루어졌다.

논쟁이 벌어지면 튀어나오는 각계각층의 전문가들.

〈로열 로드〉와 위드의 인기를 반영하여 세계적인 석학들이나 전문가들이 나와서 모든 방송의 영상들을 0.1초 단위로 분석했다.

방송국들 역시 이를 즐기듯이 중계했는데, KMC미디어의 여직원 노연혜가 있었다.

그녀는 이리엔의 출연료를 입금한 덕분에 카카오톡 주소를 알고 있었다.

―이리엔 님, 현재 계신 곳이 어디예요?

별생각 없이 메시지를 보내 놓고 나서 아차 싶었는데, 바로 답장이 왔다.

―울호프 산호 지대. 그러니까 셀지움 북쪽이에요!

―에엑? 말해 주셔도 돼요?

―네. 위드 님이 비밀도 아니라는데요.

―근데 왜 알려 주시지 않고… 중계권을 살 때만 해도 엄청 대단한
모험이라고만 해서 방송을 내보내고 있었는데요.

위드는 방송국들을 상대할 때 여러 말을 하지 않았다.

"모험할 겁니다. 질문은 안 받습니다. 중계권 살 겁니까, 말
겁니까?"

신비주의와 갑질이야말로 몸값을 높일 수 있는 필수 요소라
고 판단한 것이었다.

─그냥 안 물어봐서 대답 안 했대요. 저보고 대신 알려 주라고 하셨
　어요.
─방송해도 돼요?
─네, 상관없어요.
─와… 근데 왜 이렇게 풍경이 다르죠?

　노연혜는 흥분으로 떨리는 손가락으로 문자를 입력하면서
일어나 걷기 시작했다.
　그녀가 알려 준 사실은 몇 분 안에 방송으로 수억 명의 사람
들에게 전달될 것이다.

─오래된 과거로 시간 여행을 왔어요. 울호프 산호 지대는 어떤 몬
　스터들이 몰려와서 파괴되는데… 위드 님이 그걸 막을 거예요.
─그렇구나. 역시 그냥 노는 건 아니었군요.
─뭐, 그렇죠.
─전투의 규모도 꽤 크겠어요.
─몬스터들이 천만 단위라는데요?
─네에? 그걸 거기 계신 분들이 어떻게 막아요? 능력을 무시하는
　건 당연히 아니지만…….

　노연혜는 생방송 중인 스튜디오의 문을 벌컥 열고 안으로 뛰
어들었다.
　"여기 이거 생방송…….“
　"알고 있어요. 어서 이거 봐요!"

오주완과 출연자들은 노연혜의 휴대폰 속 문자들을 보고 경악했다.

"이리엔 님이다!"

"지금 있는 장소에 대한 정보가 밝혀지고 있습니다."

　　세계 각지의 전문가들이 몇 시간째 논쟁과 정보 분석을 하고 있었는데, 문자 몇 개에 모든 해답이 나왔다.

　　게다가 이리엔이 보내는 문자가 계속 도착하고 있었다.

―지금 아르펜 제국, 그러니깐 게이하르 폰 아르펜이요. 그분이 살아서 베르사 대륙을 최초로 통일한 시대로 왔거든요.

"아르펜 왕국이 아닌 제국?"

"역사서에 있는… 그 제국이잖아."

"전설적인 존재, 게이하르 폰 아르펜!"

―역사상 존재하는 아르펜 제국 맞죠?

―옙. 황금새에게 옛이야기들을 좀 들었는데. 대륙을 아르펜 제국이 통일하고 나서 해양 몬스터들이 밀려들어 왔대요.

―그렇구나. 피해가 엄청났겠어요.

―네. 육지로 상륙하는 건 조각 생명체들이 막았지만, 바다가 완전히 파괴되었다고 해요.

"조각 생명체라고?"

"그 시대에 왜 조각 생명체들이 있어?"

스튜디오의 출연자들도 새록새록 밝혀지는 사실에 적잖게 몰입했다.

방송 화면은 이미 노연혜의 휴대폰으로 넘어가서 수많은 시청자들이 읽을 수 있게 바뀌었다.

—조각 생명체들이 어떻게 몬스터를 막았죠? 아니, 걔들이 여기 왜 있어요?

—조각 생명체들이요? 위드 님이 그러는데, 게이하르 폰 아르펜 황제가 조각사였다는데요.

—조각사요?

"황제의 직업이 조각사였다고?"

"그보다 신화가 아니라, 실존 인물이었어? 역사서에 이름도 별로 남아 있지 않던데."

"지금까지 게이하르 폰 아르펜 황제에 대해서는 의견들이 분분했는데… 몬스터 소환사, 혹은 조각사라는 이야기도 있기는 했죠."

"위드 님이 말했다면 아마 그것이 맞겠죠."

전문가나 석학들의 의견도 필요 없다.

〈로열 로드〉에 관한 한 위드의 말이 곧 법이고 진리였다.

지금까지 위드만큼 다채로운 모험을 즐긴 유저는 존재하지 않기 때문이다.

"그래서 위드 님이 조각사를 했던 거구나."

"역시, 그때부터 뭔가 남다른 면을 봤던 거야."

"이상하긴 했지. 조각사의 잠재력이 지금은 위드 님에 의해 대부분 알려졌지만 처음에만 하더라도 도저히 이해할 수 없다는 사람들이 많았으니까."

"〈마법의 대륙〉 출신들은 더욱 그렇게 생각했고."

—바다에서 침략해 오는 몬스터들과 전쟁이 벌어지면 위드 님과 저희들만 싸우는 게 아니에요. 아르펜 황제와 수많은 조각 생명체들이 합류하게 될걸요.

—와아아! 대박이네요.

—네, 그리고 위드 님이 가장 중요한 게 있다고 그랬어요.

—뭔가요?

—전투 승리만큼 중요한 게 있다면 아르펜 황제에 대한 아부라고 하셨어요.

—아…부요? 아부를 왜 하는데요?

—이유는 저도 잘 모르겠어요. 다만 그게 이번 모험의 핵심이라고…….

방송국이 생중계를 하면서 시청자들은 폭동을 일으키기 직전이었다.

하벤 제국과 아르펜 왕국.

베르사 대륙의 운명이 걸린 전쟁이었다. 〈로열 로드〉를 하는 사람이라면 당연히 관심이 클 수밖에!

대부분의 유저들이 그날 접속하거나, 방송을 볼 예정이었지만 느낌이 달랐다.

—위드 님이 뭔가 엄청난 걸 터뜨릴 거 같습니다.

—그냥 적당히 싸우는 거? 그거 위드 님의 방식이 아니란 말입니다. 회심의 한 방을 준비하고 있는 거 같단 말입니다.

—강철 기사단이니 뭐니, 싸움만 생각하는 헤르메스 길드는 이런 거 꿈에도 모를 듯.

—솔직히 우리도 위드가 뭘 할지 모르는 건 마찬가지.

—어쨌든 이길 거 같지 않습니까?

—물론이죠!

—이런 거 보면 풀죽신교 덕분에 버티는 위드가 아닌 거 같음.

—풀죽신교도 위드 님이 만든 거죠. 제대로 압시다. 〈로열 로드〉의 절반 정도 되는 유저들은 위드 님 덕분에 엄청 즐겁게 살고 있는 거예요.

—맞아요. 위드 님 없었으면 우린 다 그냥 노예 신세였음.

—풀죽거리는 게 다 이유가 있다는 거 아닙니까.

방송국의 고위 임원들은 당연히 발등에 불이 떨어졌다.

14일 정도 남은 가르나프 평원의 전쟁!

중계권을 확보하고는 홍보도 하면서 느긋하게 방송 준비를 하고 있었는데, 당장 위드가 모험을 하고 있다.

게다가 뭔가를 준비하고 있는 것 같은데, 이것이 시청자들을 안달 나게 하는 게 아닌가.

방송국마다 사장과 이사급들이 모인 회의가 급하게 열렸다.

"위드를 잡아야 합니다."

"동의합니다. 문제는 조건을 얼마나 맞춰 줘야 하는가인데."

"백지수표라도 안겨 줘야죠. 입이 딱 벌어져서 다물어지지 않게 고급 차와 집이라도 지어 줍시다. 우리 방송국이 재벌 그룹 계열사라는 점을 이용할 기회입니다."

"거, 땅 좋아한다던데 땅도 사 주죠."

"임야보다는 대지. 특히 상가들을 그렇게 좋아한다더군요."

"확인도 안 된 마당에 무리한 투자 아닐까요? 저는 좀 불안합니다만……."

"만약에 베르사 대륙을 통째로 위드가 먹어 버린다면요? 그때 가선 돈을 들고 가도 만나기 힘들어질 거예요."

방송국마다 회의를 벌이긴 했지만 결론은 비슷했다.

위드를 잡자!

조만간 가르나프 평원의 전쟁이 벌어지게 될 것이다.

전쟁에서 승리하고 베르사 대륙의 지배권을 확보한 쪽은 〈로열 로드〉에서 절대적인 영향력을 발휘하게 된다.

방송국들은 그때를 대비하고 있었는데, 위드의 상황이 실시간으로 중계되면서 멈출 수 없게 되었다.

짧은 휴가

단 하루의 꿀맛 같은 휴가!

유린과 페일, 제피를 비롯한 이들은 밤새도록 놀기로 했다.

위드는 5층 빌딩 정도 되는 스케일의 모닥불을 피웠다.

"역시 재미는 불장난이지."

아무도 뭐라 할 사람이 없었기에 나무로 탑을 쌓아서 크게 불을 피웠다.

밤하늘에는 별들이 반짝인다.

위드와 동료들은 5층 빌딩 크기로 무시무시하게 타오르는 모닥불을 감상하며 시간을 보냈다.

"낚싯대에 미끼는 통통한 녀석으로 하는 게 좋습니다. 여긴 큰 생선들이 많았거든요."

제피는 유린에게 밤낚시를 가르쳐 주었다.

"느긋하게, 낚시는 기다림과 설렘 그리고 고요함을 만끽하는 겁니다."

달빛 조각사

낚싯대를 던져 놓고 물고기가 물기를 기다린 다음, 낚아 올린다.

산호 지대에는 수많은 해양 생물들이 살고 있어서 다양한 어종들을 낚을 수 있었다.

위드의 모닥불로 가서 구워 먹으면 맛이 있었고, 낚시 스킬의 숙련도나 추가 스탯을 쌓기에도 그만이었다.

"이런 날에는 낚시 여행이라도 떠나고 싶다."

제피는 바닷바람을 맞으며 가만히 눈을 감았다.

바쁘고 정신없이 살아야만 하는 일상.

이렇게 평온한 행복을 느끼는 순간이 더없이 소중했다.

'장래에 내 아내가 되어 줄 사람과 같이 여행을…….'

제피가 눈을 뜨고는 미남 특유의 시원한 웃음을 지으며 옆을 살폈다.

유린은 물감 통에 무언가를 섞더니 바다에 붓고 있었다.

콸콸콸!

"뭐 하고 있어요?"

"낚시요."

"예?"

"화가 스킬 중 독극물 제조가 있거든요."

유린이 물감 통에 들어 있던 독약을 바다에 통째로 부어 버렸다.

잠시 후에 수면 위로 둥둥 떠오르는 수백 마리의 생선들!

"스킬 숙련도가 낮아서 완전히 죽진 않았을 거예요! 정신 차리기 전에 빨리 건져야 돼요."

"낚시의 기다림과 낭만이……."

"빨리 움직여요!"

제피는 바지를 무릎까지 걷어 올리고 생선을 주워야 했다.

낚시로 1마리씩 잡을 때보다도 압도적인 효율!

"랄라라."

유린은 콧노래를 부르며 물고기들을 수거했다.

골골골골.

으허헝!

동물을 좋아하는 이리엔은 물고기들을 모닥불에 구워 금인이와 나일이, 백호에게 먹였다.

"생선 맛있다. 골골."

"역시, 자연산이다."

금인이는 취향에 따라 살짝 금가루를 뿌려서 먹기도 했다.

"외롭구나."

페일은 바다를 혼자 거닐었다.

그에게만큼은 쓸쓸하기 짝이 없는 밤.

위드와 동료들이 있는 모닥불 근처를 보니 몇 명의 사람들이 더 보였다.

"어……?"

화령, 벨로트, 세에취, 메이런 그리고 양념게장과 파이톤.

오래된 동료들을 비롯해서 최근 사냥을 함께했던 이들까지 와 있었다.

위드의 휴가가 방송으로 나오면서, 오지 않은 이들은 많이 아쉬워했다.

그들을 위해 다시 여행의 조각술을 써서 데려온 것이다.

페일의 눈에는 여러 명 중 메이런만 보였다.

"아아……."

눈물을 흘리면서 달려간 페일!

메이런은 생선이 구워지기를 기다리다가 느닷없이 꺼이꺼이 울고 있는 페일의 품에 안기고 말았다.

로뮤나가 고개를 저었다.

"누가 보면 헤어진 가족이라도 만나는 줄 알겠네."

수르카도 가볍게 동의했다.

"그러게요. 아침에도 같이 밥 먹었는데."

 ✼

"술은 이쪽으로 오세요! 상자들을 꺼낼 시간이 없으니 마차들을 그대로 세워 두세요."

마판은 급히 동원된 북부의 상인들과 함께 가르나프 평원에서 축제를 준비했다.

최대 1억 명 이상이 넘게 즐길 수 있는 축제를 개최하는 것이다.

냄새를 맡은 기업 관계자들이 알아서 마판을 찾아왔다.

"가전의 엘쥐입니다. 냉장고, 세탁기, 텔레비전을 홍보하고 싶습니다만. 어떻게 안 될까요?"

마판은 뱃살을 출렁이며 가볍게 한숨을 쉬었다.

"신성한 축제의 자리입니다. 당연히 많은 도움이 필요하긴 합니다만.”

“자릿세는 준비해 두었습니다.”

“흠흠! 자릿세라니요. 그렇게 말씀하시면 우리가 기업체들로부터 돈이라도 받아 내는 거 같지 않습니까?”

“아, 죄송합니다. 제가 말실수를…….”

“후원금은 좀 받겠습니다.”

“……?”

삼송, 엘쥐, 현데를 비롯하여 중국과 미국의 IT 회사들. 기업들의 홍보 부스를 마련하는 대가로 막대한 후원금을 거두어들일 수 있었다.

이 돈은 베르사 대륙 전역에 뿌려졌다.

“맥주와 술안주. 먹을 수 있는 모든 종류의 특산품을 구해 오세요.”

“특산품 중에는 요리해야 되는 것도 많은데요?”

“전문 요리사도 무제한으로 모셔 옵니다.”

“그래도 됩니까?”

마판 상회의 상인들도 펄쩍 뛸 정도로 지출이 막대했다.

1억 명의 사람이 최소 며칠씩은 먹어야 하기 때문에 그야말로 천문학적인 금액이 필요했다.

아르펜 왕국의 재정에 기업들의 후원금, 마판 상회의 자산까지 투입되었다.

“이건 위드 님의 특명입니다.”

“옙. 알겠습니다!”

북부와 중앙 대륙의 상인들, 〈로열 로드〉와 관련된 모든 게시판에 주문 의뢰를 넣었다.

실로 어마어마한 양의 식료품들이 한자리에 모이게 되는 것이다.

군이 비밀로 할 일도 아니라서 상인들은 만나기만 하면 이 이야기했다.

"사상 초유의 축제라니… 이런 자리를 만들 수 있는 위드 님과 마판 상회가 대단하다. 대륙 전역에서 모이는 식료품 마차만 천만 대라는 소문이 있어."

"위드 님의 영향력이나 결단력이 아니고서야 불가능한 일이겠지."

"맞아, 맞아."

중앙 대륙을 포함, 각 도시의 광장들마다 가르나프 평원의 축제에 대한 이야기로 시끄러웠다.

초보자 복장을 하고 있는 상인이 이야기에 끼어들었다.

"여러분, 다들 알고 계십니까? 이거 유저들을 위한 축제인 것을요."

"예?"

"위드 님이 아르펜 왕국에서 지금까지 함께 어려움을 극복해 온 유저들을 위해서 아낌없이 베푸는 겁니다."

"중앙 대륙 유저들도 와도 된다던데요?"

"위드 님은 당연히 제한을 두지 않았죠. 〈로열 로드〉에 있는 모든 사람들을 위해서 축제를 벌이는 겁니다."

"역시 위드 님이네."

이러한 정보는 도시마다, 게시판마다 퍼졌다.

위드가 사람들을 위해서 아낌없이 쏜다!

—위드 만세.
—전쟁과 사냥, 파괴… 〈로열 로드〉에서 익숙한 단어죠. 축제, 행복, 자유.
 아르펜 왕국에서는 이게 당연한 겁니다.
—캬! 이번 전투에서 지면 위드 님 개털이 될 수도 있는데. 이 배포 보세요.
—위드 님이 만들고 싶어 하는 세상이 저런 것 같군요.
—풀죽신교를 까기만 했었는데… 왜 이렇게나 많은 사람들이 위드 님의 편
 을 드는지 알 거 같네요.

모든 여론이 완벽히 위드의 편이었다.

—셀지움에서 하벤 제국군과 싸우다 죽은 유저들. 가르나프 평원에서 환영
 해 주는 거 봤어요? 완전 눈물 나는 감동의 자리.
—고생을 알아주는 것만큼 더한 게 있을까요? 위드 님 같은 분이 우리 회사
 사장님이었으면 좋을 텐데.
—모라타, 푸홀 워터파크. 뭐, 위드 님의 업적은 모험이나 사냥이 전부가 아
 니죠. 북부 유저들이 〈로열 로드〉에서 느끼는 행복의 상당 부분은 위드 님
 이 만든 겁니다.
—애정이 없다면 불가능한 일. 전쟁 전에 개최하는 사상 최대 규모의 축제
 도 우리 모두를 위한 일.
—축제라니, 맘껏 가서 즐깁시다.

 북부의 유저들이나 중앙 대륙의 유저들, 로자임 왕국을 비롯
한 동부 쪽의 유저들까지 서둘러 가르나프 평원을 향해 움직이
고 있었다.
 축제를 개최한 위드에 대한 호감도와 인기는 최고!
 "이 정도일 줄이야. 위드 님의 잔머리와 꼼수는 그야말로 역
사를 바꿔 놓을 정도구나."

가르나프 평원에 있는 마판조차도 이 정도까지 호응이 엄청 날 줄은 몰랐다.

"독버섯죽이 도착했습니다!"

"어서 오세요, 여러분들!"

평원에 대규모 방문자들이 있을 때마다 환호성과 박수 소리가 울려 퍼졌다.

유저들의 호주머니를 털기 위한 축제가 시시각각으로 사람들의 열광을 자아냈다.

가르나프 평원의 이틀째 날이라서 부족한 것이 아주 많다.

사람들이 자발적으로 음식도 요리하고, 무대도 만들고, 천막까지 치고 있었다.

'위드 님이 만약 승리를 거둔다면… 이곳에서는 매년 축제를 연다고 하셨지. 베르사 대륙이 들썩일 정도로 말이야. 정말 장관이 되겠구나.'

매년 축제가 발전하는 광경도 볼만할 것이다.

당연히 그때마다 이득을 볼 금액은 가히 천문학적인 것!

엄청나게 구매하는 식료품들이 팔리면 그 이윤은 아르펜 왕국을 크게 발전시키기에 충분하리라.

마판은 중앙 대륙의 상단들도 상대해야 했다.

헤르메스 길드의 입김이 강하게 닿아 있는 중앙 대륙의 거대 상단들.

마판 상회가 영향력이 크고 거래하지 않는 품목이 없다지만, 자본금에서는 비교할 수도 없는 큰 상단들이었다.

"브리튼 지역의 양조주 상단에서 나왔습니다. 우린 고급 주류들을 판매할 겁니다."

"가격대는 얼마죠?"

"최소 병당 300골드가 넘습니다."

마판과 상단주가 눈을 마주쳤다.

'이런 도둑놈이… 이번 기회로 완전히 한밑천 챙기려는구나.'

'헛, 역시 알아챈 눈빛이다.'

마판은 목소리를 낮게 깔았다.

"사람들이 즐기는 축제의 자리입니다. 가격 낮추세요."

"예? 가격은 시장 자율에 따라 결정되는 거 아닙니까. 수요가 있으면 공급도 비싸질 수 있는 거죠."

"뻔히 다 아는 처지에 바가지만 씌우려고 하지 마세요. 이런 식으로 계속 장사하실 겁니까?"

"……."

"정직하게 사세요, 쫌."

"아, 알겠습니다."

마판은 중앙 대륙의 거대 상단주들에게 당당했다.

그들이 가진 돈이 아무리 많더라도 상단은 기본적으로 사람들의 거래와 소비에 의해서 돌아간다.

마판 상회의 영향력은 모라타의 확대와 함께 커져서 북부 전체로 퍼졌다.

이번 축제를 주관하면서 대륙 전역의 상계를 좌우할 정도로 커지고 있었다.

중앙 대륙의 상단주들은 분노의 방향을 헤르메스 길드로 돌려야 했다.

"빌어먹을. 헤르메스 길드는 도대체 뭐 하는 거야?"

"땅따먹기 말고는 제대로 하는 게 없어. 우리가 그동안 갖다 바친 돈이 얼만데."

마판은 축제에서 상단들의 영업 구역들도 배정해 주었다.

상인들이 욕심을 내서 난잡하게 영업을 하다 보면 사람들이 실컷 즐기지 못할 테니까.

가르나프 평원의 둘째 날에는 낮부터 음유시인들이 노래를 부르고, 댄서들이 춤을 추었다.

"랄랄라, 랄라라. 랄라라라라라라."

여자 악사들이 악기를 연주할 때마다 어젯밤부터 피워 놓은 모닥불이 춤을 추었다.

예쁜 엘프 소녀들이 느긋하게 걸어가는데, 주변에서 찬탄이 흘러나왔다.

"우오오오."

"이쁘다! 어디서 온 사람들이야?"

용감하게 말을 걸어 본 남자도 있었다.

"혹시 어디서 오셨어요?"

"엘프 산악회요."

"아, 그 유명한 길드……."

엘프 중의 최강으로 손꼽히는 길드.

엘프 사냥꾼들은 성장해 감에 따라, 숲의 정기를 받아들이게 된다.

드래곤 산맥에서 사냥할 수 있도록 허락된 용맹한 전사들.

그녀들 수십 명이 한꺼번에 등산한다며 드래곤 산맥을 뛰어오르는 광경은 동영상으로도 대단한 이슈가 되었다.

"와… 저쪽은 흑사자 길드 아닌가? 망하고 나서 대외적으로 나서는 건 처음이지."

"로암 길드의 로암이나 가라콘의 전사 할덴 님도 와 있어."

"벌써 유명인들이 다 모이고 있다!"

아직 둘째 날인데도 불구하고 중앙 대륙에서 상위권 랭커들이 속속 모여들고 있었다.

명문 길드들의 전쟁, 하벤 제국의 정복!

조용히 살아가던 유명 유저들에게도 가르나프 평원의 결전은 궁금했던 것이다.

바쁘게 움직이는 마판에게 귓속말이 전해졌다.

> ―마판 님.
> ―예, 위드 님.

마판은 조용히 속삭이듯이 대답했다.

그들 사이에서는 언제든 은밀한 대화가 오갈 수 있었기 때문이다.

> ―상황은 잘 진행되고 있죠?
> ―준비는 철저히 시키고 있습니다. 기념품의 판매도 원활하고요.
> ―수익은요?
> ―17배 정도만 남기고 있는데… 뭐, 다른 물품들이 싸다 보니 불만은 없습니다.
> ―1년 장사를 한다는 마음가짐으로 임해야 합니다. 이기든 지든, 이런 이벤트는 다시없을 테니까요.
> ―최선을 다하겠습니다. 이번에 번 돈으로 사 놓을 땅도 봐 두었습니다

—후후후후후.

—캬캬캬캬캿.

마판과 위드는 악어와 악어새 같은 동업자의 관계!

—바쁜 건 알지만, 축제 말고 한 가지 더 준비해야 할 것이 있습니다.

—뭐든 말씀만 하십시오.

—유저들을 조직해서 초대형 조각상을 많이 만들어야 합니다. 예전에 로자임 왕국에서 피라미드를 건설했던 것처럼 말입니다.

—조각상요?

—예. 크기는 클수록, 개수는 많을수록 좋습니다. 빙룡보다 5배… 아니, 10배라도 괜찮을 겁니다.

마판의 머리가 빠르게 돌아갔다.

위드가 이렇게 말할 때에는 분명한 이유가 있었다.

—이유를 자세히 알 수 있을까요? 준비하려면 정확히 알아야 도움이 될 것 같은데요.

—조각상들이 하벤 제국과의 전쟁에 동원될 겁니다.

조각품에 생명 부여!

그 위미를 깨달은 마판은 깜짝 놀라고 말았다.

—그렇게 하면 위드 님의 레벨이 하락하는데, 전쟁에 이기더라도 손해가 너무 크지 않습니까? 100개만 생명을 부여하더라도… 만약에 전쟁에서 져 버리기라도 한다면 복구가 안 됩니다.

위드의 동료들은 조각술의 비기들이 가진 페널티에 대해 대략적이나마 알고 있었다.

조각품에 생명 부여 같은 경우는 강력한 부하가 탄생하지만 레벨이 떨어지니 함부로 쓸 수 있는 스킬이 아니었다.

전쟁에 패배하고 조각 생명체들이 전부 죽어 버린다면 돌이킬 수 없는 손해를 보는 것이다.

'위드 님이 왜 이런 무모한 일을 하시지?'

조각 생명체들이 전쟁에 도움이 되더라도 몇십 마리로 이길 수 있는 상황이 아니다.

마판이 말리려고 하는데, 위드의 귓속말이 들어왔다.

―제가 생명을 부여하진 않을 겁니다. 따로 작업 중인 사람이 있습니다.

마판은 딱 하고 떠오르는 인물이 있었다.

―설마 게이하르 폰 아르펜?
―후후후. 써먹을 수 있는 자원은 확실히 써먹어야죠.
―캬하, 과연… 정말 꼼수에 대해서 배울 점이 많습니다.

게이하르 폰 아르펜 황제!

그는 역사상으로 최초로 베르사 대륙을 통일한 인물이다.

그 업적을 기리면서 감탄만 하는 건 위드가 할 일이 아니다.

'철저히 부려 먹는구나…….'

대륙 통일을 위한 전쟁에 재활용!

마판의 머릿속에 모든 그림이 그려졌다.

'유저들과 가르나프 평원에 대형 조각상들을 만들어 놓는다. 그것은 게이하르 황제가 생명을 부여하게 될 것이고. 황제를

데려오는 것이 문제인데… 그건 조각 부활술로 되살리겠구나.'

조각 부활술의 단점.

되살린 사람이 도와주지 않고 떠나 버리더라도 어쩔 수가 없는 것이다.

조각품에 생명까지 부여할 정도라면 정말로 큰 친분이 있거나 명분을 필요로 한다.

위드는 그 작업을 위해 시간 조각술을 이용해 과거로 가서 호의를 쌓아 놓는다.

톱니바퀴처럼 맞물리면서 조각술의 비기들을 연계시키는 계획이었다.

'먹힐 가능성이 대단히 크다.'

마판은 부활한 게이하르 폰 아르펜 황제가 위드를 위해서 대형 조각품들에 생명을 부여하는 광경들이 벌써 그려지는 것 같았다.

수백 미터에 달하는 거인들이나 거대 생명체들이 하벤 제국의 병력을 향해 브레스를 내뿜어 댈 것이다.

—조각품들을 어마어마하게 만들어 둬야겠군요. 여긴 북부 유저들도 몰려 오고 있으니까요. 전쟁 전까지 수천 개라도 만들겠습니다!

—바로 그 정신입니다. 비행이 가능한 녀석들을 비롯해서 온갖 흉악한 놈들을 제작하셔야 됩니다.

—물컹꿈틀이 같은 녀석들 말씀이시죠?

—예. 저도 아이디어가 떠오를 때마다 대략적인 설계도라도 보내겠습니다.

—게이하르 황제가 더 우리를 돕도록 그를 찬양하는 작품들이나 문구들도 준비하겠습니다. 모라타 대도서관의 역사서를 뒤져서 좋아하는 술이나 음식도 만들어 놓도록 하죠.

—대화가 척척 이어지는군요.
—캬캬캬캬캬.
—그리고 인건비는…….
—풀죽으로 때우죠, 뭐. 그래도 하려는 사람들이 많을 겁니다.
—아주 좋습니다. 그래도 서운하니까 계란 1개씩은 풀어 주세요.

위드는 다음 날 해가 떠오를 무렵 당당하게 선언했다.

"놀 만큼 놀았으니 이제 일을 하도록 하죠."

"하루로요?"

"예. 노는 것도 10분, 20분이지, 더 놀면 지겹잖아요."

"……."

지금까지 사냥과 퀘스트를 따라다니면서 얼마나 고생했는데, 단 하루 만에 놀 만큼 놀았다니.

위드가 저 멀리 바다를 가리키며 말했다.

"일주일 후에 몬스터 대군이 몰려올 겁니다."

"몇 마리 정도나 옵니까?"

메이런이 올 때 같이 합류한 양념게장이 물었는데, 그는 어쨌든 좋은 곳에 와서 스탯도 쌓고 구경도 한 만큼 잘 싸워 줄 의지가 있었다.

전투를 즐기는 편인 양념게장이라 위드나 다른 믿음직스러운 동료들과 몬스터를 때려잡는 재미도 상당했으니까.

"저 바다가 몬스터로 뒤덮인다고 보면 됩니다."

"예?"

"지평선 너머까지, 그냥 전부 몬스터들이죠. 물속에도 가득 가득요."

"……."

"몬스터의 이름은 포라트. 바다뱀이라고 생각하면 되는데, 특징은 육식을 좋아하고 뭐든 먹어 치웁니다."

"레벨은요?"

"다양합니다. 모라타 대도서관에서 기록을 따로 챙겨 왔는데… 나중에는 멸종이 된 몬스터이기도 합니다."

해적이 만든 멸종 몬스터 도감 #391

포라트

깨끗한 바다에 주로 사는 몬스터!

뱀의 형상을 하고 있으며 사냥감을 가리지 않는다. 몸의 크기에 따라 전투력을 구분할 수 있다.

* 50센티 이하: 평범하다. 회 떠 먹기 좋다. 정력에도 좋다는 이야기가 있다. 해적들 사이에 쟁탈전이 벌어진다.

* 1미터 이하: 역시 맛있다. 제일 맛있을 때다. 고기 한 점에 술 한 병이 그냥 들어간다.

* 10미터 이하: 조심해야 된다. 욕심부리다가 통째로 먹힌 해적들이 꽤 된다. 그래도 작살로 사냥할 만하다.

* 30미터 이하: 무섭다. 들이받으면 해적선이라도 피해를

입는다.

* 50미터 이하: 피하는 게 낫다. 잘못하면 해적선이 침몰할
  것이다.
* 100미터 이상: 돛을 펴고 도망쳐야만 하지만, 날개가 있
  으니 쫓아올 것이다. 그냥 죽었다고 보고 유언이라도 남
  기자.

포라트의 수명이 60년을 넘으면 날개가 생겨서 하늘을 날
수 있다. 그런 녀석들은 에센 포라트라는 이름으로 따로 불
리는데, 바다의 전설이다. 왜냐하면 놈들을 보고 살아남은
해적이 드물기 때문이다.

해적 문서들을 돌려 가며 읽은 동료들에게 위드가 말했다.

"여기 오는 녀석들은 작은 녀석들이 많겠지만, 당연히 100미
터 이상도 꽤 될 겁니다."

수르카가 손을 들고 물었다.

"해적 문서에 기록이 잘못되어 있지 않을까요? 해적들의 오
래된 소문 같은 건 그런 경우가 많잖아요."

"황금새와 바하모르그가 그때 싸워 보기도 했다니 확실할 겁
니다."

잠깐 죽긴 했지만 과거에 살았던 바하모르그, 어마어마한 수
명을 가진 황금새에게 직접 이야기를 들었다.

정 퀘스트의 정보가 필요하다면 조각 부활술을 통해서도 정
보를 얻을 수 있었다. 물론 자주 쓸 수 있는 스킬은 당연히 아
니었지만.

페일이 진지하게 물었다.

"근데 어떻게 막습니까, 우리끼리? 위드 님 말씀대로라면 100미터 넘는 거대 몬스터들이 다수에, 작은 녀석들은 바다가 가득 메워질 정도로 밀려올 텐데요?"

"열심히 노력해야죠."

"……"

위드는 모래사장에 인근의 지형과 해안선들을 그렸다.

"육지로의 상륙은 걱정하지 않아도 됩니다. 아르펜 제국의 조각 생명체 군단이 도착해서 막을 테니까요."

"그럼요?"

"시간을 끌면서 바다가 파괴되는 걸 막아야 합니다. 산호 지대와 해양 생명체들의 멸종도요. 포라트들이 전부 먹어 치워 버릴 테니까요."

목표는 모두에게 또렷하게 전달되었다.

바다를 가득 채운 몬스터들을 물리치는 게 아니라, 그냥 버티기만 하면 되는 계획!

제피가 진지하게 물었다.

"얼마나 오래 버티면 됩니까?"

"황금새의 말로는 2~3시간 정도라고 봅니다."

"그 정도라면… 정말 도전해 볼 만하겠군요."

동료들은 저마다 생각에 잠겼다.

'승산이 조금은 있겠는데!'

'버티는 정도라면… 시간을 끄는 식으로 해서라면 말이야.'

보통은 불가능하다고 할 테지만, 이 자리에 모인 이들은 해 볼 만하다고 생각했다.

스스로의 능력도 있지만, 지금까지 위드가 완전히 허무맹랑한 모험을 했던 적은 없기 때문이다.

단순한 전투가 아니라 조각술의 비기들을 활용할 수 있었다.

제피의 낚시 스킬도 효과적으로 쓸 수 있는 기회였다.

벨로트가 미간을 살짝 찌푸리더니 중얼거렸다.

"근데 이거요. 몬스터들을 막기 위한 가장 쉬운 방법이 있는 거 같은데요."

"예?"

"뭔데요, 그게?"

대번에 동료들의 관심을 받은 벨로트가 자신 있게 말했다.

"우린 앞으로 벌어질 일들을 알고 있잖아요. 그냥 게이하르 황제에게 가서 알려 주고 막으라고 하면 안 돼요?"

"어, 듣고 보니 그러네요!"

충분히 일리가 있는 의견이었다.

몬스터의 침공 계획을 알고 있었으니, 그것을 전달하는 방법으로 막는 것이 가능하다.

역사를 바꾸기만 하면 이 아름다운 바다를 지키는 데 간단히 성공할 수 있는 것이다.

'이 아름다운 바다가 그대로 간직되면 미래의 지형도 바뀔 거야. 〈로열 로드〉의 수많은 유저들이 행복해하겠지.'

'완전 간단한 방법으로 바다를 지킬 수 있잖아!'

자연 훼손을 막는 가장 쉽고 빠른 길을 벨로트가 찾아냈다.

그런데 위드는 강하게 고개를 저었다.

"터무니없이 잘못된 계획입니다."

"왜요?"

"이 계획의 핵심은 아부니까요!"

아부를 위해서라도 아름다운 바다를 걸고 몬스터들을 막아야만 했다.

위드는 백사장에서 동료들과 머리를 짜내서 방어 계획들을 만들기 시작했다.

1차 계획!

먼바다에 함정들을 건설한다.

이 부분에서는 제피가 의견을 냈다.

"바늘이 달린 그물을 암초마다 연결해서 많이 쳐 놓죠. 오랫동안은 못 버티겠지만 파도치는 바다에서는 놈들끼리 뒤엉키게 될 겁니다."

"좋은 의견이군요. 뭐든 잡아먹는다니까 자기들끼리도 먹겠어요."

최대한 많은 강철 그물을 제작하기 위해 밤샘 작업을 진행하기로 했다.

벨로트와 몇 명이 한숨을 쉬기는 했지만, 어쩔 수 없이 받아들였다.

2차 계획은 페일이 의견을 꺼낸 유령선이었다.

"위드 님, 네크로맨서인데 유령선을 소환할 수 있으시겠습니까? 언데드들이 도움이 많이 될 것 같은데요."

해양 몬스터들의 시선을 끄는 데는 유령선 군단만 한 게 없으리라.

"흠. 리치로 변신하면 가능은 할 겁니다. 그동안 많이 성장했으니 예전보다도 유령선을 많이 소환할 수 있겠죠."

유령선 전단이 있다면 몬스터들을 상대하기가 훨씬 수월하리라.

애초에 이 정도 규모의 작전이 아니고서야, 잠깐이라지만 포라트 무리를 막는 것 자체가 무리였다.

3차 계획은 미끼!

누군가가 의견을 제시할 것도 없이 다들 누렁이를 보며 떠올린 부분이었다.

"몬스터들의 관심을 끌어야 할 필요가 있는데… 누렁이만 한 녀석이 없죠?"

양념게장이 먼저 말하자, 로무나가 입맛을 다시며 받았다.

"식성이 좋은 놈들이라면 누렁이를 지나칠 수가 없겠죠."

"일리는 있지만 육지 몬스터가 아닌데도 효과가 있을까요?"

그래도 이리엔은 누렁이가 불쌍해서 지켜 주고 싶었는데, 수르카가 웃으며 말했다.

"언니, 누렁이가 비밀이라고 아무한테도 말하지 말라면서 알려 줬는데요. 도발 스킬이 있대요. 몬스터들의 이목을 돌리기에는 좋을 거예요."

제피가 누렁이를 보며 고개를 끄덕였다.

"그러면 최고의 미끼로군요!"

4차 계획은 보존이었다.

방어 계획이 망하는 것도 감안해서 산호와 해양 생명체들을 최대한 수집하기로 했다.

전쟁이 마무리되고 황폐화된 곳에 풀어 주면 다시 번식할 수 있을 테니까.

5차 계획은 재앙!

대재앙의 자연 조각술은 당연히 써야만 했다.

산호 지대도 피해를 입겠지만, 효과 측면에서는 빠뜨릴 수가 없었다.

6차 계획은 죽음!

위드를 제외한 동료들은 목숨까지 걸기로 했다.

이 멋진 해변과 바다가 사라져 버린다는 생각에 너무나도 안타까웠다.

"죽더라도 하루 접속 안 하면 되니까요. 가르나프 평원 전투는 문제없을 겁니다."

"스킬 레벨 같은 게 아깝긴 하지만… 그래도 또 올리면 되니까요."

방송 때문에라도 멋진 죽음을 각오했다.

위드의 동료인 것만으로도 인지도가 늘어서 그들도 몇 개의 광고를 찍었다.

수르카는 에어컨 광고!

체육관에서 땀을 흘리며 샌드백을 치는 여자 복서가 모델이었는데, 나름 반응이 나쁘지 않았다.

로뮤나는 휴대폰 광고를 찍었는데, 엘쥐에서 처음 제의가 들어왔을 때는 대단히 기뻤다고 한다.

휴대폰 광고는 정말 예쁘고 매력적인 배우나 아이돌들만 찍는 것이었으니까.

"네? 휴대폰을 부수라고요?"

"벽에 던지고, 망치로 내려치세요. 그리고 파이어 마법으로 한 방에 날려 버리는 겁니다. 그다음에 전화를 거는 구성이죠."

"그래서 뭐가 남는데요?"

"멋진 영상이죠."

"제 이미지는요?"

"로뮤나 님의 이미지를 고려해서 제작한 광고인데요."

"……."

로뮤나는 차마 아까워서 거절하지 못하고 광고를 찍었는데, 감독이 극찬했다.

"모든 컷들이 완벽합니다. 휴대폰을 던지는 자세나 망치질. 파이어 마법으로 태워 버릴 때의 눈빛까지도… 혹시 연기해 보실 생각은 없습니까?"

동료들도 유명인이었기에, 대중을 위해 바다를 보전하기 위해, 기꺼이 희생할 각오를 굳혔다.

축제가 한창 열리고 있는 가르나프 평원에서 마판이 사람들을 모았다.

"우린 이제부터 조각품을 만들어야 됩니다."

퀘스트와 사냥까지 포기하고 달려온 풀죽신교의 유명인들.

그들이 베르사 대륙을 제패하기 위한 위드의 부탁이라고 하자, 눈을 빛냈다.

"시간은 넉넉하네요. 하루에 만 개씩만 만들어도 13만 개 아닙니까?"

"숫자만 많아서는 의미가 없다잖아요. 프레야 여신상 정도의 크기로 8만 개만 만들죠?"

"공대 출신입니다. 조각상 하나에 2,000명이 작업을 한다고 치면… 후. 산수가 필요 없을 정도로 쉽겠는데요."

"여기 지명이 바뀌어서 앞으로는 조각상의 평원이라고 불리겠군요."

때때로 풀죽신교는 오크들에 비교가 되기도 했다.

위드가 무언가를 외치면, '와아아아아아아!' 하고 달려들어서 전투와 작업을 해낸다.

집단 행동을 어리석다고 비난하는 목소리도 있었지만, 막상 참여한 유저들은 불만 없었다.

〈로열 로드〉를 하면서 경험할 수 있는 짜릿한 즐거움 중의 하나인 것!

사람들과 어울리면서 베르사 대륙을 올바르게 만든다는 긍지도 있었다.

위드의 요청이 마판을 통해 접수되자, 풀죽신교는 비상소집령까지 내렸다.

"여유 전력을 완전히 여기에 집중시켜야겠습니다."

"한가롭게 축제를 즐기다가 전쟁에 참여하려고 했는데… 흠흠. 그럴 수는 없게 되었군요."

"정신 바짝 차립시다. 또 언제 이런 기회가 올지 모르는 거 아닙니까? 베르사 대륙이 이번에 통일되어 버리면 말이죠."

"우리 풀죽신교는 〈로열 로드〉만이 아니라 전 세계에서 명예로운 단체로 인정받고 있습니다. 그에 어울리는 행동으로 보답하지요."

축제에서 맥주를 마시고 놀고 있던 유저들에게 급하게 공지가 전달되었다.

풀죽 갑호 비상소집령입니다!
가르나프 평원에 초대형 조각상들을 제작 결정!
풀죽 회원들은 노동에 참여하여 주십시오.

비상소집령이기는 하지만 강제력은 전혀 없었다.

그런데도 가르나프 평원에 제멋대로 늘어져 있던 사람들이 벌떡 일어났다.

"갑호 비상소집령이다."

"풀죽신교의 존망이 결정될 때나 사용한다던 거잖아."

먹던 음식을 내려놓고, 남녀가 섞여서 놀고 있던 이들이 이야기를 멈췄다.

"비상소집! 어서 가자!"

"출격. 독버섯죽 출격하라!"

쉬고 있던 사람들이 일어나서 자신들의 소속 부대의 깃발을 세우고 몰려들었다.

막 가르나프 평원에 도착해서 놀려고 하던 이들도 정신이 번쩍 들었다.

"노동 참여. 일하자. 삽자루가 어디에 있지?"

"빨리빨리 가자."

가르나프 평원에 어느새 모인 50여만 명이 흙먼지를 일으키며 일자리를 찾아가는 건 일대 장관이었다.

"뭐야, 이거……."

"와! 순식간에 전부 움직이네."

중앙 대륙의 유저들은 갑자기 벌어지는 사태에 어안이 벙벙했다.

> ─풀죽신교의 레몬이에요. 지금 도움이 필요해요. 어서 와 주세요.

북부에서 진군해 오던 풀죽신교의 본대.

풍경을 구경하며 여행하듯이 즐겁게 걸어오던 무리의 움직임도 달라졌다.

"진격을 시작하자!"

고레벨 유저들이 일제히 달리면서 앞으로 튀어 나갔다.

마법사들은 플라이 마법을 써서 하늘을 비행하며 남쪽으로 이동했다.

풀죽신교의 본대의 평균 레벨은 낮은 편이었지만 그들도 본격적으로 움직였다.

"말이나 소를 탄 사람은 먼저 가요!"

"빈 마차가 있으면 10명씩… 아니, 20명씩 태우고 갑시다."

"조인족에 요청했습니다. 지금 우리를 태우려고 참새 부대 2만여 명이 오고 있습니다."

소나 말이 끄는 마차마다 사람들은 지붕에 타고, 옆에 매달리면서 황량한 길을 질주했다.

풀죽신교의 본대가 가르나프 평원을 목적지로 한 남쪽으로 무섭게 내달리기 시작했다.

TO BE CONTINUED